红海滩

李明春◎著

海洋出版社
2014年·北京

图书在版编目（CIP）数据

红海滩 / 李明春著 .—北京：海洋出版社，2014.3
ISBN 978-7-5027-8738-7

Ⅰ. ①红… Ⅱ. ①李… Ⅲ. ①长篇小说－中国－当代
Ⅳ. ① I247.5

中国版本图书馆 CIP 数据核字（2013）第 271756 号

责任编辑：唱学静
责任印制：赵麟苏

海洋出版社
http://www.oceanpress.com.cn
北京市海淀区大慧寺路8号 邮编：100081
北京旺都印务有限公司 新华书店北京发行所经销
2014年3月第1版 2014年3月北京第1次印刷
开本：880㎜×1230㎜ 1/32 印张：14.25
字数：390千字 定价：38.00元
发行部：62132549 邮购部：68038093 总编室：62114335

献 给

甲午海战120祭年！

前言

[illegible]

2014：甲午海战120年祭

甲午海战，给了中华民族以这样的启迪：

海洋，其实是人类另一个群雄争霸血刃的血腥舞台，同样是一部人类社会的发展史。

当生命在远古的大海诞生后走上了陆地，而今早已习惯了脸朝黄土背朝天的民族，再次转身要从黄土地走向海洋、拥抱蔚蓝时，必然要经历一个漫长的历程。在这个漫长的历程中，这个黄皮肤的民族在经历了一次次的血腥而付出惨重代价时显示出了一种东方的血性。这是龙的基因，正是这一基因让这个民族站到五千年文明史的路口上时，终于重新找到了蓝色的自我。

这血性的代价是什么？生命、财富、还有文化！

这蓝色的自我是什么……

老辈的辽河口人时常会告诫后人：红海滩是大自然的色彩，也是英雄的色彩，更是人伦的色彩。因为我国的河口从古至今多为军事重地，所以多有英雄战死在疆场。100多年前的甲午海战就发生在鸭绿江口外的大黄海，是英雄的鲜血染红了河口，也染红了祖国众多河岸海边漫山遍野的碱蓬草，从此野草被涂上了英雄的光辉。

今天，已经少有人会再有这样的联想了，理想主义的时代渐渐远离我们而去，但碱蓬草却依然顽强地生长，铅华洗尽，本色如初。

野火烧不尽，春风吹又生。碱蓬草，一年又一年，一茬又一茬，犹如中国的海防和海洋事业饱受历练，人们看到的依然是深深根植在大片大片的盐碱地上，火红火红在海天间的红海滩。

——作者题记

代 序

历史在拷问

大海是龙的故乡！

大海是龙图腾诞生的圣地！

然而，历史没有假设，又总是那样的无情。公元1894年初秋，一场战事让中华民族蒙受了奇耻大辱，让龙的传人魂断海疆！

刘公岛，坐落在山东半岛北端的黄海之上，这个仅有3.15平方公里的小岛，默默无闻地在大海上存在了亿万年。然而，在中华民族文明史的进程中，正当龙旗漫天狂舞时，近代史上的一次海战让这个小岛一夜之间名噪世界。从那以后她就有了一个不俗的雅号：东方永不沉没的航空母舰。

1894年9月17日，中日甲午战争爆发。由于这场海战的主战场在黄海北部的海域上，因此近代史上也被国人称之为黄海大海战。更由于这场战争发生在农历甲午之年，在世界近代史上被记述为中日甲午战争，又被称之为中日甲午海战。

甲午海战是中国自古以来真正意义上的现代海军与外军作战。大清王朝苦心经营的世界第四、亚洲第一的中国第一支海军铁甲舰队，在甲午海战中顷刻间全军覆灭，而成为中华民族历史上最为悲壮和最为耻辱的一页。在海战最为惨烈的时刻，“致远”舰管代邓世昌驾驶战舰义无反顾地撞向日舰自沉黄海；“经远”舰管代林永升舰毁人亡，誓死不降；海战惨败，北洋水师提督丁汝昌含恨自缢而死，轰然倒在了刘公岛上的北洋水师海军公所。

这一幕永远定格在了中国近代史，但历史还在继续拷问……

甲午海战，北洋水师民族英雄英魂永存，中华民族宁死不屈精神永存，刘公岛不屈声名震撼海疆。

甲午海战，改变了中国的命运，改变了亚洲的军事格局，也直接引起了世界政治格局的重大变化。

这场海战过后人们才深刻地认识到：甲午海战在当时的政治、经济和军事等诸多原因导致北洋水师全军覆灭的背后，更重要的是日本军国主义侵略中国图谋已久，并对中国海提前做好了海上战场准备，特别是对中国近海的潮汐、波浪、水温、水深等各种海洋水文、气象要素资料的获取和积累比中国人还要多。这场海战证明，北洋水师是在不知己、不知彼的条件下，打了一场前途未卜的海战。

一个临海大国，海洋事业的兴衰将寄托着国家的前途；掌控海权，将决定国家未来的命运。甲午海战，从那时起不仅向世人昭示了日本军国主义企图吞食中国的野心，同时也向中国的海洋事业和海上战场建设提出了未来的战略性挑战。

制陆权是决定古代大国兴衰的关键因素之一，而制海权则是决定近现代大国兴衰的关键之一。对于近代的中国，制海权是一幅什么样的画卷呢?

1894年是农历甲午之年。这一年中国东邻朝鲜爆发了“东学党”农民起义，朝鲜政府请求清政府派兵援助，朝廷随派直隶总兵叶志超率2000多清兵由海路进驻朝鲜牙山。

这时作为朝鲜的又一近邻日本，经过明治维新国力增强，已蓄谋借朝鲜为跳板企图侵略中国。见清军入朝也借机派出多于清军一倍的兵力进驻朝鲜，并先机占领各战略要地。与此同时，还派出八艘军舰在黄海游弋。

重兵压境，“东学党”农民义军与朝鲜政府签订了合约。随后，朝鲜政府照会中、日双方政府撤军。

清政府如约撤军朝鲜，而日本并未撤军，且借清政府撤军之机企图消灭清军。

100多年来，多如过江之鲫的甲午战争研究者更多关注的是这场海战的战略与战术的成功与失败，而少有人倾心去关注这场海战前的准备将对海战最后结局发挥的至关重要，甚至是决定性作用的一些细节——海上战场准备。今天，当我们重新用大历史观的目光和心态去审视那场海战时，便不难发现那场海战爆发前，日本政府为了发动那场海战已进行了煞费苦心的长期的海战战场战前准备。情报战、间谍战、汉奸战…… 海战的最终结局向人们表明，大清国海军走向覆灭的过程向中国人展现的是这样一幅画面：日本举国30年磨一剑，顷刻间就把大清国海军掀翻在了中国海。

1888年年底，一些日本间谍潜伏到施工中的威海卫炮台以及威海卫通向山东半岛最东端荣成的道路与乡间及荣成湾附近，为选择山东半岛作为登陆点作战前准备。这种准备包括近海、海湾、海岸的地质、水文资料以及登陆后的陆上资料。当日本海军对中国开战时，从荣成湾登陆，从背后进攻威海的战术为日军击败北洋舰队起到了重要作用。

甲午战争爆发不久，清军搜出日军俘虏携带的进攻山东半岛时的一张地图，上面海湾、海岸、水深、海潮、海流、村、路、炮台、营房、山、河、井、树，都标得一清二楚。

1893年是甲午战争的前一年，为了这场战争，明治天皇决定此后六年，每年从内库中拿出30万元币银用于海军建设。这些币银已经超过了当时皇室开支的十分之一，此举再次带动了日本政府议员主动献出四分之一薪俸用于建造军舰。

甲午战争前，据说明治天皇甚至干脆用饿肚皮的方法给他的文臣武将们起“带头作用”，并声称：“帝国海军一日不强，朕一日不再食矣。”前线那些饥寒交加的日本军人得知天皇每天仅吃一餐饭的消息时，个个涕泪横流，呼号喧嚣。

此时，日本天皇恨不能把“圣岳”富士山变成金山、铁山、钢山、火药山，把濑户内海的每一块礁石都变成一艘艘战舰。

与此同时，在大清国为庆祝慈禧太后60大寿而建的颐和园已进入了最后的修葺。

前方军情似火，后方歌舞升平。

1894年11月7日，是大清国皇太后慈禧的万寿节。这一天，日军不费一枪一炮占领了大连湾，北洋水师的战略基地旅顺危在旦夕。之后，在悠扬的乐曲声中，旅顺口失守，威海卫被围，北洋水师大本营刘公岛陷落指日可待……

甲午海战，北洋海军全军覆灭走向了必然。

历史在拷问：中华民族要实现伟大复兴，中国海将何去？新中国海洋事业将何从？

引 子

每年的9月，对于李安东来说是刻骨铭心的，因为100多年前的9月是甲午海战爆发的时间。这是李安东的爷爷那一代人经历过的一段历史，是作为在辽南大地上长大的老一代人至死也不会忘记的历史。

李安东和他的同代人一样，出生在新中国诞生的前后，成长在困难的岁月，受教于英雄年代而成为年轻共和国的特殊的一代人。特殊的一代必将烙有特殊岁月的印迹，特殊的印迹必将承载特殊时代的使命。

1958年，东北的秋天进入了大跃进的收获季节。9月初的一天，八岁的李安东跟父亲来到了安东。安东，坐落在鸭绿江入海口，是一个临边、临江又临海的小城市。李安东跟父亲来这里参加抗美援朝老兵集会。

父亲那时还年轻，只有30岁。集会的当天晚上，叔叔伯伯们时而激昂、时而低沉地回忆赴朝作战的场面。这时父亲拉上安东悄悄地离开了。他们向鸭绿江边走去，父亲告诉他："志愿军入朝作战后，部队的后勤补给十分困难。一天我接到上级命令，带领一个排护送一支刚过江的补给车队（辽河大车队）进入朝鲜志愿军驻地。途中遭到美国飞机的轰炸，排里的战士和大车队里的不少人都牺牲了"

他们来到江边，透过夜幕遥望对岸，那是志愿军们保家卫国英勇作战甚至献出生命的土地，父亲默默地望着，好长时间都没有说话。

集会那边，有人突然发现李安东和他父亲不见了，便立刻七嘴八舌地嚷了起来："教导员呢？李教导员去哪儿了？"

有人忽然间想到了什么，高声对大家说："李教导员一定是去了江边。”听了这话，在场的人好像一下子明白了什么，大伙儿纷纷起身冲向屋外。

人们赶到江边寻找，夜幕中大伙儿看到李安东和他父亲面朝江对岸跪在那里……

集会结束后，父亲带上安东乘马车到了黄海岸边。那天海上的风浪很大，父亲指着海上不远处的一个海岛告诉安东：“前面的那个海岛叫大鹿岛，中日甲午海战就是在这个岛前面不远处的海上爆发的……”

那时，李安东年龄还小。但他第一次知道了美国鬼子和日本鬼子这两个词，模模糊糊地记住了抗美援朝、甲午海战和“九·一八”事变日本对中国的侵略。

李安东和父亲来到海边的那天恰好是9月4日，顺着风向他和父亲听到从附近村庄广播喇叭里传来的声音：中央人民广播电台，现在播送中央人民政府关于中华人民共和国领海法的声明……

父亲说：“对于一个国家，领海线就像我们老家盖完房子圈院墙，院墙里面同是家，是自家的家园。”

李安东对父亲说：“爸爸，我长大了要当海军。”

父亲冲他点了点头，随后从上衣口袋摘下一支黑色“英雄”牌钢笔，父亲对他说：“这是我赴朝过江的前一天在安东商店里买的，那时我们部队负责后勤物资保障，不能在前线阵地作战，当时就想不可能成为英雄了。买这支钢笔是想把经历的一切记下来，等你长大了留给你，上一辈人的苦难经历是下一辈人的精神财富啊。”李安东还不能完全听懂父亲说话的意思，但父亲最后说的话他听懂了。父亲最后说：“你们这一代人赶上了好日子，现在是和平年代了，注定你小子也成不了英雄。当不了英雄没关系，给你这支钢笔，你就用它去写英雄，因为一个国家和民族永远需要英雄！”

十年很快就过去了，李安东和他的同代人长大了。

1968年，特殊一代人的一群年轻的后生来到了刘公岛，切身感受到了，这不仅仅是因为在这块令中华民族最为耻辱的土地上将有着他们人生中最为难忘的一段历练，更因为这块土地是中华民族魂断海疆、国破家亡的永久伤痛之地。

正是从那以后的40多年里，他每年都要来这里祭奠，祭奠北洋水师英烈忠魂，为中国海权招魂。

公元2011，中国航母元年。在一个又是一年秋风劲的日子里，已年逾安康之年的李安东再次来到刘公岛。

和平年代，这里的海水太蓝了，这个海岛太美了，别有一番诗情画意。年轻时李安东曾天真地幻想，假如当初没有那场海战该有多好啊。然而历史没有假如，当他熟知了那段历史后才明白，那场可歌可泣的海战不可避免，并将永远定格在这块土地上而成为中国海权的生死碑。

李安东已记不得有多少次默然地来到岛上纪念馆里的北洋水师英烈榜前凭吊英魂，丁汝昌、邓世昌、林永升、刘步蟾、林泰曾、方伯谦……然而也正是这一个个北洋水师将领，一个个都是南方人的将领一度让李安东心生疑窦：这是为什么？他来到英烈榜排列的最后一位的画像前停住。这位英烈的画像下标注的是：王国成“致远”舰二等水手，山东人。

记得最早李安东对此产生疑问是在30多年前：为什么北洋水师昭示后人的英烈榜上都是将领？这些将领为什么都是南方人？为什么只有唯一的一个兵勇？为什么只有他是北方人只有他是画像？

这一连串的疑问无疑是在拷问历史。站在民族英烈遗像前，不！应该说是在前人面前，在那张已经有些模糊了的王国成画像前，李安东的脑海里浮现出了爷爷生前曾经给他讲过的关于这个兵勇的故事。

那是在入了记者这一行不久，出于记者的敏锐感，回老家过年时李安东问父亲，父亲说：“你去问你爷爷吧。”回头他向爷爷提出了一连串的疑问。他知道爷爷对那场海战知道的很多，小时候爷爷给他讲得最多的故事就是甲午海战。

爷爷告诉他："清朝培养水师人才的马尾海军学堂在福建，马尾水师也在福建，无论马尾海军学堂还是马尾水师当时招募的都是南方人。在山东设立北洋水师后将领都调自福建，自然就都是南方人。北洋水师设立后而兵勇都是在山东本地和北方周边地方招募的，所以就都是北方人……"也就是从那时开始，让他不仅崇敬邓世昌等北洋水师将领，还敬佩北洋水师的那些兵勇，从那时他开始关注唯一一个有名有姓的水手王国成。

王国成，这是被历史淹没了的一个兵勇。后来查阅史料李安东发现，关于兵勇王国成首次见诸文字记载仅限于30年代天津《大公报》记者王云生所著《关于中国和日本》一书中的六个字：山东人 王国成。

王国成，这个名字已深深地刻进了李安东的心底。

1894年9月17日。

北黄海大东沟海上，海战在激战中，日舰"吉野"被击中一炮，随后日旗舰"松岛"也被击中。与此同时北洋旗舰"定远"也被击中，提督丁汝昌身负重伤，舰上帅旗、信号樯桅均被摧毁，舰队失去指挥，陷入一片混战之中。日舰"吉野"、"浪速"、"秋津洲"、"高千穗"四艘高速巡洋舰乘机集中攻击北洋舰队右翼的小舰"扬威"、"超勇"，两舰不刻中弹起火。见状北洋舰队全队转向还击，以密集炮火击中日舰"比睿"，日帅伊东见"比睿"中弹，另一舰"赤城"处境危险，传令"西京丸"救援均遭炮火猛烈打击，这时北洋舰队隐藏在大东沟海湾的两艘鱼雷艇驶出参战，但由于没有旗舰统一指挥失去战机，使日舰逃遁。

海战主战场，日舰队集中参战全部主力舰分头夹击北洋舰队各舰，先有"超勇"舰被击沉，"靖远"、"来远"两舰受重创，"济远"舰慌乱中将已中弹起火的"扬威"舰撞沉。此时只剩"致远"、"经远"两舰冲锋向前与日舰激战，"致远"舰久战后舰伤弹尽，危急时刻管代邓世昌对全舰高声喊道："专恃吉野，苟沉是舰！"随命舰开足马力向"吉野"冲去，欲与"吉野"同归于尽。疾驶中邓世昌继续高声喊："我辈从公卫国，早置生命于度外，今有死而已，奚纷乱为！"

"致远"舰逼近"吉野"，距三海里时"吉野"发现"致远"冲它而来遂炮击不止，"致远"舰中弹炮手阵亡，二等水手王国成见状立刻冲上艉炮对甲板上幸存兵勇吼道："谁给我装炮弹！"

听到喊声，倒在血泊中的水手李仕茂应声艰难爬起冲上炮位填弹，王国成首发炮弹击中"吉野"舵楼，第二发炮弹击中舰艏，第三发落海，第四发正中"吉野"舰体。就在这时，"致远"舰不幸被对方鱼雷击中，锅炉舱炸裂，舰体被炸开大洞，海水从被炸裂的舰舱涌进，"致远"舰迅速下沉，全舰官兵落入滚滚的黄海波涛之中。

作为东北人，李安东从小就知道东北的酸菜是啥味道。可他长大后从腌酸菜一事悟出了这样一个道理：白菜一旦腌成了酸菜，便成为了一种不可逆的事实。由此他联想到历史也是如此，已经发生了的事情同样是不可逆的，而后人的责任就是让过去的历史不能重演！爷爷曾告诉过他："那是一场列强侵我海疆的血腥海战，在那血腥中北洋水师显示了我民族的血性，正是这血性使北洋水师的男儿找到了自我。"他又想起了当年爸爸对他说过的话："你要写英雄。"

正是这次的寻觅，李安东费尽周折终于找到了王国成嫡亲的后人，采访到了遗失在民间的关于甲午海战背后不为人知的历史故事。被遗忘在角落里的历史令人兴奋，一个名不见经传的兵勇同样是历史的一个脚注，知道了这些，他心情激昂地写就了一篇长文：《刘公岛——百年大祭典》。

李安东在文章中通过追述兵勇王国成不屈忠诚，重述着那段悲壮而又耻辱的历史。文章中他感慨道：威海卫就像一个门闩插在山东半岛这扇大门上，旅顺口就像一个门臼按在辽东半岛这扇大门下，而刘公岛就好似一个忠诚的哨兵守卫在这两扇大门之外。历史无时不在警示国人，山东半岛和辽东半岛扼守渤海，攸关国门之安危！

文章最后写道：追忆逝去的历史，每一个中国人的心头都应该多一份沉重。这份沉重不仅是在今天，还有明天，我们不应该忘记国耻，我们绝不能忘记国耻！北洋水师不是一个故事，甲午海战不是一场噩梦。一百年了，我们民族的每一个国民都应该用心去想一想，想想中国海的昨天，想想中国海的今天，想想今天中国的海军和海洋事业，想想过去和现在中国海上的炮声带来的警告，想想今日的钓鱼岛，还有我们的西沙、南沙……

一

1968年的初春，东北大地依然笼罩在寒冷中。刚刚过去的冬天，是一个多雪的冬天，满山遍野的积雪还未融尽，压抑着黑土地里的小草在艰难地复苏和萌动。

坐落在辽河之滨的那座小城，也许还是有点惧怕春寒，依然紧紧地依偎着河口。而辽河口就像一位慈祥的老人，静静地抚慰着这座城市和城里的人们。

辽河口素有“九河下梢”之称，由于河水携带泥沙的沉积致使海水退却形成了大面积的发育滩涂和沼泽湿地。河口淤进演变过程正是辽河三角洲乃至下辽河平原形成过程的缩影。

辽河是我国七大河流之一，支流西拉沐沦河、老哈河、大凌河是孕育红山文化的中心区域，红山文化距今有五六千年，延续时间达2000年之久。

如果夏季从空中鸟瞰河口，一望无边的绿色中点缀着大小不一的水洼，恰似一块硕大无比、装饰图案精美的绿色地毯。进入秋季以后，苇海的苇叶开始枯黄，这预示着冬天就要来了。此时再鸟瞰河口，一望无边的黄色中点缀的依旧是大小不一的水洼，而周边却多了一片片红色装点，那是辽河口特有的景观——红海滩，这时又恰似给一块硕大无比的黄色地毯注入了另一种活力。正是这河口苇海绿了又黄、黄了又绿的轮回，使辽河口充满了独特的魅力。

辽河口红海滩是大自然的色彩，有人说也是英雄的色彩，更是人伦的色彩。因为我国的河口从古至今多为军事重地，所以多有英雄战死在疆场，是英雄的鲜血染红了河口，也染红了河岸边漫山遍野的碱蓬草，从此野草被涂上了英雄的光辉。今天，已经很少有人会有这样的联想了，理想主义的时代渐渐离我们而去，但碱蓬草却依然在顽强地生长，铅华洗尽，本色如初。20世纪60年代，“瓜菜代”的岁月，碱蓬草成为救命草。滩边的渔民村妇采来碱蓬草的籽、叶和茎，掺着玉米面蒸出红草馍馍，几乎拯救了一整代人。可今天，不会再有人为它而顶礼膜拜，只有一些脑满肠肥的都市人，在厌倦了生猛海鲜、大鱼大肉后，买上一两个碱蓬菜的包子，调节一下已被油腻堵塞的肠胃。碱蓬草依旧鲜红亮丽，依旧春天发芽，秋天枯萎，它能觉出自己地位的变化、几世的荣辱么？草木无情，多情的只是人类自己，但往往又是自作多情。无论联想也好，救命草也罢，草依旧是草，人依旧是人。

当然，这一年刚满十八岁的李安东还懂不了许多。但李安东从小就知道碱蓬草的生命力极其顽强，平常的季节它只是一棵棵不惹人注意的小草，而当秋天来临时，它会变得火红火红，在河口海滩上一片连着一片。

1968年3月1日早晨，李安东起得很早，他知道今天是他要离开家的日子，他要到一个完全陌生的地方。爸爸、妹妹和小弟弟还没有起床，他把自己的床规规矩矩地整理了一遍，这是他第一次这样认真地整理自己的床。他叠好被子来到外屋，看到妈妈已经做好了早饭在等他，他惊讶地发现刚满40岁的妈妈似乎一夜之间老了许多。见他起床了，妈妈仍然像往常上学时一样对他说：“快吃饭吧，别晚了。”说这话时，妈妈脸上的笑容有些苦涩，口吻虽然温和却变得有些沉重。

李安东本不想吃饭了，可当他看到妈妈那不舍的眼神，为了让妈妈高兴和放心，他勉强草草地吃了几口，然后装作不在意地跟妈妈打了个招呼便出门了，他要去武装部报道，从今天起他将要成为一个兵，一个海军的水兵。

他家住在辽河口畔市政府的家属宿舍，那是一排排的平房。当他走出家门时妈妈跟了出来，刚走出了几步他回头看了看突然间又老了许多的妈妈，这时才意识到无论如何也该跟妈妈说几句告别的话，可一时又不知道该说些什么。他回转身来到妈妈的跟前仔细打量，竟发现妈妈的头发突然间花白了许多，晨光中妈妈呆呆地站定在门口，眼里含着泪花，而脸上的表情不像哭，也不像笑。此情此景，他不敢说话了，咬了咬牙一狠心扭头向学校的方向跑去。

同批应征入伍的同学们陆陆续续地来了，这一批兵全校有20多人，有些同学的家长和亲属也来了，很多同学也赶来送行，一时间学校里热闹了起来。这是少有的欢乐，但又多了几份沉重。此时正是“文化大革命”的高潮期，学校教室的门窗已没有了一块完好的玻璃，墙上贴满了大字报，虽然这种环境与眼下的欢快氛围很不协调，但已无人去顾及这些，因为不论是哪一派的同学此时此地都暂时化干戈为玉帛了。就是在这样的氛围中，应征入伍的同学们集合了，他们像上体育课一样，每个人都是两手空空地站好队，然后被带往武装部，亲属和同学纷纷尾随其后。

来到武装部，他们被一一点名进入市政府礼堂换衣服。换好衣服的同学先后来到礼堂外把换下的衣服交给亲属或是同学拿回家。当兵就是如此，光杆一人赤条条离家。

第二天，应征入伍的新兵出发了。

火车站，站台上红旗招展，锣鼓喧天，前来为入伍新兵送行的亲友把本来就不大的火车站从里到外挤了个满满当当。拥挤的人群中欢笑声和啼哭声混杂在一起，欢笑声让人感到热血沸腾，而啼哭声让人感到躁动中夹杂着一种悲壮，这是当兵还是上战场?

一趟军用专列驶进站台，这趟军列离开省城沈阳一路南下，已有前站的新兵在车上了。现在又有近200名新兵上车，站台上顿时乱作一团。陆续上了车的新兵们争先恐后从车窗里探出头或伸出手与亲友告别，车上车下许多人眼里含着泪花，问候声、锣鼓声、广播喇叭的歌声交汇在一起，此起彼伏。

突然间汽笛长鸣，列车缓缓开动了。瞬间，车上车下许多人失声痛哭，这哭声和呼喊声汇集在一起，一时犹如火山爆发，又犹如山洪奔泻，满腔的离愁喷发了。这离愁的哭喊声显得有些过于悲壮，彻底淹没了小小的火车站。

在躁动的人群中，李安东站在车窗后一直没有看到自己的家人。他知道作为县委书记的父亲还在造反派的看管之下，暂时还没有人身自由。弟弟还小，可妈妈和妹妹呢，她们怎么没有来？他一直在人群中极力寻找，期望能看见妈妈的身影。

就在火车开动后，李安东终于在站台的一角发现了大妹妹正搀扶着妈妈站在最远处向火车招手。终于看到了妈妈，李安东疯一般地拼命挤到车窗前，又从一个缝隙中探出头冲着妈妈的方向喊了起来："妈妈——妈妈——"

他的呼喊声在这沸沸扬扬的喧嚣中显得那样的苍白，完全被淹没在了站台上狂涛般的噪声中，妈妈没能听到他的呼喊，更没能看见他，眼之所及只是无数双挥动的手臂和渐渐远去的火车。就在火车驶出站台的那一刻，李安东竟远远看到妈妈一下子倒下去了……

这一刻，李安东有点后悔了。他后悔不该偷偷报名参军，不该在这个时候离开还没有人身自由的爸爸，不该离开有病的妈妈和年幼的妹妹、弟弟。

火车渐渐远去，一直向南，向辽南重镇海滨城市大连疾驶而去。

北方的天气，春寒料峭，可春天毕竟来啦。三月初的一天晚上，一艘大型苏式海军登陆舰停靠在大连港，夜色中来自整个辽南地区的1000多名新兵下了火车。接着，这一队队稚气未脱、血气方刚的男儿队伍穿过市区，匆忙地走进大连港后有序地登上了军舰，随后在夜幕中军舰悄然离去，驶向它的目的地，位于山东半岛北部黄海中的一个小岛——刘公岛。

这是一艘老式的苏式大型登陆舰。在那个年代，中国依靠自己的能力还难以建造出这样的大型海军登陆舰。正是这艘被中国海军命名舷号为“山”字号的大型登陆舰，装运着一千多名新兵神秘地驶进了渤海，直逼黄海。

第二天清晨，天还没亮，“山”字号登陆舰已靠上了刘公岛前的铁码头。当这些新兵蛋子，一队队热血男儿刚刚踏上脚下的这块土地时，虽然夜色还酣，但这夜色已不再是深夜，只是黎明前的一时暗色。

李安东就是这一队队新兵蛋子中的一个。自从踏上这块土地成为了一名海军战士，他好像是从黑土地的田野上一阵狂奔而来，浑身大汗淋漓而后猛然间扑进了冰冷的海水中，仿佛一下子有了一种脱胎换骨般的感觉。他已是一名水兵，当真正站在了这块土地上后，他才开始深切地感受到了脚下这块土地有多么的沉重。他开始用心去感知这块土地上曾经发生过的那场战事，去了解那支已经逝去了的海军。当他在这块沉重的土地上真正地用心灵去触摸了那场血色海战后，觉得自己竟突然间长大了。这时他想起了站台上妈妈瞬间倒下去的身影，那是生养自己的母亲。可脚下这块曾经被外国侵略者从海上打破国门而践踏过的土地是祖国，是繁衍一个生生不息的民族的母亲。要从黄土地走向大海，一个新兵蛋子的思想开始在这里发生了裂变，这种思想的裂变影响了他的一生。也就是从那时起他试想真正走进马尾海军学堂，走进英国皇家海军学院，走进中国第一支铁甲舰队，走进硝烟蔽日的黄海大海战，走进绝望的刘公岛炮台，走进悲壮的北洋水师，走进长夜中的中国海……

二

“海魂——海魂——，北京呼叫——北京呼叫！”

“北京——北京，我是海魂……”

万里无垠的中国南海，中国海监局海监船编队正在依照《联合国海洋法公约》原则和我国海洋法律法规，例行维护我国海洋权益巡航。

浩瀚的中国南海、美丽的西沙、南沙群岛像一颗颗珍珠，撒落在一望无际的蔚蓝色之上。自古以来，西沙、南沙就是中国的领土，而与之相拥相抱的广阔的蔚蓝色南海海域同样是中国主权管辖的海域。

进入21世纪，世界经济发展快速催熟了西沙、南沙海域的海洋资源开发热潮，特别是海洋石油、天然气的开发，使这片广阔的南海海域成为周边国家高度关注的热点海域。随之，这里便热闹了起来。

这一年的初春，太平洋的热带季风夹着高热过早地覆盖了整个西沙、南沙海域。就在这炽热的天气里，在那一望无际蔚蓝色的海域之上，一支由多艘中国海监船舶和多架中国海监飞机组成的海上编队，正在海上例行维护我国海洋权益巡航。这是中国有史以来第一次派出国家公务船舶，对南海海域实施真正国家意义上的维护海洋权益之举，这显示了中国对西沙、南沙及整个南海海域拥有主权的决心和意志。

中国海监船编队以纵队、梯队、人字队不断变换编队队形，威武雄壮地驰骋在南海上，海监船船艏的四条深蓝色斜线在阳光的照射下十分醒目。当中国海监编队刚刚穿越西沙海域，编队指挥船呼叫编队中的“中国海监171”号船：“长江—长江，我是泰山，07号海区发现不明作业船只，你船速去查明！”

“泰山，我船明白！”“中国海监171”船船长常江果断地回答。随后，他下达了指令：“右舵 ×× 度，航向 ×× 度，把定！”

瞬间，“中国海监171”船在海上划了一个大大的半弧，驶离海上编队，向上级指定海域驶去。一个小时后，当驶入07号海区时，常江远远发现前方有一艘外国海上工程勘测船，就在勘测船不远处还有几艘看似渔船的船只尾随，像是在为其护航。也许是对方的装备还不够先进，这些船只航行时船尾都拖着长长的黑烟条带，把海面遮蔽的忽明忽暗。常江见状立即下达指令：“把定，全速接近勘测船！”

对方的勘测船近了、近了——常江指令海监执法人员向勘测船喊话：“我是中华人民共和国‘中国海监171’号，你船已驶入中国主权管辖海域，请报告你船国籍、船位……”

对方回答：“我是 ×× 国海洋工程勘测船，我们不认为此海域是中国主权管辖海域，你船无权干涉我船的行动。”

听到对方的回答，常江气愤地对海监执法队员说：“再喊一次，告诉他这里是中华人民共和国主权管辖海域，请他船立即离开，否则将按照中华人民共和国法律处理，产生一切后果全部由对方负责！”

海监执法队员把常江船长的话如实转告给了对方船只，而对方船只却不予回答。接连几次喊话过后，对方船只依然我行我素。见对方不予理睬且旁若无人的傲慢态度和行为，常江火气上来了，他厉声指令道：“靠近，距离200米，警报，实施强行驱离！”

常江已是近60的人了，他中等身高，身体微胖，相貌并不粗犷，五官端正却唯独那鼻子十分有特点。鼻头凸起，这似乎告诉与他见面的人，那鼻子足以代表他全部的智慧，每当火气上来时，那鼻头还会微微发红。他性格有些内敛，平时话不是很多，可无论在什么情况下遇到什么事情，一旦决定了他总会这样说：“多大个事，就这么弄！”这话已经成了他的口头禅。

"中国海监171"号渐渐驶近对方船只，他们已能清晰地看到，对方船只的甲板上活动着几个人，在不时冲他们挥舞着拳头。常江船长见状更是火冒三丈，他连续下达指令："距离100米……50米……"

在海上动态中船与船如此近的距离将意味着什么？听到他连续下达的指令，操舵的水手不禁倒吸了一口凉气，紧忙喊了一句："船长！"

常江知道水手想要说什么，他马上打断了水手的话毋庸置疑地厉声说："多大个事，就这么弄，把定！"

见我船不断接近，对方船只甲板上的人竟向我船抛来啤酒瓶子等杂物。常江再次指令"靠近，再靠近"；对方船只见"中国海监171"号已与他船如此之近的距离还没有一点减速的意思，船上的人一下子慌了起来。这时，对方船上有人已拿出冲锋枪出现在甲板上并向我船瞄准。"中国海监171"号并没有退缩，眼看船头就要撞上对方船只，对方船上顿时乱作了一团，船上的人大声惊叫起来。慌乱中对方船只一个急满舵，调转航向加速逃离……

我船前甲板，海监执法人员威严地站立船头，怒视渐渐离开的对方船只，并用摄像机拍下了对方船只入侵我海域的罪证。见对方船只逃离了，驾驶室里气氛也一下子轻松了许多。这时常江点上一支香烟，他使劲地吸了一口后，随即又狠狠地把香烟掐灭在烟灰缸里。

船政委于志和来到驾驶室，他看到船长脸色有些苍白，额头冒出了汗珠。于政委是船出航前刚到任的，前任老政委就在船出航前退休了。于政委曾在常江的手下任过水手长，他知道船长的老胃病又犯了，忙对船员说："快扶船长回房间休息！"常江没让人扶，自己坐了下来。随后他问于政委："有事吗？"于政委回答："船长，局机关发来电报"，说着把电报递给了他。

常江接过电报，这是一封中国海监青岛局的慰问电。电报说：上级领导机关对他们在南海执行维护国家海洋权益行动表示敬意，并询问海上执行任务有什么困难。看完电报，常江对政委说：“回电，没有困难，感谢上级的关心，我们会不辱使命，坚决完成任务。”

已经在海上巡航两个多月了，加之面临如此艰险的局面，而且年龄不饶人，常江真的感觉有些累了。可作为一名老海军，他十分清楚，自新中国成立后，西沙和南沙一直是我国与周边国家和地区的敏感海域。这时他想到了在这一海域曾发生过的这样几件事，1965年我人民海军与盘踞台湾的国民党海军发生了“8. 6海战”，那是一次为保卫新中国海上安全的海战。1974年，我人民海军与某国海军在西沙海域发生了“1.19海战”，那是新中国第一次维护国家海洋主权之战。1988年，我人民海军又与某国海军在西沙海域发生了“3.14海战”，那是一次维护我国海洋主权权益的延伸之战。今天，和平崛起的中国有能力维护国家的海洋权益，中国不但有海，有防，还要真正做到有疆。在有生之年能驾驶着祖国的海洋公务船，代表国家与周边国家在海上零距离维护海洋权益，常江感到十分幸运，他从心里感到知足了，一辈子的海洋工作没有白干！

这时他忽然间想起了儿子常风，也想起了儿子昨天发给他的一份电子邮件。邮件中儿子写道：“爸爸，你在南海维权巡航，这是一项艰巨的任务，也是一项光荣的任务，我多么想能和你在一起。中国是一个海洋大国，但还不是一个海洋强国。因此，我们这一代人肩负着复兴海洋强国的神圣使命。爸爸，你曾是一名老兵，记得小时候你带我看的第一部电影是《甲午风云》，那是一场令中华民族永远蒙受耻辱的海战。但是当‘致远’舰管代邓世昌面对顽敌，视死如归，怒喊：对准吉野，全速前进！那壮烈的场面早已深深地印在了我的脑海里，铭刻在了我心中……”

想到这儿，常江船长的脸上露出了一丝笑意。儿子常风随南极科考船赴南极考察去了，根据时间推断，现在正是南极科考工作的最关键时候。常江不免有些为儿子常风担心，常风年龄已过30了，至今还不想结婚，也不知道他是怎么想的。孩子每年都有半年多的时间在海上，个人的事情总是一拖再拖，自己的事自己不着急，如今的孩子真让人操心……

“长江、长江——泰山呼叫——”

就在常江陷入沉思时，突然编队指挥船呼叫“海监171”船。常江陡然起身，这时高频电话中传来指挥部的命令：“对方船只已增加为八艘，正向你船包抄，请你船立即做好应对准备，实施阻拦，必要时可采取强制措施。”

同时，指挥船提醒：“对方船只已换成了武装船只，你船要确保万无一失，坚决，果断！”这时常江再一次观察海面看到，原先尾随勘测船的渔船已变成了武装船只，同时又多了两艘大一些的船只正向“海监171”船包抄过来。见此情形，常江判断对方是一次有预谋的挑衅行动。一个小时后，对方船只已对“海监171”船形成了严密的包围和夹击态势。随后便对“海监171”船频繁发动了围攻、穿插、冲撞等野蛮行动，一连多次肆意挑衅。此时“海监171”船发现对方船上还配有重武器，为避免发生意外，“海监171”船拉响了一级战斗部署。

傍晚时分，“海监171”船距对方船队的距离一直保持在四五十米，在忍无可忍的情况下，常江下达了对对方指挥船艉部实施擦碰驱离的指令：“目标，指挥船艉部，两车进一，把定！”

大海上两船要想准确地做到轻微擦碰，这该是一种什么样的技术难度？作为船长又该如何接受这高难度的技术考验？常江没有丝毫的犹豫，坚决果敢采取行动，“海监171”船拉响汽笛，调整船速向对方冲击。这时对方船只突然打开探照灯直射“海监171”船，发现“海监171”船直接冲来，一时乱了阵脚，突然加速立即逃离。见其逃窜，“海监171”船立即加速追赶，五六分钟后，“海监171”船的船头顶上了对方船艉的左舷，顿时对方船上乱作一团，后甲板上一片尖叫声，随后加速逃离。

第二天，对方武装船增至十艘，又来到海上继续对“海监171”船实施对抗、夹击。对方武装船吨位较我船小，因而机动灵活，有一艘武装船还是拖船船型，船体四周都固定有防碰撞设施。显然，这次对方更是有备有谋而来。这时如果与对方发生碰撞，“海监171”船将完全处于劣势，一旦遭遇，受到重创的将是“海监171”船。两军对峙，战机的选择将会给各方创造制胜的条件，而海上战机稍纵即逝，最佳战机一旦逝去就很难再现。战事现场，一方面是最佳战机的选择，另一方面是上级命令下达的时机，两者能否相吻合？此时此刻，把船长常江推到了两难的境地。在一平方海里的海域范围内，双方十几艘船胶着在一起，无论谁攻击谁，一旦发生碰撞，若对方再开枪开炮，必将出现异常复杂的海上局面。

关键时刻，现场指挥员的决心和意志在接受着严峻的考验。危急时刻勇者胜，尽管已经判断到可能会发生的局面，但常江船长坚决果断执行命令，他仍是一名不折不扣的军人，这时他想起了老战友李安东对他说过这样的话：“一个人的报复是罪恶，一个民族的报复是辉煌。”李安东还说：“这不是我说的，是西方有人在解读《圣经》时告诉人们的。”常江想到这儿，他对于政委更加坚定地说：“多大个事，就这么弄！”

作为攻击行动的直接实施者，常江船长在承受着巨大的心理压力。如果说是职业船长，那么此时只要遵循海上国际安全避碰规则，做到安全规避就可以了。而作为中国海监船船长，只会开船不是好船长，要做到的是既会开船，还要能做到临危不惧，有理、有利、有节地执行国家公务，并熟知外交斗争的方式方法，这才是好船长。此时，面对对方无视国际法规和惯例，肆意侵犯我国家海洋权益的无理行为，在常规与特殊相对立时，从下达口令到实施行动只有短短几分钟时间。常江看到对方一艘武装船呈90度角向“海监171”船冲来，当距离还不足一海里时，常江果断下达指令：“两车进三，拦截！”

就在船调整航向选择角度时，常江再一次果断地指令舵手：“多大个事，就这么弄！坚决一点，再坚决一点！”

两船的距离越来越近，近了——近了，顶碰仅发生在几秒钟之内，“海监171”船的船头直接顶上了对方武装船的驾驶台。“嘎嘎——嘎嘎——”，剧烈的钢铁碰撞声十分惨烈，这惨烈的声响惊得对方船只甲板上的人立刻呈鸟散状，指挥台上的人也乱作一团，但他们没有忘记急速倒车，慌忙择路逃离。

这不是武装的比拼，这是胆识与意志的较量，迅雷不及掩耳，“海监171”船拦截成功了！

对方武装船只纷纷逃离现场渐渐远去，海面上又恢复了平静。见事态又一次平息，常江船长喊来了机要员：“给编队指挥部发报，再给局机关发一份报，报告一下今天的海上行动。”然后他又对大副叮嘱说：“你要加强值班，密切注视海上的一切情况，随时向我报告。”说完他离开驾驶室回船长房间去了。

已是奔60的人了，连续多日紧张的海上斗争使他感到有些疲倦，他想躺下休息一会儿，可躺下后却怎么也睡不着。也许是刚才的紧张情绪还没松弛下来，或许是人性紧张本能的后怕，当他再一次闭上眼睛时，那令他至今依然感到愧疚的往事又一次浮现在脑海里……

三

20世纪70年代末的一个冬天，位于我国海岸线北端鸭绿江口外以西20多海里，距黄海北部陆岸五六公里远的鹿岛海洋站沉浸在寒冬里。

这一年的春节，一场多年罕见的大雪纷纷扬扬地洒满辽东半岛，厚厚实实地覆盖了山野、河流，也严严实实地裹挟着海岛岬角上的鹿岛海洋站。常江的妻子韩雪是海洋站的观测员，结婚一年多了，她与丈夫分居两地，独自住在海洋站里，算了一下她离预产期还有不到半个月的时间就该临产了，而丈夫常江却在渤海执行冬季海冰调查任务。

鹿岛的外海是昔日中日黄海大海战的主战场，也就是历史学家说的中日甲午海战。时至今日，岛上仍有海军的一个岸炮连守卫在岛上。

这天清晨，气温骤降至零下20多度，岬角外的海面上已冻结了一层厚厚的海冰。天空下起雪来，风越刮越猛，雪越下越大，眼看上午八时正点观测的时间就要到了，常江的妻子韩雪走出海洋站值班室准备向岸边的观测点走去。当她一拉开门，强劲的西北风迎面扑来，险些把她吹倒。她站稳脚跟透过风雪向海边望去，只见不远处冰冻的海上西北风沿着冰面呼啸地冲上海岸，这时的大雪已渐渐变成了雪暴，在十级西北风的作用下狂暴地扑向海浪测波室、气象观测场和验潮井。

风助雪威，雪长风势，面对如此恶劣的天气状况还要不要按时进行岸滨观测？一名女观测员，她还能按时完成观测工作吗？

作为海洋台站观测员，正点适时观测必须是雷打不动的，这是天职。在这样的天气里观测员必须提前赶往测点，韩雪没有犹豫，她拖着已满九个多月身孕的笨重身子毅然冒雪艰难地冲了出去，即刻消失在暴风雪中。韩雪穿着蓝棉海军大衣，手里提着雪（雨）量桶和测量仪，顶着刺骨的寒风艰难地向前走去。雪暴越来越大，当快要到达测点时积雪已没过了膝盖，上测点的路已完全被封盖死了，强劲的雪暴吹得她站不稳，更睁不开眼睛，只能凭着感觉在雪地上摸索着爬行。就在她爬到测点下的一片坡地时一头栽进了齐胸深的雪窟里，她在雪窟里拼命地挣扎，当她终于爬出雪窟后只得沿着坡地的背风面弯曲地绕开坡地的顶部，竭尽全力爬到了观测站。

她的手冻僵了，脸也冻的失去了知觉，但她按时赶到了测点，按照观测规范坚持完成了气温、湿度、云量、能见度、天气现象和降雪诸要素的观测。她知道这些宝贵数据回到站里就会通过无线电台发送到大连、传到青岛，又会传到北京。

就在韩雪艰难地进行观测时，站上的同志们由于分散地住在附近的村子里，又没有通信联络手段，大家只能一家一户地相互联系赶往海洋站，因为他们知道尽管韩雪当班，但如此恶劣的天气她一个人无论如何也难以完成观测工作。

观测结束后，韩雪把观测数据表格填好后小心翼翼地揣在怀里，然后沿着来时的弯曲路线往回爬去。当她爬回到岬角下的坡地时已是筋疲力尽了，这里背风，风稍微小一些，她想该休息一下了。突然间韩雪感觉到肚子一阵剧痛，这剧痛随之一阵紧似一阵，她顿时慌张起来，一种从未有过的急促的恐惧感陡然间袭上心头，她敏感地猜测到先前的一番折腾可能要让肚子里的孩子提前出生了。

在空旷的野外，在肆虐的雪暴中，在冰冷无援的海岸上，韩雪顿时坠入了绝望之中。她感到十二万分的害怕，就在这恐惧和绝望中她清醒地感到下身在一阵阵发热，并伴有湿漉漉的东西流淌出来，继而浸湿了下身。之后不知道过了多长时间又感觉到下身湿漉漉的东西已变得黏糊糊的，湿透了裤子而浸延开去……

韩雪彻底绝望了。她躺在深深的雪地里双眼仰望天空，天空被雪暴吞没了；两耳倾听四周，只有令人毛骨悚然的风声呼啸掠过。她想呼唤丈夫，可她已没力气喊出他的名字："常江……"她嘴唇轻轻地嚅动着，随之而来的是痛苦的呻吟。在这无助、无奈的呻吟中她渐渐失去了知觉，任凭雪花飘落在脸上和身上。

同志们来了，海洋站的同事们赶来了，在暴雪中大家终于艰难地找到了她。同志们紧张起来，慌忙脱下棉大衣把韩雪抬了上去，然后各自解下围脖系住大衣拖着向岬角下爬去。

韩雪得救了。

就在韩雪躺过的雪地上留下了一大摊殷红的血迹。

这时，迎着漫天的飞雪两只洁白的海鸥盘旋在岬角的上空发出一声声尖叫，是慌乱的人群惊扰了它们，还是那一大块殷红的血迹吸引了它们？两只海鸥一直没有离去，盘旋着，盘旋着，并不时发出嘎嘎的叫声……

人们拖着韩雪顺着坡势爬下岬角，回头望去，同事们突然发现，韩雪爬过的那深深的弯曲的爬痕在风雪中模模糊糊地呈现出一个大大的问号，这问号就像镶刻在岬角的山坡上一样，是那样的清晰，而那一摊殷红的血迹恰是那问号的圆点，格外刺眼地凝固在了洁白的雪地上。只不过那问号的上半部分太大，还有些夸张，而那圆点尽管在一片洁白中殷红夺目，但却显得过于渺小。

这时，事先跑去岸炮连求救的同事带领几个当兵的赶来了，看到眼前的一切，几个当兵的一时不知如何是好，只听一个同事冲着他们喊了一句："她男人也是当兵的！"

听了这话几个当兵的急了，其中一个干部模样的人随即喊道："抬，快点抬！"

这些当兵的不顾一切急忙把韩雪抬上带来的担架，随后匆匆向连队卫生所赶去。

连队卫生所里，韩雪在生死线上挣扎着，而门外集聚了更多的军人，他们脱去军装伸出了胳膊站在风雪中等待献血，并不时地呼唤着：“嫂子……嫂子……”

炮连连长是个老海岛，对于岛上发生的一切应对起来都十分有经验。就在海洋站的人前来求救把韩雪的情况告诉他时，他当即派出几名战士火速前去救援。同时老连长已预感到事情的严重性，事先电话联系30公里外的县医院派最好的医生来岛救援。县医院院长答应立即派出医生，一个小时内送到岛对岸的码头上，请部队派人接应。

韩雪被战士们连拖带抬来到了炮连卫生所，就在大家紧张和慌乱时，另一队接应县医院医生的战士已驾冰耙穿越冰海，把县医院的医生和护士从对岸码头接来了。

连队的及时救援为挽救韩雪和腹中孩子的生命赢得了极其宝贵的时间，使韩雪得以死里逃生，当卫生所里终于传出了婴儿的哭声时，雪地里的军人们才停止了呼唤。这时卫生所里跑出来一个小护士，她冲着一群站在雪地里的当兵的大声喊道：“是个小子、小子……”

门外的士兵们欢呼起来，就在这欢呼声中老连长的神情却异常地严肃。过了好一会儿，他一边用手势制止大家静一静，一边走上前说：“老天有眼啊！”说着他双手抱拳谢天，接着又说：“今天的事是个奇迹，这个孩子的命真大，这说明什么？这只能说明我们的民族是一个历尽磨难生生不息的民族。”说到这儿他有些激动，稍一停顿接着他提高了嗓门说：“天无绝人之路，这个孩子能在这个时候出生在鹿岛是个好兆头，就为这今天我要把一件东西作为礼物送给这个大难不死的孩子。”随后他喊道：“通讯员，去把我的那个宝贝物件拿来。”

不一会儿，通讯员从屋里拿来一个长长的做工精细的木匣子，老连长接过后并没有急于打开，他拿在手里掂量着那长长的木匣子对大家说：“你们一定想知道这里面装的是啥？我知道你们一定想”接着他喊了一声："老兵！"

"到！"只听一个老战士在队列中应声答道。

"出列！"听了老连长的口令，叫老兵的战士出列站到了队前。

老连长对他说："你知道这木匣子里装的是什么吗？"

"知道。"老兵回答。

"你说说是什么？"

"不敢！"

"为什么不敢？"

"你不让说。"听了老兵的回答，大家都乐了。

"这就对了，当兵的一定要懂规矩，该说的使劲说，不该说的打死也不能说。"

说到这儿老连长停下了，他逐一打量着眼前的每一个战士，说："我可以告诉你们的是，北洋水师的'致远舰'就沉没在我们眼前的这片大海的海底，沉没多年的主桅杆顶端还一直裸露着耸立在海面上，它是在告诫我们：那是一场悲剧，是一场令中华民族耻辱天下的悲剧；同时更是在提醒我们，北洋水师不死，英雄不死，中华民族的男人不死！"说着他掂了掂手里的木匣子："这匣子里装的东西与'致远'舰有关，这是在我上岛后，一个渔民老伯送给我的。老伯告诉我世代都要永远记住这一段历史，忘记过去就是背叛！今天我要把这个东西送给这个与鹿岛有缘分、刚刚艰难地出生在鹿岛上的孩子，让他们这一代人永远记住国耻！"

听了老连长的话，队伍中立即响起口号声："提高警惕，保卫祖国；提高警惕，保卫祖国……"这口号声一阵高过一阵，和着风雪播向海天。

队伍解散了，老连长转身来到病房里。当他看到那个熟睡中的孩子，脸上充溢出了笑容，他站到孩子的床前轻轻地把那个小木匣子放在了孩子的身旁。就在他刚要走时迟疑了一下又停住了，他从衣袋里掏出了一尊用岫玉雕刻的玉龙轻轻地放在孩子的枕边转身走了。

这一年是壬辰龙年，这时周围的人才想到这个孩子是属龙的。

20多天后，常江来到了海洋站，他见到了妻子和儿子。

当韩雪把已经过去的一切告诉他时，常江真不知道该如何安慰妻子，又该说些什么。韩雪接着告诉他："没有和你商量，我已给孩子起好名字了。"

"叫什么？"听了这话，常江急忙问。

韩雪平静地回答："叫常风。"

"常风？"常江反问道。

"是的，是叫常风，"韩雪显得十分地镇定。

"叫常风，为什么？"

"老天有眼，我们娘俩死里逃生，长风当哭。"说这话时，常江看到韩雪的眼里已经充满了泪水。

望着眼前的妻子和儿子，常江没有说话，而是随即转过身朝窗前走去。他不想在妻子面前流泪，尽管儿子还在襁褓之中，可他终归是个男子汉，他也不想在儿子面前流泪。透过蒙眬的眼睛，常江极力控制自己的情绪并向窗外极远处的大海望去。这时他看见远处的大海上风又起了，海面上已泛起一片片白色的浪花，一望无边，一片汪洋。

过了好一会儿，常江缓缓转过身来冲着韩雪提高了声音说："不！不是长风当哭，应该是长风当歌！"说完他走上前俯下身子亲了一下儿子……

南海上，常江回想到这里不由自主地笑了，可眼睛却湿润着。

常江猛然翻身坐了起来，然后习惯性地透过舷窗向船艏望去，铁甲战船依然按照预定航线乘风破浪巡航在浩瀚的南海上，常江知道战船将直逼南沙群岛的最南端曾母暗沙，这是他今生第一次驾船巡航到祖国海疆的最南端，一种神圣感不禁在心中油然而生，这时他想起了老战友李安东在一本书中写下的这样一段话：

新中国结束了有海无防的历史，那么有疆吗？

中国海沉睡的时间太长了，历史告诉今天，中国人需要认真地思考海权问题。只有这样，当今天成为历史的时候，我们的民族才能在坚实的土地上更有信心地走向永远的未来。

正是中华民族有了历练海洋切肤之痛后的超然风范，今天的中国海面临着机遇和挑战，只有海权可以唤起全民族的雄心，成为走向世界的力量。

想到李安东，想起他写下的话，常江又不由地想起了给常风过一岁生日时战友们集会的情景。

那一天常江请来了已是船枪帆部门长的黄海，大学毕业后回船也任部门长的李安东，他俩如今还在一艘船上工作，而常江已是另一艘船的航海长。

两个月前，韩雪随军带着儿子常风来到了常江身边。给儿子过生日是一件高兴的事，同时也是战友们集会最佳的理由。就在那次给儿子过生日的集会上，李安东给儿子常风起了个绰号：带把的！

生日聚会上，酒过一半李安东兴奋起来了，他借着酒兴发了一通让战友们似懂非懂的议论。他说："前些日子我无意中翻看了德国哲学家黑格尔《历史哲学》一书，他在书中写了这样一段话让人看了直上火。他说'尽管中国靠海，并在古代可能有着发达的航海事业……并没有分享海洋所赋予的文明，没有影响于他们的文化。'看过后我才知道世界上还有一种文化叫海洋文化，这种文化讲究的是包容、开拓、慕利和掠夺。说这些讲究是海洋文化的基本特征，妈了个巴子的，这都是些啥玩意儿？后来我查书琢磨了好几天才弄明白了，说白了吧，我理解说包容实质上就是指大气；说开拓实质上就是指牛气；说慕利实质上就是指奸气；说掠夺实质上就是指匪气。怪不得，这四气不就是现今某大国海洋霸权的基础吗？说穿了，这就是霸气，这是我对海洋文化的粗浅认识。”说到这儿他端起一大碗啤酒不喘气地一饮而尽，接着冲厨房里的韩雪大声喊道：“韩雪，你把那个带把的给我抱来。”

大家一时有点莫名其妙，见大伙儿不解，他又说：“你们真是四肢发达，头脑简单；或是叫有知识，没文化。”

听到李安东在屋里的咋呼声，在外屋的韩雪一时还没反应过来，李安东又喊了两声，韩雪知道李安东爱吃黄瓜，以为他要黄瓜，随后拿来几根黄瓜和一碟酱，谁知李安东还是冲韩雪咋呼：“你也缺呀，我叫你把带把的抱来！”

韩雪还是不明白这是怎么一回事，李安东则顺手拿起一根黄瓜冲着韩雪又比划起来，弄得韩雪更是不解。见状黄海站出来解围，他对韩雪直言说：“安东是叫你把常风抱来，小小子不是带把的吗。”

韩雪这才明白过来，她不知道李安东又要搞什么恶作剧，便对他说：“你什么时候能长大。”说完回头把常风抱了过来。

“妈了个巴子的，整了五千年一个鸟外国人说咱中国没有文化。”说着李安东从韩雪手中接过孩子放在了自己的腿上，然后拿起自己用的筷子去夹常风的那个小东西，夹到后冲着大伙儿高兴地说：“看！这就是根，这就是种，这就是爷们儿！”接着低下头对孩子一本正经地说：“爷们儿，从今以后你们这代人要争点气，给咱也整出个海洋文化，好让外国人看一看。”

李安东的举动和他的话引来大家一阵笑声。

李安东说这些时，黄海坐在那儿一直不吱声，他在认真地听着，心里却在想：这小子怎么懂这么多的东西？当大伙儿都哄堂大笑后，也许是黄海怕李安东喝多了会闹出别的什么事来，他站起来制止说：“安东，别显摆了，快把孩子给韩雪。”

李安东有点喝多了，但这小子虽然喝多了却从不耍酒风，而是越兴奋思维越敏捷，见黄海制止他有些不高兴了，冲着黄海嚷了起来：“你说谁显摆？你敢说我！你是什么人？不读书，不看报，凭着小心眼凑热闹，你黄海以后当了官不把我们的事业搞成文化的盐碱地才怪呢！”

黄海本来是好心，却让李安东弄了个大窝脖，他不知道李安东是什么原因又犯“病”了，再也不想吱声去惹乎他了。就是那天，李安东口无遮拦慷慨陈词了一通，借着酒劲大发了一通感慨：“现今儿，人们都在寻找自己的价值，每一代人都在寻找，那么今天咱爷们儿寻找什么？”

战友们被李安东弄得一头雾水，他接着又冲着大伙儿嚷道：“我们几个都是从刘公岛走出来的兵，那段让人心头为之战栗的历史就是压在中国水兵心头的一块巨石，我们还要把这块巨石压到下一代人的心头吗？王八蛋！快一百年了，那支铁甲舰队覆灭了，而今天世界海洋上却横行着一支支别人的强大的航母编队！”

说到这儿，李安东又一次用筷子夹住了常风的那个小东西说：“爷们儿，你什么时候能知道中国海在期待着什么？”

常风早已被李安东吓哭了，可他还没完，继续对常风也是对在座的人说：“一代英魂早已在黄海海底化为枯骨，但他们没有失败，他们找到了自身的价值，就像今天我们费力寻找的一样。正如海明威说的，人可以被消灭，但不能被打败，这就是北洋水师留给后人的。”

听到常风的哭声韩雪急了，她急忙来到屋里，见李安东还抱着孩子振振有词，她有意无意地说了一句：“喝点酒，疯了。”说着从李安东怀中抢过了孩子。在韩雪抢走了常风后，李安东还冲着孩子喊：“带把的，你李叔叔不会让你在文化的盐碱地里长大，等着瞧吧，老子说话算数。”

韩雪有意无意的一句“疯了”的话，让李安东听了个真真切切，他不但没有生气反而大笑起来，连声说：“韩雪，你说得好，说得好！我们每个人都疯过，都疯过……”

往事转瞬即逝，现在想来，当年李安东的一番“疯话”真让他说着了，为此一代人却为之付出了30多年的努力，今天常江感到自己真的有点老了，他在心里问自己：“我还能行吗？”

四

中国海监船编队在西沙群岛与对方周旋、相持、对抗半个月后，这场维护国家海洋权益的海上行动终于告一段落。随后“中国海监171”船根据上级指示，继续南下南沙群岛巡航。

青岛坐落在黄海之滨，是中国海监北方局的驻地。中国海监是一支准军事化管理的海上执法队伍，每天都有严格的交接班制度。这天早上，北方局指挥厅里，交接班正在进行，值班员详细汇报了“海监171”号船海上执行任务的情况。听完汇报，中国海监北方局局长黄海对大家说：“海监171”船调往南海执行海上巡航任务已经两个多月了，他们战风斗浪，同时还要面临危险与牺牲，我们应该多关心他们，给他们提供最大的支持。说到这里，他停了下来。这时有人注意到，黄海局长今天的神情有些异样，从走进值班室到讲话，值班员明显感到他的表情发生了一些微妙的变化。黄海局长停了一会儿，他似乎用征询的口吻对值班员说：“我想和常江船长通话。”这是少有的语气，听了局长的话，值班员立即接通了“171”船的卫星通信电话：“长江，长江，我是北海……”

“北海，我是长江，有话请讲。”听到对方回答，黄海接过话筒说：“老常，你辛苦了，多注意身体。”稍微停了一下，他接着说：“老伙计，请你代我向全船的同志们问好，让大家千万千万注意安全，船只要安全、人身要安全，一定要做到万无一失……等你们返航时，我到码头去接你们。”

黄海一米七的矮胖身材，浓眉大眼，标准的领导者的发型虽然依旧，却已有了白发。也许是因为军人出身，以往的工作中他讲话声音洪亮，说一不二。无论做什么事情，总让人感到有一种说不出的敬畏或是畏惧的感觉。可今天，他与常江船长一反常态的通话，这温和的口气和异常的情绪，让大家感到有点意外。

交接班后，黄海局长对秘书说：“我今天有点不舒服，请暂时不要打扰我。”说完便回办公室了。回到办公室，他独自一人坐在椅子上，这时一阵阵烦躁袭上心头，让他无法抑制自己的心绪。当烦躁的心绪慢慢平和下来时，他不由地开始回想起了往事。

40年前，他从一名新兵成为老兵，又从老兵提升为干部，之后从部门长提升为副船长、船长，直至后来坐到了局长的位置上。这一切似乎转眼间就过去了，好像是一场梦，如今已是快60岁的人了。就在昨天他得到了两个自己不能左右的消息；一个是上级向他打了招呼，由于年龄原因他即将卸任，新任局长很快就会到任。还有一个比这更让他在这种时候无法接受的消息，这让他对别人难以启齿，心情一时更加沉重。想到这儿他心头掠过一丝惆怅，他想眼下该怎么办呢？

终归是当了这么多年的领导，思考过后黄海陷入了少有的冷静。他环顾着办公室，这里的一切是那样的熟悉。坐在局长的位置上，整天忙得不可开交，在办公室里要不断地接受前来请示汇报工作的下级。只要一来到办公室事情就没完没了，有处理不完的事，签不完的字。有时就连上级的文件都难以及时看，不是很重要的文件只能带回家抽时间看完。再说，经济社会应酬实在太多，哪一方面应付不到都不行，上级、同级、下级，兄弟单位、关系单位，左左右右不知占去了多少时间。十多年了，尽管年纪大了，官也大了，可人却变得轻浮了。想来在这些年的时间里，除了看文件看报纸几乎就没有完整地读过一本书。想到这儿，他起身拉开了书柜，并不停地找了起来，直至最后他找出一个盒子。这是当年首届海军美术作品选的红色装裱盒，扁扁的红色盒子如今已褪色了，显得有些破旧，他急忙打开，两件他十分熟悉的东西呈现在眼前。一件是用“三·七”炮弹壳做成的笔筒，那是在舰上时老战友李安东跟着老兵学着做的，是把打靶后留下来的炮弹壳用小钢锯和锉刀把炮弹壳上端锯开一半，然后压平锯成了造型。李安东送给他的这个炮弹壳笔筒是一艘疾驶中的鱼雷艇。另一件是一本刚当兵时发的红宝书《毛泽东选集》战士读本。

黄海把那笔筒拿在手里仔细地看着，这笔筒本来应该是炮弹的黄铜色，而如今已生锈变成了暗暗的土黄色。当他重新回到座位上，又拿过那本他再熟悉不过的小红宝书，当年的情景立刻浮现在了脑海里。

那是在刘公岛北海舰队训练团新兵连队列训练结束后的一天，早饭后全区队的新兵全都集合在了操场上。新兵们十分兴奋，这一天他们就要佩戴红领章红帽徽，成为真正的兵了。发放仪式十分简单，当区队长宣布仪式开始，各班的老兵班长逐一把三件宝贝庄严地交到每一个新兵手中。这三件宝是红领章红帽徽、五角星毛主席像章和为人民服务横条、《毛泽东选集》战士读本。发放仪式结束后，“忠于祖国，忠于人民，誓死保卫无产阶级“文化大革命”伟大成果，誓死保卫党中央，誓死保卫毛主席”的口号声响起，这口号声分别从刘公岛上多个操场上传出，汇成一片声浪此起彼伏，犹如大海的涛声传向海天。

想到这些，黄海局长抚摸着那本已失去鲜红色彩的红宝书心潮起伏。他下意识地随手翻开了那本40年前记不清翻过多少次的红宝书，忽然间一张夹在书中已发黄了的黑白照片映入眼帘。照片是在武汉长江大桥旁拍摄的，照片上并排站着三个年轻人，他们身着灰色海军呢子服军装。三人中一个是常江，一个是李安东，而另一个则是他自己。

那一年他19岁，而常江和李安东比他小一岁。40年过去了，如今都老了，当一切都过去之后，此时他的心情从来没有像今天这样复杂。这时他想起了十多年前的一件令他不愉快的往事。

那是在他刚升任副局长不久后战友们相约的一次聚会，他本已答应一定按时到场，可他因为有点小事未能遵守时间。当常江一遍遍打电话催他时，第一次他说一会儿就到，第二次说还要一刻钟，第三次说还要等十分钟，这让战友们有些不高兴。

“摆什么臭架子。”有战友说。

黄海是高级干部了，如此不守时让战友李安东十分反感。黄海终于来了，其他战友中并未有谁表示出什么明显的不满，大家只是说说笑笑也就过去了，兴起时好像又回到了当年当兵时的情景，喝起啤酒来小杯换大杯，直至最后端起扎啤杯一饮而尽。而此时只有李安东一反常态，坐在那里一言不发。黄海实在是知道李安东的个性和脾气，在这样的场合他往往是最活跃的，可今天却一言不发地静坐一旁。见此情形黄海主动上前与李安东搭话：“安东，今天怎么了，好像有什么心事？”

黄海的主动搭话李安东装作没听见，仍然面无表情不理不睬地坐在那里。黄海心里知道李安东对他一直有些成见，可终归是快40年的老战友了，这小子也不至于这么不开面吧。想到这儿，黄海又上前一步对李安东十分谦和地说：“安东，咱哥俩早就应该好好聊聊，我真想知道我是什么地方对不住你了？”

听了这话李安东站起了身，他两眼盯着黄海瞅了好一会儿才说话：“一个人做错了事并不可怕，可怕的是自己错了还不知道错在哪。”

李安东这突发的态度让黄海不知所措，黄海一时急了，提高了声音说道：“李安东，你什么意思？当着老战友们的面你给我说清楚，我做错了什么，哪儿又得罪了你！”

话一出口，黄海自己觉得这时这样跟李安东说话有点不妥，这话怎么像是在训下级，他有点担心这回恐怕真的要惹怒李安东了。可没想到的是，李安东听了他的这些话不但没有发火，反而一屁股坐下了。这让黄海觉得李安东好像是在让他难堪，一时性急有点憋不住了。他接着冲李安东脱口而出：“我知道，自从我当了副局长你就一直看着别扭是吧？”听了他的话李安东仍然没有反应。这回黄海真的认为李安东是有意要让他难堪，他真的上火了，继续说道："当年你不是说日后你我会成为对手吗？真让你说着了。"黄海有些激动地上前拽了李安东一下说："当初是我劝过你改一改你的臭毛病，可你说性格决定命运，那就该你倒霉。我今天可以告诉你，从认识你的那天起，我就怕你看不起我，今天你该看得起我了吧！"

李安东今天如约参加聚会，本来也是想能和黄海在战友聚会上一起好好聊一聊，他对黄海是有些成见，但终归是老战友，没有什么大不了的事，可他看到黄海今天如此不守约，还有点高人一头的样子，确实让他看不惯。打铁要看火候，摆架子也要找准场合，这个年纪了还装什么装。转而一想人家已是副局长了，还是由他去吧，于是便坐在一旁不想吱声，心想待一会儿应付一下就走，免得不痛快。没想到黄海竟主动找上门冲着他来了，而且话越说越不着调，这让李安东心里的火气上升，只见他猛然起身一把拽过椅子想要动手，可继而他又松开了手，他终于忍住了。看到李安东的举动，借着酒劲黄海一时性起冲着李安东吼道："李安东，你想干什么？你太过分了！当年你小子喝茅台，我喝老白干，今天我请你喝茅台，我让你知道谁笑在最后！"

说到这他回身冲服务员喊道："服务员，拿茅台来！"当服务员拿来茅台，李安东却无动于衷，他心里在想：你不怕掉架就使劲演吧。只见黄海把茅台酒倒了两大杯，端起一杯递到了李安东面前，这时李安东才慢慢站起身，可他并未去接黄海递过来的酒杯，而是一边缓缓地起身一边轻声而又不容置疑地对服务员说："请你帮我去拿一瓶二锅头来。"

黄海不知道李安东是什么意思，他又想要干什么？等到服务员拿来了一瓶二锅头，黄海看到李安东从服务员手中接过二锅头，又拿过一只空酒杯，自己倒满后端起来冲着黄海说："你的茅台本人实在不敢当，我敬你局长大人。"说完不等黄海做出什么反应，满满一大杯二锅头他一饮而尽，随后重重地放下酒杯冲着黄海说："你不是说人生就是演戏吗？今天我可以告诉你，你说的也许是对的。但我要告诉你，人谁能无错，错了不要紧，知错就改。但可悲的是一个人错了却不知道错在了哪。你演戏是为了一己私欲，而我不能，我要清白地做人。我告诉你，当戏终了时，你还是你，我追求的不是角色大小，只要能给人以人生的启迪这才是我自己最快乐的。所以说你是在演戏人生，而我是在演绎人生，我们早就是两条道上跑的车了。恕不相陪，你走你的阳关道，我过我的独木桥！”说完随即抽身离席而去。

这回让黄海真的下不了台了。李安东如此不给面子，他不生李安东的气那是假话，可令他没想到就是这次聚会之后，李安东真的远他而去。

一转眼十年过去了，每当想起这些时黄海内心总会掠过一丝酸楚，安东说的有道理，今天看来过去的一切都没有什么太大的意义。想想也是，作为老战友，40多年了，如今我当了局长，而常江在海上与风浪搏斗了40年，如今还是一名船长。扪心自问，我为战友们做了些什么呢？就在他得知自己即将卸任的同时，让他更为心痛的是常江的儿子常风在环球科学考察中受了伤，现在也不知道伤情如何。上级通知常风负伤的消息只有他一个人知道，他暂时还不能说出去，他难以接受这一现实，他更担心如果还在海上的常江知道了这一消息该如何面对。他又该如何把这一消息告诉常江。

想到这他又想到了常风和女儿黄妮俩人的事，真是让人伤脑筋。一想到女儿黄妮，他顺手拉开了写字台的一个抽屉，从里面拿出了一张全家福，他和妻子坐在前排，身后站着儿子黄河和女儿黄妮。儿子黄河比常风只小两个月，而黄妮比黄河小了两岁，照片上一家人幸福美满。

看着自己家的全家福，他想到了常江一家。韩雪是在常风出生后组织上为照顾他们两地分居调来了青岛，被安排到了海洋预报台做海况预报填图工作。这时他自然而然地又想到了那个李安东。他想如果李安东知道了常风负伤的事，他会怎么看，又会怎么想？

此时，他想到了30多年前，他们和几个战友同时被提干留在了部队，先后当了船上的部门长。后来又先后结婚成家，他们三人中常江只有一个儿子常风，他有一个儿子黄河和一个女儿黄妮，而李安东结婚多年之后一直没有自己的孩子。每当出海归港，节假日战友们时不时在谁家中相聚，李安东那小子总免不了要抱一抱常江的儿子常风和他的儿子黄河，每到这时李安东总是说："嘿，还是带把的好。"有一次常风竟把尿撒到了他身上，常风的一泡尿，尿得战友情其乐融融，欢声笑语。

想到这，黄海再一次问自己："昔日的战友，风风雨雨四十年，世态炎凉过后，今天还能是战友吗？细细想来，同年的战友都老大不小了，大多数人早已转业回家，留下来的只有少数几个人。现在我是常江他们父子的领导，40年了，常江还在船上当船长，真是难为他了。作为领导常江可以服从命令接受我，但重新回到战友的情分上，几十年的磕磕绊绊，特别是孩子常风又受了伤，面对这样的现实，常江该如何接受这一切？他能原谅我吗？还有那个李安东，生性过于清高，本来好好的仕途他不走，不到40岁那年却选择了另一条路去当了记者，说什么离开仕途被边缘化的人心不烦。自称与走仕途相比是'自由战士'。想起来自从那次战友集会与李安东不欢而散之后已有多年不联系了，如今就连他的电话号码也给忘了。这时黄海决定无论如何也要硬着头皮先去找李安东，这小子是不会主动来找我的，事到如今只能是我屈尊主动去找他先说说常风负伤的事，帮我出出主意，商量一下该如何去告诉常江。这也是实在没有办法的办法，因为常江还是很信李安东的。"想到这他拿起电话对秘书说："你帮我联系一下我的那个老战友李安东，就是我说过的那个记者，说我有急事要见他……"

给秘书打完电话，黄海局长在等待着。

他刚放下电话铃声就响了，“不会这么快吧？”他心里在说，随即拿起了电话：“喂……”还没容他说话，话筒里就传来一个女孩子清脆的声音：“爸爸，我是妮妮，你好吗？”

听到女儿的声音黄海脸上立刻露出了笑容，他连连回答说：“我挺好的，你还好吗？你在上海吗？怎么这么长时间不来电话？最近出没出海？”

他一连串的问话好像让女儿有点烦了，只听女儿说：“爸爸，你烦不烦啊，我都多大了，竟瞎操心。最近一段时间我们支队的海上巡航任务特别多，正在为执行一项特别任务做准备，工作很忙。”女儿说的支队是指驻地在上海的工作单位——中国海监上海支队。说到这，女儿放低了话音有点神秘地说：“我打电话是想告诉你，我们支队的船最近就要去钓鱼岛海域巡航了……”

放下电话，黄海心里又多了一份心事。

人老了心事就是多，放下女儿的电话他又想到了在海军南海舰队某舰上当兵的儿子，他禁不住拨通了黄河的手机。手机一通，只听手机里传来了呼呼的风声，黄海急忙问道：“喂，黄河，怎么回事？你在哪里？”

“爸爸，我在甲板上，外面风太大，你等一下我回舱里跟你讲话。”只一会儿手机里的话音清晰了许多，只听黄河说：“爸爸，有事吗？”电话中黄河急切地问。

黄海有些不放心地说：“没事，你好长时间没来电话你妈不放心，让我打电话问一问。”也许是不愿意在儿子面前掉男人的架，显得婆婆妈妈的，他倒说是孩子他妈让打的电话。接着他说：“在舰上工作一定要注意，一是工作要认真负责不能出问题，二是要注意同上下级搞好团结，三是注意自己的身体……”

还没等他说完，对方就说话了：“知道了，你都说过多少遍了。爸爸，我们舰已奉命停靠海南三亚进行海上反恐训练，过一段时间可能要远航……不跟你说了，这是绝密。”

听儿子这么一说，黄海不禁一愣，刚想再问什么，只听儿子说：“你也是相当一级的领导了，我不说你也能猜得到，我们训练的主要课目是反海盗……不说了。”电话挂了。

这时黄海马上想到，海盗……索马里……中国海军真的要走出岛链吗？

另一间办公室里，秘书费了半天的劲，终于查到电话号码并接通了李安东的手机，当秘书把黄海局长的意思转达给他时，只听对方十分冷淡地回答说：“对不起，什么局长我不认识，我只记得有一个叫黄海的人……”说完电话挂了。

秘书把这一切告诉黄海时，他摇了摇头显得很无奈。

五

那天晚上，黄海没有参加任何应酬，多年后又一次造访了老战友常江的家。

常江的妻子韩雪已病退了，见局长大驾光临一时还真有点生分和紧张。寒暄过后黄海尽力调整他那早已习惯了的局长口吻，向韩雪介绍了常江在南海执行任务的情况，并十分关心地询问她家中是否有什么困难……看到眼前体弱多病的韩雪，他实在不忍心把常风受伤的事说出口，只待了一会儿便离开了。

回到家里，妻子尚北平见黄海有点闷闷不乐，便关切地询问他是不是身体哪儿不舒服，他一声也不吱。问他是否吃饭了，他说不饿。此时，他不能把常风负伤的事告诉给妻子，他怕妻子把这一消息告诉给女儿。当年他和常江、李安东都住在单位的同一个宿舍区，黄妮与常风从小一块儿长大，青梅竹马，如今已无法分开。现在黄妮正准备跟中国海监船赴钓鱼岛海域执行巡航任务，此时如果把常风的事告诉了妻子，她再告诉给女儿那不乱了套了吗？再说她们娘俩能承受得了吗？

对于女儿与常风的婚事，当初他并不十分赞同。这不是因为常江是自己的老战友，更不是因为常风这孩子不好。如果一旦把十分习惯的叔叔称呼改称为爸爸，这实在有些别扭。至于还有别的什么原因，他也说不清楚。想到这黄海更加心烦意乱，这时妻子手里拿着一份报纸走进来问他：“今天的晚报你看了吗？”他不耐烦地说了一句：“我哪有时间看报纸。”见他这种态度，妻子随手丢给他一张报纸也没好气地说：“今天的晚报你一定要看，副刊上有李安东写给你的文章，你好好看看吧。”听了这话黄海一愣，他马上拿过报纸。

“你最近见到李安东了吗？你不会又去惹乎他了吧？”尚北平有意无意地问。

听妻子这么问，黄海有点敏感地反问道：“怎么，你不会是想他了吧？”

“黄海，以后不许你再胡说八道。我告诉你，当官你也许比他强，可做人你真的不如他。我看李安东这篇文章就是写给你的。”尚北平有些不高兴地抢白了黄海一顿。

黄海自知是自讨没趣，便不再说话，拿起报纸看了起来。

这是李安东以自由撰稿人的名义写的一篇《关于友情》的文章。文章这样写道：

人世间的友情有多种形式。但无论哪一种友情最初都是因人与人相遇而发韧，进而相识和相知的。因此，可以说友情的初衷在于一个缘字，而缘字正是汉字中最善良的一个字眼。殊不知，大千世界，芸芸众生，人与人的相遇，从数学的角度来说具有极低的概率；从哲学的角度来说则是偶然中的必然；从佛学的角度来说便应验了善良的解释“缘分”。

文章接着又写道：

友情万种。经济社会远不比炮火纷飞的战争年代。不是吗？与战争或是艰难困苦年代相比，如今同学的称谓远比战友的称谓叫得响亮。就说这同学缘，给今天的人们带来了多少世俗的实惠。

“同学”这个字眼不知已被沿用了多少年，严格地说古时同学系指寒窗共读的学子。而如今“同学”这个字眼被应用得更加广泛，更加响亮，这似乎成为了一种拉近关系的敲门砖。

多少年来，一代同学接着一代同学随着历史的前行在不间断地延续着。正是这诸多学子的作为，在历史上不知发生了多少故事。有的学而优则仕，出人头地；而有的则碌碌无为，销声匿迹；有的风流倜傥，清高自负；而有的则英年早逝，魂归自然。对于这些，是羡慕，还是悲哀？

说到羡慕，人们自然会想到梁山伯与祝英台，他们曾是同窗。然而，后人对他们的推崇并不在乎是不是同窗，而是因同窗之缘所走的爱情之路。

说到悲哀，人们自然会想起韩非子与李斯，他们也曾是一师之弟子。然而，历史记下的并不是他们的弟子之情，而是仕途之争韩非子死于李斯的谗言之下。

世上的许多事情就是很奇妙，当刚刚从一位同学功成名就的炫耀与兴奋刺激中走出来，再面对另一位同学英年早逝的遗体时，心头顿时会涌上一股强烈的无奈、无助的悲哀。这时，冷静远远超过兴奋，悲哀大于羡慕，心灵被净化一次过后，从而会领悟到人生中的许多无聊。

笔者曾想，这时肉体傲视着一时功名的短暂，而同学的称谓则又傲视着肉体的短暂。一个人的生命只有几十年，最多百年，而同学的称谓却不知要延续到什么时候。几十年，还是几百年，或是更久远。一个生命的肉体是一种功业的遗留，而同学的称谓则完全离开了功业，因此不会消亡，永远青春，永远不老。直到傲视着同学中的建功立业者都一一化作尘土，“同学”的称谓还是青春，还是不老……

接着文章质疑：

试问，昔日共同经历了艰难困苦的战友呢？老去时面对今天的不同人生，这战友又该是一种什么样的友情呢……

看到这，黄海想起了过去的一件事。那是他和李安东、常江都当了部门长后，那时他们之间无话不说，一次他们在一起闲聊谈到进步和对未来的打算时，李安东曾说了这样的一番话。他说：“谁都想进步，只有进步才能有更大的存在空间，才能争取得到更大的自由，但争取到的这些都是为了什么？我自认为是一个理想主义者，在仕途和商战中都不会成为收获者，所以记得胡适说过的话：争取你个人的自由，便是为国家争自由；争你们自己的人格，便是为国家争人格；自由平等的国家不是一群奴才建造得出来的。”想到这黄海下意识地感觉到了什么，他有点神经质地自语：“这小子也有点神了？”突然，他丢下报纸，失声喊到：“我去找这小子！”

第二天吃过早饭后，黄海换了一身休闲装正要走，尚北平感到有点奇怪地问他：“怎么这么个打扮？不会是有特殊的事吧？”

听了她的问话，黄海一时不知道该如何回答，只是半开玩笑地说了一句：“我说老伴，你就放心吧，今天我要去看一个人，我要看的这个人你一定不会反对的。”说完头也不回地出了门。今天他不想坐局长专车，担心会招来反感。来到马路上他拦下了一辆出租车，一上车师傅问道：“老板，去哪？”

“去郊区的书院山庄。”黄海局长回答了一句。车开动了，他问师傅：“你们怎么冲谁都叫老板？”

师傅说：“这不时髦吗。开出租不就是想哄客人高兴吗，叫什么都是叫，你高兴我收费，何乐而不为。”听了师傅的话，黄海心里想这师傅还真说实话。

书院山庄距市区有30公里的距离。一大早的哥师傅就接了一个大活，不免心里高兴，车开了一会儿他便同黄海聊了起来。

这位师傅有50岁左右，他对黄海说：“看样子您不像是老板，倒像是一位大领导，不过现在的领导出门‘打的’实在是少见。”

听师傅说这话，黄海反问道：“怎么，当领导的就不能‘打的’吗？”

师傅回答：“不是不能‘打的’，而是‘打的’有失领导的身份。今非昔比了，现在随便一个领导都是日理万机，我看比当年的周总理都忙，打的哪比坐专车办公效率高？再说了，公车不坐白不坐。”

师傅的话真有点让黄海不太好接茬。见黄海没吭声，师傅又侃开了。他说:“领导，你不要听了不高兴，现在社会真的变了，你没听人说吗？没钱的时候养猪，有钱的时候养狗；没钱的时候在家吃野菜，有钱的时候在酒店吃野菜；没钱的时候在路上骑自行车，有钱的时候在客厅里骑自行车；没钱的时候老婆兼秘书，有钱的时候秘书兼老婆；没钱的时候假装有钱，有钱的时候假装没钱。人啊，说股票是毒品都在玩，说金钱是罪恶之源都在捞，说美女是祸水都想要，说高处不胜寒都在爬，说烟酒伤身都不戒，说天堂美好都不去……”

听了师傅的一番话，激起黄海心中泛起一阵阵波澜。无论司机再侃什么，他一句也听不进去。此时，他心里在想如何见李安东。几年前李安东已退居二线了，写不写稿子没人强求他，如今真的成了“自由战士”，所以就搬离市区到郊区去了。他常说:“这辈子一没官，二没钱，所以也就眼不见心不烦。图个过过平平静静的普通人的生活，寻个自得其乐，用现在时髦的话就是说寻找原生态。”黄海回想出租车师傅刚才说的那些话，他暗自对自己说；师傅刚才的那些话从某种角度来说，确实是反映出了目前的一些社会现象，但这是社会的主流吗？我们这一代人几十年来经历的不同时期同样有着不同的社会现象，年轻时对一些社会的不满也发过牢骚，但却从来没有像今天这样敢讲话。那时每当发牢骚时，李安东总会背一段毛主席语录:“谁是我们的敌人，谁是我们的朋友，这个问题是革命的首要问题。”他说:“这是一个原则，革命的原则不能儿戏。不违背这个原则什么都可以说，若违背了这个原则一句也不能说，不管是什么人或是官大官小都是这个原则的忠实执行者。”那么，如今的这些社会现象李安东干了多年记者，他会怎么看，怎么说呢？

出租车已驶上了滨海大道。五月是青岛最美的季节，车驶出郊外空气显得格外清新。沿着海滨眼之所及，一望无际湛蓝的海水令人心旷神怡。海岸山峦起伏，委婉绵延着曲折的海岸线。随着车速加快，岸边一处军港映入了黄海的眼帘。这是他和李安东、常风当兵时驻扎过的军港——水师口，看到远处港内停泊的舰船，黄海不由得想起了当年在船上时的情形。

一天中午吃完饭，他找李安东下棋。那是一个夏天，刚吃完午饭李安东就吆喝要吃刚刚分到部门的西瓜。就在等着搬西瓜时，他俩在后甲板下了一盘棋。李安东下棋遵循的原则是“好棋架不住十六吃”。一开棋他就是当头炮，本来李安东就不是黄海的对手，加上老套路，不到五分钟李安东就被黄海将死了。看看西瓜还没有从码头上搬下来，黄海说：“这不算，我让你悔二步棋，咱重下。”一听这话，李安东不干了，他说：“输就是输，为什么要悔棋？”

黄海轻蔑地说：“我让你嘛。”

李安东急了：“我不用你让！”

黄海接上说：“不悔棋也行，这回算你输，再来一盘，我先让你个车。”

李安东一听更急了，冲着黄海喊到：“你别臭显摆！”说完一把把棋盘掀了。

这时西瓜已搬上了后甲板，部门里的人开始切西瓜，西瓜切开后李安东自己拿起半个西瓜走了。黄海还留在后甲板上，他吃完两块西瓜便从舷梯上中甲板，谁知他刚刚从舷梯口露出头，李安东竟把完整的半个西瓜皮一下子扣在了他的头上。西瓜水从他头上流了满脸，洒在海魂衫上染下块块红色，黄海一时哭笑不得，而李安东却得意地大笑起来，嘴里还在说：“让你臭显摆，看你还让不让我车了……”

车速已达100公里，不知不觉中出租车已到了书院山庄，付完车费临下车时司机师傅似乎是挺关心地对黄海说：“领导，别忘了早点回家。”黄海听得出，这司机师傅话里有话，但他还是客气地回答说：“谢谢师傅。”

书院山庄坐落在崂山余脉铁骑山的西麓，历史上这里是纯粹的大山深处，如今快要被快速发展的城区蚕食了。但这里与喧闹的老城区相比仍不失为一处风景秀丽、怡人养心之地。据史料记载，这里在宋朝时山里只有几十户人家，山民分散地住在山上、山腰和山下。虽然只有几十户人家，可山里却出了一个秀才。这秀才一不出山，二不做官，只是在山里教孩子们读书识字。多年后，这几十户山里人家的人远比外村农家人知书达理而声名远播，后人便把这山村一分为三，居山上者称之为上书院，居山腰者称之为中书院，居山下者称之为下书院，一直沿袭至今。

书院山庄坐落在下书院旧址旁，黄海费了半天劲一连打听了好几个人，才找到李安东的家。开门的是李安东的妻子褚楚。一开门见是黄海，褚楚很是吃惊，一时竟说不出话来。令黄海万万没想到的是，十多年没见，褚楚显得比他想象的要苍老许多，头发已完全白了，而且稀疏地散落在头上，好像是病人化疗后的残存，简直让他难以认出来。他和褚楚对视了好一会儿，还是黄海先说话了："怎么，不让我进屋坐坐？"

直至这时褚楚才对黄海十分客气地说："快请吧，真没想到您会来……"

就在进屋的时候，黄海发现褚楚的行动似乎已不那么方便，他心里在想，褚楚如此样子一定是与她年轻时遇到的那场不堪回首的特殊经历有关。

来到屋里坐下后，褚楚显得有些局促。他们本来都很熟悉，只是后来因为李安东和黄海多年不来往了，特别是黄海当了局长之后一直没有机会再见面而变得陌生了。今天黄海突然一个人造访，褚楚显得不安，也很不自然。为了打破眼前尴尬的局面，黄海本想问一下她的身体情况，可看到眼前的褚楚竟是如此的苍老，话到嘴边又止住了。又想问一问他们孩子的情况也觉得不妥，最后只是对褚楚说："今天我是专程来看老战友的，安东呢？"

每当有人问到李安东时，褚楚总是这样说："管不了他，不知去哪了，已出去几天了。"对黄海的问话，褚楚同样习惯地回答说。

"他干什么去了？"黄海又问道。

"你知道，我哪管得住他，这么多年他就是这么一个人，天马行空，说走就走，说回来就回来。回到家不是看书就是写稿子，什么事也不管……”说到这褚楚有些歉意地说：“你来也不打个招呼，害得你白跑一趟。”

黄海接上说：“怎么能说是白跑一趟，看一看老战友看一看你还不应该吗？再说，也已好多年没见到你了。”

“黄局长，您找安东一定是有事吧？”尽管黄海表现得很轻松，而褚楚还是一本正经地问。

听褚楚称他局长，在这种场合黄海不仅感到有些生分，还觉得有点别扭，他连忙说：“褚楚，你还是叫我黄海吧。”为了扫去这生分和别扭的感觉，黄海放缓口气尽量轻松地对褚楚说：“安东这小子个性太强，真是难为你了。不过从年轻时我和常江都佩服你是个会放风筝的高手，不管安东跑多远飞多高，可总是有一根无形的线牵在你的手里……”黄海很少同褚楚开这样的玩笑。

“30多年了，我已习惯了。”听了黄海的玩笑话，褚楚笑了笑回答。

聊了一会儿，褚楚感觉到黄海虽然当了局长，但和李安东还是有老战友感情的。他今天突然来访，虽然让她感到有点意外，可还是歉意地说：“你不要见怪，安东就是这样的一个人。不过，他有一个最大优点，也是最大的缺点，那就是别人给点阳光他就灿烂。这不，前段时间他不知道又遇到哪一位战友表扬他了，说他写的文章大有长进，喝完酒回来又兴奋了，又把你们几个人年轻时的事跟我絮叨了一遍。我说他：你别不服，怀旧是衰老的标志……”

褚楚心里十分清楚，他们虽然是老战友，但后来却走上了完全不同的人生道路。因此，对一些问题的看法时常不一致。安东曾私下对他说过，年轻时他们经常在一起为一些鸡毛蒜皮的小事争的脸红脖子粗，而这时往往是黄海先让步，委曲求全，用安东的话说就是他心眼多着呢。而安东总是叫真不依不饶，非要说个明白，简直就是个东北二杆子。说起这些事时，安东总会把一些诸如委曲求全、韬光养晦、诡计多端、两面三刀等尖刻的字眼全用在黄海的身上。正是因为受李安东的影响，褚楚对黄海今天的突然来访心里不免还是存有一点戒意。

黄海此次来并不是想找李安东要理论什么，他几次想打断褚楚的话，想把常风负伤的事说出来以解心头的郁闷。可他始终没能开口，依然装作十分耐心的样子听褚楚把话说完。

当褚楚把话说完，黄海此时的心情变得更加复杂。但他还是装作若无其事的样子说："我了解安东，他是个性情中人，过去的事比我记得更清楚，想得就更多。"停了一会儿，黄海接着说："褚楚，你比我可能更了解安东，其实我从来没有真正生过他的气，我知道他是一个什么样的人。你也可能听说过，这么多年来安东在工作上一直是一个有争议的干部，有领导说他有能力，有水平，而有人却不这样认为，说他傲慢自负，还经常顶撞领导。但我知道从年轻时起，他的一些思维和想法别人就难以理解和接受。我记得那时在船上当战士时，一天他当班值武装更，值班时他把武装更红袖标戴反了。我发现后马上告诉他，可他却反问我：'真戴反了吗'？"

我见他那一副满不在乎的样子，便认真地对他说："你这样要是被船长和政委发现了就等着挨批吧。"可他还是那样不正经，笑嘻嘻地指着袖标对我说："你表达的不准确，不是反了而是倒了。从你的角度看袖标上的字是倒的，可从我的角度来看却是正的。这说明什么？这说明你和我看问题的角度不同，所以结果就会不同，你说不是吗？"

褚楚听到这笑了，黄海也笑了，"我说他胡搅蛮缠，他说这是哲学。安东总说别人缺心眼，褚楚你说说是别人缺心眼，还是他自己缺心眼？"最后黄海说："安东这小子就是和别人两个路子，真拿他没办法，不过他是个心地善良的人。"

说完这些黄海才站起身仔细打量起客厅，别说这客厅的装修和布置还真有特点，不用问一定是李安东自己设计的。客厅很大，估计有40多平方米，南向是落地的大窗；东向是电视墙，电视墙装修得很简单，只是一块贴有红色花纹图案壁纸的大木板订在整面墙上，木板正上方挂着一个很大的印有毛泽东头像的瓷盘，下面订有一排木架，木架上依次摆放着十多个不同时期不同身姿的毛泽东塑像，让人一看不觉为之震撼；北向挂有一幅大幅山水国画，气势不凡；西向墙上仍然订有一块大木板，不过没有任何修饰保持原木色，木板中间挂有一幅书法条幅上书“闯海的男人”。条幅上方挂着一个红山文化造型的猪龙玉雕，给人一种静中有动的强烈冲击效果。

眼前的一切让坐在清式红木椅上的黄海感到惊奇，感到振奋。他问褚楚：“安东为什么要这样设计？”

褚楚指着东墙的毛主席像说：“安东说这面墙的主题是一统天下。”接着指着北墙的大幅山水画说：“这面的主题叫锦绣河山。”最后指着西墙说：“这面墙的主题是龙的传人。”

听了褚楚的简单介绍，黄海一时无语。他站起身走到一尊毛主席坐在藤椅上的铜塑像前仔细看了一番，一时不知道该说什么，想了一会儿突然反应过来说：“他当记者当的，干什么都要突出主题。”

这时褚楚说话了：“安东总是说，他这辈子要坚持的就是学习雷锋好榜样，读毛主席的书，听毛主席的话，做毛主席的好孩子。我说现在都什么年代了，你的这种想法早就过时了。

“殊途同归，每当我说他时，他都会用这样的话来堵我，他还不服气地私下对我说：‘不知哪朝哪代的一个人说过这样的话：位卑未敢忘忧国。其实忧国者君，忧战者卒。国难当头的年代是大浪淘沙的年代，勇者胜！所以有人又说不想当将军的士兵不是好士兵，那指的是当将军要为国家带兵赴难而不是做官。可今天呢？想当将军的人多了，而勇于牺牲的兵少了；想当老板的人多了，而埋头苦干的工人少了；想挣大钱暴富的人多了，而辛勤劳作甘心挣小钱的农民少了；投机取巧、坑蒙拐骗的人多了，诚实守信、清白处世的人少了；偷鸡摸狗的人多了，老实巴交的人少了——’。”

说到这褚楚觉得自己说多了便停住了，她在观察黄海的反应。见黄海不时地点头，她接上又说：“安东还说，如果这样下去他真怀疑是不是物理学‘牛顿三定律’都错了。”

听了褚楚的这些话，黄海这时才说：“我知道，安东这小子什么话都敢说，但不会违背大原则，这是他最大的优点。现今的社会环境确实不容乐观，时下社会价值观被扭曲了，这必将导致公共道德水准的失衡。如果大多数人的思想和行为一旦突破了社会公德底线，后果将是可怕的。安东看问题比我深刻，他说的对，我们既是海洋人，更是社会人，每个人都负有双重的责任。”

其实刚才黄海在一边认真地听褚楚讲，一边在认真地思考，所以才说出了这番话。说完这些他停下了，一会儿过后他好像又想起了什么，站起身对褚楚问道：“我能不能到安东的书房去看看。人老了，经历的多了，体会也就更深了。多年前我就想向他请教一下，跟安东学学写点东西，可一直也没能抽出时间……”

听了黄海的话褚楚说：“好啊，不过属于他自己的那块小天地我也很少进去，不愿搭理他。”说着把黄海让进了李安东的书房。

一走进书房，黄海第一眼看到的是写字台上的上方摆放着一本《毛泽东选集》战士读本，这是和他的那本一模一样的当年的红宝书，不同的是这本小书边角已有严重的磨损，这说明书的主人一定经常翻看，但红色的书的塑料皮依然鲜红如初，在光线有些暗淡的书房里依然放射出夺目的光辉。黄海诧异地拿起这本当年的红宝书，用手轻轻地整理了一下红宝书卷残了的边角，他感慨这日久磨损的痕迹，不由地想起李安东常说的一句话：有人活着却已经死了，而有人死了却永远活着。想到这他心里暗自发问：李安东真的还在学吗？

见黄海迟疑的神情，只听褚楚说：“安东经常翻这本书，他说这本书里什么都有，取之不竭，用之不尽。他总是那句话，要想做毛主席的好孩子就得读经典。”

听了褚楚的话，黄海若有所思地沉思了一会儿，轻轻地把那个小红书放回了原处。这时他注意到了旁边放着的一只炮弹壳笔筒，笔筒虽然与现代工艺品有着巨大的时代反差，可却被擦拭得分外光亮，金黄色的弹壳外表泛着锃亮的金色。黄海上前轻轻地拿起了那个笔筒仔细地端详起来，这笔筒和他自己保存的那个笔筒是一个样式，只不过这个笔筒上端的造型是一艘潜艇。这时黄海才想起来，当年李安东做了三个同样的笔筒造型，一个送给了他，显然安东自己留了一个，还有一个做的造型应该是驱逐舰，一定是送给常江了。他拿着笔筒看了好一会儿，才轻轻地放下。

这时黄海注意到在笔筒的旁边放着一个不大不小的镜框，里面的照片是李安东、褚楚和儿子的全家福，看得出照片拍摄的时间不长，照片上李安东依然精神头不减，而褚楚却显得过于苍老，而他们的儿子小舟与他俩相差太大，还只是个孩子。如果是不知者猛一看，一定会以为这是老少三代人。看到这，黄海心中不由地涌上一阵酸楚，这感觉瞬间又逝去了。当他把目光移到桌子上的一本厚厚的文稿时，扉页上赫然闯入眼中的是这样一段话：

这是海洋世界的一个传奇：鲨鱼以威猛争锋于海洋动物世界中，以强悍称雄在海洋世界里。

其实，时间掩盖了谬误的真相。开天伊始，生命之初，鲨鱼从未有过想拥有海洋动物世界霸主地位的奢望。物竞天择，鲨鱼在族群最初生存与繁衍的进化岁月里，在优胜劣汰的海洋世界里，经历了弱肉强食的残酷争斗，又历尽了艰难困苦才得以顽强地幸存了下来。

今天，鲨鱼被人们有意无意地描绘成了海洋世界物种进化的王者。但当我们把目光再次聚焦鲨鱼仔细研究时不难发现，鲨鱼被人为蛊惑为潜在海洋王者外衣的背后才是它真实的面目。

说鲨鱼强悍，其实它却有着极为仁善的本性。海洋众生，鲨鱼遵循的游戏规则是：你不犯我，我不犯人！

说鲨鱼威猛，其实它却有着极为良知的本性。海洋万千，鲨鱼遵循的游戏规则是：你若犯我，我必犯人！

一条鲨鱼的一生，向自然界揭示了这样一个事实：在浩瀚的海洋中，雄雌两性在天文数字般的概率中创造了新的生命；襁褓中在呵护的机缘中幸存下来；成鱼时是在争雄的血刃中长大。之后，强悍威猛闯荡汪洋，面对强大的和弱小的；面对残暴的和温良的；面对生和死；历尽磨难度过了旺力之岁月。

暮年之时，基因没有变，性情没有变，改变了的只是生命尾声争锋海洋过后，唯一的武器锋利牙齿已经磨平了。

磨平了牙齿意味着失去了战斗力，这预示着什么？

生性尚存，但已全无猛力之威，强悍之势，老去的自然规律无可抗拒，最终必将走向死亡。

一条鲨鱼完成使命老去了，最后沉入海底。它的肉体将以食别类，骨干将化为腐泥滋养海床，这是无奈而必然的选择。

一代鲨鱼无憾地走了，生命最后依然质问幽灵世界：谁是海洋的主宰者？正是在这不屈的质问和不挠的抗争中，鲨鱼得以一代代生生不息。

……

这是李安东正在写作的手稿，黄海听别人说他写稿从不用电脑，一是不善用，二是他说要对得起老祖宗创造的方块字。黄海顺手拿起文稿翻开看了看，一时竟没有说话。沉思了一会儿他似乎想说什么，但又不知道从哪说起。这时褚楚说话了，因为她从黄海脸上的表情已经意识到他此时的复杂心情。他说：“黄局长，我想冒昧地问一句，你们从年轻时起一直是很好的战友和朋友，可为什么后来会变得那么陌生了呢？”

听了褚楚的问话，黄海没有马上正面回答，长长地叹了一口气后，他所问非所答地尽量装得淡淡地说："记得当初我曾劝过安东对于改行一事一定要慎重，他身在首长秘书的位置上，日后走仕途顺理成章，为什么要重新选择人生呢？"

黄海说着看了看褚楚，然后好像是自我回答地说："我们俩对这事的看法发生过严重的分歧，那时他对我说，正因为当过了秘书才体会到了另一种气味，这种气味不适合我，还是远离为上策。"他还曾这样对我说过："你去过辽河三角洲看到过红海滩吗？每当到了秋天，一片片火红装点了三角洲的海滩，煞是好看而迷人。对这美景没有人否认它是自然界的一大奇观，可外行人看热闹，内行人看门道。其实这红海滩就是一片片长在盐碱地上的碱蓬草，再好看在滩涂和盐碱地上它也只能是一枝独秀，无法百花齐放。海洋事业也是如此，不能一枝独秀，孤芳自赏只能成为文化的盐碱地，只有百花齐放才是海洋事业的春天。"最后他竟毫不隐讳地说："你也许永远不会明白，中国终有一天要真正走向海洋，而走向海洋不是哪一部分人，而是中华民族。我之所以选择了耍笔杆子这一行，就是要代表一代人去忠实地记录今天的海洋，留给后人，留给历史，这是文化！"

看褚楚不答话，黄海又接上说："他固执己见，说想想历史，再看看今天的海洋事业，一个民族的觉醒首先是思想的觉醒，一个海洋国家的强盛首先是民族海洋意识的强化，今天我们还应该做些什么？他说贫富生死天注定，想三想四没有用，我觉得命中注定就应该干这一行。后来在他改行从文一段时间后，我们在一次相聚时他还曾问过我这样的话题，他说，'毛主席说，没有文化的军队，是愚蠢的军队。科学与文化是两个概念，如果我们的事业只是单一地发展了而没有文化的积累与传承，那么可以认为我们的事业也将会变成文化的盐碱地，这不是中华文明的传统和传承。你说不是吗？'当时我并没有多想，只是顺嘴说：'什么文化不文化的，与我无关，我也不懂。我只知道干好领导交代的工作，绝对不能出问题，领导满意我就满意。'

“‘从古到今，立言者不朽；立行者不朽；立德者不朽。你有知识，没文化，可怕、可叹、可悲。’他说。显然他对我的回答十分不满意，看得出安东那段时间内心好像一直处于一种难以解脱的苦闷之中。”

黄海的话似乎提醒了褚楚，她插话说：“有好长一段时间安东的情绪确实一直不是很好，有一天他对我说了这样几句话：‘文章千古事，得失寸心知，谁是孤行者，问天天语迟’，这话我一直都不理解他是什么意思。”

听着褚楚的话，黄海把文稿轻轻地放回了桌上，然后若有所思地似对自己也像是对褚楚说：“我们刚提干时，有一次看过革命样板戏《海港》，在争论剧情时安东还骂过我，骂我有知识没文化，说就你这号人，长了个种地的脑子还想管好码头！”

说到这里，那次争论的场面立刻浮现在了黄海的脑海里，李安东当时曾激奋地说：“我们都是中国科举制度的受益者和传承者，科举制度的功与过暂且不说，但科举制度的废除却与甲午战争有着直接的关系。作为一名海洋人，应该比别人更要记住这样的一些曾经的历史教训，甲午战争的惨败，让中国人知道了在中华大地皇权以外还有比我们更强大的国家。不是吗？八国联军打进北京，让中国人知道了世界是由许多个国家共同组成，每个国家都有自己的国土疆域，有着各自对整个世界的看法和主张；也让我们知道了学科学要比写八股文更有用。是外国列强的枪炮敲响了中国科举制度的丧钟，是外来的带着血腥味的文明，迫使中国不得不自己废除了科举制度，这是在甲午战争惨败后的第十一个年头。这说明什么？中日甲午战争并不是一场简单战事的胜与败，而是直接改变了两个国家的前途和命运，同时改变了世界的政治、军事和经济格局，进而影响了整个世界。直至今天，这种影响仍然没有结束。说到底，甲午战争是一场华夏的黄土文化被西方海洋文化打得惨败的一场具有深远意义的战争！”

回想到这，黄海深有感慨地叹了一口气：“哎——那时我真的没有想到安东会说出这些话，更不理解安东说这些话的深刻含义，但我知道他从年轻时起就有自己的思想，自己的追求，做事坚持自己的道理。”

这时褚楚插话说了一句：“不然怎么说他是二杆子呢。”

说到这黄海突然想起了一件事，他问褚楚：“我记得在安东改行时，他送给常江一个好看的日记本做纪念，常江说是红色平绒的皮。日记本第一页上李安东写了几句话，我问写的什么？常江不告诉，说是我看不懂，安东不让常江给我看。这么多年过去了，不知道他俩和我捉什么迷藏，你知道这件事吗？”

褚楚摇了摇头，表示从来不知道这件事。不过听了黄海的话，褚楚心里也在暗自嘀咕：“李安东究竟写了些什么呢？”

黄海说完这些，随即坐到了写字台前，顺手拿过桌上的一本空白稿纸写下了这样几句话：安东，我今天专程来找你叙旧。还有关于你、我和常风。然后起身对褚楚说：“请你交给安东。”说完他转身走出了书房。黄海想既然安东不在，我还是先不把常风受伤的事告诉褚楚了，况且现在也不知道常风的伤情严不严重。

这时，黄海的手机响了，他对褚楚客气地说：“对不起，我接一个电话。”

电话是北方局值班室打来的，黄海接起电话，只听电话中说：“报告局长，刚收到‘中国海监171’船电报，现在船位距曾母暗沙还有十海里……”

六

就在黄海到李安东家拜访时，“中国海监171”船已抵达了我国主权管辖海域南沙群岛的最南端——曾母暗沙。

曾母暗沙，犹如一颗多彩的珍珠镶嵌在南海的碧波之上。在这里，无论向哪一个方向远眺，海天的分界线都无比分明。海平线之上是高远的清白色，海平线之下是不尽的蔚蓝。在这碧空如洗的海天上飘浮着一簇簇如乳如纱的云朵，或团或片、或大或小，辽阔无比，壮阔非凡。

此时正是清晨，东方的海平线已泛出满天的红晕，继而海平线逐渐变成了一线血红，随后拓展开来放射出霞光并迅速延伸至海天之间。当朝霞满天时，随着海平线上的一线血红陡然间变短，瞬间一线血红凝聚成一堆血红，随后一轮红日露出水洗般的圆形头尖开始冉冉升起，变大、变圆。当血色的太阳完全露出笑脸时，又陡然间好似一个大火球扯断了海天之间的连线猛然间弹出海面。

“中国海监171”船驶抵曾母暗沙时，常江船长一脸严肃地站在驾驶室里。此时驾驭室里没有一点声响，只听常江船长大声对舵手喊道：“报告船位！”

舵手回答：“曾母暗沙正横！”

“距离？”

舵手回答：“距离两海里！”

“把定！”常江口令。

“把定！”舵手重复道。

大约又过了20多分钟，舵手报告：“船位，曾母暗沙正横，距离五链！”

听了舵手的报告，常江上前几步，只见他抬手拉响了汽笛。

“笛……笛……笛……”三声汽笛长啸，这汽笛声以特有的深沉和穿透力向海天远播开去。这汽笛声是在向我国主权管辖的南海疆域曾母暗沙致意，也是在向世界宣示中华民族维护国家海洋权益的信心和决心。就在这时，船的上空忽然有周边国家的军用飞机从头上低空呼啸掠过，海面的不远处还有周边国家的舰船从远处驶来。

“中国海监171”船没有理会这些，绕开岛礁穿越曾母暗沙驶抵疆域的边界，常江船长口令：“两进三！”

“两车进三！”舵手重复口令。

十几分钟后常江又下达口令：“两进二！”

“两车进二！”舵手重复。

“两车停！”

当船准确地停泊在疆域边界我方一侧时，常江船长拉响了警报。随后他在广播里说：“全船人员注意，现在我船已来到南海的最南端，各部位机械仪器设备备便，值班人员坚守岗位，其他人员整齐着装到前甲板集合。”

听到广播后，船员们迅速来到前甲板集合。列队完毕，于政委对大家说：“同志们，今天是个特殊的日子，我们船第一次来到祖国海疆的最南端，为了记住这个日子，我们要在这里举行一次特别的升国旗仪式……”

简短讲话后他高声喊道：“立正——‘中国海监171’船曾母暗沙升国旗仪式开始！”

他的话音刚落，雄壮的国歌声响起，这歌声顿时回荡在南海的上空，随着赤道附近的微风传向四面八方。在这神圣之地的神圣时刻，这国歌声令每一名船员热血沸腾，心潮澎湃，伴随着国歌声，鲜艳的五星红旗缓缓升上主桅杆随风飘扬，这时许多人都流下了自豪的泪水。

这里距赤道很近，尽管是清晨，但炽热的太阳照射在甲板上温度已达50多度。只一会儿，站立的船员们就开始流汗了，大滴大滴的汗珠从脸庞上滚落下来，可他们依然肃目地注视着飘扬在南海上空的五星红旗，一股股神圣而自豪的激情在每一个船员的心中涌动。升旗仪式结束了，于政委说："下面请船长讲话。"

就在升旗时，常江船长脑海里浮现出了在鹿岛时，他去感谢老连长做了一件该由他做而没能做，却由老连长替他做了送给儿子常风的一尊护身符——玉龙。当时老连长对他说："不应该谢我，而是我要谢你。我是新中国成立后第一批上岛的老兵，守岛已十多年了，说是守岛，也是在守护沉在海底的北洋水师'致远'舰。我就要转业回老家了，能在龙年看到这个孩子在鹿岛这样艰难地出生让我看到了希望，这希望就是中国海军的希望，中国海洋事业的希望。"

这是一个海岛老兵的心结，一个海岛老兵的情怀。老连长还说："记得《周易》里说，龙有三种态势：潜龙在渊，见龙在田，飞龙在天，我觉得龙行天下的日子不会太远，他们这一代人一定能赶上，我和这个孩子有缘，能把玉龙作为护身符送给他是我的福分，我为他祈祷，为中国海军和祖国的海洋事业祈祷。"

升旗结束了，当听到于政委让他讲话，他走到队列前环顾了一下大汗淋漓的船员们说："同志们，我不用多说大家都知道这里是什么地方。"说到这他停住了，突然间他提高了声音说："回答我，这里是什么地方！"

"曾母暗沙！"大家齐声回答。

"还有？"常江船长接着又大声问。

"南海，祖国的南疆！"大家又齐声回答。

听到大家这样的回答，常江船长似乎才感到满意。这时他才接上说："同志们，今天我要替一个不能来到这里的孩子做一件事，这是一件值得这个孩子，值得大家和我，还有前辈们永远记住的事。"说着他对从衣袋里掏出了一尊玉龙说：“这是一个老兵30年前在一个孩子刚出生时送给这个孩子的护身符，他祈祷这个护身符不仅护佑这个孩子，还要护佑中国的海军和祖国的海洋事业。”

“船长要干什么？”船员们禁不住嘘出声来。

这时常江船长举起那个玉龙对大家说：“这是一尊玉龙，龙是我们中华民族的图腾。那个老兵把这尊玉龙送给这个孩子不仅是因为这个孩子是属龙的，更是想让这个孩子的一代人永远都不要忘记自己是龙的传人。如今这个孩子已经长大了，他也是我们的同行，此时此刻这个孩子应该站在了南极中国科考站的五星红旗下。今天他不能来到南沙，不能来到这里，就在他去南极前知道我将会来到这里，他委托我把这尊玉龙带到祖国的南疆，现在我把这尊玉龙带到了祖国的南海之疆。这里也是龙的故乡，这尊玉龙代表着中华儿女对祖国的忠心，扬我国威，勿忘国耻，护我海权，愿龙的传人永远守护在这里。”

说完这些，常江船长脑海里又浮现出了30年前那个风雪中的鹿岛……

就在这深深的回忆中，常江船长恭敬地捧着那尊玉龙，缓缓走到舷边，又庄重地把那尊玉龙高高地举过头顶，继而松开双手投进了大海。

是神圣，还是悲壮？！

当这一切进行完毕后，常江船长有了一种解脱感，一种从未有过的解脱感。

“解散！”

他的口令下达完了，可他看到船员队列依然站在原地未动，他不想再说什么，默默转过身朝驾驶室走去，刚回到驾驶室值班员就对他说：“船长，刚才局机关呼叫你。”

“知道了”，常江船长一边回答一边拿起了指挥用对讲机，“北海、北海，长江呼叫，听到请回答——”

“长江，我是北海。”片刻话筒里传来局长黄海的声音，常江不禁一愣，局长亲自通话，难道有什么重要的事情吗，常江心里在想。他马上对着话筒报告说："我船已抵达曾母暗沙的最南端，在前线指挥部(前指)的指挥下一切顺利，任务的具体执行情况已电报发出，请指示。"

"好的，知道了，知道你船任务完成得非常出色。不过，我想……"对方似乎对他刚才的话并不十分在意，这时只听话筒里又传来局长黄海有点迟疑的声音："常江，我是黄海，你能告诉我你船从南海返回青岛的准确时间吗？"

"我现在还不知道，海上局势瞬息万变，一切都由前指决定，听从前指的指挥，局长有什么指示请讲。"常江回答。

听了常江的回答，话筒里的声音变得有些低沉，只听黄海局长说："好的，知道了。不过——噢——没什么大事，只是最近不知道为什么时常想起你和安东。"对方接着叹了口气又说："我们都老了，你一定要注意身体和船舶安全，我等你回来喝酒。"说完通话断了。

通话的那边，黄海独坐在办公室里。放下电话他仍然不知道该干什么，他控制不住思绪，又想起了过去的往事……

刘公岛是一座海上孤岛，它坐落在我国黄海北部，渤海海峡以东，距山东半岛近岸明朝时的威海卫（今威海市）北侧不足两公里的海中。刘公岛自古便是兵家必争之岛和海上军事要塞。因此，多少年来岛上少有居民，因常年驻军而成为一座海军之岛。

1967年，本来早已该是水兵雀跃、欢声笑语的刘公岛却是一派寂静。这里是中国人民解放军海军北海舰队训练团驻地，由于"文化大革命"在全国正如火如荼地开展，这一年秋季的全国征兵工作中断了。岛上一排排、一幢幢的营房空空荡荡，一个个训练场空空如也，只有极少数的教官和老兵在少有的寂静中默默地坚守在岛上，守护着训练团的营区。

第二年，也就是1968年初春，全国恢复了征兵工作。初春的一天夜里，一艘始发于大连和一艘始发于上海的两艘苏式海军登陆舰先后靠上了刘公岛前的铁码头，顷刻间，刘公岛一下子热闹了起来。

这个夜晚，一轮明月高悬天际，洒下淡淡的月光，把天空辉映成一片淡蓝色，把海面照耀得波光粼粼。此时，刘公岛在粼粼波光中犹如一艘威武不屈的战舰，披着淡淡的墨色静卧在黄海之上。突然间，岛上依山势而建的一排排营房的营区灯光一齐亮了起来，把刘公岛点缀成一巨幅泼墨画耸立在海天之间。尽管是夜晚，这时岛上各营区不断传来“大海航行靠舵手”的广播歌声：“大海航行靠舵手，万物生长靠太阳……”

铁码头是清王朝于光绪十四年修建的钢结构栈桥式外伸码头。当登陆舰靠好码头，一队队刚入伍的新兵在老兵的指挥下走下登陆舰，踏上了中华民族历史上最为耻辱的一块土地。

从北方入伍的新兵全都穿着大头鞋。一队队新兵蛋子年轻的脚步重重地踩踏在栈桥式铁码头上，随着新兵队伍的行进，脚下顿时发出一阵阵“咚咚，咚咚……”的沉闷响声，震的码头发颤，震的海水起波。

这还是初春乍暖还寒的季节，刘公岛又一次喧嚣了起来，营区里一时间住满了新兵蛋子。第二天清晨，兴奋的新兵蛋子们起床后便纷纷跑出营区，急于想看一看驻地的这个海岛是个啥样。一看，大家都傻眼了，刘公岛是一座四周环海的海上孤岛，与外界完全封闭，想跑都跑不出去。岛上苍松翠柏，海岛北侧怪石磷峭，悬崖陡壁；岛南侧，有大片的沙滩，海面上渔船帆影，洁白的鸥群不时掠过发出鸣叫，正是这些让第一次上岛的新兵蛋子们好奇不已。

刘公岛前面海的南端只有一条东西走向的沙石路贯穿全岛。北洋水师公所坐落在岛的西侧偏中，这里是训练团团部的所在地，也是训练团第一大队大队部的所在地。而第二大队则在岛的东端一个叫东村的地方。这里在距海边300多米的山坡上并排建有两排平房营房，这些营房得德国人占领山东时修建的兵营。在营房旁的一处洼地有一口水井，水井旁便是新兵的食堂。这里距营房只有100多米远，新兵们的生活用水全部来自这口水井。

整个上午，由于新兵们来自四面八方，相互间还不熟悉，都各自干着自己的事。有的洗衣服，有的写家信，而有的新兵则在擦玻璃或是打扫营区的卫生。还有一些跑去海边欣赏岛上的风光。有一个叫李安东的辽宁兵偷闲，独自一人悄悄地跑去了岛上的北洋水师公所，他急于看一看曾在书上看到过的北洋海军司令部。

一个上午很快就过去了，中午新兵大食堂吃包子，炊事员把十几大铝盆的包子刚端上来，“呼”的一下子就被一二百个新兵们抢光了。一连端上几次，每次都是只一会儿就被抢光。然而那个叫李安东的细高个的新兵却在每次包子端上来时，都远远地站在一旁看着。在抢包子时他注意到有一个长方脸，留着分头，肤色有点黑，长的还挺健壮的新兵，第一次他只抢了两个包子，三口两口就下了肚；第二次抢了四个，又是狼吞虎咽几口下肚；第三次时却一下子抢了六个，这时才开始放慢了吃的速度。数下来他已经一连吃了12个包子还在等下一盆。见他吃的又快又多，好像还没吃饱，李安东心里暗暗地想：这个饭桶真他妈的有心眼，一看他留的那个溜光水滑的分头，就像个大队会计！”

这个个子不高饭量却很大的新兵是另一个区队的，一打听他的名字叫黄海。正是他的举动和这好听的名字引起了李安东的注意，他主动接近了他，很快俩人就成了朋友。

新兵们已换上崭新的灰色海军军装。红帽徽、红领章在阳光的照射下熠熠生辉。一队队新兵英姿勃发出现在了训练场上。新兵入伍训练开始了，军容、军姿、队列、投弹、轻武器使用，一项项训练科目如期进行，一时间训练场上口号声和歌声此起彼伏，远播海天……

60年代末的威海是一座小城。当时人们这样形容：“一条马路三盏灯，一个喇叭全市听，一个警察管全城。”这话在今天听来似乎有点玄乎，但那时这座城市真的就是这样。尽管威海城市不大，但她的名气却很大。明朝时这里是“卫”的行政建制，大清王朝时因为甲午海战和北洋水师。使威海名噪全世界。就是新中国成立后，这里发生的许多事情仍然可以说是不同凡响。老兵曾对新兵们讲过这样一件事，令新兵们一时瞠目结舌。

1950年某月的一天，中国人民解放军海军首任司令员萧劲光大将亲临山东半岛视察防务，当他前往刘公岛视察时，却没有一艘海军舰只送共和国海军司令登岛，无奈只好租借一艘渔船。

渔民问将军："您是海军司令，还要租我们的船？"

将军听了这话后心里很不是滋味。此时，他想到了年轻的共和国，也想起了中华民族过去有海无防的历史。于是对随行人员说："记下这件事，海军司令员萧劲光乘渔船视察刘公岛。"

新中国成立后，在中国共产党的领导下，人民海军有了较快的发展，但海上战场建设仍然是遥不可及。

听老兵说，那是1966年的初秋，那时"文化大革命"刚刚开始不久，国内红卫兵运动轰轰烈烈，造反派运动风起云涌。盘踞台湾的国民党当局一直没有放弃反攻大陆，这时认为大陆"文革"的形势对他们骚扰大陆十分有利，于是便时不时派出舰船对东南沿海进行骚扰。就是在这个初秋，台湾国民党当局派出一艘较大的伪装船只来到了山东半岛外的公海。随后放下几艘小艇在夜间从公海悄悄驶近近岸海域，同时准备登陆从事骚扰破坏活动。我军方已得到有关情报，随即"八一"炮艇奉命从威海紧急出航抵达某近海海域迎敌。那是第二天清晨的三四点钟，海上漆黑一片，并笼罩在浓雾之中。由于对方是高速快艇，目标很小，当发现海上的五六个小目标时，这些小快艇已从不同方向向海岸靠近。近岸海域水浅，礁石密布，这给拦截带来很大的困难，怎么办？其中我方的一艘"八一"炮艇率命先靠近浅水区，依据少有的一点经验摸索前进。而对方的小艇依仗快速、灵活的优势与炮艇在海上捉起迷藏。就在这时，意外的情况发生了，"八一"炮艇误入礁石区触礁，艇底漏水，慢慢地搁浅在了礁石上，慌乱中还被我方另外一艘炮艇的炮弹误中，眼看着对方的小艇跑掉了。

天亮后，岸上渔民发现了搁浅在礁石区并被误击的那艘炮艇。炮艇搁浅的位置距岸边仅有五六百米。由于受当时派性的影响，这时有人讥讽："真是笨蛋，就连眼皮子底下的礁石区都不知道，不摸潮水硬是把炮艇开上礁石，还自己打自己，这是什么海军？真是打内战内行，打外战外行。"

这件事令老兵们窝了一肚子的火，但又无处发泄，返航后任凭造反派风言风语的指责。事后人们才知道，炮艇从来没有到过这么浅的海域，而这片海域虽然离岸不远，但从来没有进行过海底地质与地形构造等调查。自然，军方就不会有该海域相关的海洋调查资料数据。

这件事发生之后，由于这座城市的海军主要是战斗部队，根据上级指示坚持正面教育，不介入地方的一切活动，部队对地方愈演愈烈的两派斗争始终保持沉默。而随着"文革"的发展，地方两派都想得到海军部队的支持以捞取政治资本。特别是面临各派要实行大联合成立革命委员会，部队的支持十分重要。但没有上级指示，海军部队依然保持沉默。在这种情况下，造反两派中的一派开始对海军部队发起了舆论攻势。那时海军的着装是灰色的海军服装。因此，一派竟喊出"灰老颠——灰老颠"的口号，即海军部队要颠覆新生的革委会之意。一段时间里，市内的老兵真的被搞得灰溜溜的，有嘴难辩，有话不能说，忍气吞声度日子。

新兵来了，几千名新兵遍布岛内岛外的训练营区。人多了，自然势也众了，老兵们有了底气也有了倾诉的对象。不过说归说，老兵们还是不忘记嘱咐新兵，你们刚当兵，很多人在家是红卫兵，但现在已是军人了，千万不能出去惹什么乱子。

新兵入伍训练按部就班地进行。一个月后的一个星期天，岛内的新兵按比例放假出岛到市里玩。李安东、黄海和几个战友一起乘部队的交通艇出岛。交通艇靠上码头，新兵们三三两两向市区走去。说是市区其实就是人多一点。一条不到两公里长的马路沿海滨从西向东延伸，不用一个小时就逛完了。李安东和黄海在返回的路上，在离军港不远处的解放威海纪念碑小广场停住了。他俩坐在纪念碑前聊了起来。望着刘公岛前海中的日岛炮台，再回头望一望岸上的东山炮台，李安东问黄海：“你说有这么好的地形和坚固的炮台，当年威海为什么会失守呢？”

黄海摇摇头说：“不知道。”

李安东又问：“是北洋水师和老百姓不勇敢吗？”

黄海还是摇摇头。

一连问了几个为什么，黄海总是摇头。李安东有点生气地说：“你留个小分头，看上去人模狗样的，可你有点缺心眼！”说完后他把自己的目光投向了大海的远处。

一个多小时过去了，快近中午时黄海提议：“咱们吃饭去吧？”

李安东说：“你就知道吃。”

黄海说：“肚子闹革命了，不吃怎么行。”

李安东见黄海装作饿得不行的样子，感到很无奈，起身说：“走吧，吃饭去。”

他们向军港的方向走去。因为军港外的路边有几个小饭馆。他俩走着走着，黄海看到路边有一个照相馆，他又拉住李安东说：“安东，咱们先去照张相吧。”

李安东问：“照相干什么，臭美啊？”

黄海回答：“给家里寄去呗。让俺爹俺娘看看够不够神气……”说着做出像雷锋一样双手紧握钢枪的姿势。不等黄海说完，李安东接上说：“瞎咧咧，你是不是家里有对象了，想寄给人家吧。”

听了李安东的话，黄海没有过多地说什么，只是咧嘴傻笑。

他俩走进照相馆。这里的人还挺多，都是新兵，刚刚戴上领章帽徽，新兵们大都想照张相给家里寄去。他俩开好票依序排队等候照相。

过了好一会儿，他俩终于走出了照相馆，然后来到不远处的一个小饭馆里坐了下来。这时李安东也感到有些饿了，他向卖饭票的人问：

“同志，面条多少钱一碗？”

对方回答说：“五分钱。”

李安东掏出从家里带来的一张面值一斤的全国粮票和两毛钱准备买饭票。见李安东拿出的是全国粮票，黄海忙制止说：“安东，不能用全国粮票，来，我这有山东的。”说着掏出一张一斤的山东粮票递给了李安东，因为那时全国粮票要比地方粮票金贵。

买好饭票，李安东和黄海去端面。别说，这面条还真有些特点，煮好的面条倒进事先装好水的大缸里，当地人叫拔凉。只见卖面条的师傅腰间系着白里透黑的大围裙，挽着上衣袖子，一伸手就从缸里捞出一把面，然后放进两个大碗里，又从旁边的桌子上放着的碗里倒些豆酱，这面就好了。等李安东交上饭票，只见那捞面的师傅突然抬手拧了一把鼻子，随后一把鼻涕被重重地甩在了地上。然后那师傅把甩鼻涕的手在围裙上使劲一擦又把手伸进缸里去继续捞面。李安东见状正要说什么，黄海拉了他一把不以为然地说：“都这样，这面好吃呢。”

听了黄海的话，李安东一时不知怎么办好。而黄海却不管这些，接过大碗面就吃了起来。见黄海吃得那么香，李安东也只能坐下来勉强吃了几口。事后多年，那顿面条李安东一直忘不了，似乎从那以后，真的再也没有吃过记忆如此深刻的面条。

就在他俩吃面时，小饭馆对面的一家工厂门口围了不少的人，好像是这个单位的造反派要搞什么活动。门口彩旗飘舞，还搬来了锣鼓。就在他俩刚要吃完面条时，李安东注意到，一队海军的队伍从军港大门走出来，刚走到工厂的大门口，只听一个戴着红袖标的造反派突然喊了起来“灰老颠——灰老颠——”这话音刚落，锣鼓声顿时响了起来：“咚咚呛，咚咚呛……”随着锣鼓的节奏，造反派一齐喊了起来：“灰老颠——灰老颠——”

这举动顿时引起路人的驻足观看。人群中有不少正在逛街的新兵，听到造反派的高声呼喊，他们也都围了上来。此时他们似乎也受到了侮辱，新兵们有些愤愤不平，而且越听这喊声越是生气。这时不知谁突然大喊了一声：“谁是灰老颠，老子也是红卫兵，揍他娘的！”话音刚落，众多新兵蠢蠢欲动。这一切李安东和黄海都看在了眼里，见状李安东放下碗，一下子冲了出去，他跑到路边拔起一面红色的彩旗，然后跃上工厂门口的台阶，使劲地挥动起旗子对围观的新兵大声喊道：“毛主席的红卫兵，上啊！”

这挥动的旗子好似一声号令，陆续围上来的新兵已达一二百人，他们几乎同时冲了上去，冲散了造反派人群，抢夺锣鼓。这些新兵突然的举动吓坏了造反派，他们从来没有见过这种架势，只听他们中有人喊道：“不好，这是一群东北虎，快跑！”顿时场面一片混乱，造反派纷纷逃之夭夭。

混乱过后，新兵们不知该如何是好。这时跟在后面的黄海急忙拉起李安东：“安东，快跑吧！”黄海不容分说地拉起李安东向军港内跑去。

第二天，造反派为昨天的事找到了部队，上级追查下来，李安东因是岛外事件的主要参与者而被关了一天的禁闭，外加站一夜的岗。

七

为时三个月的新兵入伍训练很快就过去了，训练结束前最后的考核科目是实弹打靶。

刘公岛东端的一个靶场，新兵入伍训练考核实弹打靶正在进行。实弹打靶后新兵们就要结束训练团的生活，被分配到舰队所属各部队。当然，分配到舰队驻地青岛的自然是大多数。

这是训练团二大队的打靶现场。靶场上，新兵每五个人一组，一拨接一拨地进行实弹打靶，每人三发子弹。作为新兵入伍训练，打靶的好坏是不计入新兵分配成绩的，主要是让新兵掌握轻武器的使用、保养与射击方法。

新兵们按照顺序，一拨接一拨实弹射击进行得十分顺利，当又一组准备射击时老班长喊道：第九组。

“到！”个头高挑的李安东带头应声答道。

“出列，持枪，卧倒，准备射击！”老班长一连串下达了实弹打靶口令。

新兵李安东和战友一起按照老班长下达的口令，连贯地做完了一系列的规定动作后，右腮紧靠枪托，闭上左眼，右眼盯着准星，按照三点一线的原则，放缓呼吸仔细瞄准靶心。不知为什么，瞄着瞄着，右手指竟然扣动了扳机，只听“啪”的一声，第一发子弹打了出去。

第一发射击完毕，李安东脱靶，报靶员在空中划了一个大大的圆圈。

这时李安东有些紧张，心里暗暗对自己说：“缺——这枪怎么不听使唤。”当他继续瞄准准备打第二枪时，心跳在加快。也许是因为有些紧张，瞄准时间又长了一些，在阳光的照射下，眼睛开始发花，就在他自以为瞄准了靶心时，旁边战友的枪响了，他跟着一抖随即也扣动了扳机。

“啪！”

“零环！”第二发射击完毕，报靶员又给他划了一个大大的圆圈。

只剩下最后一发子弹了，李安东心里想，打了两发子弹得了两个零蛋，这也太丢人了，最后一发一定要打好。想到这，李安东极力控制情绪，总结前面瞄准时间太长，眼发花的教训，迅速进入状态准备抢先击发，瞄准、瞄准、屏住呼吸，扣动扳机。只听“啪”的一声，最后一发子弹射出枪膛。随着枪响，同时传来一声公鸡的惨叫。还没等李安东回过神来，新兵队伍中立刻一片哗然，只听老班长怒吼道：“第九组，起立！”

李安东起身还没有站好，老班长已站到了他面前先开口了：“李安东啊李安东，你让我怎么说你。”李安东马上反问了一句：“为什么？”老班长冲着他厉声说道：“你看看你，该打上的打不上，不该打上的一枪中的，真不知道该说你是狗熊，还是英雄。”

原来，就在李安东这组第二枪打完后，枪声惊飞了靶场旁山坡上的几只鸡。第二枪与第三枪间隔时间较短，李安东又抢先射击，几只鸡四处逃窜时一只大公鸡恰好飞到靶前，被李安东的第三发子弹打中，一枪毙命。

真是越不顺越倒霉，实弹打靶结束了，老班长把李安东他们班集合起来带出靶场说：“同志们，这是你们三个多月入伍训练我给你们的最后一次讲评。大家都表现得很好，你们从第一次摸枪到第一次打枪，基本掌握了自动步枪使用的要领。毛主席教导我们，从老百姓到军人，这只是万里长征的第一步……”老班长继续说，“今天要特别说一下李安东同志，我不知道该批评他，还是该表扬他。要批评你是狗熊，两发子弹打了两个鸭蛋，这两个鸭蛋我想够你当兵吃几年。要是表扬你‘英雄’，虽然是瞎猫撞上死耗子，终归是一枪见血，这一枪够你记住一辈子！明天你们就要离开训练团了，分配到哪个部队我也不知道。不过，李安东同志你要认账。你打死的那只公鸡是去年留守营区时区队长和老兵养大的，你要赔。对不起，我要建议司务长扣掉你这个月的津贴”。

最后老班长又提高了声音说：“就讲到这。晚上会餐，解散！”

大家一拥而散，只有李安东呆呆地站在原地。不时有新战友瞅瞅李安东，并相互低声地嘀咕什么。看到这一切，李安东不服气地嘟囔着：“缺、缺……”

打靶全都结束了，李安东还站在那里犯傻，这时一名新兵悄悄地走到他身边喊道：“李安东，你怎么还不走啊，还愣着干什么？！”

喊他的正是那个吃了12个包子还没吃饱的新兵黄海，他是山东一个海岛上的渔民儿子。李安东没有吱声，默默地跟着黄海向营区走去。这时夕阳残留下最后一抹余晖，在海平线上把海天染得血红血红。

新兵连的大食堂里，欢送新兵的会餐开始了。在李安东他们区队食堂的一角，老班长大声喊道：“大家静一静，下面请区队长给我们讲话，鼓掌。”

坐在前桌的区队长站起身说：“同志们，明天你们就要走了，我还真有点舍不得。可大家知道，我们都是来自五湖四海，为了一个共同的革命目标走到一起来了。三个月前，老兵叫你们新兵蛋子，今天我宣布，你们是真正的兵了。不管你们分配到陆地还是上舰，你们都是海军战士。为你们成为真正的战士，为我们伟大领袖、伟大导师、伟大统帅、伟大舵手毛主席万寿无疆，干杯！”说完，区队长端起桌上了的一杯红葡萄酒一饮而尽。

区队长一讲完，食堂里就开始乱了起来。新战友们不管会喝酒的还是不会喝的都纷纷端起杯子相互敬酒，互相祝愿。有的说：“别忘了和我联系。”有的说：“如果分到舰上，别看不起分到陆地的。”而更多的则是说：“咱们当兵在外，老乡之间一定要互相关照。谁要欺负咱，大家一块上。”这时区队长开始给大家敬酒。当来到李安东这一桌时，区队长直接走到李安东身边叫了一声：“李安东——”

李安东站直身子瞅着区队长，他在等区队长问话。区队长接上说：“今天下午打靶，你打得不错，一枪见血还真有点当兵的味道。”接着区队长转身又对大家说：“李安东运气不错，我训练过好几批新兵，只有他一个人不仅有鸭蛋吃，还有肉吃。今天是个值得大家记住的日子，那只大公鸡就不用李安东赔了。明天你们走了，我也该换换地方了，那只公鸡免得我动手杀，就为这我要谢谢李安东。”说着回身对老班长说：“二班长，到伙房把鸡端来。”

一会儿老班长从伙房端来一盘鸡。区队长接着说：“你们也要感谢李安东，他不打死这只鸡，你们就吃不到鸡肉了，这盘鸡就送给你们这桌了。不过我有一个条件，每人必须喝一杯酒。”

这是一群十八九岁的小伙子。在此之前，他们在家大都没喝过酒，更不会喝酒。既然区队长把话说到这个份上，每个人还是勉强往自己的军用瓷杯子里倒了一点酒。就在李安东犹豫的时候，老班长说话了：“李安东，快点倒上。”

听到说在靶场上打死鸡的事，全食堂新兵的目光一下子都集中在了他们这一桌上，大家的目光随着老班长的话语也一起集中到了李安东的身上。

“倒上，快点倒上！”老班长催促李安东。

“我不会喝酒，从来没有喝过。”李安东对老班长说。听了这话，区队长哈哈大笑起来：“什么叫不会喝，喝酒就和喝水一样，张开嘴，扯直嗓子往里倒就是了，你看就这样。”说完区队长把刚刚又倒上的一杯酒一仰脖又喝下去了。

看到区队长喝完，李安东还是一动也没动。这时不知道什么时候那个叫黄海的从哪儿挤了过来，见状忍不住仗义地抢上前说：“来，我替他喝。”说着拿起瓷杯子就要倒酒。见黄海要替他喝，老班长一看问道：“你是谁呀，哪个班的？”

见是黄海，还没等黄海回答，李安东急了，一把抢过杯子，高声说："我喝！"

"好！"区队长见李安东终于有了态度，赞许地说。

李安东接着说："区队长，我有个条件，现在你能不能告诉我，你把我分配到哪？你告诉我，我就喝。不告诉我，我就不喝！"说着从口袋里掏出四元钱，"啪"的一声放在桌子上："区队长，这是我赔你的那只公鸡钱！"

听了李安东的话大家一下子都愣住了，区队长一时也不知道该怎么回答。想了一会儿说："好小子，别看你长得像个书生，倒还有点男人气。今天我就破个例告诉你，你被分配到青岛。但是分到哪个部队，哪一艘舰，到了青岛以后才能知道。"

"好！我信你的。"李安东回头对黄海说："黄海，你帮我倒上！"

黄海犹豫了，他怯生生地看了看区队长，又看了一眼老班长，然后才慢慢地给李安东倒了半杯。看酒没倒满，李安东冲着黄海嚷道："倒满！倒满！"

黄海倒满酒，李安东端起瓷杯一口喝了下去。顿时，食堂里喝彩声响成一片。

好不容易食堂里才渐渐静了下来。区队长刚说了一句："好样的——"就见李安东的脸色已变得通红，嘴不听使唤地说："区队长，你夸我——"还没说完他就扑通一声扑倒在桌子上。

"快把他扶回宿舍。"老班长对桌上的新兵说，这时只见黄海又抢上前，他说："我是他的好朋友，我来吧。"说着在大家七手八脚的帮助下把李安东扶走了。李安东被黄海扶走后，老班长嘟囔说："这小子还真能逞能。"

见李安东被扶走了，区队长高声说："同志们肃静一下。本来你们分配的去向是明天上午宣布，因为有几名同志要留岛，明年作为老兵继续训练新兵。这几名同志都表现的很好，按照团里的要求今天晚上先找这几名同志集体谈谈话，既然大家都急于想知道自己的去向，我相信你们，更相信留岛的几名同志不用做更多的思想工作了，现在我就提前宣布你们的分配名单。

“赵金山，留岛；王小毛，留岛；魏民，基地；李国庆，基地；张援朝，基地；刘铁锁，基地……”区队长逐一宣布名单，大家都一声不响地在仔细听着自己的名字。

当区队长宣布完一部分人的名单后说：“已宣布名单的同志明天原地等候出发通知。没有宣布名单的同志全部到青岛，明天下午三点出发。”

区队长一宣布完，顿时食堂里热闹起来。

李安东在被黄海扶回宿舍的路上，一口接一口地吐了起来。等到把酒全吐完了，一回到宿舍便倒在了床上。黄海一直坐在李安东的床边。过了好一会儿，李安东好像突然想到了什么，一下子坐了起来：“黄海，咱们到海边去吹吹风吧。”他一边说着一边起身把内务恢复得整整齐齐。

看着李安东整理内务，黄海问道：“你是怕挨批评吧。”

“三个月就学了这点本事，这叫保持晚节。”李安东轻一下重一下地整理好内务，便跌跌撞撞地在黄海的搀扶下一起走出了宿舍。

他俩向海边走去。这时天已完全黑了，食堂里的会餐也已接近尾声，新战友们三三两两地相继离开了食堂。就要分别了，战友们都在相互议论着明天的去向。

李安东这时还是感到头晕，他俩避开人群，黄海扶着他深一脚浅一脚地向操场走去。突然迎面一束刺眼的手电筒光直射在他俩的脸上，李安东不耐烦地喊道：“谁呀，照什么！”

只听对方说：“小赤佬——”

这一年训练团的新兵分别来自辽宁、山东、江苏、上海和北京等省市。在当时，上海兵高人一等，他们大都看不起其他省市的兵，特别是农村兵。为此，训练团里曾发生过几起南北方新兵打架的事。北方兵大都知道了上海兵说的“小赤佬”是骂人。听到对方骂“小赤佬”，李安东忍不住了，借着酒劲冲上去夺对方手电筒：“你敢骂人！”双方撕扯起来。李安东夺过对方的手电筒使劲扔进了操场旁的麦地里。

对方不干了，冲上来和李安东打了起来。这时，李安东好像酒醒了一半，他大声喊：“黄海，上……”

大伙儿都知道，上海兵动嘴可以，动手绝对不行。听到李安东喊黄海上来帮忙，只听一个南方兵喊：“快跑——”那两个人从地上爬起来撒丫子就跑远了。

那俩人跑远了，见李安东还坐在地上，黄海走上前一边拉他一边说：“安东，我看你和那俩南方兵也差不多，打架你肯定不行。不过，你胆量还行。”说着就去拽李安东。这时李安东的酒真的醒了一多半，他不满地问黄海：“你怎么不帮忙？”黄海回答：“新兵打架挨处分怎么办？再说你们也没真的打起来。”说着又使劲抓住李安东的手。只听李安东哎呀一声：“你怎么这么大的劲。”原来黄海把他的手捏疼了。

李安东这时才感到，黄海大大的手十分粗糙有力，相比之下，他的手显得有些细嫩。黄海说：“你看你这手，怎么和大姑娘的手一样，细皮嫩肉的，就这还想打架？”

“什么？大姑娘的手。你拉过大姑娘的手？”李安东猛地问道。

“你才拉过大姑娘的手！”黄海急了。

“那你怎么知道大姑娘的手细皮嫩肉？”

“嘿嘿……嘿。我自己想的。”黄海憨笑着说。

李安东接上问道：“不会吧？”这时李安东似乎突然想到了什么，立马问道：“是不是你爹真的在老家给你定亲了？”

黄海没有马上回答，见李安东有点认真了，他拉上李安东向海边一边走去一边有些不好意思地解释说：“咱家是打鱼的。出来当兵时咱爹一再嘱咐我要好好干。”他俩来到海边坐下了，黄海告诉了李安东他家的故事。黄海说，他爹告诉过他，他的老爷爷当年在北洋海军的炮台上当过兵。后来威海被日本人占领了，老爷爷死里逃生跑到了海岛上。从那以后，他家就祖祖辈辈在岛上以打鱼为生，后来爷爷成了海上打鱼的好手。那是在他出生前一年的冬天，爷爷和村里的七八个人驾着一艘大橹船出外海打鱼，刚出海两天，爷爷凭经验感到海上要起大风，就调转船头往回赶。在他们那儿有句谚语：海上看天，早看东南，晚看西北。爷爷掉转船头往回开，就在渔船返回离岛不远时遇到了鱼群，大伙儿觉得出海一趟不能空船回去，都坚持要放网。爷爷是船老大，无奈之下他同意了："只放一架网，收完就回家。"

海上变天前，一般是几个或十几个小时里海面风平浪静，常出海的人都知道，这是起大风的前兆，俗话说：这叫风前海如镜。

正常情况下，一架网收放一次要七八个小时。一网下去，他们兜上了满满的一网鱼，大家高兴地忙活起来。收着收着，大伙儿感到不对劲，怎么收不动了？这时驾船的爷爷也放下手中的活前来帮忙。谁知道就在这时被兜满了鱼的大网拖着船顺风顺流被卷进了一个叫"鬼见愁"的旋涡。

"不好，大家加把劲！"爷爷一边喊着一边冲回舵楼，想把船驾离旋涡。

当紧忙把网收上来时，大伙都愣住了："啊……"渔网里竟兜上来一个大大的铁家伙。"老大，快看这是啥玩意儿？"一个渔民冲着爷爷喊了起来。爷爷再次放下手中的活，过来一看，吃惊地说："炮弹，这是一发重型炮弹！"

大伙儿一下子紧张起来。一个渔民赶忙说："快把它扔回海里！"爷爷忙对大伙说："解网要慢一点，千万千万要慢解。"

一颗锈迹斑斑的大炮弹被细细的网线紧紧缠住，大伙儿开始小心翼翼地解网。

十几个小时过去了，海上风起了。还没等把渔网解完，海上风力越来越大，突然一个大浪扑上了船，船身剧烈地摇晃起来。眼看时间已经来不及了，爷爷忙喊道："不要心疼网了，快用刀割！"

渔网是渔民的命根子。可此时风浪越来越大，随之大雨倾盆而下，海浪一个接一个扑上了船，船就像一叶小舟，在狂风暴雨中已别无选择。就在大伙找来渔刀准备割网时，一个大浪扑来，船猛然间前后跳跃起来，随着船头的高高跃起，那颗炮弹一下子挣脱出去，在船板上剧烈地滚撞起来，一下子撞上左船帮，又一下子撞回右船帮。当炮弹滚到船头时，又是一个大浪把船头高高掀起，炮弹随之冲上空中而后重重地砸在了舵楼上。只听“轰”的一声巨响，炮弹爆炸了。

海浪翻卷，水柱冲天，顷刻间渔船化为乌有。大风过后，只有破碎的船板夹杂着死鱼漂浮在海面，随着海流旋进“鬼见愁”的旋涡。

黄海沉浸在深深的悲痛中，他告诉李安东：“爷爷和船上的七八个人全都没了。事后得知，那颗炮弹是日本占领威海后登陆我们岛时留下的。”

讲完这些，黄海眼里充满了泪水。过了好一会儿，李安东默默地站起身拍了拍黄海的肩膀说：“走吧，该回去了。”

八

第二天下午，前往青岛的新兵就要离开刘公岛了。

早饭后，准备出发的新兵都在忙着收拾各自的行装。黄海提早收拾好背包来找李安东，他俩如愿一同被分配到了青岛。

黄海跑到李安东的营区宿舍，只见李安东的背包和物品已收拾好放在了床铺上，可人却不见了。黄海找了好一阵也不见人影。突然间他似乎想到了什么，急忙径直向北洋水师公所跑去。他来到北洋水师公所仍然不见李安东，他急得在公所里转了一圈还是没找到，黄海边往回走边嘟囔："他怎么不知道着急，又跑哪儿去了……"

当黄海走出公所，来到门楼的台阶上向海边望去时，忽然间看到李安东笔直地站在正对公所大门前的海滩上。黄海快速跑下公所来到海滩，只见潮水退去后平坦的沙滩上写着这样一句话：中国海不会沉没第二个邓世昌！

看到海滩上龙飞凤舞的大字，黄海猜想这一定是李安东刚刚写下的。这一行大字深深地刻在平坦的海滩上，在阳光的照射下格外醒目。李安东静静地肃立在海滩上。

北洋水师公所坐北朝南面向大海。身后是岛上的最高点，岛上苍松翠柏，郁郁葱葱，簇拥着日式的一幢幢建筑。站在这块中华民族历史上最为耻辱的土地上，看到处在不尽遐想中的李安东，黄海也被感动了。黄海走到李安东的身边站了一会儿，轻轻地把手搭在了李安东的肩上："安东，无论我们俩能不能分到一条舰上，从今以后，我们俩都是好弟兄……”

说完这些，黄海拉上李安东就要回营房，这时李安东的情绪还未完全平静下来，眼中依然流露出些许忧郁的眼神。听了黄海刚才的话，停了一会儿，他转过头来对黄海说：“但愿如此。”接着他又说，“我们俩如果不在一起一定会成为好朋友，好兄弟。如果在一起恐怕不一定。日后我们或许会成为竞争的对手。我实话告诉你，我不打算在部队长期干下去，当上三四年兵就回家。”

黄海不明白李安东的意思，他说道：“我的手是天生拿枪杆子的手，你的手是天生拿笔杆子的手。毛主席说枪杆子，笔杆子，夺取政权靠这两杆子，巩固政权也靠这两杆子。咱俩都好好干，我们一直做好朋友。”

李安东接上说：“那我们俩不成了二杆子了吗？”

说到这，李安东从衣袋里掏出一张信纸递给黄海说：“这是我昨天写的一首诗，提前送给你做个纪念，到了青岛我们分不到一起就分别了。”

黄海接过一看，只见信纸上工整地写着：

告别刘公岛

远看，一艘不沉母舰；近看，郁郁葱葱一片。
南北，一十二华里；东西，三千五百米半圆。
俯瞰，排浪滚滚；远眺，半壁江山。
刘公岛——固守在威海卫前，守护在渤海岸畔。
忆往昔，先人刘公长眠千年，航标灯光依然亮闪。
断头台德寇修建，龙潭礁群鲜血染。
甲午风云硝烟尽散，丁公殉国遗址已残。
而今我辈好儿男，摘下红卫兵袖标，扛钢枪任重道远。
向祖国保证，向大海誓言，洒尽一腔青春血，誓保江山红万年。

这时，远处的大喇叭里传来了“大海航行靠舵手”的歌声：“大海航行靠舵手，万物生长靠太阳，雨露滋润禾苗壮，干革命靠的是毛泽东思想……”

午饭后，全体集合的号声响了。各个营区分到青岛方向的新兵背着背包，从各自的营房里跑出来，集合、列队，然后向码头集结。

码头上，留岛和分配到其他部队的新战友都跑来送行，相互问候、握手、拥抱。这些新兵许多人在当兵离家时都未曾流过眼泪，而在新兵连只有三个多月的时间，便结下了深厚的感情，他们中有的流出了眼泪，似乎此别将终生不会再见面或是此行赴死战场，刚刚萌生出的战友之情让人感到充满了悲壮。总之，部队战友的送别往往都会让人产生一种崇高感。因为，这是军营，这是英雄时代，这是一群刚刚从军的生龙活虎的热血男儿。

“笛、笛……”

还是那艘苏式登陆舰，汽笛长鸣，庞大的灰色舰体缓缓离开了码头。

登陆舰起航了，舰上的新兵们早已进入舱内。而码头上送行的战友们，依然站在码头上不停地向渐渐远去的登陆舰挥手告别：再见！再见！

登陆舰渐渐远去。船舱里钢铁的地板上铺着一排排棉垫子。新兵们或坐或躺在垫子上，有的出于好奇，四处打量着舱内的设施，大多数的新兵却是眼睛直勾勾地盯着电缆密布的舱顶发呆。登陆舰的大舱本是装载坦克和登陆部队的，大舱宽大、空荡。巨大马力的柴油机发出的轰鸣声，震得舱体嗡嗡直响，与空气中弥漫的柴油味交织在一起，不时令人感到一阵阵的心烦和恶心。

不知道过了多长时间，渐渐地大家感到登陆舰在明显摇晃，有的新兵开始呕吐。这时，只听一名带队的老兵站起来高声对大家说：“大家注意了，我们就要经过中国东部大陆山东半岛的最东端，被称为‘中国好望角’的成山头，这里风浪大、海流急，船摇晃得厉害，大家躺好尽量不要动。如果谁感到不好受，晕船想呕吐就到各班前面的桶里去吐，不要吐到别人的垫子上和身上。”

带队老兵的话也不知新兵们是否都听到了，大部分人还都是双眼紧闭，一声不响，如同死一般僵直地躺在垫子上似睡非睡地纹丝不动。

李安东躺在舱内，随着舰体摇晃加剧，他感到心里一阵阵难受，五脏六腑好像一阵紧似一阵地绞在了一起。这时他想如果黄海在身边能问一问他就好了，当他用目光搜寻时，只听哇——哇——有人开始呕吐起来，而且是这边刚吐完那边又在吐。一时间，舱内充满了刺鼻的异味。就在这时，李安东发现了黄海的身影，只见他抱着一个水桶在使劲地干咳了好一阵也没呕吐出来，然后起身去照顾别人了。黄海是在海岛上长大的，出海对他来说一点也不陌生。此时对他来说应该是个好机会，帮战友倒倒水、捶捶背毫无问题。在那个全国学雷锋的年代，作为新兵都争着学雷锋，抢着做好事。看到黄海的举动，李安东心里想，你小子不至于晕船吧？转而一想，这小子一定是装样给人看的。随后在心里骂了一句："这个坏小子，装的还挺像。"

一会儿，李安东的心一阵紧一阵松，扯得嗓子眼发麻，发痒，直至揪心的恶心使胃里的东西直往上反。可他心里却在琢磨刚才老班长的话："人们都知道什么是海浪，怎么还有海流？海流是什么？"刚想到这，一阵剧烈的恶心猛地涌上嗓子眼，他急忙爬起来想去找水桶呕吐，这时黄海发现了他，赶忙跑了过来问道："安东，想吐吗？"

黄海的话音刚落，只见李安东猛地扑到一个桶前，"哇"的一声吐了出来。呕吐物随着腹腔中集聚的压力直喷而出，他抱着那个水桶一口接一口地呕吐。吐了好一会儿，黄海扶他躺回原地并拿过水壶给安东喝了两口水。谁知安东刚躺下却又爬起来吐。这会儿，他吐的已不是呕吐物，全是水，直至最后吐出的全是黄水。这时黄海一手扶着桶，一手给安东捶背，嘴里还在不时地安慰他。

当李安东再次吐完无力地躺下后，低声对黄海说："真他妈的缺——这晕船怎么比死还难受。"

黄海接上说："你说说死是啥滋味？"

"就是这滋味。不对，这滋味比死还难受。"李安东说。

接上李安东的话，黄海像似安慰地说："这算什么，军舰多大，咱家那里的小渔船出海更遭罪！"

李安东躺下不再说话了，像死一般昏睡过去。登陆舰继续在摇晃，机器的轰鸣声越发震耳欲聋。李安东昏睡中感到船舱里除了机器的轰鸣声，其他什么也听不见。大多数新兵都在昏睡着，突然舱内的警报鸣叫起来，警报信号灯闪着炫目的红光。随后听到广播里传来舰长的声音："战斗警报，进入战斗部署！"

战斗警报惊得新兵们一下子坐了起来，他们不知道发生了什么事，一时竟忘记了晕船。这时他们看到舰上的老兵们快速有序地从各自的舱室鱼贯而出，顺着舷梯向上甲板跑去。这时带队的老兵对大家说："我们正航行在黄海中部，这里靠近公海，时常有外国的舰船在这一带海域活动，这是舰上的战斗演习警报。请大伙不要紧张，以后你们上舰，同样也要执行海上巡逻的战斗任务……"

听着老兵的话，李安东感到有些纳闷，他心里在想："这警报一响，思想一紧张晕船怎么就不厉害了？"

也不知过了多长时间，警报解除了，李安东一时又感到这船怎么比先前晃得还厉害，接着心里一阵阵难受又发作了，他躺下又昏睡了过去。

又是一个太阳初升的清晨，登陆舰驶进了青岛某军港。

九

青岛某军港，登陆舰已靠好码头。新兵们一个个背着背包走下舷梯，依序排好队，一排排整齐地静坐在码头上。

只见一名干部来到队列前，一手拿着手提喇叭，一手拿着名单对大家宣布说：“同志们，我现在宣布分配去向，按照各部队的顺序点名。点到名的同志立即出列到旁边等候，下面我开始宣布名单。”

“驱逐舰支队：王胜利、赵东升……”

“水警区猎潜艇大队：张勇、王为民……”

“水警区扫雷舰大队：李援朝、李安东、黄海、常江……”

被喊到名字的新兵一一应声答“到”！然后起立走出队列。当喊到一个叫常江的名字时，只听那新兵应声答：“到！”随即起立出列。李安东看到那个新兵个头有一米七多一点，留着典型的学生头，皮肤白皙，长的不很强壮也不算单薄，一看就知道是个南方人。这时，黄海好像突然发现了什么，连忙捅了一下身边的李安东说：“安东，这小子好像是那天晚上和你打架的那个上海兵？”李安东看着向他俩走来叫常江的人，有点拿不准地回答说：“那天我喝醉了，没看清——不会这么巧吧？”当常江走近时，李安东小声同黄海嘀咕着。

此次，扫雷舰大队共分到了50名新兵。点完名这50名新兵集体登上了两辆解放牌大卡车，驶出军港穿过市区向郊外驶去。

水师口，位于青岛东南方20多公里的水师口海湾，因这里地理位置特殊，依山抱湾而在历史上成为屯兵重地。明朝时全国沿海设置卫、所和口的建制时，这里因驻有水师而得名水师口。如今，这里是舰队某水警区的驻地，水警区的扫雷舰大队和猎潜舰大队的码头基地就设在水师口湾内。一个多小时后，两辆解放牌大卡车停在码头军人俱乐部前。此时，扫雷舰大队的领导和各舰舰长已在俱乐部前等候。

新兵们下车整好队后，一位首长走到队列前对大家说："同志们，今年你们这批兵有50人。我们大队现在有四艘舰，每舰十名同志，共40人。还有十名同志就不能上舰了——" 听到这，队列里突然传出一阵唏嘘声。因为大伙都想上舰，当水兵不上军舰，那叫什么海军。这时，那位首长大声说道："大家静一静，剩下没有点到名的十名同志不用担心，今晚你们暂时在俱乐部住一夜，明天你们将到武昌造船厂去接一艘新船。这艘新船不是战斗舰艇，是用于我国海洋科学研究的调查船，也是用于为海军服务的科学试验船。下面我宣布这十名同志的名单：赵铁柱、主机班；王建国，主机班；张大勇，辅机班；赵光荣，电工班；李安东，报务班；常江，雷达班；黄海，信号班……"

真的是冤家路窄，在训练团第一次打架的冤家竟然分配到了一艘船的同一个部门里。这时那个叫常江的新兵也认出了打架的对手，一个叫黄海，一个叫李安东。当他们站到一起时，常江心里还真有点发毛。这黄海虽然个子不太高，可强壮有力；而李安东虽然不强壮，但个头却比他高出半个头。一个对两个，相比之下，他怎么也不是对手，这以后老在一起，还真是个麻烦。这时，站在常江身旁的黄海似乎已猜到了常江的心思，有意地用胳膊拐了他一下，常江不敢正面看黄海，装作若无其事的样子继续听首长讲话，见状黄海得意地朝李安东挤眼笑了笑。

那天晚饭后，黄海和李安东来到俱乐部前海边的一块大礁石上坐了下来。黄海对他说："你是我当兵后的第一个朋友。"

李安东反问道："真的？"

黄海回答说："真的，你够意思。"

见李安东没再说什么，黄海试探地问道："李安东，听说你爸爸是县委书记？县委书记在咱老家可是个大官呀，你怎么也来当兵？"

李安东没有回答，反问黄海："你怎么知道的？"黄海回答："私下听你老乡说的。"

那天晚上，他俩闲聊了很多。黄海对李安东说："刚开始，听说你是县委书记的儿子，我还不敢接近你，怕你看不起我。咱爹是打鱼的，成年累月地出海打鱼，可鱼一点也不值钱，个把星期，有时是十天半个月打回一船鱼才能换回几个工分。我们那儿是海岛，岛上没有地，种不了庄稼。只能等到年底渔业队里分钱了，我爸爸才能和村里人一起出岛去买回一些粮食。还有，我们吃的菜都是从岛外运进来的，价钱很贵买不起，只能成天地吃些臭鱼烂虾。"

听了这话，李安东十分惊诧地说："吃鱼吃虾还不好吗？我们家平时可吃不到鱼虾，只有逢年过节才能吃一点河里和水库里的鱼。在咱那疙瘩，冬天里除了吃酸菜炖粉条，就是吃地豆，我都吃烦了。"

黄海不解地问："县委书记家也吃这？"

"不吃这吃啥？"见黄海不解，李安东继续说："哎，我给俺妈总结了一条经验，早晨辣椒炒地豆，中午地豆炒辣椒，晚上辣椒地豆一块炒。"

"啊！"听了这话黄海笑着问："你家是正宗的东北人吗？"

听了黄海的问话，李安东一下严肃起来，他回答说："俺老祖宗也是山东人。"说这话时，李安东学着黄海的山东口音，特意拖着长腔说。

黄海接着李安东的话说："听咱爹说，你们东北很多人的老家都是咱山东的。一说闯关东，咱那里的人都知道。不过咱山东什么都好，就是缺粮食吃。我十岁那年，就是三年自然灾害的那两年，咱饿的实在不行了，俺娘逼着我下海去捡海参。咱那海里海参可多了，平常没人吃那东西的，有时赶一趟海就能捡回一大筐。俺娘用水一煮，逼着俺就地瓜干当饭吃，吃的我直恶心。"

不知不觉中海水已开始涨潮了。海浪一排排随着海风扑上海滩，冲上礁石。海浪退去的间隙，黄海突然发现石缝中有两只被海浪冲上来的小海参。他顺手抓起来拿给李安东看：“李安东，你看就是这黑家伙、黏糊糊的，恶心不恶心？”

李安东一看，啊，海参咋这个模样？黑了吧唧的，浑身还长满了小刺，一动起来就像一条黑黑的大毛毛虫。有生以来第一次见到海参，李安东不敢拿，连忙说：“快扔了吧。”听了这话，黄海便把两只海参重新扔回海里。

潮水越涨越高，这时他们俩发现潮水已经快把礁石淹没了，本来凸起的礁石变成了海中的孤礁。李安东急了，大叫起来：“哎呀，涨潮了，这可怎么办？”

黄海不慌不忙地站起身，笑着说：“你怕啥呀，现在快到八月天了，在家时我早就下海游泳了，大不了咱游回去。”

“我不会游泳啊！”李安东说。

“怕啥，有我呢。”黄海胸有成竹，一边说着一边冲李安东比划起来。正说着突然趁李安东不备，黄海猛地一把把李安东推进了海里。

“黄海，你缺——黄海，你缺——”李安东一边在海水里挣扎，一边冲着站在礁石上的黄海大喊大叫。而黄海一点也不在意，站在礁石上还冲李安东哈哈大笑。见李安东在水里瞎扑腾便大声喊道：“不要紧张，慢慢喘气，用手慢慢划水，两腿往后蹬……”黄海一边喊一边站在礁石上比划。

见黄海不下水救他，李安东知道这小子是有意的，再说离岸确实也不远，李安东渐渐放松了下来，按照黄海的比划试着划水、蹬腿，一会儿似乎找到了一点感觉，头也能慢慢地抬出了水面。

“对、对，就这样游！”黄海站在礁石上继续大声喊。

尽管李安东在水里拼命扑腾还是被潮水冲出去了二三十米远。见状黄海没脱衣服，纵身跳进海里，他游到李安东身边，一边游一边继续对李安东说着什么。

一会儿，他俩就游回到了海滩上。李安东刚才在水里一阵扑腾，这时感到很累，回到沙滩上就躺下了，他脸朝天埋怨黄海说："你冷不防把我推到海里，不怕淹死我啊。"

黄海站在他旁边一边拧衣服，一边笑着回答："没事，我有数。我就是趁你不注意才推你，如果你有防备就推不下去了。再说，就是推下去了也推不远，淹不死人。你不知道吧，我小时候学游泳咱爹就用这个办法，趁我不注意，一下子把我从小舢板上推下海。求生是人的本能，你刚才不是拼命扑腾吗？我告诉你，海水浮力大，只要不紧张，掌握好均匀呼吸，两手两腿一先一后有节奏地划水，蹬腿，这游泳就算学会了。至于能游多长时间，那就看你有没有力气和耐力了。再说了，当海军不会游泳能行吗？"

这时，不知李安东是怎么想的，他突然问黄海："你说人被淹死时是啥滋味？"

黄海回答："我没死过，不知道。"

李安东又问："那你说邓世昌自沉大海不难受吗？他该有多大的决心和勇气与'致远'舰同归于尽。我佩服这样的男人！"

他俩聊着聊着忘记了时间。李安东对黄海讲的关于游泳的这些事以前从未听说过，他对黄海说："我是旱鸭子，你是水鸭子，不过都是鸭子。那你以后多教我一点。"听了这话，黄海有些得意。

这时，他俩听到停靠在码头上的舰艇同时传来了熄灯的铃声。"坏了，熄灯了。"说着他俩爬起身便向俱乐部跑去。

十

分配接新船的十名新兵，在两名干部的带领下，乘海轮离开青岛，此行要途经上海再转乘江轮前往武汉。

由青岛至上海的海轮，是20世纪六七十年代较为常见的运输煤炭的“战斗”号货轮，是将货舱上甲板的一角空出一定的空间作为临时大客舱用来载客。

那天下午，黑色船体的“战斗”号缓缓地离开码头驶出港池进入胶州湾。两名带队干部中的那位年轻干部告诉这些新兵：“青岛这座城市依黄海而生，依胶州湾而兴，正是这海这湾托起了这座城市昨天的苦难，今天的繁荣，还将托起明天的昌盛。”

船驶出胶州湾时在团岛灯塔处转向，这标志着船已进入了黄海。又经大公岛，至朝连岛再转向，向南将穿过黄海南部进入东海再抵长江口。此时天气已进入八月，正是太平洋西南季风盛行的季节，“战斗”号货船尽管吨位较大，也同样抵挡不住西南季风从太平洋吹来的巨浪的冲击，船身被一二百米波长的涌浪一会儿托上波峰、一会跌入波谷。十名新兵，又一次经受了难忘的航行，他们中有的开始产生恐惧感，心里暗自想：这么大的船都晃得这么厉害，军舰再大也比不了万吨轮，这样遭罪以后当水兵的日子可怎么过？就是在这种好奇与恐惧的交织中，他们熬过了40多个小时。

这40多个小时，对于李安东来说是十分痛苦，也是十分幸运的。当船摇晃的最厉害时，李东安似乎坚持不住了，就在他感到极度悲观和失望，甚至怀疑自己这兵是否当错了的时候，带队干部中的那位年长的领导竟来到了他的身边，并轻轻地和他一起偎在了临时的地铺上，在船颠簸最厉害时又亲切地把他拥在了怀里。这时的李安东竟像个小孩子，十分听话和顺从地依在这个老兵领导的怀里昏昏沉沉地睡着了。这一睡就是30多个小时，而那位老兵领导倒像是一位父亲一样耐心而又细致地照顾了他一路竟默默无语。

“战斗”号由外海驶进长江口，船身很快平稳了下来，当进入黄浦江时，船身已没有了一点点摇晃的感觉。本来像死了一般躺着的新兵，一下子又活了过来。晕船就是这样，晕得厉害的时候真是比死还难以忍受。可当船不晃的时候，尽管身体依然有点像病过了一场的虚弱感，可精神头却很快就会恢复起来。

这时，新兵们在另一位年轻带队干部的带领下走出船舱来到甲板上。上海在全国的名气很大，人们都称之为“大上海”。这些新兵大都是第一次到上海，他们争先恐后地挤到船舷边，都想亲眼看一看黄浦江，目睹一番大上海究竟是啥样。

“战斗”号驶进吴淞口，年轻的带队干部对大家说：“你们看，右舷岸边码头上停靠着咱们海军的‘长江’舰，那是毛主席视察海军时乘坐的舰。在‘长江’舰上，毛主席给我们海军写下了‘为了反对帝国主义的侵略，我们一定要建立强大的海军’的题词。”新兵们顺着带队干部手指的方向望去，只见吴淞口海军基地的码头上，“长江”舰静静地停在黄浦江畔。舰的前后桅顶挂满了信号旗，正在欢迎革命群众登舰参观，接受革命传统教育。

船抵达上海，换乘的江轮船期要在两天后，新兵们被安排到部队招待所暂时住了下来。第二天，年轻的带队干部把大家集合起来安排说：“今天给同志们放一天假外出。大家要集体行动，以部门为小组，由上海兵带队。不要走得太远，去一下南京路，看一看外滩就行了。下午上海兵可以回家去看看，但晚饭前必须归队。”

报务、信号、雷达班同属观通部门。自然，李安东、黄海和常江三个人是一个小组，常江是上海人，这个小组就由常江负责，带领李安东和黄海去逛大上海。

离开上海只有三个多月，一回到上海常江轻车熟路，乘上公交车，他们三人先来到了外滩。这里是大上海的经典景观，看着外滩旁一幢幢高大的建筑，真让李安东和黄海大开了眼界。沿外滩江岸而行，眼前的黄浦江上大小不等、船型各异的船舶穿梭往来。无论是顺水还是逆水，这些船舶都能依序按照各自的航道而行。看着眼前的情景，令黄海感到十分新鲜的是，一艘不大的机动船竟能拖着一二十艘泊船，犹如一列长长的火车般在江中航行，十分壮观。常江告诉黄海："这是南方特有的泊船船队，这样的船队在长江和黄浦江里很常见，主要是用来运送货物的。"黄海说："在咱那没见过。这样的船队如果在海里指定不行，一遇到大风浪那不全都完了。"

他们三人一边漫步江滨，一边尽情地欣赏黄浦江两岸的景色。常江继续介绍："我们站的这一面叫浦西，江对岸叫浦东。浦西是上海的主城区，也是最繁华的城区……"他们边聊边走，也许是讲普通话不顺当，说着说着常江自觉不自觉地说起了上海话。一听常江讲上海话，李安东马上就烦了，他不耐烦地提醒："喂，你能不能少讲点鸟语呀？"

当他们来到外滩公园。常江问道："你们知道当年在上海有一个地方的门上挂着一块'华人与狗不得入内'的牌子吗？"

李安东回答说："当然知道。"

常江停住了，他一脸严肃地告诉李安东和黄海："当年，那块牌子就挂在这里。现今这儿是人民公园，老百姓随时都可以出入。"

时间很快就过去了。中午到了，黄海提醒说："该吃饭了。"

常江问道："想吃什么？"

黄海抢先回答："当然要尝尝上海的饭了。"

他们是刚上舰的新兵蛋子，每个月只有七元钱的津贴费，不敢奢望吃什么好东西。听了黄海的话，常江提议吃点上海人常吃的小吃，这些小吃有阳春面、汤圆、馄饨等。

这时李安东说：“走了一上午还没喝口水，吃点带汤的吧。”

常江说：“那我带你俩去吃馄饨好了。”他俩同意了。

常江带领李安东和黄海一起在附近找了一个馄饨店坐了下来，常江对他俩说：“你们就在这里吃饭，往前面不远就是南京路口，你俩吃完饭自己去南京路逛一逛，然后原路坐来时的公共汽车回招待所就行了。我就不吃饭了，省点时间早些回家去看看。”常江跟他俩交代完就要走，这时李安东喊住了他：“我说上海人，这鸟语咱听不懂，你是不是帮我们买好了再走啊。”

听了这话，常江停住了对李安东说：“好吧，把钱给我。”

“什么，到上海吃饭还要钱？”李安东有点漫不经心地回答。

“是啊，不掏钱怎么吃饭？”常江说。

见常江有点疑惑的样子，李安东冲着常江的口袋努了努嘴，意思是钱不是在你口袋里吗。见状，坐在一旁的黄河已领会了李安东的意思，只是装憨傻笑。常江终于明白了李安东的意思，让他请客。

常江一边从衣袋里掏钱，一边问道：“吃多少？”

“一人半斤。”黄海接上说。

“什么，这么多？”常江不解。

“小气鬼，快买吧。”李安东催促道。

常江碍着在场上海人的面子不好过多解释，只好去买饭票。见常江掏出了一个皮钱包，李安东漫不经心问他：“这是啥东西？”

常江以为李安东又要无理取闹，有点不耐烦地说了一句：“傻瓜，这是钱包。”听了这话，李安东不但没有生气，反而十分认真地对常江说：“我知道是钱包，可我从来不用那玩意儿，碍事。我是有钱没钱乱赶集呀。”听了李安东的答话，常江心里在说，这小子怎么像是个公子哥？其实，常江并不知道李安东的父亲是县委书记。

常江买完饭票离开了，一个女服务员走过来用上海话问他俩，一斤馄饨一块要吗？

他俩听不懂上海话，黄海急了："说啥？我听不懂。"

见两个海军听不懂上海话，那女服务员又客气地用普通话说了一遍。

听完，李安东说："一块上吧。"

服务员有点不理解，忘了普通话又用上海话提醒说："一块上，太多了？"

李安东一听烦了，冲着服务员瞪着眼睛大声说："你还跟我讲鸟语！"

见此情景那服务员显然也有些不高兴，顺嘴说了一句："老凶喽。"

这句话李安东听明白了，接上厉声说道："丫蛋，我让你讲普通话！"

见这解放军还真有点脾气，那服务员马上又变得稍微温和了一些用普通话解释说："我问你们一斤全上来吗？"

李安东生硬地回答："我说丫蛋，一顿饭有分两次吃的吗？"

这时黄海忙接上说："真黏糊。"

"饭桶！"服务员听懂了黄海说的话，没好气地冲他说了一句。

李安东听说上海人吃得少，猜想服务员是不是怕我们吃不完才这么麻烦，心想上海人还真负责任。可我们年轻，一人半斤馄饨算什么，吃给你看看。

过了一会儿，服务员先开始收拾他们旁边的另一张桌子，随后一名男服务员用大托盘端来几十碗馄饨摆在了桌子上。直到那张桌子摆得满满的，剩下最后两碗，才端给李安东和黄海。然后指了指旁边的桌子对他俩说："这些都是你们的。"

"啊！"李安东和黄海都愣住了："怎么这么多！"李安东一数整整20碗。

见他俩怪异的表现，服务员反而有些吃惊地反问道："你们不是要一块上吗？"

他俩哪里知道，上海的馄饨是半两一碗，要了一斤可不就是20碗吗。这时旁边吃饭的上海人都不约而同地看着这两个傻帽解放军，这令他俩十分难堪。李安东向黄海使了个眼色，示意他赶快吃，他俩不再说话坐下来低头吃了起来。

李安东越吃越气，他悄声问黄海："常江这小子是不是故意的？他怎么不告诉我们，上海人卖馄饨半两半两地卖。"

"上海人吃猫食，你没看都长得像豆芽菜。"黄海说。

李安东接上说："你缺呀，回头问问常江，他要是故意的找他算账！"

听了李安东的话，黄海只是点头不再接茬了，只顾闷头吃馄饨。李安东吃了三碗就吃不下了，他心里在暗暗地埋怨："这是咋回事呀，上海的馄饨怎么净是汤，撑得肚子发胀还吃不饱。"

他再一看黄海，已经吃了六碗还在吃，吃得满头大汗。

李安东和黄海都吃饱了，可馄饨还剩了七八碗。黄海想一走了之，李安东却对他说："这不行，买这么多已经给咱北方人丢脸了，如果再这样走了造成浪费，那就不仅是给北方人丢脸，而是给解放军丢脸。你去找服务员道一下歉，说剩下的那些我们没动过，送给他们了，请他们不要浪费……"

听了李安东的话，黄海执意不去："我不会说话，还是你去说吧……"

没有办法，李安东只好自己起身去找服务员，也不知他跟人家说了些什么。之后，他俩离开了馄饨店。

他俩走出馄饨店向前走去，不远处果真是全国闻名的大商业街——南京路。站到南京路上，李安东不由得想起了"南京路上好八连"，想起了在家上小学时看过的电影《霓虹灯下的哨兵》，这让他很是感动。他俩由外滩方向向里走去，逛商店本来就不是男人的嗜好，李安东越逛越感到无聊，他对黄海说："咱回去吧。"

可黄海坚持还要逛一会儿："好不容易来一回，你就陪我再逛一会儿吧。"无奈李安东只好陪他进了第一百货商店。从来都没有见过这么大的商店，不愧是大上海。进了商店黄海对什么都感到好奇，而李安东却越逛越觉得心烦，最后他实在忍不住对黄海说："黄海，我求你了，咱们回去吧。"

"再逛一会儿吧，时间还早呢。"黄海回答。

"我不行了，真的不行了，你不会让我这么年轻就牺牲在南京路上吧？"李安东说。

这时黄海才注意到李安东的脸色有些不对劲，他急忙问："你怎么了？"

"我感到有点缺氧……"李安东低声告诉黄海。

黄海一听这话急了，扶起李安东慌张地向商店大门奔去。

十一

两天后，这群新兵在外滩十六铺码头登上了开往武汉的江轮。船在江里航行与船在海上航行相比可舒服多了。离开黄浦江，江轮进入长江逆水而上挺进武汉。

武汉江城造船厂高大的厂门耸立在长江岸边，厂部大楼远远望去古朴而庄重，大楼灰白色的建筑基调色彩，似乎无时不在向人们述说着这座工厂的历史。然而今天正是“文化大革命”的高潮期，全国又在以实际行动迎接即将召开的中国共产党第九次全国代表大会。

就在这些新兵来到厂里的第二天上午，接船的全体干部战士召开了第一次全船大会。一位部门长集合完队伍后说：“同志们，我们船的人员基本配齐到位，可以说一艘新船按建制已经组建完成。我们接的这艘海洋调查船可是个好家伙，担负的使命重要，执行的任务光荣。下面就请我们的船长方舟同志给大家讲话，请鼓掌欢迎。”

叫方舟的船长来到队伍前，李安东一看有点吓傻了。

这时只听方船长声音洪亮地说：“同志们，我是船长，叫方舟。今天我们船正式组建完成，我们当前的任务就是要坚决按照上级首长的指示把船早日接回去，早日投入战斗……”其实方船长这时在说些什么，李安东一句也没听进去，因为这位方船长正是在船上把他抱到上海的那位领队干部。不知是难堪还是后怕，此时李安东的心在不断地乱扑腾，他不知该如何是好。直至最后他只听到方船长说：“从明天起，我们都要到船厂去协助工人师傅干活，抓紧一切时间造好船。”

当李安东他们来到船厂时，他们发现工厂里少了许多往日铁锤打击钢板的“当当”声，少了许多“喇喇”耀目的电焊弧光。塔吊停了，船台空了，取而代之的是铺天盖地的大字报贴满了厂房四周的墙壁，也贴上了塔吊、贴上了船台。就连厂门楼上悬挂的“江城造船厂”的牌匾上，“造船厂”三个字也被“打倒走资本主义道路的当权派”的大标语盖上了。

厂区内，临江的二号船台上，一艘正在建造中的吨位为几百吨的庞大船体静卧在船台上。说是船，其实就是一个空船壳。这艘船虽然正在建造中，但焊好的钢板表面已斑斑锈迹。

这些当兵的每天就像工人师傅一样按时到船厂去协助造船。这时正值“文化大革命”，工厂里一边抓革命，一边促生产，这直接影响了造船的进度。每天每个工班上船干活的工人师傅总是三三两两，文齐武不齐，计划的工作总是不能按时完工，有时甚至是干脆就找不到人。

在这种情况下，这些当兵的就要主动到厂里去协助工厂多干些力所能及的活，并不时地去催办一些本该干完而干不完的工程。对于这些新兵，在同样要和先期接船的老兵一样到厂里去干活的同时，他们还有一项更重要的工作，就是在造船期间了解和熟悉所在部门的各种装备性能和使用方法。当他们第一天来到工厂时，看到的是另一个船台上已经搭起了一个大台子，台子上站着几个脖子上挂着大牌子的人。这是工厂正在召开批判走资本主义道路当权派，台下站满了工人，大喇叭里不断传来“打倒 ×××”的口号声。

新兵们排队来到自己的船台前，方船长对大家说：“我们干自己的活，谁也不许到那边去看热闹。目前，工厂里的两派造反组织正处于矛盾时期，我们部队，要忠于职守，不发表任何意见，这是纪律。”随着方船长一声解散，这些当兵的纷纷上船去干自己的活，就当是眼前什么都没有发生。

船长方舟看上去50岁左右，虽然个子不高，但浑身上下都透出一种豁达果敢之气。别看他在“战斗”号船上照顾李安东时像一位慈爱的长者，但他那干练的躯体却能通过嗓门发出洪量的声音。听口音他是个爽快、果敢的北方人，说话、办事的简练干脆实属典型的军事干部。

武汉是长江中游的重镇，新兵们抵达武汉与先期到达的接船老兵一起，临时住在岸上的一个部队接船招待所。新兵们到武汉一个星期后，船上又一次召开了全船会议。会上方船长讲话说：“新战友们的到来，给我们船增加了新鲜血液，我们是新组建的单位，新船新人，这说明我们船充满了活力。目前，正是‘文化大革命’，武汉的两派群众对立情绪十分严重，我们是正面教育部队，不担负地方支左任务。因此，希望大家保持高度的警惕性，不做任何介入地方的事情，任务只有一个——接好船。”

说到这，方船长停了下来，他好像在思考什么。接下来他部署了另一个任务。他说：“七月十六日，是毛主席畅游长江两周年的日子。地方革委会要组织庆祝毛主席畅游长江两周年军民横渡长江活动，要求我们派一个40人的方队参加活动。这次活动解放军陆、海、空军各一个方队，但在武汉海军部队只有我们这些人，本来老兵30多人不够数，现在你们这些新兵来了，正好可以组成一个方队了。”

说这话时方船长不断用眼睛扫视这些新兵，然后说：“你们中会游泳的举手。”

听了方船长的话，新兵们一个个都面面相觑。过了好一会儿，见新兵没有一个举手的，方船长又说了一遍：“你们中谁会游泳，举手示意一下。”方船长的话虽然很平和，可新兵们听起来却都感到有些紧张。又过一会儿，只有黄海一个人慢慢地举起了手。

方船长马上示意黄海站出来，说道：“你叫黄……”

黄海马上回答：“报告，我叫黄海。”

这时方船长立马笑着说：“这名字好。我知道了，你是山东的，还是海岛上来的，你算一个。”

见其他人没再举手，方船长随即对一个称观通长的干部，也就是主持全船第一次大会的那位说：“窦观通长，新兵的游泳训练由你负责，从明天开始，三天速成强化训练，然后挑出几个人，五天后参加老兵方队横渡长江活动。”

游泳训练是在郊外的东江湖进行的，那儿有一个湖上的游泳场。第二天，这些新兵在十名老兵的陪同下来到了东江湖游泳场开始游泳训练。

也许是不放心的缘故，带队的不仅是窦观通长，而且方船长也亲自来了。换好游泳裤，新兵们整齐地排列在湖中的木栈桥上，一同来的十名老兵列队站在新兵身后。列队完毕，方船长站到队列前讲话了：“游泳是水兵的必修课，这算不上什么大事。学游泳第一要有敢下水的胆量；第二下水后不能紧张，精力集中不等于紧张，要尽量做到精神放松，就像毛主席说的，胜似闲庭信步；第三要按照要领去做，慢慢体会。”接下来方船长指示一名老兵给大家做示范，而他则转到新兵队列的后面去了。

老兵示范刚一结束，新兵们只听身后传来方船长的口令：“第一列，人与人间距一米，向右看齐！向前看！向前五步走！”新兵们连续做完这一系列动作，站定后人离栈桥边缘只剩下20厘米的距离了。新兵们正等待方船长不知道还要下达什么口令时，谁知排头兵竟一下子扑进了水里，随之队列后传来方船长连续的喊声：“下去吧！下去吧！”只见方船长从身后一个接一个把这些新兵全都推进了水里。

这下子可乱了套，这些新兵就像一下子被赶进水里的一群鸭子，乱扑腾一气，搅得水花纷飞，站在栈桥上的老兵看到这种情形哈哈大笑了起来。几分钟后，两名新兵一点水也不会，又不掌握游泳要领，明显力不从心，两名老兵见状飞身跃入水中前去施救。

这时水中的李安东倒十分平静，也许是已经有过体验，虽然他的动作不规范也不熟练，可身体在水中却能自由地漂浮，并不停地划动双臂和蹬动双腿。当他环顾水面时，看到不远处黄海和常江在一起，他随即慢慢地向黄海、常江游去。也许是同样得到了黄海的指点，常江已能平静地游了起来，看上去他的姿势似乎比李安东还要好看些。游着游着，他们仨人离队伍远了，一名老兵跃入水中快速游过来，陪同他们一起往回游，并不时在水中纠正他们的动作。

三天速成强化游泳训练后，经考核，十名新兵中有六人被确定为参加横渡长江庆祝活动的人选。

这次游泳训练学得最快的是李安东，感触最深的也是李安东。因为方船长的教法和黄海的教法如出一辙，他不理解这种教法是哪一国的教法。尽管他学得最快，却挨了方船长一顿批评。那是第一天训练结束讲评时，方船长厉声点名批评说："你们这些新兵蛋子，竟敢有人跟我耍小心眼，不跟我说实话。就说你李安东……"说着方船长走到李安东跟前对他说："我看你是会一点游泳的，可你为什么不举手？你是谦虚，还是没胆量？你游的是不太好，但我能看得出你游过泳，会就是会，不会就是不会，实事求是，当兵的要敢作敢为！"

讲评一结束，李安东就听到窦观通长上前对方船长说："船长，你刚才批评的对，对这样的兵就应该严格要求。"对于窦观通长的话，方船长并不感兴趣，他接上说了一句："我说你怎么回事，是你说还是我说，你能不能少干点添油加醋的事。"

李安东真是受了天大的委屈，可又不敢辩解，只能在心里暗暗地骂黄海："你缺——都是你害得我。"转而又想到窦观通长，心想观通长，你咋能这样呢？

事后听老兵说，方船长是解放战争渡江战役的战斗英雄。渡江前，在时间非常紧张的情况下，他的老连长就是采用这种方法教他和他的战友们学会游泳的。他还听说窦观通长只比他早当兵三年，没办法，谁让咱是新兵蛋子啦，但窦观通长的所为却第一次给他留下了很不好的印象。

庆祝活动那天，由于江城没有海军，所以海军方队被安排游在最前面。他们身着灰色的海军军装，上衣袖子和裤腿全都卷起来并用细绳扎好。江水中前20人，后20人，推拥着一个写有“跟着毛主席在大风大浪中前进”的巨幅标语牌，由江北岸游向江南岸，受到了革命群众的热烈欢迎。

为什么要让海军方队在前面呢？殊不知，不仅是江城少见海军，更因为造反派分为两派，当地驻军自觉不自觉地介入到了地方的“文革”活动当中。而接船部队是临时驻军，与地方“文革”运动没有任何纠葛和芥蒂。因此，革委会认为海军是最公正、最革命的。两派群众组织都希望接船部队能站在他们各自一方，所以对海军部队给予了极大的热情和关注。

横渡长江庆祝活动后，这些当兵的继续到船厂去干活。白天他们和坚持上班的工人师傅打成一片，搬运、除锈、打油漆，什么活都干，大家只有一个念头，船快点造，争取早日出厂。

年底的一天，驻厂军代表来到招待所找到了方船长。在船长办公室里，军代表对方船长说：“根据‘文革’形势发展的需要，明天厂里要召开批判资产阶级反动学术权威大会，厂革委会主任要求你们派20人，于今晚12时参加厂工人战斗队组织的行动，要到家里把厂里的几名造船专家抓起来，统一看管，以保证明天批斗大会按时召开。”

听了这话，方船长立刻有些愤怒地拒绝道：“没有上级首长指示，我们不介入！我们坚决不参加这样的活动……”

见方船长态度坚决，军代表马上制止方船长不要激动，不要大声喊叫。随后神秘地对方船长说：“这次批斗会是厂里两派组织联合举行的批斗大会，情况有些特殊。不是让你们介入，我答应了是另有用意。”说到这军代表转身走过去拉开办公室的门，伸头看了看走廊里没人，随即关上门后悄声对方船长说：“两派群众联合举行批斗大会，我担心会出意外。既然革委会要求你们陪他们去抓人，不就是都想证明自己是革命的行动吗？我们将计就计，你派20名同志，分别参加造反派今晚的行动，表面是支持，实际上我们要暗中保护那些专家。不能让造反派有过激行为，危及到专家们的人身安全。”军代表说到这，方船长已经领会了他的意图。想了一会儿，他向军代表表示：“好吧，我一定向同志们交代清楚。不过有一条，我们的同志陪他们一同去抓人，那我们就负责到底，抓来后由我们的同志负责，直至批斗会结束把各位专家安全护送回家。这一点请你向造反派讲清楚，解放军做事绝不留骂名。否则，我们不干！”

那是一个漆黑的夜晚。按照厂革委会的要求，晚饭后20名接船部队的干部战士准时来到了造反司令部。因为造反派怕事先走漏消息，所以提前把人集中起来，以便晚上统一行动。当这些当兵的来到造反司令部时，只见两派人员早已在那了。其中一名造反派的头头对带队的干部说：“我们两个造反组织，每个组织各派出10人，也是20人。今天晚上的行动共分5个小组，每组4人，你们解放军也是20人，也分5个小组，每个小组4人，这样一个行动小组就是8个人。时间一到，每个小组分头行动，事成之后要把抓到的人都带到造反司令部来。”

按照造反派头头的安排，带队干部把战士分成五组，他指定一名老兵带领李安东、黄海和常江一组，并私下严肃地向他们交代说：“你们一定要记住船长的话，他们抓人我们管不了，但要是动武我们不能答应。毛主席教导我们，要文斗，不要武斗。如果他们动武，我们一定采取必要的措施，保护专家的人身安全，但不能冲动，不能有过激行为。大家还要注意保护好自己，不能让他们抓住任何把柄引来不必要的麻烦。”

李安东他们小组和另外四个造反派集合在了一起，四个造反派中的小头头主动套近乎地和他们搭讪：“解放军同志，你是什么地方人啊？”这人先问常江。

常江回答：“上海人。”

那人听了很高兴，马上说：“大上海好，大上海人聪明。”接着又问黄海："这位小同志是什么地方人？"

黄海回答："山东的。"那人又高兴地称赞："噢，山东大汉！看得出来，山东人忠厚、老实。"紧接着又转向李安东问道："那么，这位解放军同志是哪里人啊？"

李安东对这个小头头的举动十分反感，当转向他问话时，李安东没有马上回答，瞅了对方几眼后有点爱答不理地说："咋的，你查户口啊？"

听了这话，那个小头头仍然装作高兴的样子说："好，有革命造反派的脾气。"这时李安东似乎已猜出了对方的用意，本来看他心里就别扭，再看那人的样子他接上说："告诉你吧，半年前俺也是毛主席的红卫兵。"

听了这话，那人笑着说："那我们是一个战壕的战友啦。"没等那人说完，李安东接上说："你说错了，我现在是一个兵，如果在咱那疙瘩，老子早就揍你了！"

李安东的话让对方有些尴尬，但那人还是不停地啰唆："听口音，你是东北人？"李安东这时已没了好气："啥东北人，东北虎！"李安东的嗓门有点高，那人自知没趣，不再说话了。这时李安东却有意地往前凑了凑，借着灯光，他看到那人脸上长满了青春美丽痘。看着眼前这个比自己矮了将近一个脑袋的人，李安东心里暗想：你小子就这个熊样也敢造反，纯粹他妈的缺心眼！

这时已是深秋，江城武汉到处都充满了凉意，深秋过后意味着冬天要来了。这个季节尽管城市中树木和植物大都还有绿色，可色彩已无夏天那般翠绿和娇嫩，路旁的法桐树也没有了夏日里枝繁叶茂的风采，大片大片枯黄的叶子随着冷风袭来纷纷脱落，又顺着风被吹到路边和墙角，直至堆积了厚厚的一层。

夜晚12点，造反派抓人行动准时开始了。李安东、黄海和常江所在的小组在老兵的带领下跟着造反派来到船厂专家宿舍区的一幢四层楼，这个小组将负责到这幢楼里抓两个人，具体是什么人，当兵的自然不知道。

“咚咚……咚咚……”来到一楼，造反派狠劲地敲一家的门。过了一会儿，随着门被打开，造反派一拥而进，还没等这些当兵的完全反应过来，两名造反派已从一间屋里拖出来一个年纪稍大一点的人。不容对方多说，造反派厉声命令对方快穿衣服，随后拽出门外，那人十分紧张，不知道发生了什么事情。见此情形，李安东头上一下子冒出了冷汗，心里陡然间感到一阵紧张和害怕。这时那个老兵立即上前制止道：“造反派同志，这人交给我们吧。”不等对方同意，常江和那名老兵把被抓的人护送走了。随后，李安东和黄海跟着造反派上了楼。

在三楼的一户门外，造反派采用同样粗暴的方式用力敲门，这时李安东和黄海有些忍耐不住了，李安东上前一把抓住那个造反派敲门的胳膊，极力控制住情绪说：“喂，你能不能轻点。”

门开了，造反派又是一拥而进，这回李安东和黄海也紧跟着进了屋里。当一个人被造反派刚带出卧室，李安东便认出，这人不就是船厂的褚工程师吗。李安东和黄海顿时感到十分难堪。造反派命令造船师穿衣服时，也许是因为他动作有些慢了，一个造反派上前就踢了一脚，褚工程师毫无防备，一个趔趄摔倒在地上。看到造船师被踢倒了，李安东马上冲上前扶起造船师，黄海则一步跨过去，站到了那个脸上长满青春美丽痘造反派的面前说：“革命战友，要文斗，不要武斗。”

造反派肆无忌惮地抓人，这砰砰、咚咚的声响足以惊动整个楼道，单元四邻惊恐不安，但没有人敢出来过问。就在屋里一阵疯狂过后，李安东忽然间注意到，屋内另一间卧室的门被轻轻地从里面拉开了一道缝，透过门缝他看到两双惊恐的眼睛。这眼睛躲在暗处的一角，穿透昏暗的灯光射出了无尽的惊恐与愤怒。正是这惊恐转而变得愤怒的目光就像一道闪电瞬间掠过李安东的心头，令他感到不安，感到不知所措，直至定格在了他的心里。

造船师穿好衣服，一个造反派冲上去拽起来就要走。这时，那扇门突然开了，只见一个和自己差不多大的姑娘猛地冲到门外，随后两本书砸在了造反派的身上。李安东清楚地看到掉在地上的两本书，一本是《红楼梦》，还有一本是苏联红色书籍《卓娅和舒拉的故事》。之后，他又看到还有一个比那姑娘小一点的女孩疯了一般从那间屋里冲了出来，扑上前紧紧地抱住了造船师的腿哭喊着："爸爸……爸爸……"这哭声在寂静的夜里让人感到心惊胆战，而那个大一点的女孩面对眼前的一切却突然间又异常的冷静，表情严肃地站在那里看着眼前发生的一切，直到最后把目光投向了李安东和黄海。两个女孩是造船师的女儿，此时造船师已无法顾及自己的女儿，他不愿意让孩子再继续看到眼前的一切，想快点走出这个家，可他的腿却依然被小女儿死死抱住。就这样僵持了一会儿，那个脸上长满青春美丽痘的造反派不耐烦了，示意另一个造反派上前去拉那个小女孩，一阵拉扯过后小女孩被拉开了。就在拉扯中小女孩的目光由惊恐、愤怒变得无奈与无助，当这无奈与无助的目光投向李安东和黄海时分明是在向他们求救。

眼前发生的一切，这场景对于李安东来说是那样的熟悉，爸爸被抓走的那天晚上的情景立刻浮现在眼前。两年前，一夜之间爸爸成了走资本主义道路的当权派。一个晚上，造反派来抓爸爸时如同眼前发生的一样，他和妹妹也被吓坏了，就在爸爸将要被带走时，他也是用两本书砸向了抓爸爸的人，不同的是那两本书一本是《水浒》，还有一本是《雷锋日记》。而妹妹也是扑上去抱住了爸爸的腿……

造船师被带走了，离开房间的最后一刻，那个小女孩突然冲着李安东和黄海求救般地喊了起来："解放军叔叔……"听到妹妹的喊声，那姑娘一步上前猛地一下子抱住了妹妹，随后用手捂住了妹妹的嘴。

李安东最后一个离开房间，当他将黯然目光的最后一瞥投向那间屋子，投向那两个女孩子时，那姑娘竟声音颤抖地喊道："向解放军学习，向解放军致敬……"

这是一个第一次让李安东感到有些为她心疼的姑娘，但他一时想不明白，萍水相逢，她为什么会让他心疼，而且这心疼怎么会是另外一种感觉。一种从未有过的极其特殊的异样感觉。正是在这特殊的时间和场合下，这异样的感觉让他无法抗拒，也足以让他一生都难以忘却。这是同命相连吗？在事后的一段时间里，他心里总是想着这事，可每当他想到这些不得其解时，他甚至产生了另一种念头，他琢磨起来这心疼与心爱会不会是一样的感受，或是两者间会有着什么必然的内在联系与瓜葛？

李安东自己知道，在当时，还有那女孩子抱住建造师大腿时的哭喊声也同样深深地刺痛了他的心，让他对那伙人更加愤怒而无法发泄，让他憋的难受。一时间他只觉得全身的血一阵阵往头上涌，他咬紧牙关强迫自己忍着，脸上的表情竟变得异常严峻、僵硬。正是这严峻、僵硬的表情却留给了那个姑娘一种与他完全相反的感觉，一种从未有过的陌生感，甚至可以说是僵硬的冷酷感。

那姑娘是第一次如此近距离地面对一名解放军，而且是一名和自己同龄的解放军，正是他那张年轻而僵硬和冷酷的脸给她留下了也许是一生也难以磨灭的印象。父亲被带走了，一切乞求和希望全都不存在了，空荡的屋子里她把妹妹紧紧地搂在了怀里。她想不明白，那个年轻的解放军为什么面对残暴会如此无情？作为一名解放军，他难道不知道那张僵硬而冷酷的脸会让一个无助的人感到绝望吗？她还想到，他是冷血还是没有面部神经？或是有意地装作一脸阶级斗争的样子，他为什么会这样？如果是这样老天就太不公平了，为什么要给予他一张那么年轻而又有些帅气的脸？她甚至还怀疑，他真的是解放军吗？

回造反司令部的路上，李安东一直无语。他脑子里不断地闪现出刚刚发生过的一切，他又想起了爸爸第一次被造反派抓走时的情景。那天晚上，造反派来抓走资本主义道路当县委书记的爸爸，妈妈乞求被推倒在了一边，他想上前理论被妈妈一把拽进怀里死死抱住，妈妈是怕他冲上去受到伤害，妹妹被吓哭了，最终爸爸被抓走了。想到这里他在心里问自己：你要做一个什么样的男人？这时他突然间想到了这样一些问题：人，人的尊严；人生的价值；男人和女人的价值，这些都是什么？

就在快到造反司令部时，他忽然间坚定地低声对黄海说："黄海，我们俩要保护好造船师，如果谁再敢动他一下，我就揍他！"听了李安东的话，黄海说："我听你的。"

回到造反司令部，造船师和其他几个被抓来的人被分别关在了两间屋子里。在关造船师的那间屋子门口，李安东和黄海搬来两把椅子并排坐了下来，把门口堵了个严严实实。那个满脸青春美丽痘的造反派走了过来，李安东狠狠地瞪了他一眼，见此情景那人似乎感觉有点不对劲，同时也感到累了，没再说什么悻悻而去。

李安东守在门外靠在椅子上，心情仍然无法平静。而这时黄海反倒平静多了，见李安东这个样子，他问李安东："你在想什么？"

李安东一时无法回答黄海的问话，他极力控制自己的情绪，慢慢平静下来后他告诉黄海："造船师和我爸爸的年龄差不多大，再说人家是专家、是教授，你知道教授在我心中有多神圣吗？那是做大学问的。为什么要这样对待他们？还有那两个女孩，他家里好像没有大人了，那两个女孩今晚不害怕吗？"

十二

夜很深了，黄海已有了一些睡意，而李安东却仍然心潮难平，他又想到了刚刚让他心疼的那个姑娘，他想以后还能再见到她吗，如果还能见到该如何面对，解放军帮助造反派抓人，这该如何去解释？想到这些，李安东没有一点倦意，他怕黄海打瞌睡，也为了解脱自己心中的郁闷，推了一把黄海说：“喂，别打瞌睡，我给你讲个事。”接着他给黄海讲述了小时候姥姥讲给他的一个关于狼的故事。

那是在长白山的一处深山老林里，一只母狼在山林的雪地上艰难地挣扎着，它在为自己的孩子寻找食物返回狼窝的途中被猎人打伤了。雪地里母狼艰难而又痛苦地挣扎着爬行，一步一步，当它终于爬回到狼窝近处时已再无力前行了。它低声的呻吟是在解脱痛苦，更是在呼唤自己的孩子。一只狼崽听到母亲痛苦的呻吟声，胆战心惊地把头探出狼窝，雪地上奄奄一息的母狼深情地望着饥饿中的孩子，两只眼睛微微地眨动着，眨动着，眨动的眼中充满了深情与无奈。这时那只幼小的狼崽慢慢地爬出狼窝来到母狼的身边嗷嗷地惊叫着，能做的只是无奈地看着痛楚中的母狼，正是在这深情与无奈中母狼死去了。

狼崽目睹着母狼在痛楚中渐渐平静下来，然后似乎十分懂事地舔了舔母狼身上的血，慢慢地依偎进母狼的怀里。狼崽并不知母狼已经离它而去，随之又把头偎进母狼的怀里。

一大一小两只狼紧紧地、紧紧地偎在了一起，母子俩在寒冷中双双进入了梦乡。

一夜风雪过后，第二天清晨大雪覆盖了母子俩的身体。当太阳升起来时狼崽醒了，它爬起来嗅了嗅母狼的气息，母狼僵硬了。这时狼崽冲着母狼哀叫起来，继而又朝着天空稚嫩地吼叫，当确认母狼已没有了任何气息时，也许是知道了什么是死亡，狼崽便独自向风雪的山林深处蹒跚地走去。它蹒跚着，停停走走，走走停停，还不时地回顾埋在雪地里的母狼。

一年之后，狼崽已长成了一只小狼。一天，小狼误入猎人布设在山林中的狼套，无论它如何挣扎都无法挣脱，而且越挣扎套得越紧，无奈中小狼发出了稚嫩的凄惨的哀叫。天亮了，猎人来了，小狼停止了惊恐的哀叫。这时，小狼看到猎人并未敢直接来到它的身前，而是在相距不远的地方端起了猎枪，并把枪口对准它。瞄准，瞄准，就在瞄准的间隙，猎人发现了小狼那双凄惨之中无助无奈的眼神。也许是心灵的发现，猎人放下了猎枪，小心翼翼上前察看了一番，然后解开了小狼。也许是看它是一只小狼，猎人没有立即杀死它，而是把它用绳索索好带回了家。

小狼被猎人像养猎狗一样拴在山中木屋前的院子里养了起来。不知过了多长时间，小狼长大了。一天，猎人的院子里突然窜来一只大黑熊，面对疯狂扑来的黑熊，猎人被追得四处逃窜，慌不择路的猎人情急之中钻进了院子的木垛里，黑熊紧盯着不放，用锋利的爪子拼命撕扯木垛。眼前发生的一切惊动了小狼，它开始冲着大黑熊吼叫，随后小狼拼命挣脱拴着的绳索猛然间冲向大黑熊，一场庞大与渺小，力量与敏捷的较量开始了。几个回合过后，大黑熊已是气喘吁吁，而小狼虽然浑身血迹却依然狠狠地怒视着大黑熊。僵持、对峙，一段时间后大黑熊失望地走了。小狼慢慢地走到木跺前，从缝隙中看到了蜷缩在里面的猎人，它看到了猎人惊吓后的一双无奈的眼睛。小狼无法把猎人从木跺里拖出来，只是低声哀叫，循着低微的叫声猎人透过木跺缝也同样看到了小狼那双无奈的眼睛。猎人无奈的眼神与小狼无奈的眼神对视了好一阵后，小狼迟疑地转过身向风雪的山林中走去。渐渐的，渐渐的，小狼在猎人那双无奈的眼神中消失了……

黄海并不能完全理解李安东此时对他讲这个故事的含义。听李安东讲完后，他不经意地说："你是瞎编的吧？……"

几个月的时间过去了，大伙在船领导的带领下，跑驻厂军代表室，找总工程师办公室，找监造师，找施工技术人员，找车间主任。眼看新船一天一个样，离完工的日子越来越近了，大家的热情越发高涨。

1969年元旦，武汉虽然地处江南，可并未让人感到比北方温暖多少，零度左右的气温似乎让北方人感到比北方的天气还冷。一场雨雪过后，市区街道上结满了厚厚的一层冰。按照船长的要求，大家拿着铁锹纷纷走上街头，铲除道路上的冰雪。

元旦刚过，住在招待所里接船部队的干部战士平常都是按照正常的作息时间一切按部就班有序地进行着。可这一天，大家似乎都感到气氛有点不一样，方船长要求大家早晨起床后要把内务卫生认真整理和打扫一下，早饭推迟半小时，早饭后继续打扫环境卫生。这一切，让大家感到似乎有什么事情要发生。

早饭后方船长外出了，各部门长继续带领大家打扫环境卫生。中午时分，方船长和政委陪同两位首长来到招待所，听部门长说是从青岛来的。一位是水警区司令员，一位是什么局的局长。

下午，全船干部、战士在院子里集合，那两个他们不认识的首长已经站在了队列前。只见方船长来到队列前向大家介绍说："这位是我们基地的司令员同志，这一位是国家海洋局青岛局局长。今天两位首长赶来武汉，是向我们传达上级的决定，请大家欢迎。”

司令员上前一步向大家敬礼，然后声音洪亮地对大家说：“同志们”，队列立正，司令员说：“稍息。”接着他说：“我们是海军，当海军就要知道这样一个概念——海权。美国有一个历史学家，这个人还是个军事家叫马汉，他的海权思想影响了美国，也影响整个世界。”

他看了看大家接着说：“海权是什么？海权是一个临海国家的一把无形的巨剑。海权产生的根源是海洋国家间由贸易开启的经济利益冲突。因为以海上贸易兴国的国家，特别厚爱自己的海上通道，特别珍惜自己的贸易市场和商业利润。当同一通道上出现两个或两个以上主人的时候，当同一市场上出现两个或两个以上买主和卖主的时候，一种本能的要求便呼之而出——控制海上通道，占领向往的市场，同时阻止他国的控制和占领。这是一种国家的权力要求，权力属于政治范畴，而政治必将是充满暴力的。”

司令员停了一下继续说：“可是，一些西方的商船开始载上军队，以求控制海上通道，占领彼岸市场，保证商业利润的实现。正是如此，之后船舶的职能已不再是单一的运送物资，开始逐渐专业化，船舶的类型和建造也随之逐渐专业化，世界海军由此诞生。”

说到这，司令员进一步阐述说：“各个国家为了自身经济、政治利益的实现，运用海上力量，这主要是海上军事力量——海军去控制海洋，这便称之为海权。”

司令员可能担心大家听不明白又解释说：“我们建设海军靠什么？靠钢铁，靠工业能力，靠科技水平，一句话——要靠国家的综合实力。海军建设起来了不是为了好看，要为保卫国家的海防和国家海洋权益去战斗，那么战场在哪儿，毫无疑问在大海上。同志们，海上可不同于陆上，大海神秘莫测，千变万化，我们不能什么也不了解，什么也不知道，要想打赢海战，海上战场建设必不可少，而你们以后所干的就是为了国家海洋科学事业的发展和海军未来战场建设的工作，你们的责任与使命是十分重大和光荣的。”

最后司令员提高声音说：“今天，我向同志们宣布上级的决定。经海军批准，新建造的‘600’型海洋调查船由海军部队建制归属国家海洋局建制，舷号为‘向阳红582’……关于海洋局的有关情况，下面请局长同志向大家介绍。”

这时那位局长站到队列前向大家敬礼，接着对大家说：“同志们，海洋调查船是海洋科学研究最基础性的海上作业工具，一艘调查船，就像一个小型的海上浮动试验室。也许同志们会问，我们是当兵的，怎么和海洋调查、海洋科研扯到一块去了？我可以告诉大家，中国是一个陆地大国，同时也是一个海洋大国，作为一个海洋大国，我们在世界的海洋上应该有所作为！首先，我们要按照毛主席的教导建立一支强大的海军，建设强大的海军要靠先进的科学技术，还要对海洋有全面和深入的科学认识，这样才能做好海上战场的准备。要做到这一点就离不开海洋调查，离不开应用相应的技术、仪器设备和专家教授，对海洋进行全面的专业化的调查和研究。正是为了达到这一目的，国家成立了海洋局。当然，海洋局还是海军的一部分，你们还是军人，还是海军。”

局长同志停了停，继续对大家说：“大家都知道民族英雄戚继光。戚继光军旅一生，在我国沿海地区荡平倭寇，为的就是海防安全。可新中国成立前，我们国家是有海无防。今天，我们有海有防，但还不能说有疆。我们不能让八国联军从海上登陆打进北京火烧圆明园的悲剧重演，也不能让甲午海战的悲剧重演。中国要有海有防，未来有疆靠什么？靠建立强大的海军，靠发达的科学技术，靠海洋事业的发展……”

首长的讲话，作为刚刚上船的新兵，或许还不完全明白其中的深刻意义，但已打动了他们一颗颗年轻的心。

就在当天晚上，船上组织的转变船舶管理体制讨论会上，当谈到关于海洋调查与海军海上战场建设的重要意义时，方舟船长向同志们讲述了人民解放军战役史上的一段惨痛的战场教训。

方船长说："解放战争时我参加了渡江战役，渡江战役结束后我们的部队一直打到福建直至解放厦门。新中国成立后，为了统一祖国我们部队又参加了金门战役。"刚说到这里方船长的眼睛湿润了，大家都不敢做声，几乎是屏住呼吸听方船长讲下去。

方船长有些哽咽地讲道："1949年10月1日，毛主席在北京宣告中华人民共和国成立。同年10月25日，我人民解放军发动了金门战役，渡海收复被国民党军占领的大金门岛。战斗打响后，我军先头部队登岛后由于后援不继，孤军苦战三昼夜，最后首批登岛部队全军覆灭。"

"那是在战役开始前，我人民解放军首批三个团9000余兵力集结厦门沿海，登船准备登陆收复大金门岛。

"战役开始后我登岛部队顺利登岛，但由于受大海潮流的直接影响，25日凌晨过后，当登陆部队登上大金门岛时实际登陆点与预定登陆点发生了偏离，致使部队上岸后不能有效地组织战斗。为了掩护登陆部队有效作战，我军炮兵开始从附近已收复了的海岛上炮击大金门岛，但隔岸炮击火力有限，登陆部队只能缓慢地向岸上突击推进。这时国民党守军组织大规模反击，面对守军装甲部队的反击，我军伤亡惨重，但还是有部分部队突破了守军局部防线上岛了。这时指挥部收到登陆部队登陆成功的报告，满以为可以胜利在望，谁知道由于不熟悉登陆点潮汐涨退的关系，结果造成了所有抢滩船只全部因为退潮陷在沙滩上动弹不得，更无法返回对岸接运后续部队支援，导致已先期登陆的部队只能在岛上孤军奋战。

"第二天清晨，国民党守军在海上的舰艇开始猛烈炮击我搁浅的船只和登岛部队，使天亮后我运送兵力的300多艘船只全部被炸毁在海滩上，无一返回。我们等在岸上的第二梯队援军只能眼睁睁地隔海望洋兴叹。

"孤军奋战中，我军一个团一度占领了某一高地，天亮时同样遭到国民党守军装甲部队的反击而退败。在又一处，我军另一个团虽然也抢占了一处高地，但无援军支援同样被迫撤退。之后我军与国民党守军反复争夺，高地上我团官兵大部牺牲，最后只剩下一名教导员和一名指导员，两人见胜利无望绝不当俘虏，同时举枪自杀。

“午夜时分，我军剩余部队弹尽粮绝突围到海边，这时有1300余人被困在一断崖下的海滩上顽强地战斗。27日清晨，国民党守军猛烈攻击，我军虽然顽强抵抗，但仍全军覆没。”

“风萧萧兮易水寒，壮士一去兮不复还。”英勇的我军官兵为了祖国的统一，将生死置之度外，与敌人拼杀了三天三夜，大金门岛天昏地暗，血光冲天，直到最后弹尽粮绝，大部分壮烈牺牲，剩余的被俘。

“激战中有一个团长在突围无望的情况下，把最后几颗子弹射向守敌，只留下了一颗子弹射向了自己的太阳穴，饮弹自尽后他的身体依然兀自屹立不倒。

“还有一个助攻团长，他指挥部队喋血苦战，战斗失败无力回天之际，他给前线指挥部留下的最后一句话是：‘敬爱的首长，我的生命不在了，为了革命没二话，祝首长好！新中国万岁！共产党万岁！毛主席万岁！’随着一阵剧烈的爆炸声，英雄魂魄飞上了云霄。

“就在登岛战斗失败的最后时刻，十几个身负重伤的战士爬上了一只小帆船推离了岸边，他们已无力站立，在船上默默地擦着已没有了子弹的枪，守敌喊话命令他们投降，他们不予理会，继续坚守在船上试图突围。守敌用机关枪对准他们一阵疯狂地扫射，顿时鲜血染红了海水，而这些战士们英勇牺牲后仍然紧紧地把枪抱在怀里。

“金门战役我军失败了，十天后守军在激战过的一片地的田埂边发现还有我军一个战士跪在那里，他的头从田埂上方探出，手里端着一支步枪做瞄准状。守敌一下子紧张起来，立即就地卧倒喊话，许久只见那战士纹丝不动。守敌小心翼翼地摸索过去，最后才发现那战士早已死去多时，只是战斗姿势不倒，而尸体已开始腐烂。

“自我人民解放军渡江战役后，国民党军兵败如山倒，我军取得了江南解放战争的全面胜利，而金门战役却遭遇了意外的失败。这场战役的规模并不大，但其深远的影响却远非一场同等规模的战役可比，因为这是一场渡海战役。”

“传统的渡海作战，有两条原则必须遵循：第一就是第一批攻击部队要具有突破防线并向纵深发展的充裕力量，这对渡海运送兵力的工具船要求很高；第二，登陆后一定要建立稳固的滩头阵地以备退防。总结金门战役的失败除了主观上的原因外，我军不谙渡海登陆海区潮水规律和运送兵力的船只数量不足，是十分重要的客观原因。”

方船长讲这些时心情一直十分沉重，他继续讲道：“海战不同于陆战，陆战失利可另寻退兵之地，而海战失利特别是登陆战一旦失利无退兵之路。”

“金门战役的战例说明，登陆的第一梯队9000余人，如果不是战场形势的骤然变化，取得战役的胜利是有把握的。正是由于此战不谙潮水涨落规律，导致运送兵力的船只搁浅全被炸毁，先头部队只能孤军作战，第二梯队、第三梯队无奈只能隔海相望，无力后援。”

“事实正是如此，战役开始后第一梯队于凌晨2时登陆，这时正值海水最高潮，水深海阔。登岛时为了减少伤亡，船只抢滩长驱直入离岸越近越好。不料部队登陆后当船只要返回时恰是海水退潮时，事前并不了解这一海区的潮差这么大，这时才发现潮水已退至十米开外，所有船只全部搁浅海滩上。天一亮国民党飞机和军舰赶来金门，开始对我已登陆的船队狂轰滥炸，300战船无一幸免。而海峡大陆一边我数万大军目击战船被炸，大火熊熊燃烧却无计可施。当接到停止继续进攻的命令后，大陆一边我军几万将士冲到海滩上放声恸哭，哭声震撼海天，悲愤中指战员们用各自手中的武器向天空射击，似乎把天都要打出个窟窿。”

方船长讲述的失败战例猛烈地撞击着每一个人的心。他最后对大家说："我们的船就是为海洋科学调查和研究建造的，海军未来的海上战场建设离不开长期和大量的海洋调查资料的积累和研究，所以说我们的责任重大，相信同志们一定会用自己的实际行动向伟大领袖毛主席献忠心。"

第二天，班长通知李安东到船长办公室去一下，说是船长找他有事。当他来到船长室，只见窦观通长也在。见他进来，方船长说："坐吧。"李安东刚坐下，方船长却站了起来，十分严肃地对窦观通长和李安东交代说："我们船是上级根据海军未来战场建设和国民经济建设对海洋资料的需求，报经海军和国务院批准建造的一艘国产海洋调查船。由于"文化大革命"的原因，船已经开建了两年，两年来这艘船一直没有命名舷号。昨天，首长带来了为这艘船命名的文件，我们船的舷号为：'向阳红582'……"

还没等方船长把话全说完，窦观通长马上高兴地插话说："好，我坚决拥护，一万个支持。再说这船也不能老是光板，没个名字算是怎么回事。'向阳红'这舷号表达了我们对伟大领袖毛主席三忠于、四无限的感情和愿望……"

方船长打断了观通长的话接上说："你等一等，我还没说完。舷号有了，但上级文件并没有明确规定舷号用什么字体、用什么颜色。我听说小李子会画画，这件事就交给你们俩去办，听听大伙的意见，有个说法，赶快把舷号写上去。"

船有了舷号，就像人有了名字一样，招待所里一下子热闹了起来。经历了"文化大革命"，大字报大标语看多了，人们自然熟悉了很多字体，船上的人一齐七嘴八舌地议论起舷号的字体。有的说这种字体好，有的说那种字体好，众说不一，最后还是窦观通长说话了。他说："书法的各种字体或是美术字都很好看，要是在咱这用我看不行。为什么呢？大伙说说'向阳红'这名字多革命，多响亮。我的意见是在毛主席诗词或毛主席的书法中找'向'、'阳'、'红'三个字，挑出来拼成'向阳红’，这既能跟上无产阶级‘文化大革命’的形势，又能表达我们‘三忠于、四无限’的忠心。”窦观通长的提议大家齐声叫好，就这样窦观通长马上找船长汇报去了。方船长听了汇报二话没说，立即表示完全赞同：“这太好了，就照你们说的办！我看为了更能表现出革命的坚定性，舷号字体的颜色就用红色，你们马上去办。”

接船部队住的招待所是大房间，每一个部门十几个人都住在一间大屋子里。观通部门的宿舍里，大家先找来毛主席诗词开始一起逐首挑选适合的字。就在全部门的人都在查找和挑选的时候，李安东一眼发现窦观通长床头上放着前一天政治学习时的一本“红旗”杂志。他的眼睛顿时一亮，立即上前拿起那本杂志，然后大声对大家说：“有了，我看就用这个‘红’字。”他一边说着一边举起手中的《红旗》杂志，大家看了齐声说好。接着李安东又高声对大家提议说：“我看向字就选毛主席题词‘向雷锋同志学习’的‘向’字，这两个字放在一起很匀称，你们看像不像是毛主席给我们写的。”说到这李安东走到一面墙上贴有“向雷锋同志学习”的宣传画前，把“红旗”杂志摆到毛主席的题词旁，大家一看真的很好。

窦观通长高兴地说：“就用这两个字，下面大家一起选‘阳’字。”

同志们情绪十分高涨，每人一本继续翻阅毛主席诗词。最后大家一致选中了毛主席诗词《采桑子·重阳》一诗中的“阳”字。

“向”、“阳”、“红”三个字齐了，窦观通长说：“我马上拿去向方船长汇报”，然后又吩咐李安东，“你马上去文具店买一把放大尺，回来把‘向阳红’三个字按比例给我放大样”。

李安东按照窦观通长的指示马上跑到文具店买回放大尺，经方船长同意，窦观通长指挥人把两张桌子拼在了一起，李安东开始在桌子上面放大样。他一会儿让窦观通长拿这个，一会儿又让窦观通长扶那个，这让窦观通长不太高兴地对李安东嘟囔道：“你这个新兵蛋子，把我当店小二使唤啊。”

那是一个阳光明媚的初春，李安东在船艏把“向阳红”三个字认真、仔细地用红油漆写好，描完，高昂的船头显得格外威武，全船的战友们敲起了小鼓庆祝起来。

“今天晚上会餐！”方船长高兴地对大家说。

食堂里，大家高兴异常，纷纷端起了盛满啤酒的饭碗：“干！干……”

那顿晚餐，李安东也许是有点喝多了。当方船长来到李安东身旁想表扬他几句时，只见李安东满脸通红地坐在座位上低头不语。方船长下意识地伸手摸了一下李安东的额头，马上吃惊地说：“发烧了。”回头大声喊道：“军医，快扶李安东回宿舍……”

这时，方船长才想起来，“向阳红”舷号分别写在船艏两舷，李安东一人站在高高的脚手架上整整写了两天。初春的天气还是很冷的，只有1~2℃，李安东怕是给冻着了，可他却一声没吭地坚持了下来。想到这，方船长对窦观通长说：“这小子还真行，挺能咬牙的。”

听了方船长对李安东的赞许，窦观道长顺嘴说了一句：“逞能呗。”

窦观通长的话遭到了方船长的一个白眼，窦观通长自知是自找没趣，不再说话了。

李安东被军医扶走了，但这并没有过多地影响到大家的情绪，食堂里会餐还在继续，战友们依然沉浸在欢乐之中。

这是一群军人，一群年轻的水兵，当他们酒酣之时，不知道是谁带头喊出了毛主席万岁的口号，随即“毛主席万岁！毛主席万岁！毛主席万万岁”的口号声在食堂里响了起来。一阵口号声过后，大家一齐唱起了《大海航行靠舵手》，这歌声激情亢奋，一阵高过一阵。

十三

来武汉一年多了，这座城市发生了许多事情，给一群年轻的水兵们留下了不可磨灭的记忆。新船快要建造好了，为做到不打无准备之仗，不打无把握之仗，方船长安排各部门利用船出厂前的这段时间，抓紧时间投入到专业强化训练中去，为船出厂在航做好充分的业务准备。

作为雷达兵，常江必须到船上去配合厂方的技术人员一边安装和调试雷达，一边学习操作和使用技术。而作为报务兵的李安东和信号兵的黄海则留在了招待所里，李安东在房间里通过振荡器练习收发电报，随着他手指下电键的不停跃动，“嘀哒、嘀嘀哒、嘀嘀嘀哒哒……”清脆的电码声不时随风传出窗外，让人听来是那样的悦耳，充溢着一种神秘的感觉。这时的黄海却站在了院子里的篮球场上，头顶烈日，挥舞着手中的信号旗不停地在练习打旗语——“我是向阳红S，请示进港，请问我船停靠几号泊位……”一遍又一遍，不厌其烦。

20岁出头的年轻水兵，他们所从事的专业只是人生的起点，由于年轻，他们对未来充满了好奇，也充满了希冀，所以对各自的专业训练十分刻苦，十分认真。因为年轻，他们进步很快，虽然较为熟练地掌握了自己的专业技术，但还没有经过实战，他们还不能完全理解自己所从事的专业将会发挥什么作用。然而，一年来的朝夕相处，李安东、黄海和常江已成为亲密的战友，只是由于专业特殊，在一个部门接触更多，相处更亲密，又活泼好事，他们因此也成了新战友中最为活跃的分子。

元旦将至，“向阳红582”终于要出厂了。出厂前一天，他们三人相约来到武汉长江大桥。站在长江岸边，以大桥为背景，他们拍下了一张合影作为永远的纪念。这是新中国的一代水兵，一代有知识的水兵，面对镜头他们的脸上洋溢着幸福感和自豪感，这场景让照相的师傅都为他们高兴，为中国海军高兴。拍照后他们三人来到桥头堡的山头上坐了下来。

就要离开这座城市了，在这个城市里生活了一年多的时间，一旦要离开还真有点不舍。但这种不舍有别于新兵训练团时的离别，那时不仅是离开一地，还有战友的分别，不免有些伤感，也许还有点悲壮。而此次离去是集体离去，是第一次出航，更是一次向母港远航的回归，这让战友情在此时显得有些神圣。长江大桥是横跨长江连接南北的大通道，望着眼前不断通过大桥铁路桥的列车一趟趟驶来，又一趟趟远去，一种思念家乡的心绪在他们心中油然而生，他们三人都自觉不自觉地有些想家了。当兵已经一年半了，就要回部队驻地，可离自己的家乡依然还远着呢。要真回家还不知道是什么时候。仨人一时默默无语，他们的目光随着飞驰的列车渐渐投向了远方。

在山头上坐了好一会儿，李安东首先打破了沉默。他对黄海和常江说："前几天家里来信了，信中说爸爸已恢复职务重新工作了。"听了这话，黄海和常江向李安东表示祝贺。黄海说："安东，你爸爸官复原职是一件大好事，应该庆祝一下，今天中午就你请客吧？"李安东说："请客，多大个事，不过我有一个条件，还是吃馄饨。"李安东的话音刚落，黄海上前就给了常江一拳："常江，今天还是每人半斤，吃不完的全由你包了。"

李安东又接上说道："对，就这么办。"常江知道他俩是指一年前在上海吃馄饨的事，便说："这样吧，今天我请客，算是给你们俩道歉。不过不能半斤，只能每人四两，外加每人一瓶啤酒和几个小菜怎么样？"

仨人找了一个小饭馆，要了馄饨和小菜，三个大小伙子，风卷残云，一会儿就吃完了，然后他们来到江边一边闲聊一边无目的地漫步。

一瓶啤酒下肚，黄海的话渐渐多了起来。他们一边走一边聊，聊着聊着黄海对李安东和常江有点神秘地说：“我也告诉你们一件事吧，”他停了一下，看了看李安东和常江的表情接着说，“前几天家里给我来信，爹说要给我找对象……”

黄海话没说完，李安东马上说：“你不说这事我倒忘了问你，你不是家里有童养媳吗？”

听李安东这儿一说，黄海急了，他脸一下子涨得通红：“你瞎说，根本没那事。不过在咱那，岛上的人结婚都早，我出来当兵起码要四年，俺爹和俺妈都着急了。”

常江问他：“那你是怎么想的？”

黄海说：“我不想在老家找对象，我要在部队好好干，争取提干，然后……”

听了黄海的一番话，李安东和常江都不做声了。这时李安东感到常江的情绪突然间有点变化，便打趣地问常江：“喂，黄海要找媳妇你不高兴啊？这次船出厂还要经过上海，听说要停上两天，你先找个上海丫头让我们看看。”

见李安东有意逗常江，这回黄海倒不缺心眼了。因为他知道常江的爸爸是一名老海员，十年前他爸爸所在的远洋货轮是我国自行建造的第一艘远洋轮，由于意外的原因在某海域沉没了，从那以后常江的爸爸再也没有回来。此时，他们各自谈起家事可能勾起了常江的心痛之处，当黄海示意李安东不要再说下去时，李安东这才看到常江的眼睛湿润了。李安东连忙说：“常江，对不起。这次船如果要在上海停靠，抽时间我们一起去看望看望你妈妈。”听了这话，常江的眼泪竟止不住流了下来，见李安东一直盯着自己，常江忍不住上前紧紧地抱住了李安东。

也不知过了多长时间，忽然间从江边公园的方向传来一位老者吟咏的声音，那浑厚的声音抑扬顿挫，时断时续地随风传来：“茫茫九派流中国，沉沉一线穿南北。烟雨莽苍苍，龟蛇锁大江。黄鹤知何去？剩有游人处。把酒酹滔滔，心潮逐浪高！”

听到这熟悉的诗句，他们知道这是毛主席写的诗词《菩萨蛮·黄鹤楼》。此时此刻，站在长江岸边，听着毛主席诗词那激扬文字，放眼滚滚长江，身心不由自主地融入了“文化大革命”的红色氛围之中。年轻的水兵有些亢奋，正当他们想说些什么的时候，公园那边又传来老者的咏诵：“滚滚长江东逝水，浪花淘尽英雄，是非成败转头空……”

他们几个感到十分意外，这不是毛主席诗词，听来那么陌生。

正在他们感到诧异时，那浑厚的咏诵声戛然而止，随之而来的是激烈的争吵声。这时黄海说了一句：“打架了！”

他们循着吵闹声望去，不远处好像真的有人在吵架，李安东说：“走，去看看。”他们跑过去看到有个戴红袖标的人正对一位老者高声训斥，再仔细一看，训斥那老者且嘴里不干净的一个人正是那个满脸长着青春美丽痘的造反派，不知道什么时候这小子胳膊上的造反队的红袖标换成了工人纠察队。

原来，那位老者独自一人在江边公园的一角，借着夜色在咏诵诗歌，恰逢这小子经过，听到咏诵声也感觉不对，这不是毛主席诗词，这诗词从来就没有听过，他猜想这一定是帝王将相和才子佳人的玩意儿。正是为此，他们上前呵斥，强迫老者背诵毛主席语录。为此，老者与他们辩论了几句引来了麻烦。

看到眼前的情形，李安东气不打一处来，立即走上前去，但他装作没事一样对那个造反派说：“革命战友，干啥这么凶。”

见是他们，那个美丽痘造反派更来劲了，他转向李安东轻蔑地说：“嘿，这不是新兵蛋子吗……”说着上前伸手就把李安东的帽子抢下来戴到自己的头上。

没想到这小子如此猖狂，正待李安东要夺回军帽时，常江已抢先一步上前了。谁知这小子见常江过来冲他脸上就是一拳，常江毫无防备顿时觉得两眼直冒金花。

“你想干什么？”李安东和黄海一齐站到了那人面前，那小子预感到这一拳会惹怒眼前的三个新兵，但还是嘴硬地冲他们喊：“这是革命行动，解放军不能破坏革命群众的革命行动。”听了这话，李安东真的来气了，他示意黄海采取行动教训这小子，并装着十分和气的样子凑上前对那小子说：“你说得对，今天解放军叔叔就让你知道知道什么是革命行动。”

黄海自然明白李安东的意思，他上前一把揪住那小子的衣领，正想动手却又停住了，转过脸笑嘻嘻地问李安东：“伙计，轻点还是重点？”李安东反问了一句：“你说呢？”听了李安东的回答，还没等那人回过神来，黄海一个扫堂腿便把那个家伙放倒了。那小子立马爬了起来，刚要冲他们喊，黄海上前又是一个扫堂腿再次把他放倒在地。他倒下爬起来又被放倒，一连三四次，那小子再也不敢恋战，直往后退，临跑开时大声喊：“解放军镇压革命群众，我找你们部队去！”

那小子跑了，引来围观群众的一片笑声。眼前瞬间发生的一切，老者并不为所动，表情木然没说一句感激的话。

他们离开了，就在他们还没走出多远时，只听身后传来那老者更加深厚而又深沉的咏诵声：“太平本是将军定，不许将军坐太平……”

听到老者的话，黄海悄声说：“这老头也真是没事找事，‘文化大革命’还敢朗诵帝王将相、才子佳人的诗，他想找死啊。”

那老者吟咏这诗，似有先见之明的暗示。几个当兵的“文革”日子在大庭广众之下与造反派动粗，对方一定会揪住不放，年少的冲动必将惹来事端。

第二天上午，果然有人通知他们三人到船长办公室去。李安东对黄海和常江说：“我去，多大个事。”说这话时，他满脸的不屑。

这时常江有些担心：“还是我去吧，你要是和船长顶起牛事情就更麻烦了。”

黄海似乎面有难色，站在一旁没有吱声。

看到这种情景，李安东坚持说：“还是我去！”

李安东朝船长办公室走去，常江瞅了瞅站在原地的黄海，然后跟上李安东。

来到船长办公室门外，李安东拦住了常江大声喊道：“报告！”

“进来！”办公室里传来方船长的话音。随即李安东推门进去把常江关在了门外。李安东一进屋见窦观通长也在船长的办公室里，此时由于船政委一直空缺，也许是上级早有安排，窦观通长已被提升为船政委。见他进来，这回方船长可没那么客气了，他厉声问道：“怎么就你一个人来了？”

李安东回答：“我是主谋。”

听了这话，船长马上冲他说：“你小子是怎么回事？说说吧，昨天为什么和造反派打架？”

“我没打架。”李安东回答。

“没打架？和厂里的那个造反派是怎么回事？”方船长继续问他。

“我揍他了。”李安东低声回答。

“我看你是胡搅蛮缠，揍人不是打架，我还是头一回听说，你给我说说为什么要打人家。”

“我早就想揍他。”李安东说。

“我问你为什么要打人家？”方船长有点不耐烦了。

“我就想揍他。”无论方船长怎么追问，李安东都是那句话。

方船长急了，一连问了几次，可李安东除了回答“我想揍他”，似乎就不会说别的什么。最后方船长实在没招了，只好说：“好吧，你先回去，想好了，写个检讨明天交给我。”

李安东走了，窦政委问方船长：“你看下一步怎么处理？”

“你说呢？”方船长并没有真的在意地说。

“我看李安东这个人有点过于自负，是不是给他一个警告处分，压压他的锐气，也好给对方一个交代。”窦政委建议说。

“什么，警告处分，你知道一个小小的处分对他以后将意味着什么吗？”方船长这时有些严肃起来。

“那您说怎么办？”窦政委又问。

“什么怎么办，到此为止。”方船长说。

见方船长如此态度，窦政委一时不知该怎么说，连声应道：“这……啊，好吧，好吧。”

这时方船长没好气地冲窦政委说了一句：“你也缺啊……”

还没等方船长和窦政委把话说完，门被推开了。来的人是李安东，只见他一进屋直接走到了方船长面前：“船长，这是我的检讨。”说着递上一张纸转身出去了。

方船长接过一看，检讨书上一连抄录了这样几段话：

伟大领袖毛主席教导我们说：人不犯我，我不犯人。人若犯我，我必犯人。

读毛主席书，听毛主席话，做毛主席好孩子。

撼山易，撼解放军难！

“这个浑小子，写些什么乱七八糟的。”方船长说着把检讨书递给了窦政委，这时方船长的脸上露出了一种十分复杂的神情。过了一会儿，他对窦政委说：“别看这小子整天嘴上说缺心眼缺心眼的，可他一点也不缺……不过对这样的人要不断地修理，年轻气盛，心高气傲，缺乏引导，缺少教育和训练啊……”

方船长沉思了片刻，他不无感叹地说：“响鼓还要重锤敲啊。”转而严肃地说：“关他一天禁闭。”

一天的禁闭过后，黄海主动找到李安东有些歉意地说：“安东，让你受委屈了。”接着他又有些神秘地说：“安东，我听说造反派要求处分你，是方船长坚决不同意。安东，说实话，从一开始我就觉得方船长好像很喜欢你，他不会是想把你招为养老女婿吧……”

十四

“太平本是将军定，不许将军坐太平”，老者的话黄海听不懂，心里一直耿耿于怀。事后黄海曾悄悄地问过常江：“那老头说的话是啥意思？”

常江有点不耐烦地说：“我不知道。”

没办法黄海又找到李安东：“安东，你说那老头吟咏的是啥？还冲我们说‘太平本是将军定，不许将军坐太平’都是啥意思？”

见黄海一副虚心的样子，李安东并不正经，他打趣地说：“你缺啊——”这回黄海很是认真：“我本来就不缺心眼，只不过比你看的书少，知道的事少，快告诉我是啥意思。”见黄海真的认真了，李安东才正经地对他说：“其实我也不是很懂，不过我记得那位老人咏诵的那首诗好像是明朝一位姓杨的人写的，后来被作者罗贯中写进了《三国演义》。至于‘太平本是将军定，不许将军坐太平’好像也是哪一本名著里的话。我想那老者的话是不是在提示我们什么。我佩服这位老人的胆量，在这个时候还敢冲我们当兵的说这些。”

黄海十分认真地听着李安东的每一句话，一双大眼睛不时眨动着盯着李安东。看他这个样子，李安东突然说：“不跟你说了，我就这么一点东西全都告诉你了。”停了一会儿，李安东好像想起了什么，他突然说道：“好啊，你知道长本事了。记得离开训练团时我好像跟你说过这样的话，日后我们在一起也许是朋友，也许会成为对手。如果有朝一日你小子当了官，要是对我不礼貌跟我摆谱，小心我砸你家的饭锅！”

黄海不在意地嘿嘿一笑说：“好，你砸吧，要是真有那么一天，我先买十口锅等着你去砸。”说完两人都笑了。这时常江过来了，见他俩笑得那么开心便问道：“你俩笑什么？”

李安东说：“我说以后如果黄海当了官忘了我们，我砸他家的锅。他说先买十口锅等着我去砸。”常江看了看李安东，又看了看黄海，随后上前弯腰提起黄海的一条裤腿指着穿着的袜子，有点挖苦地说：“你看看，他是个大方人吗？一双袜子穿一年都舍不得扔掉，他还能舍得买十口锅，就是一口锅都恨不得能藏起来。”

说完常江走了，黄海低声对李安东说了一句：“我知道，常江一直看不起我。”

“文化大革命”打乱了船厂正常的工作秩序，按原定计划船能否如期出厂还存在着许多不确定的因素。根据上级指示，经多次与厂方协商，最后确定20天后船一定要出厂。

船上的人都开始忙活起来，为船出厂做最后的准备，补充各种必需的物料。如加油、加淡水、机械备件、食品补给等，一应俱全。就在大伙都忙得不可开交时，方船长另外分配李安东个紧急任务，一项特殊的政治任务。

“文化大革命”期间，全国各地许多单位的院子里都立有毛主席画像。大的单位矗有毛主席全身塑像，小单位大都建起了影壁墙画上毛主席画像。部队招待所院子的正门对面也建起了一个高达八米的影壁墙，招待所领导听说李安东会画画，请求把画毛主席画像的任务交由他来完成。就这样方船长同意让李安东去完成画毛主席画像的艰巨的政治任务，画像是毛主席站在北戴河的海滩上。但方船长还是有点不放心，嘱咐窦政委去配合他。

离船出厂的日子越来越近了，李安东为了尽快完成画毛主席画像的政治任务，放弃所有工作全身心投入。他站在影壁墙前搭起的脚手架上，把在地上配合的窦政委指挥得团团转。一会儿拿画板，一会儿递颜料，尽管已是12月的天气，却把在地面上的窦政委忙活得满头是汗。

窦政委有点不满意了，他认为李安东是在有意地点活他，抬头冲着站在脚手架上的李安东大声说的还是那句话："李安东，你小子是不是把我当成店小二了？"

听了窦政委的话，李安东低头向下瞅了窦政委一眼，并没在意笑嘻嘻地回答："头儿，这回你知道被人领导是什么滋味了吧？"

"你小子假公济私，报复我。"窦政委接上说。

"不敢，天地良心，我绝对不敢。"李安东在脚手架上一边画一边冲站在地上的政委说，"不过，政委有一句话你一定知道，叫过了这个村就没这个店……"说完哈哈大笑起来。

就在窦政委和李安东一起画完毛主席画像时，晚上方船长叫来李安东说："走，陪我外出去办点事。"听了方船长的话，李安东有点受宠若惊。方船长一向不苟言笑，今天这么晚了突然邀他外出，李安东不知道要去干什么。再说画了几天的画像，已经够累的了，李安东猜测方船长一定是有什么特殊的事。临了方船长还特意叮嘱他："记住了，要着装整齐。"

李安东跟上方船长外出了，当方船长领着他来到船厂专家宿舍时李安东开始不安起来，他心里在想：到这来干什么？可他不敢问方船长，只得跟在后面继续往前走。见李安东一路无话，方船长先说话了："你小子怎么不说话？"

李安东瞅了方船长一眼说："不敢说。"

"你还有不敢的事？"

"我不知道说什么。"

"你说说那天晚上造反派抓褚工的事。"李安东这时才反应过来，褚工不就是负责我们船的褚天建造师吗，莫非今晚是来找他。想到这李安东一下子紧张了，说话间他俩已来到那栋楼下，果然让他猜对了。这时方船长对他说："你前面走，咱们去褚工家，你认识门，你来敲门吧。"

上了楼来到褚工家门外，李安东轻轻敲了三下，只见开门的正是那天晚上李安东见到的那个大一点的姑娘。见是李安东她愣住了，这时方船长忙上前说："我是'向阳红582'方船长，请问褚工程师在家吗？"方船长的话音没落，只听屋里传来褚天工程师的声音："欢迎，欢迎，方船长光临寒舍，岂有不欢迎之理。快，快请进。"

他们来到屋里坐下后，方船长对褚工说："我们船就要出厂了，造船期间劳你费心，特别是在你挨批斗期间仍然顶住压力，冒着个人的政治风险尽全力保证工期，保证质量，我代表全船指战员向你表示感谢。今天来也算是向你告别，再过几天船就出厂了，相信以后我们会有机会见面的……"

褚天工程师十分客气地对方船长说："太客气了，这些都是我应该做的。"最后他告诉方船长："你们船出厂后，我也要调走了，调去某研究所从事深海工程设备研究工作……"

方船长和李安东告辞了，褚天工程师喊来了两个女儿说："这是我的两个女儿，快送一下客人。"

这时方船长说话了，他微笑着指了一下李安东对两个姑娘说："听说上次你们见面时，你俩喊他解放军叔叔，这可不对，我才是解放军叔叔，他充其量只能是个解放军哥哥……"

那两个姑娘听了这话都笑了，而李安东仍然是一副僵硬的面孔。

元旦过后船终于要出厂了。离开招待所上船的那天，全船人员在刚画好的毛主席画像前整齐列队向招待所领导告别。方船长和招待所所长简单地讲话后，随着"大海航行靠舵手"的歌声一一告别。

"笛、笛……"汽笛长鸣，"向阳红582"驶离了船厂码头，顺江水而下。再见了，武汉！再见了，江城！我国自行建造的600型海洋科学军事调查船扬帆起航了。

"向阳红582"顺长江而下，船艏高高昂起，桅顶"八一"军旗迎风飘扬。有别于军舰的灰色，洁白的船体和船艏耀眼的红色"向阳红582"

字样，令过往船只惊慕不已。

驾驶室里，操舵兵全神贯注把稳舵柄。由于在长江里航行，航道狭窄，过往船只又多，方船长格外谨慎，不断发出修正航向的舵令。主机舱里，机器轰鸣，虽然是冬季，可由于机舱里温度太高，轮机兵们都穿着海魂衫工作在各自的岗位上。此时，值信号更的黄海负责在驾驶台上瞭望；值雷达更的常江操纵雷达搜索江面。值报务更的李安东则坐在报房里不断地在敲打电键呼叫指挥机关，清脆的电码声一阵紧一阵地响起："嘀嘀哒，嘀嘀哒哒，哒嘀哒哒……"当李安东第一次在耳机里听到舰队电台收听到他的呼叫而回答他时，心中油然生出一种神圣感：我是一名真正的报务员了。

一帆风顺，一天后"向阳红582"抵达上海靠上了吴淞口码头。这回他们有机会登上了"长江"舰参观，在"长江"舰上，他们仿佛看到了当年毛主席在舰上工作和生活的情景，看到了毛主席挥手为海军写下的题词："为了反对帝国主义的侵略，我们一定要建立强大的海军。"这一切让他们热血沸腾，心潮澎湃。他们向毛主席表忠心："读毛主席书，听毛主席话，做毛主席的好战士！敬祝伟大领袖毛主席万寿无疆！万寿无疆！"

经过两天的休整和补给，"向阳红582"又起航了。此行"向阳红582"将驶离长江，进入真正的海上航线，去接受大风大浪的考验。

"向阳红582"的桅顶升起了红白各半的离靠码头的信号旗。信号台上，黄海熟练地掀动信号灯向陆上的信号台请示离开码头……

船驶出长江口，踏上北上的航线。一切还好，一天的航行，海上风浪不是很大，机械设备也一切正常。海上航行不同江中航行，风浪虽然不大，可船还是不停地摇晃。由于长时间在陆地一下子到了海上，有些人还是有晕船的感觉，难受归难受，但大家心里都知道，这仅仅是刚刚开始。

落日余晖，海面上泛起美丽诱人的晚霞。这时，广播喇叭里传来方船长的声音:“各部门注意，我们即将进入夜间航行，各部门把各自部位都要认真检查一遍，关好走廊的水密门，关好所有房间的舷窗，现在进入灯火管制部署……”

夜幕降临了，茫茫大海之上，排水量只有600吨的一艘船，在大海里简直就是一叶孤舟。“向阳红582”沿着北上的航线乘风破浪地航行着，由于船上采取的是灯火管制夜间航行，船舱内的灯光一点也不外露，只有外部的桅顶灯和船舷两侧左红右绿的航行灯亮着，以便使相遇的船只识别。左红右绿的航行灯，在夜海里显得格外明亮。

各部位的广播喇叭又响了，方船长在广播中又一次提醒全船人员:“同志们注意了，一定要加强值班，海上风浪越来越大，夜间将有强阵风会直接影响本航次海域……”同时，方船长特别强调值班人员要固定好移动物品，确保万无一失。

“向阳红582”在继续航行，海面上随着风力逐渐增强，一排排海浪猛烈地向船扑来，后来海浪一排排越过船头，扑上驾驶台。船在剧烈地摇晃，摇晃的频率随着海浪的频繁撞击在不断加快。此时，人已无法站立，只能死死抓住船体的固定物，大多数人都已开始不断地呕吐，没来得及固定好的凳子翻了，伙房里盆、碗、筷和勺子等不宜固定的物品早已打翻在地，随着船体不停地剧烈摇晃，唱起了“哗啦，哗啦”的锅碗瓢盆交响曲。

驾驶室里，黄海刚刚接班值瞭望更，虽然他头上也冒出了虚汗，但感觉还稍好些。他穿着皮大衣两手紧紧地抓着固定物，当他抬头看了看风速仪的显示后马上向方船长报告:“船长……现在西北风已达八级……”方船长听了报告头也没回地说:“知道了，前面进入流网作业区，你马上到罗经甲板上去瞭望，注意系好安全带，要仔细了。”

为了保证航行安全，在这危险的时候方船长只能做出无奈之举，他指示黄海到室外值瞭望更。听了方船长的指示黄海没敢说什么，只能无条件地服从，硬着头皮趔趔趄趄艰难地走出驾驶室。这时李安东刚交完班来到驾驶室，见方船长让黄海在这个时候去值室外瞭望更，知道实在是太危险，他没有吱声转身返回报房找来一件分节式雨衣穿好，又从桌子底下拽出一件救生衣随后也冲出室外登上了罗经甲板。罗经甲板是船的最上层，他和黄海几乎都是爬着上的罗经甲板，他们各自找来信号绳分别把自己系好。这时一个大浪扑上驾驶台浪花飞溅到罗经甲板上，他俩全身一下子就湿透了，两人同时打了个寒战。风浪中黄海大声对李安东吼问道:“你上来干什么？”

“太危险，我来陪你！”

“不用，你赶快下去！”

“不行，我不能让你一个人在这值瞭望更。一旦你掉海里了那可真是活不见人，死不见尸！连个证人都没有。”李安东大声喊着回答说。

“信号兵值瞭望更，这是规定动作，做也得做，不做也得做！”黄海又大声说。

“我陪你！”李安东回答。

“你傻，你这样做是自选动作，可做可不做，搞不好还要被扣分，挨批评！”

“闭嘴，你观察左舷，我观察右舷，注意瞭望！”

“安东，你还是下去吧。你不会干这活，要是演砸了，你会后悔的！”

“闭嘴吧！快看，前面有渔网！”李安东突然发现。

海浪不断扑上驾驶台，飞溅起的排排浪花向他俩袭来，李安东和黄海紧张地瞭望前方的海面。就在黄海还要说什么时，李安东已发现右舷漂来一大片流网，他急忙对着传声筒大声喊:“报告船长，船头右舷15度，距离约600米有流网！”

“知道了，继续观察！”驾驶室里方船长显然已注意到了右舷的情况，他随即下达调整航向规避渔网的指令。规避过后他才反应过来:“怎么回事，刚才报告的怎么会是李安东，不该他的事，这小子怎么也上了罗经甲板？”他本想把李安东喊下来，可又一想上面确实很危险，有他和黄海两个人做伴在上面更让他放心，所以他也就没说什么继续操船。

驾驶室里，方船长表情依然十分严肃地注视着海面。船在大风浪中艰难地继续前行，突然传声筒里传来了常江的报告："船长，雷达故障！"方船长听到报告急了，厉声吼道："怎么回事，赶快检查！"随后他下达口令："两车进一，把定！"在大风浪中船必须要低速航行，海上能见度极差，又遇雷达故障，为保万无一失，方船长再次降低了航速。

过了好一会儿，雷达故障还没有排除。方船长十分焦急地来到了海图室，他看到常江已把雷达的机器盖板全都打开正在检查线路，他急促地问道："情况怎么样？"

这时常江才发现方船长已站在了他的身后，忙起身回答："船长，这是一部国产的新型号雷达，靠我们自己很难排除故障。"说这话时方船长看到常江的鼻头红红的，还在不停地滴汗珠。听了常江的话，方船长没有吱声转身走了。

回到驾驶室，方船长拨通了机要员的电话："机要参谋，你马上到驾驶室来！"

机要参谋来了，方船长指示说："你马上拟一份电报，向上级报告我船的船位和现在的情况。海上风力八级还在加强，雷达故障……"

机要参谋拟好电报送给方船长，看过后送到了报房。此时，流网区已经过去了，李安东想回报房放回雨衣和救生衣。他刚推开报房门看到接他班的那个新兵已晕得有气无力地躺到了地板上，满头大汗，脸色蜡黄，嘴角还挂着没有擦干净的呕吐物。见机要参谋已站到了门口，他艰难地倚靠在船壁上问机要参谋："有急事？"

机要参谋冲他点了点头。李安东也晕得快坚持不住了，可他还是强打精神说："我来吧。"说着他脱去雨衣，又搬开那个新兵放到一边的值班椅子上。

机要参谋对他说："船长指示，马上把这份加急电报发出去！"

接过电文稿，李安东把发报机调到最佳状态，立即敲打电键呼叫上级指挥机关。“嘀哒、哒嘀哒、哒嘀嘀哒、嘀嘀哒哒……”一时间电码声急促地响起，原本令李安东感到心烦的电码声，此时听起来却是那样的悦耳动听，让人顿时感到紧张和振奋。

电报发出了，李安东因晕船还是感到难受，但也有了一种轻松感，他顺手拿过抄报纸写下了一首小诗：

报房是战场，电键是刀枪。虽非面对面，时刻在打仗。

大海练忠心，永向红太阳。保卫毛主席，热血洒海疆。

艰难的航行继续在考验着“向阳红582”，但值得庆幸的是主机一直运转正常。海上航船主机是前进的动力，就像一个人的两条腿，主机一旦发生故障将失去动力，尤其是在大风浪中航行，失去动力将意味着会发生不可想象的后果。

一夜的艰难航行，一夜的严峻考验，当第二天太阳从东方的海面升起来的时候，大风浪终于减弱了。海面慢慢地恢复了平静，一群海鸥尾随船艉在空中飞翔，洁白的鸥群在蓝天、碧海和长长白色的航迹衬托下，构成了一幅美丽无比的画面。此时，对于经过大风大浪，经过艰难航行的人来说，似乎体验到了大海另一种所从未有过的壮美。

青岛，终于到了。

十五

“向阳红582”航行到青岛，受到上级首长和领导机关的热烈欢迎。

船停靠在军港的码头上，前后都是战斗舰艇，唯有“向阳红582”洁白的船体在灰色舰体的舰群中一枝独秀。更引人好奇的还有船上安装的与战斗舰艇不同的设备，前后甲板的两舷，在战斗舰艇本该安装“3.7”炮或“2.5”炮的位置则被大小不一的吊杆、操控台和绞车取代了。当老乡和战友上船看过后，更令他们羡慕的则是舱内的空间比战斗舰艇宽敞得多。同样吨位的战斗舰艇水兵住舱一般都要住三四十人，而“向阳红582”就连观通部门的战士都是四人住一房间。除此之外，船上还设有科学家房间，调查队员房间和两三个实验室，这让那些当兵的不仅羡慕，更感到好奇。这时便有人议论说:“向阳红582”是海上侦察船，还有的说是海上间谍船。听到老乡或战友们的这些议论，李安东、黄海、常江和战友们并不以为然。因为，他们也不十分清楚这船以后到底能干些啥。

返回基地后，部队正处于年终工作总结，船党支部对这次航行，特别是海上抗击大风浪进行了认真总结。由于黄海在风浪中航行值室外瞭望更忠于职守，政委推荐支委会一致通过评选黄海为“五好战士”。这是那个年代战士最崇高的荣誉，黄海在他们这批新兵中第一个被评为“五好战士”，不免心生得意，但这得意多少让他也有点不自然。常江则因为未能及时排除雷达故障，被认为战前准备不充分，处理问题不当挨了批评。而对李安东的表现，方船长认为他虽然是干了自己不该干的事，但关键时刻敢于冲上去的精神可嘉，也应该给予表扬。可窦政委认为精神是可嘉，但他擅自做主，不请示、不报告，这是一种无组织无纪律的表现，一旦出了事谁负责？如果表扬会纵容他的个性，助长他不大听吆喝的行为，所以还是不表扬也不批评为好。

那天晚饭时，李安东、黄海和常江又并排坐在了一张餐桌上。平时他们有说有笑，可今天吃饭时黄海虽然不说话，可总是抿嘴一个劲儿地笑；而常江一直闷头不语。李安东左看看右瞅瞅，见他俩这样很是看不惯，他越吃越想不明白，为什么好好的战友为了一点荣誉或是批评就变得生分了呢？吃着吃着便来火了，他把饭勺一下子摔到了饭桌上生气地说："咋的！死人啦？"说完站起身扭头走了。见状，黄海瞅了常江一眼，立马端着饭碗跟了出去。

黄海在后甲板找到了李安东，可李安东并没给黄海好脸色看，没说上几句话他就不耐烦了："你缺啊——看不出常江有思想压力了，你还得瑟！"

黄海辩解说："我知道常江挨了批评心里不痛快，可你让我说什么？那'五好战士'也不是我伸手要的。再说你……"

这时，只见常江吃完饭也来到了后甲板，离着很远他喊道："安东，你过来一下。"

听到常江喊他，李安东回答："等一下"，接着他又甩给黄海一句，"你就缺吧——"说完朝常江走去了。

常江和李安东一起上了码头。黄海独自一人在后甲板待了下来，这时他回想到自船出厂以来发生的一切，特别是返航途中值班抗击风浪的事，通过这事他还真悟出了一些道理。这就是不是所有的付出都能得到回报，付出是必需的，但付出因不同时间和不同场合所表现出的作用会完全不同，因此回报也就不一样。比如李安东擅自冒险陪他值班，常江抢修雷达出力不讨好，付出是个人的牺牲，而回报却与权力有关。想到这他理解了家乡的一句俗话：打铁烤糊了蛋子，别不看火候。

常江和李安东俩人来到了码头，常江说：“安东，我心里有点憋得慌，想和你聊聊？”他知道，平时只要一吃完晚饭，李安东总是抱起篮球就上了码头上的球场。还没等常江再说什么，李安东马上有点不耐烦地对常江说：“聊啥？就这点出息，能死人啊？”

李安东说是这样说，他还是陪常江一块散步去了。

“安东，我不太会讲话……”没等常江说完，李安东接上说：“你会讲鸟语。”他俩说着说着来到了码头军人小卖部前，常江犹豫了一下对李安东说：“安东，你等等——”说着转身进了小卖部。只一会儿常江就出来了，李安东见他手里拿着一包大前门香烟和一包火柴，李安东吃惊地问他：“你买烟干什么？”常江没有回答，拉着他向海边走去。

海滩上他俩坐了下来。常江不大善于表达，见他今天有点心事重重的样子，李安东劝他说：“常江，咱们出来当兵，天南海北到了一起这是缘分。什么表扬啊、批评啊，我觉得都不重要。我小时候上学一直信奉三分万岁，不愿意去和别人比高低，何必自寻烦恼。咱当兵只有四年的时间，四年后都复员回家了，到那时想见一面都难，也可能一辈子也见不到了。不过在部队几年一定要争取把党票解决了，我就这么一个想法。”

说到回家，常江打断了李安东的话：“安东，你真的想当满四年兵就复员回家吗？”

听了常江的问话，李安东冲他点了点头，随后又摇了摇头。说到这常江打开那包大前门香烟，顺手拿出一支点上了。看到常江那熟练的吸烟动作，安东吃惊地问道：“你会抽烟？”常江点了点头。接着说：“安东，你误会我了，今天我并不完全是因为挨批评的事。船长的批评我是感到有点委屈，但主要是看不惯黄海那得了便宜还卖乖的样儿。说真的我现在特别想家，想把心里的话说给妈妈。”

说到这常江有些动情了，他对李安东讲述了他后来知道的关于爸爸、关于那场海难的事，那是新中国远洋事业永远的痛。

1963年4月，我国自行设计建造的第一艘万吨级远洋货轮从青岛首次起航了。

这艘货轮载重量达1.5万多吨，能在封冻区破冰航行，并能在中途不补充燃料的情况下，直达世界上任何一个主要港口。当时我国还没有正式建立远洋运输公司，中日间也尚未建立外交关系，商业往来还是采用民间贸易的形式。我国同苏联断交后，在赫鲁晓夫的煽动下，国际上掀起了新一轮的反华高潮。此时我国自行建造的第 艘远洋货轮远航，对正处于重重封锁中艰苦奋斗的我国人民来说无疑是一个巨大的激励。

这艘货轮担负着开辟中日航线的重任。鉴于当时中美、中苏、中日、中韩之间的复杂关系和台湾国民党军事力量在海上频繁活动的形势，有关部门对这艘货轮的首航十分重视，专门请了海军有关机构事先秘密地制订了航线。

谁也没有想到，几天后这艘货轮在驶抵黄海某海域时沉没了。

是被击沉，还是自沉？当时获救的船员称：货轮是被鱼雷击沉的。接下来美国发表声明称：美国潜艇没有对中国货船发动过攻击；韩国、苏联也先后声称与货轮沉没无关；台湾国民党当局也发表声明称与此无关。

货轮沉没的背后有什么隐情？

半个多月后，由人民海军30艘舰艇组成的海上编队从上海起航赴事发海域调查。

大海似乎在有意隐藏秘密。已时值五月，海军编队在浓雾中抵达事发海域展开现场调查。在调查作业编队进入作业海区后，美国第七舰队、苏联太平洋舰队也几乎同时到达了该海域。而美国军用飞机也几乎天天飞临编队上空进行挑衅，有时一天多次，高度和距离一般只有几十米，最近时只有二三十米。

十天后，海上编队终于在水下找到了沉没的货轮，并探摸到船体的三处破洞和五处凹陷，破洞的破口呈长条状。同时也验证了船体三段合拢处的三条大焊缝完好无损，证明该船没有建造方面的质量问题。在对水下礁石进行了多次的探摸后，潜水员终于在水下礁石群的一处发现了一块平而坚硬的岩礁有遭受激烈碰撞的痕迹，潜水员在该处还捡到了粘有红色漆皮的礁石。

经过现场调查后证明，货轮驶入公海后风平浪静。然而，这是掌握在一些初学航海的人们手中的一艘巨轮，在看似平静的航道上，蛰伏着预想不到的凶险。原来预定的航线图上写着：距某岩礁15海里转向。但由于海流变化和受风压、流压的影响，船长和大副都没能准确判断出自己的船位。当大家都以为仍距某岩礁15海里之外时，实际上这块海底礁岩已经处在了船体之下。

货轮撞上了岩礁，随继开始倾斜、下沉 ，最后拖着长长两公里的航迹沉入海底。

现场调查结束后编队撤离了作业区，随后新华社发出电稿：经过周密调查，已经证实货轮是因触礁而沉没。

因货轮沉没导致的一触即发的一场国际危机即刻消解于无形。

征服海洋是近代志士仁人的一个心结，但英雄主义的浪漫并不能取代科学的理性。今天我们也许无法想象，在当时中国甚至没有一张准确的国际航线图。在这艘货轮携带的航海图上，某岩礁只是一个虚线范围，竟没有明确的方位和水深。

该货轮的沉没令国人痛心疾首，而大海已经在向新中国发问：郑和大航海以降，中华民族疏远海洋已经500多年了，要想再次重返这个舞台，还需要什么？

这是新中国远洋事业之痛，更是新中国海洋事业之痛！这场海难过后，常江的爸爸再也没有回来。

回忆那悲痛的海难，常江说：“爸爸殉职那年我刚上小学，是妈妈一个人把我拉扯大。说是大上海，可不一定比你们强。妈妈是个纺纱工，放学回家我一个人在家，妈妈每天都回来得很晚，上夜班时只有我一个人在家。那时我经常饿肚子。三年自然灾害时家里更是什么吃的都没有。有一天我饿极了，实在找不到吃的，发现抽屉里的几包香烟，那是爸爸生前出海时从外国带回来的，也不知道放了多久，我就打开吸了，那烟呛得很。从那以后，我放学回家一饿了就偷偷地吸一支。当我把那几包香烟快吸完时，有一天被妈妈发现了。那天妈妈真的很生气，二话没说狠狠地打了我一顿。”

“你委屈吗？”安东问。

“妈妈打了我后，妈妈哭了，哭得很伤心。之后一连几天都不理我，我不怪妈妈，我知道妈妈是为我好，希望我长大后能成为一个像爸爸那样的人，但我不知道该怎么做。当我长大了一点才理解了妈妈，正是为了不让妈妈再为我操心，我选择了当兵，不是说穷人的孩子早当家吗。”

常江的话让李安东的心情变得沉重起来，想了想他对常江说：“我们小时候都受过苦，但当时也并没有觉得苦到哪，长大以后知道了什么叫苦，可那点苦没法和父辈们比。我们是新中国的第一代人，为了以后大伙都过得更好就应该向雷锋那样做革命的傻子，把有限的生命投入到无限的为人民服务中去。”

李安东的话让常江有点吃惊，他心里想，从表面看李安东好像有点玩世不恭，没想到他的心里竟想得这么多，这是他的真实想法吗？他有点警觉地问李安东：“你真是这么想的？”

此刻李安东已经察觉到了常江问话的意图，他想既然常江把自己当成了知心朋友，如果我不跟人家说实话就太不够意思了。想到这他回答说：“常江，我跟你说实话，我早就看出黄海是既要当婊子又要立牌坊，他有时那样我根本看不上，就是窦政委那假了叭叽的样子我也看不惯，但没办法只能由着人家。其实你心里明白，就说晕船吧，咱仨我晕得最厉害，你和黄海都比我轻，可一到出海，你俩都装得比我晕得厉害，我不想把这事说破。你俩这么做不就是想图领导的表扬吗？你们怎么活法我管不了，但我有我的活法。我记得有这么一句话，不为上，不为书，只为实，这话记不得是谁说的了，但符合我的性格。我现在是一个兵，分内的工作一定要干好，干不好我宁肯不干，什么批评表扬不去想，想了也没用，想多了还心烦，只图本分做人。”说到这，李安东停住了，他瞅了瞅常江没有什么大的反应，接着说：“我从来没想过要做人上人，只想做好人，大不了当完四年兵就回家去种地！”

说到种地常江一愣，他反问李安东：“你是城市兵，家里条件又那么好，怎么会种地？”

常江的问话勾起了李安东的回忆。沉思了好一会儿他才对常江说：“其实你们并不知道我受过什么样的苦。”他停下了，把目光投向了大海的远处，过了一会儿才接着说：“我出生时爸爸随志愿军正在抗美援朝的战场上，直到抗美援朝结束爸爸才回来。那是我第一次见到爸爸，可没几天他又走了。那时爸爸已到地方任职，工作经常调动，没办法就把我和妈妈放在了农村的老家，一直到我上小学。奶奶告诉我，爸爸很小就离家参加了革命，他和妈妈的婚姻是奶奶包办的。抗美援朝时爸爸是营教导员，听说志愿军入朝后打的第一仗十分艰苦。就在我出生后不久，部队送来了父亲阵亡的通知书，说是爸爸在朝鲜战场上牺牲了。妈妈那时很年轻，只有20岁，经受不了突如其来的打击得了精神分裂症。新中国成立初期那段艰难的岁月，爸爸依然不在我们身边，是我陪着妈妈一起度过的。由于爸爸多年不在身边，小时候我不仅吃了不少苦，还受过很多的欺负。后来尽管爸爸回来了，可妈妈神经一直不好，也没能工作，就连新中国成立初期的扫盲班都没能参加，直至今天还是文盲。长大后我就想爸爸和妈妈都不容易，生我养我就该报答他们，更应该替妈妈多做点事，不能给妈妈丢脸，无论以后干什么都要干出个样，不能让人看不起。”

听了李安东第一次跟自己说了这么多话，常江直觉地感到，他是个把自尊心埋在心底很深，而且是一个追求理想化的人。这时只听李安东长长叹了口气说："哎，不说这些了……"

"不为上，不为书，只为实——做本分人"，这些话给常江留下了极深的印象。

一只洁白的稚鸥在海岸的浅水区上空盘旋，不时发出尖嫩的鸣叫。这叫声同时吸引了李安东和常江的目光。那稚鸥可能是脱离了鸥群，找不到妈妈了，在空中忽上忽下地翻飞，不停地鸣叫，直至两只大海鸥从远处飞来，稚鸥便尾随着向鸥群飞去。看到这一切，李安东和常江都会心地笑了。

当他俩回到船上时，只见黄海站在舷梯口好像在等他们。常江没有理黄海就上船了，黄海喊住了李安东："安东，你和常江谈了？"李安东冲他点了点头。

"你们都谈了些什么，常江闹情绪了吧？"黄海又问。

"就你心事多，他能闹啥情绪。"李安东回答。

见李安东不经意的样子，黄海靠近了说："其实闹情绪也没有用，表扬、批评还不都是领导说了算。表扬也好，批评也好，关键是看你自己会不会干。学聪明点，下次会干了不就受表扬了吗。"说这话时他好像很是得意。

黄海的话让李安东吃惊不小："什么，你不是在演戏吧？"李安东问道。

见李安东吃惊的样子，黄海信任地对他小声开导似地说："其实用不着那么认真，我现在才明白，其实人生就是一场戏，就看你怎么去演。"

"向阳红582"回到青岛一个星期后接到上级指示，船要前往黄海北部和渤海执行冬季海冰调查任务。方船长在出海前的动员会上向全船人员强调："此次海冰调查是我们船出厂执行的第一个任务。还是那句老话，船新、人新、任务新。特别是离春节还有一个多星期的时间。上级指示我们争取春节前完成任务。如果气象条件保证不了，那春节只能在海上过，希望大家首先要在思想上做好准备，同时也要在物质上做好一定的准备！”

黄海没有想到，就在出海前他又一次收到了李安东写给他的一首诗，诗的题目是：提醒黄海

李安东是这样写的：

奴颜媚骨容，心生盗世名。

口曰“公”“平”“正”，实为小蛀虫。

他日若得志，可憎变色龙。

在我国北方沿海，黄、渤海北岸冬季气温很低，有资料证明最低气温可达零下20℃。加之沿岸河流入海带入大量淡水，所以每年都有海冰冰情发生。有的年份冰情严重会造成海冰灾害，直接影响沿岸人民群众的生产生活和生命安全。所以冬季海冰调查，是一项每年冬季例行的海洋调查。

“向阳红582”离开青岛，经过近一夜的航行，于次日中午抵达了辽东半岛南端的大连。船靠上了码头，一辆解放牌大卡车开来了，紧接着广播喇叭里传来值班员的声音：“甲板部门的同志带好缆后，马上到码头上帮助搬运调查设备……”

第二天开始，船上和调查队员都在做进入海冰冰情最为严重的辽东湾前的各项准备工作。由于春节即将来临，海冰调查承担单位是青岛分局所属的北方海洋工作站。由于一时难以抽调更多的调查人员出海，此次海冰调查小组仅有四名调查队员上船工作。为了配合做好调查工作，方船长从甲板部门和观通部门各抽调一名同志协助他们。甲板部门抽调的同志帮助拿设备和搬运样品，观通部门抽调的同志协助调查小组调查站位定位和作相应的数据记录，就这样常江和另一名同志被临时抽调参加海冰调查工作。

常江被临时抽调参加海冰调查本来是件辛苦的事，可却遭来船上许多人的嫉妒。原来调查小组的四名调查队员中有两位老同志，另一位是

年轻的小伙子，还有一位是来自鹿岛海洋站的年轻姑娘。当兵快两年了，整天是一群大小伙子在一起，船上无处不弥漫着臭脚丫子味，没有一点新鲜感。平时放假外出，在大街上只要看到个年轻的女孩子，那在他们眼中几乎全都是西施。这回，常江配合人家调查，还不整天和那姑娘在一起啊。私下黄海对李安东说："喂，伙计，这小子撞上艳福了。"

听了这话，李安东没好气地说："你小子出息了，开始长心眼了。"见黄海不停地傻笑，李安东接上说："你吃饱饭撑的啊，快干你的活去吧！"

进入辽东湾进行海上调查前，调查队员要兵分两路，一路先从陆上进行岸滨观测，一路在船上作海上现场调查准备。常江参加陆上小组提前出发，在船出航前要协助调查队员前往辽东湾，先进行两天的岸滨观测然后返回船上。

自古以来，人们迷恋于渤海那碧波粼粼、鸥鸟盘旋的清丽；钟情于她那风柔水凉，海阔天空的豪爽；感慨于她那惊涛拍岸、大浪淘沙的气势，但少有人留意和亲身体验渤海的冰封。作为一个上海人，常江做梦都想不到大海也会结冰。

海洋科学家这样解释：在自然条件下，海水结冰，首先是它周围的气温长时间低于海水的冰点零下两度，使海水因大量散失热量而降低温度。当水温降至冰点并继续失热时，海水便开始结冰。气温在海水冰点以下持续降低，是海水结冰的先决条件。

海水真的会结冰吗？其实不然，海水结冰，只是海水中纯水结成的冰晶，而将海水中所含的盐分排析出去。这些排析出来的盐分，仍集中在冰晶之间尚未结冰的海水里，人们看到的渤海海冰其实就是由海水中的纯水冻结而成。

在辽东湾，常江第一次看到所有进港和靠岸的渔船都被冰封在港内或海岸上，几百艘渔船密密匝匝，结结实实被冻在一起，场面十分壮观。寒风中渔船上少有人活动，而各船上猎猎飘扬着的国旗似乎在彰显着渔民不屈不挠的闯海精神，恰似一支庞大的船队被困冰海而搏力抗争。

近岸堆积的海冰在阳光的照射下泛着白光，海天间充满了肃杀的氛围，使海岸显得异常庄重和威严。调查人员告诉常江：近岸是堆积冰，稍远处是浮冰，然后才是宽阔的浮冰区。辽东湾内的海冰由沿岸河口自北向南可以向渤海内延伸七八十海里。

当常江和调查队员来到一个港口的港区时，常江看到码头的港池内浮冰盖住了整个海面。港外的挡浪坝前，浮冰在风潮的作用下，上下翻腾着白色的雪浪铺天啸海，气势非凡。潮来雪浪腾空而起，似银蛇群舞；潮去雪浪蠕动而退，陡然排海。就在这样的重复中岸边逐渐堆起一层层的海冰，并层层叠压在一起形成冰的海岸，冰的白色岸线。这场面着实让人感叹，大自然神奇的力量足以令人瞠目结舌。

站在海岸上，常江眺望辽东湾，顿时让他找到了千里冰封的感觉。在一处开阔的河口处，原本平坦的望不到边的滩涂全部被海冰覆盖，凹凸不平的冰面在阳光的照射下闪着或白或青的光芒。

常江陪同调查队员沿海岸进行冰情调查，此时此地已不见万帆波涛入画、千里帆影的踪迹，满眼只是肃杀的冰海、冰裂、冰排和冰丘。渤海冰的世界竟是如此壮美，如此神奇。

海岸冰情调查结束后他们返回船上，“向阳红582”起航进入渤海驶近辽东湾冰区的外缘，一层层浮冰封住了进出辽东湾的航道。一个测点调查人员在船舷边采完几个点的冰样后，船向纵深处缓慢地推进。虽然“向阳红582”不具备破冰能力，但由于是新船，面对几厘米厚的薄冰还不存在什么危险。当推进到冰层较厚的海面时，船停了下来，四名调查队员分成两组，两名年龄大的老同志为一组留在船上，那名男性调查队员和那个姑娘为一组，要在一处浮冰密集区下到船舷外现场测量冰的厚度和采集冰样。为此，甲板部门的人在舷边已放好软梯，常江帮助他们系好安全带，带上测冰工具，从舷边开始顺着软梯慢慢下到冰面。

他们接近了冰面，那个小伙子伸出一只脚试探着冰的承受力，几次都感到冰层厚度不足以承受一个人的重量，随后由船艉向船艏方向慢慢移动。到了船的中部冰层较厚处，当小伙子用一只脚又要试探时，那个姑娘抢着说:“我来吧。”只见她冲着船上拉安全绳的常江喊道:“拉紧点！”这时那姑娘让小伙子拿好样品桶，她身体轻盈地挂在舷外的软梯上，一脚蹬好软梯，一脚悬空不时踏击冰面寻找最佳采样点。靠近一块较大的浮冰时，只见她悬着的那只脚轻轻踏了上去，然后轻轻俯身测量冰的厚度。测量完后她又用锤子砸冰，随后把手伸进冰冷的海水里，采集一块块冰样放进吊下的帆布采样桶里。看到这一切，常江暗自为她担心，拉安全绳的两只手不知什么时候已出汗了。他们成功了，冰样采上来了，当那姑娘从舷外爬上船时，常江伸手去拉她，谁知那姑娘却犹豫了一下，常江不容分说一把抓住她的手把她拉了上来。回到船上那姑娘似乎十分感谢常江的默契配合，瞅着常江笑了。

这时常江才仔细地打量了她。她显得瘦弱，20多岁的姑娘，本该是体态丰盈的时候，而她却像是营养不良似的，高挑的身材过于纤细。不仅如此，她那少女的脸上就在他俩相视一笑时也不见红润，而是泛出淡淡的灰暗。

见常江在注视自己，那姑娘一时间感到有一种从未有过的羞涩，这必定是有生以来第一个异性这样近距离地打量自己，她感到十分不自在，片刻过后她顾不上收拾调查工具转身跑了。

十六

一连几天，在不同的站位，他们重复着同样的调查。当渤海的海冰调查结束后，“向阳红582”掉转船头，穿越渤海海峡向黄海北部驶去。又是一个夜航，进入黄海北部，风浪大了起来，这时方船长广播说：“大风即将到来，我们要到朝舞湾避风，现在距朝舞湾还有60海里，希望大家坚持一下。”

风浪越来越大，船开始剧烈地摇晃起来。

60海里的航程，正常时四个多小时即可以抵达。然而，大风浪中要低速航行，“向阳红582”整整航行了八九个小时。这八九个小时，八九级的大风，全船上下被晃得翻天覆地。

航渡中在报务班值班的是一名比李安东还晚一年的新兵，在风浪起来时就已晕得不能自主，开着的舷窗没有及时关上，海水从舷窗冲进了报房，地板上已灌进了几厘米深的海水，而那新兵却像死去一样躺在地板上泡在海水里。这时李安东几乎是爬着来到了报房，他艰难地推开门见此情景，便使尽全身力气把那新兵拖起来推出门外，自己留下来值班。椅子晃翻了无法坐，他找来救生衣放在地板上在上面躺着，头枕着桌下的横梁，肩扛着一端桌腿，脚蹬着另一端桌腿坚持着值班。

天亮时，船驶进了朝舞湾。随着广播中方船长一声令下：“抛锚！”只听锚链“哗啦，哗啦”一阵咆哮，铁锚扎进了海底。海湾里浪小了，船也顺着风向自行漂浮在海面，这时船晃得轻了许多。尽管海湾里避风，可如此恶劣的天气，船依然摇晃得厉害。也许是刚刚经过大风浪的折腾，此时大家的感觉还是好多了，尽管人还有些站不稳，但起码可以直立行走了。那天早上，船上许多人都没吃早饭，一夜的折腾，肠胃不归位，肚子难受，大家实在是吃不下。方船长看到大家体力消耗过大，为了调解一下气氛，他和窦政委商量利用避风的时间中午包饺子。

伙房准备好了面和馅，各部门在各自的舱室里包饺子。就在观通部门包饺子时，窦政委领着那位姑娘来了。窦政委说："看你们笨手笨脚的，让小韩帮你们包吧。"小韩姑娘的到来大家自然十分高兴。小韩姑娘说："我来擀皮，你们包。"这时，站在小韩旁边的黄海先说话了："你叫什么名字？"

姑娘回答："我叫韩雪，就叫我小韩吧。"

听了这话，黄海有点诡异地说："呵，这名字怪好，那你一定是东北人？"

黄海还要说什么，李安东见他那没出息的样子，冲他说了一句："闭嘴，快点包饺子。"

韩雪擀皮很快，而且能一次擀两个饺子皮。几个小伙子包饺子的速度跟不上趟，特别是常江笨手笨脚，别人包了两三个他却一个还没包好，好不容易包好一个还不成样子。韩雪放下擀面棍对常江说："你是南方人吧？"

还没等常江接茬，黄海抢着替他回答："他是上海人。"

韩雪接着说："怪不得，我教你包。"说着便教起常江包饺子。

这一切黄海都看在眼里，他小声对李安东嘀咕："这小子真是大白天睡凉炕，全凭火力壮……"听了这话，李安东狠狠地踩了他一脚。黄海毫无防备，顿时痛的喊了起来："哎哟……"

外面海水开始落潮了，船头也顺着潮流掉转了方向。吃完饺子大家来到甲板上时才注意到，此时船距岸边也就只有三四公里远，望着近在咫尺的陆地，谁都想上岸去走一走，接接地气。能上岸是多么亲切而又奢侈的事，这是只有常年在海上的人才会有的一种对陆地依恋的特殊情感。

这时广播响了，值班员广播说：“常江，马上到政委房间去一下。”

政委房间，窦政委已等在那里。见常江进来，他对常江说：“这段时间你们几个总是在一起”，显然他是指和李安东、黄海，“没发什么牢骚吧？”常江听得出政委的意思，想知道李安东背后是否又在说他的坏话，他立马回答说：“政委，李安东现在可老实了，什么怪话也不说，整天背毛主席语录。”

窦政委知道常江不是个会打小报告的人，更不会编瞎话告诉他什么，接着还是亲和地说：“过一会儿船上要放小艇上岸去补给主、副食品，看来春节我们要在海上过了。不过叫你不是出公差，而是让你跟小艇一起上岸，陪韩雪去一趟朝舞头海洋站。小韩单位的领导告诉我们，她父亲是朝舞头海洋站的一名老观测员，十多年前在一次特大风暴潮观测时被海浪打进海里因公殉职了。春节就要到了，此次正好经过这里，她个人请求想借这次机会批准她上岸为父亲扫一扫墓，她们带队的组长同意了。方船长和我商量了一下，也同意了她的请求。因为这几天你配合她工作比较熟，我们决定由你陪她去一下。一名女同志单独行动我们不放心，晚饭前你们随买东西的小艇一起回船。”

听到这，常江马上说：“这不合适吧，你们领导陪去不更好吗？”

窦政委说：“这不是组织行为，是她个人行为，领导去不合适，你就辛苦一下。现在是湾内避风，你们雷达班也不用值班，你去最合适。”政委说着站起身走过来拍了拍他的肩膀：“去吧，辛苦一趟。”

中甲板上，甲板部门的同志把救生艇已放到了海面。军需和炊事班的两名同志拿着几个大竹筐先后上了小艇。随后窦政委带着韩雪来了，当韩雪上了小艇后，窦政委这才发现常江还没有来，随即他喊来常江，常江这才最后一个上了小艇。见常江也上了小艇，站在舷边的黄海感到十分纳闷，心里直犯嘀咕：“怎么这小子也去出公差啊。”

小艇离开母船，渐渐驶远了。

朝舞头海洋站，坐落在朝舞湾海岸伸向海中的半岛岬角上。海洋站所在之地自古便是军事要地，就连秦始皇当年东巡时都不止一次来到这里。同时这里也是一处绝佳的海洋岸滨观测点，自新中国成立后，这里一直是我国北方沿海十分重要的一个岸滨观测站。这里地处偏僻，远离村镇，不要说缺乏一般的生活必需品，就是淡水都要到十多里地外的村庄水井去拉。十多年前，韩雪的爸爸和妈妈都是朝舞头海洋站的观测员。

在一片海岸防护松林的尽头，一个小小的沙丘，埋葬着一个极其平常的观测员，沙丘前立着一块残破的用水泥制作的碑，依稀可见碑上刻着这样几个字：韩雷烈士之墓。

韩雪带着常江走进松林来到沙丘前，这是埋葬父亲的沙丘。她绕着沙丘转了一圈，然后俯下身默默地捧起几把沙土，填在父亲的坟头上。这时常江注意到韩雪眼里已含满泪水，随后韩雪从脖子上解下自己围着的白色纱巾，又找来一块石头把纱巾压在了父亲的坟头上。她跪下了，跪在了父亲的坟前，这时韩雪眼前浮现出了她知道的过去的一切。

听妈妈说，爸爸是高中毕业后从当地招收到海洋站工作的。后来妈妈大学毕业了，被分配到了这里。由于人少，又与外界不接触，几年后，他们结合了。

一年多后韩雪出生在了这里，小小的她过早地经历了风雨和浪涛。她记事时知道的第一个道理就是海水不能喝，最早熟记的数字是0、1、2、3、4、5、6、7、8、9。她知道，爸爸和妈妈是看海的人，这些通过观测得来的阿拉伯数字被爸爸和妈妈一组组记在纸上，那是顶重要的东西。爸爸曾告诉他，这些数字在音乐家的手里可以变成激扬的旋律；在将军的眼里是士兵的生命；在向往金钱的人心里是财富；而在科学家的心里是知识的阶梯。

那是在她六岁的那年冬天，受台风影响，一次特大的风暴潮袭击了海洋站。那一天，海洋站里只剩下爸爸和妈妈两个人。晚上爸爸要到海边的观测点去值班，妈妈不放心，带上小韩雪和爸爸一起去了值班室。观测时间到了，爸爸让妈妈在值班室里观测波浪，记录观测数据，而爸爸一人拿着测温表，提着采水桶冒着风雨钻进了夜幕到岸边去采水样。过了很长时间爸爸还没有回来，妈妈急了，忙把小韩雪锁在值班室里跑了出去。

室外寒风怒吼，海边惊涛拍岸，小韩雪的爸爸不见了。妈妈拼命地呼喊着，可听到的只有寒风和惊涛拍岸的怒吼。小韩雪的爸爸为测得风暴潮时的宝贵海水资料，已被海浪打进了大海。

此时，建在临海悬崖上的值班室里，屋内的小煤灯光一闪一闪时明时暗地跳跃，小韩雪独自一人守着那盏她再熟悉不过的小煤油灯，烛光照在她的脸上，透过她的眼睛像似两只小萤火虫在夜色里眨动着晶莹的光亮。屋外寒风依然在怒吼，大雨倾盆，海浪撞击悬崖的峭壁发出震耳欲聋的啸吼。见爸爸妈妈还不回来，小韩雪害怕了。她来到窗前，望着眼前漆黑的夜，听到风的怒吼和海浪的咆哮，小韩雪吓得哭了起来："爸爸……妈妈……"可此时，无论她怎么喊叫，风声、涛声无情地吞没了一个弱小生命所发生的呐喊……

在中国东部大陆临海的尽头，常江看到韩雪跪在父亲的坟前失声痛哭了起来。面对眼前的情形，常江一时不知该如何是好，他木然地点燃了一支香烟，未征得韩雪的同意，便把那支烟插在了坟前，然后缓缓地走到韩雪的身边轻声地说："小韩，时间快到了，该回去了。"

韩雪慢慢站起身，又向爸爸的坟再次三鞠躬，然后跟着常江一前一后离开了那堆沙丘，那座坟，离开了那片松林。

回去的路上，韩雪一路无语。也许是出于一种同情或怜悯之心，常江主动问起了韩雪家中后来的事。韩雪断断续续告诉他："在她九岁那年，因为她已过了上小学年龄而无处上学，还因为妈妈是辽南人，所以上级机关把她们母子调离朝舞头海洋站，被安排到大连的北方海洋工作站。"

“那你怎么到了鹿岛海洋站？”常江又问道。

韩雪告诉他：“‘文革’开始时我刚上初中，两年后全国知识青年上山下乡运动开始了，领导为了照顾我和母亲，内部招工把我作为顶替爸爸安排到了鹿岛海洋站工作。”

韩雪认真地回答常江的问话，这时常江觉得自己问得多了，他有些难为情地冲韩雪笑了笑不再说话了。

他俩来到小艇停靠的渔用小码头上，船上买补给的人还没有回来，站在码头上两人都陷入了沉默之中。常江心里在判断，韩雪可能是因为成长与生活环境的原因，她少言寡语，看来是一个未见过世面而且还有些胆小怯懦的姑娘，是一个忠厚老实的人。

就在常江心里想这些时，韩雪突然说话了，她问常江：“常江，你知道这里为什么叫朝舞吗？”

听了韩雪的问话，常江摇了摇头。韩雪主动告诉他：“这里是我国大陆临海的最东端，太阳每天从东方升起时，这里最早沐浴阳光。因此古人认为这里是朝阳起舞之地，所以便称这里为朝舞，又因为海洋站所处的位置是这里最边上的岬角，人们又称这里朝舞头。”

常江回答说：“这里真的是太美了。”这时他想到了李安东，接上说：“如果李安东来就好了，他喜欢舞文弄墨，一定会被这里的景色和历史所吸引。他一定会有感而发，不知道会造出什么句子来。”接着也有些感慨地说，“这海，这山真是无处不在流淌着一种酣畅的阳刚之美”。

听了常江的话韩雪问他：“你和那个叫李安东的很要好吗，那个人怎么看上去有点傲，给我的感觉好像是个公子哥？”

听韩雪这样说，常江解释道：“他这个人就是那样，典型的东北人性格，还有他爸爸是县委书记……”说到这常江想起什么，他问韩雪：“你小时候在这里有小朋友玩吗？”

韩雪没有马上回答他，她一直在看着常江，那目光中流露出的神情是好感，是盼望，是深情，还是依恋？一时让人说不清楚。常江被他看得有些不好意思，当他的目光再次与韩雪的目光相遇，韩雪才说话："不怕你笑话，那时这里只有我一个小孩，当时海洋站上养了一条大黑狗是我唯一的伙伴。"

韩雪又想起了那个可怕的夜晚，那是一个刻骨铭心的夜晚，她悲情地回忆说："后来妈妈告诉我，那晚大黑来到屋外同样像疯了一样地一会儿拼命地吼叫，一会儿拼命地挠门。这些都无济于事，最后它跑去了峭壁上的测点。就在爸爸被海浪打进海里的那一刻大黑冲了上去，它死死地咬住了爸爸的衣服，直至同爸爸一起坠入汹涌的波涛中。事后当人们在礁石丛中找到爸爸时，大黑紧紧咬着爸爸衣服的嘴依然没有松开。"

作为上海人，常江第一次来到如此偏远的地方，与繁华的大上海相比，巨大的反差给常江留下了极深的印象。不来到这里，不亲耳听到韩雪讲述的这一切，他无论如何也不会想到，在这天涯海角会有这样的观天测海的人和他们的孩子。他又想到若自己出生在这里，长在这里该是什么样子。他把目光从空旷的大海移向韩雪，这才发现韩雪一直在静静地看着他。"你在想什么？"韩雪随即问道。

常江没有直接回答韩雪的问话，转瞬间又把目光投向了大海。

见常江不说话，韩雪又说："这儿的地理位置非常重要，是扼守渤海的战略要地，北京的门户。朝舞头水深流急，自古以来就有'朝舞头，朝舞头，无风三尺浪，有风鬼见愁'的说法。因此这里的观测资料极为重要，对海军舰艇出航，海防守备都有着十分重要的作用。所以，朝舞头海洋站一直是国家重要的标准观测站。"停了一下，韩雪继续说："对了，小时候听爸爸说，当年秦始皇曾三次来过这里，这朝舞头的名字好像还是秦始皇起的……"

常江一直在默默地听韩雪讲述着一切，见他一直不说话，韩雪突然停住了。她在心里问自己：是常江对这些不感兴趣，还是我说错了什么？她再次观察常江的表情，想从他的脸上找到答案，可常江的表情一直没有什么变化，韩雪这时又问了一句："你在想什么？"

常江还是没有回答韩雪的问话，因为面对此情此景他陷入了另一番沉思：这里真的是太美了。碧海、山峦、蓝天、白云，蔚蓝与葱绿交映生辉，浑然一体，俨然是一处世外桃源。但这儿少有人烟，远离尘世，常江无法想象出韩雪在这里是如何度过那漫长的童年时光。

见常江还是不说话，韩雪又轻声地说："你和黄海、李安东一定是好朋友吧？我看黄海这个人挺好的，是个热心人。可那个李安东脸上好像没长笑的神经，让人感到那么不好接近，他真的那么清高吗？"听了韩雪的话，常江没有回答她。韩雪不再说话了，随后她只好转身走向码头伸向海中的最前端。

韩雪是有准备来祭奠父亲的，今天她脱去了工作服换上了一身黑色的外衣，外面穿着一件蓝色的工作服棉服。她站在码头的尽头，在蓝天碧海的映照下，一头短发任凭海风劲吹，远远望去虽然瘦弱却依然亭亭玉立，俨然一座航标灯耸立在码头上。

常江跟着走了过去，来到韩雪身边时才轻声地说："小韩，对不起，你刚才的话让我想起了我的小时候……"

没等常江说完，韩雪似乎是有点生气地说："是该我说对不起，今天是我第一次对外人说了这么多的话，让你看不起了……"

这时军需和炊事班的人都回来了，喊他俩快上艇，小艇离开朝舞岛向母船驶去。

十七

大风依然没有减弱的趋势，“向阳红582”继续在朝舞湾避风。报房里李安东在值班，守听电台其实是一件挺烦心的事，他两耳戴着耳机，时间长了耳机里嘈杂的电码声和噪声搅得他心烦意乱，他索性把耳机摘了下来，继而把收发报机的音量调大，直接监听扩音器的声音。

报务值班就是这样，出海不发报时大多数时间都是守听，随时守听上级机关的呼叫。在湾内避风觉得没什么大事，闲得无聊的他起身把舷窗拧开留了一道缝透透气，随后又耐不住烦躁脱掉了鞋子把脚丫子放到了桌子上。过了一会儿还是觉得实在无聊，他干脆一边守听一边用大脚趾头敲打着空电键玩起了发报。

舷窗开着，收发报机发出杂乱的电码声顺着舷窗传了出去。这时恰好窦政委在主甲板上巡视走到了报房外，循着声音他来到舷窗前透过舷窗看到了里面的一切，而李安东还全然不知。

窦政委回到舱内径直来到报房推门而进，显然他很生气：“李安东，你是怎么回事？”

政委的突然闯入，着实吓了李安东一跳。不过他马上镇定下来，本来阴云密布的脸上顿时云开雾散，转而笑嘻嘻地回答：“头，我在练绝招！”见窦政委一脸严肃，他转而从衣袋里掏出一包“大前门”香烟，利索地拿出一支递了给窦政委：“司令，请抽烟。”他明知道窦政委不吸烟，却学着革命样板戏《沙家浜》里阿庆嫂的腔调说。

李安东嬉皮笑脸地不把批评当一回事，窦政委知道李安东对他一直有意见，时常在船上公开散布说他假、大、空。想到这他更加生气了，他大声训斥："李安东，你太过分了，我要点名批评你！"

李安东心里本来对窦政委这一套假正经的做法就反感，见窦政委真的发火了，他仍然满不在乎而且还有点挖苦的意思说："头，我怎么觉得你比当官前脾气大多了。你忘了画毛主席像时，你给我当小工了，啊……"

李安东这样不给面子让窦政委有点难堪，他继续板着脸更加火气冲冲地训斥道："你给我严肃点！"

听了训斥，李安东并不在意，竟上前一把拉住窦政委把他按坐在椅上说："头，咱俩坐下来慢慢说，何必发那么大火。来，咱们一帮一，一对红谈谈心。"他一边说一边观察政委的表情，接着又说："好吧，我承认错了还不行吗？毛主席说我们都是来自五湖四海，都是阶级兄弟，你是大哥也不能这样对待小弟弟吧？"说着，他把手伸到窦政委的胸前好像要给他顺气一样轻轻地摸着说："别发火了，消消气吧……"突然他的手停住了，忙说："对不起，头，我摸错地方了。"这时他像个孩子似的顽皮地开心地笑了起来。

见李安东这个劲头，窦政委有点哭笑不得，也真的拿他没办法，便站起身仍然板着脸说："你听好了，下不为例！"听了这话，李安东马上打了立正说："毛主席万岁！"

窦政委临出门时还是憋不住冲他又说了一句："你小子等着吧，终有一天我会收拾你。"

"说话算数。"李安东不在意地回了一句。

窦政委走了，报房里李安东重新坐了下来。他又仔细地调了调电台，戴上耳机继续值班。突然他紧张起来，习惯性地拿过了铅笔和抄报纸。这时他听到耳机里传来上级岸台呼叫的电码声："0582—0582—"听到呼叫，他立即拿过电键应答："我是0582，请指示……"

"哒嘀哒，哒哒嘀、哒嘀哒哒……"上级的指示随着电码，穿越海空传到“向阳红582”，李安东急速抄报，几分钟后他把抄好的电报送给了机要员。

机要员把译好的电报立即送给了方船长，电报的内容是：“鉴于你船海冰调查任务尚未完成，春节前不能归港，经研究决定，你船于二日内停靠长海岛巡防区补给，继续执行断面调查任务。”

方船长看完电报，马上找来窦政委商量说：“上级可能考虑到春节马上就要到了，再派船出航不合适，再说也给国家造成不必要的浪费，让我们继续执行任务是对我们的信任。”窦政委表示赞同，方船长安排说：“明天风力会减弱一些，我们一早起锚驶往长海岛。”

海洋调查是了解海洋环境要素的分布情况和变化规律，为航海安全保障，海洋资源开发、海洋工程建设、海洋环境保护和科学研究提供资料的科学调查。而海洋断面调查是海洋调查的一种常规方式，指在调查海区布设几条有代表性的观测断面（断面上布设若干测站），在一定时间内对断面上各站进行定点观测。

第二天清晨，“向阳红582”起锚前往长海岛。还好，风力开始减弱，可海面上涌浪还是很大。船顶风航行不时有海浪扑上前甲板，这时前甲板缆车的帆布罩固定绳被风吹断了，眼看帆布罩就要被风刮进海里，见状正在值瞭望更的黄海马上请示：“船长，我去把帆布罩固定好吧。”

见黄海主动请战，方船长犹豫了一下说：“去吧，一定要注意安全！”

方船长的话音刚落黄海就冲出了驾驶室，顶着风浪冲到前甲板把帆布罩拉住迅速地固定好。黄海的举动，方船长和窦政委看在眼里喜在心上。经过半天的航行，中午时分船靠上了长海岛码头。

等靠好码头全船人员到会议室集合，方船长简单地总结了前一段的海上工作情况后，特别提出了对黄海给予口头表扬。方船长讲完请窦政委做补充，窦政委慢悠悠地说：“我就补充一点，也就是一件事。有一个同志值班时不认真值班，耐不住寂寞玩花花肠子，竟然用脚去发报。领导发现了批评他还不服气，目无领导，顶撞领导……”说着说着他开始上纲上线了，他提高了声音说："毛主席教导我们，阶级斗争，一抓就灵。我们是正面教育部队，对这样的人不仅要严肃批评，还要密切关注他的新动向，如果再这样发展下去是很危险的，这是一种破坏部队正面教育的新动向，我们绝不能让这种新动向有任何可乘之机，我们要……"窦政委说个没完，方船长早就不耐烦了，站起身打断了他的话说："行了，行了，你还有完没完？"

方船长打断他的话他显然不满意，他白了船长一眼还想继续说下去，可方船长真的不高兴了，只见他狠狠地瞪了窦政委一眼后火哧哧地说了一句："吃错药了，散会！"说完头也不回转身走了。

对于窦政委的批评李安东这回真的不服气了，心想你还真把这当一回事了，照你这么说我快成了阶级敌人了……他越想越来气，憋不住了要去找窦政委理论，这时黄海劝他说："安东，我看还是算了吧，有什么好理论的……"

李安东不服气："我就不信讲不出理，他当政委就嘴大呀，他想说什么就说什么。"

"我不是跟你说了政委在演戏吗，你何必那么较真……"黄海的一番劝说让李安东心里一动，他想这回我也得多个心眼不能来硬的，咱来个软硬兼施才行。想到这李安东回了一趟报房后又转身来到政委室，他装作十分虚心的样子对窦政委说："政委，我错了，虚心接受你的批评，今后一定改，坚决改，你不让我改我也改，如果不改我就对不起伟大领袖毛主席。"接着他递给窦政委几张写满了字的稿纸说："政委，你的政治觉悟比我高，这是我写的一篇对'文化大革命'认识的心得体会，请你给我指导指导，帮我修改修改，我争取进步。"

见李安东这回突然虚心起来，窦政委虽然心里有点纳闷但还是一阵高兴。他马上对李安东说："这就对了嘛。来，坐下坐下。"说着他看了几眼那篇心得体会，见写的还算工整便说："你等一下，我给你看看，一会儿就好。"

李安东坐了下来，窦政委开始给他修改心得体会。十多分钟过后，政委改好了那篇心得体会笑着交给他说："写得不错，我给你改了改，以后要多关心政治，要尊重领导，团结同志，继续努力才能进步嘛。"

李安东接过心得体会一看，果然政委给改动了不少，翻看了改过的几个段落后李安东突然大笑起来对窦政委说："政委，你的水平真高，胆也真大呀，连人民日报社论你都敢改呀。"

原来李安东闲着没事时抄了几段人民日报的社论，见窦政委总是太左，还装假正经，本想找个机会拿给政委逗逗他玩，没想到这回可以用这个办法出出政委的洋相，这是窦政委连做梦也想不到的恶作剧。这让窦政委十分难堪，他一时不知该如何是好，憋了好一会儿才涨红了脸气汹汹地说："李安东，你这是在诬陷革命干部……"

事后李安东对常江说："政委不是个男人。"

又有十多名调查队员上船了，船上的床位显得有些紧张，可人多了一下子显得热闹起来。船靠上了陆地，又来了这么多的人，这时大家才意识到今天已是年关。

国家海洋局是在我国特殊的历史条件下经国务院批准，全国人大常委会通过成立的，组建的主体是从海军各部队抽调的部分指战员，而专业调查人员则是从科研、院校和气象部门归属过来的地方人员。因此，这是一个军民结合体。

船靠好码头，船上的人立即联系加油、加水、补给食品；调查队员收拾物品，准备调查仪器设备。方船长在广播中对大家说："今天是年三十，晚上会餐。明天早上船起航，利用寒潮天气的间隙，争取两三天完成海冰调查任务，然后转入断面调查。我们要以实际行动过一个革命化的春节，向新的一年献礼，向伟大领袖毛主席报喜！"

晚上会餐开始了。小小的船员餐厅放不下这么多人，调查队员和另外两个部门的人员分散到实验室和干部房间去。船上事先准备了白酒和葡萄酒，每人都用自己的饭碗当做酒杯，大家欢声笑语互致祝福，祝福新春愉快，祝愿圆满完成任务！

观通部门的房间里，大家正在热闹时，黄海发现常江突然不见了，他悄声问李安东："喂，常江干什么去了？"其实李安东注意到常江早就离开了。

听了黄海的问话，他说："喝你的酒吧，少管闲事。"

就在大家继续热闹时，李安东悄悄地走了出去。根据自己的判断，他径直来到了后甲板。果不然他看到夜色里常江独自一人跪在后甲板的右舷，面向大海磕了三个头，然后站起来端起自己的那碗酒走到舷边，把酒洒进了大海。李安东知道，常江是在祭奠葬身大海的父亲，这一幕让他的眼睛有些湿润。他不想打搅常江，转身向船舱走去，可当他走到左舷时却发现不远处有一个人同样站在舷边，他近前几步细一看，那人竟是韩雪。

"韩雪？"李安东脱口轻轻喊了一声。

听到喊声，韩雪回过头来，见是李安东她却没有吱声，他俩相视了一会儿，韩雪又转身面向大海把头低了下去。就在这相视的片刻，李安东已经看到韩雪的脸上挂着泪水。他不知道韩雪这是为什么，不敢多问又不能多说话，一时尴尬地不知所措。还好，夜色里不至于过分地让他难为情，当他从韩雪身边经过时只提醒了一句："外面太冷，回舱里吧。"

大年初一的清晨，"向阳红582"离开长海岛码头，迎着刚刚升起的太阳向大海深处驶去。寒潮刚过，太阳格外的鲜红，一尘不染就像刚刚从海水里捞出来的一样。此时，海上的风力减弱到五级，海况也平稳了许多。"向阳红582"只用了两天的时间，就顺利地完成了全部海冰调查任务，随后转入黄海北部开始了断面调查。

冬季的黄海，每个寒潮之间的间隔一般有四五天的时间，转入断面调查只能抓紧此次寒潮间隔剩下的一两天时间完成最北面一条测线的工作，然后再选择下一个避风锚地。方船长果断决定，下一个避风锚地选在黄海北部最东端的海洋岛。

在调查队员海上作业过程中，船上除了各个岗位正常值班的人员以外，其他人是没有事干的。闲得无聊，黄海拿着象棋来找李安东，黄海知道李安东不是对手，可正因为他的棋术一般，赢不了别人只能赢李安东，所以每次下棋都来找李安东开心。尽管如此，实在无聊的李安东还是和黄海来到了后甲板下起了象棋。海上调查作业在继续进行，前一条测线船顺风航行还比较平稳，当完成一条测线转为另一条测线船180度转向时，顶风航行的船开始摇晃起来，而且晃得越来越厉害。黄海和李安东在后甲板坐在马扎上都有些坐不稳了，这时李安东说："不下了。"见这盘棋李安东又输定了，黄海坚持说："来，把这盘下完。"

为了满足黄海的虚荣心，李安东说："好吧，舍命陪君子。不过说好了，这是最后一盘。"为了能坐稳，说着李安东伸过左手抓住了黄海的右肩膀，用右手抓住了黄海的左肩膀，然后与黄海头顶着头，一同俯视着眼下的棋盘，这架势就像是两只斗架的公鸡。

他俩头顶着头，一边用力相互支撑身体保持重心，一边下棋，直到下完李安东果真又输了。这时只见李安东用头猛的一顶，黄海毫无防备被一下子顶翻在甲板上。李安东站起来跑了，甲板上四爪朝天的黄海冲着跑去的李安东喊道："你小子又发坏。"

断面调查开局进展顺利，方船长感到很满意。断面调查就像陆地种田耕地一样在海上沿着布设好的断面线一直往前跑，每到一个站位，调查队员们便会立即投入紧张的工作，测水温、取水样，采水器采取不同水层的海水，紧张而有序。断面调查就是这样，每个站点都是重复着同样的工作程序和调查内容。"向阳红582"在下一个寒潮来临之前抢出了两天的时间，完成了北测线任务后，随即驶往海洋岛避风，并进行适当的人员与调查设备的休整。

海洋岛是位于我国黄海北部长山列岛中一个较大的海岛，东面与朝鲜隔海相望。在黄海北部，海洋岛是最理想的避风港湾。由于海洋岛远离大陆，外界少有人上岛，岛上长时期处于原始的生态状态，渔业资源丰富，自然景观优美。能第一次靠上海洋岛，来到这世外桃源欣赏到优美的北方海岛风光，大家自然都感到十分高兴。靠港前船党支部召开支委会，研究下一步的工作，谈到靠港后的工作安排时，窦政委提议：海洋岛是战斗英雄安业民生前所在海军岸炮部队驻地，安业民烈士生前的连队就在岛上，后来奉命调到福建前线炮击金门。在一次战斗中，火炮中弹起火，安业民轻伤不下火线坚守炮位，直至壮烈牺牲。窦政委提议：可以利用此次停靠的机会参观学习，以此教育干部战士学习英雄、献身革命，这是个好机会。

窦政委的提议没人反对，也没人敢反对，支委会决定除了值班人员留船外，船上所有干部战士和调查队员一起前去岸炮部队参观学习。

海洋岛的最高处，当地老百姓称为“哭娘顶”。传说很久很久以前，一艘小渔船出海被大风吹到了这个无人居住的海岛上，船坏了无法返回陆地，一个渔民小伙子思乡心切，每天都要跑到山顶上面朝着家乡的方向痛哭。日子久了，他的眼睛哭瞎了，但一直也没能回家。从那以后人们就把那山顶称作“哭娘顶”。

在“哭娘顶”，他们参观了安业民烈士生前所在的岸炮部队，看到了安业民烈士生前所使用的同类型岸炮和英雄事迹展览。大家没有想到，战斗英雄安业民所在的部队会在这里，窦政委知道的真多。不过通过参观学习，大家还真的受到了革命英雄主义教育。

参观回船，全船干部战士在大住舱开会。一是做下一步的工作动员，二是总结这次参观学习的情况。窦政委首先讲话，他说：“这次活动是我们紧跟毛主席的伟大战略部署，以实际行动接受再教育，向毛主席献忠心的一次革命的行动。我们要向英雄学习，活学活用毛泽东思想，把毛泽东思想印在脑子里，溶化在血液中，落实在行动上。我们要……”说着说着，他似乎是背起了报纸上的文章……这时李安东突然站了起来：“报告，憋不住了，我要撒尿。”这引来大家一阵哄笑。

窦政委对李安东这时站起来报告显然不高兴，但他知道李安东又在出他的洋相，他虽然心里不高兴，可脸上却并没有表现出来，只是轻声说了一句：“去吧”，接上又讲了起来，“明天每个人都写一篇参观的心得体会……”

窦政委说个没完，方船长坐不住了，他起身打断了政委的话：“行了，少絮叨吧。”

窦政委停住了，方船长站起身接上说：“刚才政委说了很多，我只讲一点，下一步我们的任务很重，又是春节，大家可能会想家，但既然出来了就要坚决完成任务。像英雄学习什么？就是要学习英雄全心全意为人民服务，敢于献身，勇于牺牲的精神。我们有许多英雄，也有不少海洋上的英雄，远的有郑成功、戚继光、邓世昌，近的有安业民、麦贤得。总之一句话：一个单位不能没有典型，一个时代不能没有榜样，一个民族不能没有英雄。你们年轻，怎么干，每个人自己看着办！散会！”

第二天早上，李安东第一个向窦政委交了心得体会，他写的是一首打油诗：

云遮雾障苦断肠，哭娘顶上儿望娘。
世代承继眼欲穿，孤岛血泪荐汪洋。
东风抖帆共产党，渔家子孙见太阳。
黄海涛间红旗猎，海防长城一块钢。

“向阳红582”再次出航了，十多天后，他们圆满地完成了断面调查任务。

十八

海洋断面调查任务完成了，根据上级指示，“向阳红582”将返航青岛。

调查队员们开始收拾好各种调查仪器设备，把甲板上的吊杆归位，把室外的仪器收进实验室并固定好，然后回到各自的住舱休息去了。海上调查作业十分辛苦，经过长时间的风浪和晕船的折腾，加上海上特殊工作环境下的艰苦工作，调查队员们已疲惫至极。

返航前窦政委找李安东谈话，他首先表扬李安东说：“你写的心得体会很好，应该给予表扬。”接着话锋一转说：“那天会上你是不是又在出我的洋相？我告诉你，你看不惯我不要紧，可你还想不想进步？”看来窦政委对以前的事一直耿耿于怀，接着他又有些婉转地说：“你现在还是一名战士，你要珍惜自己的政治生命，你可以不想提干，难道不想入党吗？你知道，要想入党必须要先经过船党支部这一关。”

李安东完全明白窦政委的意思，可他实在是看不惯窦政委那副极“左”的嘴脸，一说到正事总是拿大奶子吓唬小孩子的那一套做法，心想就你这个样也算是个共产党员，给党丢脸。想到这他装作听不懂的样子回答说：“谢谢政委对我的关心。不过你说的这些我好有一比——。”说到这他停下了，政委问：“好比什么？”

李安东看了看窦政委回答说：“好比对牛弹琴——”，窦政委一边听一边琢磨，心想我弹琴，那你听就是牛了？他刚想插话，没想到李安东接上变了口气说：“我还没说完，你别自做清高了。”听了他这句话窦政委的脸色立刻变了，马上问道：“你说什么？”李安东又说：“你是——你是小猫不睁眼——瞎唬；在要饭的面前吃油条——臭显摆……”他还要说下去，窦政委打断了他的话说：“李安东，我从来没有见过你这样的兵！”

其实窦政委比李安东真的大不了几岁，只是早当了三年的兵。见把窦政委激火了，李安东倒是心里高兴，他转而装作正经地说：“政委，你说的对，我就是一个大头兵。正因为是一个大头兵，他走不了仕途，你跟他讲怎么去当官，他听不懂；他从小不识数你跟他谈金钱，他记不住；他明明是个太监你跟他说美女，他不好使。所以，你跟我说这些干啥？你老人家怪忙的，不劳您费心，我走了。”

事后窦政委找到方船长，他把这次同李安东的谈话告诉给了方船长，方船长听后当着窦政委的面并没有表示什么。窦政委走后，他找来了李安东狠狠地把他批评了一顿。批评后方船长意味深长地对李安东说：“你可以不珍惜这几年的当兵时间，但你必须珍惜前辈为我们开创的事业。新中国的海洋事业已经付出了一代人的努力，今天我们的船虽说吨位只有600吨，是小了一点，可你也许不知道，1958年全国海洋普查时用的调查船是渔船，老一辈照样干出了一番事业。”说到这，方船长向他讲起了几年前“向阳红”船队刚组建时的情形。

1966年春节过后，四艘舷号为“海调”的人民海军吨位只有50吨的登陆艇开始游弋在我国的黄海和渤海，专司海洋调查与相关的海洋科研实验。这一年的春夏之交，“文化大革命”已在全国范围内如火如荼地迅猛开展起来。对此，老百姓不解，海军内部人疑惑，这是一支什么部队？

方船长对李安东说：“这就是我们初期的海洋调查船队，就是这支船队开创了新中国的海洋调查事业。”说到这，方船长提高了声音严肃地说：“如果对这一事业不珍惜，我告诉你，你小子没有这个权力！”

听着方船长的话，李安东把头第一次深深地低下了。方船长一说完，他马上表示说：“船长，我懂。请你放心，我不缺——我知道该干什么，也知道该怎么干。”

返航了，这天早上李安东值报务的第一班，在走廊里他碰到了黄海，黄海也是值第一班。九点整李安东准时到报房，调好机器，戴上耳机，备好电键，然后一如往常坐了下来。

耳机里各种无线电信号的噪音繁杂起伏，作为报务员已习惯了在这繁杂起伏的噪音中清晰地分辨出自己电台呼号和属于自己的电码。李安东不时随着繁杂起伏的无线电信号噪音的大小在认真微调电台的频率，以保证更好的监听效果。

两个小时后，当船即将由黄海北部进入黄海中部时，海上的风浪大了起来。由于海上气象条件瞬息万变，强烈的阵风一来，顿时会掀起波浪翻滚。坐在报房里的李安东已明显地感到船的摇晃在加剧，随着摇晃的加剧一阵阵剧烈的呕吐感不时涌了上来，额头开始冒汗，他知道自己晕船了。随后他慢慢起身把报房内备用的水桶拿到桌前以备呕吐时用，然后重新坐下来继续守听电台。此时李安东心里十分清楚，越是在困难的时候，报务员越要认真守听电台，因为这是海上舰船与上级指挥机关保持联系的唯一途径，用现在的话可以说是“唯一”的生命通道。

船上各部位值班都是三个小时一班，中午12点李安东交班了。船还在不停地摇晃，李安东仍然感到很难受，同时感到胃在一阵紧一阵地剧烈收缩并伴有疼痛感。

走出报房，他没有直接回住舱休息，而是踉踉跄跄地来到紧闭的水密门前用力拧动旋转把手，推开水密门勉强走出舱外来到中甲板。水密门是舰船用于密封防水的特制门，李安东重重地关好水密门来到舷边。顿时，强劲的海风吹来，他似乎感到稍微好受了一些，但憋在肚子里的恶心感却无法消除，他想把恶心和肚子里的不舒服全部吐出来，就顺势趴到了舷边。船在大风浪中航行，按规定为保证航行安全，各层甲板上一般不允许有人逗留，可李安东在报房里憋得实在难受，就上到甲板解脱一下不舒服的感觉。他趴在舷边刚呕吐了两口，突然听到中甲板的后部传来“咚咚”的撞击声。他转身顺着响声望去，只见右舷的救生艇四个角的固定锁有一个开锁了，随着船的摇晃救生艇不时在艇座上晃动颠簸，艇体撞击艇座发出“咚咚”的声响。

见此情景，李安东马上意识到危险随时都将发生，他忘记了晕船，毫不犹豫地冲了过去。就在他极力想锁好固定锁时，一个海浪扑来打湿了他的全身；又一个海浪扑来，把他打了个趔趄，可他全然不顾，直到把固定锁锁好。

风浪中甲板上没有一个人，这里不是他的岗位，这完全是一种自觉的行为。可就在他冒着危险履行一个水兵的职责时，正巧方船长此时在海图室里，透过舷窗他看到了甲板上发生的这一切。

方船长本想走出舱外去喊李安东，转而一想没敢做声，他怕自己突然出现会惊扰李安东，会打乱他危险和紧张时刻的行为动作而造成意外的危险。但李安东并不知道这些，他锁好固定锁，迎着风浪艰难地重新回到了舷边抓住了栏杆。他平静了一会儿，望着海上翻滚的浪头，再看看自己已被海水打湿了的衣服，这时他才感到有点冷，只在舷边站了一会儿，就沿着中甲板舷外的舷梯下到了下层甲板。

“向阳红582”是按海军扫雷舰舰型建造的。主机舱的舱口位于下层甲板外舷，这里也是下层甲板空间最大的一个地方。由于船小空间有限，“向阳红582”出海时，补给的蔬菜一般都存放在这里。当李安东来到主机舱口外时，主机舱里的高温热浪扑面而来，同时伴有刺鼻的浓浓的柴油味。他本想穿过舱口走廊回到住舱，可当来到舱口盖前时，只见出海前补给的蔬菜在大风浪中由于船的剧烈摇晃已散落到了外走廊。这时他一眼看到一筐辣椒，不知为什么顿时气不打一处来，觉得胃更疼了。

船自出厂就没间断地出海执行任务，出海时大伙的胃本来就会因消化不好感到不舒服，若遇有风浪晕船呕吐胃就更难受了，如果再吃辣椒无疑是雪上加霜。可方船长不大晕船又十分喜欢吃辣椒，因此每当出海前窦政委都会嘱咐炊事班别忘了补给辣椒。所以在海上，炊事班经常做辣椒，每到遇上吃辣椒时，李安东都会感到是一种痛苦。为此，李安东给炊事班不知提过多少次意见，可炊事班答复说："是窦政委安排的。"就在这次出海前又为买辣椒一事，在观通部门的部门会议上李安东直接提意见说："出海时能不能少吃点辣椒，出海晕船，再吃辣椒我的胃实在受不了。"

窦政委参加了这次观通部门会，他知道李安东一直对船上吃辣椒一事有意见。见李安东在会上又公开提出来了，窦政委打断了他的话说："辣椒是个好东西，下饭提气还去湿，有人喜欢吃，我和船长都爱吃，你不喜欢吃可以不吃，谁也没强逼着你吃。"说到这，窦政委似乎也觉得这话不妥，又接着说："没错，每次船上买辣椒都是我安排的。这是因为方船长就这么一点爱好，多吃几顿辣椒也没什么不对，再说在船上我们不服从船长服从谁？"

听到这，李安东听不下去了，他站起来冲着窦政委大声喊了起来："这不是服从，是盲从，是讨好！船长喜欢干什么你就让当兵的干什么，天下没有这种道理……"就在他继续冲窦政委喊时，坐在一旁的黄海使劲拉了他一把，示意他不要再说了。黄海的示意让他更生气，他一把拨拉开黄海的手，又冲着窦政委喊道："船长去死，你也去死吗？"

站在外舷走廊，在船继续摇晃的颠簸中，李安东想到那次开会的情景，又看看眼前的一筐辣椒，他越想越生气，一时性起弯腰搬起那筐辣椒索性扔进了海里，嘴里还在嘟囔："我让你吃……"

辣椒被扔进了海里，他扭开水密门回到了舱内。这时船上正在吃午饭，他来到内走廊，见吃午饭的人已不多了，想是因为风浪大船晃得厉害，有些人和他一样晕船不想吃。想到这，他也不吃了，想直接回舱去睡觉。就在他往前走的时候，他看到黄海正拿着拖布在擦走廊。

李安东知道黄海与他同时下班，他不知道黄海是不是吃饭了，他只看到了他在利用午饭时间擦走廊，这让李安东实在感到不舒服。他故意装作随船的摇晃站不稳顺势向黄海撞去，黄海没有防备，被李安东撞得一个趔趄摔在走廊里。黄海爬起来见李安东不高兴的样子，他不但没有发火而是笑着说了句：“又犯病了。”见此状李安东真的没好气了，重重地甩给了黄海一句话：“你就这样活吧。”

应该说窦政委还是一个对工作认真负责的人，每当船在海上遇到风浪，他都要不间断地到各个部位去巡视，以便及时发现问题并及时排除安全隐患。令李安东万万没有想到的是，他把辣椒扔进海里这一幕被在后甲板巡视的窦政委看得一清二楚。回到舱内他找到方船长告李安东的状说：“船长，李安东又惹祸了。”

“他又怎么了？”方船长问窦政委。

“他把一筐辣椒全扔海里了。”窦政委回答。

窦政委以为方船长知道了这事一定会很生气，可听了他的话却并没有生气，反而平静地说：“扔就扔了吧，这几天辣椒吃多了，风浪太大我的胃也觉得不舒服，扔了也免得他老为这事提意见。”

见方船长如此态度，窦政委一时不知该如何再说下去。想了想他还是说：“不行，辣椒不值钱也是公共财物，总结时我还要点他的名。”

听到窦政委说为这事又要批评李安东，这回方船长反倒不高兴了：“我说政委啊，你能不能抓点大事。我早就跟你说过，就为每次出海都补给辣椒这事不只是李安东一个人有意见，只不过是他提出来了。你想过没有，长此下去早晚要出事，就是李安东不扔别人也会扔。你总是打着我的旗号，谁还能提意见，你想这老虎拉车谁赶（敢），可李安东敢，我看真让李安东说对了，你缺——”

方船长的这些话第一次让窦政委感到船长是话里有话，也让他第一次开始反省自己。

经过一天一夜的航行，“向阳红582”返回了青岛基地。船靠好码头，调查队员们下船了。当韩雪最后一个离船时，本来心情不好的李安东这时好像一下子想到了什么。因为出海这些天他隐隐约约地感到常江和韩雪相处得很好，都到了该找对象的时候了，他认为他俩十分般配，不知是有意撮合还是要搞恶作剧，他主动上前对韩雪说：“韩雪，你稍等一会儿，我有点事。”说完转身跑回了船上。

他急急忙忙找到了常江：“常江，韩雪要走了，你快去送一送她。”不容分说拉上常江又急忙来到了码头上。韩雪还等在那里，见他俩走下舷梯，韩雪站在原地一动也没动。这时李安东推了一把常江，常江只好走上前对韩雪说：“你回鹿岛吗？”韩雪点了点头。停了一下常江才又说：“谢谢你这些天跟我说了那么多的话，以后再见吧。”说着他伸出了手。见常江主动伸出手，韩雪犹豫了一下也伸出了手，两个人的手握在了一起，常江有礼貌地又说：“再见！”

直到这时韩雪才说：“谢谢你帮了我……”她似乎还想说什么，然而却停住了，最后只轻轻地说了声“再见”，说完转身走了。

韩雪上了等在码头上的解放牌大卡车，汽车开动了，渐渐地驶出了码头。李安东看到，常江依然站在码头上目送着远去的卡车。

十九

“向阳红582”在春节期间一连两次圆满完成了海冰调查和海洋断面调查任务，受到了上级领导机关的通报表扬。船上的战士中有十多人也受到了嘉奖，黄海和常江名列其中，而李安东则名落孙山。

就在宣布上级通报嘉奖的那天，吃晚饭时黄海见李安东一直没有来，他有点担心地问常江：“安东干什么去了？”常江本来没在意，黄海的提醒让他似乎也意识到了什么。但他又马上冷静下来，装作不经意地对黄海说：“这小子可能又和老乡去吹牛皮了，不要管他，我们先吃吧，一会儿他就会回来。”

直至全船的人都快吃完了饭，也没见李安东的人影。这时常江也感到有点不对劲，但他又一想：不可能吧，他也会闹情绪？可他还是拉上黄海有点担心地说：“安东不会真有事吧？走，去找找他，也许这小子不吃饭打球去了。”

黄海说：“不会吧，我看是闹情绪了。”

说着他俩一同来到码头，一看球场上没人。他俩又转回船，先到住舱找没找到，一连看了几个房间还是不见李安东。这时常江对黄海说：“他会不会在报房？”说着他俩绕回甲板向报房走去，一边走黄海一边嘟囔：“这小子真的闹情绪了！”听了黄海的话，常江并没接茬。当他俩来到报房外时，黄海抢先探头从舷窗往里看，他看到李安东正在里面认真地用钢锉锉炮弹壳。报房的桌子上垫了一块小木板，李安东把一个“三七”炮弹壳按在木板上用钢锉不停地锉，他是那样的认真和细心，对外面的一切全然没有察觉。黄海回头冲常江一边示意，一边用手指了指报房，意思是说李安东就在里面。

他们仨是一个部门的，工作接触最多，平时在一起的时间也最多。如今黄海学的乖多了，用李安东的话说就是黄海不但不缺——反而心眼越来越多了。而常江却变得越来越沉稳，只有李安东看上去还是一副没心没肺的样子，还是时不时搞点恶作剧。

想到李安东还没吃饭，常江坚持喊李安东去吃饭，被黄海拦住了。舰艇部队伙食费较高，经常饭后发个水果，这时黄海手里正拿着今晚发的一个苹果，他轻轻把头探回舷窗，从窗口一下子把苹果扔了进去。苹果掉在桌子上，只听“通”的一声，把李安东吓了一跳。看到是一个苹果，他马上想到了这一定是黄海和常江来找他了。他抬头往窗外一看，常江和黄海已在窗外冲他笑呢。

常江问他：“你怎么不吃饭？”这时李安东扭头看了一眼船钟，然后一愣神：“我怎么没听见广播？”说着李安东转身上前扭了一下广播喇叭的开关后说：“坏了，刚才我把喇叭给关上了。”这时黄海才说：“我以为你闹情绪了呢？”听了黄海的话，李安东冲他说了一句：“你才闹情绪了呢？像你呀，嘚瑟。”

原来船上各部位安装的广播喇叭在一般情况下是不允许关闭的，只有报房的喇叭可以随时关闭，因为值班报务员守听电台和收发报都需要肃静，为的是减少不必要的杂音。动手自制炮弹壳笔筒在那时的海军舰艇部队是一种时尚，李安东怕被领导看见便把自己关在报房里……也怕别人打扰，就把喇叭给关掉了，自然也就听不到广播。

时间过得真快，转眼间一年就过去了。一年的时间里，“向阳红582”几乎每个月都要出海执行任务，干部和战士们已经习惯了海上的生活。

1970年，是李安东自当兵出海执行任务以来最难忘的一年。七月初，一个天大的喜事落到了他的头上，李安东被选中调去参加国庆阅兵集训，说是国庆节要到北京天安门广场接受毛主席国庆阅兵，这真是无上的光荣。参加阅兵对战士的身高和体型都有严格的要求，李安东被选上，他暗自庆幸自己的身材优势，心想天生我才必有用。

盛夏，海军青岛某航空兵机场，一队队身着灰色军装的战士在机场的跑道上进行严格的队列训练。战士们的上衣袖子全都卷到胳膊根，裤子挽到大腿根。训练开始了，教官几乎都是1964年大比武时的教官，一个个犹如“魔鬼”，每个人手里拿着一根藤条，只听教官喊“正步走”，一队队战士随着“一、二、一……”的口令整齐地行进。不一会儿，战士们满身是汗，军装都湿透了。

“立定！”一次队列行进训练结束，教官开始一一纠正个别战士的不规范动作。然后下达口令：“分步动作，一、二、三……”队列又重新开始做分步动作。一分钟、两分钟……李安东的动作开始出现扭曲，这时围着队伍转的教官看到他的动作不规范，对着他的大腿就是一鞭子，顿时李安东的腿上被抽出了一条血红的印子。就在这时，队列中有一个战士中暑晕倒了，教官厉声吼道：“抬出去！”随着教官的话音，卫生队医生、护士急忙跑过来抬起晕倒的战士放到了停机坪上进行紧急处置。之后一个、二个，一时间竟有五六个战士晕倒被抬出队列。尽管如此，训练依然照常进行。

谁知在机场进行了近两个月的艰苦训练后，一天早上，突然紧急集合，领队军官宣布国庆阅兵取消了。就这样，阅兵集训团解散了，李安东又回到了船上。政委让他先休息两天，暂时不参加码头武装更值班。可他只休息了一天，上级通知船第二天出海，执行“八一”电影厂近海拍摄任务，拍摄海军部队国庆献礼片。

窦政委又一次找到他交代说：“李安东，这次的任务是拍摄国庆献礼纪录片。你北京没去成，可你终归参加了阅兵集训，对国庆献礼的意义理解得更深更透，船领导决定由你协助摄影师工作，这同样很光荣，也是领导对你的信任。”

听了政委的指示。李安东表态说：“谢谢政委对我的信任，缺心眼的人专门干光荣的事，不光荣的事咱不干。”

李安东嘴上这么说，可他心里知道，这光荣的事肯定不好干，不然窦政委不会看上我。正是这次任务的不寻常经历让他记了一辈子，他更不会想到也正是这次经历日后会改变他的命运。

这次拍摄只有一名摄影师上船，要求是在船的最高处，也就是要到主桅杆的上面往下拍摄海上的场景。出海前他和那名摄影师带着摄影机连人带机器被牢牢地绑在了桅杆顶上，为了防备海上风大太冷，事先给他们穿上了皮大衣防寒。船出航了，可海上本来风就大，气温较陆地低得多，再加上航行，他和摄影师在桅杆顶上被冻得两眼泪流不止，两耳听到的全是风的呼呼声。航行了三个小时，当到达拍摄海域时，李安东似乎感到有点坚持不住了。这时，海上信号弹升起，大型舰艇编队从远处驶来，威武雄壮的舰艇编队让人振奋不已。他和摄影师顿时忘记了晕船和寒冷立即开始工作，威武的舰艇编队从远处驶来又从眼前驶过，庞大的战斗机群从天际飞来瞬间从舰艇编队上空掠过，这场面壮观无比。看到这一切李安东人生第一次亲身体会到了什么是惊心动魄。舰艇编队与机群过后，随之高速驶来的是隐藏在远处的鱼雷艇编队，摄影师紧张拍摄，鱼雷艇编队高速从船外间距几十米处的海面驶过，海面被犁出一道道深深的海沟，他们的船也随着这深深的海沟一下子跌了进去。船突然跌进海沟，这摇摆度该是多少？就在失重的那一瞬间李安东的心猛然间被揪得紧紧的，全身的血一下子全都涌上了脑袋，这时他只觉得眼前一黑，犹如跌入万丈深渊……

就在船瞬间跌入浪谷又瞬间浮起的多次往复中，李安东在剧烈的晕眩中，只感到身边飘扬在桅杆顶上的“八一”军旗在耳畔呼呼作响，好像是要被海风撕碎了一般，而晕眩中透过军旗的呼啸，眼前呈现的一幕幕威武壮观的场面好像梦幻一般。

在整个拍摄过程中，李安东只和摄影师有过一次对话。李安东问：

"师傅，非要这么拍吗？"摄影师回答："这是生活，更是艺术。"

返航后，他和摄影师已经再无力支撑住自己。船靠上码头，大家朝桅杆顶上望去，只见李安东和摄影师犹如两尊雕像，一动不动地坐在上面。船长连忙喊人爬上桅杆，给他俩系好安全带，用绳子把他俩先后吊了下来。这是一次十分难忘的经历，也是十分难得的经历，正是这海上惊心动魄的场面和跌入万丈深渊的体会，使他第一次深刻地体会了生活，第一次感悟了艺术的震撼。

这次任务只是一次临时性的任务，没有工作总结，李安东自然也不会得到任何表扬。但正是这次临时性的任务，却让李安东有了不一样的体会和感受。几天后他把自己的体会、感受和感悟写成了一篇短文，题目是：山大乎、海大乎。文章中写道：

山里人说：山很高，很大。

是的，山的确很高，很大。俗话说：望山跑死马。

但海边的人说，山虽然很高、很大，可与大海相比，再高再大的山也无法炫耀自己的高大。

高山之大，大在其雄伟、刚毅与震悟；而大海之大，大在其雄浑、旷远与动魄。山也大，海也大，殊不知，比山大比海大的是人的襟怀。

……

他把这篇短文写好后寄给《人民海军报》，没想到竟被发表了，这下在船上引起了不小的震动。后来乃至整个部队很多人都知道了他李安东。要知道那时能在报纸上发表一篇文章是多么的不容易。

转眼间春节又要到了，"向阳红582"全船忙活了一年。今年这个春节，领导机关通知不安排他们船出海了，大伙终于可以安心地过个年。年前黄海收到了家里的一封电报，说是他父亲病了。船领导考虑到他已当兵快三年了，路途又不是很远，批准他利用春节的五天假期回家探亲。

春节刚过，上级机关领导来人给船领导下达了一个特殊的通知。今年初全国大专院校推荐招收工农兵大学生，根据要求上级决定分配给“向阳红582”船一个战士上大学的名额，条件是初中毕业以上，表现较好，团员或是党员，年龄不超过23岁，当兵时间需满三年。

根据条件要求，船领导对上大学的人选进行了认真的研究。李安东没有想到，冥冥之中这个上大学的名额竟落到了他的头上。当窦政委找他谈话时，他竟然说：“你们不会是把我当成刺头撵走吧？”听了这话，窦政委有些不高兴，还没等他再说什么，李安东接着表示：“还是让别人去吧，我没打算在部队干一辈子。”李安东的态度让窦政委真的生气了，当他正向李安东说明事情的缘由时，方船长已进来听到了他刚才说的话，方船长立刻严肃地说：“毛病，服从命令！”方船长不容置否的话让李安东无言以对，他不敢再说什么，只好低头离开了政委房间。

事后他听说，在研究上学人选的问题上，方船长力荐李安东，窦政委虽然不是很赞同但还是保留了意见。三年时间了，对于李安东的表现他虽然不满意，但也说不出什么大问题，只是这小子个性太强，他爱憎分明，但不论套路；他遇事有思想，但我行我素，其实他心里已经开始有点喜欢这个刺头兵了。但是在讨论李安东上学前能否解决入党的问题时，他和船长还是产生了一定的意见分歧。船长认为李安东根红苗壮，立场坚定，不为上，不为书，做事不计个人得失，他身上有着一股让人捉摸不透的冲劲。至于小毛病那是小节问题，他还年轻完全可以教育，不影响大节。再说当兵已经三年，如果在部队里不给解决组织问题，他就这个“熊样”到了地方院校，要想解决党组织问题恐怕很难。我们要对他负责，所以可以考虑给他解决组织问题。而窦政委坚决不同意，理由是需要进一步的经受考验。

事后，窦政委又一次找到李安东说：“安东，你上学的事船长极力推荐，我虽然有一些不同意见，但实情对你说，我还是同意了。但在入党这个问题上，我坚持我的意见还是以后再说。你还年轻，多经受考验不是坏事嘛……”

自从当兵认识了窦政委，李安东感到他是第一次说了真话，说了一个男人该说的男人话。想到自己就要离开了，不知以后是否还会回来，如果回不来，以后也许难有机会在一起了，所以他对窦政委说：“政委，谢谢你今天的坦诚。不过我想对你多说几句。《史记》里有一个‘颍水洗耳’的故事不知道您是不是知道，相传远古时有位志行高洁、淡泊名利的贤人叫许由，尧帝想将帝位禅让于他，被他拒绝了。但尧对他紧追不放，又找到了他，让他当个‘九州长’。许由听后，嫌尧的话弄脏了自己的双耳，急忙跑到一个叫颍水的河边洗起耳朵来。这时，有个名叫巢父的人牵牛来到河边饮水，见许由在洗耳，便问他是怎么一回事。许由相告后，巢父怕许由洗过耳朵的水弄脏了牛的嘴巴，于是将牛牵到上游去饮水了。”

听了李安东讲的这个故事，窦政委一时还没明白过来是什么意思，就在他还在琢磨时，李安东又说话了：“政委，今天你终于说了几句男人该说的话，你终于像个男人了。”

窦政委一听这话更愣了：“你说我不像男人？”

看着眼前的窦政委，自己的领导，一位在革命队伍里相逢相识的大哥，李安东一时不知道该再说些什么。他沉默了好一会儿，还是把心里话说了出来：“政委，我首先对我过去的一切向你道歉。但我还是想说，你是个男人，以前你仅是一个生理上的男人，而心理却是一个虚伪的男人，一个小家子气的男人。如果你愿意做这样的男人，那你只适合回老家去种地，不适合闯海。不过你今天说的这番话，我想以后你也许会成为真正的男人，但和我一样需要经受考验，如你所说经受考验不是什么坏事嘛。”

李安东的话把窦政委噎得够呛，他心里生气可又想不出什么适合的话来反驳他，想一想自己的所为，李安东的话虽然刺耳倒也说得在理。想到李安东就要上学走了，这突然的分别倒使他一时间感到多少有些舍不得，天南地北能碰到一起这终是缘分。再说这小子以后上学还不知道会当什么官，如果那样岂不是走路撞上鬼了。想到这，他缓和了口气说:“安东，你上学去了，我真心地祝你能早日进步。以后我们就不能在一起了，相信日后我们也许会成为好朋友。”

这时李安东并未察觉到窦政委的心理变化，他还是想把自己心里的话说完:“但愿如此。政委，跟你明说了吧，你是个到了白天想晚上的人；而我是个到了晚上想白天的人。这个理你要是能想明白了，那我们以后一定会成为朋友。”

这次谈话后李安东有些责怪自己，心想平时看不惯窦政委那一套，不够尊重他，临分别又对人家说了许多难听的话，实在不该。本想在走之前再去找政委说几句好话，顺便谈一谈入党的事，承认一下自己的错误？可又一想做都做了何必再去求人。想到这，李安东分别去跟老乡和战友告别，因为这一离开就是几年的时间，也可能从此就要永远离开这个战斗集体，更不知道以后会去干什么。

几天里李安东的心情有生以来第一次坠入了一种十分复杂的境地。

“大学是科学的殿堂，是有志青年追求理想的圣地，一个初中生去上大学，我该如何去上这个学？我能上好这个学吗？”李安东在不断地问自己。

二十

70年代第一年的初春，李安东背着战士背包，提着简单的生活用具告别了战友，离开“向阳红582”来到山东海洋学院报到。

山东海洋学院坐落在青岛前海的小鱼山下，这里曾是德国占领时期的兵营，所有建筑均以德式为主。这里也是日本樱花盛开的地方，而后一度成为国立青岛大学、山东大学的校址。位于鱼山路上的第一校门口的典型德式建筑称为“六二”楼，因青岛于1949年6月2日解放而得名，如今这里是海洋物理系的教学楼。

李安东走进校园，一幅大大的标语映入眼帘，上面写着：上下学、管大学、用毛泽东思想改造大学。这红色标语在一片葱绿色的衬托下显得格外刺眼，不知道为什么会让李安东感到有些心惊肉跳。报到后李安东被分配到海洋物理系，所学的声学专业是专门研究声音在海水中传播时的物理特性的科学，与海军的舰艇，特别是潜艇有着十分密切的关系。说实在的，李安东并不喜欢物理学，他自小喜欢文学和美术，而命运似乎在有意捉弄他，好像他不愿干什么上苍偏要他干什么。不是吗?他本不想上学却偏要让他上学，喜欢文科又偏要让他学理科。他想日后还不知道有什么不顺心的事等着呢。不过还是那句话：党叫干啥就干啥，既来之则安之。

同学们陆陆续续前来报到，学校和部队就是不一样，同学中有男有女，有工人，有农民，还有当兵的；有海军，还有陆军，这真是工农兵上大学，这种环境一时还真难让人适应。不过也正是如此，他们才被称为工农兵学员。

当李安东跨进“六二”楼来到教室，高大宽敞的教室顿时让他心生一种肃然的神圣感。这时他想到了“上大学、管大学、用毛泽东思想改造大学”的标语，心想：这大学还不知道能不能上好，还管什么大学，我连自己还不知道能不能管好呢。

说是工农兵学员，其实军人并不很多，每个班也就有几个。李安东所在班的30名同学中有六名军人学员，这在学校的班级中算是多的。这些军人学员中来自海军舰艇部队的很少，而他们班六名军人学员有五人来自舰艇部队，这却是一个个例，李安东分析这可能与他们所学的专业有关。正是由于他们来自舰艇部队，着装是灰色呢子服军装，所以他们的到来在同学们中显得特别扎眼。

李安东的部队驻地本市，他是报到较晚的一个。班上同学基本上都到了，当他第一次和班里的同学见面时感到是那么的陌生。这里的氛围完全不同于部队，在船上战友之间可以毫无顾忌，而同学中有男有女，还要像小时候上学一样上课下课。第一次领他来到班里和同学们见面的男老师是他们班的辅导员，后来他才知道大学不像中小学叫班主任，而叫辅导员。当辅导员老师把他介绍给同学们时，班团支部书记是一位女同学，她大方热情地和他握手。可就在那一刹那，李安东感觉就像浑身触了电一样，这是他有生以来第一次接触异性的手，脸腾地一下子红了，这引来其他同学的一片笑声，这时有同学说“这才叫工农兵大联合”。

入学后辅导员老师告诉他们，根据教育部门的要求，工农兵学员由于文化水平参差不齐，入学的前半年要补习高中课程，后三年才正式学习大学课程。按照学校的安排，他们入学后第一个星期主要由辅导员老师组织政治学习，加深对“文化大革命”，对工农兵上大学、管大学、用毛泽东思想改造大学的目的与意义的认识。同时也是熟悉学校环境、认识同学的过程。

政治学习时，李安东拿着班上的花名册一一对号同学们的名字，数来数去他发现少了一位同学。花名册上写着：姓名：褚楚，性别：女，出生年月日：1949年8月24日，籍贯：山东。李安东心里在想，这个人比我大一岁，在农村一定是学习大寨的铁姑娘。后来得知，那位同学因为家里有特殊的情况经学校同意要晚几天来报到。

一个星期过去了，李安东还是不大敢与班里的同学们来往和过多地讲话，特别是女同学。每当吃过晚饭他还是和在船上时一样，跑到学校的体育教研室借来篮球上了球场。

正式开课了，李安东注意到那位晚到的女同学来了，就坐在他的前三排。李安东近一米八的个子，座位自然坐在最后。下课了，同学们各自开始活动，而那位晚来报到的女同学却仍然坐在座位上。就在快要上课时，那位女同学才站了起来活动一下。当她转过身，李安东竟一下愣住了，他做梦也不会想到天下会有这么巧的事，这真是奇缘，这时他脑子里立刻浮现出一张令他记忆深刻的面孔。他心里吃惊地问自己："怎么会是她，真的是她？"

那位女同学身着一件墨绿色中式对襟上衣，深蓝色裤子。当她站起身回头环顾时，也一下子认出了李安东。她也愣了，一会儿只见她嘴上似乎在喃喃自语："是他……"这时李安东才仔细地打量了她。她身材不高，微胖，但身上却透露出一种儒雅和一股与她年龄不相符的成熟。这一次她真的吸引了李安东。他俩的举动引起了同学们的注意，就在他俩还都没完全回过神来，上课的铃声响了。

这是大学里的第一堂文化课，但对李安东来说却是一堂离奇的课。老师在讲台上讲的东西李安东似乎什么也没听进去，他脑子里不时浮现出两年多前江城船厂造反派到专家宿舍抓人的那个晚上，浮现出抓走造船师临出门时他看到的那张姑娘的面孔和那双深深地印在他脑子里的眼神。而此时站在眼前的褚楚，甚至比他更深刻地想起了那个不堪回首的晚上和那个站在她面前的年轻的海军"叔叔"。

同学们猜想他俩一定有什么关系，李安东也想下课后她会找他，可她却装作不认识似的不再理他了。

一连几天，褚楚好像没事一样平静地上课，可李安东有些急了，他想认识她，他想知道她的一切。见她几天来一直都不理他，一天下午自习课时，李安东写了一张纸条悄悄地给了她。纸条上这样写着：

江城相见不相识，岛城相识不相知。

异乡年少度同窗，方晓人间多奇迹。

你我同志谊，岂畏他人嫉？

世事必有因，何从归天意。

纸条后面附了一句：晚饭后，我在操场旁樱花园等你。

晚饭后李安东准时去等，可褚楚并没有来。之后，李安东又约了褚楚两次，她还是没有来。这让李安东又着急又上火，她这是为什么？是记仇，还是清高？李安东一时想不明白，越想不明白他越要弄明白，一番考虑过后他想到了兵不厌诈。

一天晚饭后，李安东找到那位团支部书记假装神秘地告诉说："褚楚是我女朋友，可她现在不理我了，你说我该怎么办？"他是想借团支部书记的口把这事散布出去，逼褚楚主动来找他。

团支部书记上当了，她认真地对李安东说："等我找她谈一谈，问一问是为啥不理你。"

果然，团支部书记知道后，这事很快就在班上同学们中私下传开了。当一个同学把这事告诉给褚楚时，她真的是哭笑不得，但当着同学的面她既没承认，也没否认。

这一招很灵，当天晚上她主动找到了他，她问他："你为什么要这样做？"

见褚楚嗔怪他，他反而不说话了，他想和她在一起多待一会儿，他要好好想一想该如何对待她。直至最后他才对她说："做梦也没有想到能再次见到你，还会成为同学……"他约她一起在校园里散散步，想对她解释什么。

初春的青岛，气温日渐回升，春意充满校园。这时校园里的樱花已经绽出苞蕾，再过20天樱花就要盛开了，这预示着春天真的来到了。

在操场旁的樱花树下，他俩停了下来，褚楚先说话了："我以为我们永远也不会再见面的，真是无巧不成书，天底下就有这么巧合的事，你不认为这是冤家路窄吗？"

"不是冤家路窄，是狭路相逢，也许是天下奇缘。"李安东装做镇静地的回答。

接下来褚楚问的第一个问题就是："你能告诉我，你是冷血还是没长笑的神经，还是故作深沉，为什么总是一脸冷酷？你知道那个晚上我多怕你吗？害怕你那身军装，还有你那冷酷的表情。"

"天生的，我自己没有感觉。"接着他说，"你问了这么多，是不是该我问你了"。

在李安东的一再追问下，褚楚告诉了李安东后来发生的一切……

"爸爸被抓后被造反派定为反动学术权威停止了工作。你们船出厂后的那年春天，知识青年上山下乡开始了，我自然在上山下乡之列。"见李安东认真听她说话，褚楚继续说："爸爸的老家是山东的胶东，当时知识青年上山下乡有两个选择，一是下乡，二是回乡。因为无法预测知识青年上山下乡的命运，所以爸爸让我回了胶东老家。"

看了看李安东，褚楚继续说："我回到从来都不认识的老家，那里是生养父亲的地方，是革命老区，民风淳朴，人心善良。我们家从爷爷那一辈时就离开了胶东，爷爷凭借刻苦读书如愿走进了旧中国大学的校门成为族里人的骄傲。父亲遗传了爷爷的基因，同样成为了一名大学生，毕业后被分配到了造船厂造军舰而成为乡里的荣耀。在乡亲们的眼里，爷爷和爸爸都是大科学家，我回到老家受到了乡亲们的极大关爱和帮助。老家的村子靠海，我每天都要到渔业队去出工。由于渔村女人不能出海，我就和留在家里的妇女一起在海产品冷库里干加工活。"

褚楚又说："每年的清明节前后，正是老家海里鹰爪虾捕获的季节。

很多的鹰爪虾卖不出去只能加工成海米，加工海米时虾壳全靠手工扒掉然后蒸煮晒干。我就和那些婶婶大娘们一起每天手工扒虾壳，一干就是十几个小时。那时手指被水浸的肿肿的、白白的……”

褚楚回乡快两年了，虽然这里是她的老家，可她终归是生在南方长在南方，这里不应该是她的久待之地。她长着一副南方姑娘的娇细身材，每天和大家一样干又苦又累的活，乡亲们看在眼里疼在心上。就在今年春节后的一天，村支书召集村里的前辈们对大家说：“公社分给俺村一个上大学的名额，我提议让褚楚去。”村支书还特别说，“褚楚已回村快两年了，我们没有办法让他回到她爹身边，现在有这样一个机会可以让她走，要是错过了这个机会俺们对不起她爹，我们还指望她爹给国家造出更多更好的大军舰。”听了村支书的话，大家一致同意让褚楚去上大学。

李安东默默地听着褚楚的讲述，听完这些他问褚楚：“你妈妈呢？”

听了李安东的问话，褚楚盯着李安东看了好一会儿也不说话。这时李安东感到褚楚的目光竟是那样的熟悉，但这目光已不是那天晚上的那双无奈、无助的眼神，而是纯真中带有一种深沉。

褚楚还是没说话，这时李安东感到有些冒失。当他想把话题岔开时，褚楚却说话了。她告诉李安东：“就在你们抓我爸爸之前，爸爸已被造反派关押过两次。妈妈也是船厂的一名工程师，爸爸被关押的一次批斗会上，因为拒不交代崇洋媚外的罪行，造反派用棍子打他。当时妈妈就在台下，看到棍棒雨点般地落在爸爸身上，妈妈疯了一般冲上了台子。妈妈的举动惹怒了造反派，一名手拿棍子的造反派挥起棍子一下子打在了妈妈的头上，妈妈顿时鲜血直流，随后那人又一脚把妈妈踢到了台下。妈妈被送进了医院，可当我和妹妹赶到医院时，妈妈没有留下一句话就走了。”

说到这儿，褚楚已陷入了万分悲痛之中，面对悲痛的褚楚，李安东一时不知该如何安慰她。他们都陷入了沉寂，过了好一会儿，褚楚加重了语气对李安东说：“那天你和造反派去抓我爸爸，我恨那些抓我爸爸的人，也恨你。我想不明白，解放军怎么能和他们是一伙的。”说这话时褚楚的两眼直盯着他，这让李安东感到很难堪，一会儿过后他有些局促不安地试探着问了一句：“现在还恨吗？”

褚楚没有回答李安东，只是静静转过身去背对着他沉默了。又过了好一会儿，还是李安东先打破了沉寂说：“回去上晚自习吧。”

这时褚楚说：“不过我还是要感谢你，后来听爸爸告诉我，那次抓人是你一直在暗中保护了他。”说完褚楚转身走了，李安东没再说什么，只是跟着褚楚一前一后径直向教室走去。

当他俩来到教室，晚自习已开始了。见他俩一同来到教室，一些同学投来了异样的目光。在那个年代，男女同学相互之间不接触也不大说话，更何况他俩约会般从夜幕里走来，同学们猜测他俩早就认识，一定是一对恋人。

知道了关于褚楚的一切，对李安东的触动非常大，这让他觉得在这一代人中自己是十分幸运的。而眼前的褚楚虽然长得不是十分的漂亮，可在他的心目中却是那样的端庄，而且言谈举止是那么得体，特别是她表现出的一种特殊的女性成熟的气质让他折服。如今他对她已完全不是同情或是怜悯，而是产生了一种异样的好感，他不知道这是不是就是爱，但他觉得对于自己一贯的放纵和不论套路，她是能约束自己最理想的管理者。所以，他愿意和她在一起，他想对她说更多的话，告诉她更多的事。

也许是他不太安心学习引起了老师的注意。一个漆黑如墨、风雨交加的夜晚，晚自习时坐在最后一排的李安东不经意间发现，一位老者不知什么时候已坐在了他的身边。李安东清楚地看到，这位老者正是辅导他们专业课的褚教授，李安东有些紧张，慌忙站了起来喊了一句：“褚先生……”这时褚教授却指了指他放在课桌上的书，示意不要出声继续学习。李安东第一次如此近距离地仔细打量了一位年长的老教授。看上去老教授该有70多岁了，他瘦高的身材，满头银发，一双眼睛透过那副深度近视眼镜闪出灼人的光芒。听说老教授是资产阶级反动学术权威，还在靠边站，这个时候来到工农兵学员当中，他是有风险的。只见褚先生把拄着的手杖轻轻靠在了桌边，又掏出手帕擦了擦脸上的雨水，然后用手轻轻地拍了拍李安东的手，那双眼睛透过高度近视眼镜的目光泛出温情地看着他说："有什么不懂的地方，尽管问我。"他那和蔼的语气，让李安东顿时感到了一种温暖。

那是令李安东十分不平静的一次晚自习。小时候教授在他的心目中是神秘、神圣的，可在后来"文革"的一夜之间，把他心目中的教授形象打得粉碎。在这之前李安东无缘与教授近距离接触，今天当一位老教授向一名学生倾注其科学的呵护时，一名士兵的心灵被震撼了。也许是由于海洋声学直接用于舰艇，从那以后老先生不知多少次关心他的学习，给他讲数学、物理学、声学、舰艇、声呐、水雷……

大学不仅让李安东学到了科学知识，更让他从褚先生身上感受到了身外世界的博大和时光的浩渺，感受到了生命长河中的将来将要去接受一次次无言的体验，正是这种感受让他有勇气和信心去面对眼下的学习，并将去面对学习后的未来人生。

之后，他对学习的兴趣越来越浓厚，并在学习中有了自己的感悟。他想把这种感悟告诉别人，告诉谁呢？他自然而然想到了褚楚。

褚楚接受了他的邀请，一天晚上如约来到操场旁的樱花树下，当褚楚听完了李安东的叙述后问道："这是你的全部吗？"李安东回答说："我现在觉得我的脑子不够用，不是学物理学的材料。但我在努力用物理学的思维方式思考这样一个问题，作为一个人，白昼里走过熙攘的长途都是在接近什么样的终点，辛辛苦苦在风雨中的前往又都是为了怎样的缘由？"

李安东的这番话令褚楚十分意外，她万万没有想到李安东冷峻的外表背后，内心的情感世界竟会如此的丰富，如此的深沉。想了想她口气严肃地对他说："李安东，你今天的话让我感到意外，也让我感动。我觉得一个人在某一时刻发现的世界的秘密需要他穷尽毕生的光阴去挖掘。无论什么样的学生，在科学面前，在知识面前，某一时刻的发现常常使心灵感到谦卑和软弱，无论是面对头顶苍穹里的灵光，还是迷茫的烛光，还是天边无际的黑暗。试想有谁不曾在造化的独有的尊严面前战栗过、怀疑过、思索过？"

听了褚楚的话，李安东一时无语。见他还不完全明白她的意思，褚楚接着又对他说："这话是我爷爷多次对我说的，今天我对你说了，请你自己去好好想想吧。"说到这，褚楚突然一反往日无奈与无助的常态，以难得一见的一种纯真与深沉的语调说："以后不要再来找我。不要忘了你的身份，你是解放军叔叔！"

说完褚楚走了，李安东独自一人站在樱花树下，他的身影在校园路灯的灯光照射下，在地面上被拉得很长很长。

第二天上午上课一切如常，但下午上课时李安东迟到了。教室有前、后两个门，上课了，同学们鱼贯而入，大家坐好后老师开始上课。谁知第一节课快要下课时，老师突然发现最后一排多了一名学生，李安东不知道什么时间来上的课，这时同学们看到了老师表情的急剧变化，大家几乎是同时回过头来把目光投向了后排。同学们一齐看到李安东剃了个光头，正襟危坐在最后一排。

同学们没人知道李安东怎么了，只有李安东自己心里知道，他这样做是因为昨天晚上做了一个梦，这个梦好像启示了什么，凭直觉他要付诸行动。但他的这一举动却让褚楚感到李安东做的这一切可能是冲她来的，其实也是如此。

褚楚在想：他这样做，是想用这种方法来激我，让我关注他吗？

二十一

“叮铃、叮铃……”下午课间操的铃声响了。

这天下午只上两节课，剩下的课是自习，老师为自习内容作解释拖堂了。当老师说下课时，同学们纷纷走出教室。这时一位一身黄色军装，相貌娇美，身材苗条，戴着眼镜的漂亮姑娘等在了门口。那姑娘迎上前去问走出教室的同学：“同学，李安东是在这吗？”

一位男同学回答：“李安东在里面。”

那位姑娘又想说什么，这时褚楚正走出教室与那位姑娘遇个照面，当她听说这姑娘要找李安东时，她有点敏感地主动上前问了一句：“你找李安东？”

那姑娘轻轻地冲褚楚点了点头，说：“你帮我把他喊出来吧。”

这时褚楚打量那姑娘，她中等身材，一身草绿色军装，体态轻盈，白皙的长瓜子脸脸颊泛着淡淡的红晕，两道弯眉微翘在额头的上方，鼻梁挺直透出一股高傲的气息，透过一副金丝边镶着的眼镜片，可以看到一双乌黑的大眼睛不时闪烁出迷人的目光。如此年轻漂亮的姑娘突然出现在教室门口来找李安东，特别是她那大方又有些高傲的神情令褚楚感到惊奇。不知为什么，此时褚楚的心头陡然间闪过一丝不悦，不等她再说什么，那姑娘见褚楚有点迟疑的样子，便不假思索地又对她说：“你帮我把李安东喊出来好吗？”

那姑娘并没有在意褚楚的反应，她正等着褚楚去帮她喊李安东，见褚楚仍然站在原地没动，她有点不耐烦地又一次大声冲褚楚说：“我让你帮我喊一下李安东！”

这时褚楚才醒过神来，自感有点不好意思地说：“你等一下，我帮你去喊。”说完她回身向教室里望了望，接着冲里面喊道：“李安东、李安东，有人找你！”随后褚楚对那姑娘说：“他马上就来。”

听到褚楚喊他，李安东赶忙从座位上起身来到了教室门外，“谁找我？”李安东径直来到褚楚跟前问道。褚楚说：“是她找你。”

见是李安东，那姑娘好像早就认识他一样上前一把抓住了李安东的手，李安东不由得一愣，他不认识她，随后李安东吃惊地问道：“你是找我吗？”

一个穿着军装的秃头小子笔挺地站在那位姑娘面前，姑娘看到他近乎一米八的个头，细高挑的身材，虽然不算强壮，但一身合体的灰色海军军装让他显得十分帅气，只是那光光的脑袋让人感到有点异样。对这异样的感觉她似乎毫不介意，只注视了片刻便高兴地又喊了一声：“李安东……”这时她已忽视了褚楚的存在。

李安东还是不解，一脸的疑惑问道：“你找我？”

“是啊，是找你啊。”那姑娘爽朗地回答。

“你找我？你是——”李安东似乎仍然有点不相信。

看到李安东一脸茫然的样子，那姑娘笑了，他对李安东说：“是找你，我叫尚北平，刚从锦山来，我这儿有一封信，是你爸爸写给你的，让我交给你——”说着拿出一封信交给了李安东。

望着眼前一个从未见过面的漂亮姑娘如此开朗大方，李安东一时丈二和尚摸不到头脑，他急忙接过信一看，笔迹确实是父亲的。还不等他说什么那姑娘接上告诉他：“我在化学系，先回去上课了，晚上我来找你。”说完不容分说地扭头一阵风似的跑了。

那姑娘走后李安东并未急于打开信，而是顺手把信装进了口袋。因为上课时老师讲的数学方程式笔记还没整理完，他急忙回到教室重新坐下来整理笔记。当铃声再次响起时，已是下午最后一节自习课下课了。

他急急忙忙收拾好课桌上的东西走出教室，径直向学校操场跑去。

操场上已经有不少学生在进行着各种体育活动，小操场上有学生正在玩单双杠；大操场上的一些学生则在跑跑跳跳；最为热闹的是大操场的另一端，两个排球场地和四个篮球场地几乎围满了人。篮、排球是学生们最喜爱，也是参与人数最多的体育项目。李安东是排球场上的常客，见他来了，同学招呼他立即加入，直至吃晚饭的时间快到了，球场上的同学们才陆陆续续地散去。

打完球，李安东来到球场边上弯腰从地上拾起自己的衣服向学生食堂走去。食堂里吃晚饭的同学已不多了，他把衣服放在一个长条餐桌上，简单地洗了洗手便排队买饭去了。

吃过晚饭，他把军装搭在肩上向教室走去。快到教室时他才想起下午那位姑娘交给他的信还没看，他急忙在上衣和裤子的口袋里翻找。奇怪了，摸来掏去，怎么也没有找到那封信。这下他可有点急了，信没看啥事也不知道，这该咋办？想来想去，他沿着饭前的路线向球场找去。从食堂到球场，从球场再到教室都没有找到。返回来他又从教室到球场，再由球场到食堂，就这样往返两趟也没找到那封莫名其妙的父亲的信。他不知道信的内容，更不知道那位姑娘的来历，这时他才想起来那姑娘说晚上要来找他。

就在李安东重新回到教学大楼外时，他看到褚楚正站在教学楼的门口。不知为什么一眼看到褚楚站在那时，李安东突然有一种好像做错了什么事的感觉，他自觉不自觉地放慢了脚步。

当他走到褚楚不远处时迟疑了一下，像是随意又像是有意地问褚楚：“你站在这里干什么？怎么不进教室？”

褚楚看了他一眼，并没有回答他。

这时李安东想绕开褚楚进教室，可当他走到褚楚身边时却站下了，他想对她说什么，可一时又不知该从哪儿说。

见李安东这个样子，褚楚好像早就猜到了他的心思，冲他说了一句："没出息。"然后白了他一眼转身向教室走去。见褚楚走进教室，李安东也随后跟进了教室。

教室里，褚楚坐在李安东前三排的位置上开始学习了，李安东也在自己的座位上坐了下来。但他的心情一直难以平静，望着前面褚楚的背影，这时他怕那姑娘真的来找他。他顺手拿出讲义心不在焉地看了起来，谢天谢地那姑娘一直没来。看着看着他突然间想起该给家里写信了，一是已有好长时间没给家里写信，二是该问一问那姑娘是怎么一回事……

一天后，尚北平找到了他，像是质问似的问："李安东，昨晚你怎么不来找我？"

李安东对她的问话有点莫名其妙，他反问道："你不是说来找我吗？"

"安东，你真够傻的，我不找你你不会来找我？"那姑娘接上说。

李安东一时无语。见他不说话，又问道："你该不会忘了我的名字吧？"这会儿李安东才支支吾吾地回答："叫……尚……尚北……"还不等他说完那姑娘马上接上说："尚北平！"

李安东从一开始就感到，尚北平给他一种居高临下的感觉，似乎他们早就相识，他就该听她的话。这一次尚北平来找李安东并没有说得更多，可此后尚北平一连来找过他几次，每次李安东都不知道该如何面对有点高傲的她。几次接触过后，让李安东感到不习惯的是，和她在一起她不是言语尖刻，就是做作娇气。对于和尚北平的交往，李安东一直想把这种感觉告诉给褚楚，可他始终没有勇气。

时间过得很快，转眼间一个学期就要结束了。几天来李安东一直在想暑假是否回家，锦山县地处渤海辽东湾北部，位于辽河水系的双台子河入海口。若回家既可以走海路也可以乘火车走陆路，如果是走海路要先坐汽车然后换乘海船过渤海海峡，再换乘火车回锦山，这实在麻烦。若乘火车则要绕渤海一圈，按70年代初期的交通状况，无论怎么走都需要近一天一夜的时间。

盘算来盘算去，李安东最后想等到放假时再说吧，反正还有一个星期呢。

没想到刚过两天，在学生食堂吃晚饭时尚北平找到了他，约他吃过饭去散步，说是有事要对他说。

晚饭后尚北平拉上他一起来到了操场上，尚北平这回征询地问他："安东，暑假回家吗？"

李安东回答说："还没想好。"

"不回家在学校干什么？你想到别的什么地方去吗？"尚北平继续问道。

李安东说："哪也不去。"

这等同于机械性的对话让尚北平感到有些失望，她有点不高兴地冲李安东说："你就不能多说几句吗？"

"你想让我说什么？"李安东反问道。

"喂，不是我让你说什么，而是你想对我说什么？"

"我不知道应该说什么。"

"你是木头啊？"

"我缺……"

"你是有点缺——缺心眼，缺男人的激素……"

尚北平一顿数落，李安东顿时无语。"好吧，你不说我说"，尚北平接着对他说，"安东，我想放假让你跟我一块走，到我家去，我妈妈想见一见你，然后你再从北京回锦山。"她说这话时好像不容置否。

听了尚北平的话，李安东既感到吃惊也感到不吃惊，因为他已经知道了她的身份以及他家和她家的另一种关系。他对她的话没有马上做出反应，没说行，也没说不行，只是低着头往前走。过了好一会儿，见李安东还是不吱声，尚北平上前一把拉住他任性地说道："你在犯什么傻！"

李安东仍然没有回答她。此时，李安东心里十分清楚，尚北平约他一块走意味着什么。

这次“约会”，李安东对尚北平的邀请和提议虽然心存戒意，可在这种矛盾的心理中，他对她的话不知为什么还是听从了。按理说他应该亲近她，因为她对他确实存有一种异性的吸引力，但她的任性对于他总是有着一种说不清楚的威慑作用，这让他无时不产生一种说不出的压抑感。

放假了，尚北平已经替他买好了车票，当天晚上他和尚北平一同登上了开往北京的火车。第二天清晨，火车准时到达了北京站。

八月的北京，尽管是早晨，可天气仍然让人感到燥热。李安东跟在尚北平的身后下了火车，走出北京站来到站前广场，他觉得太阳似乎在直射头顶，一身军装捂得身上和头上开始冒汗，这时他真正体会到北京的天气真是无法与海滨城市相比，内陆的夏季与海滨城市的夏季形成了鲜明的对比。一路走来，李安东感到和尚北平在一起总是觉得自己比她少了一点什么，让他压抑，让他不知该如何是好。

站前广场上李安东突然站住了，这时尚北平也已燥热难耐，她把白色的确良衬衣的袖子高高挽起，当她见李安东站在那里不走时，回转身来走上前问道：“你怎么不走了？”

李安东这时好像想到了什么，过了一会儿才对尚北平说：“我想去天安门看看。”

“你以前不是去过了吗？”尚北平问，李安东只是冲尚北平点了点头算是回答。

一路上李安东表情一直严肃有余，很少说话，这让尚北平心里既纳闷又有点生气。她心里在想：他不喜欢我吗，他凭什么？此时李安东坚持要去天安门，见拗不过李安东她只好说：“走吧，我们坐地铁到前门站就行了。”说着主动上前拉起李安东的手向地铁站走去，李安东歉意地摆脱了尚北平主动伸过来的手，只是并肩与她同行。走着走着，尚北平自觉不自觉地把身子靠近了李安东，这时李安东分明已经感觉到自己的心跳在急速地加快，一种异样的情感顿时在体内强烈地涌动，可他依然表情严肃而顺从地跟着尚北平一起上了地铁。

来到天安门广场，望着那既熟悉又不熟悉的雄伟壮丽的天安门城楼，1966年8月18日毛主席接见红卫兵的场面立刻清晰地浮现在李安东的脑海里。

那是“文化大革命”开始后不久，李安东和初中班上的同学们一起参加到了红卫兵大串连的队伍中去。他们串连的第一个目的地就是向往已久的首都北京，当他们头一天到达北京时，红卫兵接待站的人就告诉他们说，第二天毛主席要在天安门广场和长安街接见红卫兵。第二天天还没亮，他们被集合起来匆忙吃了口饭就来到了长安街。他们一伙人很幸运，被安排在东长安街距历史博物馆不远处队伍的最前面一排。

李安东已记不得那天上午的准确时间了，当毛主席乘坐敞篷汽车由西向东驶来时，整个长安街和天安门广场顿时沸腾了。红旗的海洋，红卫兵的海洋，毛主席万岁、毛主席万岁的欢呼声犹如大海的波涛，一浪高过一浪。那个时刻，那个场面永远铭刻在了李安东的心里。

就在事后好长一段时间里，李安东好像总是在做梦，我怎么可能见到毛主席？

车队驶过后，他们很快被疏散回招待所。就在他们上了大卡车准备离去时，李安东有意无意地向王府井大街的方向张望，瞬间王府井大街东口的一座灰色小楼进入了他的眼帘。卡车开动了，李安东注意到那座小楼门前挂着写有“国家海洋局”的大牌子连同小楼从眼前一掠而过。随后让他兴奋的是亲眼清楚地看到了王府井、天安门广场、故宫、历史博物馆、人民大会堂……那是仅有的一次，李安东感到十分遗憾的是没能有机会站到天安门城楼前仔细地看一看，他在心里反复地问自己：我以后还会来北京吗？

李安东和尚北平在天安门广场转了一圈，然后在一处拍照摊前，李安东严肃地整了整海军呢军装的风纪扣，以天安门为背景照了一张相。

眼看快十点钟了，尚北平轻声细语地催促说：“安东，咱们走吧，中午赶到我家吃午饭好吗？”

尚北平刚说完，李安东似乎又突然间想到了什么，他坚定地回答说：“我不去了，你自己回家吧。”说着他扭头就要走。见他要走，尚北平急了，跑上去一把抱住了他：“安东，不是说好了晚上火车我送你吗。”

李安东推开了尚北平，无论她如何说服，李安东都坚定地说：“我不想去，也不能去。”

他们一边说着，李安东一边向地铁站方向走去，尚北平只得跟在后面继续说服他，她不便在广场上与李安东争吵，最后实在无奈，只得跟着李安东一同上了地铁返回北京站。到了北京站，李安东不容尚北平多说径直跑到售票口，正好有一趟去东北方向的火车马上发车，他买好了一张坐票，跟尚北平连个招呼都没打便冲进了检票口。

李安东走了，尚北平跑到候车室的窗口朝站台上望去，她看不到李安东的身影。她默默地站在那里望着，直到那趟列车发车，又渐渐远去，尚北平才转回身来。这时她眼中似乎含着一汪委屈的泪水，但并没有滚落下来，她随后骂了一句：“李安东，你混蛋——你是混蛋。”

一个月的假期很快就过去了，返校后李安东与尚北平形同陌路人，对于一同到北京和中途变故的事，李安东没向尚北平做任何解释，甚至连一句道歉的话都没有，似乎这一切什么都没有发生过。这让尚北平十分不理解，也让她更加生气。等了一个多星期后，尚北平耗不住了，一连几次找到李安东要他做出解释，而李安东什么也不说，总是推托有事远她而去。不知什么原因，李安东越是这样，尚北平越是想找他，想见他，尚北平自己也想不明白，为什么李安东越是这样，她越想和他在一起呢？

尚北平越想越生气，心里暗暗在说：李安东，你等着。

二十二

一个学期过去了。在山东海洋学院，学校对物理系首届工农兵大学生的管理是十分严格的。这是因为物理系是学校的重点系，也是办好工农兵学员上大学、管大学、用毛泽东思想改造大学的试点系。所以对工农兵学员格外重视和负责，学校知道这些学员政治条件很高，他们毕业后军人学员自然要回部队，而其他学员大都将被分配到军工科研院所从事海军舰艇和潜艇的相关科研和设计工作。

寒假又要到了，尚北平又一次找到李安东力邀他同行，这回遭到了李安东的当面拒绝。无论尚北平怎样问，李安东为什么对她如此冷淡，如此疏远？而李安东只是避而不答，这让尚北平实在想不通。

想来想去，尚北平任性的自信心似乎受到了动摇，突然间她好像感觉到什么？他隐约地听到有的同学说李安东和他们班上的那个叫褚楚的女同学经常在一起，她突然想到了什么：难道李安东会喜欢她？从那以后尚北平十分留心打听关于褚楚的情况，她打听到褚楚是一个回乡知识青年，后来又听说她父亲是一个老大学生，用现在话说就是臭老九。对于这些尚北平一点也不在意，她自信地认为：有我，李安东怎么可能会喜欢她？

其实自从尚北平来找李安东后，褚楚对李安东就已经避而远之了。一年多里，尚北平经常来找李安东，关于他俩已有风言风语在同学和老师中传言，尤其是尚北平特殊的身份更令人格外注意。接近李安东的同学知道，每次都是尚北平主动热情地来找李安东，而他对尚北平不冷不热、不阴不阳、若即若离的态度确实让同学们琢磨不透。有同学在私下里议论：就凭尚北平的特殊身份，青春漂亮，又是主动示好，李安东如此不识抬举，用他自己的话说：真是缺心眼。

又是一个星期六的晚上，尚北平约李安东一起走出了校门，他们来到了紧邻校区外的小鱼山上。小鱼山海拔高度并不高，可在青岛的前海这里是最高点。如今的山头是学校民兵的高炮阵地，有几门高射炮依序排放在山头上，炮身罩着绿色的炮衣，而那高昂的炮口直冲海天。

他俩站在山头上，此时正是夕阳如血染红天际的时刻，冬日里的青岛，海雾早已没了踪影，海天碧空如洗，绝佳的观景胜地可以把这座海滨之城的美景尽收眼底，一览无余。这里李安东已来过多次，可今天他却没有一点心思欣赏美景，只能耐心地听尚北平对他说的每一句话。因为李安东心里主意已定，现在无法直截了当地告诉尚北平，担心她一时接受不了会伤害她。而她跟他说了很多，然而尚北平却从他嘴上什么明确的答复也没有得到。这让她感到很失望，她已隐隐约约地预感到李安东日后可能不会属于她，但她想不明白，为什么和李安东的相处竟那么困难。她仍然不甘心，这让她不由地回想起了第一次见到李安东时的情形和他后来对她的表现，尚北平心里暗自琢磨：当兵的、秃头、冷淡、没有激情，他不会是有什么生理问题吧？想到这，尚北平把话题转到了他们的第一次见面上，她装作若无其事地问道："安东，你想不想知道我第一次见到你时你留给我的是什么印象？"

显然尚北平想改变自己，以守为攻，这时她想起了李安东的爸爸妈妈多次对她说过的话：安东哪样都挺好，就是太特性。如今尚北平分明已经感觉到要想和李安东好下去，仅限于青年男女之交是不行的，还要想法走进他的内心世界。想到这她一步步试探地问他："那会儿你为什么要理光头？秃子好看吗？你是想出家当和尚，还是想出风头？"

尚北平一连串的提问让李安东有些急了，他说："你真这样认为吗？"

看着尚北平诡异地望着自己，他第一次对尚北平火急火燎地说开了，像是解释什么，又像是什么也没解释地说："我告诉你，我为人处世凭自己直观的感觉和自我判断。就说理光头这事，理不理光头是我个人自由，这种自由完全是跟着自己的直观感觉走，对你也是一样。我的自我感觉别人是难以理解的，你更不会理解。你想知道我的这种直观感觉吗？就在我理光头的那天晚上，睡梦中我梦见自己站在一片草原上，看到的本该是绿油油的草原却竟是光秃秃的。我想不明白，理想中的草原为什么会是这般景象？就在我疑惑时，忽然间听到天空中传来一位老者的声音：'天灾人祸，草原已经不长草了，没有草兔子何以生存？没有兔子老虎该吃什么……'"

李安东断断续续讲完梦中的事，接着对尚北平说："梦醒了后，我一直在想那老者的话，潜意识告诉我，我是属老虎的，青草、兔子、老虎——那老者的话不正是说给我的吗？"停了一会儿，李安东接着又说："正是那老者的话令我豁然开朗：野火烧不尽，春风吹又生，剃发以明志，寻找属于我自己的草原，这就是我的直观感觉。"

尚北平第一次听到李安东对她讲这么多的话，她听李安东说这些时，觉得他的话怎么有点不着边际，但细想想又觉得他的话既怪怪的又很好玩，这惹得她欲笑又止。见李安东一本正经地说完，她冲着李安东顺口说了一句："你不会是有神经病吧？"

尚北平虽然对李安东的自我感觉还没有用心去琢磨，但这却引起了她更大的好奇心，她知道在未见到李安东之前就感觉喜欢他，现在李安东越是这样她越喜欢。这时她不由自主地靠近了李安东，亲昵地伸出手去摸他的额头："让我试一试，你是不是发烧了？"这一回李安东没有拒绝，她摸了一下李安东的额头后假装正经地说："不是发烧，是发神经了，和你妈妈一样。"

当尚北平细嫩的手触摸到李安东额头的那一刹那，李安东冷不丁地打了个激灵。可当尚北平一句"和你妈一样"刚一出口，顿时让他心生不悦。

尚北平无论如何也不会想到，她这不经意的一句话会带来什么后果。

这话出自一位任性、高傲和漂亮的“公主”之口，李安东知道尚北平了解他妈妈的身体状况，此时她说出这话让他觉得是在嘲笑他，感到受了侮辱，也深深地刺痛了埋藏在他内心深处的那根敏感的神经，勾起了他不愿回想的往事。

母亲是位地地道道的农村妇女，尽管后来父亲当了官，可母亲一辈子也脱不掉农村妇女的土气。李安东是家里的老大，正因为他是老大，是个男孩，所以母亲在他身上付出的太多太多。母亲一直认为，儿子是她的希望，是她一生的希望！后来母亲曾对他说过，正是这一信念才支撑她走到今天。否则，以母亲的脾气可能早就离父亲而去。母亲说“她不稀罕没有土地和房子的男人”。

李安东懂事时才知道，正是抗美援朝时父亲那意外不实的阵亡通知书，导致母亲落下了神经病分裂症的病根，虽然经过治疗有了好转，但一遇到不痛快的事或过度抑郁，母亲依然会时不时发病。在初期病情严重时，由于奶奶要照顾年幼的叔叔和姑姑，无奈只能把李安东送到农村的姥姥家抚养。正因为如此，李安东经常说“我是姥姥养大的”。

事实也是如此，姥姥是位一辈子都严格遵守三从四德的农村老太太，姥姥的品格直接影响了李安东，并注定了他以后人生道德的操守底线，做事、做人，不为书，只为实。

李安东清楚地记得，在三年自然灾害时，远在省城工作的父亲由于调干到大学里去学习，刚刚跟随父亲进城的他们又被送回了农村的老家。三年自然灾害对于年轻的共和国是一场灾难，生产力低下，物质极度匮乏，缺吃少穿，农村因为没有吃的饿死了不少人。在那艰难困苦的条件下，母亲为了不让父亲操心，在农村挑起了全部的家庭重担。那是在李安东上小学时，一天放学回到家里实在饿极了，可家里一点吃的都没有，妹妹告诉他妈妈到庄稼地里去了。当他放下书包跑到庄稼地里时，没有看到人影，只是远远地看到好像是一辆小牛车拉着一垛玉米秆在远处的庄稼地里艰难地移动。

这时李安东似乎意识到了什么，他飞快地朝那移动的玉米垛跑去。当他跑到跟前一看，眼前的一切证实了他的预感，那不是一辆小牛车，而是母亲用她那柔弱的肩膀硬是驼起了那沉重的玉米垛。见到儿子来了，母亲重重地放下了背上的玉米垛，这时李安东一下子扑进母亲的怀里哭了。母亲微笑着给他擦去了眼泪，随后从口袋里掏出两个小生地瓜给他。饥饿难耐的李安东顾不得擦去地瓜上的泥土就着眼泪放进嘴里咬了起来，然而瞬间他又停住了，他把地瓜重新放进了自己的口袋，然后帮妈妈一起背起了那玉米垛。

多年过去了，每当想起那段艰难的日子和患病的母亲，李安东就会感到心酸。他长大后，好像就在他上大学第一个寒假回家时，当说到男孩子长大该找媳妇了，这时一直默默无语的母亲说话了："儿子，找媳妇是为了过日子，一定要睁大眼睛，找能干活的，找会干活的，光长得好看不中用，好看的脸蛋长不出苞米。"

母亲的话与姥姥在他小时候对他说的话如出一辙，这让李安东在对待女孩子的问题上徘徊了许久。

一个人从小受过的教育也许是根深蒂固的，更何况少年时期又经历了阶级斗争年代的洗礼，思想、意识和观念，行为的固化实属自然。阶级斗争的年代有感情没爱情，那时的感情完全是以阶级性为基础、为标准；而爱情也只能是在这样的基础与标准之上所标榜的感情深厚的提升，这让友情与爱情同时走入了公式化。单调的友情限制了人与人之间情感的迸发，匮乏的爱情约束了男人与女人之间激情的浪漫与宣泄。

古训难违，李安东的个性必定将决定他的命运。他在生理上该是一个低能儿，但他全然不去理会。他一心想做一个高尚的人，时至今日他理想化地认为中国的海洋不会总是今天的样子，既然命运决定了自己一辈子该浪迹大海，那就应该从一个水兵蜕变成为一个真正的中国海洋人，这是宿命的召唤。但中国海洋人该是一个什么样的人，他一时也说不清楚。但他坚信海洋人绝不是满头沾满高粱花子的人；也不应该是外表油头粉面，内里一肚子花花肠子的人；更不应该是满脑子小农意识，而又人模狗样、口若悬河的人；反正海洋人起码要是个心理和生理健康，豪爽大气、侠肝义胆的男人。如果说从普通人到水兵，再到海洋人，这不应该仅仅是身份的改变，更重要的是要跨越文化的障碍，这是西方海洋文化给以我们的教训和启迪。那么面对现实，对于李安东来说，人生艳遇和事业追求，他能冲破思想的禁锢，打碎行为的镣铐完成这种跨越吗?

李安东，他将会如何抉择?

李安东不会想到，他的选择也是一代人的选择。

二十三

一个20多岁的小伙子也许不应该戒备那么多，更不应该想得那么多。更何况青春萌动，当有漂亮的姑娘向他示好该是一件令人多么幸福的事，往往这时候小伙子总会充满憧憬，同时还会伴之有一种莫名的青春冲动和兴奋。然而，李安东没有，他的表现是超乎常人的异样，这自然令尚北平无法接受和理解。可这对李安东来说，他自己一时也理不出个头绪？

自从第一次见到尚北平，李安东就觉得尚北平身上有着一种让他说不清的感觉。是公主式的高傲？不完全是，高傲不完全等同于傲慢，而她的所为还无时不充溢出一种任性的娇气。每当和她在一起时，李安东总是不知所措，不知该如何对待她。特别是当他知道了尚北平的家庭背景后，李安东更是不知该如何是好。在日常生活和工作中，李安东在别人的眼里也不时显露出一种男人的傲气，因为他对任何事情都充满了自信，他过于相信自己的智商，过于相信自己的能力。为此，他对自己做的任何事都尽量追求完美，尽力做到理想化。他的行为和表现虽然也赢得了一些领导、战友和同事的赞许，但更多的则是非议。尽管他时时要面对许多非议，但李安东依然我行我素，相信天生我才必有用。

李安东曾想过，对尚北平的感觉为什么会是这样？为什么和她在一起时总会缺少自信呢？是她比自己更高傲，还是她的娇气，或是她的家庭背景？他一时想不明白，但他隐约地感到，他不能和她在一起，俗语说，一个槽子拴不了两头叫驴，如果在一起谁也不会服谁，时间长了两头驴嘶咬必有一伤。因此，还是不和她在一起为好。

二十几岁的小伙子，血气方刚正值青春活力时期。李安东同样无法回避在与异性相遇、相恋甚至是在那不期而至的瞬间即将迸出火花时，他也有过恨不能一把把对方搂进怀里的欲望，然后去体验正常青年男女情欲故事的感知，可每到这时他总会被少有的理性和冷静绑架住自己的思想与行为，他认为这是自己良心的发现，他不知道别人在这种情况下会如何去做，但他为自己能有这样超强的自抑力而感到骄傲。

有时李安东也曾这样想过，假如此时此地，此景此情放纵自己越一步雷池，相信上帝也会原谅。但他没有这样做，他尽力抑制自己的情感冲动，因为他担忧如果是这样，那日后还不知是福是祸。他心里清楚，上小学时的一次特殊经历让他从那时起就有了一种特别的心理，本来自己的个性在一般的情况下总会偏向于张扬或放纵，而只有在他意识到自尊心将会受到威胁时，这种抑制感才会强烈地表现出来。这既是自我保护的退守，又是主动攻击的准备。这种心理主观愿望是善良的，他要保护自己，同时又要做到不伤害别人。因此，对于尚北平他同样操守这样的原则，对自己负责任，也要对尚北平负责任。

想到这些，李安东不禁想起了上小学六年级时发生过的那件事。那是在父亲刚调到某地区行署任处长时，一个夏日的晚饭后，刚刚学会骑自行车的他骑上父亲的自行车玩耍去了。在行署家属大院的林荫道上，他刚骑出不远便遇到了父亲的直接领导——一位行署副专员伯伯家六岁的小儿子。他是后一排宿舍邻居家的孩子，相互十分熟悉，平时他喊他安东哥哥。小弟弟见是李安东，喊住他执意要跟他一起骑自行车玩。他很犹豫，他知道自己刚学会骑自行车，由于个子不够高骑不上车座只能掏车裆，如果带上小弟弟实在是力不从心，再说也不安全。

小弟弟执意要坐车，李安东很无奈，看在小弟弟和他爸爸的面子上，他只好把这个小弟弟放在了后车座上，他们来到院内一片杨树林旁的空地上骑了起来。谁知骑的正高兴时，坐在后座的小弟弟一不老实把右脚无意中伸进了后车轮，自行车轮被卡住了，车一下子摔倒在了地上。李安东十分害怕，这个小弟弟是专员伯伯唯一的儿子，他顾不得自己的疼痛慌忙从地上爬起来去扶小弟弟，一看小弟弟的一只鞋子掉了，右脚背被车条划掉了一层皮。

当他把小弟弟送回家时，专员伯伯并不在家，小弟弟的姐姐也是李安东的同班同学，面对这事极不高兴，尽管碍着邻居和同学的面子没说他什么，可她那不把李安东放在眼里的高傲气势让他的自尊心受到了极大的伤害，这种伤害是以前从来没有过的，能让他记住一辈子。

事后，很少骂他的母亲狠狠地骂了他一通："你知道他家就那么一个宝贝儿子，如果你给人家把脚弄坏了、弄残了，你负得起这个责任吗？你就是当上门女婿给人家养老人家都不稀罕要。他爸爸是你爸爸的领导，如果真出点事，你让你爸爸怎么办？"

妈妈的训斥让李安东第一次知道了人与人之间会有如此复杂的关系，第一次知道人与人之间还有贵贱高低之分。

放寒假了，李安东断然拒绝了尚北平的又一次邀请，一个人回了锦山。回到家里无事时，他心里总是在回想上学这一年里发生的事，特别是他与褚楚意外邂逅的相遇，尽管他表面很平静，而心里隐约产生了一种说不清道不明的感觉。这时他有意无意地把褚楚与尚北平进行了比较，虽然褚楚没有尚北平漂亮，可褚楚的那双眼睛和永远定格在他心里的那双恐惧、无助的眼神让他无法抹去，是怜悯、同情还是喜欢，他一时无法说得明白。

褚楚的母亲虽然是南方人，可褚楚却过多地继承了北方父亲的基因，个子虽然不是很高，但却显得较为健壮。特别是说起话来，南方女性的温情中还时常能流露出一股北方女性的冲劲，说话不是很多，往往是成熟多于冲动，说话处事会让他无可反驳。因此，他对她多了一份尊重，他在她面前也往往会服从多于反对，这也让李安东感到自己清高的个性受到了挑战。当在褚楚面前他的个性表现往往会显得有点苍白，这同样让他一时无法解释。因此，他总是提醒自己，在褚楚面前千万别说错什么或是做错什么。他明显地觉得这同和尚北平在一起时的感觉完全两样，和尚北平在一起时他的理性总是让他不安，他的情感总是充满了压抑。

寒假返校后，尚北平曾找过他两次，他都拒绝了。就在这样的相持中，转眼就到了夏天。在那个年代，电话通信极其不便，与部队通电话更是不可能。李安东寒假返校后一直打算找一个星期天回船看一看常江和黄海，由于课程太紧，更由于自己是初中生的底子上大学，学习吃力忙于补习，一直没能抽出时间，再说船总是出海也就拖了下来。

这是一个星期天的早晨，李安东在学生食堂吃过早饭，背起军用书包走出学生宿舍大楼向校门走去，他要乘公共汽车去码头。

学校有五个校门，一号校门是通往市区的主要通道，李安东所在的物理系教学楼是一号校门门内的主楼，是进出一号校门的必经之地。就在李安东朝一校门走去经过物理系教学楼时，他远远发现尚北平已站在教学楼旁的路边。他想避开她，可尚北平好像早已知道他此时要经过这里已在等他了，见是李安东朝这边走来她迎了上去。李安东只好硬着头皮装作若无其事的样子迎着尚北平往前走去。

当走近时，李安东想打个招呼就离开，可尚北平却喊住了他。站在尚北平面前，李安东还是那样的淡然无语，尚北平虽然面有不悦，但她依然有些任性而又娇嗔地开口问道：“安东，你要出去？”

李安东只是点了点头。见他不说话尚北平靠近一步说：“我想要你陪我去看我爸爸的一位老战友，可以吗？”

李安东没有回答，尚北平一连说了几遍，他依然不做声。见此情形，尚北平耐不住性子了，她又靠近一步李安东，一改娇嗔的口吻说：“安东，你究竟是为什么，我不好吗？”

这时李安东不知道尚北平还要说什么，他更不知道该如何解脱自己。尚北平又说话了：“安东，你真的不知道我多么想和你在一起吗——？”

如此情形李安东感到很紧张，他不知该如何回答她。正待尚北平还要说什么时，他俩突然听到有人大声喊道：“李安东！”

两人同时顺着喊声望去，只见从校门外走来两个当兵的。李安东一眼就看出一个是常江，另一个是黄海。他俩快步来到李安东和尚北平面前，相互握手时李安东对他俩说：“我正要上船去找你们。”

说话间，李安东向尚北平介绍说：“我的老战友。”他指着一个说：“这是常江。”接着又指着黄海说：“他叫黄海。”尚北平礼貌地对他俩分别点了点头。李安东又向常江和黄海介绍说：“这是我的同学尚北平。”

见他们战友间说的热闹，尚北平只好对李安东说：“安东，你们玩吧，我先走了。”说完她又对常江和黄海笑着示意了一下便转身离开了。

尚北平走了，常江对李安东说：“安东，今天来找你是告诉你一件事，部队推荐我到大连海军指挥学校学习，过两天我就回家休假，下学期一开学直接去学校报到，今天来和你告别。”

李安东问：“指挥学校要学几年？”

常江回答：“两年。”

就在他俩说着的时候，黄海并未插话，他一直在有意无意地注视着尚北平离去的方向。见此状，常江喊了一声：“黄海，你看什么？”

这时黄海才回过神来，听完他俩的话黄海说：“你上了大学，常江又要上学去了，就剩下我这个没文化的了。”黄海说这话时显得有点沮丧。

常江接上说：“黄海，你的好消息还没告诉安东呢？”常江说着看了李安东一眼：“我们上学也比不上黄海你呀，年底再发服装你就穿四个口袋的了。”

听到这，李安东一下子明白了：“你提干了？”他冲黄海说。

黄海的脸有点红了，他冲李安东点了点头。

听到黄海已提干的消息，李安东并不以为然，他接上说：“黄海，这下子可好了，你提干了，我和常江都和你分开，以后你不再有竞争对手了。好好干，给哥们儿们争口气，争取早日登上船长的宝座。”

就在李安东说这些时，常江私下拉了李安东一把，示意他不要再说了。他接上李安东的话马上转移了话题说：“喂，黄海，你刚才一直往那边看什么？”他指的是刚才黄海一直朝着尚北平离去方向看的事。

这下子黄海有点不好意思了，转而他表情突变，兴奋而有些神秘地问道：“安东，你和那个女同学在搞对象吧？”

听了黄海的话，李安东说：“你小子是饱汉不知饿汉饥，你有童养媳多少年啦，还不兴我和女同学说说话……”

听到李安东又提起童养媳的事，黄海急了。他冲着他俩同时说：“别再瞎说了，这种玩笑可开不得。人说造谣千遍都能成真理，这种玩笑再开下去，要是被领导知道了可不得了，以后我要在城里找对象人家还说我是陈世美呢……”

他们说笑着，在一阵嬉笑声中三人向校外走去。

二十四

转眼间两年多过去了，1974年的春天过后，李安东和同学们即将面临毕业。

这一年的五月一日，海军部队换了新军装，原来的灰军装换成了海军蓝，而帽徽和领章依然没变，鲜红依旧。

在这两年多的时间里，李安东一直未能满足尚北平邀他到她家去的要求，这让尚北平非常失望和生气。虽然李安东已向尚北平明确表示不可能和她在一起，可尚北平还是不死心，她还说："我们成不了，可以一直做好朋友。"

两年中，李安东对尚北平一直是敬而远之，能躲就躲，能藏就藏，躲不了藏不了就谨慎待之。对他的这种不即不离，不远不近，不冷不热的态度和做法，到最后可以说尚北平是气愤至极。

事情并没那么简单，他和尚北平今天的状况，应该说是李安东脚上的泡自己走的。他不忍心伤害尚北平，而且爸爸和妈妈虽说不是强迫，但也一直在给他施加一些压力。可他说不清为什么心里总是离不开褚楚，面对尚北平和褚楚，李安东不知该如何是好。即将毕业了，他能放下褚楚吗？他能和尚北平彻底一刀两断吗？如果放不下怎么办？不能一刀两断又该怎么办？这让李安东很郁闷。

褚楚自从认识了尚北平后，对李安东一直也是躲躲闪闪，你不找我我绝不找你，你若找到了我，也同样是不冷不热，不远不近，无论你说什么，褚楚总是不卑不亢。她知道尚北平各方面都比自己强，如果和李安东过于亲密或是进一步发展关系，这无论是对李安东还是尚北平都不公平。

还有一个多月就要毕业了，面临分配，李安东回部队不容置疑。那么尚北平和褚楚的分配去向呢？无论出于什么想法，是牵挂，同情，还是恋情，反正李安东对她俩的分配去向都很关心。

一天，尚北平又来找李安东，她直截了当地告诉李安东："通过家里已经跟学校打招呼了，毕业后她不准备回北京，而要留在青岛，想到某个海洋研究所工作。"

对于这一消息，李安东并不感到意外，他知道她有自主选择的能力和办法。因为李安东知道，尚北平的爸爸已官复原职了。说心里话，他倒是真心希望尚北平能回北京，那样对她会更好更合适些。但她突然决定要留在青岛，他不知道尚北平还要做什么，为什么要执意选择留青岛而不回北京？正是尚北平告诉他了这一决定，让他突然间意识到三年半的大学生活真的就要结束了。毕业在即，同学们将要分别，从此天各一方，奔赴到不同的地方，不同的工作岗位，去开始新的生活。想到这些，李安东心中一时充满了留恋，这种留恋是什么？那个年代的年轻人找不到合适的语言去表达，"爱"这个字已被他们从生活的字典中删去了。尽管如此，李安东仍然自觉不自觉地牵挂褚楚的毕业分配，他还想能同在学校时一样每天见到她吗？可她想去哪儿？她会去哪儿？

离毕业的日子越来越近，递交毕业论文的期限就要到了，而李安东"关于潜艇（器）未来水下声学通讯的设想"初稿还没有修改好。前几天李安东把论文初稿交给了声学专业老师，请老师帮助提修改意见，现在老师还没有把论文初稿还给他，他想明天无论如何要去找老师听取修改意见并取回文稿。这时他怪自己，最后这半个学期除了参加一个月的毕业实习，更多的时间是参加了一场毫无思想准备的政治运动——反走后门，把写论文的事给耽误了。

第二天清晨，同学们大都还没有起床。不知不觉中李安东宿舍的门被轻轻地推开了，先醒来的同学听见有人进来扭头一看，惊慌地赶忙坐了起来，并不由自主地喊出了声：“褚先生！”

进来的是褚教授，见惊扰了同学，褚先生微笑着摆手示意不要声张。来到房间里褚先生微微弯下身子，目光从高度近视眼镜的上方透过，在每个床上搜寻着。当他看到了还在熟睡中的李安东时，他把拐棍挂在了左手臂上，然后缓慢地走到床前，又把左手拿着的几张稿纸递到右手顺势夹在左腋下，这才俯下身子伸手轻轻地拍了几下李安东，嘴里轻声地喊道：“李安东，你醒一下——李安东——”

李安东醒了，见站在床前的是褚先生，他一惊马上坐了起来。看着满脸笑容的褚先生，李安东一时不知该如何是好，只是一脸傻笑。这时褚先生对他说：“老师把你的毕业论文转给我了，我看过了，你很有想法，这些想法很好。所以想找你当面谈谈，一连几天都找不到你，没办法我只能一大早来宿舍了。”

听了褚先生的话，李安东脸上的傻笑即刻消失了。他万没想到花甲之年的褚先生会如此认真负责地对待一名学生的毕业论文，他感激的话一句也说不出来了，急忙翻身起床穿好衣服，随后把被子堆到床的一角，扶褚先生坐了下来。他有点胆怯地对褚先生说：“我去洗把脸。”说完便跑去洗脸间简单洗了一下，扶褚先生一同去了教室。

在教室里，褚先生对他的论文逐段提出了修改意见，李安东认真地听着记着，并不时频频地点头。此时李安东的秃头变成了小平头，乌黑的寸发一根根直拔挺立，而褚先生头上稀疏的银发已倒伏着紧贴在头皮上，两者形成了十分强烈的对照。就这样，一老一少谈了很久。

在这次的交谈中，褚先生对李安东讲述了共和国海洋事业发展进程中的一段往事：

1959年10月1日，20世纪已过去了半个世纪，这一天的阳光依然令人陶醉。

正是这一天，新中国迎来了十周岁的生日，天安门广场举国欢庆，万民欢庆。就在这喜庆祥和的日子里，在国庆盛典的天安门城楼上，一丝不易察觉的忧虑，却浮现在了新中国开国领袖毛主席的眉宇间。

头一天晚上，在中国政府举行的国庆招待会上，应邀前来参加新中国十周年国庆盛典的苏联领导人赫鲁晓夫在表示祝贺的同时，含沙射影地攻击了新中国的外交政策，他教训中国不该发动金门炮战，“不要用武力去试探资本主义制度的稳定性”。

但事情并未到此为止，10月2日，中、苏两国领导人之间，一场更大的争吵开始了。

事后有人证实，当时的情景，可以用“吵得一塌糊涂”来形容。

中苏之间的矛盾激化始于1958年。这一年的4月18日，苏联国防部长建议在中国设长波电台，遭到了中国的拒绝。7月21日，苏联大使又提出建立联合舰队，毛主席为此大发雷霆。很显然，不论是长波电台，还是联合舰队，都是苏联经心设计提出的要求，其要害处就是允许苏联海军不经过交涉就能使用中国的港口，意图在军事上控制中国。

在稍稍冷静之后，根据赫鲁晓夫的提议，双方销毁了10月2日的会谈纪要，以抹去这段不愉快的记忆，但中苏之间的裂痕已经无法抹平了！

多年以后，在回忆录中，赫鲁晓夫对毛主席当时的言行依然耿耿于怀。他这样写道：

> 我们又提起无线电台的问题。我说：“我们出钱给你们建立这个电台。这个电台属于谁对我们无关紧要，我们不过是用它同我们的潜水艇保持无线电联络。毛泽东同志，我们能不能达成某种协议，让我们的潜水艇在你的国家有个基地，以便加油、修理、短期停泊，等等”？
>
> 我不明白他为什么这样动怒。他说英国人和别的外国人已

经在我们国土上待了很多年，我们再也不想让任何人利用我们的国土来达到他们自己的目的。他始终也没有允许我们在中国建立潜水艇基地。

也许，赫鲁晓夫的确不能明白，他这种想当然和居高临下的态度已经触及了中国人最敏感的神经。整整一百年，中华民族都是在列强的坚船利炮下屈辱地生活。现在刚刚有能力守住自己的海防门户，又怎能允许外国的潜艇在中国海域里自由地穿行呢？

十周年国庆，毛主席和赫鲁晓夫在北京留下他们的最后一张合影，当时的记者用两人亲切交谈来形容这一瞬间。但历史的真相是，赫鲁晓夫说："关于那个原子弹，我看是不是把人员撤回去？"对于赫鲁晓夫的威胁，毛主席回答道："能给最好，不能给就算了！"

事实上，当时全世界的海洋意识都不是很强烈。在冷战的背景下，除了国家安全，没有人在意能从海上得到什么，海洋在一个时期里还停留在战略通道的层面上。此时，世界大国在海洋上关注的焦点只有核潜艇。

讲到这里，褚先生告诉李安东：1955年1月17日，美国第一艘"鹦鹉螺"号核潜艇在康涅狄格州下水，原子核裂变后释放出的巨大能量，猛烈地撞击着一度处于沉闷状态的世界海军。

与常规动力潜艇比较，核潜艇的优点不言而喻。现代军事家们称："如果战争一旦发生，核潜艇的打击能力将会把一个国家全部摧毁。但只要被打击或被摧毁的国家在海洋深处还有它的一艘未被打击的导弹核潜艇，它会将携带的导弹从水下发射出来，这几乎可以摧毁敌对国所有重要的军事、政治、经济目标！"

在当时的国际背景下，对于这一点率先做出反应的是苏联。1957年8月9日，苏联第一艘核潜艇"列宁共青团"号从北德文斯克造船厂出海。其主要设计者什马科夫宣称："根据设计，它可以到达美国任一城市沿岸海湾，比如纽约，引爆后可引发海啸，将城市淹没。"

也许，正是为了让核潜艇的威力发挥到极致，赫鲁晓夫看上了中国漫长的海岸线，但组建联合舰队的构想，却被毛主席坚定地拒绝了。

核潜艇是中苏之间交涉最艰难的项目。也是在1959年的国庆节，周恩来总理和聂荣臻副总理再次向赫鲁晓夫提出了核潜艇的技术援助，赫鲁晓夫不阴不阳地回答："核潜艇技术复杂，花钱太多，中国搞不了，苏联有了核潜艇，等于你们也有了。"

对于赫鲁晓夫的回答，毛主席义愤填膺："核潜艇，一万年也要搞出来！"

说完这些，褚先生不无忧虑地对李安东说："中国要搞核潜艇谈何容易，仅水声学技术就是一道难以逾越的屏障。但毛主席说了一万年也要搞，我们要加倍地努力赶上去。"

上了大学李安东才知道，国防水声学是世界近代新兴的综合性尖端科学，是世界强国争夺海洋和保卫本国海防的重要手段。1956年，国防水声学作为紧急重大项目，被列入中国科技发展十二年规划。在中苏合作122项重大科技项目中，有关船舶制造和海洋科学的只有四项，国防水声学是其中之一。

褚先生还对李安东语重心长地说："在海洋中声音的传播特性有很大的差异，在某一海域声音可以传播得很远；而在另一海域声音的传播却很困难，尤其是在几百米的浅海，这种差异的情况尤其复杂多变。因此了解清楚不同海域的声音传播特性，对开展潜艇或反潜艇作战具有非同小可的重要意义。"

褚先生还告诉他："1958年的秋天，为了能适应新中国社会主义建设和国民经济发展的需要，国内一大批海洋科学工作者云集青岛，来自海军、中央气象局、中国科学院、水产部、山东大学、厦门大学和华东师范大学等60多个单位的科技人员共同协作，依靠渔船和海军4艘老式护卫舰改装的简陋调查船，先后完成了渤海、黄海、东海和南海的海洋普查工作。这就是我们通常所说的全国首次海洋普查。"

褚先生看了看李安东又说："这是中国有史以来规模最大的一次海

洋综合调查。今天，对于这次海洋综合大调查的意义无论怎么总结都不过分。在当时，这次海洋调查还有一个目的，就是要为海军的军舰和潜艇摸清航路，同时也为防止盘踞在台湾的蒋介石集团反攻大陆制造海障做准备，这就是军事家通常说的海上战场准备。对于一个国家而言，在任何时候，任何情况下，国家的安全永远是第一位的。因此，这次全国海洋大普查领导小组是由海军的一位副司令员任组长。”

说到这，褚先生还痛心地说："1959年，在24名苏联专家的协助下，我国开始了国防水声学的调查研究。一年后，突然间正在南海进行海洋水声调查的我国科学家发现，身边的24个苏联专家莫名其妙地要回国了，并把上万米的水声考察数据和记录电影胶片也要带回苏联……你想一想，他们这样做的后果将会是什么？”

褚先生最后说："正是为了加强全国的海洋和海洋管理工作，国务院报经全国人大常委会批准，于1964年在北京成立了国家海洋局。"

褚先生为什么要对李安东讲这些呢？褚先生说："同学，我们这一代人已经老了，而你们还是一群孩子，无论是从孩子还是我的学生角度，我都想对你们说，你们就要毕业了，中国海洋事业日后发展的担子很重很重。你们想一想，我们国家有18 000公里的海岸线，那么长的海防岸线我们该如何去守卫？仅靠现有的海军力量能守得住吗？面对未来的发展和世界海洋强国对海洋的争夺，我们没有核潜艇能行吗？没有航空母舰能行吗？”

"世界霸权，中国必须面对！世界海权，中华民族必须选择！"

褚先生对学生们的未来寄予了极大的厚望。不！应该说是老一辈科学家对新中国海洋事业的发展充满了希望。最后褚先生似对李安东也似对自己充满了自信坚定地说："中国不仅要拥有核潜艇和航空母舰来守卫国家的海防安全。未来世界和平了，中国还会拥有载人深海潜水器，可以遨游几千米深的大洋海底世界，去实现毛主席下五洋捉鳖的宏伟愿望，为人类和平开发利用深海大洋资源作出一个大国的贡献。"

二十五

1974年的初春，同学们刚刚放完寒假返校，集中精力准备毕业考试时，一场意想不到的政治风潮突然间打破了校园的平静。

一天大家突然间发现学校宣传栏上贴满了“反走后门”的大字报。作为参加过“文化大革命”的一代红卫兵人，面对这突然而至铺天盖地的大字报，他们虽然见怪不怪，但无法预料又将会发生什么。一打听同学们才得知，这是由一张白卷在全国大学里引起的一场政治风潮。不过还好，尽管这场政治风潮来势凶猛，也持续了一段时间，但在同学们中并未引起太大的震荡。也许是一代红卫兵人经历过了更为猛烈的政治风暴，再说他们已在大风大浪中长大成人了，他们中的大多数人已逐渐走向了成熟。

经历过一场政治风潮，如果说没有一点影响那显然是假话。“反走后门”的政治风潮对于从基层部队来的学员实在是没有什么关系，有关系的则是来自地方的学员。因此，对这场突由其来的政治风潮，李安东并没去过多地关心，他还是那句话，跟着感觉走。

就在这时，班上的同学开始张罗拍毕业照，让李安东万万没想到的是，由于对这场“反走后门”政治风潮的认识和看法不同，班上的同学形成了两种意见，因而导致一个班的集体毕业照一分为二,一个班的同学拍出了两张毕业照。对此，李安东感到很遗憾，但更遗憾的是他和褚楚分别在两张毕业照中。

临近毕业了，“反走后门”运动的风潮毫无悬念地落实到了学生的毕业分配问题上。

这天早上，一张“反动学术权威的最后反扑”的大字报赫然贴在了物理系教学楼前的宣传栏上。站在大字报前，当李安东看完大字报后顿时让他目瞪口呆。大字报上清楚地写着：一个姓褚的反动学术权威，利用自己的名望和关系把他的孙女拉进了大学的校门，毕业后还想以照顾他年老体弱为由，想把她的孙女留在学校……大字报的结尾写着这样两句话：这是资本主义教育路线的复辟，我们工农兵大学生坚决不答应！

看完大字报，李安东下意识地想到，大字报上点到的这位“反动学术权威”显然指的是褚先生，难道这是真的吗？他想来想去还是摇了摇头，他不相信这是真的，随后他嘟囔了一句“胡说八道！”转而他又一想，不对呀？那褚先生的孙女指的是谁呢？这时他一下子想到了褚楚，难道是她？这段时间李安东看到褚楚每天上完课后就匆匆忙忙地走了，很少见到她来教室上晚自习，后来听同学说她请假照顾病人去了，对此他并没在意。如果大字报上写的是真的，那么这意外的消息让他费解，如果褚先生是褚楚的爷爷，为什么这么长时间没人知晓？她为什么一直都不说？为什么三年多的时间褚楚当众从未表现出与褚先生的血肉亲情？正是在李安东不解的疑惑中，更让他意想不到的事情发生了。

几天后的一个清晨，褚先生依然准时来到了学校。这是他一生养成的习惯，除非生病起不了床，否则就像一座时钟一样准时风雨无阻来到学校。他认为如果一名老师一次耽误一名学生一分钟，那么一个班30名学生累加起来就是30分钟，耽误学生这么多时间是一种令师德不能容忍的渎职行为，甚至可以说是一种犯罪。如今虽然褚先生年事已高，可在水声专业课的教学上，老先生却是终身教授。因为他对学生在毕业的选择上放心不下，今天他虽然大病初愈还是坚持来到了学校，他想看一看即将毕业离校的学生。

褚先生刚走到教学楼前，他一眼便看到了宣传栏上又贴满了大字报，他疑惑：“文革”不是要结束了吗？

疑惑中他拄着拐棍缓缓地走上前，看到许多人围在宣传栏前一边看着一边议论着什么。他的突然出现使人们停止了议论，他不知道究竟发生了什么？人们离他散去了。褚先生来到大字报前，靠得很近很近，他想看个究竟。

看过大字报他木然了，人生的往事如同电影一样又一次浮现在眼前。他是50年代初从国外留学回国的，正当他准备为新中国海洋事业贡献一份力量时，意想不到的“三反”、“五反”运动把他打成了“右派”，之后随之而来的“四清”运动的飓风又把他卷进了“特务”的冷宫。当“文化大革命”的政治风暴袭来时，一夜之间又把他定为“资产阶级的反动学术权威”。

一艘航船，经过漫长的航行到达彼岸后，当查阅其航海日志，或许会有意外的减速或间歇的不快记事，这实属正常。褚先生在他献身的海洋科学研究中，也有一些不快和学术意见与他人相左之事。但当政治运动的风雨荡涤着每一个人的灵魂时，褚先生也曾多次冷静下来，回忆和反思自己走过的人生道路。在这条充满荆棘和坎坷的路上，那些意外、那些不情愿和那些不快都是我的错吗？但所有这些同他人生中的成功一样，过去后便在记忆中消失了。他从未想过要把这些成功和不快记下来，以备将来让人去宣传或是向谁去交代什么。这就是一个知识分子应该具备的品德，一盆清水望到底。他认为：淡薄功名是中国知识分子的本色。

现在已是初春，美丽的青岛尽管有大海这巨大的气候调节器，却依然无法阻止倒春寒的袭击。

褚先生看着大字报，思绪陷入了不能自拔的旋涡中。面对新的“罪行”他有些茫然，我不是完人，人生中有缺点和错误，可人已老去怎么又多了一条新的罪状，那不是事实！看着想着他坠入了一片混浊之中，他的眼睛昏花了，大脑里瞬间出现了空白。一阵空白过后，他隐隐约约地感觉到不知是什么人走到他身后停了下来。今天的褚先生，在革命的洪流又一次席卷整个校园的时候，他突然穿得西装革履。对此，那人投以异常惊异的目光。他这是什么意思？他想干什么？不知是好心的暗示还是无意的碎语，那人轻声说："运动一来就穿上运动服了。"一句轻声的话语犹如一声闷雷使他猛然醒来，回头望着眼前那张似曾熟悉又似陌生的一张面孔，他只是付之以勉强的痛苦微笑。

这微笑是何等的难堪，又是何等的令人心碎，此时的困窘只有他自己知道。

这衣服是妻子早晨硬要他穿上的，她要看到褚先生原来的模样，妻子因为他过多地承受了多年的压力和打击已患精神病多年，而他与妻子始终厮守如初。

妻子在他心目中永远是一位具有东方女性优点的贤妻良母，她出身于半岛的一个大户人家，她才貌出众，在当地颇有些名望。说来也怪，当他们成年之后她居然看中了他这个穷小子。

在以后的许多年里，正是妻子为了他一次又一次担惊受怕，又一次次牺牲了可以牺牲的一切，为了孩子又付出了一位母亲应该付出的一切，这些他永远不会忘记。然而，他还未来得及为她做些什么她就病倒了。最让他难过的是妻子病重时虽然失去了正常人的理智，而对他却依然盲目地履行着一个妻子的职责。她的话他要听从，她才会满意不失控情绪；他也愿意为她做任何事情，为的是能换来妻子短时的精神平静，换来妻子病痛中无意的微笑。

就在这天早晨，妻子认定他还会去学校，一起床便无目的地乱翻衣物，当她一眼看到丈夫从前穿过的西装，便坚决让他穿上。

他知道这是妻子对他病后的抚慰，他顺从地穿上西服来到了校园。

今天怎么就这么巧，又是这样倒霉，做梦也没有想到此时西装变成了"运动服"，是穿还是脱？他无力选择。那人一句有意无意的话语深深刺痛了他的心。这时他只觉得心脏在剧烈地收缩，一股股殷红的血从心脏射出，穿过血管，涌上大脑。他又一次感到一阵眩晕，急忙移动到宣传栏后找了一棵大树，无力地倚靠在树干上。

“人生不是一支短短的蜡烛，而是一支由前人暂时拿着的火炬，一代人一定要把它燃得光明灿烂，然后交给下一代的人们”，褚先生曾这样对同学们说过。而他正是把自己当成拿着科学火炬的人，因此义无反顾地选择了教育作为终生的事业。

今天的大字报，这最后的一击终于把他彻底击倒了。

“我还能把手中的火炬拿起来吗？”病榻上的他再一次默默地问自己。

褚先生和妻子，一对患难与共的老夫妻双双倒下了。病榻上他们共同追忆往事，共同期待明天，一方柔情，一方心酸，一方痛楚，一方泪下。几天后，在这无限缠绵之中，他突发心肌梗死离开了人世。一个月后，妻子也随他而去，永远地走了。

褚先生永远地走了。

学生们毕业了，李安东和他同期入学的军人学员提前离校回了部队。回到部队他还是惦记着褚楚，也想过尚北平。一天晚上，他写了一首诗要作为礼物送给褚楚。

愁眉紧锁心潮涌，夜半人静倍思朋。
突见你自前方来，我即与你牵手行。
你作一幅桃花娇，我诵一首满江红。
我画一只穿山虎，你绘一条翻江龙。
你唱一首英雄赞，我伴一首赞英雄。
谈天说地论日月，言南道北云西东。
谈古说今论中外，言龙道虎云英雄。
但愿你我不是梦，志同道合踏浪行。

几天后，当他回到部队安顿好自己的事后，他要去找褚楚，他要去送别同学。当他返回学校时，辅导员老师告诉他：“同学们都走了，褚楚被分配到了地处黄河口的河海油田。”说到这，辅导员老师交给了他褚楚留下的一封信。

当他又急切地跑到化学系去找尚北平时，得到了同样的回答：尚北平也被分配到了河海油田，已经离校了。

这也许就是殊途同归吧。一个老教授的孙女，一个将军的女儿，“反走后门”的政治风潮把她俩一同刮到了“继续接受再教育”的天地里去。

褚楚走了，尚北平也走了，此时的李安东感到了一种从未有过的无奈。他独自徜徉在校园里，望着那熟悉的教学楼，那学生宿舍，还有那操场，忽然间他想到了这样一句话，不知道是什么人曾说过：“只有当失去的时候，才能懂得什么叫珍惜。”这时李安东才想到，他应该珍惜什么？是由最初朴实的情愫而让他对褚楚的欣赏，还是尚北平对他善良而又美好的追求？他想得到什么，又将会失去了什么？

二十六

校区外不远处的一幢德式小楼，对于褚楚来说那似曾熟悉的东侧二楼，曾是爷爷和奶奶住了大半辈子的地方，如今只能说是叔叔的家了。

褚楚就要走了，今天她再一次来到这里，她看到爷爷生前的书房还在，屋内的一切都原封不动地保存在那里，只是摆满了书的书架上已落上了一层灰尘。而写字台上常见的书、纸和笔已经没有了，只有爷爷和奶奶的遗像摆在案头，还有一个不大的潜水艇模型安放在遗像前，旁边还放着一副已打开了镜腿的高度近视眼镜。

褚楚独自在书房仔细地环视了一遍，静静地坐在了爷爷生前经常坐的椅子上。凝望着爷爷和奶奶慈祥的遗容，她想对他们说点什么，可话还没想好泪水已涌了出来。她默默地顺手拿起了遗像前爷爷的那副近视镜，无意间一双泪眼透过近视镜片，她发现镜片里的潜水艇变形了，再看爷爷和奶奶慈祥的脸也变得有些夸张。突然间这夸张了的脸开口说话了，爷爷和奶奶对她说："孩子，你长大了，你要走好自己的路！"

这声音似乎在耳畔越来越清晰，越来越响亮，直至轰然间响彻了整间屋子。一时间褚楚害怕了，她像似睡梦般呼喊了起来：爷爷——奶奶——

不知过了多长时间，一切又都归于平静。褚楚理了理思绪，随后拜别了爷爷和奶奶的遗像悄然无声地离开了。

第二天，褚楚没有跟谁打招呼就离开了母校，离开了这座城市。几天的时间，同学们也都好像突然间蒸发了一样全都离开学校各奔东西了。

李安东并不知道褚楚的这一切，他独自一人在校园里转了一圈后，悻悻地回到了部队，领导通知他仍然回到“向阳红582”船任调查部门部门长。对于领导的这一决定他很高兴，这是他熟悉的老船，黄海还在船上任枪帆长。李安东提着自己的物品来到船上，当船领导把他安顿下来后，他没有心思收拾东西，关上门，在住舱里独自一人掏出褚楚留给他的那封信看了起来。

李安东：

请原谅我的不辞而别。

你先回了部队，本想离校前能再见到你，但你刚回部队可能时间不允许，所以就不等你了。不过也好，若见面该说些什么呢？就是说了也不一定能说清楚，甚至有些话还难以说出口，想来想去还是给你写了这封信。

人生有缘，我们成为了同学，这能说明什么呢？

有人说世间最崇高的是战友情，因为战友情经历了血与火的洗礼。还有人说世间最深沉的情是同学情，因为同学情经历了成年后思考的积淀。

其实，很多人都是在各自不同经历了某次友情感受的突变中，猛然发现自己长大了，才会有一种新的感受，有一次新的思考。恰如战友或是同学遇到困难时使你感到了一种不可推卸的责任，尽管你没能挺身而出，可你却放慢了脚步忧思起来，开始懂得人生的重量。就在这一刻，你突然长大。

大学生活为什么会使许多人难以忘怀？正是那个年龄，那种环境，使你小心翼翼地开始用心去触碰一个情字。当然，在那时你尚不会知道，一个无言的起点，指向一个无言的结局，这便是情。

一个情字，何等了得。世间多少人为情而动，为情所得，为情所失呢？也许有人为国之情而发奋，为母之情而刻苦，为师恩之情而从道，为同学之情而志同。莘莘学子，多多情种，何为之，又为何之？

随着年龄的增大，经历的事情多了，自然忘记的也多，记住的也多。对于记住的，怀旧的人和事往往也归于缘。理由是道说缘，儒说缘，佛说缘，禅也说缘。所以有时便会由此而衍生出许多漫无边际的想法。

不是吗？在我们民族的历史里更少透露平凡人生命中的一点内心消息，祖先们留下的那自上而下的方块字的帝国牢牢地建在石头般坚硬的意识形态的基础上，因此而演绎出许许多多民族的、传统的动人故事。那年轻学子在落榜之夜的落魄独饮，那艺人在雪夜京城的墙角用僵硬的手指拨弹音乐，那彪悍武士在城破之时门楼上对天饮剑，还有那民家少女在灯影黄昏之时与心上人相约，这一切能否说都是一而统之的某种道德或哲学的产物呢？

这一切或许正是我们的祖先告诉给后人的，意在该做什么，又该怎样做。

……

两天后，就在李安东还没能从不平静的心境中走出来时，突然尚北平出现在他的面前。

这天是星期六，晚饭后李安东正拉着黄海要外出去逛逛街，顺便跟他聊一聊，排解一下心中的郁闷，忽然间船广播里传来：“李安东，到政委房间有人找。”李安东和黄海一起径直来到政委房间，一看他愣住了：“尚北平！”

见是尚北平，李安东心想：她怎么找到船上来了。

尚北平见李安东站在那里愣神，已猜想到他在想什么，她走了一步上前对他说：“我让家里打电话问了你们的领导，是他们告诉说你被分配到船上了。”见此情景，政委和黄海知趣地离开了房间，房间里只剩他和尚北平，李安东问道："你不是走了吗？"

尚北平回答："我先回了趟北京。"

"你怎么又回来了？"李安东接上问。

"我回家找爸爸妈妈，想让他们出面说话帮我重新办理分配。"

"怎么，你不去河海油田了？"

"我不想去。"

"家里帮你办了吗？"

"没有，爸爸狠狠地批评了我，让我回学校拿分配通知书去河海油田报到……"说到这尚北平似乎感到十分委屈。

听了尚北平的话，李安东认为，尚北平爸爸的做法虽然难以接受，但对于一位将军来说，他这样做是对的，事已如此，他觉得应该安慰安慰尚北平。想到这他问道："你还没吃饭吧？"

听了李安东的问话，尚北平冲他点了点头，随后李安东对尚北平说："你等一下。"说着转身走出了房间。

李安东回到住舱，从柜子里拿出了一瓶茅台酒放进背包，然后跑去找到黄海说："走，跟我一块去陪尚北平吃饭去。"

黄海一时有些不解地问："怎么，你的同学你自己陪就是了？"

李安东回答说："少废话，她还没吃饭，咱们一块陪她去吃个饭嘛。"

黄海说："这成了啥事，我不成了电灯泡了吗？"

"啥灯泡不灯泡的，要只是我和她还不知道政委会咋想，你去了给我当个证人。"李安东说着，拉上黄海回到政委房间，喊上尚北平一起下了船。

李安东为什么不单独陪尚北平，而要拉上黄海呢？此时他多了一个心眼，他怕政委胡思乱想，更担心此时尚北平心情不好，既然来找他会不会又要缠上他。如果有黄海在可以替他挡一挡，尚北平不至于过分地任性。

他们走出码头，来到街上找了一个小饭店坐了下来。黄海此时没等李安东说话，主动去点了几个菜，回来时拿了一瓶北京小二锅头。见此情形，李安东拿过自己的背包，拿出那瓶茅台酒说："黄海，咱不喝二锅头，喝茅台。这是我放假回家时拿回来的，本想等毕业时和你，还有常江一块喝的。今天常江不在，很高兴尚北平来了，今天就把它消灭了。"

说着，李安东打开茅台酒瓶，黄海接过来说："我来倒。"当黄海要给尚北平倒时，她一脸不悦地说："我不会喝酒，你俩喝吧。"之后，尚北平再也一言不发，默默地看着李安东和黄海喝酒。

这回尚北平专门来找李安东，本想要和他说一说心里话，可眼前的情景显然李安东是在应付她，她心里很是不高兴。吃了一会儿她说："我吃饱了。"说完她一直在看着李安东的反应，可李安东却装做没听见。尚北平见他俩喝个没完，越看心里越不高兴。想着、看着；看着、想着，她实在忍不下去了，起身拿过一瓶还没有退掉的二锅头打开来对李安东突然大声说道："李安东，我来敬你一杯！"说着她就要对着瓶子喝，李安东一下子急了，一边抢瓶子一边说："你不能喝！"

就在他和尚北平抢夺瓶子时，一下子失手瓶子掉在了地上。他们都愣住了，只一会儿尚北平眼里含着泪水转身跑了。望着尚北平离去，李安东拿起酒杯，把杯中的半杯酒端起来一饮而尽。这时黄海面对眼前的一切不知所措，李安东火了，冲着黄海喊道："你缺啊，快去帮我追她！"

听了这话，黄海没加思索地急忙撵了出去。

李安东喝高了，他不知道自己是如何走回船的。第二天，当酒醒了之后，他后悔昨天不应该那样对待尚北平，应该和她好好地谈一谈，把他最后的决定告诉她。可又一想，如果告诉她会怎么样呢？她能接受我所做的一切吗？之后，尚北平再也没来找他，他也没去找尚北平，更不知道尚北平是否去了河海油田。

几天后，李安东收到了一封来自河海油田测井公司的信，一看是褚楚写给他的。

李安东：

你好。

回部队几天还好吗？我留给你的信看到了吗？

我已到油田报道，被分配到了海洋测井公司技术科工作，一切都好。

我们到公司报到后，领导安排我参加黄河口北部浅海油田的测井工作，前两天我已经来到了前线测井工地现场。

来到现场，老同志向我介绍，这里是共和国新生的土地，由于黄河从未停止过其造陆运动，使这块新生的土地只是在近年才逐渐被人们所认识，并日益显示出其强大的资源开发潜力。

在我到现场的当天晚上，虽然季节是刚刚立秋，可由于突然变天，气温陡然降至3℃，并伴有呼呼的西北风，而我却是穿着衬衣来到这里的。公司的同志对我说："委屈你了，我们只能常年住在这里。"其实我并未感到委屈，而是在这特殊的环境中，心底升起一种荣幸感，城市的条件自然舒适，但却无法有这种与黄河母亲咫尺之近的贴切。站在夜晚黄河口的土地上，耳畔只有静谧之中的一丝丝风声，眼中只有碧空中闪烁的繁星，夜幕中不时传来的鸟语和蛙鸣，使我真切地体会到了纯真的大自然。

那天夜里我忘记了寒冷，忘记了疲劳，更忘记了心头烦人的琐事，坠入一种酣畅的情怀之中。哇！我有机会睡在了黄河母亲的身旁！

这是一个不眠之夜，我躺在黄河母亲身旁的硬板床上，心绪安静了许多。这片土地南面紧紧地依着黄河，东面紧紧地偎着渤海，北面接着黄河三角洲平原，它空阔、平坦，盐渍泛泛的大片土地上，一块块水洼和一片片顽强生长的芦苇，间断地分布在这大片的土地之上。偶尔有一群群飞鸟从水洼边或芦苇丛中跃上空中，并不时地在旷野上鸣叫。此时此刻，在尚存一缕太阳的光辉照耀下，让人顿生一种远古洪荒的神秘感和庄严感。

在这里就是人太少了。就是我们油田这些少许的人群，大多是从事海上石油开发的生产作业人员。他们接纳了我，晚饭是在作业现场附近的一家小饭店里吃的。这里没有讲究的菜肴，但一盆盆的羊肉汤和鱼汤，使我有一种往日不曾有的感觉，羊肉汤的纯，鱼汤的鲜，这种纯和鲜中都浸有一种腥腥的盐渍味，碱土味。

有人说这里荒凉、僻远。而我说这里富饶而美丽。不是吗？新生的土地经过一段时间自然的沉睡和变化，盐碱地已开始长出芦苇、野草和树木。部分土地已开始耕种庄稼，栽植果树。这里的农作物和水果绝对是原始的野生食品，没有任何人为的干预，没有任何污染物质的侵入。就连春季放蜂人赶来这里放蜂，蜜蜂在野花间采的蜜都是特纯特纯的。因此，不能说这里荒凉。

有人说这里原始、落后，而我说这里是一块热土。不是吗？原来的黄河口只有下海打鱼的人才偶尔光临岸边。而今，这里的地下发现蕴藏着丰富的石油资源，这可是国民经济发展的基础物质。正是这些资源，已经吸引开拓者来到这里。拓荒者的意义是什么？拓荒者代表着希望，代表着明天。有资料证明，广大的黄河三角洲地区是下个世纪的希望所在，是有识之士拼搏奋斗的大舞台，因此也不能说这里落后。

有人说这里贫穷、愚昧。而我说在这里黄河母亲的胸怀正在撑起一代人去奋斗，让这里走出“贫穷”与“落后”，融入共和国美好的未来。我们的母亲是伟大的、勤劳的，更是宽容的。她从远古荒凉与贫穷中走来，以她那不屈的性格和精神，孕育了一个伟大的民族。此时此地，这里正是伟大的母亲人格的浓缩。此时此地，即便这里与现代大城市有着巨大的反差，可站在伟大母亲的面前，我们不应该有任何指责。

这一晚，睡在黄河母亲的身旁，我感受到一种特别的情感：安全、坦然和自豪。

黄河在这里定格，母亲的人格在这里浓缩。这让我意识到这里正是黄河文化与海洋文化结合、交融和集中的体现。龙是我们民族的象征，在我们民族的心中，龙是神，也是民族的图腾，应该说龙是黄河文化和海洋文化的聚合物。生命起源于海洋，在远古时期，龙同样起源于海，而后龙又以它主宰风雨的神力，呵护着陆上人群的“风调雨顺”。中国汉字“海”，一些社会学家十分形象地证明，海字是由“水”、“人”、“母”三部分组成。这说明，我们的民族从有文字时起，海作为“中华民族之母”的意识，早已扎根于民族文化的土壤之中。

朦胧中，我仿佛已冲上九霄，俯瞰下界，看到黄河犹如一条巨龙腾飞在神州大地，昂首于渤海之滨，透视之遥遥大洋与苍穹。

黎明的前夕，我睡着了。我是偎在母亲的怀抱，凭借母亲的体温，暖暖的，甜甜地睡着了。

二十七

20世纪七八十年代，信件是异地人们之间最主要的联系方式和手段。

国庆节前的一天，基地通讯员送来了报纸和信件。李安东正当值更官的班，他查看信件时收到了常江又一次写给他的来信，就在他还想看一看有没有家里的来信时，一封信上他熟悉的笔迹闯进了眼帘——这不是尚北平的字迹吗？但信不是写给他的，信封上收信人的名字分明是黄海。

李安东拿上两封信回到住舱打开了常江的来信，常江在信中告诉他学习很紧张，上学已两个月了，还没出去转一转。还说指挥学校离大连老虎滩很近，老虎滩也是一处美丽的海滨风景区，就像青岛的鲁迅公园一样。同时常江告诉他，国庆节放假时他去鹿岛看望了韩雪，韩雪挺好的，只是鹿岛太偏远了。他没有想到海洋站的工作环境和工作条件是那么的艰苦，几间陈旧的房子算是办公室和宿舍，测点则在远离办公处的海岸上，那里是一个小山包，只有几个人的小海洋站就是在那里循规蹈矩日复一日，月复一月，年复一年地观天、测海，让他很是感动。

最后常江在信中告诉李安东，他与韩雪恋爱了。

看完常江的来信李安东欣然地笑了，他在心里默默地为常江和韩雪祝福。当他拿起另一封信时，脸上立刻浮现出了惆怅的阴云。他拿着的这封似曾熟悉而又不熟悉的信想了好长一会儿，才决定去找黄海。

李安东找到了黄海，他把黄海拉到了没有人的驾驶室，他先把常江和韩雪恋爱的事告诉了黄海，黄海听后好像早有预见似的笑着说：“我早就想到了他俩会好的，这是老天安排的。你忘了搞海冰调查时在船上，那会儿他俩那样。这回常江能去大连上学离鹿岛近了，更方便去找韩雪了。”黄海见李安东一时还没有转过弯来的样子又说：“这回是你缺心眼了吧，连这你都看不出来？”

黄海的话让李安东沉思了好一会儿，接下来他一脸严肃地问黄海：“上一回尚北平来船上找我，因为我的冷淡让她生气地走了，我让你去帮我追她，你追到了吗？”

黄海回答：“追到了。”

“那你怎么去了那么长时间还没回来，你跟她说什么了？”李安东问。

见李安东一本正经的神情，这时黄海也不想再掩饰什么了，他同样一脸严肃地对李安东说：“安东，我一直想跟你说这事，但一直不好意思开口。今天既然你问起来了，那我就问你一句，可你一定要跟我说实话，你到底喜欢不喜欢尚北平？”

听了黄海的问话，李安东一时间愣住了。他没有想到黄海会直截了当地这样问，一时竟不知道该如何去回答，更不知道黄海为什么要问这个问题。转而一想，李安东突然间好像醒悟了什么，他马上反问黄海：“你啥意思，说得再明白一点。”

这时黄海没有犹豫，他对李安东直说：“我不想瞒你，我喜欢尚北平！你说你接受不了她的高傲，可我却觉得正是她的高傲征服了我，从第一次在你们学校见到她时，她就吸引了我。”

黄海第一次如此直率让李安东感到很是吃惊，这让他不由地想到了西方小说里写的决斗，但他还是忍住了，他认为自己没有这个权利。李安东这时一切都明白了，知道黄海和尚北平已经恋爱了，他什么也不想再说，只是从衣袋里掏出尚北平写给黄海的信递给了黄海：“这是尚北平给你的。”然后转身走出了驾驶室。

李安东没有想到，一切来的都是那么的意外，来的又是那么的突然，那么的快……

一年过去了。国庆节后的一天，黄海找到李安东对他说："安东，最近北平的精神状态一直不是很好，我想等到过春节放假时去河海油田看她。如果你愿意，咱俩一块去河海油田，你也该去看一看褚楚了。"

黄海的好意李安东不知道该不该接受，沉思了一会儿，他对黄海温和地说："你是应该去看一看尚北平了，多关心关心她，虽说她被留在了油田机关里工作，可那终归比不了北京。一年多了，实在是难为她了。"

听了李安东的话，黄海多少还是有一些难为情，他不知道该如何回答李安东，这时李安东又说："黄海，你要多照顾照顾尚北平，她不比褚楚抗折腾。"

听了李安东的这番话黄海才说："安东，北平来信一直说要调回北京或是调来青岛，她征求我的意见，想让我帮她拿主意。"

"那你是怎么想的？"李安东问道。

"我——我想如果北平同意，再等一年的时间我们就结婚，然后办理随军来青岛不是更好吗？这样她父母也不会反对。"黄海迟疑了一下回答说。

十月下旬，一场西伯利亚寒潮的提前到来预示着冬天就要来了。这场寒潮来势凶猛，强烈的西北风陆上风力达到八级，海上风力达九到十级。寒潮引起的风暴潮袭击了渤海湾，袭击了黄河口海域。李安东心里十分清楚，寒潮会直接冲击到褚楚工作的现场——河海二号人工岛，为此他有些为褚楚担心。

谁知意外真的发生了。第二天基地通讯员送来了一份加急电报，值班的黄海接过电报便急急火火地找到了李安东。电报是河海油田测井公司发来的，电报的内容是：褚楚负伤，请速来我公司。

看过电报，李安东赶忙去找船长，来到船长室正好窦政委也在，他递上了电报，方船长和窦政委看后，窦政委先说话了："李安东，你先说说你的想法。"

李安东急了，他没好气地冲政委喊了起来："你说啥想法，这还用说吗？你看你那周武郑王的样，你就装吧。火上房了要先救火，你是不是还要先研究一下是让我用海水救火还是用淡水救火呀？”

李安东一连串的话把窦政委噎得不轻，窦政委见他如此态度还想再说什么，谁知李安东早就不耐烦了，他接着又冲窦政委喊了起来：“行了，你少废话吧——”

方船长见此情形知道李安东真的急了，他担心李安东再说出什么气头上的话，马上制止说：“你嚷什么，有话好好说。告诉我你想怎么办？”

李安东马上接上说：“我要去看她！”

“有种，我批准了！”方船长厉声地说。

方船长的话刚一出口，李安东二话没说扭头就跑出去了。透过舷窗方船长看到李安东连舱内都没回就直接下了船，下船后一直朝码头外跑去。

火车站人很多，李安东买了张站票挤上了一趟火车赶往河海油田。

河海油田地处黄河口，由于不通火车，李安东在中途下车换乘长途汽车赶路。青岛距黄河口只有300多公里，李安东却走了近两天的时间。第二天下午他来到测井公司，公司领导立即带他去了医院。

李安东来到病房的门外，透过门窗看到褚楚的左腿上缠满了绷带，脸色苍白虚弱地躺在病床上。他轻轻推开门走进病房，来到褚楚的病床前。见是李安东，褚楚试图挪动身子，但被李安东制止了。这时只听褚楚对他轻声地说：“是我告诉领导，让你来的。”听到褚楚这样说，李安东满意地冲她点了点头。褚楚接着又说：“你不会怪我吧？”李安东又冲她摇了摇头。褚楚还要说什么，这时病房里所有的人都看到了，一个身穿海军呢军装的年轻军官一脸严肃，抬手摘下了大檐帽顺势放在了病床上，然后又伸出双手拨开褚楚挡在脸上的辫子，随后竟然俯下身子深深地亲吻了她，病房里的人猜想到，这个年轻的海军军官一定是她的丈夫。

李安东的举动对褚楚来说竟是那么的突然，但她觉得又应该是在预料之中，只是没想到他如此身份会在这种场合第一次亲吻她，他真是个

“二杆子”。就在李安东亲吻她的那一瞬间，褚楚顿时脑子里一片空白，以前的一切在这一刻都化为了乌有，她只感到一个自我禁锢的男人瞬间迸发的冲动让她无法抗拒。不知道是等待还是渴望，她心甘情愿地接受了他给予她的这一冲动，甚至是疯狂。她坦然地闭上了眼睛，她只感到他的嘴把她的嘴堵了个严严实实，随之他的舌头又占领了她口腔的空间，这时她已完全失去了自抑力，只觉得浑身瘫软，一种从未有过的轻松感和安全感充溢在心里。有生以来一个青春豆寇少女的自尊瞬间被这猝不及防的意外野性之举彻底击碎了，褚楚无任何抗拒地接受了李安东这野性之举，她一时间感到口腔里犹如翻江倒海，而全身的血液涌动犹如万马奔腾。这一切来得那么突然，那么迅雷不及掩耳，褚楚全身热血继续在纵情奔涌，燥热难耐。不知不觉中她的眼泪夺眶而出，从眼角不停地流淌下来。

这一切过去后，褚楚对李安东严肃地说：“你刚才的行为是错误的冲动！”

李安东回答：“有人说冲动是魔鬼，可今天对于我只有错误的冲动，才会有正确的选择。”

褚楚接上说：“你以后会为自认为的正确而付出代价的，到那时不后悔吗？”

听到褚楚这样说，李安东接着平静地回答：“我不知道什么叫后悔，只知道每天太阳都要从东方升起，迎着初升的太阳而走，背着落日的余晖而息是我要做的。”

李安东来了，公司领导找去了他。刚刚经过的一切对褚楚来说竟是那么的突然，她知道自从爸爸被抓的那天晚上第一眼见到李安东就记住了他，可那仅仅是一阵风，就是用脚后跟去想也绝想不到他们后来会成为同学，难道这真是缘分吗？她不得而知。想来现在她知道自己已经从心底喜欢上了他，因为爷爷告诉过爸爸，爸爸又告诉过她，从事海上事业的男人要有一种粗犷，要有一种豪放，要有一种野性，要有一种忘我，这些在李安东身上都看到了。可刚刚经历过的一切激情对于她来说却很快又消失了，而且竟消失得无影无踪。这是为什么？经过一番深思过后，少女敏感的神经告诉她，自己生理的冷淡和心理的障碍是难以逾越的，自己喜欢他，但日后却难以给予和满足他。想到这，褚楚陷入了一阵不能自拔的痛苦之中，她在等待命运对自己的捉弄，她想如果日后事态的发展如她所料，那么自己将难以同李安东延续那激情的故事，但她一定会尽一切努力去满足和弥补他的生理需要和精神需求，或是从容地面对日后可能还会发生的一切，她要对得住他。

公司领导找来李安东告诉他：褚楚的伤势很重，她是在风暴潮袭击浅海测井井位时为抢救测井专用中子弹时受的伤，不仅左腿骨折，而且身体还受到了超强的原子辐射。

黄河口北岸是大片的新生湿地。金秋十月，湿地里大片大片的芦苇随着气温的骤降，苇荡的一派绿色逐渐变成了金黄色，在阳光的照射下泛着飘忽的斑斓色彩，苇叶的泛黄在告诉人们，冬天就要到了。

寒潮来了，空旷的湿地，空旷的苇荡，强烈的西北风吹到这里陡然间平凭了几分野性。此时这风犹如成千上万头怪兽，一齐嘶鸣，一齐咆哮，令天地为之颤抖。置身于这空旷中会听到这边呼啸，那边狂嗥；还会看到蛮横无理的西北风凶狠地掠过苇荡，先是照准耸立的石油井架、采油机和寥寥无几的树木左右开弓一顿耳光，然后再揪住苇荡的胸口又推又揉，大有不扫平这一切誓不罢休之势。野性十足的风头肆虐过后，又一头冲上滩涂，撞进了浅海。

河海二号人工岛坐落在浅海之上，强风一到，风暴潮乘势而起，凶猛地扑上了浅海人工岛上的测井工地。天空风雨交加，海面巨浪翻滚，现场的作业人员全都紧张了起来。测井工作正进入到关键阶段，其他人员已撤回到安全工作车内，刚刚从作业车上卸下来的用于投进钻孔进行地下爆炸穿透地层的中子弹铅皮箱已经打开，就在穿着防护衣的作业人员准备取出中子弹时，一排巨浪奔腾咆哮地跃过浅海扑上了人工岛。

无情的海浪摧毁了作业现场，正在作业的人员全都被海浪吞没了，一箱中子弹也随即被淹没在了海水中。这是极危险物品，一旦被海浪打散四处遗落海中必将后患无穷。安全工作车内的褚楚看到了眼前发生的一切，这时她不顾个人安危推开工作车门冲了出去，当她冒着风雨顶着海浪艰难地挣扎到中子弹箱时，忘记了自己没有穿戴防护衣具毅然扑到了敞开的中子弹箱上。

浪头一个接一个扑来打在她的身上，而她却置个人的一切于不顾把中子弹箱死死地压在了身下，又抱在了怀里。突然又一个大浪打来，浪头把她连人带箱顷刻间卷起，继而又重重地抛向了井架，一个浪头，又一个浪头……

风暴潮无情地折腾了一番过后，潇洒地冲向远海逍遥而逝。

褚楚被送进了医院，经检查她的身体多处受伤，左腿严重骨折，而且身体已经受到了超强的原子辐射。

在医生办公室里，主治医生忧虑地问李安东："你们有孩子了吗？"

听了医生的问话，李安东不禁一愣，转而又有些难为情，但语气却十分平静地回答医生说："我们还没有结婚。"

他的回答让医生愣住了。医生没有马上说话，他抬起头静静地打量着眼前这位年轻的海军军官，一时不知道该如何告诉他褚楚目前的伤情。

医生十分客气地说："您请坐，你妻子——不，是这位女同志……"

医生一边说着一边翻回病历的第一页，用笔在第一页上端把写着"军婚"的两个字划去了。然后继续说："因为她没有任何亲属在身边，所以我们已经把她的伤情如实地告诉给她本人了。"医生说到这，李安东急切地问：“她的伤情很重吗？”

医生对他说：“你别急，听我慢慢告诉你。这位女同志很坚强，当她知道了自己的伤情后表面来看情绪还比较稳定，但可以看得出她的精神压力还是很大。你作为她的朋友既然来了，就要尽量多安慰安慰她，至于如何去做那是你个人的事情。”

最后医生对他说：“解放军同志，我们也不想对你隐瞒什么，我们同样有责任如实地告诉你这位女同志的伤情。”说到这医生停住了，他在观察李安东的表情变化。见他依然冷静地注视着自己，医生接着说道：“不知道是否可以这样说，这位女同志是你的未婚妻，但我们必须要如实地告诉你，她不仅仅有多处外伤和左腿骨折，更重要的是由于她的身体受到超强中子辐射，致使她的中枢神经严重受损，已经引起内分泌过度紊乱，雌性激素大幅度降低，这将导致日后她有可能会失去生育能力，至少是在相当长的时间里是这样……”

医生最后的话像似春天的惊雷滚滚而来又滚滚而去，虽然这雷没有炸响，但无疑是一种警示。正是如此，李安东听了医生的话就像春雷掠过大地惊醒了万物的生灵，他的脑子里一阵空白过后猛醒了过来，他已领会了医生的话，也已意识到自己将要面对什么，经过短暂的思考过后他做出了自己的决定。

李安东在医院照顾了褚楚三天，假期到了他必须回部队，临走前他和褚楚正式谈了一次话。他说：“褚楚，我已经决定了。”

听到李安东说这话，褚楚的心不知是因为不安还是兴奋一下子悬了起来，她一时拿不准自己的判断是不是准确，李安东会做出一种什么样的决定？从脸上的表情可以看出，褚楚在极力地掩饰自己的不安或是兴奋的复杂心理，表面上虽然装做很平静，但仔细观察不难发现，她眼神里已充溢出一种少有的深情，她一直在凝视着李安东，她在等待着他的决定。

这一切李安东全都看在眼里，他已猜到了褚楚的心思。此时他没有急于说出自己的决定，而是若有所思地对她说：“褚楚，你一定知道我是一个什么样的人。我自认为自己是一个理想化的人，一切都想追求完美。但我总是这样想，理想化的愉悦和幸福不一定是人生的全部，而痛楚和悲情往往会伴着愉悦和幸福同行，正是人生中不可回避的痛楚和悲情的崇高意义，才提升了愉悦和幸福的价值，你说是这样吗？”

李安东的这番话让褚楚证实了自己的判断，她知道接下来他将要说什么了，她这时打断了李安东的话说：“李安东——”，她仍然这样称呼他。她接着依然十分冷静地说：“你一定知道了我的伤情，我也知道你不是同情我，更不是怜悯我。但我必须提醒你，一个女人不能生育意味着什么，这样对你不公平，还有你的爸爸和妈妈……”

“褚楚，我知道你一定知道我会怎样做的。”李安东说着一双眼睛紧紧地盯着褚楚，接着他坚定地说：“如果你同意的话，等你出院我们就结婚，我可以向部队申请转业来油田陪你。”他刚一说完，褚楚马上回答说：“我不能同意！李安东，你知道你在说什么，又在做什么吗？你这样做究竟是为了填补内心的愧疚还是要我欠你一辈子？难道你就为了我喊的那一句解放军叔叔吗？”说话中褚楚挣扎着坐了起来，李安东急忙伸手去扶住她。这时褚楚回想起了爸爸被抓走去挨批斗的那个晚上，想起了那天晚上的李安东，接着她又对李安东说：“我知道，自从那天晚上第一次见到你，不知道为什么我会记住你，很长时间里又会时常想到你。那时我想我们只是路人，你只是一个影子在我眼前一晃而过，可万万没想到命运会如此地捉弄我。”

褚楚还要说下去，李安东坐到了她的对面打断了她的话说：“你说的好，我是一个影子，而你在我心里同样是一个赶不走的影子。今天，这个影子活生生地来到面前，我如果没有本事留住这个忘不掉的影子，我就不是一个男人。如果你拒绝了，我会恨你一辈子……”李安东说到这，褚楚突然抬手给了他一个耳光。

褚楚这突然间的举动让李安东一时间有点懵了，只过了一会儿，他不但没有生气反而笑了起来。他望着褚楚脸上极其复杂的表情开心地对她说:“我终于等来了这一天，我要的就是愤怒的你，而不是逆来顺受懦弱的你。你的这一巴掌告诉我，你同意了。”

多年之后，当李安东和褚楚回忆起那一次的对话时，李安东说:“在那个年代，在那种情况下，我与褚楚的对话完全超越了两个恋人的对话。”他把那比作是碱蓬草与盐碱地的对话。

褚楚的一巴掌过后，他俩对视了好一会儿，褚楚说话了。她说:“既然你坚持要这样做，那我有一个条件，你要给我两年时间，等我入党！”

李安东没有迟疑，他爽快地回答:“我同意，一言为定。”

二十八

1976年是一个多事之秋。

这一年的年初，共和国悲痛地送走了人民的好总理——周恩来。

4月21日，新华社播发了这样一条消息：最近，在我国东北地区降落了一次世界历史上罕见的陨石雨。今年3月8日下午，宇宙空间一颗陨石顺地球绕太阳公转的方向，以每秒十几公里的速度坠入地球大气层中。由于这颗陨石与稠密的大气发生剧烈的摩擦，飞至吉林地区上空时燃烧、发光，成为一个大火球，于8日15时01分59秒在吉林市郊区金珠公社上空发生爆炸。……三块大陨石，每块重量超过了100千克，最大一块重量为1770千克，大大超过了美国收藏的目前世界上最大陨石的重量1078千克。这次陨石雨，无论是数量、重量和散落的范围，都是世界上罕见的。

暮年的毛泽东听到了这一消息时，突然从木板床上坐了起来，让人扶他来到窗口。他抬头久久地望着夕阳渐落，霞光如火的天际，双眉微蹙，呈现一脸迷惘不解的神情。之后对身边的工作人员说："中国有一派学说叫'天人感应'，吉有吉兆，凶有凶兆。天摇地动，天上掉下大石头，就是要死人哩。"

"风云帐下奇儿在，鼓角灯前老泪多。"令人万万没有想到的是，一个多月后毛泽东得知朱德元帅撇开他"去见马克思"了。

周恩来总理和朱德元帅的先后辞世，无疑沉重而残酷地打击了黄昏岁月里的毛泽东。这时他让工作人员找来南北朝时著名文学家庾信的

《枯树赋》读给他听：

> 此树婆娑，生意尽矣！至如白鹿贞松，青牛文梓，根柢盘魄，山崖表里。桂何事而销亡？桐何为而半死？——昔年种柳，依依汉南；今看摇落，凄怆江潭。树犹如此，人何以堪！

这是一种在自然规律面前无可奈何的失落，死神正在向毛泽东咄咄逼近。然而，富于挑战的毛泽东并不怕死，他把死看得超然超脱。

毛泽东曾这样对身边的一名护士说："我在世时吃鱼太多，我死后就把我火化，骨灰撒到长江里喂鱼。你就对鱼说：'鱼儿呀，毛泽东给你们赔不是来了，他生前吃了你们，现在你们吃他吧，吃肥了你们好去为人民服务，这叫物质不灭定律。'"

恋水，是毛泽东人生的另一个特点。

1925年，毛泽东在《沁园春·长沙》一诗中写道：曾记否，到中流击水，浪遏飞舟。

1956年，毛泽东在《水调歌头·游泳》一诗中写道：不管风吹浪打，胜似闲庭信步。

1954年的夏天，毛泽东来到了秦皇岛，这里距河北唐山仅百公里之遥。在秦皇岛北戴河毛泽东写下了他那著名的诗篇《浪淘沙·北戴河》。

> 大雨落幽燕，白浪滔天，秦皇岛外打鱼船，一片汪洋都不见，知向谁边？往事越千年，魏武挥鞭，东临碣石有遗篇。萧瑟秋风今又是，换了人间。

"长太息以掩涕兮，哀民生之多艰。"毛泽东以他那伟大领袖的襟怀，心系民生时有长声叹息泪如雨下，哀伤旧中国劳动人民生活的艰难。正是关切人民的情怀，此时此地由此引发了对过去历史的回忆，然而毛泽东那时绝不会想到22年后，一场劫难悄然无情地降落在了他的人民头上。

1976年7月28日深夜，整个华北地动山摇，唐山大地震发生了。

唐山地震发生后，正在海上执行海上调查任务的"向阳红582"接到上级指挥机关的电报：调查任务停止，速返航威海港，调查队员下船，你船接受新的紧急任务！

此时船上的人已从中央人民广播电台中收听到了关于唐山发生大地震的消息，方船长分析：停止上一个调查任务返航威海，这一定与地震有关。我船正在执行我国渤海首次海洋污染调查，船正位于渤海中部，距离唐山的海上距离最近，一定是上级调我船前去支援地震灾区。

一个从战火中走来的老兵，强烈的赴难感应验了他的分析和判断。第二天清晨，船刚刚驶进威海军港，远远就可以看到十几辆装满帐篷的卡车已等在了码头上。船一靠上码头，有人立即上船向方船长下达上级首长的指示：你船立即加满油和水，两个小时内完成备航。然后装载帐篷运抵秦皇岛港，火速送往地震灾区。

接到上级指示，方船长拉响了全船人员前甲板集合的铃声。站在队列前方，船长高声对大家说："同志们，唐山、丰南发生了大地震，上级指示我船运送帐篷支援灾区。祖国和人民需要我们的时候到了，我们要坚决完成任务，大家有没有信心？"方船长的话音刚落，全船人员异口同声地回答："有，坚决完成任务！"

听到大家响亮的回答，方船长满意地点了点头接着说："我们船有唐山、丰南一带的兵，我知道你们心里很着急，都在担心亲人们的安危。但你们要相信党中央，相信毛主席，相信地方政府和部队一定会全力救援。越是在这关键时刻越是党和人民考验我们的时候，我要求你们一定要经得起考验，任何人都不能做孬种！"

最后方船长喊道："第一班人员各就各位备航准备离开码头，其他人员帮助搬运帐篷，解散！"

大家分头行动去了，李安东和黄海带领同志们跑上码头帮助搬运帐篷。又是两个小时过去了，"向阳红582"三声汽笛过后离开了码头，离开威海军港向秦皇岛驶去。

秦皇岛是我国唯一一个用帝王的名字命名的城市，她扼守天下第一关，把守老龙头，而此时的秦皇岛已是地震灾区的前沿。船抵达秦皇岛已是地震后的第四天了，一靠上码头，全船人员全力以赴装卸帐篷运往灾区。

望着渐渐远去的运送帐篷的卡车，方船长心中充满了不安和悲痛，他知道如此大的地震不知道会有多少同胞遇难。他决定主动请示上级，要求参加抗震救灾。他喊来机要员命令道："立即发报，报告我船船位，请示参加抗震救灾！"

上级回电答复：原地待命，等候指示。

午饭时间到了，机要员送来了上级指挥机关的电报，电报的内容是：你船速派人前去唐山某县接三名渤海污染调查专家返航青岛。看完电文，方船长顾不上吃饭找到政委商量，考虑到作为实验部门长的李安东与专家熟悉，决定让他前去，同去的还有一名给他当向导的该地新兵。方船长叮嘱他说："非常时期，陆上步行进入灾区十分危险，一定一定要注意安全。"同时还对他说："这名新兵的家离你们去接人的地方很近，你可以顺便陪他到家里去看一下。但无论遇到什么情况都不能耽误时间，给你24个小时，明天晚饭前必须归队，一定要保证专家安全。"

李安东和那名新兵带上几包饼干，背上水壶出发了。

他们要去的目的地距秦皇岛六七十公里，距唐山尚有50余公里。李安东和那名新兵离船开始了急行军，他俩要在天黑前赶到新兵的家，然后再去接专家。李安东和那名新兵一进入灾区，顿感天色灰蒙，天相极丑。大地不时还在断断续续地颤抖，眼之所及城镇与乡村已被夷为平地，到处可见一堆堆一片片瓦砾的废墟。废墟上狼烟四起，阴森森地升空，并向四周飘散，伴着人的哭喊声，一片凄惨迎面而来。所经过的村庄房屋倒塌了，到处散布着用木杆、雨布或是玉米秆临时搭起来的防震棚。在一些村庄废墟的不远处散布着一座座新立的坟头，坟头的上空飘荡着缕缕纸烟，哭声喊声随风传来，无不令人心寒。

新兵的家到了，村子已变成了废墟。新兵找到了坐在废墟上的父亲，父亲告诉他母亲已经遇难。父亲带上他来到了一片田地，李安东跟在后面看到经过的田地路边同样新添了很多的坟头，来到一座新坟前新兵的父亲没有说话，显然新兵已经明白这就是母亲的坟。只见他一头跪了下去，失声痛哭起来。

李安东悲痛难忍，他眼含泪水仰望苍天默默地问苍穹："老天，你睁开眼睛看一看吧，我们的民族正在承受着什么样的磨难啊！"随后他也跪下了，流着眼泪恭恭敬敬地面对着眼前的这座母亲坟磕了三个头。随后他站起了身，抬手看了看表，然后拉起那个新兵说："我们该走了。"

两人擦去了眼泪，整了整军装，一个海军军官，一个年轻的水兵，又向这座坟里安葬的不幸遇难的母亲行了个军礼，随后毅然头也不回地远去了。

第二天早上，天刚蒙蒙亮，李安东和那个新兵护送三位环保专家提前返回了船上，方船长立即下达指令："紧急备航！"

"向阳红582"又是三声汽笛过后，驶离了秦皇岛返航了。

一个月过去了，"向阳红582"驶进了黄海南部海域执行新的海上科研实验任务。

1976年9月9日上午，机要员送来了一份特急电报。方船长接过电报一看，他又一次感到很是吃惊，为什么又是如此紧急？为什么又要中止海上任务？电文这样写着：立即中止任务，火速返航崂山湾待命！

接到命令后，方船长不敢耽误一分钟，"向阳红582"紧急返航，船刚一抵达崂山湾，远远望去几十艘舰船已分别在海上锚泊。此时大家更是疑惑，发生了什么重大的事情？这架势不是战备疏散吗？如此大规模的战备疏散一时令全船干部战士高度紧张起来，觉得事情非同小可。

方船长指示航海长选择锚位，当副船长黄海来到驾驶室报告了锚位后，方船长下达了抛锚的指令："停车！"

一会儿方船长又指令："两车退一！"

"两车停！"

"抛锚！"

这一连串的指令过后，"向阳红582"前甲板响起了哗啦哗啦的锚链撞击声，还未等铁锚抛稳，甲板上的广播突然响了起来。广播中传来的不是方船长解出抛锚部署的指令，而是中央人民广播电台的声音：中央人民广播电台——没等播音员的话说完，方船长插进来只讲了一句话："全船注意，现在收听重要广播！"这是以前少有的个例，显然方船长一定是意识到发生了什么重大的事情。就在大家猜疑时，广播中传来中央人民广播电台播音员沉痛的声音：

中国共产党中央委员会、中华人民共和国全国人民代表大会常务委员会、中华人民共和国国务院、中国共产党中央军事委员会告全党全军全国各族人民书：

中国共产党中央委员会、中华人民共和国全国人民代表大会常务委员会、中华人民共和国国务院、中国共产党中央军事委员会极其悲痛地向全党全军全国各族人民宣告：我党我军我国各族人民敬爱的伟大领袖、国际无产阶级和被压迫民族被压迫人民的伟大导师、中国共产党中央委员会主席、中国共产党中央军事委员会主席、中国人民政治协商会议全国委员会名誉主席毛泽东同志，在患病后经过多方精心治疗，终因病情恶化，医治无效，于1976年9月9日零时10分在北京逝世。

这消息犹如晴天霹雳，让全船干部战士如同失足坠海一下子跌入万丈深渊。天塌了！天塌了！不知谁悲切地喊道，瞬间全船哭声一片。

巨星陨落，举世悲恸。

9月9日，这是一年之中数字最大的日子，也是中国传统文化中寓意“登峰造极”的阴阳之数。这是偶然的巧合吗？天塌了吗？

船在崂山湾锚泊，整个崂山湾海域遍布着锚泊的几十艘舰艇，当第一遍“告全党全军全国各族人民书”播完时，李安东来到指挥台接值更官的班。上一班是黄海，他对黄海说：“你再值一会儿，我先去一下。”没等黄海说什么，李安东已下了指挥台。

只一会儿，黄海听到全船所有甲板上广播喇叭的声音陡然倍增，声音大得几乎可以说是震耳欲聋。这时李安东又回到了指挥台，他的手里还拿着一大摞旧报纸，黄海问他：“广播声音怎么这么大？”只听李安东没好气地回答：“我开的！”

“开这么大干什么？”

“你缺——”李安东突然冲他吼道。

黄海这时才想到李安东是在借此发泄心里的悲痛。正当黄海转身离开指挥台，他回头一看，发现李安东站在指挥台高高的廊桥上，把报纸一张张几近疯狂地撕得粉碎，然后一把把撒向海空。这碎纸片随着海风四处纷飞，又犹如飘洒的雪花相继飘落海面。黄海停住了，他又默默地回到李安东的身边和他一起撕碎报纸，也大把大把地撒向海空。

纸片飘满海空，犹如飞雪漫天。也许是他们船的广播声和他们的举动影响到了附近锚泊的其他舰艇，一时间崂山湾内所有的舰艇广播声都陡然增大，这声音交汇在一起瞬间形成了一股强大的声暴，撼动了崂山，山悲；震撼了黄海，海颤。

这一刻举国悲痛。

悲痛中的中国水兵深知帝国主义亡我之心不死，修正主义在我边境陈兵百万，毛主席辞世，舰艇大规模战备疏散意味着什么？

这时李安东泪眼望去，海面上所有战舰上的水兵们全都肃立在战位上，他们抑制哭泣，面对浩荡的黄海，面向浩瀚的太平洋，在丧父般的哀痛中似乎同时在复诵一个伟人对全世界的许诺：“中国永远不称霸，永远不做超级大国。”

是的，中国可以不做超级大国。但中华民族要复兴，中国要崛起，中国要走向世界，中国要有自己的海权，使中国震撼了整个世界的一代伟人虽然离去了，但中国同样有能力承受任何外来的恶作剧！

就在那天晚上，李安东又写下了一首小诗：

崂山垂泪埋面，黄海悲泣飞澜。汽笛深长呜咽，哀乐笼罩战舰。
水兵洒泪誓言，领袖人间怀念。恩德千秋铭记，光辉万代红遍。

二十九

1978年，党的十一届三中全会召开了，全会确立了以经济建设为中心的战略目标。

在认真学习了党的十一届三中全会精神后，李安东在学习心得笔记上写下了这样一段话：

> 一部没有被思索的历史是不具有现实意义的。
>
> 一个放弃思索的民族比他们的落后更不让人尊重，放弃思索就等于放弃了现代。
>
> 一个民族心灵创伤的愈合过程是痛苦的，一个有着不幸与屈辱海洋史的民族，在朝向未来进发的时候，不能不回想过去的一切。如果这种回想是实事求是的，是自强不息的，那么这个民族一定会有坚定走向开放未来的信心。
>
> 面对新的战略目标，今天的中国海还会沉默吗？
>
> ……

当他把这些拿给黄海看时，黄海一时有点莫名其妙，他说李安东：“你吃错药了吧？怎么整天咸吃萝卜淡操心，竟想一些没边没沿的事。”

李安东想的是有点多了，可他还是想了，而且还想得挺多挺远。而黄海是不会去想这些的，因为他内心有自己的奋斗目标，他想一定要干爷爷和爸爸都没干过的大事，至于说到底是干什么大事他现在自己也说不清楚。但他坚持以为上级让我干啥就干啥，规定动作一定要到位，领导满意我就满意。对于这一点李安东同黄海的想法一直有着严重的分歧。李安东认为：男人要干事，要干大事我完全赞同。但这要看给谁干，为什么要干？毛主席说为人民的利益而死就比泰山还重，为资产阶级和小团体的利益而死比鸿毛还轻。谁也不是神仙，不能谁的话都一概听，服从不代表盲从，对国家和人民有利的话坚决听，有利的事坚决做，不能昧着良心，要有德行。所以他向黄海辩解："黄海，不是我莫名其妙，是你没文化；不是我想得多，是你缺心眼。看看历史，再想想现在，根据咱们国家海洋事业的发展趋势，我们这一代人，无论你干什么或是当什么官，充其量只不过是承上启下的一代。还是鲁迅先生的那句话：'横眉冷对千夫指，俯首甘为孺子牛'，不管干啥都要问心无愧，为下一代做个样子就足够了。"

李安东说完这话，黄海对他说："你说的也许有道理，咱俩争论，你跟我说说就算了，但对别人就不要再说了，别二杆子了。"黄海的话李安东当然明白是什么意思，可他并不在意，心里还在暗暗骂黄海：你小子就他妈的想当官！

船又出海了，这是一次有两艘常规潜艇配合的海上声波传播试验。这一试验完全不同于以往的一般性海洋调查，而是完全为海军服务的试验项目。声波试验时，船上要往海里投掷手榴弹作为爆炸声源，然后测试声波经潜艇反射后的传播速率。

出海的前两天，声学研究所的科研人员上船了。十几个科研人员在实验室忙着安装调试仪器，有两个人忙着运送海上试验用的手榴弹。当手榴弹运来时，李安东惊了，这手榴弹足足有两卡车。调查船的枪帆部门沿用了海军舰艇部队的叫法，实际上就是地方船舶的甲板部门，显然这次海上试验用的这些手榴弹理应由黄海的甲板部负责暂时安放。黄海安排好人去安放手榴弹后，他来到会议室参加海上试验时手榴弹如何投掷的讨论。

方船长说："这次海上试验手榴弹投掷量很大，投掷时间连续24个小时不能间断，每间隔十秒钟投掷一枚。这么大的工作量只调查部门三个人是难以完成的，再说尽管是在后甲板往海里投，仍然存在一定危险，我想到时候是否由枪帆部门协助一下……"

方船长讲完看了看黄海，又看了看李安东。过了好一会儿，李安东见黄海没表示，马上想到黄海一定又是认为这不是他的规定动作，所以不情愿干这个活。见黄海还是不讲话，李安东说："船长，不用别人协助，我们部门能干得了！我准备去了。"说完站起身走了。

第三天船出海了，船航渡时李安东安排部门里的两个战士把弹箱一个个在后甲板打开依序排好。船到达试验站点开始准备试验了，李安东让部门的一个战士负责把手榴弹后盖拧开，然后立放在箱里再依序排好，另一个战士上到中甲板观察，他自己则拿来一个马扎放在后甲板的舷边坐了下来。试验开始了，两艘潜艇在不同的方位保持不同的距离开始下潜，这边船上李安东不慌不忙地在后甲板依序拿起一枚枚手榴弹，又依次一枚枚拉掉弦投入海中。船在低速前行，一枚枚手榴弹均在水下四五米水深处爆炸，甲板上安全无恙，仅能听到水下传来不大的"扑——扑——扑——"的爆炸声，偶尔还会看到海面上有漂浮上来被震昏了的鱼。

一个小时过去了，两个小时过去了……中午吃饭时李安东让人喂一口包子投一枚手榴弹，就这样一直坚持到了傍晚。方船长让他休息，他坚决不同意。黄海见此情形感到很难为情，他上前劝说："安东，我来替你一会儿吧。"

"不用，这是我的规定动作，为什么要让你替！"

听了这话，黄海知道李安东是在和他赌气，只好没趣地走了。

那天海上的风很小，海上漆黑一片，除了桅灯和船航行灯在夜海中闪烁着亮光以外，只有后甲板亮着一簇灯光，这灯光像似夜海中的航标灯，又像似夜色里的篝火，远看时隐时现。

天亮了，试验结束了。当部门的两个战士把李安东扶起时，他几乎快要瘫倒在甲板上。这时扶他的战士看到马扎湿了，马扎下面的甲板上也是湿漉漉的一片，他们知道自己的领导尿裤子了。

第二天早上，李安东的右胳膊肿了起来，这让他酸痛的连吃饭都拿不住筷子。早饭过后，水下噪声试验在继续进行，方船长临时召开了一个小结会，对头一天的海上试验进行了小结。会上窦政委表扬了李安东："昨天的试验进行得十分顺利，实验部门的同志贡献很大。特别是部门长李安东对试验的顺利进行起到了关键的作用，可以这么说，这是一不怕苦，二不怕死精神的具体体现，我们应该向他和实验部门的同志们学习，完成好下一阶段的试验任务。"

面对这种情况，黄海心中多少有一些内疚，会后他主动找到了李安东："安东，你千万别生我的气。不是我不帮你，一出海我们部门的事也很多，你们部门的事我怎么能抢着去干。再说船长也没指示我一定要帮你干……"

对黄海的这一番解释，李安东感到很反感，他没好气地回应道："行了，你是既要当婊子，又要立牌坊，你就这样活吧！"从那以后李安东出于老战友的情义并没有疏远黄海，但他心里还是有些戒心：这小子学得不仗义了。

别说黄海还真有运气，就在这次出海回来后，上级任命他为副船长。

事后李安东听说这是上级在考察黄海，因为黄海思想一直很稳定，工作表现一直很好，甲板部的部门长又熟悉航海业务，准备调他去正在建造中的一艘大的远洋科学综合考察船"向阳红109"号任副船长，而尚北平已由油田调来青岛某海洋研究所工作。

老话说人走运挡不住，兔子走运枪都打不着，这话在黄海身上应验了。在这之后，没几天就是国庆节，黄海和尚北平结婚了。

部队招待所一个不大的房间是临时新房，方舟船长应黄海和尚北平的邀请来主持他们的婚礼。婚礼十分简朴和简单，方船长几句讲话过后，黄海和尚北平双双鞠躬，接着一脸盆糖果一撒，一片笑声婚礼就算结束了。就在战友们祝贺和嬉闹时，方船长突然发现李安东没有来，他拉过窦政委问:“李安东怎么回事？”

此时，李安东推着轮椅上的褚楚正坐在栈桥的海边上。今天早上，他俩一起来到了附近的街道办事处办理了婚姻登记，然后一同来到了这里。只听李安东对褚楚说:“今天我们就算结婚了，这个日子好记，今年的冬天是毛主席离开共和国的第三个冬天，一个新的时代开始了，我们不需要仪式，就让我们共同向祖国的大海三鞠躬吧。”

听了李安东的话，褚楚的脸上露出了一抹淡淡的笑容。这时李安东上前轻轻地扶起了她，他俩面朝远方并排站好，李安东说:“向天、向地、向大海三鞠躬。”说完他俩深深地三鞠躬。

招待所的房间里，黄海和尚北平的婚礼热闹正酣，这时窦政委环顾了一下屋内仍然没有发现李安东的身影，他低声的与方船长说:“不会有什么事吧，他说他一定来。”

方船长接着走到黄海身边，对着他的耳朵低声提醒说:“李安东这小子没有来——”

黄海这时才注意到李安东真的不在，顿时他的心里一沉。他心里想，我和他说好了，李安东怎么会不来呢？他不会那么小心眼吧，他答应说我和北平结婚时好好热闹热闹，我还担心他想利用这机会不按套路出牌乱掺和，甚至有可能让我当众难堪——就在黄海想这些时门被推开了，只见李安东推着坐在轮椅上的褚楚突然间出现在了门外，见此情景，屋内的嬉笑声戛然而止，屋里的人全都愣住了。方船长先走了过去，他还没张口李安东先说话了:“黄海，北平”，李安东第一次这样称呼尚北平。他接着说:“对不起，我们来晚了。我和褚楚衷心地祝福你们，祝你们永远幸福。”说着把一个完整的砗磲贝壳送给了他们说:“这是佛祖的圣物，送给你们。”

黄海和尚北平一齐迎上前去，李安东注意到尚北平的眼睛瞬间湿润了，转而她和李安东握了一下手，又回头低下身子一把紧紧地抱住了轮椅上的褚楚。

李安东转身走到了方船长和政委跟前，他向船长和政委笔直而严肃地敬了个军礼。他的这个举动令方船长和政委吃惊不小，方船长心里在想：这小子今天怎么正经起来了？这时只见李安东又转过身对大家说话了："船长、政委，各位兄弟们，在这里借黄海和尚北平婚礼的机会我也要告诉大家一件事，一个小时前我和褚楚已经结婚了。"还没等大伙反应过来，他已走到轮椅前一把把褚楚抱了起来，接着对大家说："一个星期前，经油田测井公司党委批准，褚楚已加入了党组织，成为一名共产党员了。"

听了李安东的话，方船长带头鼓起了掌，顿时屋内掌声一片。掌声中望着脸上充溢着幸福感的李安东，尚北平眼中的泪水夺眶而出。当她回眸褚楚时，尚北平分明也看到她的眼中同样含着泪水。

事后方船长才知道，褚楚出院后被转送到了青岛油田疗养院疗养，她身体受到的伤害太重，一直没能康复。

时间过得很快，年终就要到了，正在全船进行年度工作总结时，上级指挥机关向"向阳红582"下达了新的出海执行任务的指令。

李安东知道方船长再过两个月就离休了，心想这也许是方船长最后一次带领他们出海，这又是一次常规的渤海海洋断面调查任务。一想到方船长就要离开，李安东顿时心生不舍之情，难道这就是古人说的铁打的营盘流水的兵吗？

船长，这一职业对于常人来说也许是神秘的。然而，社会上诸多的不便和禁忌总是会自觉不自觉地束缚着人们对船长这一职业的所作所为有真实的了解。只有当过船长的人，才能深切地体会和感悟到人生是如何在事业与生活，天命与人性的交织中绽放出自豪与苦涩，又是如何在柔情与暴烈、苍白与浪漫中踏浪前行。

寒冬的渤海，风急浪涌。

“向阳红582”在完成了四天的渤海断面调查任务后，驶抵山东蓬莱港锚地避风。

这里是八仙过海的传说之地，就在船上的人只能从海上远眺蓬莱仙阁而不能上岸登临时，一场意外发生了。

早晨过后，方船长收到指挥机关的指示，命其避风后起航赴莱州湾执行新的任务，并要求联系当地港口拖轮，把随船出海的十几名调查队员接下船送到蓬莱港。

中午时分，一艘拖轮靠上了“向阳红582”船的左舷后部。海上船与船相靠业内人称之为“靠帮”，这是一件风险性较大的作业。由于海上涌浪较大，两船在动态下相靠，同时在海面上下颠簸，此起彼伏。黄海看到拖轮较小，海浪打上拖轮甲板已经结冰了，这给人员换乘增加了更大的危险系数。方船长不敢马虎，他精心组织先把物品递过去，然后组织调查队员一个个有条不紊地换乘。就在人员换乘时，突然意想不到的事情发生了。

一名调查队员一脚刚登上拖轮的船舷，脚下一滑连续跌撞了两次，便一头跌入了冰冷的海里。惊吓与寒冷使这名调查队员在冰冷的海水里只挣扎了一会便神志恍惚了，而此时他的身体正处在两艘船的夹缝之中。涌浪在继续，他随时都有被涌浪卷进船底或被两船夹挤至死的危险。

情况十分危险。这时，站在甲板上为调查队员送行的李安东纵身就要往下跳，就在这时，站在他身后的黄海一把拽住了他，黄海没有犹豫，只听他大声地说了一句:“我是副船长！”随后不容脱去衣服，即刻跳入了海中。

这一举动仅仅发生在一瞬间，也许有过思考，但没有选择。黄海说的对，他是副船长，对船舶自身和所有人员的安全负有责任。几分钟后，海水中的这名调查队员已处于半休克状态，风浪中厚重的棉衣在海水的浸泡下越发沉重。加上他水性不好，已完全失去了自救能力，身体在不断地下沉。这时甲板上的人看到黄海拼力游到这名调查队员身边，几次试图抓住他，然而一次次被涌浪打开了。时间就是生命，见状李安东也随即纵身跳入海中。海浪中黄海和李安东忘记了个人安危，只见他俩先后一头扎入海里用尽全身气力游上去，一把抓住那名调查队员，接着又把他托出水面，并分别用自己的身体挡住海浪，保护调查队员不被卷进船底和两船夹挤，为营救争取时间和创造机会。

甲板上，方船长组织指挥人员营救，全船进入紧急救生部署。

船员们按照救生部署全都赶到了甲板上，一切用于营救的器材全部就位。风浪中处于半休克状态的那名调查队员已无任何能力协助营救，黄海和李安东在风浪中拖住他，尽最大努力使其身体保持平衡，减少体力和体温的消耗。在冰冷刺骨的海水中，黄海和李安东已被冻得脸色发紫，身体麻木，海浪无情地拍打在他俩的脸上，可他俩全然不顾，紧咬牙关坚持着，为甲板上的营救争取时间。

时间一分一分地过去，情况越来越危急，几次营救失败后，甲板上的人采取应急措施，推开拖轮，冒着风险在两船的缝隙中放下登船舷梯和救生艇，又有两名船员登艇营救，风浪中他们密切配合，终于抓住了那名调查队员的身体。黄海和李安东也得以脱开双手，他俩用尽最后的气力抓住船上抛下来的缆绳把调查队员的身子套住，调查队员终于被救上了船。而此时黄海和李安东仍本能地抓住一个救生圈在海水中等待救援，就在这一刻，当他俩面对面相视时都已是脸色苍白，但却僵硬地笑了。

十多分钟过后，他俩也先后被救上了船。此时，两人都已被冻得僵直，不能动弹，不能说话了。船员们把被救起的调查队员和黄海、李安东分别抬进舱室，脱掉衣服，用棉被和毛毯紧紧地包了起来，并在船医的指导下实施抢救，对外伤进行治疗。一个小时过后，他们的体温开始恢复，神智逐渐清醒过来了。

这是海上惊险的一幕，是一次意外，但又是意外中必然的一幕。对于这一幕，船上的人没有谁把这一意外与壮举和英雄联系起来。意外事件的危急时刻，挺身而出的黄海和李安东谁都没有什么非分之想，只有一个念头，救人！

我是船长，这是海上男人的战位。

我是闯海的人，这是一种责任，更是始终如一坚守的德性。

闯海的人，他们对“风雨同舟，同舟共济”比任何人都理解得深刻。

对于黄海和李安东两人跳海救人的举动，方船长没有任何赞美的话，只是到住舱去看望他俩时冲他俩笑了笑，回头就当什么事也没发生过一样。两个小时后，方船长来到驾驶室，他又一次拉响了汽笛，“向阳红582”再次起航了。

三十

1978年底，我国“向阳红”系列海洋调查船第一批4500吨级远洋综合调查船的第一艘“向阳红109”号建造出厂了。这艘船的出厂是两代中国海洋人的企盼，也标志着新中国的海洋事业开始进入了一个新的发展阶段。

“向阳红109”号出厂后，常江于海校毕业三个月后被任命为船长，而黄海被任命为副船长。他俩原来的上级，窦政委也被调任“向阳红109”号船政委。

刚刚出厂的“向阳红109”号执行的第一个任务非同寻常，这是一项极为特殊的任务，这是中国恢复联合国常任理事国合法地位后，代表中国第一次登上联合国的海洋科学舞台。任务的名称是：联合国气象组织全球大气试验。因此说这一远航既是一项艰巨的科学任务，又是一项重大的政治任务。一年多后，“向阳红109”号凯旋了。这次远航他们没有辜负祖国的重托，不仅圆满地完成了任务，向联合国交上了一份满意的答卷，尽了一个大国的责任，还向世界海洋界彰显了中国海洋人的风采。

在中国的历史上，开拓一项新的事业，往往都是以军人为先导，这似乎成为了一种必然的规律，固疆、戍边、航海、航天无不如此。同样，在新中国海洋事业发展进程中建立起来的海洋调查船队，仍然是以军人为主体的一个特殊群体，一个特殊的海军团队。

就在“向阳红109”号执行远洋任务已近尾声的1980年，那是一次彻头彻尾的军地战场大转移，根据国家战略发展的需要，黄海、常江和李安东所在的部队按照大裁军的要求全建制转入地方。人没变，船没变，工作也没变，只是身份改变了，将由军人变成老百姓。

在海军舰艇部队，舰船停靠军港时，根据条例规定，每天早、晚都要例行升、降军旗。当每天清晨升旗时，各舰船会同时吹响一声长哨，听到这哨声，码头上的军人无论在做什么都要停下来向正在升起的军旗行注目礼。当军旗升上桅顶，连续吹响三声短哨，示意升旗结束。同样，晚上降旗时程序也是如此。

军转民工作如期进行，常江和黄海都调到大船，而李安东还留在“向阳红582”船。这一天是“向阳红582”船的最后一次降军旗，只是这次不同于往常，这次要全船集合列队举行军旗告别仪式。那天傍晚，去留人员已经确定，在夕阳的辉映下，去留人员全都集合在了甲板上等待着那庄严神圣的最后一刻。此时所有干部、战士的红五星帽徽和红领章都已脱去，然而他们依然着装整齐列队在后甲板上。当指挥台上一声哨音长啸过后，信号兵把八一军旗最后一次从桅杆顶降了下来。

当军旗降下桅杆时，在场的所有的干部、战士眼中都噙满了泪珠。信号兵把降下的军旗叠好交给了方舟船长，这时大家看到船长同样是眼中含着泪水。方船长郑重地接过军旗，沉默了一会儿低沉地对大家说：“这是我们最后告别军旗，以后不会再有升、降军旗的机会了。你们当了一回兵，没能有机会血染军旗就要脱去军装，离开军舰，离开战友……”他的目光扫视着每一个人，停了好一会儿继续说：“我知道大家现在心里很难受，那你们就哭吧，痛痛快快地哭吧……”

这是军人特有的情愫，这是军人人格鲜明的双重性。这情愫、这人格在一代代军人身上都彰显出男人面对死的无畏和面对生的酣畅。

方船长的话音刚落，大家禁不住都哭了。这不是泪水，这是洗涤水兵心灵的洗礼剂。

第二天清晨，又是升旗的时刻，留下的人和背着背包准备离去的人又都来到了甲板上。当长哨又一次响起，桅顶上升起的是一面鲜艳的五星红旗。大家知道，这升起的国旗预示着留下的人将担负起中国走向海洋的另一种使命。

真的要分别了，大家又一次哭了，任凭泪水挥洒。

军营战友的离别往往充溢着一种浓重的诀别色彩。扼腕的牵手，忘情的拥抱和挥洒的泪水交织在一起，既是珍重，更是祝福。

就在这鲜艳的五星红旗下，战友们分别了。这也是方船长人生的最后一次升旗，明天他就离休了。

一艘有五六十人的船的集体，一下子走了近一半的人，船舱里陡然间空寂了下来，全然没有了往日的井然有序和欢声笑语。

方船长也要下船了，就要离开他朝夕相处了十多年的战船。留下的同志们挤满了船长室，大家不知道该对自己的老船长说些什么。方船长在默默地收拾物品整理行装，李安东看到方船长最后把一本《毛泽东选集》战士读本装进了那个每个军人都有的草绿色背包。整理好行装，方船长重新坐回了船长的椅子上，他一直没有讲话，沉默了许久，这氛围让人感到船长室里静得出奇，静得沉重，还有点悲壮。这时同志们都受不了了，几乎同时喊道："船长！"

方船长还是没有讲话，他深情地望着同志们慢慢地站起身，用目光逐一扫视大家时眼睛开始湿润了，随后他习惯地从舱壁上摘下那已摘去了帽徽的大檐帽默默地戴在头上，抬手向大家敬了个军礼。

这时李安东哽咽地喊道："敬礼！"

听到李安东的口令，在场的人整齐地向方船长敬了最后一个军礼。

方船长下船了，看着老船长即将远去的背影，一阵酸楚悄然间袭上李安东的心头。李安东知道方船长现在依然是孤身一人，对于一位老兵来说，这永远是一个让人难以启齿的过去。那是在辽沈战役塔山阻击战坚守主阵地时，战斗打得十分惨烈，大部分战友都牺牲了，老船长虽然身负重伤但却幸运地活了下来。后来医生不得不告诉他，有一颗子弹伤及了男人最敏感的部位，日后……他是战斗英雄，进城后组织上想方设法为他撮合了一个配偶，但两年后因无法忍受那没有一点激情的不正常日子离他而去。

想到这，李安东猛然冲下船，他搀上了老船长，对老船长说："以后我会常去看你，褚楚也会常去照顾你，她已调来青岛了……"

方船长会意地笑了，他拍了拍李安东的肩膀说："我自己能行。"方船长还十分关心地对他说："你年轻，以后不能太气盛，要注意收敛自己，和平年代不同于战争年代，我都不是什么战斗英雄了，和平年代就你这样还想成为什么英雄？不当狗熊就是你的造化。"

一名由人民解放军陆军部队进入人民海军的老兵离开了相伴半生的战船，也告别了军港。

新中国海洋事业海洋调查船的军人时代结束了，这船日后该如何远航呢？

军转民，战士可以申请留用。而年轻干部无可选择，他们从此将由人民海军的军人蜕变为新中国海洋事业的海洋人。"向阳红582"船和所有的调查船一同全建制转了地方，"向阳红109"号完成联合国全球大气试验回国后，全船也全建制脱去军装转入了地方编制。

"为了反对帝国主义的侵略，我们一定要建立强大的海军。"这看似普通的两句话，曾印在了所有中国水兵的脑海里，如今老一辈老去了，年轻的一辈脱去了军装，这话还会铭刻在曾经的一代中国水兵的心中吗？

毛泽东还说过：从老百姓到军人不是万里长征……那么，从军人到老百姓呢？从身份来说，一名军人变成老百姓只是一夜之间的事情。尽管他经过部队的锤炼，具有了军人的素质，在脱掉军装的同时若思想也脱掉了军装，那他就真的不是军人了。一夜之间的彻底松弛，他们成了彻头彻尾的老百姓，在这刀枪入库、马放南山的非常时期，人们又能要求他们如何去做呢？

当新中国海洋事业的发展进程步入20世纪80年代的第一个冬天，

寒冷依然是大自然的恩赐，多雪依然是造物主的馈赠。就是在这样的一个冬天，一帮脱掉军装变成老百姓的人驾驶“向阳红109”号船奉命驶入黄渤海执行一项极为普通的海洋调查任务。

一项常规的调查任务，对于一艘4500吨级的远洋综合调查船，是一件简单得没有什么压力的任务。然而就在船出航的第二天晚上，在已经完成黄海区域的海洋调查准备进入渤海作业的时候，伴着前一段任务轻松的结束，一场突如其来的劫难正悄无声息地在逼近。

就在这个晚上，常江的妻子韩雪哄睡了儿子常风后也渐渐进入了梦乡。睡梦中她梦到自己在大海里游泳，游得兴致正浓时，突然看到一条鲨鱼向她游来，她顿时惊恐起来，拼命地试图向岸边游去，可她无论怎样用力划水就是原地不动。鲨鱼越来越近了，她看到鲨鱼张开了血盆大口向她扑来，她绝望地惊叫了起来——

她从睡梦中惊醒了，全身惊出了冷汗。

就在“向阳红109”号进入渤海后，主机仓的值班人员发现船上主机的高压管破裂，当时值班员采取了一些临时措施。因为这时船距作业站点还有十几分钟的航程，值班员准备等船进入调查站点主机停车后再进行修理。然而，就在这段航线上，遇到了海军的潜艇训练区，按照规定一般船舶不得从该海区通过，必须绕行。

“向阳红109”船只好绕行，原本只有十几分钟的航程，一绕需花几十分钟的时间。而主机高压管的裂口若不及时修复燃油将会不断渗漏，渗出的油经过临时绑堵的棉纱在机舱内雾化，使机舱里油气浓度迅速增大。

此时，船舶航行的振动使破裂的油管裂缝不断加大，管内的燃油突然窜出，一下子喷到了温度高约380度的管路上突然燃烧起来，而破裂管道处渗出的燃油经过雾化使机舱内高浓度的油雾随之也迅速燃烧。

火势凶猛，瞬间燃遍机舱，值班人员慌了手脚，跑出机舱，又奔到驾驶室呼喊船长。

此时正是冬天，常江把航行班交给大副刚刚回到船长室脱去衣服准备睡觉，听到报警只穿了一个裤头便冲出了船长室向机舱跑去。跑到机舱门口一看，机舱里全是大火，人已无法进入。

这机舱里的火，从起火到燃遍机舱，燃上主甲板只用了十分钟的时间。当船上的报务员准备通过电报向指挥部报告时，电路已经被烧坏，全船断电漆黑一团，船完全失去了动力。

大火在迅速蔓延，这时有效的办法只有将着火源头的机舱门封死，使里面的火因缺氧而熄灭。

火呼呼地燃烧，只听舱壁装饰板被烧的啪啦啪啦作响，船上气味很大，呛得人无法忍受。大火烧到走廊，并迅速蔓延到甲板上层的报房和驾驶室，船已失去自救能力。这时常江命令水手向空中打出了红色求救信号弹，信号弹一发接着一发迅速在夜空中不断地划过，船上所有的人员大多集中到了前甲板。

海上冬季的甲板上十分寒冷，大多数船员和调查队员慌忙中起床逃生，身上穿的衣服很少，在寒冷的海风中他们冻得直打哆嗦。

这就是海难，中国海洋科学史上前所未有的火烧战船，但他们没有一个人退缩。

此时，常江船长已经在部署弃船的准备，他指令一名水手说："快去把国旗降下来收好，弃船时必须带走，那是我们的国旗。"

"是，知道了。"水手应声冲上了上甲板。

就在船员和调查人员一边渴望救援并往救生艇上转移时，海上的大火被距事发海域最近的老铁山某观通站发现了，并迅速上报海军旅顺基地，基地的快艇随即紧急向事发海域驶来。

两个多小时后，海军快艇开始全力施救，"向阳红109"号船能保住吗？

看到全船人员全部安全地转移到海军救援舰艇上，常江船长迅速返回驾驶室，驾驶室里已开始冒起烟雾，他找到了放在工作台上的国旗，就在他转身要离开时，烟雾中他一眼看到了工作台书架上放着的各种航海书籍中闪出一抹红色，那是《毛泽东选集》战士读本，是从当兵开始伴他至今的一本小书，他没有迟疑，伸手抽出那本红色的小书连同航海日志一起抱在怀里旋即跑出了驾驶室。

大火扑灭了，全船人员无一遇难，“向阳红109”号船没有沉没，被拖回到旅顺军港。这是不幸之中的万幸，这是世界海难史上少有的奇迹。

事后，在追查责任的会议上常江沉痛地说：“我是船长，弃船的命令是我下达的，是我最后一个离船。当时我没有任何能力扑灭那场大火，我对不起国家，对不起所有的人，也对不起这艘船。在当时万分危急的时刻我能做的，也是必须做的是在下达弃船命令的同时，指令水手到顶层罗经甲板抢出国旗，把国旗安全完好地带回陆地，这是我神圣的责任。”

看到在座的领导和专家都在认真地听他讲话，他继续说道：“我是船长，尽管专家们认定这场海难是由机械原因引起，是难以抗拒的，但作为船长我仍然无法原谅自己。无论是什么原因，我都有不可推卸的责任。我十分痛心，这些天我自己不知咽下了多少泪水。所以我向领导请罪，向国家请罪，我愿意接受组织上对我的任何处分。”说到这，常江深深地鞠了一个躬，他把头埋得很低很低，时间很长很长。当他抬起头又向各位领导表示说：“我一定要把船修好，修好后如果领导还相信我，让我继续任船长，我一定会加倍努力干好工作做出补偿，也是对我个人人生的补偿。如果组织上不让我干，我马上下船，绝无一点怨言。因为我从心里感到，这么好的一艘船在我手里发生了海难，真的是对不起国家，对不起这艘船。”

事后常江受到了行政记大过处分，这是他船长生涯中永远也无法抹去的一个污点。

渤海涅槃，浴火重生，这场海难彻底结束了新中国海洋事业的军人时代，同时也向中国海洋事业未来的发展提出了挑战。

历史将会这样告诉后人，20世纪30年代初，当科学家智慧的灵光在青岛观象山闪现时，这标志着近代中国海洋事业的科学之船起航了。从那之后，一大批仁人志士、莘莘学子高举科学救国的旗帜登船远航，历尽艰难，饱受困苦，不惧风浪，支撑航船驶进了新中国。然而，外国列强从海上入侵的历史依然历历在目，海防安全自然成为新中国的重大要务，这时科学家们又一次挺身而出，义无反顾地站在了潮头。就在这科学之船又一次扬帆时，共和国一声令下，一大批军人冲了上去，他们用一代人无悔的付出为科学之船护航。科学家们十分明了海上战场建设不可或缺，迫在眉睫；军人们深知任重道远，要为中国海权招魂。

在“向阳红109”号船史无前例的海难不幸发生时，作为副船长的黄海并不在船上，此时他去了哪里呢？

三十一

“向阳红109”号船出海的前一天，船长常江接到上级机关的通知，要副船长黄海第二天临时下船到局机关参加地方管理的《海洋调查船船舶安全管理规范》的编写工作。接到通知黄海下船了，他未能随船出海，有幸避开了渤海火烧战船的惊魂。

上级决定对“向阳红109”号船进行失火后恢复性修理，船长常江，副船长黄海和窦政委带领转地方后兵改工的船员们一同来到了上海某造船厂修船。

一年后，“向阳红109”号修理完毕出厂了，它又将以威武的雄姿去迎接更大的挑战。

黑潮是太平洋中的一支暖流，自古自然生成，被人类发现便成为世界上十分著名的一支海流。在黑潮海流经过的中国（包括台湾省）、日本、朝鲜、韩国等国家和地区的民间，渔民们也都早已知道在太平洋中有一支生成于赤道，而后曲折向北流经台湾，并沿中国东南部沿海一直北上至黄海后，又转向沿朝鲜半岛南下西至日本重回太平洋的潮流。黑潮就像海里的一条长河，形成一股强大、高盐、高温的海流，对流经区域渔业资源和气候产生重大的影响，特别是对我国的气候影响更大。

顾名思义，黑潮的颜色呈蓝黑色，温度高达30摄氏度。如果身处黑潮区域，会明显地感到海面气温骤然升高，湿度明显增大，海水湿热。尽管黑潮对我国气候的影响很大，但20世纪70年代之前，我国的海洋科学家依然不能对黑潮影响中国东部沿海气候变化程度做出准确的科学结论。日本早于我国对黑潮开展科学研究，我国开展对黑潮的科学调查和研究已势在必行，因此从80年代初开始，我国决定与日本合作进行联合中日黑潮调查。

这一重大的国际双边海洋合作调查，落在了“向阳红109”号船的身上。

80年代初的一个初夏，青岛大港海军码头沉浸在一片静谧之中，群星在天空的流云间眨动。月光下常江踱步在甲板上，明天就要出航了，此时他心中犹如风雨中的大海不平静。“向阳红109”号即将开始浴火重生后的第一次远航，作为船长，他能平静得了吗？

这天晚饭后，常江回到“向阳红582”船去找李安东，因为他想到自己已当了大船的船长，黄海当了副船长，可安东大学毕业最早，如今还是个部门长。这次他和黄海要去执行如此重大的任务，听说中途也许还要停靠日本港口。如此“出风头”，他想和安东聊一聊。

他找到了李安东，没想到的是，李安东对他说的一些担心的话可以说是麻木不仁。李安东对他淡淡地说：“你找我就为这事？”接着又开玩笑地说，“我以为你有啥后事要交代呢？不用说了，好好出去好好回来比什么都重要，别想三想四，怎么有点像李玉和他娘似的对革命有操不完的心。”

见李安东还是那副没心没肺的样子，常江最后仍然心事重重地对他说：“领导让我继续当船长，我感到压力更大。特别是执行这么大的任务，这么大的责任，你说我能一点也不犯愁？”

说到这，李安东知道常江心里一直有火烧战船的阴影，这时他宽心地说：“没啥大不了的，就凭你的能力和水平不要说去太平洋，就是去南极也不在话下。不过海上有事时你要多和黄海商量，那小子比你我心眼都多，处理问题灵活。”

临离开时，李安东对常江说：“俗话说，上贼船容易，下贼船难。我们既然上了船下不去了，那么该如何去做，是个人的事。但我知道有这样几句话，凡一民族能为海洋之主人者，必能获得财富，亦可享受繁荣；凡一民族丧失对海洋控制者，同时已丧失财富和自由。”

常江说：“不是你自己编的吧？”

李安东回答：“我没那个本事。”

“那这是谁说的？”

李安东告诉常江：“这不是哪一个人说的，这是西方人的一句谚语，是人家西方老百姓总结出来的。”

第二天，“向阳红109”号起航了。船离开了青岛，驶出胶州湾，常江下达了把定南下航向的舵令，“向阳红109”号乘风破浪直下东海。

午夜的海上，薄雾时聚时散，随着海风飘来又飘去。一个夜航过后，迎来了东海的黎明。

船进入东海要穿越钓鱼岛而后进入舟山群岛，当船经过钓鱼岛时已是初夜，驾驶室里常江面对笼罩在夜幕中的钓鱼岛行了一个注目礼。过了钓鱼岛，常江开始准备进入舟山群岛的航海资料。常江知道进入舟山群岛时要过一狭长水道。它是两个海岛相距很近的中间水域，水道一般都是浪大流急，大船若过水道需格外小心。为安全考虑，常江找来了黄海：“副长，一会儿过水道我在左舷，你到右舷观察，随时提醒我右舷前方灯标的距离。”黄海回答：“好。”

第二天天亮时，“向阳红109”号驶进了水道，指挥台上常江和黄海一左一右注意观察水道两侧，常江不时下达修正航向的舵令。船在顺利前行，黄海看到右舷海岛上树木茂盛，生机盎然，阳光下一派郁郁葱葱倒映海面，随着航船带起的涟涟海面上翻滚着斑斓的多彩画面。这是独特的海岛风光，这是特有的水道景致，这也是大海赐给海上人独有的享受。

约一个小时过后，船安全地驶出了水道，继续向预定的太平洋调查作业海区驶去。

又是一夜孤独的航行。清晨过后，黄海拿着一份气象预报来到驾驶室，他看到常江船长的两眼发红，知道常江又是一个晚上没睡。他对常江说：“船长，气象预报显示从下午起有一个较强的低气压将影响我船的航线和要到达的调查作业海区，大风要来了，你下去休息，好好睡一觉，后面的事有我。”

常江接过气象预报看了看说：“有你在，我心里踏实多了。”

“你是一船之长，大事还要听你的。”黄海笑了笑说。

“你想看笑话？”常江又说。

“我不敢，要是那样等出海回去，你和安东不合伙把我红烧了。”黄海也笑着说。

他俩说着笑着，常江揉了揉眼睛还是叮嘱了一句：“黄海，多注意点。”说完拿着气象预报离开了驾驶室。

当天下午，海上风力猛然增大，随后低气压转为热带风暴逼至“向阳红109”号调查作业海区。“向阳红109”号已无法避开风暴区，就在船抵达作业海区时海上风力短时间增至十级，顿时海上风急浪高，使海上布放试验遥测浮标工作面临着严峻的考验。

通常遥测浮标要通过钢缆与放入海底的锚锭相连接。可此时，在狂暴的风浪中，要想把遥测浮标从船上布放到海中显然是比登天还难。放，还是不放？这时科研调查人员与船长之间发生了分歧。首席专家说：“我们不同意布放，理由是风暴中甲板上作业太危险，在不安全的情况下布放浮标如果发生意外谁来负责？”

听了首席专家的话，常江船长征询黄海副长的意见：“副长，你的意见呢？”

“你是船长，由你决定吧。”黄海回答说。

此时，如果不坚持布放好这个浮标，船不仅要顶风航行抗风暴，人员晕船遭罪，而且风暴过后还要返回重新布放。这样不仅浪费海上作业时间，还会给国家带来很大的经济损失，比如仅燃油一项就要耗费掉几十万元。黄海说的对，我是船长，就应该由我来决定。想到这，常江船长对首席专家果断地说："我决定了，必须坚持完成这个点的浮标布放，出了问题由我负责！"

见船长如此坚决，首席专家和科研试验人员不敢懈怠，他们知道这时只能服从船长的决定，随后开始了紧张的浮标布放准备工作。

海上风暴正酣，这时船舶在海上进行科研实验作业意味着什么？

一边是十分恶劣的气象条件，险象环生的海区海况；另一边是价值百万元，凝聚了科研人员多年心血研制成功的遥测浮标。面对风浪，后果未卜。怎么办？常江船长虽然做出了决定，但他仍然处于赌输赢两难的选择之中。

时不我待，浮标损坏意味着国家海洋高科技成果毁于一旦。而发生意外人员伤亡，就意味着作为船长将负有重大的事故责任。在认真分析了各种复杂的情况后，常江认真仔细地操船、定位，并紧急部署。在确保安全、万无一失的情况下，他下达了布放浮标的指令。这时黄海来到驾驶室，他对常江说："船长，你要我做什么？"

常江正处在紧张的时候，他只是对黄海说："帮我监视船位的变化……"

"好。"黄海服从指挥，协助常江一直盯在驾驶室里。

风袭海面，白浪滔天，十级风，七米浪，按照计算好的风向、流向，常江指挥着"向阳红109"号利用所有的保证手段实施布放。浪头一个接着一个扑上甲板，船已摇晃到20多度，此时全船上下只有一个信念，抢时间、抢速度，尽快顺利地布放好浮标。在与风雨、海浪的紧张搏斗中，吊车把重约一吨的铁锚吊起，找准风浪的间隙放入了海中。当吊车吊起浮标时，浮标在吊车的起吊下荡起了秋千，这时几名船员冲上去和科研人员一起脚踏甲板，双手死死拉住牵引浮标的绳索，站在上甲板上指挥的常江船长已顾不得自己的安危，他大声喊了起来："抓住——抓住了——"大家在荡与摇之间经过奋力拼争，终于把浮标安全地放入海中。做完这一切，上甲板的常江一直悬在嗓子眼的一块大石头终于落进了肚子里，他险些一屁股坐到甲板上。这时他才发现自己的鞋子不知道什么时候没有了，他只是赤着双脚站在那里。

浮标布放成功了，这时人们才注意到夜色早已降临，“向阳红109”船一边抗风航行，一边向下一个作业海域驶去。常江下达了“两车进一”的指令。就在船动车前进后，船体摇晃着跌入浪谷，而距船不远处刚布放海面的浮标却摇晃着冲上了浪峰。风暴中，夜色下，巨大浪差交错覆盖，一艘大船，一个小浮标，风浪中两者像似在相互嬉戏。

首席专家来到了驾驶室，他十分激动和感慨地连声对常江说：“没想到，真没想到——我服，我服了。”

20多天后任务完成了，在上报调查总结报告时，窦政委对报告内容提出了异议。他坚持认为：“浮标布放虽然取得了成功，但这是侥幸。从本质上来说是冒险，是个人英雄主义。”

对窦政委的意见常江无语，当征询黄海的意见时，黄海虽然不赞同窦政委的意见，但也没有表示强烈的反对。他说：“政委的意见我不完全赞同，既然政委坚持个人意见，至于总结报告怎么写由船长和政委你们两个人商量。你们一个是船长，一个是党支部书记，你们有权决定。”

黄海的态度让常江很是无奈，最后他只能说：“政委，海上任务由我负责，其他的事请你定吧，我保留意见。”

三十二

1980年，随着部队全建制转地方工作的逐步完成，青岛局的工作重心也逐步转向了海洋调查、科研和海洋社会公益服务方面。正是由于工作重心的转移和转地方人员的变化，作为上过大学的李安东，这个愿意要要笔杆子又有点文采的二杆子，居然被调进局机关给局长当了秘书。

李安东到局机关报道后的第一个星期天，他没有想去找黄海，也没有想去找常江，而首先想到要找的是老领导窦政委。为什么会这样？李安东担心这些年来对窦政委的不敬，由于自己工作变动到了局长身边，是否会让他担心在领导面前说他的坏话而产生心理负担。窦政委并不是个恶人，作为一个基层领导为上为书也许是无奈之举。

听说窦政委那天晚上在船上值班，李安东径直上了船。到了船上，他才得知窦政委临时有事同副长换班了，他只好悻悻而回。回家的路上他想该怎么办？即便找到了政委有些话也不好当面直言，再说政委也不一定是那小心眼的人，也许是自己多心了。这时他又想到了那天和窦政委谈到的关于到了白天想晚上，到了晚上想白天的话题，他觉得以后应该换一种方式同窦政委沟通和交换意见。想到这他决定把几天前写的一篇文章送给政委，既能表达自己的心意又能起沟通与交流的作用，还可以试探一下窦政委的态度。

第二天，李安东委托通讯员把自己写的那篇文章捎给了窦政委。

窦政委第一次收到了李安东的信，不！这不是一封信，他已经感到这是李安东对自己的诚意，对自己的信任，他有了一种特别的满足。

李安东的文章是这样写的：

我不知道是否该喜欢平静的海？

海，风和日丽时，她潮平如镜、碧波粼粼，烟波浩渺、风柔水清，鸥鸟盘旋、棹声帆影。但在这表面平静的深处，却依然暗藏着杀机。

不需要隐讳，我喜欢暴烈的海。

海，暴风狂闹时，云水怒吼、雪浪惊天，峭壁云涛、骇浪裂岸，大浪淘沙、奔腾不息。

不管我喜欢与否，大海依然按照自己的规律，随日月潮涨潮落，白昼如初。正是大海的迷离和深远，方使智者神游八极，写出千古绝唱。而我方知洞天观海，自愧人生。

什么是人生？人生如海，海似人生，人海和一而天成。自然，我不知道是否该喜欢平静的海是一大迷惑。

古人说：三十而立，四十而不惑，五十知天命，六十思康安，七十古来稀。

现今儿，有人戏说：三十不浪四十浪，五十正在浪头上，六十后浪推前浪，七十还要浪打浪。

不管怎么说，这都是对人生抛物线不同线段的注解，或者是对人生的释义，对人生的概括。

说到人生，一位漫画家这样说："每个人都要走过这一生，不知道有多少人认真想过人的一生，究竟为的是什么？大多数人可能就像一群马拉松跑者，不明确知道自己要跑到哪里，只是一味地跟着人家跑。途中若一时赢过别人，不免得意洋洋；有的干脆放弃未跑完的路！结果直跑到人生的终点——死亡，许多人还是不知道，自己为什么来到这世界！"

这位先生的话让我深思，使我自责。

人生不会总是春风得意，不如意之事十之八九，"梅花香自苦寒来”便是这个道理。人生不以逆势为忧，不以顺境为喜是一大提醒。“我想，人在跑的时候，就应该先仔细思考：我到底要去哪里？要去做什么？确定目标后才加入跑道，此后不须理睬比自己跑得快或跑得慢的人，因为我有我的目的，也知道自己的能力。”

顺境好过，逆势难为。但历史上大多逆势而成者告诉了我们什么？

周文王被拘推演《周易》，孔子被困陈蔡之间而删修《春秋》，屈原被放逐江南著《离骚》，左丘明失明撰《国语》，孙膑被切掉双脚作《兵法》，吕不韦流放蜀地写《吕氏春秋》，韩非子被秦国囚禁著有《说难》、《孤愤》，司马迁被宫刑叙写《史记》。名篇记史事，意在醒后人。

做人有三种学问：外圆内方，外方内方，外方内圆。此三种任人选之。

世间万态本就这样，没有平静便不会有暴烈。

……

看过文章，窦政委只说了一句话：“你小子缺——为什么不早跟我说这些。”

几天后，窦政委主动把李安东约到了自己的家里。他也许是出于李安东进了机关将不利于自己或是意识到李安东对他的所为并无恶意的心理，他对李安东说了一些诚恳的歉意的话。窦政委这样做反而让李安东很不好意思，他一边听一边在心里想，该如何向自己的政委表明心迹。临别时他只是对窦政委说了这样一番话：“政委，其实我对你并没有什么，请你原谅我年轻不懂事得罪过你。今天我向你认错，以前我错就错在忘记了自己是一名军人。现在是老百姓了，我跟你说句心里话，我从来不反对服从命令听指挥。可你也是人，也有错的时候，你错了我觉得作为下级有责任给你提出来，我认为这是和平年代的一种服从，这是对革命工作负责，不仅仅是对你个人。我曾仔细地想过，如果长时期趋从于长官命令那是盲从，会使我成年后成为一个缺乏独立价值选择能力的人。如果是这样，我担心以后该如何去面对日后的人生？”

最后李安东说：“人生价值的意义有政治的和普世道德的两种不同性质来源。前者是以国家、民族、革命事业为中心，它要求牺牲个体，因而也忽视了个体。所以基于政治之上的个人人生价值往往是不稳定的，当个人的人生目的一旦达不到，时过境迁你或许会认为这是荒谬的，如果在战争年代你也许会成为叛徒。而我不会，既然选择了就一定要走下去。因此我想反问一下，和平年代作为一名领导，你的个体能代表上述这一切吗？如果不能，那么你下级个人的尊严、真实和诚信又在哪里呢？”

李安东的话让窦政委事后想了很多很多，他心里在想：李安东这小子真是个有思想有抱负的人，对人生与同龄人相比各一路，这也许与他的个人经历和看书较多有关。但不管怎么说，他的这一套和他讲的这些道理是同龄人中的一般人很难理解和接受的。从这之后，窦政委开始逐步理解了李安东，并对他刮目相看。

李安东当了秘书后，他起草的第一份上报材料就是关于“向阳红109”号执行中日联合黑潮的总结报告。他在这份上报的总结报告中增加了一个标题：世界在呼唤中国“向阳红”。

报告的开头这样写道：

> 第26届联合国大会以压倒多数通过2758号决议，恢复中华人民共和国在联合国的一切合法权利。这标志着第二次世界大战后，中华人民共和国真正登上了世界的大舞台。
>
> 作为联合国的成员国，在履行联合国所赋予权利的同时，也意味着要承担相应的义务。世界气象组织是国际性的最高气象组织，成员国众多，当中国恢复了在联合国的合法席位后，自然应该成为世界气象组织的成员国。六年后，世界气象组织政府间海洋委员会代表世界气象组织向中国发出召唤，邀请中

国参加世界气象组织的国际活动。

中国政府派出“向阳红109”号船参加了全球大气试验，并圆满完成任务，这证明中国有能力参与国际性海洋活动，为世界和平作出应有的贡献。

……

新中国海洋事业犹如一艘巨轮在继续前行。

1983年，中国海洋事业发展进程中的一件具有里程碑意义的事件发生了。

这一年的3月1日，《中华人民共和国海洋环境保护法》正式生效，这标志着中国开始进入了依法治海的新历史时期。

为了实施这一全新的法律，一种履行国家使命的公务船“中国海监”出世了。

为了实施这部法律，上级决定将一艘小型海洋调查船改为“中国海监”船，黄海被调任船长。

此次出航使命重大，随船首航的各级领导和中央各大媒体记者较多，而此时市场物资供应还不充足。为了做好接待工作和满足一个星期的海上补给，局长指示李安东开好介绍信前去军人供应站联系食品补给。

李安东从机关车队要了一辆北京牌大屁股吉普车去了军供站。没想到事情办得很顺利，他购买了鱼、肉、蛋及青岛啤酒等食品。这些食品说多不多，说少不少，如果另要一辆卡车不值得，若用大屁股吉普车运，一车装不下，两车正好。为了节省时间，李安东跟军供站的人商量后决定分两次把物资运送上船。

第一车送到了码头，李安东下了车找到武装更说道：“你去告诉黄船长一下，让他找人来卸补给。”

武装更去了，找到黄海船长时他正在做航行计划，武装更对他说：“船长，机关李秘书让你找人到码头上去卸补给。”

听了武装更的话，黄海自语道："这小子指挥起我来了，这活不去找政委怎么找我，这不是我船长的规定动作。"黄海也并不是要和李安东作对，而是碍着船长的面子不想在下级面前让李安东指挥，转头他对武装更说："告诉他，就说我说的，让他去找政委。"

武装更回到码头上对李安东说："船长说让你找政委。"

李安东一听火了，可他又一想此时不是和黄海较劲的时候。对这事黄海小心眼了，其实李安东并不是想指挥他，而完全是冲着老战友。他压了压火随即和司机把车上的东西卸在了码头船边上，然后开车走了。

当第二车食品拉到码头上时，李安东让司机把车停在了码头门卫室，这里离船上足有四五百米远。然后他走进门卫室抓起电话："给我接机关指挥处。"

电话接通了："指挥处吗？我是李秘书，我给黄海船上补给的出海接待食品已送到了码头门卫，我的车坏了，请你马上通知黄海船长派人到门卫来卸车搬东西。"他一说完，只听对方回答："好的，马上通知。"

接到指挥处的电话指示，黄海船长立即带领几名船员来到门卫。这时他看到李安东在门卫室里正吸着烟和值班员闲聊，理也不理他，黄海只得指挥船员开始卸车上的食品。卸完后就在他们准备往船上搬时，李安东从值班室里出来了，他连招呼也没打拉开车门就上了车，随后对司机说："开车。"

大屁股吉普车扬长而去，黄海这时才明白李安东是在有意折腾他，冲着已远去的汽车黄海喊道："李安东，你小子耍我！"听了船长这话，船员们都被逗乐了。

3月1日上午，尽管春寒料峭，但春天毕竟来了。那天天气晴好，由全国人大常务委员会委员长彭真题写舷号为"中国海监110"船从青岛起航，首航依法巡视黄渤海。

1984年，我国从国外购进的极地科学考察船"南极"号驶抵了青岛，作为青岛局第一艘海监船船长的黄海一直坚持做好规定动作的成绩又一次得到了领导的认可，他被调任“南极”号船任船长。

对于这两三年间所发生过的许多事情，常江从未仔细地去想过为什么。李安东当了局长秘书，他没有想得太多，认为理所当然。当黄海被任命为“南极”号船船长时，他一时想不明白这是因为什么？仅仅是因为黄海规定动作做得完美吗？

一个星期六的傍晚，常江下班回家刚走进宿舍区，迎面碰到了尚北平正带着儿子黄河和女儿黄妮外出。见他迎面走来，尚北平主动热情地打招呼：“常江，怎么，今天不值班啊？”

“我不值班，今天是政委值班。怎么，带孩子出去啊？”常江说这话时，已经上了小学的黄妮上前拉住了常江的手撒娇地嚷嚷道：“常叔叔，我要到你家去找常风哥哥玩……”

见黄妮这般情形，尚北平拉过女儿对常江说：“这不，今天是星期六，我爸爸的一位老战友打电话来，非要让我和黄海带孩子去他家吃晚饭。”

听了这话，常江顺口问：“黄海呢，怎么没回来？”

“噢，他从码头直接去了。”

“那你们赶快走吧，别耽误了。”

“再见。”尚北平说。

常江走了，黄河和黄妮连声说：“常叔叔再见。”

常江回到家里告诉妻子韩雪：“我刚才走到大门口，碰到尚北平和孩子了。”

“这个时候一家人出去做什么？”韩雪不经意地问了一句。

“听尚北平说，是到她爸爸的一个老战友家里去吃饭。”常江回答。

“那可能是去老局长家了，以前她经常去，只是不便同我们说。”韩雪说。

常江知道他们局现任局长是尚北平爸爸的老下级，关系一直很好，尚北平是局长家的常客。想到这，常江突然间意识到了什么，自己仍然留在“向阳红109”也许与窦政委那次的总结汇报有关。而黄海呢？难道他到“南极”号当船长与尚北平有关？再一想，难道李安东当秘书也与尚北平有关？这一切都不得而知，但他还是相信李安东不会去干那种事，因为那不是他的性格。

这时的常江和韩雪怎么也不会想到，就在不久前，李安东随局长下基层海洋站回来后起草了一份调查报告。李安东总是这样，每当他写完一份文稿总要读给褚楚听，作为第一个读者褚楚也总会对他写的东西尖刻地评头论足，严肃地指出问题。每到这时，李安东总是言听计从地接受意见认真修改，这似乎已成为了一种习惯。在这篇调查报告中李安东写了这样的一些事，他读给了褚楚听。

龙湾海洋站地处辽宁与河北两省交界的一个海湾的岬角上，五男一女六位观测员的六户之家，也同海洋站一起在这个岬角上长年地生活。

水是生命之源，可这里没有水，吃水要到几公里外去拉。地处偏僻，孩子上小学要到几公里外的一个村办小学去借读，读初中要到20公里外的外乡去寄读，读高中要到60公里外的县城去寄读……这就是这个海洋站子女上学的现状。

如今，这个海洋站还有三个上小学的孩子……一个男孩子放学后满头大汗地跑回家，片刻后又跑出了家门，只见他一个人在寂寥的岬角院落里把女孩子玩的沙包袋冲着天空高高抛起，又冲着空旷的大海高声地呼喊。这稚嫩的童声在岬角的上空孤独地回荡，在广阔的海面上传开来，让人看了听了后会不由自主地感到心酸。

这一幕应该引起我们的深思——这就是我们海洋人的后代吗？！

……

就是那一天，就在李安东读完这些时，褚楚沉默了好长时间，她想了很多很多，她已分明地感觉到李安东对孩童的眷待之心。沉思过后她突然对李安东严肃地说："安东，我们分手吧。"

褚楚的话让李安东吃惊不小，他从来没有想到过要与她分手，他万没想到褚楚会说出这样的话，他更不明白褚楚为什么会想到分手。

李安东以为褚楚是在开玩笑，他并不在意地说："吃错药了吧，你怎么也会开这种玩笑？"

褚楚回答说："安东，我不是开玩笑，这事其实我已想了很久了。"

"为什么？"

"我们俩这样，对你不公平。你知道我是生理缺失和冷淡的女人，我们分手对我是一种慰藉，对你是一种补偿，你应该有属于你自己的孩子，你当初执意选择我就是一个错误，你说不是吗？"

此时褚楚一反常态的话语令李安东惊讶万分，他无论如何也想不到褚楚会这样想。见褚楚如此认真，他想了想，同样认真地对褚楚说："褚楚，我选择了你，而不是你选择了我，你更知道我为什么要选择你。如果我们分手，那真说明是我错了，而我是一个轻易不会认错的人。我一直这样认为，我既然选择了你是一种缘分，我们俩的人生不会有对与错，因为只有法庭是判断对与错的地方。以前读书时我对幸福两个字有过这样的理解，幸字是土地上有两个人干活，当然在厚土上干活的那两个人一左一右该是一男一女；福字是一人一口一亩田，还有一件遮风挡雨的衣裳。两个字合在一起就是两个人只有在土地上劳作，才会有饭吃，有衣穿，这就是幸福。当我有了你，才进一步理解了家是享受人生的港湾，就像搏击风浪后归航的船舶，只有回到平静的港湾里才能彼此相济相拥，舒心地品味风浪过后的感知，这就是我理解的幸福。当然，在过去的这些年里，我对自己过于放纵，对你的关心和抚慰太少，也正是你的宽容和善待使我将自己的选择引为骄傲和自豪……"

第一次听到李安东这一番推心置腹的话，这让褚楚无言以对。她在想，他说的不对吗？十多年了，她没有任何理由怀疑他这个人，没有任何理由怀疑他这个人所做的一切。

1985年的深秋，"南极"号开始了中国南极科考的首次东南极之旅。

“南极”号起航的那一天，青岛港彩旗飘舞，隆重的欢送仪式结束后，“南极”号巨大的船身缓缓地离开了码头。三声汽笛过后，站在指挥塔楼上的黄海船长向码头上前来送行的领导和同志们招手致意：再见——再见——

经过20多天的航行，“南极”号进入了南纬45度，这里就是世界航海业内称之的西风带。“南极”号一进入西风带，只见洋面上浪高可达9米，万吨船似一叶小舟，被海浪抛上跌下。在这样恶劣的海况中航行随时都可能发生不测，驾驶室里黄海几乎两天两夜没吃没睡坚守在那里不敢离开。出海已20多天了，近两天他的胆囊炎有点复发，感到一阵阵持续绞痛。可此时作为船长，根本不允许他躺下休息。他只得用手顶着腹部，靠着大把的药片，顽强挺了4天4夜，终于驾驶“南极”号顺利地穿过了“西风带”。

新的一年元旦到来之前，“南极”号进入了南极圈。当天晚上，黄海在船的左舷第一次发现了冰山。随之，两天后冰山越来越多，奇形怪状，犬牙交错。巨大的冰山无边无沿，绵延几十海里，像一道不可摧毁的天然屏障；小的冰山晃晃悠悠，随波逐流漂忽不定。这时“南极”号的处境越来越困难，冰排连着冰排，冰山连着冰山，躲之不及，避之不了，每时每刻都在与冰排撞、蹭、擦、碰，船体被撼得左右摇摆，前仰后合。船艰难地在冰海中航行，到了第五天，船头左舷被利刃般的冰块撕开了一道直径达30厘米的破洞。

原定的航线全被冰山封住了，“南极”号周围白皑皑一片，黄海指挥操舵人员左突右进，就是没有出路，有时一小时才前进0.3海里。

“这哪是行船”，黄海按捺不住火烧火燎的心情说，“就是漂也比这漂得远嘛”。

几千海里都闯过来了，难道就因为这几十海里宽的陆缘冰无功而返？焦躁、不安、激愤……种种难以名状的情绪笼罩在黄海和随船的每一个考察队员的心头。

南极圈内，除了暴风雪和极地气旋外，一般都是艳阳高照，万里无云。茫茫冰海之中，如果哪个地方有一处裸露的海水，在太阳的照射下便会蒸发水气，随之在它的上方出现一朵孤立的、静止不动的云朵。

"有了，找云朵，找到云朵就会找到冰海中无冰的水域。"受到这一灵感的启发，黄海一声令下，于是全船几百双眼睛，一齐射向那银白的世界。一旦发现云朵，随船的直升机便立即起飞，飞到三四千米的高空仔细观察。真是撞上鬼了，起飞六次，次次发现的都是点点水洼。

20多天了，"南极"号被困在冰海之中，进退维谷。

天无绝人之路，意想不到的奇迹终于出现了。

也许是新年过后的好兆头。一天下午，守在驾驶室里的黄海突然发现冰海中裂开一道曲折的缝隙，他紧急动车，从这冰山的缝隙中蛇形前进，迂回曲折，与冰山周旋了20多天的"南极"号终于冲出冰海，抵达了南极大陆的海湾。就在船左舷500多米处，黄海终于看到朝思暮想，多少天来可望而不可及的南极大地。

"南极"号在海湾里抛下锚已是傍晚时分，考察队总指挥兴奋地决定："连夜突击卸运建立科考站物资！"

南极的夜晚如昼，正当卸运物资工作紧张进行时，接近午夜时分，在"南极"号右前方突然传来闷雷般"砰"的一声巨响，南极史上罕见的陆缘道克尔冰川特大冰崩发生了……

这是200多年南极探险史上一幕惊心动魄的场面。

站在驾驶室里的黄海看到，先是像爆炸了一颗巨大的炸弹，瞬间腾起的耀眼白雾直冲蓝天。随之，一声巨响如闷雷滚滚而来。几十米高的冰崖，犹如巨厦倾覆，飞起的冰块猛地砸向大海，激起滔天水柱，坠入海底的冰块，被海水的反作用力又推出水面，似白色的海象上下跃动，将冰川终年藏在水下不见阳光的部分裸露出海面……

黄海一下子惊呆了，他亲眼看到千百年来沉睡于海底的冰山不是白色的，竟泛着瓦蓝瓦蓝的幽幽晶莹之光！

冰崖崩塌之后，泥石流般的冰块似开闸之水冲进大海，铺天盖地，塌下的冰盖后排推着前排，排山倒海……“南极”号前后左右，顷刻间犹如浇灌般被巨冰死死困住，纹丝不动。

就在冰崩发生的瞬间，船毁人亡的险境一下子推到了“南极”号的眼前，有人冲进驾驶室大声喊道：“船长，赶快掉头后撤！”

黄海船长先是一惊，随即果断下达了紧急备车、全体人员就位，做好救生、消防、损管准备的指令。“起锚！”他亲自操舵在冰块的挤撞中挣扎着向前方的礁石区驶去。对于所有船员和考察队员来说，船长此举无疑是拼死一搏。因为“南极”号不仅随时可能被冰流撞翻，同时又增加了一重触礁的危险。

“南极”号终于艰难地移进一块小小的浅水海域，前边几十米处，突出的陆缘和水下暗礁阻滞住了冰流。这时人们才发现，假如当初掉头后撤，船将沉入冰海。

船保住了。但一波未平一波又起。冰崩过后眼前是一片“白色恐怖”。冰山连着冰排，层层叠叠从天边一直挤到船舷，这一回“南极”号又陷入前进不能、后退无路的险境。

有资料记载：国外一艘考察船曾被南极冰山和冰块围困了整整六年。面对此情，南极前苏联站的考察队员说：“‘南极’号六年能出去就不错了。”

“冰崩在眼前，塌冰围我船，问君何处去！坚定南极船。”与其说这是一场意志与胆量的考验，倒不如说是人与大自然的斗智斗勇！真的要待上六年吗？不！这绝不可能。中国考察队一定要重写这一历史。作为船长，黄海心中暗暗地想。

为了全船的安全，为了如期建成中山站，考察队员被迫向岸上疏散。他们从高高的船舷滑下舷梯，扛着沉重的包袱，在冰面上蹒跚而行。

此时，黄海多么想用船和船上的小艇亲自把考察队员送上岸，并亲自参加建站啊，然而这一切都不可能了。

望着眼前的一切，黄海心中一阵酸楚，他暗自流下了两行热泪。

科考队总指挥伫立船头，双眉紧锁。

几十名考察队员肃立甲板，寂静无声。

黄海立在指挥台上，面对这突发的险情顿觉肩负万钧。

与其束手待毙，莫不如奋力抗争。黄海带领船员寻找一切可行的突围办法。

他们下到冰面来到船头，撬杠，毫无作用，一连串轰轰的巨响回荡在渺无人迹的极地上空。然而，一“夜”寒风之后，又一切如初。

所有的努力都以无功、无效和失败而告终，人们唯一的希望就是等待。

黄海疲惫不堪。他不得不为他的船安排“后事”。他计划撤走大部分船员，只留下几个人坚守“南极”号。这留守的几个人中，他自己是第一人。谁都知道，在给养不足的情况下度过人称“死极”的南极冬季将意味着什么。

但是全船无一人离开岗位，危险增加了他们的勇气，船长的精神正在成为全船的精神。可以说从这时起，中国南极考察史上又多了一个新词，这就是“中国南极精神”。

黄海不死心，他和科考队长乘直升机在四周冰山间苦苦寻找突围的机会。一个星期后，一天黄海突然发现一朵“祥云”定格在“南极”号左舷大约1.5海里的上空。黄海乘直升机升空察看，果然是一处冰海裂隙。

直升机迅速返回船上降落，黄海当机立断，迅速操船，下达了一连串的指令：

“左满舵”，“进一”，“进三”……

150多米长的“南极”号扭动着庞大的身躯，向这条唯一的夹缝拱去。经过一个多小时的挣扎，“南极”号终于在重重冰海中艰难地掉过船头。此时冰山的第一道缝隙已经开始合拢，随之又开始出现第二道缝隙。

“南极”号挤进缝隙，数十米高冰的峭壁在船的两舷高出船桅缓缓向后移动，这冰的峭壁随时都会崩塌，船上所有的考察队员都站在甲板上，紧张地盯着驾驶室里的黄海船长。

“南极”号刚刚驶过最后一道冰缝，冰缝再度开始合拢。船终于冲出了冰海，前方就是一片开阔的极地海域。

七天七夜被困冰海的沉闷一扫而光，全船所有的人都喜极而泣，转而又情不自禁地欢呼起来：“我们胜利了！”

“南极”号创造了世界南极考察史上的奇迹，这是中国人创造的奇迹！

一个月后，中国又一个南极科学考察站落成了。黄海船长未能出席考察站的落成典礼，他和他的船员们依然坚守在“南极”号上。船政委是“南极”号船的唯一代表参加了考察站典礼，此时船政委的心情如波涛汹涌。他代表黄海船长和全体船员说：“在中国东南极科考站落成典礼的这一庄严时刻，我以中国首航东南极船长黄海和‘南极’号船全体船员的名义，向大家表示最诚挚、最热烈、最衷心的祝贺！

……

“今天，我们可以告慰祖国人民和海外同胞，我们没有辜负你们的期望，五星红旗已在南极大陆上升起，并将永远飘扬。”

也就在这同一时刻，坚守在“南极”号上的黄海再也抑制不住自己感情的波涛，流下了热泪。

沧海横流，潮涨潮落，中国海洋事业之船已经驶离了960万平方公里的黄土地，真正走向了世界。

三十三

“南极”号凯旋了，在欢迎南极科考胜利归来的人群中黄海并没有看到李安东的身影。黄海很是奇怪，局长都来了，作为秘书的李安东为什么没有来？

事后黄海找到了常江，常江没有先跟他说李安东的事，而是告诉他说，老船长生病了，你靠码头的那天李安东正在医院照顾老船长。另外常江还告诉了一个令黄海万分吃惊的消息，常江对他说：“李安东有儿子了……”

“什么，褚楚生孩子了？从来没听说她怀孕，这怎么可能。再说，她已经是40岁的人了？”黄海惊讶地问。

“你自己去问安东吧，是窦政委告诉我的，这段时间我也一直没见到咱们那个大秘书，具体是怎么一回事我也说不清楚。”常江说。

两天后，局机关送来一份准备上报的“关于‘南极’号船首航东南极科学考察及建科考站的总结报告”初稿，说是请船长提提修改意见。这份报告是李安东起草的，在报告介绍的背景中黄海看到了这样一段话：

人类起源于海洋吗？

科学研究表明，海水与人体血液含有几乎同等的化学元素。

不是吗？人类的胎儿在母体羊水中的状态，宛如自由自在生活在海洋中的鱼儿。人的胚胎在发育到一个月的时候，颈部的两侧居然也长着许多鳃裂。

婴儿与水有着本能的亲近，可以轻而易举地学会游泳，甚至潜水。婴儿的游泳技巧可以与海豚媲美！

……

然而，中国人却与海洋疏远了。

近代以来，随着世界探险者拉开探索南极的序幕，一支支探险队相继进入这块神秘的大陆。从此，南极洲已不再是被人遗忘的世界。

但是，打开南极洲地形图，上面密密麻麻地缀满了以外国探险家的名字命名的名字，记录着他们无数次惊心动魄的南极探险经历，唯独没有一个中国人的名字。20世纪后半叶，当世界十几个国家相继在南极大陆建立了100多个考察站，热火朝天地开展科学考察时，一个十几亿人口的大国却仍然被关在门外。

1984年，这一历史改变了……

从五星红旗在南极上空升起的那一刻起，中国将从“历史大辞典”中抹去“望洋兴叹”的无奈，更将在人类赖以生存的地球上寻找更加从容的生存空间！

黄海一边看文稿一边在想：李安东这小子想得就是多，这话只有他才能写得出来。看过报告后黄海这才想起常江对他说的话，老船长的病情怎么样了？李安东和褚楚，还有他们的儿子是怎么一回事？想到这他决定明天拉上常江一起，先到医院去看望老船长，然后再找李安东聚一聚，他要把从南极带回来的南极石送给他，这小子就喜欢这些稀奇古怪的玩意儿。

第二天的下午，黄海和常江相约来到了医院。病房里褚楚一手抱着孩子，一手正在给老船长喂药，见是黄海和常江来了，褚楚高兴地起身同他们打招呼。看到他俩同时到来，老船长也高兴地笑了，并示意他俩到跟前来。这时只见老船长冲着黄海吃力地伸出了右手，又握起拳头竖起了大拇指。黄海和常江都知道，他们没有给老船长丢脸，这是老船长在赞扬他们，更是赞扬黄海驾船首航东南极干得好。

褚楚主动对他俩说："老船长在电视上看到黄海了，他在表扬你哪。"

黄海和常江上前询问老船长的病情，老船长说话已不是很清楚了。褚楚告诉他俩说："几天前老船长突发脑中风，现在恢复得好多了。只是说话有些不行，目前也不能下地行走，医生说恢复一段时间会好的。"

听着褚楚介绍老船长的病情，黄海突然想到了她和她儿子的事，再看看褚楚怀中抱着的孩子，便示意褚楚到旁边说话，他问褚楚："听常江说，这是你们的儿子？"

听了黄海的问话，褚楚的脸一时间有些微微发红，这时常江也过来了，还不等褚楚解释什么，只听病床上老船长含糊不清地喊他们，他俩只好回到病床前。老船长开始言语不清地对黄海和常江吃力地说了起来……

见黄海和常江一时无法听明白老船长的话，褚楚接过老船长的话对他俩说："前些日子老船长回塔山阻击战遗址去祭奠牺牲的战友。在烈士陵园，老船长扫墓时遇到一群人正在一座新坟前祭奠。老船长不解，好奇地上前询问，一位村干部模样的人告诉他说：'这是一位当年参加塔山阻击战的幸存者，新中国成立后伤残来到了塔山一直为牺牲的战友们守陵，这一守就是30多年。这个老兵一直住在山下的村子里，老伴早去世了，两个女儿已出嫁，只有一个小儿子陪着他。'那天在那个老兵的新坟前正说着，一个妇女抱着的一个一岁多的孩子突然哭了起来，村干部又告诉老船长，这孩子是老人的孙子，孩子出生时儿媳难产走了，老人只好和儿子带着孩子过日子。谁知祸不单行，不久前在渔船上干活的儿子出海时船沉了，再也没回来。老人经不住这一连串的打击也走了。老人是战斗英雄，根据他的遗愿，经政府批准，七天前把他安葬在了这里。"

褚楚说着已流下眼泪。她继续说："听了这话老船长受不住了，他让陪同人员和他一起找到当地民政部门，执意要收养这个孩子，说这孩子也是他的孙子。老船长办理完收养手续抱着孩子回来，本想请个人帮他带孩子，可人还没请到，这不老船长可能是因为受这件事的打击，前几天突然得了这病。这一病倒他觉得再无力照顾好孩子，很是伤心，前天窦政委来看他，他请窦政委帮忙做一做我和安东的工作，想把孩子托付给我们。对于老船长的想法我倒没什么意见，只是……不知道安东是怎么……”

就在褚楚讲这些时，躺在病床上的老船长脑海里立刻浮现出了塔山阻击战那惨烈的战斗场面。

那是一场十分惨烈、悲壮和神奇的阻击战。

塔山不是山，这个位于渤海北岸，辽西走廊要道，海拔高度只有几十米的山丘，东临渤海锦州湾，西接白台山，京沈铁路和沈山公路从山丘下并行经过，山丘扼守铁路、公路和山海的要冲。这里距海岸近在咫尺，距国民党军港葫芦岛不足五公里，我军以八个师阻击国民党十一个师进攻防御战拉开了辽沈战役的大幕。阻击战打响后，国民党军有史以来第一次陆、海、空三军联合作战，蒋介石亲自坐镇在海上的“重庆”号巡洋舰指挥战斗。我守塔山主阵地的部队面对国民党军的数次进攻始终坚守阵地，国民党军先用飞机轮番轰炸，随后陆军在装甲车的掩护下发动攻击，我军顽强反击，打退了国民党军一次次的进攻。激战中海上“重庆”号巡洋舰的炮弹不时地落到阵地上，就这样六天六夜，国民党军直至最后也没能攻下塔山。

塔山阻击战空前惨烈，守卫塔山主阵地的部队大部阵亡。战斗结束后，阵亡将士全部就地掩埋在了塔山上。新中国成立后，当年指挥塔山阻击战的纵队指挥员病逝后也葬回了塔山。塔山是一座神奇之山，是一座英雄之山，是一座丰碑之山。

就在褚楚还在说着时，窦政委急匆匆地推门进了病房。他并没注意到病房里的氛围，见黄海和常江都来了，窦政委高兴地说：“好啊，真是天意，这事成了。”

还不容问个究竟，窦政委急忙来到病床前对老船长说："老船长，现在请你大点声点名，喊一声：李安东！"

老船长一时弄不懂窦政委是什么意思，窦政委又催促说："喊吧，快喊啊。"

听到窦政委的一连催促，老船长只好吃力地喊了一句："李安东！"

老船长的话音刚落，只听窦政委应声答道："到！坚决完成任务！"随后他向老船长庄重地敬了个军礼。

看到眼前的情景，几个人一时都有点丈二和尚摸不着头脑。这时窦政委才笑着说："是李安东让我代替他来的，他要我一定要这样做。他临时跟局长出差去了，不能前来当面领受任务，所以求我来代替他。"说着从衣袋里掏出一张纸递给了老船长。老船长接过一看，顿时脸上露出了笑容，继而眼角滚出了眼珠。

保证书

尊敬的老船长：

您是我的老首长，也是我的前辈，永远是我心目中的英雄。

关于孩子的事，我完全服从您的决定，只是建议把孩子的名字改为李舟，让他暂时不知道过去，只记住今天，请您决定。

我还有一个条件，您出院后一定要到我家，由我和褚楚来照顾您，请您不要让我失望。如果我不这样做，那我缺……

祝您早日康复！

此致敬礼

李安东

××××年5月12日

看过李安东的保证书，老船长的泪水禁不住流淌了下来。在场的人都沉默了，褚楚紧紧地抱着孩子上前为老船长擦去眼泪，她打破了沉默对老船长说："老船长，您放心吧，我和安东不会让您失望的。"

听了褚楚的话，窦政委、黄海和常江，他们的眼中都闪着泪花一齐鼓起了掌。正在大家都为老船长高兴时，病房的门突然一阵风似地被推开了，只见黄海的儿子黄河、女儿黄妮，常江的儿子常风一齐拥了进来：“方爷爷……方爷爷……”

随着一阵清脆的喊声，三个十几岁的孩子一块扑到了老船长的病床前。

看到眼前三个充满朝气的孩子，褚楚又一次把那个一岁多的“儿子”紧紧地抱在了怀里。

三十四

两年后，褚楚参加的课题组出海了。

出海的一个多星期里，褚楚委托幼儿园的一位阿姨帮助照顾儿子李舟。出海一回来，褚楚马上跑去幼儿园接回儿子。孩子已经睡了，她把孩子抱回家轻轻地放在了床上。

快到晚饭的时间了，出海忙活了几天又累又饿，也不知道李安东晚上什么时候能回家，她想自己先做碗面条吃了再说。这是褚楚单位海洋研究所刚刚分配给她的一套两居室的房子，60多平方米的面积让她和李安东感到很是满足，这在同类人群中算是上流社会了。当她来到厨房时，一眼看到餐桌上放着爸爸的一封来信，显然这是李安东有意放在这里留给她的。

爸爸已有好长一段时间没有来信了，她顾不上做饭，急忙打开信看了起来。爸爸在信中告诉她：现在工作很繁忙，因为国家在开展南极科考的同时，已经启动了大洋深海探测工程的前期工作。目前首先开展大洋科学考察，随着大洋科考的深入，还将开展大洋海底的载人深潜探测工程。研究所领导安排他开始搞大洋科考调查仪器设备的研制工作，并为日后深海载人潜水器的研制做技术储备。最后还告诉她：你妹妹出国上学了。

看过爸爸的来信，褚楚感到很振奋，她预感到海洋事业大发展的时期真的来了。不是吗？自1980年5月，我国向太平洋海域发射第一枚运载火箭获得成功之后，海洋事业的重大事件一个接着一个。这次他们出海，就是课题组研制的潜艇攻击声呐一同参加海军核潜艇首次发射水下运载火箭试验。

这是令褚楚永远也不能忘记的一幕。

那天，在某试验海区，接到陆地指挥部下达的“试验开始”的命令后，在海上待命的核潜艇迅速进入发射试验海域。

核潜艇就位后，艇上所有机械设备运转正常，舱内各种显示台上的灯光不断闪烁，电子仪器不断发出“嘶嘶”的蜂鸣声，全艇人员紧张异常，似乎空气在此时此刻都凝结了。

“5、4、3、2、1，发射！”只听艇长果断下达命令，随着潜艇剧烈地一阵颤抖过后，火箭从潜艇射出，又跃出海面直刺苍穹，向太平洋预定海域飞去。

我国核潜艇首次水下运载火箭发射成功了！

当发射成功的消息从万里之外太平洋上的测量船传到艇上时，参试人员和官兵们相拥而泣。

这是激动的泪水，这是自豪的泪水，这是圆梦的泪水。

当核潜艇发射的火箭跃出海面直刺苍穹的那一瞬间，分明向全世界闪现出一道来自东方的中国海权之剑的蔚蓝色灵光。

对于这一时刻中国人等待的太久了。

人类征服海洋的愿望由来已久，这源于海洋是风雨的摇篮，生命的故乡。

对于这一点，李安东也许要比褚楚想得多。有一次，李安东问褚楚：“你说说‘海’字代表什么意思？”

褚楚回答：“不知道。”

“没文化。”李安东说，我来告诉你：“海字是由人、母、水组成，我们的祖先在发明这个字的时候意在告诉后人，水是人之母。同时还告诉我们，人每天都离不开水。这水之源就是海，毫无疑问，海是生命的故乡。”听了李安东的话，褚楚说他咬文嚼字，可他又说：“你真是有知识，没文化。我还要告诉你，与海字同行的还有一个‘晦’字，这个字告诉我们海洋每天每日都是个神秘莫测的晦暗深渊，正如雨果所言，海洋总是把它的罪恶掩藏起来，它喜欢保持暧昧的状态。”

李安东说这些时褚楚并未在意，可今天想来确是如此。人类从未放弃过征服海洋的愿望，但在海洋面前，人类又始终是弱者。古往今来在海洋上不知道上演了多少幕人被打败的悲剧，但人还是在大海上不懈地前行。想到这，褚楚想起了中国海洋石油人的那刻骨铭心的一幕。

那是1979年11月，渤海湾的冬天异常寒冷，我国由某国进口并更名为“渤海”号的钻井平台，在完成一个井位的钻井作业后拖航到新的井位，就在降船时海上刮起了七至八级大风。渤海湾阵风乍起乍落是常有的事，而当时平台上未收到任何气象台发布的大风警报，拖航作业照常进行。不料海上的大风越刮越猛，至晚间阵风风力达到了十一二级。这时海面上海浪随风骤起如排山倒海，“渤海”号在大风浪中剧烈地摇晃颠簸起来，凶猛的浪头一个接一个冲上甲板，无情地扫荡着甲板上的一切。此时平台上有70多名作业人员，险情当头，大家急忙加固甲板上的物件，并采取措施严防海水灌进舱室。但人之力无法抵御海之力，几个巨浪扑上甲板，猛地将两个通风筒盖掀开，海水在甲板上形成巨大的旋涡，又咆哮着从通风筒灌进舱内。

“人在船在”，海洋石油人拼死一搏，但一切的抢险措施都于事无补，霎时间底舱灌进了大量的海水，应急发电机被淹没，整个平台顿时陷入黑暗之中。拖航指挥者意识到眼前的险情，善良地做出了让拖航轮调转航向摆脱险境的决定，不想事与愿违，就在转向的过程中，“渤海”号被狂风巨浪掀翻，随即沉入海底。

“渤海”号上中国海洋石油早期勘探者大部分人遇难，唯有2人幸存。

“渤海”号沉没了，一时间震动了海内外，引来社会一片的谴责，直至批判和对事故责任者的审判。

海上的事瞬息万变，理应用海洋思维对待之，若以陆上的常规思维推断海上发生的事情，显然有悖游戏规则，但人们当时还是这样做了。

事后调查结论一语惊人：一艘不合格的钻井船，在渤海翻沉。

按道理，当时应理直气壮地把某国拽上被告席，依照国际法索赔中国蒙受的惨重损失。但那时中国还是一个初开国门的年代，我们不懂得用国际标准去检验二手钻井船产品是否合格，更不懂得捍卫自己应该享有的权益。

“渤海”号的沉没教训是深刻的，影响是深远的。中国海洋石油人立志下海，但不谙水性不识海，难免海不遂人愿，出师未捷身先死。

中国海洋石油，以悲剧的形式结束了一个悲壮的时代！

后来在谈到“渤海”号沉船事件时，李安东曾对褚楚这样说：“中国要走向海洋吗？请读一读美国的一个教书匠写的一本书，书名叫《海权对历史的影响》。”

这是一本什么样的书？

看过这本书的中国人，有人肯定这本以鸿篇巨制阐述了“海权”，认为它精辟地概括了自世界地理大发现以来世界各国经略海洋的实质；也有人不喜欢“海权”这个字眼，认为它与海上强权争霸血淋淋的历史密不可分。但是，不管人们喜欢或是不喜欢，世界历史还是这样写着——“东半球的大不列颠堂而皇之地夺取了海权王冠，却将其理性思维的专利，送与了西半球的美利坚合众国。”那个名叫艾·塞·马汉的美国人，被世界公认为“海权理论之父”，他的海权论将人类的海洋观提升到了一个新的时代高度，也让世界卷入了一场新的海洋争夺，此时如果中国人还是浑然不觉，如果不及时猛醒，难免要再次陷入新的危机。

这种危机是什么？此时褚楚无法想明白，更说不清楚。

那天晚上李安东没有回家，她以为他又出差了，她早已习惯了他这种不辞而别的短暂离去。吃过晚饭简单收拾了一下，她便和孩子睡了。

不知道为什么，那天晚上褚楚久久不能入睡。第二天早晨她起得很早，本想利用在家里休息的时间把家里收拾一下。就在做早饭时，宿舍传达室的人来告诉她：局办公室通知，让她今天上班后到局里去一下，说是领导有事和他谈。听了传达室的通知，褚楚心里不禁一惊，心想：局里从来也没找过我，难道安东犯什么错了？

吃过早饭，她把孩子送到幼儿园后，匆忙来到了局办公室。主任热情地接待了她，主任说："褚楚同志，真是不好意思，你昨天才出海回来，还没休息就把你请来了。"说到这主任停下了，他在观察褚楚的表情，此时褚楚已经意识到一定是发生了什么，但她极力控制着自己的急切情绪。见她如此，办公室主任便装作轻松地对她说："李安东昨天住院了……"

"怎么回事，他为什么会住院？"褚楚焦急万分，这时一位副局长进来了。见褚楚情绪有些激动，马上安慰她说："你不要着急，冷静一下，听我跟你慢慢说。"过了一会儿这位副局长对她说："李安东住院的事，我们是按照他的意见办的。一是你在海上，二是怕你知道了着急，所以今天才请你来。"停了一会儿，副局长语气有些严肃地对她说："褚楚同志，你是一名党员，组织上相信你会正确地对待李安东的病情。我不得不告诉你，经初步检查，医生怀疑是胃癌……"

副局长的话犹如晴天霹雳，褚楚脑子里一片空白。她没有眼泪，只是呆呆地看着那位副局长和主任，不知过了多长时间，只听她冲着他们喊了一句："李安东只有38岁呀！"随后猛然转身跑了出去。

市立医院里李安东拒绝任何人的探视。他知道自己仅仅是一个小秘书，在局长身边那是狗仗人势，别人敬而相待是不得已而为之。生病住院了不会再有人来敬而相待，因为你将失宠，再说他也厌烦了那些无聊的做作之举。当秘书七八年了，整天皮笑肉不笑的，面部笑的神经也都麻木，也该修复修复了。这时的他，有些正经但仍不失调侃地对褚楚说："我记得老师说过，世间万物，有生就有死，有死就有生，这是大自然的必然规律。在这种任何力量都无法改变的自然规律面前，人类是渺小的。因此，我们必须老老实实地承认，生只不过是一个生命终结前的脚注，而死将预示着一个新的生命即将诞生。正是这死的延续和生的希望的不断更替才构成了大千世界的繁衍和昌盛，这就是毛主席教导我们的唯物主义。"李安东还正经地让褚楚到书店给他买一本医学院的教科书《内科学》。

鉴于李安东的病情，对于他的话，褚楚只能照着去做，她不能过多地问为什么，可她心里还是纳闷：他又要干什么？

三十五

褚楚安排好第二天李安东手术准备的有关事情后，又抽时间跑到书店买了一本厚厚的《内科学》。

第二天早上，医院早查房一过，褚楚就来到了医院，主治医生随即把她找到了医生办公室。医生直截了当地对她说：“你爱人拒绝手术，不知道是什么原因，无论我们对他说什么，他都坚决不同意做这个手术，只是说，‘我是病人，一个星期后我会告诉你们’，不知道他这话是什么意思，请你劝一劝他。”

褚楚把买来的《内科学》交给了李安东，李安东把书中胃病一节认真、仔细、反复地看了一个星期后，他坚定地对医生说：“我是病人，我的切身感觉与医学教科书上所描述的症状存有较大的差异，我要求复查，重新确诊。”

医院只好同意了。

市立医院紧邻青岛观象山，这里是市区内的绝佳去处，更重要的是观象山隐藏着一段与中国海洋事业息息相关的历史，可在今天却少有人问津。复查期间李安东在觉得身体好受一些时，利用散步的时间走进了观象山，走进了那段似乎已经被人们遗忘了的历史。

海洋，其实是人类社会的另一部发展史。

最初，原始的人类对神秘莫测的海洋充满了恐惧，随着不断进化，为了满足自身生存的需求，古人被迫开始战战兢兢地挑战海洋；当智商发达后，为了改变地缘分布的不均衡和实现欲望的追求，人类开始了征服海洋之举。从那时起，人类便视海洋为取之不尽、用之不竭的宝库，群雄争锋的疆场。

时间回溯到1894年，就在山东半岛北端的小镇威海卫，大清王朝的铁甲战舰游弋海面，黄龙旗飘舞之时，半岛南端的一个小渔村却发生了历史性的变迁，随后发生的事件奠定了中国近代海洋事业的发轫，并直接影响了现代海洋事业的发展。

公元1891年，中国近代史上一个不大不小的人物，来到了今天被称为“青岛”的这个地方。这个人拖着一条长辫子，捧着一道谕旨，把他的四个营同样托着长辫子的士兵布防在了黄海之滨和山东半岛南端海边的几个渔村。这个人就是大清朝登州镇总兵——章高元。这标志着正是这一年，清朝政府在胶澳地区设防，青岛作为清朝的一个海滨重镇建置开始。

青岛，日后中国近代和现代海洋事业发展史上的一个极其重要的符号从这时开始初现端倪。

1912年1月9日，在青岛观象山上，一座欧洲城堡式风格的石砌观象大楼建成竣工，这就是德国“皇家青岛观象台”。这个观象台的职责是负责气象观测、授时、地磁、地震、潮汐观测及地形测量等。同时负责舰船仪器试验、检定及供给。

这是德国人占领青岛的一个见证，为彰显德国在青岛的霸气和勃勃雄心，在这座大楼二层壁厅的青玉石碑上镌刻着这样一首德文诗：

远离故土的德国使者，在异国的海滨，建起这宏伟高楼。

任凭风暴汹涌，抑或电闪雷鸣；危急时总会向您通报。

远航的船舶啊，请放心，这巍然耸立的城堡，就像是德意志民族在向世界问候。

这首小诗像似在向世界宣告，侵略者是“使者”，“向您通报”、“风暴汹涌”、“电闪雷鸣”。“请放心”是一个侵略的民族，“在向世界问候”。

然而这种问候只问候了两年多，1914年，日本帝国主义以对德宣战的方式，攫取了德国在青岛和山东的一切权益。同样接管了德国“皇家青岛观象台”。1916年“皇家青岛观象台”被日本人更名为“青岛观候所”，并将观象山改名为“测候山”。这还不够，他们还以“青岛观候所”的名义，委托青岛近海的潮连岛灯塔和大公岛灯塔，陆上的李村、沧口、仙家寨、老洼乡、九水、沙子口、张村、浮山所及阴岛等地的日本宪兵派出所观测气象，并把这些气象情报资料源源不断地输送回日本。

1919年，轰轰烈烈的“五四运动”随着第一次世界大战的结束，“还我青岛”的民族呼声传遍了全世界，使得日本帝国主义不得不把青岛归还中国。但在交涉交还青岛的华盛顿会议上，日本拒绝交还“青岛观候所”，理由是中国没有合格的气象人才，除非蒋丙然来接收！

蒋丙然何许人也？何以被日本政府用做砝码来抵制中国政府的接收？

蒋丙然：中国第一个气象学博士，中国气象事业的奠基者。

1924年5月，几经周折，“青岛观候所”终于回到祖国的怀抱，当时的胶澳商埠督办公署将“青岛观候所”更名为“胶澳商埠观象台”，蒋丙然出任台长。

1929年7月，青岛特别市成立“胶澳商埠观象台”，后改称“青岛特别市观象台”。1930年9月取消“特别市”，名为“青岛观象台”。

建于1928年的青岛观测台海洋科是中国第一个海洋水文气象和生物观测研究机构。这段发轫时期中国近代海洋学史中的领衔者，现代海洋科学发展研究的重要奠基人便是蒋丙然和宋春舫。

1927年夏天，一位从欧洲回国的学者来到青岛，他是谁？他来青岛干什么？

就在几个月前，北京大学校长蔡元培接待了一位特殊的人物，他就是宋春舫。

宋春舫，浙江吴兴人，剧作家、戏剧理论家、喜剧作家，曾留学瑞士，精通英、德、拉丁等多种文字，回国后任过北京大学、清华大学教授，但作为中国海洋科学的先驱者后人却少有提及。宋春舫还是一位藏书家，被誉为“世界三大戏剧藏书家”之一，其书房“褐木庐”主藏国外戏剧书刊。

宋春舫倡导建立中国海洋研究所之时，正是新文化运动时期，蔡元培先生本以为他会对国内的戏剧发展提出真知灼见，可万万没有想到的是，宋春舫却向他说出了一个令人感到十分意外的想法。他说：在欧洲学习时，经常到摩纳哥去参观学习，在参观了阿尔贝大公所建的海洋博物馆时，他看见了许多海洋活体生物。然而，更令他感到惊奇的是阿尔贝大公自己亲自参加海上调查，并绘制了大洋水深图和海水温度变化图，这一切深深地印在了他的脑子里。

从那时起他时常回忆起中国沉痛的海洋史，一次次的外侵都是来自海上，一个所谓的临海大国，却有海无防，更无海洋科学研究，这样怎么能不被外强欺辱？正是为此，他开始学习有关海洋科学方面的知识，注意收集国外海洋科学的参考资料。宋春舫早已暗下决心，回国后要为创办中国的海洋科学研究所贡献一份力量。

宋春舫对蔡元培先生说，回国后他除了教学和戏剧创作之外，一直在为创办中国的海洋科学研究机构奔走呼吁。他曾找过时任北平研究院院长的李石曾先生，建议应尽早建立中国的海洋研究所。李先生也认为：近代海洋成了中国无防的国门，现在不进行海洋科学研究，不努力发展海洋事业，就很难建立中国强大的海防力量，那将必然还要继续受到侵略。不过他认为要创建海洋研究所困难重重，专业人才、经费、仪器设备等，还有就是创建海洋研究所的选址。

蔡元培先生当时是北平《科学社》的负责人，听了宋春舫的想法，蔡先生的心情无法平静，犹豫过后，蔡元培先生支持了宋春舫。赞同他创建中国海洋研究所选择青岛的意见，建议他前去青岛实地考察。并告诉他，青岛观象台台长蒋丙然先生也是科学社社友。

宋春舫最初为什么会想到青岛？时任第一次世界大战战胜国中国代表团秘书的宋春舫参加了“巴黎和会”，他清楚地知道正是这次会议，日本帝国主义不想归还中国领土，从而引起中国人民的强烈不满。正是这个原因，1919年5月4日在中国的土地上爆发了著名的“五四运动”，强烈要求日本帝国主义无条件地归还青岛。正是从这时起，宋春舫记住了中国有个青岛这个名字，并吸引了他的注意力。

1914年11月，日本趁德国发动一次大战无暇东顾之机，取代德国侵占胶澳，进行军事殖民统治。1922年12月，中国收回胶澳，开为商埠，设立胶澳商埠督办公署，直属北洋政府。1938年1月，日本再次侵占青岛。

青岛短短的百年历史，其间三次沦为帝国主义列强的殖民地，经历了一次次的屈辱。

宋春舫先生因“巴黎和会”记住了青岛，又因“五四运动”认识了青岛。除此之外，还有一个原因就是“科学社”社友、时任青岛观象台台长的蒋丙然先生是他的老朋友。

当李安东了解了这些，他想到了这样一些问题：中国近代海洋科学调查与研究始于20世纪20年代初。今天，我们不得不进行深深地思考：宋春舫先生为什么钟情于青岛？蒋丙然先生为什么赞同于青岛？中国近代海洋科学调查与研究为什么能始于青岛？中国近代海洋科学机构又为何能兴起于青岛？

关于始于青岛，这似乎不难理解，蒋丙然先生说：“青岛地邻黄海，居全国海洋岸线中心，观测海洋自属任务之要，且海洋学科，正于此时为全世界学者所注意。”

我们是否可以这样思考，是先驱者的远见卓识和丰厚的文化底蕴，圆了青岛与大海的缘分。这也必将预示着中国后世海洋文化的凸显将是一种必然，更是后人必须要回答的一个严峻的命题。

1927年，那是一个十分平常的日子，宋春舫先生登上了青岛的观象山，叩响了国民政府青岛观象台的大门，找到了时任台长蒋丙然先生。

宋春舫的想法同样让蒋丙然先生十分惊诧，但蒋先生还是理解了他，接纳了他，欣然采纳了他的建议。考虑到一无所有的现实，蒋先生建议先在青岛观象台内设立海洋科，在原有海洋潮汐和一部分海洋水文观测的基础上，扩大与海洋有关的调查和研究工作。就这样，由蒋丙然先生向国民青岛市政府申请并得到批准，1928年11月，中国第一个海洋水文气象和海洋生物观测研究机构，青岛观象台海洋科在青岛成立，宋春舫先生任第一任海洋科科长。

1930年秋，宋春舫请蔡元培先生到青岛，与时任青岛市长的胡若愚商谈筹建海洋研究所一事。蔡先生的理由是青岛地理位置适中，已有海洋科几年的筹备工作，同时还有早已建好的小港验潮井积累多年的海洋潮汐资料，使黄海海平面成为我国海拔高度的基准点。胡若愚听了蔡元培先生的意见后，同意在青岛建立中国第一个海洋研究所，并出任“中国海洋研究所筹备委员会”常务委员，负责具体的筹建资金、基本设计和选址工作。最后经国民青岛市政府批准，位于前海莱阳路滨海公园的部分土地为中国海洋研究所所址。

中国海洋研究所的筹备分两步进行，第一步先行建设海洋水族馆，第二步建研究所。水族馆的建设资金是募集来的，馆内设计借鉴摩纳哥海洋博物馆。经过一年多的建设，1932年5月8日，青岛水族馆建成开馆。

蔡元培先生颁布了开馆典礼，他在致辞中说：“此馆，当为吾国第一馆。”此时胡若愚已卸任市长，未能出席开馆典礼。但他题写了“青岛水族馆”馆名。时任青岛市市长沈鸿烈出席了开馆典礼，他高度赞扬了水族馆的建成，对国家、国人和青岛将受益匪浅。

建成后的青岛水族馆由两部分组成，一部分是活体海洋动物馆，另一部分是陈列标本的海产博物馆。馆养活体海洋动物百余种；馆藏海洋动植物标本四万余种。青岛水族馆的建成为认识和了解海洋生物提供了最直接的科学研究场所，也成为当时中国第一、亚洲最大的水族馆，更成为青岛这座城市永恒的海洋符号。

水族馆建成后，中国动物学会接受中华海产生物会的提议，筹建青岛海滨生物研究所，筹备工作仍由蒋丙然、宋春舫先生承办。1936年7月于莱阳路2号举行了奠基典礼，1937年主楼落成，其余工作因“七·七事变”半途而废。

1937年，日本第二次占领青岛。观象台所管辖水族馆、海洋生物研究所等均入敌手。观象台使用的还是第一次日占时期的“测候所”一名。

1945年抗战胜利之后，南京国民政府再度接收青岛，观象台复称“青岛市现象台”，1948年10月，一度由国立山东大学接管。

1949年6月2日，青岛解放，观象台开始了新航程。1951年，归属人民海军，设为“中国人民解放军青岛基地现象台”，为配合国民经济和国防事业发展的需要，观象台进行了一系列重要的水文气象探测活动。1957年后，天文、地磁、地震部分移隶中国科学院，原为“中国科学院紫金山天文台青岛现象台”；气象部分归海军，定名为“中国人民解放军北海舰队司令部气象区台”。

历史让李安东震撼了，病体没能使他绝望，历史反而让他更加振奋，他又感到了一代人的又一种责任：文化责任。

可此时，他却不知道有人正在为他的身体忧心忡忡。

三十六

老船长知道了李安东生病的消息，他很是难过地对褚楚念叨："他不会的，我相信安东会挺过去的，会挺过去的……"

窦政委到医院去看望李安东，他拒绝了；黄海和常江也到医院去看望，他也拒绝了；最后就是尚北平到医院去探视，同样也遭到了拒绝。这让尚北平十分不理解，她想应该去找褚楚，问清楚这到底是怎么一回事。

一个星期了，尚北平是怀着一种十分复杂的心情来找褚楚的，可一连几次都没能找到。见不到李安东，又找不到褚楚，这让她又急又气。又是两个多星期过去了，这一天，尚北平终于在李安东的家里堵到了褚楚，这是她第一次走进他们的家。尚北平开始还是客气地安慰了褚楚一番。近一个月的日子，褚楚不知道是怎么过来的，她这时已没有心思想得更多，顾及得更多。但尚北平不同于别人，她今天找上门来，褚楚心想是否该跟她讲讲李安东的病情。这样既可以排解一下自己心中的郁闷，也是对她有个说法，她知道尚北平一直在关心着李安东，再说最为紧张和艰难的日子已经过去了。

谁知还没等她开口，尚北平先说话了："褚楚，以前我是生过你的气，但那都过去了，我并没有记在心上。可这一次我真的生你的气了，今天来找你不是想对你解释什么或是想听你解释什么，只是想问个明白，李安东现在的病情究竟是怎么回事？他为什么不想见人，连我也不见？而你又为什么不把一切都告诉我？你们俩为什么要拒绝朋友的帮助？这些到底都是为什么，对我也不能说吗？"

听了尚北平的这些话，褚楚一时还是有些为难，该怎样对她说呢？安东自从住院后不希望别人看到他病中的样子，说是留给别人的应该是快乐而不是痛苦。所以嘱咐她不要对别人过多地说他的事，还特别说到不要告诉尚北平。见褚楚迟疑，尚北平有些急了，她毫无隐讳地说道："褚楚，我没有权利要求你什么，你知道上学时我喜欢过李安东，但我没有能力得到他，可作为同学或是朋友，今天我应该有权利为他做点什么……"

听到尚北平把话说到这个份上，褚楚不能再迟疑了，她觉得自己应该把李安东现在的情况如实地告诉尚北平，她同自己一样有一种权利，这是一种外人无法剥夺的属于女人的情感的权利。想到这，褚楚走近尚北平拉她坐了下来，告诉了她李安东这些天的一切。

褚楚对尚北平断断续续地说："你可能知道，安东在船上时晕船比黄海和常江都厉害，因此他早就得了胃病，时常胃痛吃不下饭。他当秘书七八年了，这些年表面上看挺风光，可他骨子里就是一个东北二杆子，为人处世在原则问题上不会拐弯，不会通融，这样做不知道得罪了多少人，所以机关里对他争议很大。这些他都知道，可他还不服气，硬是一条道跑到黑，这更招来许多非议和指责。每当这时他还总是调侃地说：'学习雷锋好榜样，读毛主席书，听毛主席话，做毛主席的好孩子。你们不读我读，你们不听我听，你们不做我做！'你说他气人不气人。他当秘书这些年把家当成了招待所，一个多月前他随局长跟船出海了，回来后觉得胃疼得厉害，实在坚持不住了才去了医院。这一去不要紧，成了今天这样的局面。"

尚北平急于知道现在的情况，褚楚继续说："后来他才告诉我，那天检查时间很长，躺在透视床上他隔着屏蔽的玻璃窗注意到，有两位医生一直对着透视机的显示屏商量着什么，直至最后他隐约地感到医生在检验报告单上写下的是：CA，也就是癌症。局领导对他的病十分重视，立即联系住院安排手术。可他并不情愿，让我买了一本《内科学》看了一个星期，然后找到医生说：‘我是病人，书上写的病症和我自己的感觉不相符，要求重新复查’。”

“现在情况怎么样？”尚北平急切地问。

“在安东的一再坚持下，经过两个星期的反复检查，新的诊断出来了。你知道后一个医院要否定前一个医院的诊断不是一件容易的事，最后复查的诊断结果是：较大面积糜烂性溃疡。昨天，他搬离外科转到内科进行保守治疗。”褚楚说完这些，长长舒了一口气。

尚北平听完褚楚讲的这些站了起来，看得出她本来紧张的情绪一下子放松了很多。但还是十分关心地问道：“他现在怎么样？需要我做些什么？”

“一切都过去了，谢谢你，北平。”

见褚楚还是这样客气，尚北平对她说：“褚楚，我不怕你不高兴，李安东这辈子又欠了我一回，这笔账到时候一块算。”

褚楚笑了：“安东不只是欠你的，他欠我们俩的。”听了这话尚北平也笑了，褚楚还告诉她：“安东说，在内科保守治疗一段时间后，他要转中医治疗，就是在望海寺院旁边的那个中医院。”

最后尚北平说：“请你转告李安东，就说我一定要见他。”

李安东转院到望海寺旁的中医院去了，几天后他让褚楚带给尚北平一封信。

尚北平：

你好！真的从心里感谢你对我的信任和关心。

请你不要怪我一本正经，这是我对你的一贯态度，今天也同样如此。

褚楚告诉我，说你一定要见我，其实大可不必。你应该记得那千古绝唱：相逢何必曾相识，同是天涯沦落人。不知你是否认同这一点，而我自知早已是沦落天涯海角之人。

今天我可以对你说，在学生时代结束后的人生旅途中，我时常摩挲起那时的记忆，常常会想起关于那已经苍淡的记忆所覆盖的学生时代。在又一次地感受时，我似乎已经预感到了将面对的人生路上还有无数类似的感受。如今我已经走过了长长的一截人生之路，而竟忘却了曾给予了我知识的慈爱的老师，他在一个风云惨淡的日子里离去了。

记得那是一个秋雨瑟瑟的日子，一位同学因病早逝。因为是要好的同学，就在他彻底离去的那一刻，当他的一双儿女紧紧抱住父亲的遗体不让其离去而悲痛欲绝之时，我的心在剧烈地颤抖，同是同学，同是父亲，面对眼前的一切，我恸哭起来。

一次悲痛过后，心灵得到了一次净化。我默默地向长眠的同学三鞠躬，终于以长者的身份拉起孩子，送逝者走好。

正是在此时，我深切地感到这种人间之情缘与同学之情。没有同学之缘，哪有今日之情，哪有今日之痛。其实上面这些道理我是从褚楚身上感悟到的，不！应该说是褚楚教会我的。

过去的都过去了。如今，同学们都已成为长者。正是因为经历了，所以才生出许多的感悟。

多年来，我的案头一直放着《毛泽东选集》合订本，时不时翻开读一读，每读一次都有别样的体会。此时，我又一次习惯地信手拿起这本小红书，我们这代人当兵后的一切都是从这本小红书开始的，经常看一看会时常反省一下自身。正是这反省后的思考，才有了更多的人生感悟。一连几支香烟过后，我写了下面的话。

一个个不眠的夜晚，一个个清醒的早晨，我曾多少次思考过同一个命题：一代人的路。

一代人的书，读的苦涩又荒突，当年十七八，初生牛犊好年华，读公读私读工农，不知道《论语》是个啥？而立之年，才知道书字有多大。

一代人的情，爱的专一又夸大，当年十七八，愣头小子飒爽女，爱党爱国爱妈妈，不知道爱情是个啥？不惑之年，才知道爱字也包容家。

一代人的路，走的曲折又疙瘩，当年十七八，血气方刚意气发，反帝反修反走资，不知道金钱是个啥？天命之年，才知道财富也能写天下。

转眼间离开学校已十多年了，回首恰同学少年，再面对今日之社会，我等同学之辈应该告诉人们什么呢？

“同学”这个字眼不知已被治用了多少年，严格地说同学系指同窗共读的学子。而如今，“同学”这个字眼不知道从什么时候开始被使用的更为广泛，称呼的更加响亮。

殊不知多少年来，一代同学接着一代同学随着历史的前行在不间断地延续着，正是这诸多的学子在历史上不知演绎出了多少故事，多少悲喜活剧。有的学而优则仕，出人头地；而有的则碌碌无为，销声匿迹；有的风流倜傥；而有的则英年早逝。对于这些，是羡慕，还是悲哀？

说到羡慕，我想到了梁山伯与祝英台，他们曾是同学。然而，后人对他们的推崇并不在于是不是同学，而是因同学之缘所走的爱情之路。

说到悲哀，我想起了韩非子与李斯，他们也曾是同学。然而，历史记下的并不是他们的同学之情，而是仕途之争韩非子死于李斯的谗言之下。

说起同学之事，有同学说我不从师训，弃理从文，我也这样认为，但这并不是我的错。不过也许是从文的缘故，使我对今天更广泛，更响亮的“同学”之称呼有了更深刻的理解与感触。

世上的许多事情就是很怪，当刚刚从一位同学功成名就的炫耀与兴奋刺激中走出来，再面对另一位同学英年早逝的遗体时，心头顿时会涌上一股强烈的无助的悲哀。这时，冷静远远超过兴奋；悲哀大于羡慕，从而会领悟到人生中的许多无聊。

我曾想：这时，肉体傲视着一时功名的短暂，而同学的称谓则又傲视着肉体的短暂。一个人的生命只有几十年，甚至上百年，而同学的称谓却不知要延续到什么时候。几十年，还是几万年，或是更久远。一个生命的肉体是一种功业的遗留，而同学的称谓则完全离开了功业，因此不会消亡，永远青春，永远不老。直到傲视着同学中的建功立业者都一一化作尘土，“同学”还是青春，还是不老。

人生短暂，沧海永恒！

以上便是我死过一回的感悟，不知你认为如何？

祝你一切安好！

李安东

19×× 年12月12日

三十七

望海寺是闹市中的一个幽静的去处。寺院南对黄海，东、西、北三面环山屏列，烟岚变幻，海阔天空。

望海寺倚山而建，院中有天王殿、大雄宝殿、三圣殿、藏经楼、倓虚法师纪念堂、三学堂、齐堂、安养院、素香斋，药师琉璃光如来宝塔，与寺相辉。

望海寺前蓄山泉之水而成放生池，池畔有兰亭，白玉观音菩萨立于池中，白玉栏杆护清波，水天一色洗尘埃。

入山门即天王殿，内供无冠弥勒菩萨，左右为四大天王，后则为“大雄宝殿”的护法韦驮菩萨。

大雄宝殿是寺院僧众早晚课诵和法会朝拜参修的殿堂。宝殿庭院阔大，青松参立，石板铺路。大殿雄壮，内供释迦牟尼佛、大智文殊菩萨、大行普贤菩萨，左右为16尊者塑像，殿后供海岛观音。

西边三圣殿，殿前石庭平舒宽展，更显广庭崇殿的庄严肃穆。殿内供阿弥陀佛，观世音菩萨、大势至菩萨，后供地藏王菩萨，殿两旁为功德堂。殿前横匾“海印遗风”。明代高僧憨山大师德清公，曾建海印寺于崂山那罗延窟之旁，后憨山被诬，罪谪广东韶州，海印寺被毁，从此佛法绝迹。300年后，居士捐资，倓虚弘法建湛山寺，试者称倓虚为憨山再来，便于三圣殿前悬挂《海印遗风》金字匾额，以志因缘。 正是如此，望海寺对于修身养性之人是一处绝佳的境地。

中医院与望海寺为邻，住在中医院的李安东心无旁骛，一边治疗身体的疾病，一边修炼心里的缺失。在医院，李安东一住就是半年多，在这半年多的时间里，他吃药、游寺、读书、写心得体会是每天的必修课。在医院里，李安东经常想到那句话：有的人活着，可他已经死了；而有的人死了，可他还永远地活着。在望海寺经过多次禅思过后，李安东明白了一个人死过一回之后活着的意义，他知道了日后应该怎样活着，又应该去干什么。在这期间，他依然一直谢绝与别人见面，当岛城第一次飘雪时，常江和黄海分别收到了李安东通过褚楚转来的信。

当褚楚把李安东的信交给韩雪再转交常江时，韩雪对褚楚说："有什么话不能当面说，还要写信？李安东就会使唤你，你就惯着他吧，等我再见到他看我怎么说他。"

李安东给常江的信是这样写的：

常江：

你好，好久不见，不要怪我。

你也许会感到奇怪，我们为什么不能见面，我又为什么会想起给你写信？死过一回是幸运，更是幸福。被洗涤过的心灵需要修补、修炼，之后便会有所得。给你写信是因为我把文字写在白纸上看做是人与人之间情感交流真诚与庄重的体现，遵循我们祖先创造汉字，"传于异地，留于异时"的初衷。

本想与你长谈，但想到你在海上工作很辛苦，还是让你安心为好。今天我想对你说，在人气浮躁的今天，你不辛苦就不对了。而我也出于一贯的作风同你一样，对自己喜欢的事倾其全力而矢志不移。

今天给你写信要同你谈什么呢？

第一个话题是关于朋友。你我各有自己的人生阅历，对于我们这是一笔人生的财富。正是出于对朋友的信任，想同你谈此话题。这个话题与朋友有关，与友情有关，还与工作有关。

我们今天是朋友，那么明天呢？我们是关系密切的战友和朋友吗？但现实中，从工作上你我已经分别走上了另一条路，这将有违我们年轻时的愿望，我们还会一如既往吗？你我都应该看到并去面对当今社会人生旅途的不可预见性，在眼下的社会强者与弱者，上者与下者都具有强烈的时间性、依附性和利益性。如果此时忘了战友、朋友是不会受时间限制的事实，那么在人与人之间的交往中该是一种什么关系？又会形成一种什么样的局面？

历史无数次告诉后来者，什么是朋友？文人说，朋友是彼此不企求什么又不依靠什么，是一个无言的起点，走向一个无言的结局。更有仕人做拜把子的游戏，又称“换帖”，互表“贫贱相为命，富贵毋相忘”之心。而壮士行“生死莫逆，荣辱与共”之举，不求同年、同月、同日生；但愿同年、同月、同日死。

不同的人对朋友的含义理解各不相同。从社会学的观点而言，朋友就是通过“人群天性”的人与人之间的交往而实现的一种友情。没有这种交往就没有人生的社会体验，便无法认识个人的人格。哲学家说整个人生的目的，主要求得自我完善，也就是充分地发展自己，充实自己以求达到尽善尽美笃实光辉的境地。所以，交朋友，尤其是知己之交，应该持不可不求又不可强求的态度。不求谓之孤僻，强求谓之媚俗，两相结合最为相宜。生活中对朋友需要永远的，但朋友中的每一个却未必“永远”。这正应验了许多人所说，只有永远的利益，没有永远的朋友。交朋友，我忌功利目的，有用则交，无用则弃，这样会坠入俗趣、恶趣。我在此向你坦言，正是基于这样的认识，才使我许多年来坦荡朋友之爽气；笑对人间沧桑，漠视世态炎凉而不失傲骨而我行我素。

第二个话题还与朋友有关。

清王永彬在《围炉夜话》里说：“交朋友增体面，不如交朋友益身心。”他是说交朋友应当慎重，同正直的人交朋友，同诚实的人交朋友，同见闻广博的人交朋友，这样会有益于自己。而同谄媚的人交朋友，同当面奉承背后诽谤的人交朋友，同惯于花言巧语的人交朋友，则是有害的。而交朋友的目的也要明确，交朋友为的是互相促进，共同提高。王老先生的话对今人交朋友，无疑是大有益处的。

今天，当人们把“朋友啊，朋友……”的歌声唱得震天响的时候，又有多少人能依王老先生的话去做呢？

我们在谈到亲情时常说享受天伦之乐。相传虞舜是上古部落的首领，他主持制定了五种人伦关系，人类因此具有了不可变易的人伦大道——天伦。称之为天伦的五伦即指君臣、父子、兄弟、夫妇、朋友之间的人伦关系。

在今天，君臣之伦已不复存在。只有父子、兄弟、夫妇、朋友之伦。而在这其中，兄弟之伦随着独生子女在后代人中的比例日趋增大而日益淡去。在父子、夫妇、朋友之伦中，朋友之伦却正在日趋兴旺和前卫而被世人所看重。这种现象是随着社会的发展与进步所产生的一种文明现象，此现象实属必然。问题是我们该如何交友、识友、待友。现实中口若悬河称“友”者大有人在。殊不知，往往正是这种口若悬河的友情，时常会发生崩坍。关键时候正是这种崩坍，对于重情者无疑重于功业的成败，险过敌人们逼近。

一位事业有成者，有过被“朋友”欺骗经历的朋友对我说，人到中年过后，在很大程度上是为朋友们活着。自家父母安度晚年，一个孩子已经长大，家无负担。而事业上各种宏大的目标也许会一一消退，友情的目标在现实的社会中则越来越强烈。在许多人眼中的傻人正是这样，当他过了而立之年且尚存一点君子之风，每每都在报答朋友，安慰朋友，让朋友们高兴，使朋友们不后悔与之朋友一场。我所看重的人生的所谓成功，不是别的，是朋友们的首肯的眼神和笑声。我在任何情况下都在企盼着朋友，而不是企盼那没有质感的经济数字和任命文书。因为经济数字和任命文书并不足以证明人生的全部价值。我们或许关爱人类，心怀苍生，并不以朋友的圈子为精神终点，但朋友仍是我们远行万里的鼓励者和送别者。我们经由朋友的桥梁，向众生走去。很难设想一个没有朋友的人，居然能兼济天下。

人生不能无友，与友结伴同行人生之路实属最大趣事。还是那位王老先生说的好："大丈夫处事，论是非，不论祸福；士君子立言，贵平正，尤贵精详！"此乃大丈夫之美哉。

我相信你！

李安东

12月12日

就在常江收到李安东信的同时，黄海也同样收到了李安东让褚楚带给尚北平又转给他的一封信。当褚楚把这封信交给尚北平时，尚北平问褚楚："我可以先看一看吗？"

"安东说，他是写给黄海的。"褚楚回答。

"给他的我为什么不能看，他俩还有什么不可告人的秘密？"

"这我就不知道了，这……你最好自己去问安东。"

"为什么要问他？我看一下不就全知道了。"

"这种事我不敢，安东的私人信件我从来不看不问。"

"我敢，我才不管这些，不能让他们糊弄了。"

"我知道你敢，对安东你的胆量也比我大，不会像我有时还要有所顾忌。"

“褚楚，你挖苦我？”

听了尚北平这话，褚楚觉得刚才的话有些欠妥，急忙说：“北平，我不是这个意思，你千万别生气。我一直想对你说，我知道你一直对安东好，这让我很感动。我也知道你对他的感情是纯洁的，你真心喜欢过他，所以你心里才会有他。我佩服你是安东和我的好同学，你更是一个好女人。我也佩服安东是个好男人，他不虚伪，对你对我都不虚伪……”

这是褚楚第一次对尚北平讲这样的话，又是在经历了这些磨难之后。尚北平从心里也同样感激褚楚，她说：“褚楚，你比我好，安东真的更适合你。其实这些年来，我一直都在祝福你们。至于安东和黄海，他俩的性格和脾气差异太大，个人的追求也不一样，但那是他们男人之间的事，我不会小心眼……”

回到家里，尚北平把李安东的信交给了黄海说：“你们俩真有本事，让我和褚楚给你们当起了通讯员，你们也真好意思。等李安东出院了，你俩要请我和褚楚吃饭。”

“我可以请，不过安东不一定会给这个面子。”他一边打开信一边又说，“安东现在还玩这个，有什么大不了的事还要写信，打个电话不就行了”。说完他看了起来。

黄海：

近来可好？

请原谅我不能见你，原因很简单，怕影响你进步。

今天写信是想对你说，多年来由于我们的价值取向不同，你我已走上了不同的人生之路。

我承认对于工作你是一个肯出力不怕苦的人，但你的标准是领导满意我就满意，对于这一点我不能苟同，也正是这一点早就让我对你认识到你我人生追求的不同。我们出生和成长的年代是英雄的年代，而今天已开始进入金钱时代，对这一点的认识你比我聪明。其实你知道，在物欲横流的年代，对充满欲望的世人来说，金钱和权力是人们毫无厌倦的追求。

正是为此，以身殉国的英雄渐渐地远去了，舍己为人的男人也逐渐少了。而腰缠万贯的人开始趾高气扬起来，这星那星也随之多了起来。殊不知，无论是谁都是老百姓养活的。

问世间金钱是何物？权力又是何物？

就说这金钱吧，晋代鲁褒著奇文说：亲爱如兄，字曰“孔方”。失之则贫弱，得之则富强。无翼而飞，无足而走。解严毅之颜，开难发之口。钱多者处前，钱少者居后。……钱之所在，危可使安，死可使活，钱之所去，贵可使贱，生可使杀。……

今日钱与权是一对孪生兄弟，为此有太多的现代故事为金钱和权力作着清晰的注解，解说着金钱和权力的无穷魔力。使我们有缘得见新兴的钱者和权者出入豪门，人前显贵，显尊。然而，这些钱者和权者们并不一定知道人世间的真谛是什么？

佛大正藏、六度集经向人们讲述过这样一个《普施商主本生》的故事，这是一个关于金钱的故事。

在一个名叫“欢乐无忧”的国家，国王名叫“广慈哀”。该国有一个富翁名叫“摩诃檀”，妻子名叫“陀”。陀生下一个长着一副福相的男孩。孩子刚出生就会说话，只听他对天发誓：“我要救济帮助普天下穷苦人，要让孤老鳏寡的人过上幸福生活。”父母见状大惊，怀疑是妖怪投胎，便想去占算卦。

这孩子马上就明白了父母的心思，说：“我是人不是妖怪。只是可怜天下的穷苦人，想帮助他们罢了。”因为这孩子生来就有大志，父母给他取名“大意”。

他长到17岁，对父母说：“我看天下有许多穷苦人，很可怜，想尽量帮助、救济他们，使他们过幸福生活。”父母的财富虽然多，但天下的穷人更多，不够他布施。为了彻底解救天下的穷人，他想入海采集珍宝，回来布施。

大意告别父母踏上施途。

一天，他路过一个国家，该国一个十分富有的婆罗门见大意相貌端正，满脸福相．非常喜欢，说："你是个惹人喜爱的孩子。我愿意把才貌出众的独生女儿嫁给你，就留在我这儿吧！"

大意说："我为入海采集珍宝才离家，采宝的事尚未完成，不敢答应您的要求。"

大意驾船入海，采到许多珍宝。他把珍宝送回本国，自己继续向深海进发。

忽然海面冒出一棵大树，周长八十由旬，高八十由旬。大意把船拴好爬上树时，见远处有一座银城，宫阙殿国都是用白银做成，闪闪发光。

他来到银城，只见一条毒蟒用它那巨大的身躯将整个白银城围了三圈，警惕地守护着这座城。

大意席地而坐禅定，毒蟒见大意无恶意便睡着了。于是，大意进了银城。城里从未来过外乡人，听说有人来，国王十分高兴亲自迎接。大意住了90天，便告辞国王。国王留不住他，便令人取来聚宝珠交给他说："这颗聚宝珠能把20里之内的各种金银珠宝都吸收来。"

大意怀揣四颗聚宝珠踏上归途。

海里的龙王听说大意得到四颗聚宝珠，下令让海神去夺。海神骗到宝珠，随手就把它扔进了大海。

大意方知上当，喊道："好啊！我千辛万苦才找到宝珠，今天竟被你们骗去。你们不把宝珠还给我，我就把大海掏干！"

海神听了不禁哈哈大笑："你的志气可真大啊！大海其深三百三十六万由旬，其宽无边无际，你怎么能把大海掏干？"

这时，大意真的拿出一把勺子舀起海水来。

大意日复一日地舀着海水。他的牺牲精神感动了天神。许多天神下凡帮他舀起海水。不久，海水就剩下三分之一了。

海中的龙王恐惧万分，只好把四颗聚宝珠还给大意。大意拿上宝珠，来到那个婆罗门国家，婆罗门的女儿还在等着他。于是两人成亲后，双双回到欢乐无忧国。

从此，大意有了取之不尽的财富。他把这些财富布施给所有穷困的人，使天下许多人都过上温饱的日子。

金钱的气息无法掩盖，金钱本身并没有气息。鱼叉在渔人的手中是捕猎的工具，在海盗的手中却是杀人的凶器。钱也是，钱更是一堆海砂，你堆出什么形状，它就是什么形状。可当涛起，海浪一冲它又变成了平平的海滩。

金钱为何物，权力又为何物，黄海你能告诉我吗？

就写这些吧，我又要到寺院去了。

此信请你收藏！

李安东

12月12日

黄海看过李安东的信，心里不是很痛快，可他不知道该如何去解释这一切。李安东该说的都说了，他拿他没有一点办法，他想去找常江聊一聊，可常江的船第二天出海了。

两个星期后，常江的船出海回来了。见船已进港，黄海找出李安东的信揣进口袋上了码头。他来到了常江的船预停靠的码头泊位，当前甲板的水手抛出的缆头一落地，黄海抢先上前帮着带缆。码头上带缆的人很是惊讶：“黄船长怎么也来带缆？”

船靠好码头黄海上船了，常江已等在甲板上，他一边和黄海握手一边说：“怎敢劳驾黄大船长给我带缆。”

“少说废话，你也气我。”黄海接上说。

他们一同进了船长房间。闲聊了一会儿，黄海心里有事便把话题转到了李安东身上。黄海说：“常江，前些日子安东这小子不知犯了什么神经给我写了一封信。”他刚说到这，常江马上接上说：“我出海前安东也给我了一封信。“说着转身从抽屉里拿出那封信递给了黄海说，“我看他是在医院里闲得难受，又在想三想四，脑子不老实了”。

接过常江的信，黄海看了起来。看过后他没有立即说什么，沉默了一会儿才说：“但愿是这样。不过我觉得安东这些年来对我的成见越来越深，我不知道该如何跟他解释一些什么。”

“不会吧。你知道他就是那么一个人，看不惯的就想说，有嘴无心。”常江说。

“没那么简单，他想的事有点和我们不一样，他不是常说我们有知识，没文化吗？”黄海说完又闲聊了一会儿说：“我要回船了。”直至他离开，也没把揣在口袋里李安东给他的那封信拿给常江看。

三十八

元旦到了，李安东身心完全康复了，他走出了医院。

李安东没有想到，人生的又一次选择在静静地等待着他。

年长一辈的老同志开始退去了，他们这一代人开始陆续走上领导岗位 。然而，这对于李安东来说并不那么顺利，有领导提议提拔他去当处长，可也有领导并不十分赞同，但争议一番过后还是通过了。可就在这时，1989年国庆节前，一张《海洋日报》在北京，在国民淡淡的海洋意识氛围中悄无声息地创刊了。新生的报纸要有记者，要有熟悉海洋的人来担任记者，有领导又推荐了李安东。这又是一次选择，李安东没有犹豫，他选择了后者。

听说此事，常江认为这对于李安东也许是个机会，他没有过多地说什么，他知道李安东同样会这样认为，否则就不是他李安东。而黄海找到李安东力阻他慎重考虑，不可感情行事，李安东坚定地谢绝了黄海的好意。

就是那一次谈话，黄海见他去意已决，最后问道：“你是对自己缺少了自信，还是向未来低头了？”

黄海的话音刚落，李安东接上对他说：“和平年代，男人学会低头，从某种意义来说也是一种优点。”

李安东背起背包头也不回地走了，那次临别时，李安东找到了常江。他们又一同走进了码头军人服务社，李安东又一次冲着常江的衣口袋努了努嘴，常江马上反应过来了，立即掏出钱买了一包大前门香烟递给了李安东。“这还差不多。”接过香烟李安东说。

这一次李安东第一次送给了常江一个红色封皮的日记本做纪念。还嘱咐他：“不要告诉黄海，更不能让他看到我在本子上写了什么，他不懂。”

自从成为一名记者，李安东觉得要对得起这个职业，应该尽自己最大的努力去履行一名记者的责任：铁肩担道义，妙笔著文章。中年半路出家，这对于他不失为是一条改变人生，改变前途之路。

新的职业，新的工作，李安东能适应吗，能胜任吗？他将接受考验。

几年后，因为一篇稿件却让他自觉不自觉陷入了一场事业与情感的旋涡。

胶州湾被称为青岛的“母亲湾”，所以备受青岛人的关注。

李安东自来到青岛，在这座城市已生活20多年了。20多年里，他关注这座城市，而作为海洋业者他更加关注胶州湾，关注多年来关于对胶州湾的科学调查与研究，关注对胶州湾科学调查与研究后的各种成果和看法。当他成为了一名记者，他自认为有条件、有理由可以公开对胶州湾的过去、现在与未来说三道四了。

几个月后，一篇关于胶州湾的批评文章《胶州湾在呻吟》脱稿了。

为了慎重起见，李安东把这一批评的稿件初稿送给了青岛局某业务处处长审阅。这位处长看后断然拒绝：此文不能公开发表。

审稿遭到拒绝，还没等李安东去找那位处长理论，那位处长早已把这事提前告诉了黄海。因为那位处长知道，前不久正是研究所尚北平她们研究室出海进行的胶州湾环境调查。他更知道李安东与尚北平的同学关系非同一般，因此他怀疑胶州湾的这些调查资料，特别是最新的调查资料是尚北平提供给李安东的，否则最新的调查资料统计数据不会如此之快透露出去。他担心如果李安东的稿子公开发表将会引来一场不小的震动，一旦曝光一定会引起领导的关注，若上级追问下来就不仅仅是资料问题了，这将会变成复杂的政治问题。如果是这样，一旦李安东引用的资料和数据是尚北平提供的，这会不会给黄海带来什么麻烦。

那位处长对黄海说：“你回家说一说尚北平，让她少管闲事，别和李安东一样去出风头。”

知道了这事，听那位处长这么一说，黄海是一肚子的不高兴。

最后那位处长竟以开玩笑的方式有点挑拨地说：“你老婆跟那个李大记者不会是旧情不忘吧？”显然，这位处长对他们的关系，是有所了解的。

对于李安东和尚北平，黄海一直都是非常相信的。他相信李安东，更相信尚北平，李安东和尚北平虽然关系一直很好，但这种同学的关系却是纯洁而正常的。但听了那位处长的话，他的面子还是有点挂不住，心里有些生气。

那天一回到家里，尚北平看到黄海的脸色有些不对劲，她既关心又随意地问黄海：“谁惹你了，怎么脸色这么不好？”

不问也许还好些，这一问黄海的火气倒上来了。他没好气地回答：“你惹的，是你和李安东惹的！”

尚北平一听这话有点不对味，她的任性使她从来不吃这一套，立马也来火了。她马上冲着黄海嚷道：“你混蛋，怎么又把我和李安东扯到一块去了，你吃错药了！”

黄海不容解释直接问道：“尚北平，我不明白你为什么要把胶州湾的那些调查资料提供给李安东，你这是在怂恿他乱放炮，这样做的后果会引火烧身。”

尚北平一时还不完全明白黄海说话的意思，她反问道：“你把话说清楚了，我把什么资料给李安东了，怎么是引火烧身，烧谁了？”

黄海仍然没好气地回答说：“你把胶州湾的环境调查资料提供给了李安东，他要是把这事捅出去了，领导追究起来怎么办？你我脱得了干系吗？现在是改革开放的初期，人们的环境保护意识没那么强，何必要去管那些闲事！你们管得了吗？我不知道李安东为什么要出这个风头。再说，不牺牲一点环境代价能发展经济吗？”

听了黄海的这番话，尚北平已经明白了他的意思，但她不想和他吵下去。她稳定了一下情绪对黄海说："李安东是找过我，他当时并不是找我要资料，而是找我们的首席科学家要资料。经首席科学家同意，我只是提供了应该提供的数据，就是那次，李安东对我谈了他的一些看法。"

"李安东当时说：'与专家交流吸引了我，觉得海洋环境保护是一篇大文章，从现在开始就应该关注胶州湾，这关系到胶州湾保护与经济可持续发展利用的大问题。'他还说：'专家们赞同他的看法，关注环保是理性的思考，是对历史负责的一种态度。'"

尚北平继续对黄海说："你说李安东出风头，这话欠考虑。我也同意他的看法，难道对一件事情表明个人的明确态度这就是出风头吗？我跟你已快20年了，有些话本不想说了，可今天我还是想告诉你，对工作中遇到问题的思考与负责任的态度如何，这也许就是你和李安东的差异。"

尚北平今天这些理性的话让黄海震动了，这是20年来尚北平第一次对他提及如此严肃的话题，他不得不认真听尚北平说下去。尚北平告诉他，李安东说："今天，我们有必要对胶州湾的形成、发展、保护和可持续利用进行一番梳理，而后直面它，思索它。因为被社会镀上浓重功利色彩的胶州湾的现状，已给人们提出了一个警示：胶州湾忍痛割爱的馈赠还能持续多久？为长久的获取而放弃眼前的所得，为恒远的生命而放弃短暂的得益，胶州湾的儿女们应该学会襟怀一种德性，这也是人类社会必须遵守的生命守恒的唯一铁律……"

就在李安东对尚北平讲这些时，李安东还把个人收集资料后刚刚整理出来的初稿给了她一份，题目是：关于胶州湾的档案。

尚北平知道，李安东毕业前由于眼睛闪光，为看清楚黑板上老师写的计算公式，不得不配了付眼睛。这一戴便摘不下来了。如今刚40多岁，也许是因为整天写稿子，眼睛已开始花了，可想而知地要查阅那么多资料是一件很辛苦的事。

第一份档案：

这是一份关于胶州湾面积的调查统计资料。

胶州湾面积最早记录于《胶澳志》。1928年面积为560平方公里；1958年为535平方公里；1977年为423平方公里；1988年为390平方公里；预测计算到21世纪初还将减少20~30平方公里。不难看出，从1928年至1958年的30年间，胶州湾面积减少了25平方公里，平均每年减少0.83平方公里。据文献记载，这期间减少的原因主要是河流向湾内输沙造成的。1977年至1988年的11年间，胶州湾面积减少33平方公里，平均每年减少3平方公里。1988年至下个世纪初这13年间将减少23平方公里，平均每年减少1.8平方公里。从1928年至下个世纪的第一年，胶州湾面积总计将减少了193平方公里，也就是说如今胶州湾的总面积仅剩1928年的66%。

第二份档案：

这是一份关于胶州湾纳潮量的调查统计资料。

20世纪40年代以前，由河口等注入的泥沙及少量的工业三废等物质，通过涨落潮、水体交换，几乎全部携带到湾外，胶州湾基本处于稳定平衡状态。50年代以后，由于工、农、渔、盐等各行业纷纷向胶州湾“进军”，对胶州湾的开发和利用程度加大，不断地围海造地，各种海洋工程开发致使胶州湾水域面积急剧缩小。1935年总水域面积约559平方公里，纳潮量为11.822亿立方米；1963年总水域面积约423平方公里，纳潮量为10.133亿立方米；1985年总水域面积约390多平方公里，纳潮量为9.144亿立方米。到21个世纪初总水域面积将仅有约360多平方公里。60年间胶州湾水域面积仅相当于原有面积的1/3。人为因素造成胶州湾水域急剧缩小，直接导致了胶州湾纳潮量减少2亿多立方米，海湾表层流速每秒减少了0.26米，改变了胶州湾自身的水平衡状态。

第三份档案：

这是一份关于胶州湾面积减少和纳潮量减少所带来严重后果的报告。

20世纪50年代后期，随着沿岸经济的迅猛发展，胶州湾的自然和生态环境受到了很大冲击，海洋环境污染加剧，海洋生物多样性减少，海域面积缩小，纳潮量降低，自净能力削弱，沿岸旅游资源也受到不同程度的破坏。特别是近年来，沿岸的围海造地项目和海洋工程数量增加很快，填海面积在数千亩以上的工程并不少见，虽然这些单个的过程并不会直接造成胶州湾的“枯竭”，但积少成多，日积月累，面积就进一步减少了。围海造地虽然可以增加城市的土地面积，但是无节制地对胶州湾乱围乱填，给胶州湾造成的影响是不可弥补的。水域面积缩小，其直接后果必然是造成海湾的纳潮量减少，对气候的调节能力降低，其潜在的环境影响是造成流场的改变，引发海域水动力强度减弱，水体交换和挟沙能力下降，从而加剧海域污染，加速湾口与湾内泥沙沉淤，引起岸段的淤积和侵蚀，对港口设施和海岸工程造成损害，进而导致海洋自净能力降低，生态环境恶化，碧绿的海水将不复存在。

第四份档案：

这是一份关于对胶州湾充满自豪与希冀的报告。

胶州湾是大自然赋予青岛的资源宝库，是青岛市形成和发展的摇篮。湾内水深域阔，常年不淤不冻，停泊平稳，海岸线曲折，适宜建港的海湾和岸段有15处，为世界上少有的半封闭深水海湾。百年前先进海洋国家觊觎胶州湾，就是因为这里优越的深水条件和它所处的“控制”远东关键部位的区位优势。因为有了胶州湾，才有了青岛这座城市，从这种意义上来讲，胶州湾是青岛的“母亲湾”。

胶州湾孕育了一个世界级的亿吨大港，形成了国内外不多见的环胶州湾产业集聚带，拉动着青岛经济和整座城市的发展，这是国内其他任何海湾所无法比拟的。因此从这种意义上来讲，胶州湾又可称为“财富之湾”。

对于一座城市的未来，从财富的意义上来讲，胶州湾又是青岛的“希望之湾”。

所以，无论是过去、现在或是将来，这座城市的发展都离不开胶州湾，保护好胶州湾，维护胶州湾的可持续利用，对于青岛的长远发展具有重要的现实意义和深远的历史意义。

说到这里，尚北平回到屋里拿来一份文稿递给了黄海：“这是李安东昨天给我的稿件原稿，让我转呈首席科学家审阅，还没来得及转交，你先看看吧。看了以后我想你就该知道是怎么回事了，少听别人瞎叨叨，怪不得李安东看不上他们，这一点他就比你强。”

黄海知道尚北平说的他们是指那位处长，但他更知道李安东干了十来年的秘书，深谙为官之道，看不上个把处长实属自然。可他想，你小子可以不买处长的账，而我却不能不买人家的账。为了进一步了解事情的全部，黄海接过文稿看了起来。

文稿中李安东这样阐述道：

对胶州湾的保护和治理迫在眉睫，这是一个严峻的现实。为了青岛发展的大局，为了子孙后代，维护胶州湾的可持续利用切忌空淡。

中科院院士认为：围填海必将导致纳潮量的减少，进而导致海水自净能力降低。最直接的影响是生态环境的恶化。因此，胶州湾的污染状况值得质疑。对于胶州湾减少的20%的纳潮量所带来的突出的生态环境问题，是一个多学科的系统研究。而目前对胶州湾单学科的研究有一定的局限性，主要表现在对潮汐的影响、滩涂的影响、气候因素的影响等物理自净能力研究不够。

院士指出：胶州湾的主要问题，一是管理问题；二是科学依据问题。

院士还认为：对于胶州湾的调查研究，一是研究要认真，二是管理要有效。对胶州湾进行多学科的系统研究势在必行，只有通过系统研究才能全面显示胶州湾的现状。前些年的单学科研究，甚至是个别科研单位仅为立项争取经费的做法实不可取。为了胶州湾的可持续利用和城市的发展，胶州湾的环境容量研究急待立项。通过环境容量研究，以解决保护与可持续利用的矛盾。

院士建议：对于胶州湾的研究不仅有自然科学家参加，还要有人文社会科学家和企业家的参与。

对此院士认为：胶州湾的保护与可持续利用问题，关系到城市经济与区域经济共同发展的问题，这是一个大背景，所以胶州湾的保护与可持续利用不仅仅是胶州湾自身的问题。

文中最后，李安东从记者的角度评论道：

对于青岛，胶州湾存在的意义不仅仅是沧海桑田的诠释，更重要的是因胶州湾而衍生的这座城市生存与发展的追求与进步。然而，今天的胶州湾却留下了一个自然科学与社会科学合二为一的悖论。面对这个悖论，我们该如何理性地思考和破解这个悖论，从中吸取一些可以使青岛可持续发展相对永恒的营养呢？

国乃大器，城乃器之大物。大城必将大水以载之，这水不仅够大，还得清洁。

己所不欲，勿施于人，人所不欲，勿施于自然。果真能如此施为，那海，那湾，那些海中的鱼虾，那些滩上的蟹贝和那些赖以海湾而生存的万物生灵，它们就有福了，青岛人也就因此而有福了。

整篇文章中，科学可靠的数据，专家中肯的阐述和李安东深刻的评论似乎汇聚成了一股强大的力量，将会直接撞击每一个关注胶州湾现在与未来人的心。

黄海看完这份文稿后，这对于他来说，无疑在心里引发了一场地震，他不得不重新审视自己，重新审视李安东。

三十九

1993年7月，一份关于自6月中下旬以来，我国东部沿海地区自南向北暴发大面积养殖对虾病害灾情报告的《海洋内参》被送往中共中央政治局、国务院、全国人大、全国政协和沿海省、市各级政府。

改革开放以后，我国迎来了海水养殖的第二次浪潮，对虾养殖快速发展，已在全国沿海迅速发展成为一个群众致富的庞大产业。

这是一场前所未有的海水养殖瘟疫。此时，全国各地的宾馆、酒店里，人们吃虾谈虾依然津津乐道。而沿海数百万亩虾池的堤坡上，数百万虾农却涌到养虾池旁，人们看到的是：池内对虾游动迟缓，然后无规则地下沉，稍后再次上浮，随之急剧翻滚，呈现出极其痛苦的状态。继而再次急速下沉而自绝于池底。池岸上虾农心急如焚，跺脚捶胸以至号啕大哭。虾、虾！怎么啦——？！

10月16日，第一届亚洲太平洋地区对虾养殖学术研讨会在北京举行。世界40多个国家和地区的科学家出席了本次世界对虾养殖盛会。农业部第一次向外界证实：今年我国养殖对虾发生了大面积病害，经济损失严重。

作为《海洋日报》记者，李安东得知这一消息无法安宁在大城市里，他背上简单的采访用具踏上了北起鸭绿江口，南至北仑河口的万里海疆之行。

李安东这次出行不仅让褚楚为他担心，也因胶州湾报道一事的余波未平而让尚北平和黄海为他担心。谁知一个多月的时间里，李安东给报社连续发回了多篇报道，其中长篇通讯：百万虾农的黑色之夏！真实地记录了我国海水养殖业发生的那场灾难。

文章中这样写道：

谁能治虾病重奖200万

虾病暴发，众虾农告急。养殖对虾的病情顿时牵动了沿海省、市、县和乡镇党政领导的心。6月中旬，各沿海养殖地区均接到农业部水产司《关于加强养殖对虾病害防治工作的紧急通知》，根据通知要求各地纷纷行动起来，结合本地实情，加强防治，严防虾病发生、入侵和蔓延。有关部门领导亲自挂帅，带领技术人员深入生产第一线，与虾农进行磋商，研究预防虾病的措施或挽救已发病的对虾。十万火急！全国沿海养殖区几乎全部投入到一场救虾、保虾的战斗中去。

7月9日，福建某报登出这样一条消息：

该省最大的对虾养殖基地之一某县某镇4000亩东方对虾基本死亡，经济损失1000多万元。

为此，镇政府悬赏200万元，重奖治疗虾病的专家。

但愿重奖之下有勇夫。

在对虾发病期间，记者采访各海洋科研、教学单位时发现，几乎每个单位都连续接到来自全国沿海各省、市、县及乡镇领导和养殖单位打来的求援、求救电话、电报等。

某省一位副省长听说一个研究所有一项“对虾病害免疫研究成果”即将通过鉴定，便主动登门提出转让。

中科院某研究所的一名研究员，在鱼虾病害防治中有一定成绩，虾病发生期间即被某省虾农“架”往南方。当他与当地技术人员一起努力保住了几个县的近2万亩虾后，该省水产厅领导万分感谢地说：“你们救了我们的虾，帮了大忙，我代表虾农感谢你们。”

救虾如救火。一位镇长曾对记者说：在虾病暴发期间，虾农们急得火上了房，那情形外人是难以想象的。在那危急的灾情面前，许多水产单位的科研人员曾想，如果能用我的头保住对虾，我宁愿割下来，以解虾农于危难之中，虾是他们家人的命根子啊！

虾病如疯狂的瘟疫，面对绝望，养虾人问：虾怎么啦？

养殖业在我国兴起，使沿海渔区群众成为虾农而走上了富裕之路，为渔区经济的发展作出了贡献。但是，现今养殖区的养殖技术和从业人员的素质状况如何呢？这是关系到养殖业长远发展的一个十分重要的问题。目前，我国数百万虾农养殖技术、素质普遍较差，科技推广不下去，以侥幸获利心理从事养殖生产者居多，养虾规范越来越简化，使养虾生产长期徘徊在“人人会养虾，人人又不会养虾”的较低水平。因此，当虾病突然暴发时便束手无策、坐以待毙。此时，他们在虾病突发的时候必然盲目地呼喊：虾怎么啦？！

中国有句老话说：急病乱求医。当虾病暴发后，虾农们也只能是乱求医，这是一种十分普遍的现象。在广西、广东、海南、福建、浙江、江苏、山东、河北直至辽宁，自南向北，当虾病突然暴发，广大虾农仅是凭他们知道的一点点道理和自己的土经验，不分青红皂白，纷纷在虾池内使用石灰粉、漂白粉等。当这一办法不能奏效时，又纷纷向虾池里投入青霉素、链霉素、土霉素、利特灵、板蓝根等抗生素类药物。更有甚者，在渤海湾北部的养虾区，有的虾农无奈之中竟花大钱买来了“延生护宝液”或“太阳神口服液”撒入虾池，力求对虾能起死回生。

当一切都失去作用后，虾农们绝望了，有人随后向大海深处走去，直至海水把自己完全淹没。

某省沿海，在虾池成片的养殖区的堤坎上，随处可见一座座虾农们修建的菩萨庙，祈求菩萨保佑养虾获得好收成。虾病暴发，虾农求菩萨心更切、情更急。一座座菩萨庙前终日香火不断，纸烟缕缕飘荡在海空。

香火燃尽了，纸烧过了。然而，池中的虾依然未能摆脱死亡的噩运。这时，无助的虾农一旦发现远处有汽车向虾池驶来，虾农们便会蜂拥而上，奔跑着，呼喊着——医生来了，医生来了！

据不完全统计，在大面积灾害中，数百万虾农仅有三分之一保本或略有盈利，三分之一亏损，三分之一绝产而被逼上了绝路。黄海北部某县的一户虾农，全家四口，借款30万元建池养虾30亩，满指望年底有个好收成。没想到一场虾病30亩虾全军覆没，全家被逼上了绝路。为了躲债，男人带上老婆孩子悄悄离家，匆匆踏上了“闯关东”的路。类似的情况在各养殖地区均有发生。

在虾病突发肆虐之际，广大虾农泣血般地呼喊着：虾，虾……怎么啦？！

沿海养殖区的养殖虾死光光，走进城市，卖虾人问：虾，怎么啦？

黄海之滨——青岛的8月，正值旅游盛季。往年由于外地游客大量涌入这座美丽的城市，使食品的需求猛增。作为海鲜主要品种——虾，游客自然都要亲口尝一尝。此时，因为海产鹰虾（一种较小的虾）汛期已过，对虾尚不到捕捞和收获期，因而农贸市场上少见鲜虾。正常时养殖虾标准规格体长达到12厘米才是成熟期，可突然间7–8厘米大的养殖对虾却一时间涌进了市区的农贸市场。卖虾者十分奇怪地发问：今年这虾怎么啦？！这是一种灾难的自然反应，因受虾病的威胁，部分虾农不敢再继续养下去。尽管离收虾期还有近两个月，担心一夜之间池内的虾会全军覆没而匆匆提前收虾，又急急忙忙送上了农贸市场。恰如八九月间一场台风袭击水果产区过后，大量被台风刮掉的水果便会提早涌上市场一样，养殖对虾尚不到成熟期而被迫早收上市了。提早收虾意味着什么？虾农惨重的经济损失。

在山东半岛的沿海城市，沿海县区虾农提早收获养殖虾的现象极为普遍。一位卖虾的个体摊主说，今年夏天的虾比往年提早上市，个头小价格便宜，我每天可以卖出几百斤，这些虾都是虾农送上来的。收购时一般每斤7~8元，卖出时平均每斤9~12元。如果遇上星期天还可以卖的贵一点。这位个体摊主不无感慨地说：7~8厘米长的虾收了真可惜，虾农也真不容易。

辽东半岛沿海城市农贸市场上的情景同样如此，无处不有养殖对虾陡然上市。

面对城市里农贸市场上短时间冒出这么多的小养殖虾，城里的吃虾人不禁疑问：今年的虾丰收了吗？

城市里卖的虾越来越小，吃虾人问：虾，怎么啦？！

面对涌入城市农贸市场的养殖对虾虽然小，可吃虾人自然也得到了满足，饱了口福。因此，也就无人过问了。

这许多的便宜虾只满足了一段时间的市场供应，却好景不长。当国庆节到来时，城里的吃虾人又突然发现这虾同样大小，可价钱却一下子涨到了每斤20~25元。为此，他们又不禁发问：虾，又怎么啦？！

据统计：我国海水养殖对虾个体达12厘米以上为商品虾。1992年，在我国北方沿海地区平均售价每市斤10.6元左右。而今年刚进入11月份，养殖对虾每斤售价已达30元，且货源供应严重不足。

在南方沿海地区，经专家实地考察，今年养殖的“中国对虾”几乎全部死光，保留下来的大部分是斑节对虾。目前，市场上销售的斑节对虾，去年每斤死虾售价只有20~25元，活虾售价每斤50~60元。今年10月，同样品种的虾，死虾售价每斤已近40元，活虾每斤售价已达80元。

虾价暴涨，虾瘟席卷我国东部沿海广大养殖区，养殖专家问：虾，究竟怎么啦？

对虾养殖已成为我国沿海渔区群众的一条重要致富之路，突遇虾瘟重大挫折为其蒙上了一层“一年遭虾病，十年怕养虾”的阴影。广大沿海地方各级政府和广大虾农纷纷在问：今年这虾怎么啦？明年还能不能养虾？

1993年，我国对虾养殖受到了前所未有的暴发性流行病害的危害，损失十分惨重。为全面了解这场虾病的病情、疫情、发病原因和发病规律，为明年对虾养殖提供科学依据，制定合理的生产规划，全国沿海各养殖地区的领导和有关部门已做了大量的工作，先后进行了选点、取样、调访和现场调查。今年的养虾生产期已经过去了，明年养虾生产还搞不搞？这是沿海养殖地区各级基层政府和广大虾农迫切关心的问题。虾，养否？罢否？

作为各级政府的领导者首先会问：不养，数百万虾农怎么办？数百万亩虾池怎么办？作为已遭受严重损失的虾农则会问：养，明年再遭虾病侵袭怎么办？为此，记者就有关养虾和生产的有关问题采访了海水养殖专家。

在青岛的几位海水养殖专家接受记者采访时，他们的回答是一致的：“养，一定要养，必须要养。因为我国大面积养虾开始于70年代中期，已有十几年的养殖经验，具有相当的生产规模，有了成熟的养殖技术，有了一大批养殖技术人员。养殖生产为我国海产虾类的需求、稳定市场供应、出口创汇和合理开发利用海洋资源作出了重大的贡献。另外，我国目前已建成数百万亩虾池，直接和间接的从业人员达数百万，国家累计投资已达数十亿元。以上任何一条都不允许不养，否则将给国家和广大虾农带来更大的损失，不利于沿海养殖地区的社会稳定。在今年对虾养殖遇到困难的时候，不能忽视对虾养殖业的发展前景。”

“那么，对今年对虾养殖发生病害该如何看？一位对虾养殖专家这样说：发病是事实，死虾也是事实。对其发病原因尽管有种种说法，我想不能匆忙下结论，最终要由科学来说话。我有这样一种看法：近十几年来我国养殖业发展很快，就在这种快速发展中，忽视了科学研究先行或至少要同时进行的基本原则。在年复一年较高密度养殖条件下的环境变化规律、养殖生物病害发生发展规律及大面积发展规律及大面积养殖下的生态环境效应等，都没有进行全面、深入的研究。同时养虾工艺仍然停留在80年代初、中期水平上，以相对粗放的养殖工艺指导相对较高密度的养殖生产，加之其他各种问题，暴发虾病在所难免，一旦发病便束手无策。所以，我认为单纯用病来解释是不够的，从某种意义上说，今年的虾病是环境的报复。因此，对明年养虾生产我强调改善环境。”

文章最后写道：

海水动物养殖是十分脆弱的。我国对虾养殖业虽然发展迅速，但仍然无法抗拒病害和品种退化的制约。因为在海水动物养殖上，我们目前无法筛选出优良品种经过驯化而成为如同猪、鸡、鸭、鹅类的良种，适合于世代繁衍以供人类的需求。现在的养殖品种依然是从野生种群中采集母体人工孵化育苗，而人工育苗养成的二代活体无法成为新的繁育母体。因此，如此大规模迅速发展的养虾业，大量人工投饵，大量使用抗生素，必将给海洋环境带来超常的生态压力，这必然要使这一产业的兴起和发展遭遇灭顶之灾。

这是以牺牲环境为代价的恶果！

这是大自然的报复！

“李安东什么时候成了海洋生物专家？”

“安东说得很在理，敢于说真话，没白干记者这一行。”

“这小子就是敢放炮！”

这一报道，窦政委是在家里看到的。

这一报道，常江是在船上看到的。

这一报道，黄海是在酒店陪朋友吃饭时听说的。

四十

国庆节快要到了，常江找到黄海提议说：“下个月你又要去南极了，不如趁国庆节放假我去找辆车，拉上安东，咱们三家一块到刘公岛去玩玩。常风和黄河都上了高中，黄妮初中也快毕业了，李舟也上了小学，该让他们知道知道老爸们年轻是从哪儿当的兵。再说一晃二十五六年过去了，我们也该再回那块土地看一看，听说刘公岛原样保存得很好。”

还有一个星期就到国庆节了，听说要去刘公岛，孩子们自然十分高兴，他们盼望国庆节能快一点到来。黄海和尚北平欣然同意，当常江和韩雪一起到李安东家相邀时，他们一张口褚楚马上说：“一个星期没见他的人影了，他早就去了刘公岛，可能现在还在岛上呢。”

常江和韩雪一听忙问：“他干什么去了？”

“他说今年是甲午海战100周年，他要去采访，这对他很重要。”

听了褚楚这话，常江猛然大悟：今年真的是甲午海战的百年祭年，看来黄海说的有道理，安东他现在想的是和我们有点不一样。想到这他更加坚定了一定要去刘公岛的决心，他对褚楚说：“让安东自己去吧，他可能有自己的采访任务。‘十一’早上我来接你和孩子，咱们一起去刘公岛，那是一座神奇、美丽的海岛，是每一个中国人都应该永远记住的海岛！”

国庆节那天，他们一群人顺利地登上了刘公岛。

刘公岛，是渤海门户的天然屏障，在国防上具有极其重要的地位。

1888年，北洋海军成立时，在岛上设电报局、水师学堂、建北洋海军提督署、铁码头，这成为中国近代第一支海军北洋水师的诞生地。1894年，中日甲午海战就发生在刘公岛东部海域。如今岛上有“中国甲午战争博物馆”牌坊，有北洋水师提督署和丁汝昌寓所旧址，有甲午海战期间功不可没的北洋水师铁码头和古炮台，有纪念甲午英烈的北洋水师忠魂碑，有再现甲午海战壮烈场面的甲午海战馆。

据旧志记载，元代刘公岛名为刘岛，亦名刘家岛。大约在明代才开始名叫刘公岛。关于刘公岛名称的由来，还有一段传说。

相传在数百年以前，有一条来自江南某地的商船，在海上突然遇到了大风，狂风卷起巨浪，无情地扑向商船。船上的人们奋力地与风浪搏斗，祈望能找到一处可以躲避风浪的地方。然而船正航行在大海之中，四周没有陆地，也不见岛屿，到哪里去找可以避风的地方呢？人们失望了，纷纷祷告苍天保佑。但无济于事，风越来越猛，浪越来越大，船在风浪中颠簸，一会儿被掀到浪峰之上，一会儿又被抛入浪谷之中……就这样一连几天几夜过去了，风浪仍不见停息。船上的桅杆被风吹折了，舵也被浪打歪了，船失去了控制，像一片树叶在海面上漂浮。船上的淡水用光了，食物也没有了，艄公们筋疲力尽，垂头丧气地倚在舱板上，任凭船只随波逐流。天色渐渐地黑了，月亮渐渐升了起来，只见天海间漆黑一团，伸手不见五指，只有风浪依旧在夜幕中呼啸着。

突然，在绝望中，不知是谁惊叫一声：“看，前面有火光！”众人忙起身寻找，果然在黑暗的前方有一点微小的火光闪烁，在风浪中时隐时现。有火光，就有人，就有希望。众人顿时精神抖擞，忘记了饥饿和疲劳，拼力将船向着火光划去。渐渐地，火光近了，隐隐约约地可以看出前方是一个岛屿，那火光就在岛上闪烁。终于船靠岸了，艄公们下船循着火光走去，不一会儿，看见前面有一栋房屋，窗前亮着灯光。艄公们急忙上前敲门。片刻，门开了，一位老翁出现在门口。众人一边打躬作揖，一边诉说他们的遭遇，希望老翁能施舍一些茶饭。

老翁爽快地答应，并呼一位老媪出来与众人相见。众人随老两口进屋后，发现屋子里虽不算宽敞，却十分古朴可亲。老翁一面安排众人歇息，一面吩咐老媪生火做饭。只见老媪从里屋挖出一碗米，洗好后倒进锅里。众人见了，心里在嘀咕："区区一碗米，怎能解众人之饥？"艄公们虽然饥肠辘辘，却又难于启齿。不一会儿，饭熟了，老翁招呼大家吃饭。大家随吃随盛，饱餐一顿，锅里的饭却不见减少。众人心里暗暗称奇，但也不便询问。

饭后，艄公们感激不尽，向前拜谢道："救命之恩，永志不忘。不知此为何地，老丈贵姓？"老翁笑答道："此为刘家岛，老朽姓刘。"说罢，又取出一袋食物相赠，并送他们回船休息。

次日天明，风息浪小，红日高照。艄公们又上岛取水，寻遍全岛，却不见昨夜的那栋房屋，也不见老翁老媪的身影。但见岛上树木葱茏，鸟语花香。众人这才醒悟，皆曰："我们大福，遇到神仙了。"

后来，这条船再次经过这里。艄公们又上岛寻找，岛上依然是树木葱茏，鸟语花香，但仍不见老翁老媪和那栋房屋。为了纪念刘公刘母的救命之恩，众艄公集资在岛上修了一座刘公庙，庙内祀刘公刘母泥塑双像，以表示纪念之情。刘公庙建成后，来往的艄公船夫们每经此地，必上岛进庙祈祷。从此，刘公庙的名声越来越大，该岛也逐渐被称为刘公岛了。

来到岛上，常江和黄海一行逐一看了岛上各处遗址。最后他们来到了岛东端一个叫东村的地方，站在离海岸不远的一处山包上，黄海告诉尚北平和黄河、黄妮："这里原来有两排营房，当年我们区队就住在这里。"当他说到这，只听李舟喊道："我爸爸住在哪里呀？"黄海忙回答："对了，我和你爸爸都住在这里。你常江叔叔不住在这里，他住在那一边。"说着黄海用手指了指往西一点的一个小山坡："就是那里。"然后又指了指靠近海边的一片开阔地说，"那片地就是当时的靶场，安东就是在那里把区队长养的鸡一枪给打死了"。

李舟接上问：“爸爸为什么把人家的鸡给打死了？”

黄海马上回答说：“你爸爸枪打的准啊。”听了这话大家都笑了。

笑声中常江接上说：“我和黄海，还有安东就是在那个地方认识的”，说着他指了指不远处的操场和一块麦地。

“我们是不打不成交。”黄海马上说。这话让韩雪、尚北平和褚楚都笑了，显然她们已经知道新兵连他们仨打架的事。

去了一趟刘公岛，他们每个人都有自己的感受。大人有大人各自的不同感受，孩子则有孩子各自的不同感受。回到家的第二天晚上，下班后常风拿回家一份《海洋日报》。他送给常江说：“爸，这上面有一篇好文章，你快看一看。”

常江接过报纸一看，第一版一个显著的大标题立刻映入眼帘：百年大祭典，署名是本报记者李安东。

“你看过了？”常江问儿子。

“看过了，我佩服李叔叔。”常风回答。

“你不佩服你老爸？”

“我没说不佩服啊……不过，你和李叔叔是一个人就好了，那才叫完美。”

“看来刘公岛这一趟你没白去，受教育了。”常江猜想到一定是李安东的文章引起了常风的共鸣：“你李叔叔又写了些什么，不会又是‘乱放炮’吧？”常江有意地逗儿子说。

“你自己看吧。”

李安东在这一长篇通讯中首先写了两座迟立的纪念碑。文章中写道：

刘公岛，旧中国有海无防，有防不强的血证。

刘公岛，浓缩了中华民族的期望、希望、失望…… 1894年9月16日，中日海军爆发了史无前例的铁甲大战——黄海大海战。尽管北洋海军将士英勇善战，同仇敌忾，但由于清政府的妥协、软弱以及主管海军的李鸿章消极避战，电令丁汝昌“违令进战、虽胜亦罪”的人为干扰等原因，北洋海军最终全军覆没。

中国劳苦大众望眼欲穿盼来的北洋海军；耗费数千万两白银建立的北洋海军；实力已居当时亚洲第一、世界第四位的北洋海军如同过眼云烟，在自己的家门口消逝了。然而，她的悲剧并没有到此演完，日本政府为了炫耀其战绩，污辱中国海军，竟将甲午海战中俘获的中国“镇远”、“靖远”两舰的铁锚陈列于东京上野公园，锚周围竖上“镇远”舰主炮弹90枚，并围以锚链数匝。每当中国旅日华侨、留学生，特别是海军人员经过此地，莫不掩面痛哭……

甲午战争结束后，宁死不降、以身殉国的丁汝昌不仅没有得到朝廷的褒奖，棺木反而被绳捆钉封押到天津受审。丁公在甲午海战的血与火中为自己的戎马生涯画上了一个句号，其高风亮节永载史册。他结束自己生命不是关天培式的血溅青锋的自刎，不是邓世昌式蹈身清波的自溺，而是于月黑风高之夜吞服了使千万人麻醉的鸦片，在地狱之门撞击了整整一夜，于次日凌晨殉国。在别无选择的最后关头，他与先仁一样发出“今惟一死以尽臣职”的誓言。时间是1895年2月11日。丁公人虽去，气凝犹护魂，一颗壮志未酬的灵魂在痛苦中浓缩，但未消亡。在他死后的63年，在动乱浩劫的年代里，安葬在安徽省无为县严桥乡小鸡山顶的丁汝昌提督墓竟被人当做“历史的罪孽”挖掘以见天日。观者看到，棺木启盖时，提督的尸体尚未腐烂，着黑色服完好无损，嘴里含着一颗珠子，没有贵重随葬品。棺木抬出墓穴后尸体被焚烧，珠子被人取走，棺木用来做了8个长条凳子，放于大队公用。鲁迅先生曾说：“人生最苦痛的是梦醒了无路可以走。”丁公可是那梦醒之人？

鸣呼：倘若以“余决不弃报国大义，今惟一死以尽臣职”的誓言而声震寰宇的丁提公在天有灵，目睹凡尘的喧嚣，将作何等感叹？也许会坦然曰：“余命尚不足惜，况无魂的尸体！是捆、是钉、是候审、是焚烧，听便。因为在他悲愤自杀的一瞬，也许认为自己是民族的罪人，决不会奢望后人为其树碑立传、歌功颂德。”

北洋忠烈也有幸运者。“致运”舰管带邓世昌英勇忠烈，认定“阖船俱尽，义不独生”，手按犬首，自己随之没入波涛之中。以身殉国之日，正是他的生辰之日，被称为“邓壮节公”。

正是邓公的忠烈，在今天的山东北部沿海还流传着这样的故事：黄海大海战结束，沿海一带的渔民纷纷划船出海，寻觅邓公的遗体，他们视邓世昌生为中华而战，死应安卧神州。无奈大海滔滔，人们的努力没有成功。今天山东荣成的成山角，“邓壮节公”庙遗址仍在，当地人称“邓公祠”。祠内一尊石碑幸存，这便是乡人在邓世昌殉难后的第十年而迟立的三尺石碑。

碑文载：朕惟卫社稷以执干戈，马革慰沙场之志。听鼙鼓而思将帅……

光绪二十九年(1903年)

历史是公正的。1988年，正值北洋海军成军100周年之际，国务院公布北洋海军提都署为全国重点文物保护单位。同年春天，威海市政府拨出专款在刘公岛上修建“北洋海军忠魂碑”，以慰藉在甲午海战中以身殉国的英魂。

感慨于两座迟立的纪念碑，李安东在文章中继续写道：

100年前的耻辱，100年后的丰碑！这绝非是一个跨世纪的玩笑。为民族英雄树起三尺丰碑，不仅在于为其彪垂青史，更在于辉煌的历史能给后人以荣耀，欢愉而生一种民族自豪感；而黯淡的历史能给后人以沉思，启迪而生“知耻近乎勇”

的觉醒。

迟立的三尺碑，你是我中华民族固我疆土、雪我国耻的丰碑！

面对甲午海战一百祭年，李安东在文章中记述了一千万人大祭奠：

1985年4月1日，经过90年的长久沉默，刘公岛终于揭下了神秘的面纱，作为一个无需命名的国防教育、海洋观教育和爱国主义教育基地第一次正式对外开放。刘公岛沉负着民族耻辱的一页历史，向她的同胞和子孙露出了羞赧的面容，拉开了中华民族千万人大祭奠的帷幕。截至1994年4月1日，短短八年时间，来此祭奠的达一千多万人次。在祭奠的人流中，除了来自31个省市自治区外，还有港澳台同胞，海外华侨以及来自美国、英国、日本、朝鲜、越南、新加坡等国的国际友人。

在北洋水师提督署管理办公室，翻开《提督署大事记》，里面详尽记载着党、国家、军队领导人的签名。

此外，北洋水师将领们的后裔也曾先后上岛祭奠先祖；邓世昌的第四代曾孙女邓立英；刘步蟾曾孙刘鑫及叶祖贵，方伯谦等的后代均上岛祭奠。

刘公岛牵动了多少中华民族仁人志士的心，一大批著名人士多次关注刘公岛，一致要求保护好刘公岛北洋水师遗址。

走出北洋海军提督署的大门，跟随祭奠的人流依次瞻仰水师学堂、古炮台……走遍整个刘公岛，知道了许多动人的故事。

香港某汽车公司董事长，回山东老家探亲，他不去都市观光，不去名胜赏景，专程来到刘公岛祭奠。在丁汝昌提督殉难处，他连鞠三躬，然后双手敬上香烛。离岛之时，他对笔者说：我每次回来，不进刘公岛祭奠就有一种负罪感。

苏北老区某乡的一位农民来威海办事，住最廉价的旅馆，吃最便宜的饭菜，却大方地掏10元钱买了一张进岛的船票，花9元钱买了一张进提督署的门票，花1.5元看了看锈迹斑斑的古炮。使笔者欣慰的是，他对北洋水师的英魂说了这样一句话：我是代表我和我那上中学的儿子来祭奠的。

冬日的一天，山东老区一个镇上有位小学教师代表34名学生的心愿，专程从沂蒙山区赶到威海，唯一的目的是看一看刘公岛，谁知天公不作美，接连刮了三天大风，这位老师在旅馆苦苦等了三天，最后囊中空空，只好在市内邓世昌铜像前留下一张纪念照，然后带着无限的遗憾踏上了归途。

在提督署二进院，丁汝昌提督殉难的东厢房前，伫立着一对耄耋老人，佝偻着腰的老翁用那颤巍巍的手，从衣兜中掏出一盒皱皱巴巴的廉价纸烟，哆哆嗦嗦地取出一支，恭恭敬敬地敬献给丁将军“品尝”。满头银发的老妪，从贴身的内衣褂中，掏出一张透着油光带有体温的纸币毛票，踱着小脚，把钱放到了祭坛上。文物管理所负责人介绍说：放到祭坛上的钞票，每年有3000元。每到北洋水师的“祭日”，我们用这些钱买来鞭炮、香火，连同祭奠的人们敬献的千万支香烟一起点燃、焚烧，以祭奠那些为国捐躯的民族英灵。发聋振聩的爆竹声响彻云霄，缭绕的烟雾升腾海空，那情景甚为悲壮感人。

中国的“迷信”可谓古已有之，源远流长。所发生在刘公岛上的千万人大祭奠，决非“迷信”所为，是人民发自内心对民族英灵的景仰和崇敬；是人民国防观念逐步提高的表现；是人民居安思危渴求和平的象征。

然而也有事与愿违者，在提督署东厢房丁汝昌蜡像前，一位气度不凡的中年人跪地而拜，双手合十，口中念念有词：请神灵保佑我发、发、发。

此时此地我们要说：登岛的人啊，你是否知道北洋水师一代忠烈早已在黄海海底化为枯骨，他们为国捐躯，他们自身没有失败！从历尽沧桑的刘公岛归来，谁人能带回几分沉重，带回几多深思？

1988年初，四川省一位小学生曾自发组织捐款2000元，寄给人民海军，并附信呼吁中国一定要拥有航空母舰。我们无从知道这位小学生是否来过刘公岛，可他一定知道甲午海战的历史。他心系国防的拳拳之心，远非一艘航空母舰的价值所能比。

这位小学生算来也该是北洋水师的第四代子孙，可有谁不说他是中国海军的希望！中华民族的希望！

国内报载：中国酒民一年喝干3个西湖水，消费近200亿元人民币。200亿，它是两艘航空母舰的价值。试问，如果我国拥有两艘航空母舰，也许南沙群岛的32个主要岛屿，就不会有31个至今还飘扬着异国的国旗。

200亿与两艘航空母舰，对这个问题，今天能有多少国人去对比，去思考呢？

我们登上耸立于365级台阶之上的“北洋海军忠魂碑”，鸟瞰茫茫沧海，仿佛又看到那终于成了一代军人悲壮的印记！

1895年2月12日，悲波咽浪拍击着刘公岛铁码头，血与火染红了黄海海面，刘公岛在炮火中陷落了。凌晨，随着丁汝昌提督那高大的身躯轰然倒地，忠勇精锐的北洋水师结束了短暂悲壮的历程，渤海，祖国内海大门忠诚的哨兵倒下了。历史不会忘记——无论如何也忘不掉倾斜下沉的舰船在痛苦地痉挛，忘不掉炸成碎片的黄龙旗落叶般飘零，忘不掉水手兵勇的遗体横卧炮台，怒目苍天，忘不掉李鸿章不许出战的电文手令。为此，一代名将把自己献上了祭坛……

20天后，香港中环士丹顿街13号，孙中山挥笔疾书写下

“驱除鞑虏，恢复中国，创立合众政府”的誓词。一群热血青年面对中华民族即将被蚕食鲸吞的危局，发出了“亟拯斯民于水火，故扶大厦之将倾”的吼声……

一百年后，刘公岛依然屹立在黄海之上，依然守卫着渤海，守卫着北京，五星红旗高高飘扬在海岛之巅。

刘公岛上，川流不息的芸芸众生，每一个人都在寻找，每一个人又寻找到了什么？！

一位老人说：和平的绿荫下，如果我们仅仅把历史留下的耻辱当成故事来侃，把历史留下的“伤疤”当景观来看，那么，这块“伤疤”一旦发炎，就有危及我们每一个人生命的可能，这绝不是危言耸听。

一位军事家说过：假如在一个国家里，那些牺牲生命、健康、财富去保卫祖国的勇士们，还不如那些大腹便便的商贾受到尊重，那么这个国家的灭亡就一点也不冤枉。

一位瑞士外交家说：瑞士公民迈出右脚的时候，是一个平民，迈出左脚的时候就是一个战士。如果要问我们为什么600多年来没有打过仗，因为我们随时都在准备打仗。

一位农民兄弟说：国家兴亡、匹夫有责，我们要富国强兵。

一名小学生说：我要到无名碑下敬献一朵小花。

一名战士说：位卑未敢忘忧国……

刘公岛像一幅古老的油画，百年祭日，愿每一位前来祭奠的人都能真正看透。

刘公岛像一本无字的大书，百年祭日，愿每一位前来祭奠的人都能真正读懂。

刘公岛像一座无形的大钟，百年祭日，愿每一位前来祭奠的人都能真正用心去撞击。

文章最后，李安东疾书呐喊：

一百年前，刘公岛耻名、威名同时远播世界，她留给后人的不是耻辱过后不肖子孙的敛财之地！

刘公岛，是中国海权之生死碑！

读完这篇文章，常江想起来，就在他们离开刘公岛前，让黄海没有想到的是常江从随身的包里拿出了一个红皮日记本。常江早有准备，他把笔记本递到黄海面前说："你不是想知道安东送给我的日记本上写的是什么吗？今天我带来了，你自己看吧。"

黄海接过了日记本，那红色封皮已褪色了，但保存的还完好。黄海翻开封皮，扉页上李安东写的几句话笔迹工整，赫然纸上，可以看出李安东当时是十分用心写的。

自题

醉把杯酒，以吞江南吴越之清风；
拂剑长啸，以吸燕赵秦陇之劲气；
雄视山河，以挟齐鲁关东之义胆；
傲踏四海，以抖渤黄东南之雷暴；
然，老而治文著书。

李安东，赠常江

再翻开日记本的第一页，上面写着：船长日记。显然这是常江写的，往后翻去里面写了满满一本，记的都是这些年常江出海遇到的事和心得体会。

看完这些，黄海把日记本还给常江，什么话也没有说，一直陷入在沉默之中。

四十一

在去刘公岛后的不长时间，李安东搬家了，搬到市郊的一个什么山庄去了。从那之后，一连两三年的时间常江也一直没有见到李安东。这期间黄海作为“南极”号船长，每年都要去一次南极。我们的夏季是南极的冬季，我们的冬季是南极的夏季，而南极的夏季正是科学考察的最佳季节。黄海每年十一月中、下旬驾船去南极，次年四五月份才能返回。前些日子黄海又一次从南极回来了，这已是黄海第四次南极之行，昨天局里召开干部大会，会上宣布了上级对黄海新的任命，他被提升为青岛局副局长。

在去刘公岛之前的一段时间，有一件事情一直在困扰着常江。这就是作为一名海洋调查船的船长，他对目前国内海洋调查的现状感到困惑，感到忧虑。

自20世纪90年代末期开始，市场经济的大潮强烈地撼动了海洋调查这一特殊的专业领域基础。海洋调查是一项无法取得直接经济效益的长期的基础性工作，如果没有历史性的长时期的海洋本底资料积累为依据，那么日后海上的一切活动都将直接受到限制和影响，甚至是不科学的。这就好比一个国家或一个民族没有历史一样，不知道从哪里来，也就不知道往哪里去。但是在社会上一切都在追逐经济利益的大环境下，海洋界茫然了，科学家茫然了，决策者也茫然了。

这时海洋调查船老船一艘艘报废了，而新船却不见踪影。海洋调查的经费逐年减少，调查计划一再紧缩，调查内容一再减少，甚至幸存的几艘不老不新的调查船也被改为他用。海洋调查这一国家海洋事业最基础性的工作萎缩了，并逐渐开始走向低谷。

就在这样的困扰与困惑中，常江想起了李安东曾对他讲过的历史上的一段往事。

据有关文献记载的资料显示，我国最早确定的潮高基准面（深度基准面）确定的时间为1902年，是由英国人司麦斯在渤海湾大沽口海岸经过16天潮位观测，得到一次强低潮的水面，观测的基本水准点下高度452.7厘米。

对于这一观测资料、潮高基准面的确定及观测人英国人司麦斯目前无任何资料可供考证。如司麦斯为何人？以何身份来到中国？他出于何种目的进行潮位观测？该资料又是在大沽海岸何处测得？他又是使用什么样的观测仪器进行的观测？如此种种疑问目前均无法考证。

但上述资料对于国人，可以提示我们对这一潮位观测的后续思考。

据天津塘沽区志记载：1840年8月（清道光二十五年七月），英国舰队8艘军舰，在司令懿律和英驻华商务监督义律率领下驶抵大沽口外。8月11日，义律向清政府投送信件，要求派官员到英军舰上接受照会。8月13日，琦善派千总白含章赴英舰接受照会。英政府在照会内攻击林则徐在广东禁烟侵犯了英国权益，无理地提出6项要求，限10天内答复。英舰队在等待答复期间，派船从渤海湾浅海深入内河测量水位，窥探炮台虚实，并绘制地形图。

1860年8月1日，英、法舰船30余艘，军队5000人，乘海潮偷偷地从塘沽北塘海岸登陆。

1900年《清光绪二十六年》，义和团运动迅速蔓延到直隶及津京各地，世界各帝国主义国家以威胁其在华权益为由，策划出兵进行武力干预。

1900年6月，天津租界内的英、美、法、俄、德、意、日、奥八国军队组成八国联军，集结各国舰队于大沽口，密谋用武力强占大沽炮台。

6月17日零点50分，八国联军舰队向炮台发动进攻，仅六个小时大沽炮台被先后攻陷，随后八国联军大批从塘沽登陆大举向天津、北京进犯。

上述战事将这样提示我们：英国人司麦斯其人和其进行塘沽潮位观测会否与塘沽先后所发生的一系列入侵我疆土的战争有关联？

塘沽海岸地处渤海湾超浅海西部湾顶，海岸为河流冲积形成土泥岸，经后来观测沿岸的潮汐为半日潮，大潮涨落3米左右，最大可达5~6米；小潮涨落约2米，最小时不足1米。由于沿海滩涂平缓，潮水涨落1米时，海滩常可出没1000米以上。高潮时是开阔的海面，低潮时为一片泥滩。大沽、新港、北塘等地，无论高潮、低潮，海水均可与河道相通。就是这样一个看似简单，其实对于海防至关重要的海洋岸滨观测数据，人们对它的背景竟一无所知，直至今天查阅已知文献，关于司麦斯其人其事仍然毫无线索，这不能不令国人汗颜，令海洋人羞愧。

历史是一面镜子，就在前两天常江给李安东打过一个电话，向他述说了自己的困扰与困惑。电话中李安东对他说："现今短视的人多了，要想改变这一现状不是你我所能做到的。你困惑，我比你还困惑。真想不明白，为什么有的决策者也会走进误区，难道这就是经济建设时期大力提倡的政绩观惹的祸吗？难道国家主权海域和主权管辖海域的基础海洋调查可以轻而易举地放弃吗？这样长此下去，对于日后海洋环境、资源，海洋一切开发活动和未来海上战场建设的后果又将意味着什么？"

虽然常江和李安东对于这一点有共识，但他们无能为力，后果更是不得而知。

一个星期天后的下午，尚北平带着黄河和黄妮两个孩子来到了常江家。近几年他们较前些年走动少了很多，尚北平和孩子的到来还是让常江和韩雪感到很高兴，特别是常风对黄妮的到来更是从心里高兴，因为随着女孩子不断长大，他俩的来往和相互接触都谨慎了许多。

“常江，北平来了。”韩雪冲着屋里喊道。

尚北平和孩子坐下后，韩雪忙着给她们泡茶，常风给她们拿来了水果。韩雪一边倒茶一边说：“常江中午不知道和谁喝酒去了，一回来就睡了。整年出海，跟安东学的，把这家当成招待所了，想来就来想走就走，你等一下我去喊他。”说着韩雪就要去喊常江。

“不用，不用，让他休息吧。”尚北平忙说。

“那怎么行，你和孩子好长时间没来了，正好今天他好不容易在家。他时常念叨起你们，特别是他总说黄妮比常风懂事，不见你也得见见孩子呀。”韩雪说。

转身韩雪走过去推开卧室的门，冲着里面喊道：“快起来吧，北平带孩子来了……”

常江虽说是船长，可他家的客厅装修和布置都十分简单，同平常人家没有什么两样。尚北平注意到，唯有不同的是电视墙的上方挂着一只海龟的标本，电视柜的两侧摆放着几块从海底捞上来的石头样品和一块珊瑚……这时常江起床来到客厅，他歉意地对尚北平说：“不好意思，中午出去和船员们喝了点酒。”接着他同还站着的黄河和黄妮打招呼：“你们俩也快坐，几天不见，黄河又长高了，你现在有多高？”

“一米八零。”黄河回答。

“你比你爸爸高了快十公分了，好小子有出息。”接着他又问：“马上高中就毕业了，准备上什么大学呀？”

“我想上军校，可爸爸还有点犹豫。”

“那就是黄海不对了。”常江对尚北平说，“孩子的事只要把道理讲清楚了，其他的事尽量少管。他们都大了，都有自己的主意。再说我们年轻时父母管了多少，就是管了我们又听了多少。”

“常叔叔英明。”黄妮接上话说。

见黄妮先说话了，常江马上对她说："你这姑娘，都上高中了怎么也不常来看看你常叔叔，你再不来我快不认识你了。"

"这不来了嘛，再说我刚上高一还没全适应过来。"

"强词夺理，你忘了你上初一的时候还来家和常风抢东西吃。"说到这常江又对尚北平说："黄妮越长越漂亮了，你和黄海我怎么没觉得漂亮，这姑娘像谁？"说到这，常江又突然说了一句："今天要是安东来就好了。"

常江很少同尚北平开玩笑，可今天的话尚北平知道他是在有意开她的玩笑。她接上说："你也跟李安东学的没正形了，我们都什么年龄了，还说这些。"

常江的酒劲还没全过去，他接话说："没错，都是跟李安东学的。是他告诉我说，现今战友会战友，就是喝小酒，同学会同学，就是搞……"他刚说到这，韩雪马上制止了他："闭嘴吧，又在胡说！"

尚北平笑了，她打断了他俩的话说："我今天来是想问一问常风毕业想报考什么学校，也想对黄河考大学的事听一听你们的看法和意见。"

常江的酒逐渐醒了，听了尚北平的这番话，他觉得她是真诚的。他认真地说："我们已经商量好了，决定让常风报考海洋大学。"

尚北平点了点头表示赞同："常风报考海洋大学当然好，只是黄河我想让他报考军校。因为他姥爷是军人出身，黄海也当过兵，我想也让他去当兵。这也许是受我爸爸的影响，从小就有一种军人的情结吧。"

韩雪接上话说："本来常风也是这个想法，但考虑到常风从小体质一直比较弱，担心他当兵体检不合格。我也担心他当兵吃不消，所以就放弃了。"

说到这，黄妮接上话说："你们大人就是愿意操心，什么事都想要由你们说了算。哥哥比我听话，考上军校赶快走吧，家里剩下我一个人更好，以后家里就是我说了算了。"这话逗得大伙都笑了。

这时尚北平想起来说："给褚楚打个电话吧，问一下舟舟怎么样了，他也该上初中了。”

“是啊，好长时间没见到褚楚和舟舟了。”说着韩雪拿起了电话。电话一拨通，接电话的正是褚楚，韩雪连忙把电话交给了尚北平：“你来说吧。”

尚北平接过电话说：“褚楚，我是北平。我和孩子都在韩雪家，一块商量黄河和常风考大学的事，我们想到了舟舟，他上几年级了？”

只听电话那边说：“你问舟舟啊，他还早呢。”

“现在舟舟上几年级，三年级还是四年级？”电话中尚北平和褚楚聊了起来，最后她问褚楚：“怎么，安东又不在家？”

“不在家，出差到外地采访去了，已经一个多星期了……”

就在尚北平和褚楚在电话中闲聊时，常江想到了黄海，这黄副局长又忙什么去了呢？

常江也许还不知道，黄海当上副局长这段时间里，遇到最烦心的两件事都与李安东有关，这让他很是不安。

第一件事，那是战友们一块集会，因为他到场晚了引来李安东的不快。又因为他言语不当惹恼了李安东，当场弄得他和李安东不欢而散，这让他不知道日后该如何面对李安东，又该如何向战友们解释。

第二件事是在他和李安东不欢而散之后的不长时间，他看到了一份上级转发下来的内部参考，内容是李安东写的“关于我国海洋调查船为何误入歧途，海洋调查跌入低谷的思考”。此文在业内引起了不小的震动，对于他的思考有人力挺，也有人反对，而更多的人却是不管“闲事”，一心跟着市场经济走，有利则为，无利则弃。更重要的是他的文章引来了个别领导的不悦，这让黄海很是为他担心。文章中李安东这样写道：

经过连续的海洋调查，历史积累下来的原始数据资料称为本底资料，其重要的价值在于不可重复性。本底资料的作用在于对不断变化的海洋环境与生态后续调查具有无可替代的原始可比性。他举了一个例子说：在某一河口入海处，历史上从未进行过任何实地观测。而在此海域却有某一大型海岸工程要上马，在进行海洋环境评价专家评审时，有专家认为该项环评经过了数字模拟试验符合环评要求，可以通过。而有专家质疑：这种数字模拟依据的原始本底资料出于何时何处？

对方答："该海域无历史实测本底资料，依据的是相距100海里外两个相邻海洋台站历史观测资料的延伸。"

质疑专家继续质疑："借用相邻海域的历史观测资料进行延伸不是绝对不可以，但此海域处于河口区域，从海水动力学角度来说，无论是潮水还是海流均十分复杂。再者从地质学角度来看，河口区域地质条件变化更大。不要说无历史资料，就是有一二十年前的资料也不足以完全反映出该海域的现状。如果认为仅靠借用相邻海域历史观测资料进行模拟得出的结论是科学的，那如此大的一项工程无疑给海洋环境日后的严重影响留下一处硬伤。如果出现问题，在相当长的一段时间里也许不会明显地显露，可终究还是要暴露出来，这个责任今天我们可以不负，但我们的后人是一定要承担的！"

就是在这样的争论中，此次评审未果。但最后多方做工作，为了经济建设，为了保×长、×长工程，为了政绩，该项环评还是通过了，工程得以顺利上马开工建设。

李安东对基础性海洋调查跌入低谷经过充分的分析后，言词尖刻地写道：

科学与技术不是等同的概念。

如今，有人却打着科学技术是第一生产力的招牌，借用技术的幌子在混淆与科学的概念，以求满足个人的私欲，经营个人的政绩，这是伪科学！

伪科学后患无穷。就海洋事业来说，赤潮等海洋生物灾害已呈逐年频发之趋势，导致海洋环境与生态压力日益加大；有违科学的判断导致海难频频发生；海洋国土意识匮乏导致海域使用无序、无度现象泛滥；依法治海在中国还处于起步和探索时期；这些都将为海洋事业的长足发展埋下祸端。

中国海洋事业较世界海洋国家起步晚，前人给我们留下的基础科学资料本来就不多，如果我们今天削弱或放弃海洋基础调查，将会直接影响日后海洋事业的整体发展。最后李安东疑问：

100多年前，人类探索南极是发现新大陆和挑战人类生命极限的探险之举，中国人失去了这样的机会。100多年后，我国自80年代中期开始前后开展了南极科学考察和大洋海底资源调查，这是为子孙后代寻找和拓展新的生存与发展空间的远见之举。此两项迟来的代表中华民族走向海洋之举意义重大，但并不是说有了后者就要丢弃前者，切忌不可蒙上急功近利的阴影。对于科学而言，功利化后患无穷，切不能好大喜功而忽视了最为基础的海洋科学工作。更不能短视主权海域和主张管辖海域的海洋调查工作，短视意味着丢弃了基础，动摇了根本，最终将会丢失了“根据地”，其严重的后果将会是顾此失彼、后悔莫及，甚至会陪进老本。

李安东的这篇文稿，让常江也感触颇深。他记得在一次闲谈时谈到国内基础性海洋调查与大型远海或远洋调查的关系时，李安东曾这样比喻说：“日本人做事的理念是，种好自己的地，想着别人的田；而我们往往是种了别人的地，荒了自己的田。”

常江也认为，近些年在海洋事业大发展的过程中，确实存在如李安东所说的这种倾向，而有的人正是利用海洋科学及其工作的特殊性和外人知之甚少的特点去忽悠，这将贻害海洋事业的长足发展。为此，他建议李安东去找黄海谈一谈，他是副局长，在领导层有一定的话语权，可以适当地把这一问题反映上去。可李安东却对他说:“一个人在顺境时是很难有忧患意识的，当大权在握时想得更多的是追逐潮流以满足内心虚荣的欲望，责任与未来已经离他远去，这是一般性的规律。”李安东最后肯定地表示:“黄海正处于这一阶段，何况如今社会如此势利与浮躁，他不这样做日后还能在仕途上继续走下去吗？”

没有远虑，必有近忧，李安东的这些忧患是不是杞人忧天?

四十二

五年过去了。

继20世纪60年代全国大规模围填海之后，又一轮“为有牺牲多壮志，敢教日月换新天”的新一轮走向大海的全国围填海热潮在这期间愈演愈烈。正是在国内这样的海洋氛围中，又有新的事件发生了。

1999年的到来预示着人类社会即将进入21世纪的前夜。这一年，中国海洋界又发生了两件在业内引起极大震动的大事，而这两个事件对于社会来说却反映平平。一件事是我国组织了首次北极科学考察；另一件事是代表国家履行海洋行政执法权力的机构——中国海监局在北京成立。前者仅是一次重大的科学事件，是我国科技水平与综合国力在国际舞台上的展现。这一事件的成功不仅能为国家争得荣誉，同时还会为某些参与者戴上异样的光环。而后者却非同一般，这标志着我国已经开始进入了依法治海的新的历史时期，这将直接关系到中国海洋事业发展的走向，具有现实和历史的双重意义，这是民族的大业。

此前一年，常风于海洋大学毕业子承父业选择了从事海洋调查与研究工作，而黄河军校毕业后成为了一名海军军官。

常风有幸被选去参加北极科学考察。当他得知这一消息时高兴地对常江说：“我能成为一名参加北极科学考察的科考队员是十分幸运的。爸爸，等我从北极回来后一定会有进步，我还要争取参加南极考察，争取成为年轻一代同时参加了南北两极科考的海洋调查队员。”

常风就要赴北极了，常江向韩雪提议要给儿子送行。

爸爸妈妈要给他送行，常风虽然感到意外，可心里却十分高兴。当常江正在厨房里忙活时，黄妮突然来了。门铃一响，韩雪开门见是黄妮愣住了："妮妮，怎么是你？你什么时间回来的？"

"我刚下飞机……"黄妮回答。

黄妮去年已考上外语学院到外地上大学去了，她的突然到来，又是从机场直接来的着实让韩雪吃惊不小。进到屋里，听到是黄妮来了，常江不知道原委从厨房里出来热情地打了个招呼："是妮妮啊，正好一会儿一块吃饭，尝尝你常叔叔的手艺……"一边说着，他又回到厨房继续忙活。

见是黄妮，常风显然既高兴又吃惊，因为他打电话告诉她自己去北极的消息时，黄妮并没有说要回来送他，今天怎么突然间就回来了呢？

黄妮放下手里的背包拉上常风进了另一个房间，只过了一会儿常风出来了，悄悄地跟韩雪说："妈，黄妮提议要和我到外面去吃肯德基。"

听了儿子的话韩雪犹豫了，他对常风说："你爸爸说要在家里吃，他说这顿饭由他来给你做，你看这……"

常风见状哀求地让妈妈去跟爸爸说，韩雪无奈去了厨房。

这天下午常江回来的特别早，他还买回来了不少的菜。韩雪来到厨房一说常风要去吃肯德基，常江马上就有些不高兴地拒绝了："吃什么肯德基，那叫饭吗？"说着走出厨房冲着常风大声说："吃什么肯德基，在家里好好吃饭，别忘了你爷爷奶奶是吃南方的粳米过来的，我也是吃粳米长大的。还有你黄海叔叔是吃地瓜干长大的，你安东叔叔是吃苞米茬子和高粱米长大的，我们不都挺好的吗？中国人不吃中国饭，说轻了是胡闹，说重了是卖国！"

常江这话韩雪怕让黄妮听到，急忙接上小声地替儿子开脱说："好了你，现在的孩子不都这样吗？这叫和国际接轨，谁像你和李安东还是老脑筋，一点也没有开放意识。"

说到这常江马上回应说：“我还真赞成安东的观点，有本事让全世界的人都讲中国话。开放也得看怎么开放，要学好的，不能去捡人家的垃圾。现在有些孩子学了几句鸟语就整天呜哩啊啦，嗲声嗲气的，我一听浑身就起鸡皮疙瘩。”

见常江越说越不像话，韩雪制止他说：“谁像你们这样，还不到50岁就像个兵马俑。还有那个李安东，上一次他让常风上学时去问一问英语老师，说东北话‘妈了个巴子’英语怎么讲，真想不到你们会是这个样儿。”

听了爸爸和妈妈的对话，常风不能插话也不敢接茬。听妈妈说到这里才嘟囔说：“黄妮这次回来，她有重要的事要跟我商量。”

“你们能有什么重要的事，还非得背着爸爸妈妈说？”常江说这话时黄妮来到了客厅里，听了常江的话黄妮先是冲韩雪笑了笑，然后还调皮地吐了吐舌头。她走上前说：“常叔叔，你说的话我都听见了。你不要怪常风，这都是我的主意，要说说我好了。”接着她一本正经地对常江和韩雪说：“叔叔、阿姨，我不用跟常风商量了，就当面跟你们说了吧。不过我有一个请求，你们如果答应了我说的事，我就在家里吃这顿饭。如果不答应，我马上就回家。”

常江和韩雪了解黄妮的任性是黄海和尚北平惯的，这时已猜出她要说什么。见事已至此，常江心平气和地对黄妮说：“好吧，妮妮，坐下来说。”

他们都坐了下来，黄妮坐到常风的身旁后一把拉住了他的手，然后说：“叔叔、阿姨，我和常风哥哥好的事，这你们都知道，今天我想当面让叔叔阿姨答应我们。”

对于黄妮的话，常江并不感到突然，“你爸爸妈妈同意吗？”常江平静地问。

“要你们先同意了，我再跟他们说。”黄妮说。

“那怎么能行，要是我先同意了，不跟你爸爸请示，回头他不撤我的职。”

“他敢？他要撤你的职，我先撤他的职。我毕业后就来你家叫你爸爸，不叫他爸爸了，不然我就拉上常风私奔。”

常江听得出，黄妮最后一句话是一语双关，事情已到了这个份上，他瞅了瞅韩雪只好说：“那好吧，只要你爸爸妈妈同意，我和你韩阿姨没意见。”

听了这话，黄妮一下子高兴了起来，一把抱住了常风，不知不觉地流出了眼泪。

今天真的是常江亲自下厨，一桌饭很快就做好了。吃饭时常风择机小心翼翼地又提出了一个藏在心里多日的要求：“爸爸，这次能去北极科考，对于我实在是一次千载难逢的学习和锻炼机会。为了处理和积累科考资料，我想买一台自己的笔记本电脑可以吗？”

听了儿子的话，常江没有犹豫马上答复：“我同意。”回头他对韩雪说：“你给儿子拿钱，让他明天自己去买，这种事才叫和国际接轨。”没想到爸爸如此爽快地答应了，常风一颗悬着的心放了下来。黄妮马上说：“常叔叔，不对，是常爸爸，常爸爸就是痛快，行就行，不行就不行，不像我爸爸老是一副领导的样子玩深沉。”

几天后常风就要出发了，临走的头一天晚上，爸爸常江回来给了他一件特殊的礼物。这礼物是李安东叔叔托人带给他的，这是一个很小的用木头订成的盒子，常风打开小木盒子一看愣了，里面竟是一枚保存完好的毛主席纪念章和一枚为人民服务纪念章。见是如此，常江有些深情地对常风说：“还是你安东叔叔有心，这是我们刚当兵时发的，每人一套。后来我们都弄丢了，没想到他还完好地保存到了现在。”

这时常风对常江说：“爸爸，你看里面还有一张纸条。”说着常风从盒底抠出了一张小纸条，他展开后递给了爸爸。常江接过一看，只见纸条上写着这样的话：常江，这是我们当兵时发你的那套纪念章，我替你保存到了现在。今天我把它交给常风，一定要让你儿子记住我们的一切！

看完纸条，常江若有所思地对常风说：“你安东叔叔想的就是多，按他的思维习惯，我猜想他有两个意思。一是他想要告诉你读经典，什么是经典？按他的说法就是‘学习雷锋好榜样’，‘读毛主席的书，听毛主席的话，做毛主席的好孩子’。二是因为你要去北极，他想告诉你毛主席说过世界上还有三分之二没有被解放的劳苦大众，是想让你真正做到胸怀祖国，放眼世界。”

常江说到这，常风突然大笑了起来说：“安东叔叔这样的人如今太少见了，妈妈说得对，他真成了兵马俑了。”

“混账，这是你说的吗！”听了常风这话，常江有点火了，他冲着常风又大声地说：“你这话要是被他听到，别说是你，就连我都会被他骂个狗血喷头！”

走之前常风和黄妮有个约定，由于船上的网络要通过国际海事卫星，所以时间不允许且价格昂贵，他们只能一个星期联系一次。

常风坐了一夜的火车赶往上海集中，因为此次赴北极科考的“飞龙”号极地科考船停靠在上海的黄浦江。那天上海下着大雨，常风冒雨从上海火车站赶到“飞龙”船时，就感到了一种强烈的令人兴奋的情绪，因为是首航北极，很多人眼里放着光，语言中透着自豪，天上的大雨无法阻止上船下船人们的忙碌。

首航北极又是我国海洋事业发展进程中的一件大事。船还未起航，常江听说去的人中已有个别人向领导提出要求帮助解决家里的住房困难，甚至还有人提出了职称或职务方面的要求。当他把这些话告诉李安东时，李安东在电话里气愤地说：“真他妈的没个屌数，这种人以为是上战场啊？就真是上战场也不能提出这些要求。他们心里应该清楚，中国海洋事业不缺人头，缺的是勇于为海洋事业献身的人。”电话中他还特别嘱咐常江：“一定要转告常风，和他爹、和黄海叔叔相比你这仅仅是一次出海，不同的只是去地球的最北边罢了。多大的事，不要真把自己当成什么勇士，没个屌数！”

1999年7月1日，上午9时30分，载着中国首次北极科学考察队的“飞龙”号极地考察船在雄壮的国歌中起航了。

“飞龙”号船的舷号取自《周易》“潜龙在渊，见龙在田，飞龙在天”之意。

“飞龙”号船驶出长江口向北极驶去，按照航行计划，“飞龙”船要先航行到美国阿拉斯加的诺姆港，然后经白令海峡才能进入北极。航行途中在楚克奇海有三条南北走向的断面，在白令海有六条断面需要科考队实施现场调查作业。之后随着船向北航行至高纬度，还要继续完成海气和冰川的观测项目。

这时常风想到在临行前爸爸曾指着世界地图，向他大致描述了此次北极航行的航线。作为一名海洋调查船的船长，常江心里自然知道此行的坦道和艰辛。他告诉常风：“白令是以沙俄的一名军官的名字命名的，当年白令为了开辟中国、印度和西亚航线进行了不懈的努力和尝试，但都没能成功，最后是由他的助手帮他完成了这一使命。为了纪念白令不屈的勇敢精神，后人以他的名字命名了白令海和白令海峡。”这对常风的教育很大。

“飞龙”船驶离长江口一个星期后，船一直沿着俄罗斯堪察加半岛航行。天气很好，两万多吨位的“飞龙”船在风小的海面上航行就像是在巨大的湖泊里航行一样平稳。在船的左舷可以清楚地看到远处的陆地，看到火山口上覆盖的白雪，近处是深蓝色的海水，天空中飞着白色和灰色的海鸟不时发出几声鸣叫，这独特的地球北域确实风景很美。

出航已一个多星期了，又逢如此好的天气和海况，常风第一次亲身体会在海上看日出日落要比陆地上好看得多。他仔细观察后发现，太阳即将落下时，会让你感到太阳不是人们常说的冉冉升起，或是缓缓落去，而是一轮红日在天水之间跳动着，让人不可思议。随着船继续向北航行，纬度越来越高，白天则越来越长，这时夜里的时间只有几个小时。船上的人作息时间要完全倒过来，白天睡觉晚上工作。

越过堪察加半岛后，在俄罗斯阿普卡转向90度，船向东航行开始进入白令海。常风和科考队员们开始海上调查作业，他们测得海水上层水温在6~8度，仪器观测显示出在这一海域几十米以下有一个明显的温度跃层，水温在100米以深只有 -1.0度左右，海面上的气温也在慢慢地降低。这让人明显地感到在实验室里还是可以穿单衣的，但要到舱外活动时一定要穿上棉衣才行。

船在进入白令海之前一直沿着大陆坡航行，这里水深虽然有100米，但因海上风力较小，船航行时依然很平稳。两天过后，“飞龙”船已经航行到了北纬62度。这里的夜晚变得更短，假如下午五点人睡下去一觉醒来，看看手表你会分不出是第二天的下午五点还是早上五点，不知该不该起床？如果这个点起来，要是吃早饭还得等上两个半小时，要是吃晚餐中间只有半个小时的洗漱时间，这让常风和科考队员们郁闷了好一阵子。这时常风想，每天只有看表是十一点时最好，要么是午餐，要么是夜餐，都有饭吃。按照计划，“飞龙”船要停靠一个叫诺姆港的地方，靠港接台湾和香港的科考队员上船。常风和科考队员们都很高兴，这下子可以接一接地气了，看来人长时间漂在海上，脚下没了地气时间长了不行，少了地球的直接吸引力总觉得头重脚轻。这人啊，还是离不开地球，这不得不佩服牛顿的伟大发现。

诺姆港属于美国最北部的一个小城镇。小镇依山伴海，城区分布在沿海的狭长地带，远远看去城区中最高的建筑只有两层。城镇没有铁路，汽车也很少，但天上飞来飞去的飞机，会让你感到在这偏远的北国仍然对外散发出一股强烈的现代化气息。这里时值盛夏时节，但远处的山上依然可以看到不少积雪，城区的房子看不出有什么特别之处，色调也不丰富。而耸立在码头上的灯标却是颜色鲜艳，上面是绿色，下面是白色，显得格外夺目。这里的夏天几乎没有夜晚，所谓天黑只是没有了直射的阳光，比我国夏天的黄昏时还要亮一些。12点开始入夜，凌晨一点就出太阳了，几乎是看完日落后，只要抽上几支烟就可以看日出了，这让大家很是兴奋。

就在大家准备上岸时，船靠港的计划变了，这让人们很是失望。台湾和香港的科考队员是被用小船送上船的，他们人一上船就起航了，沿着东经170度向北航行，穿过白令海峡开始向北极更高纬度进发。

这一天早上，“飞龙”船通过了北纬66度33分进入了北极圈。

按照科考计划，常风和科考队员们开始调查作业。这一段海域水深较浅，测站调查作业用时不长，设计站位很快就做完了。由于是第一次来到这里，科考队长提议增加调查站位以求获取更多的调查资料，可以更多地了解和解释北极的一些科学问题。

随着调查作业的不断深入和向极地延伸，科考队看到了第一片浮冰，这也是常风有生以来第一次亲眼看到北极的冰。一位参加过南极科考的老队员对常风说：“北极的浮冰不如南极的冰干净，有些冰被黑色的东西污染了。你看有些冰的上面是暗黄色，有些冰的上部给人感觉好似盖着一个雪帽子。”他们同时看到在浮冰中间有时也能看到晶莹剔透的冰，洁白如玉。老队员说：“这里的冰不如南极的多，虽然也有浮冰堆起的冰山，但跟南极的浮冰山比最多是丘陵，不像南极的冰山如刀削一般，更没有壮丽的感觉。”

科考队增加的观测站位一再被浮冰占据，在浮冰里调查作业风险很大，一不小心可能就会丢失调查设备，一旦发生这种情况，调查计划就名存实亡了。就这样，科考队在北纬71度断断续续的调查作业一直持续了几天，北纬71度几乎成了他们难以逾越的界线，船在冰缝中绕了一个大圈，还是不能超越北纬71度。

一天下午，船上传来广播声：“全船注意，我船前方发现两只北极熊。”这一广播一下子打破了几天来的沉闷气氛，甲板上顿时响起一阵阵急促的跑步声，大家纷纷涌向船头。所有人看到了在正前方左右两侧各有一只北极熊，它们在距离船300米的浮冰上悠闲漫步，没有一点惧怕或躲避“飞龙”船这个庞然大物的意思，俨然一副北极主宰者的样子。

这两只北极熊看上去有大半个人高，皮毛呈浅黄色，透过照相机的长焦距可以看到北极熊憨态可掬，十分可爱，还给人一种略带稚气的感觉。

常风把见到北极熊和拍的照片发邮件给黄妮，黄妮十分担心地回复：听说北极熊很凶猛，千万防备北极熊伤人，它不认识你。

“飞龙”船继续航行了几个小时后，已经看不到浮冰了。在又一次的调查作业时，放入海中的仪器回收时钩上来一个15米长的东西，据生物考察队员讲，这是一种类似海带的植物。又一次钩上来了一个大水母，那位老队员说：“从我们调查的情况来看，北极海域的生物显然比南极少多了。”

海上调查和观测已近一个段落，持续的值班作业使常风感到很累，总觉得昏沉沉的。加上多日天空总是阴沉沉的，还不时地飘下一阵小雨，常风一下班回到房间倒头便睡。当他一觉醒来看看表已经是4点40分，他心里纳闷，今天这一觉睡得可真长，爬起来就要去吃晚饭。可当他洗漱过后再一看表，其实是11点10分，是刚才把表看反了。

这样的事已经发生过好几次了，这时北极的白天很长，太阳升得不高却一直围着北极转圈，所以无论是船还是人的影子总是被拉得很长，即便是好天气，人一时也难以分清楚是早上还是下午，经常会搞错时间。

“飞龙”船穿越浮冰区继续北上，有望到达北纬73度的海域，比现在的测点可以向北推进200多公里。船继续在浮冰里航行，由于在这一海域还要进行海冰观测，科考队员都来到甲板上用眼睛在海面上寻找合适的大浮冰块。一个上午过去了，大家都没发现理想的适合观测的浮冰。中午过后，船载直升机出动了，直升机在空中飞了几次后终于找到了一块符合要求的大浮冰，很快各种观测设备被飞机空运到这块浮冰上，科考队员也陆续被送了过去进行冰上观测。

由于缺少北极冰上作业经验，首次冰调失败了。认真总结了经验教训，几天后船靠上了更大一块浮冰的边缘，继续尝试在浮冰上建临时观测站，这时雪地车成了运送物资和科考队员的主力。

船停在浮冰的边缘，在浮冰开阔的一面是一大片平静的海水，像是一个巨大的游泳池。见此情景不参加冰调的人发起了在北极冬游的倡议，这很快引来好多人报名参加，常风也报了名。为了防止意外，每一个下水的人都要在腰间系上一条绳子。这是一群很有勇气和激情四射的人。他们从船上放下的工作艇下水，凭感觉游多长时间没限制，敢下水就是英雄。真有人下水了，船上的人看着手表为下水的人记时间。一个人下水十几秒钟就上来了，常风第二个下水，只待了三四十秒也上来了。其实他们下水游不多远就得往回游，十几秒时间只能是沾沾海水，但就这也需要极大的勇气。这次北极冬泳创造最高纪录的是那个发起者本人，在轮到他下水时，由于工作艇配合失误，就在他游了十多秒时，工作艇突然启动，旋起的水流一下把他推到了远处，尽管工作艇紧急停车，但他还是被推出好远。当工作艇设法接近他，大家七手八脚地把他拉上艇时，时间已经过去了100秒，这成了北极冬泳下水时间最长的纪录。后来大家开他的玩笑说："你不是想拿第一才提出冬泳的倡议吧？"

各项调查工作依序进行，按计划这次北极之行要去加拿大的一个北极小镇参加一项活动——"华人北极世纪行"。常风听人介绍说，这个小镇是因纽特人的居住地。由于处于冻土带，几乎没有公路和铁路，只有机场，乘飞机是这个小镇与外界相通的唯一交通方式。对方联系人是当地渔猎协会的一位华人移民，真没有想到，这么偏远的地方华人也会触及到。

为了前去参加这一民间活动，船开始驶离浮冰区向小镇方向航行。船在浮冰区里航行航速很低，有时船头正正地撞到了大浮冰块上，船顿时会发出低沉的声音，船体微微颤抖，让人感到船头被冰块挤向一边，然后又回正过来。

船终于驶出了浮冰区，航速也自然快了一些，按此航速推算，再过一天时间就可以到达小镇附近海域。

第二天吃中午饭时，船到达了小镇附近海域，但停船抛锚的地方距离海岸还有25海里。领导对大家简要说明了“华人北极世纪行”活动的内容后，特别强调这是一项政治任务。参加这一活动的人员由船上的北极科考队员和来自海外众多华人中选出的20名世纪行代表组成，他们共同在船上会合。关于这次活动的目的，这次活动的意义……领导讲了很多，就是没有讲船为什么要离小镇这样远，又是停在加拿大海岸线的边上。

常风没去参加这一活动，他要专心地准备好下一个阶段调查用的仪器设备。下午广播里传来了船长的声音，两小时后船将起航。

经过一天多的航行，“飞龙”号船又一次进入了北纬73度的浮冰区，在直升机的协助下，终于找到了一大块适合建立临时观测站的浮冰，经测量这块浮冰的面积约有40平方公里。冰上临时观测站建起来了，在如此大的浮冰上取样人仍然要走得很远，甚至每天都要出动直升机运送几个小组的队员到更远的浮冰上进行采样和观测，每个小组里都有一名带着枪专门负责警戒的人员。但用枪规定很严格，除非遇到北极熊攻击人时才能对其开枪射击，否则只能对天鸣枪示警，吓跑了事。常风参加了一个小组的冰川调查，几天下来从没遇到北极熊，尽管带了照相机却总是无功而返，无法与北极熊近距离接触。

又是两天过后，常风终于第一次近距离与北极熊面对面的相遇发生了。浮冰表面并不是一马平川，也是有高有低，高的地方有十几米。常风他们小组来到一处分散开来各自采集样品并进行不同项目的观测，每个人都在聚精会神地干着自己的工作。走在最前面的一名科考队员无意中抬头向距离几十米之外的高坡望去，突然发现了三只北极熊——两只大北极熊带着一只小北极熊正在注视着他。这时吓得这名队员大叫了起来，转身就往回跑。负责警戒的人听到尖叫声后也看到了高坡上的北极熊，他也在工作，枪放在了距他十多米远的冰上。慌忙中，他一连摔倒了三四次才爬过去拿到了枪。而那三只北极熊没有主动来攻击，只是在远处静静地对视着他们，对视了好一会儿才缓缓地转身走了，最后消失在冰川的高坡后面。北极熊走远了，可常风和小组人员仍然心存余悸，不知北极熊是否还会返回。又过了一会儿，见再也没有什么动静，这时才有人想起了拍照，但谁也没敢追上高坡……

刚刚发生的一切过后，冰面上又恢复了平静。这时，常风突然间感到了北极冰川中的安静超出了人的想象。这是一种从没有过的安静，在冰上，你走出的每一步，都能十分清晰地听到脚下发出的任何一点声响，无论你如何放轻脚步都能听到。甚至你自己的呼吸声都会变得很大，像是在大口喘气。同时你还会十分清晰地听到自己心脏怦怦的跳动声和衣服摩擦的细微声响。这是北极冰川之上特有的安静，这种安静会让人感到很不适应，给人一种肃杀和恐惧的感觉。

冰上调查结束了，直升机来接调查队员。当直升机降落时，伴随着巨大的机器轰鸣声，螺旋桨把冰面上的雪搅飞起来，顿时一阵雪雾袭来，直升机就在这雪雾中降落在了冰面上。队员们登上直升机从空中望去，浮冰很大，而且还高低不平，冰表面上还有很多融化的水洼，随着飞机升高远看，那些水洼就像一个个“冰湖”。一个个小水洼竟是一个个冰洞，与冰下面的海水连通着。

说到冰洞，调查队员中还发生了一个意外。一位香港来的队员从来没有见过这么多的冰雪和这么晶莹剔透的冰，他兴奋极了，一不小心滑进了冰洞。当大家把他拉上来时，海水已经淹到了他的腰部。在冰天雪地里他只好忍着寒冷，要不是直升机来了，他非冻坏不可。

常风和小组队员的直升机飞临“飞龙”船上空时，他们从机上的舷窗俯瞰冰海，只见原本偌大的“飞龙”船就像漂浮在冰海里的一头巨鲸，被浮冰挤压着，簇拥着。

常风回到船上后急于把在冰上野外调查的事发邮件告诉给黄妮，他打开邮箱却意外地收到了一份让他没有想到的邮件。邮件是舟舟发来的，他在邮件中这样写着：常风哥哥，我非常羡慕你能成为一名北极科考队员，北极一定很神奇吧？昨天我找到黄妮姐要了你的邮箱，告诉她说我也想去北极。我已经上高中了，看了你拍的北极熊照片，我把北极熊和南极企鹅放在了一起。常风哥哥，我早就注意到新闻报道中说南极的冰山开始融化，北极的冰山也开始融化，如果全世界的污染继续加剧，温室效应持续，南北两极冰山都融化了，那么北极熊和企鹅会在赤道握手吗？

最后舟舟写道：听爸爸说，常江伯伯不当“向阳红”船长了。

看到这常风不禁一愣：爸爸怎么啦？快干了一辈子的船长了，是生病了，还是出什么事了？但他相信自己的父亲，爸爸是一名合格的船长，是一名优秀的船长。

北极科考即将结束了，常风来到甲板上，朝远处的浮冰望去，只见那面他和队员们插在浮冰上的鲜艳的五星红旗依然飘扬在冰川高高的雪堆上。国旗在冰雪的映照下显得格外鲜艳，常风以冰川和国旗为背影让同伴为他拍下一张纪念照。

中国首次北极科学考察圆满结束了，在庄严的国歌声和“飞龙”船的汽笛声中，常风和同伴们告别了北极，他祈祷和祝福那面国旗随浮冰漂遍北冰洋。

四十三

常风回家了，他急于见到爸爸。

中国海监局在北京成立了，中国海监船队装备了新建造的国家公务船。为了完美地实现由海洋调查船队到中国海监船队的蜕变，由于常江海上经验丰富被调任“中国海监171”船任船长。常江没有任何怨言，他知道这是领导对自己的信任，实际上也是海洋事业发展进程中一代人必须要付出和要接受的考验，新的使命要求他必须义无反顾，这新的使命是什么呢？

斯大林说过：最有绝对权威的是海上航行的船长。这对于今天的中国海监船船长常江来说，他想得最多的是在承载着一种国家使命时，自己该如何去完美地诠释一名中国国家海洋公务船船长的胆识、智慧、情感和精神世界。

中国版图陆海相连。海上从北往南由朝鲜半岛、日本列岛、台湾岛、菲律宾群岛到加里曼丹等一串岛链，把我国的渤海、黄海、东海和南海扼守成一个半封闭的“中国海”。

渤海是我国的内海。黄海周边局势风云莫测，暗藏杀机。多年来，多个国家的军事测量船、电子侦察船、舰艇和飞机编队从未停止过在我国主张管辖海域内进行各种活动，并呈现出日益频繁的态势。

中国的全球战略核心是海洋。面对我国日趋严峻的海洋权益形势，在党中央、国务院的亲切关怀和方针政策的指引下，中国海监局自进入21世纪起，开始实施对我国管辖海域进行定期维权巡航执法和监视监管。大任降于斯，常江船长要求船员们要坚定地树立“护海巡疆、为民取利、为国守义”的忠诚理念，弘扬“国家、海洋、忠诚、使命”的精神。

常江对船员们说：“国家，就是祖国利益高于一切；海洋，就是海洋权益不容侵犯；忠诚，就是忠于祖国、忠于人民；使命，就是履行国家赋予中国海监的职责。”

中国海监不辱使命，铁甲船队开始驰骋万里海疆。维护国家海洋权益成为21世纪中华民族一个全新的命题。

黄海海域距离我国政治中心最近，其地理位置和战略地位对我国国家安全至关重要。青岛，这座美丽的海滨城市是黄海我国一侧的中心城市。

21世纪第一年五月的一天，“中国海监171”船奉命从青岛出航，此次出航的原因是某国一艘军事测量船进入我国黄海南部海域从事军事测量活动，“中国海监171”船前往事发海域对其进行跟踪监视，维护我国家海洋权益。

每年四五月，是青岛樱花盛开的时节。

适逢星期天，这座城市的市民们纷纷走出家门踏青。善良的人们来到公园，来到风景区，来到海滨，尽情地欣赏着盛开的樱花，沐浴着明媚的阳光，享受着金色沙滩的惬意和美好的生活。

然而，这些善良的人们并不知道，就在这座城市的海岸、沙滩之外的黄海上，国家海洋权益无时不在遭到挑衅，甚至是侵犯！

维护国家海洋权益，中国海监责无旁贷，常江对船员们说：“闯海的男人要勇于担当！”

就在这个风和日丽、美景怡人的春天，“中国海监171”船拉响汽笛紧急起航了。

常江船长在拉响汽笛的那一刻，是在向这座城市告别，向亲人告别。但他又怕这汽笛声惊扰了海岸和海滩上享受美好生活的人们，三声汽笛过后，战船悄然离去。

“中国海监171”船经过一夜的航行，第二天抵达某海域发现目标，看到某国军事测量船正在漂泊作业。当接近目标船时，“海监171”船首先从该船艉部低速航行接近，准备从右侧穿过船艉绕到左舷取证。那天海上风浪较小，就在我船距目标船不足200米时，常江突然发现目标船船艉瞬间上下起伏，再观察船艄又泛起逆向波浪纹。这是漂泊船只启动倒车的征兆，凭着多年的航海经验，常江立即判断出目标船有乘我船穿越船艉时采用突然倒车用其艉部撞击我船的企图。目标船有6000多吨，而我船只有1000吨，如果对方庞大的船体和巨大的动力一旦撞上我船，我船顷刻间就会沉入大海。大海上200米的距离实在是太近了，一场意外的海难和一场重大的外交事件就要发生，情况万分危急，如果我船停车，无疑船在海上航行的巨大惯性将把自己送入虎口。常江当机立断，猛然间强行加速，在不到十分钟的时间内高速冲过了对方船艉部。就在我船刚刚冲过去，目标船船艉在距我船不到两米的距离压了上来。

“海监171”船把山一般的目标船甩到了身后，对方的图谋失败了。一场重大的海难和外交事件避免了。

面对对方不轨图谋的失败，船员们兴奋地欢呼起来：船长伟大，英雄船长，我们的英雄船长……

这短暂的瞬间是何等惊心动魄！这对于没有海上经历的人来说也许是天方夜谭。而作为船长的常江，当时心已提到嗓子眼，随后额头冒出了冷汗。他已经50多岁了，由年轻时的军人蜕变为海洋调查船船长，又从海洋调查船船长蜕变为中国海监船船长。作为一名老船长，在海上他不知经历过多少次险恶的风浪和惊心动魄的危急，这一回经历过后，他还是笑侃地说：“多大的事，就这么弄。”这是他的口头禅。

常江没有想到，一场惊心动魄的事件刚刚过去，上级指挥机关又发来电报：在黄海某海域，某国一艘科考船未经我国政府批准擅自在我管辖海域进行调查作业，侵害我海洋权益，请速去巡察、监视与驱离。

接到电报，常江立即下达调整航向的指令，急速赶往事发海域。当抵达事发海域时，常江船长已远远发现对方船只漂泊在海面上正在后甲板吊放地质调查设备，他指示执法队员向对方喊话：“这里是中华人民共和国主权管辖海域，请你停止调查作业立即离开！”见对方不予回答，常江船长下达指令：“全速接近，继续喊话，申明我立场！”

“我是‘中国海监171’，请你船立即停止在我主权管辖海域调查作业，速离开该海域，否则一切后果由你负责！”对于我执法人员申明的严正立场对方仍不予理睬。

船在全速前进，不多时已清楚地看到对方后甲板上的人员还在继续调查作业，这时常江船长顿时产生了“火在异处生，气往此处撒”的火气，他指令：“航向对方船艉45度，两车进二，把定！”

船在巨大的惯性下仍然较快地在前进，1000米、800米、500米、200米，对方船上在后甲板调查作业的人见我船没有一点停车的意思，顿时慌了手脚。只见他们惊慌失措急忙草草收回设备，几乎是同时船也紧急动车、加速逃离。说时迟，那时快，我船瞬间已冲了过去，站在船头上的执法队员清晰地听到对方船上的人在唏哩啊啦地用他国语言喊叫起来：“太可怕了，太可怕了！”

对方船逃离了，舵手从来没见过常江如此火气，如此“莽撞”过，随即请示：“船长，下一步怎么办？”

“少废话，追！”常江船长的火气还没消，他气冲冲地回答。我船即刻加速，向对方直追过去。

东经某某某度，是朝鲜半岛战争时期某国单方宣布的临时军事分界线，中国政府从未承认。对方船拼命向东逃窜，以为逃过此线就会安全，可没有想到的是对方船越过此线后我船仍然穷追不舍。对方船长急了，只听扩音器里传来他用中文声嘶力竭的喊声：“我已过某经度线，你还撵啊！”

“这家伙会讲中国话啊。”听到对方直接讲中文，常江船长上前从执法队员手中抢过话筒喊道：“临时军事分界线是你国单方面宣布的，我国政府从未承认……”

我船依然没有减速，这时对方扩音器里传来一阵咿哩哇啦的嚷叫声后，只见烟囱里冒出了一团团的黑烟，显然对方又在加速逃离。

“追，给我继续追！”常江船长依然气愤地下达指令。

这时船政委走过来提醒常江船长说：“船长，还真的继续追啊？以前可从来没有国家公务船或军舰越过该度线一步，继续追下去恐怕要引来外交麻烦，上面追究下来……”

“追，不追到底他们不长记性。”常江一边气呼呼地说着，一边对政委吼了起来：“我错了吗？那条破线我国从来就没承认过，我们为什么不能过？人家想过就过，你不敢过，时间一长人家就会误认为你承认了。人家都欺负到家门口了，你还装正人君子，那是长他人的威风，灭自己的锐气。说轻了是软弱，说重了是卖国，将在外君命有所不受，我一个小船长怕什么，出了问题我负责！”

见常江船长说的也有道理，政委不得不再次提醒：“那就马上给指挥机关发报，把我们海上的情况汇报一下……”

“我同意，”常江船长表示赞同。随后他喊道：“电报员，发报！”

很快电报就发出去了。过了不多时，指挥机关电报回复：黄局长指示，有理则行，注意掌控，有礼有节。

看过回复的电报，常江心里清楚，黄海已在替他承担着责任了。

“中国海监171”船乘胜追击，一直把对方船撵出去了很远很远，这是我国家公务船第一次突破此线并向东继续延伸了几十海里。

自20世纪八九十年代起，随着国际海洋形势的急剧变化，世界各海洋国家，特别是海洋大国日益加强了对海洋的争夺。海洋、海权，从来没有像今天这样受到世界的关注。

中华民族逝去的历史向我们展示了这样一幅长卷，“大陆中国”，一个由拥挤在可耕地的农民组成的国家，其“上层建筑是中华大帝国庞大官僚机构形成的管理系统”；而“海上中国”，则是“明朝永乐年间郑和远航西洋所显示的海上力量”及其开创的“辉煌而短暂的海上新局面”。之后因明清两朝严厉禁海，中断了“海上中国”的发展，也导致了“大陆中国”的衰落。

教训是极为沉痛而深刻的。正是这历史的长卷压抑了中华民族走向海洋的冲动与激情，也泯灭了走向海洋的信心和决心。因此，在很长的历史时期里，海洋对中国历史进程直接而又深刻的影响却很少有人涉及，即使偶尔出现只言片语也仅是浮光掠影，无法撼动国人重陆轻海的传统观念。

20世纪末，中国和平崛起，海洋必然进入中华民族的大视野。中国海监伴随着历史的机遇应运而生，义不容辞地担当起维护国家海洋权益侦察员的角色。然而，他们的行为与付出国人都能理解和接受吗？

就在海上斗争过后，在短暂平静的时刻，常江想起了这样一件事。近两年，随着海上海洋权益形势的加剧，中国海监船出海巡航次数频繁增加。这些出航不是以我们的意志为转移，而是根据海上形势变化和侵犯我国海洋权益事件的发生而行动的。所以，中国海监船的出航与返航，无论是白天还是夜晚都有着极大的变数。

中国海监青岛前海码头，坐落在青岛标志性景点栈桥西侧约一公里处。栈桥，常年游人如织，令人流连忘返。西侧海滨的岸上，除了耸立的公共建筑外，便是大片的海景住宅。在这些住宅里居住的人们每天都在尽情享受着大自然的恩赐，更使这座城市因此而荣耀。

中国海监船不分白昼地频繁出航、归港，总要拉响汽笛，这是船舶在不同海上条件下的操作规程，如同火车进出车站鸣笛，汽车在路上遇有情况按喇叭一样。但船舶的汽笛声低沉浑厚，这汽笛声白天会吸引游人的目光，夜晚会时常惊扰岸上居民的睡梦。

对此，居住在此的居民们不解，举报信发给了有关部门：扰民。

几次举报过后，一天有关部门派人找到了“中国海监171”船，前来咨询如何解决汽笛声扰民的问题。船长常江十分客气地接待了来人，向来人提供了相关的文件和航海规则，并耐心地解释了中国海监船的工作性质，最终得到了理解。对方表示：“以前确实不了解这方面的情况，我们一定会向群众解释清楚。”

事后常江对李安东说起这事，李安东说：“说起来这并不是什么大事，然而留给我们的思考却是沉重的。作为海洋人，我们不得不深层次地思考：海洋人的一切努力和付出社会认知度为什么一直低下？这显然与全民族海洋意识薄弱不无关系，但同时还应该思考我们自身对海洋工作宣传的缺失。同时也不得不感慨：父老乡亲们，你们知道吗？就在这座城市之外，你们眼之不能及的海上，每天都在发生着什么！中国海监人在大海上又在干些什么！”

正是常江多年船长的经验积累，又是每一次海上斗争的机智果敢，船员们真心的喊常江是：我们的英雄船长。

英雄船长，他英雄吗？

面对这些，常江却平静地说：“我不是什么英雄，只是一名船长。”

常江说的好，他不是英雄，只是在履行中国海监一名船长的职责和使命。

那么，在大海上，作为一名中国海监船船长，他在晚年以后的日子里是如何面对那些波澜壮阔、惊心动魄和危机四伏的海上斗争场面的呢？

就在船员们喊常江英雄船长时，电报员送来了一份上级机关的加急电报：你船立即返航。

下午四时，“中国海监171”船返航靠上了青岛码头。指挥机关的领导已经等在了码头上，上船来到会议室，指挥机关的领导对常江船长和政委十分严肃地说："上级决定，你船今晚六时必须离码头，立即赴南海执行紧急任务。从现在到出航还有不到两个小时的时间，要求你们在两个小时内必须完成海上20天的食品补给和全部备航工作，具体执行什么任务，船抵达广州后上级机关会有人向你们布置。"

只有不到两个小时备航时间的紧急出航意味着什么？任务紧急，事关重大！

五月的青岛正是倒春寒的季节，人们还都穿着夹克衫。一下子要去南海自然要换夏装。回家已经没有时间，船员们纷纷打电话让家人打出租车前来送衣物，没有人离船，大家全都扑到了备航工作中。

当天晚上六时整，常江拉响汽笛船起航了。此时常江船长还不清楚任务的具体内容，更不知道此去要多长时间，一个月、两个月，或是三个月？……船缓缓启动，在码头的一角，有一位老人和几位女人默默地站在那里。老人是给儿子来送衣物，女人给丈夫送生活用品。渐渐远去的船，带走了老人对儿子的牵挂，也带走了妻子对丈夫的挂念。

广袤的南海上，一艘千吨的小船犹如一只雏鸭在硕大的湖面上缓慢地游动，尽管高昂着头，仍然无法改变自身渺小的地位。风起了，船顿时被波浪吞没了，此时能做的只有奋力抗争。

"中国海监171"船此次赴南海执行的是在南海某特定海域维护国家海洋权益巡航任务，在巡航编队中处于紧盯某国侵入我专属经济区指挥船的位置。领到这一任务后，常江船长找来二副告诫说："海上编队最忌讳船位不稳定，或是偏离航线或移位。现在我要你办好一件事，你必须要无条件地保证船位准确无误。"

在海上有限的活动海域内，巡航的关键时刻我编队与对方多艘船胶着在一起，两船相遇带有极大的随意性和危险性。对侵入我专属经济区的对方船只要实施驱离，双方都有很大的危险。在实施驱离时，就在"中国海监171"船与对方船只相遇处于最佳攻击时机的那一刻，常江船长忍无可忍地对政委喊道："他妈的，这也太欺负人了。老子学的是开船，不是撞船，就凭我的经验，如果现在上级下达命令，我有一万个把握一下子把它干掉！”

第二天晚上，随着海上维权形势的骤变，编队指挥向编队各船同时下达了以更强硬的措施驱离对方船只的指令。船政委在出航前补给时，爆裂的玻璃碎片扎进了大腿，缝了几针后仍然坚持在第一线。接到命令后他找到常江船长，两人在生死危难时刻进行了一次特别的对话，政委说："这回我们要做好回不去的准备，我数了一下，全船27个人，除两名年轻的没结婚外，剩下25人有13个男孩，12个女孩……"常江马上接上说："我的也是个儿子……"

他俩心照不宣，政委随即说："好吧，我现在就去做战前动员。"广播中政委激奋地对全体船员说："………哭着也是死，笑着也是死，我们为什么不笑着死！"

这时政委知道，就在一个多月前，常江船长刚刚做完喉部肿瘤切除手术，此时病情不允许他过多地讲话。就在政委动员时常江悄悄地离开了。他一个人下到机舱找到轮机长异常严肃地说："一旦我下达冲击、驱离对方船只的口令时，你必须把机舱里的机工全都赶走，只允许你一人留在机舱。给我记住了，你的任务就是必须想尽办法，保证主机正常运转五六个小时以上。无论发生什么情况，我都要把船开回去，多大的事，就这么弄！"

这是生死的考验，这是正义的张扬，这是中国海监一代闯海男人的襟怀！

大海有情也无情，大海的温情与暴怒是不以人的意志为转移的。就在"中国海监171"船准备鏖战之时，强热带风暴的前锋杀来了，顿时海上波涛汹涌。船开始在风浪中剧烈地摇晃，全船人开始晕船呕吐。当海上风力达到11~12级时，船员报告："船长，船体发生共振！"

听到这一报告，常江船长神经一下子紧张了起来。果然，在接连不断的海浪打击下，船体突然间发出"哐……铛、铛"有节奏的闷响。从事航海的人都知道，船体共振是船自身振动频率与特定海况频率相一致时产生的特殊现象，这种现象时间稍长，船体会在瞬间发生爆裂，后果是船毁人亡！此时，要想解除这一共振现象，唯一的选择就是全速航行，以最短的时间脱离这一风浪区。但是在大风浪中高速航行又面临着倾覆的巨大危险，怎么办？常江艰难地选择了后者。他下令："全速前进，闯过这一海区！"

伴随着主机越来越大的"轰轰"声，船逐渐加速，共振声也开始渐渐减弱。全船人都长长地舒了一口气。经过1个半小时的艰难航行，船终于转危为安。

大海上风浪是船员的伙伴，晕船是海上的幽灵，常人可以浪漫地幻想，可以观苍海抒情怀；殊不知，若一旦上船堕入晕网那将是生不如死。而中国海监人在危急的生死时刻却要直面狂风巨浪，驱走幽灵，无怨无悔地书写着他们的人生。

"中国海监171"船虽然摆脱了船毁大海的险境，可同样的生与死的考验仍然在延续着。狂风依然强劲，海浪依然滔天，这时船体的摇摆已达40度，翻船倾覆的危机仍然在时时紧逼。常江也晕船了，他一边呕吐一边指挥船低速航行抗击风浪。船在排山倒海般的波涛中左右猛烈摇晃，上下剧烈颠簸，巨浪冲上甲板，打断了固定设备的绳索。怎么办？常江船长不忍心下达抢险的指令，他知道在此时的风浪中船员的生命将是十分渺小的。国家财产眼看着就要弃之大海，抢，还是不抢？就在他艰难地选择时，只见一名船员毅然将绳子系在腰上，冲上甲板钻进了海浪……

国家财产保住了。可是常江船长还是严厉责怪那位船员太冒险了，可那船员却坚定而又有些调侃地冲他说："船长，你不是说咱们生是海监人，死是黄海鬼吗！"

船员的话让常江船长无语。他了解他们，这些自从当兵开始就和自己在一起同舟共济了30多年的战友，虽然早已成为了老百姓，但骨子里依然传承着军人的基因。30多年，航船一次次离港起航，又一次次归航港湾。无论是作为海洋调查船船员，还是作为中国海监船船员，他们从未想过在艰难、困苦和险恶时的果敢付出会得到什么回报，他们始终操守着一种信仰，忠实地履行着职业生涯的责任与担当。

平常人、平常心，做平常事。

无论在海上发生过什么，一旦回到陆上，回到家中，他们总是那样淡定、那样从容，似乎事情过后什么也没有发生。

就是这名船员，在出海前住院了。那是前一次出海靠港后，他找到船长请假说："这几年我们船总是出海，我家里有些事需要处理一下，我想趁这次出海回来请几天假，处理一下家里的事。"

常江同意了。

几天过去了，船上的其他船员一直看不到这个人，有人便问政委："这个人干什么去了？"

政委回答："他家里有事，请假了。"

直到过了一个星期，另一名船员找到常江船长告知："他住院了。"

常江船长知道此事后，立即让政委派人赶到医院才知道，这名船员多年的痔疮由于没能得到及时治疗，已经非常严重了。这次请假说是家里有事，实际上是去了医院。医生得知他是船员，检查后严肃地说："你必须马上手术，再不手术，要在海上犯了是很危险的。"

就这样，这名船员没告诉任何人，马上住进医院做了手术。

由于病情严重，切除面积过大已严重影响到了肛门。一个星期内无法出院，躺在医院病床上的他必须接受后续治疗——扩肛。

据情报得知，某国海军侦察船即将进入黄海海域。上级指示"中国海监171"船紧急待命出航。这名船员得知这一消息没有犹豫，未来得及办理出院手续，立即从医院赶回了船，他知道战位上一个人也不能少。

"中国海监171"船出航了。

一次次的轮回，当中国海监船以令人瞩目的威武之师的雄姿出现在国人面前，出现在世界面前时。中国海监向国人和世界展现了自己完美的风貌。

四十四

南海维护国家海洋权益的海上斗争历时了三个多月，“中国海监171”船接到上级电令：你船返停广州休整。常江船长下达指令调整航向驶离南沙海域返航广州。

“中国海监171”船告别南沙群岛后，疾速穿越西沙群岛直抵珠江口。驶入珠江经过虎门炮台时，常江船长神情凝重地摘下了中国海监制式服装的大檐帽，随后伸手拉响了汽笛。

“笛——笛——笛——”这低沉浑厚的汽笛声随风传播得很远很远。这是“中国海监171”船的惯例，在祖国18 000千米的海岸线上，无论航行到哪里，凡是经过海战古战场或民族英雄纪念地都要拉响汽笛三声，以示敬意和寄托哀思。

船顺利地停靠在了广州，常江船长建议政委组织船员分两批前去虎门炮台遗址进行爱国主义教育。

算来离开青岛已经五个多月了，连续长时间的执行任务，人员和机械设备都该休整和保养了。就在这期间，一天常江船长接到上级指示：你船任务解除，三日后返航青岛。

“中国海监171”船终于返航了，当船驶出珠江经过虎门炮台时，常江船长同样拉响了三声汽笛。船驶出了珠江口，当穿越零仃岛外海时，常江船长又一次拉响了汽笛。船从零丁洋驶过，望着渐渐远去的零仃岛，常江船长自觉不自觉地想起了《过零丁洋》中文天祥那不朽的诗句：人生自古谁无死，留取丹心照汗青。此时，他在心里默默地告别南海：

再见了——西沙！再见了——南沙！我们还会回来。

经过近三天的航行，“中国海监171”船驶进了台湾海峡。

台湾海峡，这是由南海进入东海的必由之路。台湾海峡是世界的黄金水道之一，它对中国，对整个太平洋地区乃至世界都具有十分重要的现实意义和战略意义。

进入台湾海峡后，天渐渐地黑了，天空被一片阴云笼罩了起来。常江船长站在驾驶室，望着夜色中海面上过往的货轮和颠簸穿行在风浪中的渔船，常江船长深知凡是由东海进入南海，或是由南海进入东海的船只大都要经过这里。台湾海峡与苏伊士运河、直布罗陀海峡、马六甲海峡、巴拿马运河等海峡一样十分繁忙，由于特殊的战略地位历来备受关注。因为这些海上通道是世界的咽喉通道，对控制全球的政治、经济和军事局势无时不在起着不可替代的关键作用。

台湾海峡南起广东汕头外海的南澎列岛（台属），北止福建外海的东引岛（台属），全长200多海里。此时，船是由西南向东北航行，航线靠大陆一侧，一般均距大陆二三十海里，由于距离较远是看不见陆地的，能见度好的时候，偶尔可以看到散落在群岛最外延的几个小岛。

子夜时分，常江船长又一次来到驾驶室。这时老天有些开眼了，阴云笼罩的海天开始放晴，海峡风力小了许多，夜空中可见繁星闪烁，海面又清晰可见渔火点点。船颠簸摇摆轻了许多。常江船长面对夜空，面对沧海，面对台海两岸，他不由得又想到了很多，这时他想到的是郑和、是戚继光、还有郑成功……

直到清晨，常江船长一直坚守在驾驶室里，船靠大陆一侧航行，他在极力辨认着临近大陆一侧依然由台湾当局管辖的一些岛屿。这些台属的岛屿依次是南澎列岛、兄弟屿、大小金门、乌丘屿、牛山岛、东引岛、妈祖列岛和白犬岛等。

一个夜航，船就要驶出台湾海峡，离家越来越近了，这时常江心中一时产生了一种男人想家的冲动。就是在这冲动中他依然清醒地知道，这是船的航路，更是船员人生的航路。在充满波涛的航路上，船长也是船员，作为船员，忠于职守，与船同舟共济是唯一的选择。然而作为儿子，他对母亲无法尽到孝道，甚至是在老人驾鹤西去时也不能见上最后一面。作为丈夫，柔情的妻子韩雪给予了他一切，而他却不能挺起胸膛无愧地说："我是一个合格的男人。"作为父亲，他只能心存初为人父时的一点喜悦，却不能呵护儿子，只知天伦有道，不食舐犊情深之味。

想到这里，常江船长又想起了这次出海前的一件事，他不禁笑了。

那是出海的前几天，也是常江生日的那天，令他没想到的是李安东还记得他的生日。那天，李安东托人捎给了常江一份生日礼物，这让他既高兴又感动。他知道李安东从不主张这些过于形式化的东西，他总是说想喝酒时就打电话给朋友说一声："今天我过生日，你过来陪我喝酒。"就这样，一年也不知道他要过多少个生日。每当朋友聚在一起时他总会说："小酒、小酒，越喝越有。"可那天他竟主动送生日礼物，这让他猜想不到李安东送给他的生日礼物是什么，他又想借机干什么？

明天又要出海了，儿子不在家，只有韩雪一个人给他过生日。当他把李安东送给他的生日礼物盒打开一看，盒子里竟是一把金光闪闪的小剪刀，这让常江和韩雪十分诧异。常江更是一头雾水："这小子是什么意思？"拿出小剪刀，韩雪看到盒子底下有一张彩色纸条，她拿出来递给了常江。常江忙打开一看，纸上写了这样一段话：

常江，祝你万寿无疆。

今天是你的生日，作为船长，我敬佩你；作为男人，我为你哀叹。

你我都是男人，老了那个东西已经没有多大用处。而你更是没用加无用，所以今天借你的生日之机送上一份有用的礼物，请韩雪代劳把你那个小东西剪掉算了，免得常年在海上还是个累赘，以飨我们年轻时的共同誓言：做一名彻头彻尾的无产阶级革命者。

哈哈……

看了这些，常江真是哭笑不得。韩雪问他是怎么一回事，常江不肯说，还把那纸条急忙揣进了衣袋里。韩雪见状猜到一定有什么事，把那张纸抢过来一看，她笑得差一点背过气去。笑够了，韩雪好像一下子弄明白了李安东所说的海洋文化的多样性特征是什么了，这在他身上真是表现得十分鲜明，甚至可以说是淋漓尽致。这时韩雪才对常江说："可以说李安东应该是个文化人，可他时常搞出个恶作剧却让我们这些'没有文化'的人一时还真接受不了，难道这就是他的个性？"

常江接上说："我评价他两句吧，天马行空，笑傲江湖。他这辈子只能这样活着，否则就不是他了，用他自己的话说，就是天生我才必有用，无用之才苟且生。"说到这常江叹了口气又说："一个人一个活法，哎——都奔60的人了，由他去吧。"

"中国海监171"船回到青岛已是北方的初冬时节，当船靠上码头，他从指挥机关的领导口中得知了一个让他不愿意听到的消息。

这是继"渤海"号沉没十年后，在渤海同一海域又发生了一件令国人难堪的海洋油污损海难。

听到这一消息，常江马上意识到这是一个十分棘手的大问题。原因是渤海湾是重要的渔业资源区和养殖区，在依法治海和维护社会稳定的大的社会背景下，如何向国家交代，如何向沿岸渔民和养殖户交代，使这一海难事故更加难以处理。这时他想到了老战友黄海局长，有点替他担忧。

黄海在任副局长期间又前后去了几次南极。之后上级安排他去某大学带职学习了两年。大学学习毕业又是两年后，黄海被任命为青岛局局长。

如今，作为代表国家海洋行政主管部门的局长，对于渤海区所发生的重大海上溢油事件，他的处理意见将占主导地位。这一天，黄海局长接到了一份专报。专报称：×月×日凌晨4时零8分，某国籍一艘油轮与我国一艘船舶在渤海湾东部海域发生碰撞，外籍油轮右舷第三舱破损，该轮载有八万多吨原油发生泄漏，在海面上形成大面积的原油漂流带。

看过专报，黄海马上意识到事态严重。

按照惯例，此种海上船舶碰撞事故应由海事部门按常规处理。而对于如此严重的油污染，作为国家海洋行政管理和海洋环境监测部门要马上关注的不仅是事故自身的处理，而是事故发生后大量溢油给渤海湾造成的生态污染损害，这直接关系到国家的海洋利益。

黄海立即做出紧急部署，他指示有关部门立即启动渤海防污染应急方案，着手此次事故后续的生态污染损害处置工作。

海上油污损害事故多有发生。在以往的事故处理时，人们大都关注的是事故处置所产生的费用和事故造成的直接经济损失。而此次海洋行政主管部门和海洋环境监测单位关注的生态污损是国家利益。但是，对海洋生态污染损害索赔在我国没有先例、无任何经验可借鉴，面对严峻的挑战，急需应对的难题，一是法律地位与法律支持；二是技术支持与取证。怎么办?

环境监测的专业技术人员立即开始全面查阅、收集各种国内外案例，溢油及污染损害与索赔标准、法律地位和依据等相关资料。

经过紧张研究和分析后，事实表明，对于这一海难事故造成的油污损害应该认定对其提出海洋生态污染损害索赔。

当论证方案一经提出，有专家严肃地质疑：在该事件中已暴露出我们国家在海洋立法和管理上存在的很多缺陷，希望索赔的意义不要停止在数亿计的金钱上，能够由此促进我国从上到下调整心态，查漏补缺，跟上世界海洋业发展的步伐。并以此为契机，使之成为维护我国海洋生态利益的里程碑，为我国300万平方公里的主权管辖海域迎来曙光。

显而易见，《中华人民共和国海洋环境保护法》在明确界定了海洋生态、海洋水产资源、海洋保护区不同概念的同时，也十分明确地突出强调了海洋生态、水产资源、海洋保护区的破坏损失是国家损失，赔偿要求是国家要求。

在国际上，由于海上油污损害对其生态环境造成损害进行赔偿早已不足为怪。赔偿数额巨大，远远超出一般性的直接环境污损赔偿额度。因为这种赔偿不仅是对群体利益损失的赔偿，更是对国家利益的赔偿；不仅是环境利益，更重要的是生态利益。在我国正是由于此案之前的数起海上油污赔偿案件均未对生态环境利益提出索赔要求，导致国家利益未得到赔偿，因而使此案成为了我国首例海洋生态环境污损索赔个案。

根据上述情况，黄海局长要求各部门要严格按照各自行政管理职责开展工作；要求立即采取紧急行动，派海洋监察人员调查取证，派出海洋环境监测人员前往事故海域进行跟踪监测。

就在各项工作有条不紊地进行时，外方肇事船东正在按照一般海事事故处理程序办理获释手续，以逃避更大的赔偿责任。如果海事部门处理终结，肇事轮一旦获释，海事法院将对此案不再受理。为了防止外方肇事轮逃逸，黄海局长明确指示：速向海事法院提出申请，要求扣押外方肇事轮进行财产保全，并责令其提供巨额担保。

就在做出这一决定前，很多人替黄海局长担心：我方认定海洋生态污染损害索赔案能否成立？如果成立申请扣押肇事船舶文书又该如何行文，这在我国没有先例。行文后递交海事法院能否得到认可被受理？如果提请扣押申请出现错误，外方船东按照惯例将会提出每天5万美金的赔偿又该怎么面对……

这一系列的担忧、顾虑与压力都被黄海局长顶住了，他明确地表示：“生态索赔是国家利益，我们不能犹豫。正因为这类案件在我国没有先例，所以我们更要去做。如果发生失误，责任由我局长来承担！”

当提请扣押这一重大决定被海事法院受理后，海事法院将扣押通知书送达外方肇事轮时，外方船长哭了。

渤海是我国的内海，水交换存在“瓶颈”，不少海洋专家认为渤海要完成一次全面的水交换需要16年，甚至40年。而渤海湾是油污事故的敏感地区，本来就像是一个虚弱的病人，原油泄漏无疑给渤海湾雪上加霜！

2004年年中，这起油轮溢油污染损害案件在我国某海事法院公开开庭审理。法庭组成合议庭，海事法院院长亲自担任审判长，原告方代表、专业技术人员及沿岸渔民协会和渔民的代表参加了庭审。被告方外籍某船东轮船公司和轮船汽保协会的代理人也参加了庭审。国内知名海洋专家、媒体记者和有关人士参加了旁听，国内多家新闻媒体进行了跟踪报道，本案引起了社会广泛的关注。

法庭就污染索赔案件共同涉及的争议焦点事实合并审理。如溢油量、原油品质、回收量和挥发量、污染面积、使用消油剂数量、溢油前海洋环境质量状况、溢油后海洋环境质量状况和适用法律等焦点问题进行了举证和陈述，海洋执法监察人员就外方肇事油轮溢油调查取证情况出庭作证。

此案在中国第一次提出生态索赔，索赔额很高。如果此案外方败诉，意味着今后在中国海域发生油污事件都将付出巨大的代价和高额赔偿。因此，此案不仅引起了涉案各方高度重视以及社会各界的广泛关注，更成为国人高度关注的焦点。

法庭调查和辩论进行得十分紧张，被告专家辩解称：“该轮所溢原油蒸发量较大，毒性最大的成分已经蒸发，不会对渤海造成大的污染损害。”

原告方专家就泄漏原油的物理化学性质进行了陈述，并针锋相对，唇枪舌剑地进行反驳。

当被告方聘请的世界级资深油污事故处理专家摆出傲慢的姿态，以其处理过世界500起油污事故资历，抛出他采用美国数值模拟方法计算出的溢油蒸发量结果时，原告方专家立即反驳，指出了这种模拟式不适用于本事故。法庭要求原告方专家当庭出示不适用的证据时，原告方专家向法庭当场进行演示，当法庭大屏幕上出现对方的错误提示后，审判长要求记录在案。这时被告代理律师脸色铁青，那位资深的专家也不得不低下了高傲的头。

溢油鉴别是双方争论的又一焦点。原告方专家先后就溢油鉴别主要技术路线、方针向法庭进行了演示。

庭审中，原告方技术人员还就原油性质、海域污染前后环境质量、消油剂的使用量及后果、海域污染影响程度及恢复等焦点问题逐一向法庭作了充分阐述。

庭审期间，双方代理律师展开了唇枪舌剑的辩论，针对被告方专家和技术评估专家提出的观点，原告方律师和技术专家进行了有理、有力、有节的驳斥，使对方陷于被动。被告方多次辩解，多次受到审判长当庭警告，原告方出具的评估报告内容得到合议庭认可。经过原被告双方激烈辩论，事实越来越清楚，被告代表人最后承认了溢油污染损害海洋环境的事实。

最后法庭判决：依据国际法、国际惯例和中华人民共和国相关法律，被告承担该次海难事故造成的直接经济损失和环境污染及生态损失巨额索赔。

案件的审理历时两年，黄海终于可以把心放下了，这起渤海油污损害案件以我方胜诉而落下了帷幕，因而也成为中国海洋油污损害生态索赔第一案而载入我国依法治海的史册。

这一令人满意的判决结果可以公之于众了，黄海局长在期待着社会公众的评价。

四十五

中国海洋油污损害生态索赔第一案的胜诉令李安东很是兴奋，这也是黄海第一次得到老战友李安东的认可，事后李安东曾对常江说：“这一回，黄海办了一件大好事。”

就在这次事件之后的几天，常江约李安东来到了水师口军港外的海滩上，这里是他们刚当兵时经常来过的海滩。李安东一时不解常江为什么要约他来到这里，望着远处的军港常江问他：“安东，我们一起来当兵的战友留下来的有几个人？”

听了常江的问话，李安东更加不解地回答说：“这还用问吗，你、我、黄海，还有……”

常江又问：“我们都多大了？”

李安东有点不耐烦了，他回答说：“你这不是废话吗，还有两年我们这帮人就都退休了，都回家抱孙子去了。”

“你遗憾吗？”

“说遗憾也遗憾，说不遗憾也不遗憾。”

听了李安东的回答，常江若有所思地说：“安东，我们那批上千名战友早都回家了，如今都已经老了，现在他们都在干什么呢？他们还好吗？在战友们中你、我和黄海应该说是幸运者，也可以说是成功者。想一想那些早已回了老家的战友，想一想我们的年龄，你对黄海有多大的成见让你不能原谅他？”

直到这时李安东才明白常江今天约他的用意，他是想说服他改变对黄海的态度。听到这，李安东毫不隐讳地对常江说："人各有志，我从来没有难为过他。说实话黄海当官也不容易，不过我做人做事有我的原则，我们仨你才是这个年代的英雄！"

"什么，我是英雄？"这话第一次出自李安东之口，着实让常江吃惊不小。

李安东接着说："我这样认为，不同的时代，英雄的标准是不同的。我们生活在和平年代，英雄的标准是什么？面对艰难困苦不回避、不退缩、不怯懦，敢于担当、善于担当，心甘情愿地对国家、集体和家庭自觉地尽一个男人的责任，这就是我心目中的英雄。难道你不是吗？正因为你是我心目中这样的人，我服你。"

常江万万没有想到李安东会说出这番话来，一时不知该再对他说什么了。他们都沉默了，沉默了好一会儿常江才说道："安东，我最近时常想起刘公岛，你看我们什么时间再去看一看？"

听到常江说要去刘公岛，李安东没加思索地回答："等我们都退休了，那时一定去。"

"好，一言为定，你、我和黄海，咱仨一起去。"

就在索赔案件开庭审理前，李安东听说了此事，当他联系提出要前去庭审现场旁听的要求被法院拒绝时，作为"中国海监"执法船船长常江则被批准旁听了案件的审理。

在庭审期间令常江船长没有想到的是，在庭审现场他十分意外地见到了李安东的儿子李舟，这让他很是惊讶。

"常叔叔，你也来啦。"舟舟见到常江船长主动上前与他打招呼。

"舟舟，你——你怎么来啦？"常江一时不解，心里在想，舟舟不是在理工大学上学吗？他怎么来这里了呢？

嘿嘿……舟舟见常江疑惑的样子笑了。他对常江说："常叔叔，我们学校不就在这个城市吗？前几天爸爸为开庭的事来海事法院采访，顺便看我时说了庭审的事，正好我们现在是毕业实习，我就自己偷偷跑来想旁听一下，好借机会学习学习。”

舟舟说到这，常江才明白过来，他说：“舟舟，你不说我真差一点忘了，你明年就该大学毕业了，毕业后准备出国吗？”

听了常江这话，舟舟马上说：“我爸坚决反对出国。”接着反问道：“常叔叔，你为什么不让常风哥哥出国？”

面对舟舟的问话，常江一时不知道该如何回答，他想这孩子现在还真有点像李安东，遇事怎么也爱问为什么？又一想，舟舟的问话也许还包含着别的什么意思，想了一下才说：“你常风哥哥和你不一样，他比你大了十岁，脑子也不灵光，不是出国的料，他适合老老实实地干工作。”

“人老实是最大的优点，我爸说要学老实人，做老实事。”说着舟舟有点诡秘地悄声对常江说：“常叔叔，前几天我看到网上公布我国要开始招聘大洋深海潜航学员，我想报名参加海选。本来我爸就经常说让我长大了跟你学，以后也当船长。如果我能选上一定好好干，到那会你开大船，我开小艇，这次我来旁听就是想来侦察一下，了解一下海洋的事。”

“你这孩子，还真有心眼，你爸爸妈妈知道你的想法吗？”

“不知道，我还没对他们说呢。”

“这么大的事你不说怎么能行，你一定要事先征求你爸爸妈妈的意见，一定要征得他们的同意。”

“常叔叔，你不支持我吗？”

舟舟的问话，这回常江真的是不知道该怎么回答好了，他只好说：“你爸爸妈妈支持我就支持。”说着又开玩笑地说：“你爸爸的话你要听，我也要听，他总是一贯正确，你不听他会跟你急！”

“我爸他就那样，我妈总说他是二杆子，说话办事一根筋……”

见舟舟话越说越多，常江怕这孩子再说出什么更离谱的话，赶紧制止说：“舟舟，咱不说这些了。你如果真想当中国第一代潜航员这很好，男孩子应该有理想。”说到这他想起了什么，忙说：“对了，我这里有一份关于油污染损害生态索赔的材料，是你爸爸写的，你看看会对你很有帮助。”说着从随身的文件包里找出了一份材料送给了舟舟。

舟舟拿到的这份材料是李安东写的一篇评论，题目是“关于海洋油污损害生态索赔的反思”，文中这样写道：

海上油污损害事故多有发生，在我国多年对此类事故的处理时，人们大都关注的是直接的海洋环境损失。这包括事故调查处理费用、清污费用、经济损失及环境直接破坏损失及其赔偿等。而此次提起生态索赔诉讼关注的是除了上述的直接损失外，重点关注的是生态损失，因而称之为海洋生态污损。

《中华人民共和国海洋环境保护法》明确界定了海洋生态、海洋水产资源、海洋保护区的不同概念。同时也十分明确地突出强调了海洋生态、水产资源、保护区的破坏损失是国家损失，赔偿要求是国家要求。

生态学与环境学是两个不同的学科概念。回顾以往我国海上油污损害索赔案件不难看出，这些案件的索赔均局限于直接环境污损的赔偿。也就是说对于海上油污损害仅注重了环境学范畴的损害，而忽视了生态学范畴的损害。进一步说就是仅注重了近期环境的局部性损害，而忽视了远期的整体性生态损害；更确切地说是过多地注重了地区、部门、单位与个体眼前利益的损害，而忽视了长远国家利益的损害。

在国际上，由于海上油污损害而对其生态环境造成损害进行赔偿早已不足为怪。赔偿数额巨大，远远超出一般性的直接环境污损赔偿额度。因为这种赔偿不仅是对群体利益损失的赔偿，更是对国家利益的赔偿；不仅是环境利益，更重要的是生态利益；不仅是眼前利益，更注重长远利益。在我国正是由于在此案之前的数起海上油污损害赔偿案件均未对生态环境利益提出索赔要求，导致国家利益未得到赔偿，这一国家利益的损失是十分巨大的，因而使此案成为我国首例海洋生态环境污损索赔个案。

该案的意义在于首例个案的实践。它将表明我国对海洋生态环境污损的重视程度和对国家海洋权益的要求，这一国家要求理应得到国际上的尊重。同时也将是对我国在履行《1992年国际油污损害民事责任公约》处理此类案件真正国际化的一次检验。这将标志着我国对海洋油污损害已开始进一步关注生态环境问题，同时也标明我国海洋管理法制化进程向前迈了一大步，开始实质性地与国际接轨。

海洋生态环境污损索赔合理合法，它代表着国家的权力，代表着国家的利益。

案件审理结束了，常江把案件审理的情况在电话中如实地对李安东说了，李安东认为，此案胜诉，对我国日后此类事件的影响意义非同一般。

那么这深远的意义是什么呢？李安东在电话中说："拿破仑曾说中国是一头睡狮，今天这头睡狮也该醒了。我们应该认真地想一想，1894年，也就是在左宗棠去世后、李鸿章独辅朝政的第十个年头，'弹丸小国'日本的炮舰和陆军轻而易举地摧毁了大清帝国求富的洋务运动买办得来的一切虚荣，使李鸿章及其北洋海军，慈禧太后及其万寿庆典都从此成为卖国求荣的标志而臭名昭著。真正富有远见卓识的国人，也因而更加怀念和尊崇左宗棠才是撑直'洋务中兴'和'同光兴盛'的真正的民族脊梁。所以我们每一个中国人都要扪心自向，在今天的海洋上有谁才能成为脊梁之才，有谁能成为真正的脊梁？"

李安东对案件的主张提出了这样的疑问："什么才是与国际接轨？"他说："爱国，最主要的一点就是维护国家的核心权益。回顾历史，后人有理由质疑，如果在中法战争后死去的不是左宗棠，而是李鸿章，随后10年间的洋务运动将如何呢？还会发生后来的甲午海战惨败吗？还会爆发日后的八国联军之战吗？显然，如果是左宗棠而不是李鸿章主导着中后期洋务运动，中国历史和世界历史都必将大为改观。然而，在纵观甲午战争的历史后，我们发现并推崇左宗棠既是一个时代的内在要求，更是注定会超越种种历史迷雾恢复英雄本色的大历史观的必然。所以，这个案件的核心是国家利益，对于今天的世界，在法庭上得不到的，同样在调解或谈判中将永远也得不到！”

李安东还说：“甲午海战是中国海权的一个里程碑，也是一个分水岭。甲午战争的历史告诉后人，从大历史观看来，甲午战争的直接影响和间接影响是广泛而深远的。改革开放的今天，要想真正与国际接轨，结合现今的案例应该引发我们对海权历史误区的反省，但现实仍然令我们不容乐观。”

过去的虽然都已经过去了，然而作为一个民族的复兴不应该忘记历史。李安东仍然忧心地说：“我们都读过书，上过学，深有体会我们的应试教育制度渗透着浓重的科举应试的影子，我们先不去评论它。但正是这种教育方式形成的思维不知影响了我们多少代和多少人。这里想说的是今天我们该如何学习中国的历史，反省中国的历史，思考今天国家的海洋权益。”

在电话中李安东给常江举了这样一个例子：有人举证了这样一个事实，一个学校高中历史考试，考了这样一道历史题：成吉思汗的继承人窝阔台，公元哪一年死去？他最远打到哪里？大多数学生答出第一问，而第二问则答不出来。

同样的一道题，在美国世界史考试中，这道题目却不是这样出的。它的题目是：成吉思汗的继承人窝阔台，当初如果没有死，欧洲会发生什么变化？试从经济、政治、社会三方面分析？

有学生这样回答：这位蒙古领导人如果当初没有死，那可怕的黑死病就不会被带到欧洲去，后来才知道那个东西是老鼠身上的跳蚤引起的鼠疫。但是六百多年前，黑死病在欧洲猖獗的时候，谁晓得这个叫做鼠疫。如果没有黑死病，神父跟修女就不会死亡。神父跟修女如果没有死亡，就不会怀疑上帝的存在。如果没有怀疑上帝的存在，就不会有意大利佛罗伦萨的文艺复兴。如果没有文艺复兴，西班牙、南欧就不会强大，西班牙无敌舰队就不可能建立。如果西班牙不够强大，意大利不够强大，盎格鲁——撒克逊会提早200年强大，日耳曼会控制中欧，奥匈帝国就不可能存在。

教师一看，说：棒，分析得好。但他们没有分数，只有等级，A！其实这种题目老师是没有标准答案的，可是大家都要思考。

李安东的话常江表示完全赞同。后来李安东还对常江说过这样的一个例子，其实很多人都知道，日本同中国在历史上产生过过多的纠葛。在日本高中老师曾给高中生布置了这样一道题：日本跟中国100年打一次仗，19世纪打了日清战争（甲午战争），20世纪打了一场日中战争（抗日战争），21世纪如果日本跟中国开火，你认为大概是什么时候？可能的远因和近因在哪里？如果日本赢了是赢在什么地方？输了是输在什么条件上？分析之。

其中有个高中生是这样分析的：我们跟中国很可能在台湾回归中国以后，有一场激战。台湾如果回归中国，中国会把基隆与高雄封锁，台湾海峡就会变成中国的内海，日本的油轮就要统统走右边，走基隆和高雄的右边。这样，会增加日本的运油成本。日本的石油从波斯湾出来跨过印度洋，穿过马六甲海峡，进中国南海，跨台湾海峡再进东海，到日本海，这是石油生命线，中国政府如果把台湾海峡封锁起来，我们的货轮一定要从那里经过，我们的主力舰和驱逐舰就会出动，中国海军一看到日本出兵马上就会上场，那就打！按照判断，公元2015年至2020年之间，这场战争可能爆发。所以，我们现在就要做对华抗战的准备。

除了这个学生外，其他学生的判断，也都是中国跟日本的摩擦进而导致打仗会从东海开始，从台湾海峡开始，时间判断均是2015年至2020年之间。

讲完这个例子，李安东有些嘲讽地说："这种题目和答案都太可怕了。撇开政治因素来看这道题，再思考我们的历史教育是否很有问题？翻开我们的教科书，题目是这样出的：甲午战争是哪一年爆发的？签订的叫什么条约？割让多少土地？赔偿多少银两？正是这种教育方式和思考方式，使我们的每个学生都努力做答案。结果我们一天到晚总是研究什么时候割让了辽东半岛，什么时候丢了台湾、澎湖，赔偿了二万万银两，1894年爆发甲午战争，1895年签订《马关条约》，背得滚瓜烂熟，都是一大堆枯燥无味的数字。背的再熟、记得再牢又能怎么样，反正都赔了嘛！银两都给了嘛！最主要的是将来可能会怎样！"

最后李安东不无感慨地说："人家培养的是能力，而我们灌输的是知识。中华民族要实现伟大复兴，我们必须要对中国历史，对中国海洋史换一种思维方式去思考！"

李安东讲的这些常江觉得很有道理，受到了很大的启发。可他不明白，李安东为什么几年都不愿意和老战友们见面？难道他真的就那么忙吗？话到嘴边，常江没有问出口。就在李安东跟他讲这些时，常江一再追问："你告诉我，你现在在干什么？"

李安东一直在搪塞说："我有正事要干。"

那次匆匆见面后，又有一段时间没有见到李安东。一天常江打电话找他有事，他说在外地，常江问他在哪他不说。在常江的坚持下，李安东只得告诉他："我在黄河口。"

"黄河口？你跑那儿去干什么？什么时间回来？常风想见你……"常江听说他在黄河口，有些担心地一连问了许多，他想到李安东不知道又在闹什么玄乎事。最后他在电话中告诉李安东："明年常风可能要去参加我国首次环球科学考察。"

四十六

李安东去黄河口已经有一个多星期了，他干什么去了？

大诗人李白曾歌叹："黄河之水天上来，奔流到海不复回。"然而，对于这千古绝句之水，来之于何处，去之何方？知其然者众，知其所以然者寡。

在我们民族的历史上，黄河不仅仅是一条河，还是这个古老民族的传奇和神话。如今，这个神话不那么好听，这个传奇也不那么好看了。黄河的水量在日益减少，近年来，多次出现下游断流，最长时黄河入海断流长达320天，全无凌空奔腾下泻入海之大势。

"久违了，发轫于危乎高哉，行成于大起大落，归之于波澜壮阔的黄河！"站在黄河干涸的河道上，李安东从心底发出了一种从未有过的悲壮感叹。今日实难见自天的极高处来、往海的极平处去的昔日黄河，他近年来多次见到的却是满目干涸的河道，龟裂的河床。

面对黄河断流，一时间各种媒体多有关注，纷纷评论。

面对此情此景李安东一直在思考，黄河断流，作为一名记者，我的视角在哪里？又该如何关注黄河断流？

从青藏高原斗折蛇行奔泻而来的黄河，有水时在山东省东营市的土地上如同潟湖一般，水流变得平缓淡泊安详宁静。这时的黄河入海，人们可以清晰地看到浓浓的黄水与湛蓝的海水会在海口外热烈拥抱、狂热亲吻，拥抱和亲吻过后便会在湛蓝中呈现出无数条粗细不均、长短各异的条带逐渐闪射开去，热烈的拥抱和狂热的亲吻此时变成温情与缠绵，继而渐渐稀释并融化开去，远至深处消弭于无形。无水了，这时干涸的河道，龟裂的河床残酷地告诉人们，拥抱与亲吻已变成了奢望。此时，过去的许多苦难水灾和忧虑思考在此定格，积淀成黄河的历史。漫长的历史过后，新的灾害和忧虑与思考还有吗？

被人类社会镀上功利色彩的好也罢，坏也罢的黄河，如此这般地进入最终的羽化涅槃，大海还是接纳了她。而今大海没有了她，有容乃大的大海一旦改变了包容的习性，它又会怎样呢？李安东这时想起了作家哲夫在《黄河追踪》一书中写到的黄河："黄河在东营入海口给人们留下的不仅仅是一片沉甸甸的土地，不仅仅留下一个沧海桑田的最好诠释和写照，还留下一个自然科学和社会科学合二为一的巨大悖论，面对这个悖论，我们这些自命为灵长类的动物，该如何运用上帝恩赐给我们的思考武器，来破解这个巨大的悖论，从中吸取一些可以使人类相对永恒的营养呢？"

缘于一种情怀，一种思考，李安东近几年曾一次次来到黄河，在干涸的河道上奔走；一次次在龟裂的河床上思考。他站在黄河口面对渤海发问：无有黄河之水，渤海的骄傲——东方对虾，你还洄游此处觅食吗？大小鱼儿你们还来此繁衍生息吗？

回答是无声的，但李安东分明已经认识到了，没有了黄河之水，渤海还是渤海吗？食物链还会延续吗？生物多样性还会丰富吗？

忧于思，虑于思。思考过后，李安东又一次来到黄河口，他孤独地站在黄河口干涸的河床上，面对黄河，面对渤海不得不深情地喊道："对不起，李白老先生，您的歌叹需要加上休止符了——不见黄河入海流！"

此时，李安东又想干什么，这一次又将看到了些什么呢？

李安东又一次独自来到黄河口，他好不容易托人找来了一位向导。这向导是丰水时在黄河口靠空中绳索摆渡的艄公，听说他要去黄河口，看了两眼戴着眼镜的李安东，艄公的脸上露出了似乎有点不大相信的表情问了一句："就你，想去黄河口？"

李安东回答：“是我。”

那艄公接上怀疑地说：“从黄河胜利大桥到河口还有四五十公里远，几乎是没有路，全都是盐碱地和湿地，你能行吗？”

“什么叫能行妈（吗）。”李安东风趣地回答。

听了李安东的话，那艄公笑了。他接上又说：“去河口太难了，不仅十分难走，还有危险。以前也有你们城里人来这旅游，说是一定要去真正的黄河口，我告诉他们要去真正的河口，那里没有人烟，要是遇到下雨天，是进不去出不来，到那时是哭天天不灵，叫地地不应。就你们这些开着高级轿车游山玩水的人还想去黄河口，真是老虎拉车，谁敢（赶）？”

“我敢（赶）！”李安东接上回答说。

“你真敢（赶）？”

李安东冲艄公坚定地点了点头，又认真地说：“请相信我，我是一个老兵。”

这时李安东的手机响了，电话是褚楚打来的，在电话中褚楚对他说：“昨天我又晕倒了一次，不过今天已经好了。”让他不用担心。

李安东知道，随着年龄的增大，褚楚的身体更不好了，近两年时常晕倒，而他却因为要经常外出采访很少能在家照顾她。在电话中李安东歉疚地对褚楚说：“都是我不好，你自己一定要多注意，再坚持两年等我退休了一块陪你，照顾你，把以前的全补上。”

电话那边，褚楚一点也没有怨他，反而十分关心地问他：“你现在在哪？”

这时只听李安东大声地回答说：“我在看望母亲，我们伟大的母亲！”

世界上有一条很奇特的大河。它从巴颜喀拉山北麓的冰峰雪山中发源，向东流去时经过一座黄土高原以后，就变成了一条黄色的泥河，正是这条黄河孕育了一个黄肤色的民族。

黄河——中华民族的母亲河。

到黄河口之前，在一处水利管理站，李安东看到了一份黄河下游断流统计表，这是黄河入海前最后一个水文监测站的监测统计。这个监测站距黄河入海口约百公里，统计资料告诉他，1978年黄河断流一次，时间是1天。1988年断流一次，时间是13天。资料显示：从黄河第一次断流到1997年9月止，断流时间已长达164天，如今断流仍在继续。

这是几组令人十分惊讶的数字，黄河断流给黄河下游地区，甚至入海口的渤海莱州湾带来什么样的影响，造成什么后果？李安东正是带着这些疑问来到了黄河口。

9月底的黄河口风景迷人，向导带领李安东徒步走进芦苇荡和灌木丛生的盐碱地和湿地的原野，一池池绿葱葱的苇田，一丛丛青青的灌木，一片片紫红色的盐蒿滩在蔚蓝色的苍穹下构成了黄河口特有的壮美景观。

所经之处，眼之所及，李安东感叹黄河造陆竟是这般神奇，置身于这洪荒原野会使人油然而生出一股冲天之豪气，让人感慨万千。中华民族幸运于黄河，利益于黄河，中华民族子孙感谢黄河造出这大片土地。然而，今天当李安东来到黄河入海口的岸边，全然不见“黄河之水天上来，奔流入海不复回”的场面，呈现在他面前的却是黄黄的泥土、干干的河道，黄河之水已成罕见之水。

向导带领着李安东艰难地走了一上午，好不容易来到了一个河口下游的一处简易渡口。如今黄河没水了，李安东看到艄公在河岸上用树枝蒿草搭起的一个简易的窝棚，艄公告诉他：“这就是我的栖身之地。”

面对断流了多日的河道，艄公万分无奈地说：“望眼欲穿啊，啥时候河水才能滚滚而来。”

艄公是一位60多岁的老者，他身材干瘦练达，皮肤黝黑。他俩坐在了河堤上，梢公告诉李安东：“从黄河入海口逆河而上有一段20多公里长的新河道，这是前几年因为石油开发和防汛的需要开挖改道的，老河道已经堵死，新河道比老河道缩短了18公里。新河道宽约200米，这段河床内的黄河一反常态，河水清清且不见水流动，原来这水已不是河水而是海水了。由于黄河无水入海，海水涨潮时沿河道上溯20~30公里远的距离。在往年有水时，河水的水深涨潮时可达4~5米，而现在即便是涨潮时河水水深也只有2米多。黄海入海口不再是黄河水，只有海水随着潮汐的涨落在这河口二三十公里的河床段重复地循环，一涨一落，一落一涨。如今这里是黄河有水水黄，黄河无水水清，黄河成了季河，黄河在这里似乎变成了‘黄海’”。

李安东在艄公的陪伴下又沿干涸的河道向入海口走去。在黄河新河道口，梢公告诉他：“往年汛期黄河下游两岸河水能漫出河床，淹没堤坝外的滩地。而今河里没水了。以往种庄稼和生活用水全是黄河水，今年不要说在岸上的滩地上种庄稼，就连吃喝的淡水都要到50公里外的村里去拉。”

“这还是母亲河吗？”望着干涸的河床，李安东感慨万千。艄公对他说：“原来黄河里有20多种鱼虾，现在啥也没有了。黄河刀鱼是黄河里特有的一种尺把长的淡水鱼，体薄肉细，味道十分鲜美。现在水没了，刀鱼自然也没有了，真是可惜。还有那鲜美的黄河鲤鱼，这些都只能成为记忆……”

李安东来黄河口前，在做采访准备时查阅了一份当年现场监测资料：黄河下游入海口段8月份汛期最大径流量出现在8月初，为510立方米／秒，时间仅有两天，最小径流量只有1立方米／秒。9月份最大径流量出现在9月中旬，125立方米／秒。就是这些少量的流量加之沿途的引水，干涸的河床吸收和高温季节的蒸发等，黄河还能有河水入海吗？这所剩无几的黄河水已无法流到河口，又怎么能滋润现代黄河三角洲2200平方公里的土地呢？

艄公说：“俗话说，黄河入海龙摆尾。”

李安东知道，黄河在其最下游入海处变化无常。资料记载表明：历史上黄河入海在最下游段几十公里处是十年河东十年河西，经常自行改道入海。而现在全没有黄河之水的汹涌奔腾，更没有了那种自然的神奇力量自行改道了。不见黄河入海流，这一状况所产生的一系列后果是什么？人们又要为此付出什么样的代价？

站在干涸的黄河口，李安东的心被强烈地刺痛了，自觉不自觉中他顺嘴说了一句："天灾人祸，不肖子孙。"

听到这话，那艄公不知为什么眼中竟滚落下了泪水。艄公说："老辈人常说，一方水土养一方人，可如今黄河没水了，我们该咋办呢？"

黄河下游的造陆举世闻名，正是黄河造陆的新生土地养育了黄河三角洲的一方人。山东省东营市的诞生与崛起得益于黄河三角洲，我国著名的第二大油田就坐落在黄河三角洲这片沃土之上。

李安东曾采访过某水利处的一位总工程师，那位总工程师告诉他："黄河三角洲有古代、近代和现代之分。古代黄河三角洲位置在今天的郑州以东，面积约25万平方公里；近代黄河三角洲(1855年后)位置在今天的山东寿光市支脉河口、垦利县宁海镇至滨州市徒骇河口连线以东，面积约6000平方公里；现代黄河三角洲(1947年后)位置在今天山东东营市桃河、小岛河至垦利渔洼镇连线以东，面积约2200平方公里。在黄河三角洲陆地面积外还有渤海莱州湾的大面积滩涂和浅海水域，应该说这片新生的国土正是这一地区下个世纪经济发展和腾飞的重要基础和依托。"

这是未来多么美好的一幅希冀的画卷。然而，如今黄河变成季河，成为了另一种定局，是否还会成为内河更是令许多仁人志士十分担心。

白天很快就过去了，李安东和艄公从河口返回窝棚时已疲惫至极。李安东事前准备的两包饼干吃完了，带来的两瓶矿泉水也喝完了，回到窝棚天色已晚，这一夜他要和艄公在窝棚里度过。

当西边的太阳最后一抹余晖消逝前，余晖斜照在龟裂的河床上陡然间让人生出一种恐怖感。再回头远望东方的入海口，海的那边早已沉入了墨绿的暗色之中。

艄公从随身的包里拿出来几个冷馒头，还有一大碗疙瘩头咸菜，又从一口大缸里提来一桶水，他面有难色地对李安东说：“饿了吧，好坏吃点充充饥。”

此时此刻的黄河口似乎全然没有了一丝生气，李安东忍不住问艄公：“黄河断流的原因是什么？”

艄公莫名地回答：“不知道。”

吃着冷馒头，啃着咸菜，喝着生水，李安东和艄公聊的很近、很亲。夜晚的河口天气很凉，聊着聊着，艄公又从包里掏出一瓶酒。艄公对他说：“我真不相信记者也能吃这苦，你够爷们。来，咱俩喝点酒暖和暖和。”他一边说着又一边解释说：“现在已进入了秋天，河口风本来就大，荒草又多，在这里不能随便生火。河口树木极不易成活，好不容易长起来的几棵树，如果生火一旦失火烧了，那就太可惜了。如果能生火，我可以给你煮点碱蓬草吃，那东西就长在盐碱地上，那可是个好东西，三年自然灾害时救过好多人的命……”

那酒很辣，很有劲，几口喝下去李安东已经感到头晕了，身子有些飘飘然。不知不觉中，他躺在草堆上睡去了。

那一夜，李安东一辈子都会记得，直至后来有时住进四星或五星级酒店，躺在席梦思床上也一直找不到那一夜的舒服、舒心和安逸的感觉。那感觉是那样的原始，那样的野性，那样的美妙，那样的神奇。

实地采访归来，李安东开始去寻找黄河断流的原因所在。他得到的答案是：黄河近年来断流的主要原因，一是随着黄河上游沿岸地区经济发展的需要，水的需求量大幅度增加，因此上游截流量逐年加大；二是黄河上游不断修建各种大、中型水利电利工程，截水严重；三是上、中游沿岸水土保持状况的改善使入河水量减少；四是上、中游沿岸地区年降雨量大幅度减少。正是这诸多原因造成了黄河断流并逐年加重。

问题已见清晰，李安东撰文：

导致黄河断流的原因，上游民群是这样一种心态：河水门前流，先用不为过。

到了下游，黄河变成了季河，下游的黄河三角洲地区只能望河兴叹。望河兴叹演绎的是这样一种局面：黄河三角洲面临最直接最明显的大难题就是缺水，工业生产缺水，农业生产缺水，人民群众生活缺水。严重缺水的后果是：土地退化、树木减少，生态环境变化。没有水不能种庄稼，继续发展下去已成陆的土地将出现严重的土地退化。缺水将使已改造好的耕地重新变为盐碱地。试想，在这大片的退海地上，无山无岭，若再无树木、植物，必将导致局部地区的气候和环境发生变化。那么在这种无山无水、无树无草的恶劣的环境下人还能生存下去吗?

黄河断流对陆上的影响显而易见。但是，在人们谈论黄河断流时却很少有人谈到断流对渤海的影响，对渤海环境与生态的潜在影响。

海洋生物学家的研究已经证明，江河入海可以从陆地带来大量的营养物质。这些营养物质经过海水的流动均匀地在海中散布开来而成为海水中的初级生产力。这正是一些海洋动物如某些鱼虾的最好饵料。除此之外，由于江河淡水注入海中可以降低近海海水的盐度，又可以满足某些鱼虾产卵和繁殖的环境要求。因此，河口海域往往成为某些海洋动物理想的产卵繁殖和索饵洄游的场所。黄河口外的莱州湾正是基于这种原因而拥有丰富的海洋生物资源。结论将十分明确，黄河断流将直接影响莱州湾的海洋生物资源的分布和现状。

黄河携带大量泥沙入海可以造陆。在对历年改道后的古河道进行调查证实，一旦不再有河水入海而停止造陆，原已造出的陆地将同样以较快的速度经海水冲刷和侵蚀后而重新沦为浅海。

李安东撰文最后试问：

> 假如黄河无水真的不再入海，随之产生的一系列影响不仅给海洋科学家提出了新的研究课题，更为重要和严酷的是会给当地人民带来种种不可估量的损失，直至该地长远与末来的发展与进步。
>
> 假如黄河真的不再入海，也就不再有黄河口，也许富庶的黄河三角洲将会慢慢地从地球上消失，那会不会是渤海沧海桑田的一场浩劫？

不见黄河入海流。为了这一篇文章，李安东前前后后花去了两个多月的时间。当他写就文稿时才想起快过元旦了，这时他也才想起来常风就要出海参加远洋科考的事。“实在不大像话，怎么把孩子找我的事给忘了呢？”他自言自语地说。

四十七

进入21世纪，中国海洋学者郑重宣布：我国在浩瀚的太平洋深处（并非大陆架上），拥有一块面积为10.5万平方公里的“土地”。那儿有丰富的多金属结核矿产，其储量足以供我国使用若干年。这到底是怎么回事呢？

随着人口的增长，陆地资源的枯竭，人们的眼光开始移向海洋。首先是近海的大陆架上的石油天然气、海洋生物资源的开发与综合利用。20世纪60至70年代，一些发达国家开始窥视世界大洋深海底的矿物资源，纷纷展开了以开采深海多金属结核为目的的大规模勘探，瓜分了太平洋、印度洋、大西洋等大洋深海的富矿区。

在这种背景下，从海洋权益和战略金属的来源出发，我国于80年代初开始了大洋多金属结核的研究勘测。1990年，经国务院批准，我国向联合国提出了登记为“深海采矿先驱投资者”的申请。由于我国的海洋地质工作者在80年代做了太平洋某区域大量的研究工作，并按规定提交了30万平方公里的勘探区，联合国批准了我国的申请，同时将30万平方公里的勘探区的一半分配给我国作为先驱投资者的“报酬”。于是我国第一次在太平洋国际海域获得了一块15万平方公里准主权海底矿区，专业上称为“开辟区”。

据专家们说：中国在太平洋的这10.5万平方公里开辟区，还将按照联合国要求再放弃3万平方公里。这样，剩下的7.5万平方公里就是中国永久的开采区，中国将永久拥有这一区域的海底主权。正是为了这一区域的海底主权，我国开展了首次环球科学考察。

21世纪是全球大规模开发利用海洋资源、扩大海洋产业、发展海洋经济的新时期。《联合国海洋法公约》生效以后，世界各国对专属经济区以外的国际海底区域更加重视。美、日、欧盟等发达国家及韩国、印度等周边国家大力调整海洋战略，我国也及时明确地提出了加快“走向深海大洋”的战略。

2005年，是郑和下西洋600周年。这一年的4月2日，我国“大洋”号远洋科学考察船从青岛起航，执行中国首次环球科学考察任务。

作为一名科考队员，常风随船远航了。为了庆祝这一时刻，尽管有隆重的欢送仪式，然而常江和韩雪没有前来送儿子。李安东在外地采访也没有来，黄海作为局长来了，在欢送仪式结束后，黄海局长宣布：起航！

“大洋”号船汽笛长鸣，离开了母亲港穿越黄海、东海向太平洋驶去。

一个月后，黄妮收到了常风从船上发给她的第一封邮件：昨天，我们第一次从2430米深海底采到一块直径30cm、长70cm的热液硫化物烟囱体和附着在烟囱体上的深海极端环境生物。收到第一个邮件黄妮很高兴，这时她想到了和常风的约定：我正在毕业考试，你只能一个月向我汇报一次你在海上的工作情况。

两个月时，黄妮收到常风的第二封邮件，内容是：漫长的远航意味着什么？医学研究证明，人离开陆地，在孤寂、枯燥、单调的海上环境中，最大的生理和心理忍耐极限是20天。这对于“大洋”号的船员们来说是一种考验，每次远航都要必须经历超越生理和心理极限的考验。情绪烦躁、精神压抑、晕船，当人的生理和心理超过极限时，晕船变成了晕心。我体会到了，你想体会吗？

太平洋、印度洋、大西洋，这是深邃莫测的另一个神秘的世界。

第三个月时，黄妮收到常风第三封邮件，内容是：置身于大洋上，这时我才深切地体会到，对地球而言，在浩瀚的沧海面前除了陆地以外，任何的存在都是可以忽略不计的。

这是大洋风浪中前行的科学之船，这是一群为民族寻找新的生存空间而闯海的男人。沧海柔情时，可以用那碧波抚摸航船；当沧海暴怒时，又会无情地戏弄这些闯海的男人。正是在这常人难以涉足的特殊环境中，这些男人无时不在经受着身体与意志，艰难与困苦，甚至是生与死的考验。

收到这次的邮件时，黄妮的毕业考试都已结束了。她给常风回复：我就要离校了，你要做好思想准备，我即将向你宣布我的一个十分十分重要的决定，你必须无条件地服从！

黄妮要宣布什么决定呢？

就在常风在大洋上耐心地等待着黄妮的决定接受精神的考验时，同样在海上要夜以继日地经受着意志的磨炼。

世人都有晕的概念，在陆地上，很多人有过晕车、晕机、晕船的体验。所有这些，晕船是最为难以抗拒的。但是，这对于船员来说，却是不能提及的家常便饭，因为他们必须要在这个环境下长期生活和工作。

人在陆地上，由于地球的引力，直立地面时垂直地平线的左右夹角是90度。在海上如果海平面是水平的，船及船上的人同样应该是垂直海平面90度。但事实并非如此，大海无时不在波动，随着海水的波动，船及船上的人无时不在经受着动中之动的折磨。

这一天台风袭击了作业海域，大风浪中船摇晃了40度。中午，炊事员刚做好一大盆菜，足有五六十斤重，为防止大盆摇晃滑落，他索性把盛满菜的大盆放在了地板上。谁知他刚把菜盆放到地板上，瞬间菜盆就倒扣了过来。这菜盆瞬间的倒扣是什么概念？

也就是说，相对水平面，此时他的身体向左摇摆了40度，瞬间又向右晃了40度，一左一右加起来是80度，在这频繁的折腾中人能不晕吗？这菜盆能不扣吗？

一名第一次出海的年轻科考队员经历了这些后说：“这晕船的滋味真不是人受的，简直就是生不如死。”

生不如死？不！为了国家，为了祖国的海洋事业，全船没有一个人退缩，大家齐心协力在共同抗争。

一艘船是一个整体，是一个配合默契的团队。

这时，在船与台风周旋中，船后甲板本来固定好的木料被大浪打散，几根用于垫重物的方木在甲板上东碰西撞，随时都可能撞坏甲板上贵重的调查设备。海面巨浪翻滚，后甲板打上的海水已有齐腰深。危急中一名水手不顾一切地从舱内冲了出去。他一边机警地躲避着巨浪，一边设法系牢安全绳，在被狂风巨浪掀翻了好几次后，他终于把方木重新固定好。船长看到眼前的一切，无法阻止船员的冒险举动。他的心已提到了嗓子眼，当船员成功地完成了抢险返回时，他无奈地冲着甲板大声喊：“你不要命了？”

一个险情接着一个险情。夜晚来临了，就在船与风浪搏斗中桅杆顶端的航行灯出现了故障。夜间船没有航行灯，比夜间行车不开灯还要危险。平时在近岸风平浪静的情况下检修航行灯，人爬上30多米又尖又细的桅杆也会胆战心惊，更何况此时是在大洋上的狂风巨浪之中。危难之时一个电机员义不容辞地冲上罗经甲板爬上了桅杆，他在摇摆的桅杆顶摇来荡去，用了近一个小时才修好后桅灯，下了桅杆他就瘫在了甲板上。

夜幕完全笼罩了太平洋，大风浪中止了海上调查作业，最后一次调查作业完成后海中的调查设备必须收回甲板，按照计划在东太平洋进行电视多管取样作业，此海域水深近6000米，由于多管取样器设备重量较轻，放出铠装电缆的长度比水深还要大一些。最后一次取样作业过程一切正常，完成了取样作业设备开始回收，当设备回收至近4000米时，“大洋”船万米地质绞车系统的液压站泵组电机突然断电停止了工作，随即一场惊心动魄的大洋救险事件发生了。

多管取样器作业的绞车控制在集中控制实验室，当取样或观测设备接近海底时，设备的操作人员需要与绞车操控人员密切地配合，以便完成取样或观测作业，结束作业后由绞车操控人员回收调查设备。按照作业规程，实验部绞车操控人员每30分钟进行一次绞车巡视，检查油温、压力和绞车与泵站运行情况。就在断电故障发生时，实验部科考队员正准备记录绞车的运行参数，突然发现液压系统停止运转，开始以为是绞车操控人员误操作，打算赶紧与绞车控制室取得联系，此时通过摄像监控系统，实验室的绞车操控人员也发现绞车停止了运转。面对意外故障，在现场的常风和另一名队员马上判断这不是误操作，而是意外停机。

常风发现储缆绞车滚筒依然在缓慢地向放出钢缆的方向转动，而且转速还在逐渐加快，铠装同轴电缆在拉力作用下，在牵引绞车道摩擦轮槽中滑动。这时他马上意识到了问题的严重性，意识到这是一个不寻常的意外故障，储缆绞车的侧板刹车装置已不能阻止滚筒的转动，必须采取紧急措施。

地质绞车系统是所有舷外调查作业的核心装备，多年来一直运转正常的设备突然第一次发生意外，让所有的人都不知所措。如果不能阻止储缆滚筒的转动，一万米长的整条钢缆会被拉下大海，这将丧失大部分取样调查作业能力，整个环球科考将因此而终止。

情况紧急，现场人员已经没有排除泵组断电故障的时间，只有借助外力来阻止重达13吨储缆滚筒的转动。这时有人将方木和木板塞入储缆滚筒侧板与储缆绞车底座之间的缝隙，试图阻止储缆滚筒的转动。但是，塞入缝隙的木块被滚筒巨大的转动力挤碎，破碎的木楔飞溅，瞬间一块锋利的木楔穿透作业服扎进了正在抢险的常风的右大腿。但常风和参加抢险的船员们无暇顾及眼前的危险，因为他们清楚地知道，这是在与时间赛跑，剩余的钢缆还在不断地被拉出去，留给他们的时间在一分一秒地消失，如不能及时阻止滚筒的转动，就一定会出现他们不愿意看到的恶果。

危机时刻，常风不顾伤痛，当机立断地冲了上去，他紧急报告：“首席科学家、船长，作业绞车发生意外故障！”接着他又冲着在场的人员喊道：“这里危险，赶快疏散！”他一边喊着一边找来一个用来导出钢缆时挤刹滚筒侧板用的汽车轮胎，并快速塞入储缆绞车滚筒侧板与底座之间，又飞速地用一个方木将其打紧。常风临危不惧的举动成功了，储缆滚筒的转速终于开始缓慢地减速，最终停止了转动。

常风果敢的举动仅仅发生在几分钟的时间里，这是多么短暂的几分钟，对于海上正常的调查作业也就仅能把设备下放了数百米的深度，但是，就在这短短的几分钟里，钢缆又被自动拉出了两千多米，滚筒上剩余的钢缆仅存不到1500米。如果不能及时阻止滚筒转动，再有几分钟的时间，总长一万米的调查专用钢缆就要全部被拉出坠入大海。

绞车系统恢复了正常的工作，常风用自己的行动挽救了环球科考毁于一旦。这时，人们才发现，从常风的裤腿里流出了一股股红殷红的血。

好在常风的伤情并不十分严重，经过治疗很快痊愈了。常风的果敢行为受到了领导和大家的赞扬。当他把自己这无意间的举动和受到的赞扬发邮件给黄妮后，黄妮回复：你爸爸说，这是一种精神，一种事业一贯倡导的敬业精神！这是一种素养，一种事业摒弃浮躁和功利的值得尊重的素养！这是一种品质，一种对海洋事业高度负责的品质！

邮件最后向他发出通牒：为奖励你的“英雄”之举，我要求你现在就和我结婚！

常风快30岁了，由于毕业后每年都忙于出海，他和黄妮的婚期一拖再拖。他俩最后一次确定的婚期又赶上了我国首次环球科学考察，这时黄妮还没告诉常风，她已应聘去上海工作，若等常风结束科考任务回来，这婚期还不知道要拖到什么时候。黄妮决定了，她一再坚持自己的意见，说我就要独出心裁，最后她还说服了爸爸黄海和常风的爸爸常江。

为鼓励青年一代献身祖国的海洋事业，上级领导竟真的批准了常风和黄妮如期举行婚礼。

这是一场极为特殊的越洋婚礼。

婚礼的一端新郎常风在太平洋的船上，而另一端新娘黄妮则在青岛的一个酒店里。正是由于这特殊的婚礼发生在我国首次环球科学考察期间，自然受到了有关媒体的热情关注。

视频连线把一场越洋婚礼呈现在了人们的面前：婚礼开始了，太平洋上“大洋”号船政委为新郎新娘证婚，随着船政委的话语：“新郎新娘对拜。”只见身着科考服的常风向着祖国的方向鞠躬。接着常风拽下了一根头发冲着视频摄像头向黄妮示意，意为“结发夫妻”。婚礼的另一端，新娘黄妮激动不已，同样向着太平洋船的方向鞠躬，并高兴地接受了新郎常风的爱意。这一切都随着网络越洋婚礼的连线显示在了两端直播电视屏幕上，不时引来两端参加婚礼亲朋的欢笑。

这时随船科学家为新郎常风送上了自制的礼物，一块从深海底采掘上来的钴结壳样品，放在一个用有机玻璃制作的礼盒里，浸泡在太平洋纯净的海水中。钴结壳是在大洋底经过上百万年才形成的，科学家的这一礼物代表着海枯石烂永不变心，这让另一端的新娘黄妮十分感动，她含着热泪冲着视频兴奋地连声说：“谢谢大家，谢谢大家，谢谢大海，谢谢太平洋……”

简短的婚礼很快就结束了，网络连线中止了。当晚船上的晚餐变成了婚礼聚餐，伙伴们自然要热闹一番，就在大家为常风庆贺与祝福时，常风却难以想象另一端青岛的婚宴是如何进行的，更不知道此时此刻黄妮的心里是什么滋味？想到这儿，他心里觉得沉甸甸的，他此时想到了妈妈在他小时候告诉的一切，那时爸爸和妈妈没有婚礼，有的只是生活在天南地北。而我和黄妮虽然此时此刻天各一方，但这仍不失为是一场完整而又浪漫的婚礼，与爸爸妈妈相比，这暂时的天各一方正是时代赋予了我们比父辈更大的责任。

2006年初，“大洋”号船结束了中国首次环球科学考察，踏上了返回祖国的航程。经过近300天的远洋就要回家了，这时常风和船上所有的人都从内心油然而生出一种别样的感觉：回家的感觉真好。

随着航迹的向前延伸，船上的人都在急切地盼望能早日与亲人团圆。这一天的下午，“大洋”号船航行到台湾海峡的南澎列岛，这是近300天环球远航以来“大洋”号第一次距离祖国这么近。为庆祝这一时刻，船长拉响了汽笛一分钟，向祖国致敬！向祖国和人民报告：我们回来了！

“大洋”号船完成了中国海洋事业的一次壮举，环球科考归来回到青岛的这一天仅距春节还有六天。

这天上午10时，“大洋”号船在人们的欢迎中缓缓地靠上了码头，在这众多的欢迎人群中，常风看到了有父母在端详远航归来的儿子；有妻子在亲昵凯旋的丈夫；有儿女在依偎久别的父亲。在这喜悦、激动和亲情奔涌的充溢中，常风并没有见到黄妮的身影。

此时，黄妮去了哪里呢？

四十八

青岛流亭国际机场，飞往上海的航班就要起飞了。

黄妮身着中国海监制服，心情有些不安地出示登机牌，然后登上了飞机。在机舱靠窗的位置上坐好后，她心情忧郁地透过舷窗一直朝着大海的方向凝望，脑海里立刻浮现出了她和常风在一起的愉悦时刻：小的时候他们在一起玩耍，直到上小学，等上了初中也许是因为男女有别，他们疏远了一段时间。上了高中他们的接触又重新多了起来，等到上大学，他俩都背着各自的父母开始频繁地交往，直到这时她才意识到自己不仅仅是一直喜欢常风，而是爱上了他。前几年，每到春日他们一起去公园赏樱花；夏日他们一起去海水浴场游泳；秋日一起登上崂山……想到这些，一种幸福感充溢在心头。常风满足了她的任性同她举行了越洋婚礼，浪漫过后常风终于回来了，而她却不能和他在一起，不能给予他应该给予他的一切，这让她很是焦躁与不安。她已应聘到中国海监上海局工作，因为她的外语较好，等待她的将是更为重要的工作。

钓鱼岛及其附属岛屿自古以来就是中国无可争议的固有领土。

黄妮在离家前的那个晚上，爸爸第一次严肃地对她说了很多的话。爸爸对她说："我国东海的海洋权益形势十分严峻，东海已成为继南海之后的又一个敏感海域，涉及海洋权益的事件时有发生。不明国际沉船事件、东海油气田事件等屡有发生。特别是钓鱼岛长期以来一直是中国和日本间最为敏感的问题。钓鱼岛列岛是由钓鱼岛、黄尾岛、赤尾岛、南小岛、北小岛、大南小岛、大北小岛和飞濑岛等岛屿组成，群岛面积有6.3平方公里。在这些岛屿中，钓鱼岛的面积最大为4.3平方公里，海拔大约是362米。钓鱼岛是无人岛。在中国的历史上称钓鱼岛，也称钓鱼台，因此钓鱼台列岛也叫钓鱼岛列岛。钓鱼岛是钓鱼列岛中的一个大岛，1895年1月1日，日本内阁会议将钓鱼岛划归日本冲绳县管辖，改名叫尖阁列岛。”

爸爸还深情地告诉黄妮：始称钓鱼台早在1373年即由我国杨载所发现，并远在15世纪初，明朝时所著《顺风相送》一书中就首度出现“钓鱼屿”一词。当时日本著名的海防论者林子平在1785年出版的《三国通览图说》基于事实，也将钓鱼台列屿明确标明属中国领土。

在19世纪末爆发中日甲午战争前，日本没有对中国拥有对钓鱼岛列岛的主权提出过异议。1884年日本那霸居民古贺首次登上钓鱼岛采集羽毛和捕捞周围海产物。他随后提出开拓钓鱼岛的请愿还被冲绳县知事拒绝。1885年后，冲绳县知事多次上书日本政府，要求将钓鱼岛、黄尾岛、赤尾岛归其管辖，日本官方都顾及中国清朝政府对这些岛屿的主权主张而没作答复。

1971年，美日两国在签订归还冲绳协定时私相授受，把钓鱼岛等岛屿划入归还区域。这一交易遭到中国政府的强烈抗议。1972年中日两国在恢复邦交的谈判中，双方从中日友好的大局出发，同意将钓鱼岛列岛归属问题搁置并留待以后条件成熟时解决。可是，当1978年中日谈判签署中日和平友好条约时，日本一些敌视中国的国会议员提出要中国承认日本对钓鱼岛列岛拥有主权。日本政府顺应右派要求，出动巡逻艇和飞机对我在钓鱼岛列岛海域作业的渔民进行监视。

进入90年代以来，随着世界局势和国家间力量对比发生变化，日本再次将手伸向钓鱼岛。1990年10月，日本的一些右翼分子经政府允许，在钓鱼岛列岛的一个岛屿上修建了灯塔。日方还出动12艘船只和两架直升机阻挠台湾渔船接近钓鱼岛列岛。1996年7月14日，日本右翼分子在钓鱼岛列岛的北小岛设置了一座灯塔，企图使灯塔列于海图以便让国际社会承认钓鱼岛是日本领土。之后仅一个多月，日本右翼分子又在钓鱼岛上竖起绘有“太阳旗”和纪念死者字样的木牌。值得注意的是，日本右翼分子在钓鱼岛上进行的这些活动都得到了日本政府的纵容和支持，而且日本政府要人与此相配合，称钓鱼岛是日本领土，并要日本海上保安厅随时准备用武力排除“干扰”。

在讲述这些时，爸爸提出了疑问：“钓鱼岛在地图上是一个难以标出的小点，为什么日本非要对这块远离本土，本属于中国的小岛垂涎三尺呢？”

对于这一疑问，爸爸做了这样的回答：钓鱼岛列岛及其周围海域具有巨大的经济开发价值，东海大陆架可能是世界上最丰富的油田之一，钓鱼岛附近水域可能会成为“第二个中东”。周围海域的石油储量约30亿~70亿吨(亦说超过100亿吨)。钓鱼岛周围海域的渔业资源也十分丰富，年可捕量高达15万吨。

钓鱼岛在我国大陆国土的海洋方向形成一道大陆外缘天然的屏障。介于琉球群岛和我国大陆及台湾省之间的小小钓鱼岛，潜在的军事价值令世人瞩目。在战略意义上，它可以为日本利用作为再次侵略台湾的桥梁或前进基地；也可以成为我国保卫东海方向安全、遏制日本扩张势力南下的前哨。

对日本来说，由于日本本土是一个地形狭窄的岛国，因此防御纵深十分短浅。其内陆任何地方距海岸都不超过120公里。在战争爆发时极易受到来自各个方向空中与海上的袭击，所以日本基本上属于一个无纵深可资防守的国家。日本急欲扩大其军事防御的范围，使其军事力量前出四岛建前沿，才可对其海上安全更加有利。

对我方而言，钓鱼岛列岛处在台湾岛东北最远端。直接与琉球诸岛相对，在地理位置上，它正处于我国大陆与日本冲绳之中、东西各距200海里。其前沿位置不仅对台湾岛的军事防御意义重大，而且对我国东南沿海的安全也有重要影响。毫不夸张地说，钓鱼岛是中国走向海洋的大门，日本控制了这扇大门，就相当于在中国家门口安装了定时炸弹！

近年来，中国大陆及港台的一些爱国人士多次发起保钓行动。其中1996年9月，香港一艘保钓船上的4人在钓鱼岛附近海域被迫跳海，导致1人死亡。1998年6月，保钓船“钓鱼岛”号在钓鱼岛附近海域不幸被撞沉没，但日方指责是自沉事件。

2003年6月23日我国外交部发言人在答记者提问时指出：中国对钓鱼岛及其附属岛屿拥有无可争辩的主权。任何企图侵占中国领土的图谋都是不可能得逞的。

在飞机上，在黄妮的这些回想中，航班已抵达了上海虹桥机场。

2008年12月上旬，由“中国海监151、146”船组成的中国海监船编队从上海起航了，代表国家第一次实施对钓鱼岛及其附属岛屿周边海域维权巡航。

当天晚些时候，编队就进入了钓鱼岛12海里的范围内，当最近距岛不足一海里时开始对岛屿进行观察和拍摄，并对在岛附近的日船喊话表明我立场。就在这时，日本三艘舰船前来阻拦我编队巡航，奉编队指挥的命令，黄妮用汉语、英语和日语反复向日船喊话:“我是中国海监船编队，钓鱼岛及其附属岛屿自古以来是中国固有领土，我编队正在例行性巡航，你们的行为侵犯了我国主权，必须立即停止侵权行为，离开此海域。”此时，日方三架飞机飞抵上空交叉低空飞行，干扰并企图阻止我编队巡航。

中国海监船编队据理挺进，在钓鱼岛及其附属岛屿12海里内的海域继续巡航。“中国海监151”船在前，“中国海监146”船殿后冒雨全速前行，日本海上巡视船又一次出现后，海监船编队不顾日船阻拦，以正常航速绕钓鱼岛及其附属岛屿巡航，绕行距离控制在离岛4~5海里，关键时刻“中国海监151”船接近岛的距离只有一海里多，“中国海监146”船最近距离不足一海里。

我海监船距岛如此近距离令海上形势骤然紧张起来，面对前来再次阻拦和监视我编队正常巡航的日本巡视船，我编队掌控动态，适时有理、有力、有节地宣示我国政府的主权立场。黄妮庄严地手握话筒声明“钓鱼岛及其附属岛屿自古以来是中国固有领土……”并严正警告：“这里是中国管辖海域，我们正在例行性巡航。你们的行为已侵犯了我国主权，必须立即停止侵权行为，离开此海域。”

中国海监船编队进入12海里海域围绕钓鱼岛及其附属岛屿巡航，严正申明我国政府的钓鱼岛是我国固有领土的一贯立场，打破了长期以来日本武装实际控制钓鱼岛的局面。

中国海监船编队返航了，黄妮在电话中调皮地对爸爸说：“报告黄局长，中国海监队员巡航钓鱼岛胜利返航，请指示！”

听到女儿的报告，黄海局长心里十分高兴。他对女儿说：“臭丫头，你终于长大了……”

给爸爸打完电话，她又给妈妈打了一个电话，最后一个电话她要打给常风。她知道给老爸老妈打电话无论怎么说都有点例行公事的意思，而给常风打电话，她有一肚子的话要说。然而，就在她和常风通话的最后，常风告诉了她一个让她十分意外的消息，他让她去看一看一个她曾熟悉，而今天却是一个十分神秘的人。

这是怎么一回事？这个神秘的人又是谁呢？

四十九

上海某造船厂，“向阳红109”船威武地停靠在码头上，它此次来上海进厂为的是重铸金身，增改装为我国载人深海潜水器海上试验母船，去实现伟人毛泽东“可下五洋捉鳖”的嘱托。

按照常风提供的电话，黄妮联系上了那个神秘人物，他们约好下一个星期天黄妮前去船厂看他。

这是一个秋高气爽的日子，黄妮如约来到了黄埔江边的某造船厂，当她走进船厂的码头，一眼就认出了停靠在码头上的“向阳红109”船。

对于这艘船，黄妮实在是太熟悉了，在她还没出生时就有了这艘船，当她记事时就知道了这艘船，黄海爸爸在这艘船上工作过，常江爸爸也在这艘船上工作过。今天，这艘老船又要干什么，它还能远航吗？

来到船的舷梯旁，黄妮问保安人员：“同志，请问李舟在吗？”

听说是找李舟，保安有些警觉地看了看她，然后迟疑地说：“你找李舟……船上有规定，不让外人随便见他，你是他什么人，找他有什么事吗？”

“我是李舟的姐姐。”黄妮心中在想，跟个真情况似的，这是干什么，对我也保密，看来舟舟还真有本事了。可她还是马上回答了保安的询问。

看着一身中国海监正装的黄妮，保安还是说：“请出示您的证件？”

看过证件保安对她客气地说：“您稍等。”随后用手中的对讲机呼叫：“船长、船长，码头上有人找李舟。”

“好的，知道了。”

只一会儿李舟从船舱里出来了，他来到甲板上一眼看去，马上就认出了站在码头上的黄妮，他高兴地冲着码头大声喊了起来：“妮妮姐姐……”

李舟快速跑下船冲到黄妮面前，一把抱住了黄妮高兴不已：“妮妮姐姐，你怎么来了？”

“我来看你呀，你现在是我们国家的宝贝蛋，来看看你还不是应该的吗？”说着示意保安：“你看，好不容易来看你，还这么费劲。”

李舟放开黄妮解释道：“我们有纪律，我们的潜水器海上试验还没公开，所以不让随便接触外人。”

“我是外人吗？”

“你当然不是。不过，就连爸爸妈妈也不完全知道我现在在做什么。”李舟解释说。接着他奇怪地问：“是谁告诉你的，说我在这？”

“是你常风哥哥……”

说着他俩一同上了船，来到住舱，李舟向黄妮介绍了一些关于我国载人深潜的情况。

这将是永远定格在中华民族五千年文明史上的辉煌一页。

那是公元1965年5月22日，新中国的缔造者毛泽东重新登上了阔别了38年的中国第一个革命根据地井冈山。站在井冈山上，他追忆过去的革命战争岁月，回首中华民族五千年的历史，也许这位伟人又一次想到了唐宗、宋祖、秦皇、汉武，然而，想得更多的一定是新中国面对“四海翻腾云水怒，五洲震荡风雷激”的世界形势，在世界民族之林中华民族应该如何有所作为，所以他抒发了“风雷动，旌旗奋，是人寰”的心迹。

5月25日，在井冈山上，毛泽东写下了一首诗词。5月28日，他走下井冈山，于月底修改完成了意味深长的诗词《水调歌头·重上井冈山》。在这首诗词中，他对中华民族的未来极富自信而又充满激情，高瞻远瞩地写下了："可上九天揽月，可下五洋捉鳖，谈笑凯歌还"的豪迈诗句。

世上竟有如此的巧合，就在毛泽东写下这首诗词的第20年，一个出生在普通农家的一个共和国老战士的后代，如今竟成为了我国第一代深海潜航学员。谁也不会想到，就是这样的一个孩子担大任降于斯，将去实现毛泽东的宏伟夙愿。

"向阳红109"船是我国海洋科学考察史上海洋调查船第一次序列化——"向阳红"序列的其中一艘，这艘船已经老了，可如今它已是我们国家的一艘功勋卓著的海洋科考船。

站在这艘老船上，望着眼前的舟舟，再想想自己，这时黄妮想起来上海前爸爸对她说的话：我们这一代人即将老去了，未来的希望在你们身上。

想到这里，黄妮感触颇深。方舟爷爷早已老了，如今爸爸、常江爸爸，还有李安东叔叔也都老了，就说这已有30年船龄的"向阳红109"船也老了。一代接一代，前辈们为了中国的海洋事业付出了很多很多，这艘老船已经告诉和继续在告诉人们，为了海洋事业，有多少人踏着船的躯体拼搏大海而奉献了一生的代价。今天，老船依旧，大海依然无语，作为后来者，我们应该如何面对老船这斑驳的钢铁之躯，如何面对父辈，又该如何负起责任和使命！

舟舟告诉黄妮："过一段时间，他们将赴海南三亚外的南海进行载人潜水器的首次海上试验。"正是围绕这个话题，围绕中国的海洋事业，姐弟俩谈了很多……

黄妮该回去了，临走她嘱咐舟舟一定要认真学习，熟练掌握潜水器的技术要领。同时要千万千万保重身体，注意安全。听说还要去三亚，黄妮最后告诉舟舟："你黄河哥哥现在也在三亚，他们的军舰就停泊在亚龙湾海军基地。”

我国载人深潜水器海上试验能否成功，这将是我国海洋科研和大洋科考立身于世界尖端技术水平的标志，关系到我国能否继美国、法国、日本、俄罗斯之后成为世界第五个拥有3000米以深载人潜水器的国家。

历史的重任又一次落在了“向阳红109”船的身上。

“向阳红109”船出厂后，回到青岛进行了几个月时间的休整。2009年7月底，“向阳红109”船离开青岛前往江苏江阴。因为“蛟龙”号潜水器是以中国船舶工业在江苏无锡的某研究所为主研制的，江阴距无锡最近，所以船要到江阴接“蛟龙”号潜水器上船。

“蛟龙”号在一阵紧似一阵的风雨中被吊装上母船，静静地安卧在“向阳红109”母船后甲板的托架上，就像一个婴儿般依偎在母亲的身边。

几天后，“向阳红109”船承载着中华民族“可下五洋捉鳖”的梦想，在人们的欢送中离开江阴驶出长江直赴南海，开始了我国载人深海潜水器1000米级海上试验的远航。

船直抵南海试验海域，开始前期的试验性海上试验。

三亚，美丽的南国海滨之城。

盛夏，南海的蔚蓝色托起了这座城市的繁荣。然而，高温和湿闷也在无情地折磨着这座城市。

前期试验是在三亚外海进行的。任何一项试验都不会是一帆风顺，通过初步试验问题暴露出来了，母船终究是经过增改装而成为试验母船的。它于30年前建造，当时受我国建造技术和水平的限制，船舶的噪音无法在技术上满足今天潜水器海上试验的要求，这一难题对我国正在发展和改进的深海水声通信系统势必要产生非常严重的影响。同时还暴露出老船没有安装目前世界上先进的船舶动力定位系统，这将无法在大海上保持稳定的船位。改装船船尾部甲板还高，使潜水器布放回收时离开水面到达A架导接头的高度距离达到10米以上，大大增加了潜水器在收放过程中产生旋转、纵横摇的概率，从而增加了潜水器撞击A架、母船船体和拖曳缆刮坏潜水器外部设备的几率。前期试验表明，由于我国的深海水声通信正在完善和发展时期，不能安装在船体内，需要放出一定长度的声学电缆，通过水中拖带作业来实现与潜水器之间的通信联系。为了拖带时能使母船低速机动，保证母船与潜水器的相对位置，水声通讯拖带电缆安置在右舷船艉，水声电话设备设在左舷船艏布放入水。而负责潜水器吊放主吊缆和潜水器艏部"Y"型拖曳缆的蛙人作业橡皮艇也安放在船尾左舷。

以上的现实状况任何一个环节若发生问题，其结局都将使我国载人潜水器海上试验中途夭折，打道回府。怎么办？海上试验能否顺利进行下去的难题摆在了船长和所有参试人员的面前。这是第一次海上试验，全体参试人员和船长都必须接受考验，经过一番总结和分析，船长站了出来，他说："有条件要干，没有条件也要干，这是老一辈海洋人留给我们的精神财富。"

现任船长出生在毛泽东那首诗词发表的同年，如今也是一名"老"船长了。面对种种困难他站了出来，总结出了一套在非正常情况下的母船操纵流程以求一搏。

又一次试验开始了，船长时刻提醒自己注意诸如：潜水器在进行作业时，母船只有单左主机机动；在右尾部拖带声学基阵和声学电缆侧推停止使用的情况下，母船位置漂移过快时，既不能快速进车调整相对距离，也不能使用大舵角快速转向，万无一失谨慎操船；回收潜水器时，母船航向保持与潜水器艏向不超过90度的姿态驶近；系妥拖曳缆后，慢车顶风、顶浪，大弧度转向要等潜水器艏向与母船一致时回收拖曳缆，使潜水器慢慢接近母船尾部。

在这紧张的运行中，机舱内由于主机低速运转，使油头雾化不良造成燃烧不良从而造成一系列结炭，机械磨损加剧，这将引发火灾。此时轮机部的机工们在机舱里挥汗如雨苦苦奋战……

这是一次顺利的下潜试验，潜航学员李舟操纵“蛟龙”号离开母船缓缓下潜。李舟打开了潜水器头部的水下强光灯，100米、300米，当下潜到500米时，李舟透过潜水器前端的观察窗隐约看到了海底，这时海底的鱼、虾不时从观察窗前悠然自得地游过，全然不理会潜水器对于它们来说这个庞然大物的到来。500多米水深的海底越来越近了，李舟通过水下通信系统向现场指挥部报告：“北京、北京，蛟龙请求坐底！”

“明白！”指挥部回答。

李舟小心翼翼地操纵“蛟龙”号开始坐底，这时他感到十分紧张。随着下潜深度的增大，舱内的温度在不断地降低，当舱内温度已降至十多度时，李舟的手心里还渗出了汗水。“蛟龙”号在缓缓下降，当它平稳地坐到海底时，重力搅起海底泥沙瞬间如同烟雾般地向四周弥漫开来，坐底成功了！

“蛟龙”号完成了坐底试验，指挥部下达指令：“上浮！”

“蛟龙”号那矫健的身姿在蔚蓝色海水的簇拥下仿佛处在梦幻般的境地，接到指令的李舟操纵抛载后缓慢地脱离海底上浮。就在“蛟龙”号即将浮出水面时，意外的情况发生了。

这时，母船雷达发现在试验海区外围有一艘外籍货轮正在全速驶来，试图穿越试验海区，这将对“蛟龙”号上浮和出水带来极大的安全威胁，指挥部立即指令海面上的四艘“中国海监”警戒船行动，进行了顺利的拦截。

我国载人潜水器海试一路走来，艰难地拼搏，外国人也许会说：“中国人在冒险！”可中国人就是靠着“明知山有虎，偏向虎山行”的气概，在科学家的掌舵下硬是“冒险”闯过了一道道难关。

中国海洋人经受了考验，母船先天不利的难题被一一战胜了，海试取得了一步步的成功。

就在舟舟驾驶中国人自己研制的深海载人潜水器鏖战南海时，在青岛一位老人却长久地呆痴在海岸上。

这是一位80多岁的老人，他的孙子随“向阳红109”船出海了，去干一件他弄不明白的事。老人已患了痴呆症，如今他只知道孙子跟船到很远很远的大海去了。孙子走了很多天，他想孙子了。一天，他趁家人没注意，鬼使神差地独自溜出了门。他自己也不清楚是怎样走的，走的什么路，只是一直朝模糊记忆的大海的方向走去。

他终于来到了海边，海边风很大，浪很大……

老人高兴极了，这是他曾经为之而奋斗过的大海，也是他晚年梦牵魂绕实在是丢不下也忘不掉的大海。他迷迷蒙蒙地站到了岸上极力地眺望着远方……

在他已经模糊的记忆中，孙子应该是从这里去远航的。他想孙子，可家里人反复对他说：“孙子去干一件很光荣又很难的事，是前人从来没做过的大事。”

他相信他们说的话，可不知为什么这心里就是放不下。从患中风的那年到现在已有20年了，老人看上去比他的实际年龄还要苍老许多。他站在海岸上，花白的头发随风飘散着。80多岁耄耋之年模糊的记忆中，孙子最让他担心，也正是孙子带给他的无数担心使他的年龄更加沧桑。

这几天青岛的风特别大，孙子上的那艘船和船上那么多人都怎样了？他们什么时候能回来？他们已经出去很多天了，也应该回来了！昨天晚上他梦见了孙子，孙子对他说：“爷爷，我明天就回家了。”

他确信孙子今天就能回来，一定会回来的。他要来接孙子回家，要给家人一个惊喜，来证明他的预感……

一个小时过去了；

三个小时过去了；

一上午过去了；

一天过去了；

……

长时间的站立使老人有点撑不住了。旁边钓鱼的人早已注意到这位长久站立在海边的老人，见此情景关切地上前询问他在干啥？他回答："我等孙子。"他反复地重复着这句话，这让人很是为他担心。垂钓者也是一位长者，他似乎明白了点什么，又不敢多问，于是拿给他一瓶矿泉水和一个小凳子说："您老坐吧，慢慢地等。"就这样他不吃不喝痴痴地等到了傍晚。

一艘轮船从远方驶来，又驶过去了。又一艘轮船驶来，又驶远了……

老人混浊的双眼，随着一艘艘轮船的驶来，几次亮起来，又随着轮船的远去一次又一次黯然下去。驶来的航船一次次燃起老人心中的希望，而远去的航船又一次次把老人心中刚刚燃起的希望击灭。

天色已晚，钓鱼的人要走了，要回了小凳子说："您老该回家了。"

老人没有一点要回家的反应，他还是那句话："我等孙子。"

夏日的晚饭后，休闲的市民三三两两地来到海边散步，看到了坐在岸边石头上的老人痴痴地望着大海，同样感到很奇怪，不时投以疑惑的目光。钓鱼的人见天色越来越晚，无奈招呼来休闲的市民一起上前询问老人："您不回家吗？"老人还是回答说："我等孙子。"见一位老人如此近于痴狂，许多人关切和担心地上前反复问他为什么不回家，他始终还是那句话："我等孙子。"

人们先后离开了老人，当有人再次上前关切地询问时，发现老人已奄奄一息，于是人们报了警。

警察急忙把老人送进了医院，医院里警察在老人身上找到了一张纸条，上面写着家庭住址和电话号码。

老船长走失了，褚楚疯了一样四处找了一天也没找到。当她又一次垂头丧气地回到家里时，心里还在焦急地寻思："不知道什么时间悄无声息就离开了家的老船长，怎么会到了晚上九点了还没一点消息？"

突然电话急促地响了，褚楚慌忙地接起电话。电话是警察打来的，只听电话中问道："你是李安东先生家吗？……"

李安东外出采访去了，褚楚急忙打的赶到了医院。褚楚看到蜷缩在床上的老船长虽然已奄奄一息，可嘴唇依然还在不停地蠕动，她俯下身子仔细地听老船长在说什么，她终于听清楚了，老船长还在念叨："我等孙子，我等孙子……"

老船长走了，永远地走了。

李安东和褚楚不敢把这一消息告诉给李舟。

自古以来，人类崇拜宇宙，同时也崇拜海洋。然而，深邃的海底世界总是被一层神秘的蔚蓝色面纱所覆盖。

"蛟龙"号海上试验还在继续，第18次试验结束后的第二天适逢国庆节。新祖国的生日，"向阳红109"船在海上举行了庄严的升国旗仪式，庆祝共和国成立60周年。

10月2日，第19次试验开始了，这是此次海试的最后一关，冲击1000米深度。

"向阳红109"船漂泊在我国南海海域，后甲板一切准备就绪，舱内海上试验现场总指挥室里，总指挥下达指令："准备，潜航员进舱！"

随着指令，站在潜水器旁边甲板上身着蓝色连体潜航服的李舟和另一名潜航员，还有一名科学家先后走上潜水器托架，并依次进舱。他们进入了舱内，等在潜水器托架顶部的工作人员为他们盖好舱盖，又拧紧了密封栓。随后通过送话器向总指挥报告："潜器就位！"

"吊放潜水器！"送话器里传来总指挥的指令。

甲板上各部位开始动作起来，托架在滑轨上缓缓地启动，"蛟龙"号缓慢地滑到后甲板的最后端。挂钩挂好，随着机械的转动，"蛟龙"号徐徐地脱离了托架，这时调放潜水器的A型架启动了，吊起"蛟龙"号又慢慢地向船的舷外伸开去，接着"蛟龙"号被吊在A型架上悬在了半空中。

“释放！”总指挥的话音刚落，只见“蛟龙”号慢慢下落，继而落入海中，溅起水花纷飞。

蛙人出击了，四个蛙人乘橡皮艇即刻靠上漂浮在波浪中的“蛟龙”号，他们果敢、敏捷地登上潜水器瞬间脱去挂钩，“蛟龙”号自由了，自由地随着风流和波浪漂离了母船。

潜水器舱内，李舟在聚精会神地掌控着各种仪表，同时在等待着总指挥的指令。

“下潜！”总指挥一声令下。

接到下潜的指令，“蛟龙”号缓缓潜入海水中，波浪完全淹没了它矫健的身姿，它向那个幽暗、神秘的人类未知世界潜去。

2009年10月3日9时17分，“蛟龙”号载人潜水器成功地完成了第19次下潜。注视着仪表上显示出的深度指示，李舟对着水下通信送话器激动地呼叫：“北京、北京，‘蛟龙’号报告，下潜深度1109米。”

李舟的话语传到总指挥室，指挥室里沸腾了，全船沸腾了。

中国载人潜水器1000米海试获得了成功，为实现伟人毛泽东“可下五洋捉鳖”的宏愿迈出了坚实的步伐。“向阳红109”船还将承载着未来3500米、5500米，7000米海试的使命，任重而道远。

海洋学定义：1000米以浅为海，999米不行，只有达到和超过1000米才能称之为进入了洋。中国人第一次驾驶自己没计建造的深海潜水器成功地潜入了大洋，“向阳红109”船满载着中华民族的成功与喜悦返航三亚湾锚泊。

五十

“向阳红109”船锚泊在美丽的三亚湾，手机有信号了，人们开始兴奋地把成功的消息告诉给亲朋好友。当李舟一打开手机，他收到了一个令他意外的短信：舟舟，我知道你在海上联系不上你，若抵三亚速与我联系，黄河。

“怎么，黄河哥哥还在三亚？”这消息令李舟十分高兴，他想来已有七八年时间没有见到黄河哥哥了，他想知道黄河哥哥为什么也会来三亚，他与黄河哥哥能在三亚见面真的令他十分高兴，特别是在这个时候。

按照短信的手机号，舟舟接通了黄河的手机。

“是黄河哥哥吗？我是舟舟。”电话一接通，舟舟就急不可待地说。

只听电话那头也高兴地问道：“舟舟，祝贺你，我在电视上看到你了。你现在好吗？我没想到你会成为一名潜航员，更没想到会在三亚见到你。”

“黄河哥哥，是谁告诉你我在南海？”

“是你妮妮姐姐告诉我的，她不久前刚从钓鱼岛巡航回到上海，就打电话告诉我他们令人振奋的一次行动。”

……

他俩在电话中约好，明天下午在三亚的鹿回头见面。

鹿回头是三亚经典的观光圣地，坐落在三亚市区南部的山巅之上，日夜雄视着南海不息的波涛。

第二天，黄河和舟舟同时如约来到鹿回头。他们相见了，这让舟舟很是高兴，他把自己如何应招潜航学员、如何被选拔、如何学习训练及

“蛟龙”号的情况一一都告诉了黄河。他不需要对他保密，因为他是军人，也即将去执行一项更为保密的军事行动。

听了舟舟的一番讲述，黄河很是振奋，他对舟舟说：“我们真的是赶上好时候了，一定要好好干，为把我国建设成为海洋强国作出自己的贡献。”黄河扶栏远眺，他告诉舟舟：“你看，这山的西面就是三亚湾，湾中的那个岛就是点圣火的凤凰岛。”说着转过身来又说：“这东面就是旅游圣地大东海，往北再远处那是亚龙湾，我们的军舰就停泊在亚龙湾的海军基地。”

他俩聊了很多，黄河告诉舟舟：“我现在是‘武汉’号驱逐舰的航海长，‘武汉’舰和‘海口’舰组成编队即将出航，赴亚丁湾海域执行国际护航，打击海盗任务。”黄河看着舟舟，接着告诉他：“上个月我回了一次家，一是我要远航了，回去看一下爸爸妈妈，二是顺便把孩子送回去让爸爸妈妈帮忙看着。”还没等黄河再说下去，舟舟接上一连问道：“大嫂呢？她是干什么工作的？为什么要把孩子送去青岛？”

黄河回答说：“你大嫂也是军人，她是学舰船制造的，在舰队装备部门工作。前些日子她被调到大连参加一艘舰船的试验工作，所以只好把孩子送回青岛。”

“孩子几岁了，是男孩还是女孩，叫什么名字？”舟舟又问。

“是女孩，今年六岁了，她叫莎莎。”黄河回答。

“那莎莎长的一定像你，听人说女儿都像父亲，她肯定很漂亮。你和大嫂放心，等我回去，节假日我带她出去玩，让她也看看我们的科学考察船，看看‘蛟龙’号，从小培养她的兴趣，长大以后当中国的女潜航员。”接上黄河的话，舟舟一口气兴奋地说了一大堆的。

舟舟的话让黄河一下子想到了传承，这时他想到了返回部队前他见到李安东叔叔的事，便对舟舟说：“舟舟，你说这些我倒想起来了，探家时有一天我不知道为什么特别想见见安东叔叔。”

“见我爸爸？见他干什么？”舟舟有些不解地问。

“我知道你爸爸对我爸爸多年以来一直有些成见，但我爸爸曾经对我说过关于安东叔叔的一件事，说是在他们当兵入伍训练结束离开刘公岛训练团时，安东叔叔在北洋水师提督府前的海滩上写下了这样一句话，‘中国海不会再沉没第二个邓世昌’！这话让我一想起来不仅是感动，更是震撼，他对中国海权有自己的看法，所以我想去请教他。”

“你见到他了吗？”

“当我说这事时，我爸，还有我妈都担心安东叔叔太忙，抽不出时间见我，可我打电话给你爸，他却非常高兴地答应了，这让我爸爸妈妈都没想到。”说到这黄河有点卖关子地问舟舟：“你猜猜看，你爸爸是怎样接见我的？”

看着黄河有点神秘的样子，舟舟回答说：“猜不到。”

“我告诉你吧，他在电话中就对我说，看我可以，但不许带东西来我家。后来他说，这样吧，住得太远，明天我到市里办事，咱爷俩来个‘公事公办’，明天下午三点在前海的‘醉茗楼’茶室我等你。你爸爸这么痛快地答应了，我爸说你爸的臭脾气到老了就是不变。可我妈还是说安东叔叔缺……”

“我爸那人谁也管不了，只能我妈管他。我妈说这是卤水点豆腐，一物降一物。”舟舟说，接着他问道：“那你见到我爸了，他怎么样？”

“第二天下午我如约见到了你爸，我们爷俩谈得真的很投机，聊了很多。”接着黄河对舟舟讲起了那天下午他和李安东见面的事。

那天下午，李安东早早来到了茶室，他让服务员泡上了一壶龙井，然后一支接一支地吸烟等待着黄河的到来。

黄河来了，他起身同黄河握手时，见黄河有一米八的个子，张口便说：“你小子吃火箭了，怎么长这么高？”坐下后他又笑着说：“我真怀疑，你是不是你爸的基因……”说着开门见山：“说你要见我，比你爸见我都高兴。说吧，有什么事？”

见李安东如此坦诚，黄河说："安东叔叔，听说你出版了一本有关中国海权的书，我想找你要一本。我回部队后可能要去执行亚丁湾护航任务，在海上时我可以好好地读一读，向您学习学习。"

听黄河说到中国海军要去亚丁湾护航，李安东更加高兴了。他倒上茶，然后对黄河兴奋地大声说："好事，这真是大好事。自辛亥革命以后，这是全中国人期盼已久的事情。"

说完这话，李安东沉思了一会儿又说道："今天的中国富强了，但还不够强盛，要想强盛还有很长的路要走。英国撒切尔夫人曾对中国这样断言，一个只能出口电视机而不是思想观念的国家，成不了世界大国。"这话虽然刺耳却发人深省。

李安东短短的几句话对黄河的触动实在是太大了，他想起这次回家和爸爸聊天时谈到时下，爸爸对他说："最近学习中央的有关文件我才明白，中国的崛起，不能只是物质财富的剧增、经济格局的重塑，而应伴随社会主义价值体系的传播，推助中华文化的弘扬，否则中国特色社会主义的话语权如何彰显，主动权如何体现？"

说到了文化问题，李安东说："现在是到了该认真思考文化问题的时候了。历史和现实表明，一个民族的觉醒，首先是文化上的觉醒。可以说，是否具有高度的文化自觉，不仅关系到文化自身的振兴和繁荣，而且决定着一个民族、一个政党的前途命运。"

黄河洗耳恭听。说到中国海洋事业的现实，李安东似对黄河也似自语："必需的是物质，但宝贵的是精神，传承的是文化，这是人类文明的真谛。然今天之海洋事业，我们是否应该沉思，辉煌的背后还暗藏着什么？"

接着他自我回答："这是不是时下的态势，不乏物质，缺失精神；乐道情感冲动，少有理性激情；张扬物质有余，彰显文化不足？正如有人说的，不读书，不看报，凭着感觉凑热闹。这是我个人的一管之见，愿与人共同商榷。"最后他还说"国无德不兴，人无德不立。"

“你的想法跟我爸说过吗？跟常江叔叔说过吗？”黄河小心谨慎地问道，可他心里在想，看来安东叔叔同爸爸的交流太少了，他还不知道爸爸也已在关心和思考文化问题。他们是40多年的老战友，为什么会交流的如此少呢？是爸爸的职务高，还是安东叔叔个性清高，或是常风叔叔埋头开船，默默无闻？这些都能成为他们疏远的理由吗？

“浮躁社会有谁愿意听这些呢。”像似问黄河，又像似问自己，李安东说。看着黄河魁梧的身材，帅气的脸庞，李安东的表情由高兴转而凝重。这时他有些沉重地说道：“不知道别人有何感想，反正每每想到此，我便会有一种隐痛。痛是我写作灵感萌动的先兆，这种痛是为今天之辉煌而自豪过后的‘痛’，是为明天之华丽而兴奋之余的痛。正是这种痛时常刺激我产生‘写在今日，留给明天’的困惑和深沉的思考。于是感到一代人的事业之精神，事业之文化该是留给明天最珍贵的礼物。”

文者是传送这礼物的使者！此时黄河已分明感到安东叔叔愿做这样的海洋文化使者。

……

也许是因为黄河长大了，李安东第一次对一个孩子讲了这么多，他相信又一代人成长起来了。分手时李安东从手提包里拿出了两本书说：“送你两本我写的书，一本是《海权论衡》，一本是《闯海的男人》，你不要我也得送给你。拿回去愿意看就看一看，不愿意看就卖废纸，随你便，这是你的权力。”

黄河对舟舟讲完这些后问他：“你爸写的那本长篇报告文学《闯海的男人》，你看过吗？”

“我还不知道他写了这本书，都写些什么？”

“写的都是为海洋事业搏击在大海上的一群男人。”黄河回答。

黄河心存感动地告诉舟舟：“安东叔叔说中国海洋人是一群远离人们视线的男人。然而，他们却峥嵘在沧海之上。”

中国海洋人是一个不吸引人们眼球的群体。然而，他们却为祖国的海洋事业和国家海洋权益而纵横汪洋。

一艘航船，在广袤无垠的大海上，只是一个远离尘世的、渺小的另一个神秘空间。

这是一个纯爷们的生存空间，一群闯海男人的空灵幽荡的孤寂世界。

在这个孤寂的小世界里，心存信念的闯海男人，只能感悟，不能侃谈；只能静享，不能喧逐；只能独自浅唱低吟，不能狂歌长啸。

航船的主宰者是凡人俗子。这群小人物，浪迹沧海，没有对亘古的呐喊，只有与肆虐的海风无声地搏击；没有面对沧海的悲怆，只有与咆哮的海浪殊死的抗争。

停了停黄河又说："那天回家我马上看了这本书，特别是在后记中安东叔叔提出的问题让我想了很多很多……"

最后，黄河掏出一颗晶莹的珍珠坠递给了舟舟说："帮我带给莎莎，说是爸爸送给他的。"

舟舟看到，这是一颗产自南海的珍珠，洁白得不能再洁白。他们握手告别了，互致珍重……

返回船的路上，舟舟一直在想，爸爸在书中写了些什么？会引起黄河哥哥这样一个年轻海军军官的思考呢？

五十一

李安东的报告文学将视角聚焦在了一群小人物，一群凡夫俗子的船员身上。正是对这些活生生终年拼搏在海上的小人物给予了极大的人文关怀过后，李安东对中国海洋事业的文化自觉有了深入的思考。对于这种思考，他在书中这样写道：

> 中国海洋事业已经有了长足的发展。但是随着其发展中要不要文化的引领？要不要文化自觉？要不要人文关怀？海洋文化该如何发展？现状与弱势是什么？这些问题是中国海洋事业未来发展必须要回答的问题。
>
> 我国海洋文化无疑是中国传统文化的一个组成部分，这已是不争的事实。今天，面对世界多元文化的冲击与挑战，中国传统文化的世界性问题已日益凸显。因此，海洋文化对事业发展的引领和从业者的文化自觉及我国海洋文化的现状应引起海洋业者深深的思考；海洋文化的弱势应引起我们的反省。
>
> 进入21世纪，中国在经济上取得了举世瞩目的成就，中国如何在文化上为当今世界提供更多精神资源，成为中国和世界最普遍关心的问题。同样，中国海洋事业要在其中有大作为，海洋文化是不可或缺的精神资源和动力。

李安东疑问：海洋事业发展的精神动力是什么？他回答：

> 语言与文字是文化传承最基础的手段。而语言又是一个民族观察世界的方式，也是一个民族世界观、价值观的具体体

现，是一个民族文化的根本。文学写作是一种文化中最富有活力的组成部分。因此，就海洋文化来说，其对海洋事业贡献的价值如何评价？在传统文化体系中如何定位？海洋文化如何发展？所有这些问题，都将是海洋业者现在和未来必须面临的问题以及我们必须承担和开拓的事业。

海洋业者是否能认识到这一点，无论是在传统文化中，还是在世界多元文化中，海洋文化的地位就是海洋事业的地位。因为缺失文化自觉，必将失去社会的最终话语权。如果把文化的东西去掉，尽管海洋事业有诸多科技成果的支撑，但在多元文化的社会与世界中仍然无法改变任由摆布的局面。对于这一点，我们必须要有清醒和明确的认识，海洋文化是海洋业者生存的精神归宿，究竟该如何研究，绵延和发展，这一点值得我们理性地认真思考。

写到此，李安东困惑地写道：

始于20世纪末的近代中国海洋事业，已经走过了80多个年头，涌现出了许多科学家，取得了许多令人瞩目的科学发现和科研成果。但现实却无情并继续地在告诉我们，这些海洋科学家为什么——不能与其他科学领域的科学家齐名？海洋事业的社会认知度为什么长时期低下？这与海洋文化的复兴、发展和传播不无直接关联。

目前的现状是，海洋业者师出自然科学占绝对主导地位。自然科学强调理性的逻辑思维，而人文科学强调激情的形象思维。我们师出自然科学的业者是否想过，在从业的过程中难道不需要亲情吗？不需要友情吗？不需要激情吗？不需要道德吗？不需要喜、怒、哀、乐的释放和宣泄吗？说到底就是需要不需要文化？

不得不承认，80多年来，从未诞生一部系统描写中国海洋事业历程与发展的小说，至今还没有一部完整反映海洋事业的电影或电视剧（仅有少部分海军题材的文学影视作品）。如此现状，该如何让国人认识和了解海洋事业？如何提高海洋事业的社会显示度和认知度？难道我们只能停留在嗔怪国人海洋意识薄弱的层面吗？海洋业者的使命和责任呢？我们为什么不能培养出自己的海洋作家和海洋文化学者，为中国海洋事业鼓与呼？

李安东例证认为：

我们不妨简单梳理一下世界海洋的科学发现与文化的经典之作。就科学而言，无疑人类对海洋的科学发现与创举是伟大的。1405年（明永乐三年）至1433年（明宣德八年），我国航海家郑和七下西洋，开辟了中国通往印度洋的航线。1519—1522年，葡萄牙航海探险家麦哲伦率领船队环球探险，证明了地球是圆的。

1910年的一天，躺在病床上的德国气象学家、地球物理学家魏格纳发现地图上的非洲与南美洲、欧洲与北美洲两岸轮廓是如此相吻合。这一启示，使他产生了一个闪念，这就是大陆漂移假说的最初思想。1911年秋，魏格纳得出了“大陆漂移”的肯定论证。这是一个地球浪漫诗人的梦想，1915年他写成了《海陆的起源》一书，创立了“大陆漂移及板块构造学说”。

同海洋的科学发现相比，海洋文化的经典之作同样不同凡响。1837年，丹麦作家安徒生创作了海洋童话《海的女儿》；1869年11月，法国科幻小说家儒勒·凡尔纳出版了科幻小说《海底两万里》；1901年，俄国第一次大革命前夜，伟大的革命作家高尔基写就了长诗《海燕》；1918年，美国海军少将、理论家、历史学家马汉出版了影响世界的著作《海权对历史的影响》；1952年，美国小说家海明威发表了著名的海洋小说

《老人与海》。

在例证历史的经典时，李安东对中国近代海洋事业的发轫与发展表示出了深深的文化忧虑，他继续写道：

今天，我们没有理由否认这些海洋文学作品对世界海洋文明发展进程的影响和推动作用。从安徒生《海的女儿》问世，到海明威《老人与海》的发表，前后历时115年，跨越了人类的19世纪和20世纪。在这115年中，中国的海洋事业沉默了吗？1928年10月，青岛观象台海洋科成立标志着中国近代海洋事业的兴起。但令人费解的是，这个机构首先是由我国的一位作家、戏剧学家宋春舫首先倡导的。

在世纪20年代末至30年代中期，中国一大批新文化运动的文化学者、作家，如梁实秋、王统照、闻一多、老舍等一时间云集青岛见证了那一段历史。1936年，老舍先生在青岛完成了小说《骆驼祥子》的写作。但遗憾的是老舍先生笔下的主人公祥子是京城人力车夫，虎妞是京城民女。试想，如果老舍先生笔下的祥子是码头的老搬（旧社会时的码头工人）、虎妞是青岛街头卖蛤蜊的，那么对我国海洋文化将会产生什么影响？

历史只有遗憾，没有假设，留给后人的只能是深思过后的警醒。这种警醒作为业外人士由于从未或少有接触海洋而缺失尚可原谅，但作为海洋后人若缺失不能不说是一种悲哀。

对此，李安东抨击道：

警醒过后，我们应该做些什么？海洋文化的沉淀、传承和传播依赖于海洋文化写作的能力、水平和交流。就其作品而言，包含着三个重要的层面。一是知识层面。社会人读海洋作品，可以了解他所不了解的海洋世界，了解海洋事业独特的知识，这是知识层面。二是人性层面。海洋作品要进入大众视野，融入社会，必须要具有普遍性，这种普遍性是人的共同性的反映，这就是人性层面。三是艺术层面。只有源于生活又高于生活的海洋文学作品，才能升华为艺术，才具有生命力和广泛的传播性，这是艺术层面。好的作品可以让人百看不厌，可以引起读者共鸣，可以令读者落泪，可以流传久远。

提到文学，也许有人会说，中国古代同样产生过海洋神话故事，如精卫填海、八仙过海等。但我们必须要注意到，类如精卫填海、八仙过海，甚至是龙的诞生，这些与《海的女儿》比之有一个最大的不同，这就是西方文化把人动物化而直面挑战；而东方文化则把动物人性化借以寄托。这体现的是两种截然不同的面对现实的文化态度。

今天，我国海洋事业的发展已迫切需要文化自觉，需要海洋文学作品的出现，迫切需要海洋文化产品的生产与传播。与此同时，海洋业者同样需要人文关怀，全民族海洋意识更需要文化的引领！

近些年，我们的民族突然间对犬科动物产生了浓厚的兴趣，一时间关于狼、狗的书籍充斥文化市场，充斥社会，大受一些人的青睐。然而，就在我们乐道人类社会进入了海洋世纪时，却依然漠视了海洋中存在的比犬科动物更具凶猛本性的鲨类动物，更具团队意识的鲸类动物，更具坚毅精神的龟类动物。这种现象说明了什么？告诉了我们什么？又该让我们思考什么？

摆在我们面前的责任是：海洋文化究竟应该怎样在传统文化的基石上光大，我们又应该如何在千姿百态的世界多元文化和传统文化中看待和对待海洋文化，如何塑造和张扬自己的特性，这关乎中国海洋文化未来的发展，关乎海洋事业未来的走向。

80多年前，海洋事业的先驱们，不知道如何想象80年后他们开创的事业会如何发展，事业的发展又会对海洋文化有何贡献？但可以相信，他们一定希望中国海洋事业能够坚定自信地参加到其他科学领域的对话中去，一定希望中国海洋事业能够自强地挺进世界民族之林。也一定会希冀海洋事业能孕育出中国的海洋作家和人文学者，能够生动而有力地向社会表明和阐明中国海洋人的经历和梦想。

最后李安东感叹道：

“文章千古事，得失寸心知。谁是孤行者，问天天语迟。”海洋文化是一个大课题，不要说面对世界，仅就面对世界人口五分之一的中国读者，面对中华民族五千年的悠长历史，我们应该做些什么？写些什么？只有通过海洋文者的艰辛努力，才能让与中国海洋事业伴生的文化呈现出独特的魅力和风采，引领中华民族全面走向海洋。为此，中国海洋事业才会五彩斑斓，丰富多彩。

黄河看完这一段文字，作为一名年轻的海军军官，同样作为一个海洋人，他的心被震撼了。他在心中反复地问自己，什么是文化……什么是海洋文化？

尾声

我人民海军军舰艇编队出航了。

亚丁湾、索马里海域，那里是世界海上的黄金通道，也是海盗神出鬼没的海域，同时更是对世界充满了神秘的吸引力和巨大诱惑力的海域。

人民海军舰艇编队的航线是南出南海，穿越新加坡海峡、马六甲海峡、印度洋、孟加拉湾、阿拉伯海……直逼亚丁湾。

舰艇编队驶出了亚龙湾，驶离了三亚。当编队从锚泊在三亚湾的“向阳红109”船前方经过时，舟舟来到了后甲板。他知道黄河哥哥就在战舰上，他和他的战友们是去迎接世界海权的挑战！舟舟站到了“蛟龙”号旁，他挥手为黄河哥哥送行，为人民海军送行。

三个月后，舟舟回家了，回到了青岛。他和一个英勇无畏的团队完成了一项特殊任务，完成了中华民族前人从未做过的“下五洋捉鳖”的大事回来了。

“向阳红109”船还没靠好码头，舟舟已经清楚地看到了站在码头上迎接他的亲人，妈妈来了，站在妈妈身边的是“蛟龙”号的设计者之一褚爷爷……可他无论如何寻找也没有发现方爷爷的身影……

船靠上了码头，简朴的欢迎仪式开始了，有关领导讲完话后，主持人宣布最后一项议程：“现在由潜航员李舟向我们的老首长尚海疆将军赠送‘蛟龙’号潜水器模型。”

当一听到尚海疆的名字，站在人群中的尚北平惊讶而又不由自主地喊出了声：“爸爸？！”她顺着主持人的话语声朝主席台望去：“是爸爸。”她看到了站在主席台上年迈而风采犹存的爸爸，这时她想起了‘文革’开始后，作为海军某舰队副司令员的爸爸刚调进北京任某局局长不久就被打倒了，之后她陪着爸爸一起被押送到了锦山县农场强迫劳动改造。在那段艰难的日子里，是一位老县委书记对爸爸和她在暗中给予了多方的保护……想起这些她不由地把目光从爸爸的身上移到李舟身上时，她又自然地想到了李安东。那位老县委书记就是李安东的爸爸，“文革”一开始李安东的爸爸也被打倒了，一番批斗过后造反派把他结合进革委会当副主任。因为锦山县的锦山农场是全省最大的国有农场，所以那时从北京押送来一批被打倒的老干部都被安排到那里去接受强制劳动改造。李安东的爸爸在暗中保护着这批老干部，后来造反派察觉了，第二次又把李安东的爸爸打倒了，同样也送到农场强制劳动改造。正是在农场里尚北平认识了李安东的爸爸……

主持人的话声刚落，只见近百岁的老将军在两名年轻人的搀扶下走上前一步，向所有的人敬了一个标准的军礼，舟舟向老将军送上了“蛟龙”号潜水器模型。

老将军用颤抖的双手接过“蛟龙”号潜水器模型，随后他高声对大家说：“天行健，君子以自强不息！我谢谢大家，我代表已经逝去的中国海洋人谢谢同志们。今天的中国强大了，海洋事业发展了，中国被外国列强欺辱的年代将永远成为历史，一代伟人代表中华民族下‘五洋捉鳖’的愿望终于实现了，这里中华民族的深蓝梦！”

欢迎仪式结束了，舟舟迫不及待地跑了过去，他想把献给他的那束鲜花献给方舟爷爷，当他急切地跑到妈妈面前时，只看到妈妈推着那个他熟悉的空空的轮椅。舟舟这时一切都明白了，他扔掉了手中的鲜花冲上前死死地抱住轮椅恸哭起来。褚楚上前去拉舟舟，舟舟拒绝了。褚爷爷又上前拉舟舟。当他站起身时一头扑进了褚楚的怀里：“妈妈——”

他紧紧地抱住了褚楚妈妈，当他抬起头时看到妈妈又老了许多，满头白发几乎看不到还有几根青丝。

来欢迎他的还有尚北平阿姨和韩雪阿姨，她们都来了。这时褚爷爷走上前拉过站在尚北平身旁的一个七八岁的小姑娘，只见那小姑娘立刻依偎到了褚爷爷的身旁，随后褚爷爷捡起掉在地上的那束鲜花给了那小姑娘。舟舟这时才想起来了，他转过身问尚北平阿姨："这是莎莎？"

尚北平阿姨冲舟舟点了点头，舟舟随即来到莎莎跟前蹲下了，他从衣袋里掏出了黄河交给他的那颗洁白而晶莹剔透的珍珠坠给莎莎挂在了脖子上，然后对她亲昵地说："莎莎，这是你爸爸送给你的。"

说着他亲切地拉住了莎莎。当他回转身来又想起了什么，他知道黄海伯伯和常江伯伯都退休了，还有即将退休的爸爸，他们怎么没来？他急忙问妈妈："爸爸呢，他怎么没来？"

他又转头问尚北平阿姨："黄海伯伯呢？"

又问韩雪阿姨："常江伯伯呢？还有常风哥哥呢？"

看着舟舟疑惑的神情，褚爷爷刚要说什么，这时褚楚妈妈说话了，妈妈告诉他："你安东爸爸，黄海伯伯、常江伯伯，还有常风哥哥得知你深潜成功的消息后，他们都去了刘公岛。"

舟舟不解，他们去刘公岛干什么？

深秋的刘公岛，少了许多夏日的喧嚣，多了几分宁静。北风吹来，吹落了已枯黄的树叶，也吹散了浮躁湿热的气息，刘公岛又平添了几分凝重。

这次来刘公岛是李安东和常江早就商量好的，当通知黄海时他知道此行的意义非同一般。一辆宝石蓝别克商务车在胶东丘陵地带的高速公路上急驶，车内一直是沉默的，黄海感到今天的气氛格外的沉闷，他已经知道了今天要去刘公岛干什么，在这沉默中黄海想起了很多过去的事情。他本想说点什么，可看了看李安东，又看了看常江和常风，见他们都表情凝重无语，只好打住，闭上眼睛想休息一下。这时他想起了另一位老战友发给他的一条短信：自己没感觉到老，回头一看老婆老了；自己没试着长大，低头一看孩子长大了；自己觉得还是个孩子，结果孩子都有孩子了；“昨天还管当兵的叫叔叔，今天当兵的管我叫伯伯了；时间很长，岁月很短；一辈子很长很长，有用的人生很短很短；看看现在的日子和生活，食物多了食欲少了，娱乐多了快乐少了，休闲多了休息少了，关系多了关怀少了，财产多了财富少了，交际多了交心少了，文章多了文化少了，理论多了理想少了，事务多了事业少了，公务多了公德少了，爱人多了爱情少了……”想到这儿，他的眼睛睁一道缝瞄一下李安东，没想到李安东正在目视着他。他没有立即睁开眼睛，但他从李安东直视眼神中分明感到李安东似乎在调侃他：“看看今天，想想昨天，老战友呐，长点心眼吧。”

黄海没有睁开眼睛又继续想了下去，心里感触很多，他不得不扪心自问：“我们这一代人都干了些什么，有生之年还能干些什么？还应该干些什么？”

这是三个老兵，他们是带着共和国一代水兵的追求，在晚年又一次回到了刘公岛。他们回来干什么来了？

刘公岛的一个岬角，在一片松林的尽头，在一个面朝大海的坡地上，头发已经有些发白的黄海和常江，依然光头秃秃的李安东，他们仨并排肃穆地默立在那里。站在他们身旁的常风双手托着一个长盒子，李安东则双手托着一个骨灰盒，只见常风把托在手中的那个长盒子轻轻地放在了地上，然后又轻轻地打开。这时李安东和黄海同时看到了盒子里装着的一截尚有七八十厘米长的锈迹斑斑的铁棍，常风是带着一种沉重的嘱托，要把这一截铁棍送回北洋水师的家，送回刘公岛。

这是什么？

李安东和黄海同时想起了常江对他俩讲过的30多年前的那段往事。

那是在常风出生的当天，守卫在鹿岛上的那个老连长把这个物件作为一份特殊的礼物送给了一个刚刚出生的男孩子，他就是常风。

这是为什么？事后常江找到了那位老连长，他告诉常江："这不是一截普通的铁棍，这是北洋水师'致远'舰的一截桅杆。"老连长沉重地对常江说："'致远'舰沉没后，桅杆最上端的一截依然露出在海面上。鹿岛上一位渔民老伯每次出海打鱼都要从这截露出海面的桅杆旁经过，日子久了，老伯见这截桅杆一直孤零零地立在海面上，不忍心让它被海水腐蚀掉，就把露出海面的一截锯下来保存了起来。老伯去世前把这截桅杆交给了他的儿子，嘱咐等中国的海军强大了，海洋事业强大了，一定要把它送回刘公岛。老伯的儿子知道刘公岛在山东，但不知道在山东的什么地方，后来老伯的儿子感到自己也年纪大了，有生之年难以走出鹿岛，就把这截桅杆又交给了我。"常风出生那天，老连长便把这截桅杆又送给了常风，说是他就要转业下岛回家了，无法完成那位渔民老伯的心愿，就让这个小子去完成吧，因为老连长知道常风一定会走出鹿岛，他同样坚信这一代人一定会走得更远。

他们四人一起默默地把"致远"舰的那截桅杆恭敬地埋进了刘公岛的土地，"致远"舰回家了，回到了它的母港。

这一切结束后，李安东随后庄重地双手托起那个骨灰盒，把它放到了海边的一块礁石上。然后他从包中拿出了两个石刻的灵牌，一个上面刻着：亡祖王国成之灵位；一个上面刻着：先祖李仕茂之灵位，他把两个灵牌恭敬地摆放到礁石上那个骨灰盒前。李安东跪下了，黄海、常江跪下了，常风也跪下了。没有祭奠仪式，他们无语，只是共同面向灵位和骨灰，面向大海三叩头。他们起身后，只见李安东肃穆地把两个灵牌投进了大海。

王国成、李仕茂也终于回家了。

最后李安东又和黄海、常江一起捧起那骨灰盒，那是老船长的骨灰，遵从老船长的遗愿，他们一起把老船长的骨灰撒进了大海。

老船长也终于回归了大海。

风瑟瑟，海沧沧。

面对这一切，黄海油然间在心底发问：王国成、李仕茂、老船长，他们是英雄吗？今天的时代还需要英雄吗？今天的英雄又该是怎样的英雄？

青岛，热闹一时的码头欢迎仪式结束了，人群散去。

舟舟和妈妈回家了，回到家舟舟感到了无限的温暖。当他扫视这曾经十分熟悉的家时，他发现在客厅的条案上多摆放着一个小相框，相框里是一位清瘦老人的照片，他那慈祥的目光透过一副高度近视镜充溢在脸庞上，看上去是那样的可亲可敬。他感到很疑惑，他是谁？

舟舟喊来了妈妈，褚楚告诉他："这就是我的爷爷。"

望着照片上慈祥的老人，舟舟想起来了，妈妈曾跟他说过老爷爷是一位一生从事海洋声学教学和潜艇声呐研究的教授。这时褚楚又对他说："当我得知你驾驶'蛟龙'号潜水器成功潜入大洋，潜水器安全地坐到1000多米的海底时，通过水下通信系统报告这一消息后，我高兴的一夜都没睡觉。那天晚上我找出了这张照片，妈妈想告诉爷爷，他老人家一生奢望建设中国海上水下声学长城的愿望正在一步步变成了现实……"

听到妈妈讲这些，舟舟一时不知道该如何安慰妈妈。这时妈妈冲着他竖起了大拇指，舟舟一时不知道妈妈是什么意思，是赞扬镜框里的逝者，还是赞扬他。就在他疑惑时，只见眼前尚处在高兴与激动中的妈妈突然间一下子昏厥过去倒在地上，舟舟不知道妈妈怎么了，一时间惊慌失措起来，他急切地呼唤着："妈妈——妈妈——"

过了好一会儿，褚楚终于苏醒了过来，只见她嘴角蠕动着喃喃地似乎是在问舟舟："我不是在做梦吧？你爸爸在家吗，他怎么还不回来……"

褚楚说这话时，舟舟第一次清楚地看到妈妈的眼角滚下了两颗大大的泪珠。这时舟舟才想到妈妈早已虚弱而病态的身体终于支持不住了，他不敢轻易搬动妈妈，只得跪下身子亲昵地对妈妈说："我给爸爸打电话，让他马上回来。”

就在舟舟掏出手机要打电话时，妈妈一把抓住他吃力地说：“舟舟，不要打，你爸爸有自己的事，别让他着急……”

这时舟舟才注意到妈妈的一只手紧紧地抓着他，而另一只手却一直紧紧地拿着一张纸，只见妈妈慢慢地抬起那只手把那张纸递给了他，舟舟接过那张纸看了一眼愣住了，这是安东爸爸写给他的一首诗：蛟龙中国雄

舟舟仔细地看了下去——

我是潜龙种，我舞见龙凤，飞洋跃海闯深蓝，蛟龙中国雄！

我是中国龙，我为沧海生，龙的传人龙的胆，敢吼神州第一声。

千钧压顶挺脊梁，万丈深渊抖神通，海底探宝藏，汪洋科学行，奉献人类构和谐，四海五洲求大同。

民族魂，铸生灵，大洋争霸，深海争锋，蛟龙中国雄！

看完爸爸写的诗，舟舟再也控制不住自己的情感，眼泪流淌了下来。当他再看依然躺在地板上的妈妈时，只见妈妈的脸上露出了一抹苦涩的笑容。

李安东、黄海和常江、常风父子就要离开刘公岛了。此时，他们的心情依然沉浸在沉痛之中。就要再一次离开他们人生事业的起步之地，这时黄海走到了李安东面前，他若如所思地问李安东：“安东，我想知道你为什么总是我行我素，走到今天不后悔吗？”

听了黄海的问话，李安东迟疑地注视着黄海，也不知道过了多长时间，李安东深切地回答说：“黄海，我现在可以告诉你，世上的事万变不离其宗。人各有活法，但先贤之言是经典，所以祖训不可违。正是为此我一直这样认为，老师的话我都要听，因为从师者的话再多不会骗自己的学生；而现实……”说到这，李安东停了一会儿。接着又说：“黄

海，我不会后悔，因为我是个纯爷们。纯爷们就要信奉、传承祖宗的训导——立言者不朽、立行者不朽、立德者不朽！”

听了李安东的话，这时黄海才明白了什么。突然，他上前一步一下子紧紧地抱住了李安东，不知不觉中他的眼里流下了泪水。对于黄海这意外的举动，李安东却一脸的木然，他两眼始终凝视着远处的海天，那眼神是凝重，还是呆滞？他自己也说不清楚。

中国海，汪大渊、郑和、戚继光、郑成功、林则徐、邓世昌、安业民、麦贤得……一代代英雄豪杰已经远去了。

风起了，李安东看到，海浪从天际一排连着一排滚滚而来。风越来越急，浪越来越大，大海咆哮了，仿佛在一阵紧似一阵地呐喊：中国海，还有英雄吗？！

这呐喊声和着涛声回荡在海天之间，回荡在渤海海峡……。渤海，黄河口滩岸上，碱蓬草一簇一簇火红火红；辽河口的滩岸上，碱蓬草一片一片火红火红。

2009年10月3日，“蛟龙”号载人潜水器在南海创造了成功下潜1109米的纪录；

2010年7月13日，“蛟龙”号载人潜水器在南海创造了成功下潜3759米的纪录；

2011年7月27日，“蛟龙”号载人潜水器在太平洋海域创造了成功下潜5188米的纪录；

2012年6月27日，“蛟龙”号载人潜水器在太平洋马里亚纳海沟附近海域创造了成功下潜7062米的纪录；

2012年9月25日，中国第一艘航空母舰“辽宁”舰编入我人民海军战斗序列。

后　记

——写给自己的话

从事文字工作30多年了，写过很多人和事，可从未写过自己。

那是1980年的5月，在海洋调查船任部门长的我被调到机关工作，后任局长的业务秘书。那时年轻气盛，觉得风光无限好。其实不然，个中辛苦和委屈只有自己知道。

1988年，一场大病险些丢掉了性命。一年病中读书思过，方感悟出文化是灵魂，次年病愈组织上要提拔时我离去了。此时，正值《中国海洋报》创刊，经推荐获批准当了一名海洋报记者。

弃所学，又半路离仕途而去。当我把这一切告诉妻子，她说："这是你自己的权利，只是有言在先，日要你别后悔。无论做什么，我都会一如既往，因为是你的选择。"

我知道，一名专业干部已走上仕途，到了中年却离开主业而干其他，这被边缘化意味着什么？我对妻子说："和平年代，一个男人应该学会低头，从某种意义上来说，低头也是一种优点，还是一种品格，但我会用我自己的方式学会低头。以前我对你讲过，生长在盐碱地上的碱蓬草生命力尽管极其顽强，但到了严寒的冬季，碱蓬草同样会枯萎。春天时碱蓬草又会钻出板实的盐碱地呈现出一片绿色，秋日来临碱蓬草会自然而然变得火红火红。"

从那以后，我毅然拿起了笨拙的笔一路走去，用心去书写海洋事业经历的风雨，写风雨中前行的海洋人，直至退休而无怨无悔。

妻子早于我退休，她要等我退休时一起安度晚年。谁知天有不测风云，在我退休前她突然病倒了，而且病情是目前无法医治的一种大脑神经性疾病。

我茫然了，一时不知所措，最终还是理性战胜了情感。

2013年2月3日——立春，这是我国农历二十四节气的第一个节气。

立春不是春，春寒冻煞人。

立春的第二天清晨，一场不期而遇的大雪漫天飞舞，把渤海湾畔的天津罩个严严实实。天蒙蒙，雪飘飘，这雪一扫多日京津地区令人厌烦和抑郁的雾霾天气，空气质量明显好多了，自然人的心情也随之好了起来。

这雪日，距传统的节日——春节只有五天了。清晨过后，我习惯地背上伴我多年的已破旧了的旅行包，那包里装着耗费了我数月时间和无数脑细胞写下的长篇海洋小说《红海滩》、大型海洋文化纪录片《中国近海探密》(暂定名)和长篇报告文学《我在钓鱼岛》等许多文稿。酒店是我今天的驿站，又一次离开这临时栖身之处，我向这座陌生城市的一所医院，不！确切地说是一所中医老年护理院默默地走去。

来到这座城市已经半个多月了，风雪中一人独行在节前已开始热闹起来的马路上，熙攘匆忙赶路的人群在我的眼前掠过，并没有给我留下什么清晰的印象，但我清楚地知道要过年了。风雪中我独自穿行在人流间，揣着茫然的心绪，刚刚踩在雪地上的脚印瞬间就被人流和车流淹没了。这时我在心中问自己："年关到了，为什么有家不归，却要一人独行在一个陌生城市的街头？"

一时，我无法回答自己，更无法停下自己的脚步。妻子已无治疗可能，有病乱求医，一月前把她送来了天津求偏方治病。

记得天命之年时，妻子曾问我："你要写到什么时候？"

我说："不知道。但在写不动之前，一定要写一部关于海洋题材的小说，里面会有我们民族的前人，我们的父辈，我军旅时的首长，后来的领导；更有战友和同学，或许会有你和我。”这是我当时的承诺。她突然病重，让我感到了危机。为争取时间不失信于她，在完成其他写作的间隙，年余匆忙而就《红海滩》，尽管拙劣，但可以兑现一个男人的承诺。

雪还在下，寒风逼人，我紧了紧外衣，压低了帽子，继续踏着路上的积雪小心前行。踩在脚下的积雪发出“咯吱、咯吱”的响声，这响声是儿时十分熟悉的声响。60年了，这声响儿时听来让人十分悦耳，而今天听来却令人心烦。不知为什么，这令平常人平常心心旷神怡的雪景，此时对我却是另一种感受。没有心情，心底生出的只是一种从未有过的孤独，还有无助与无奈。

60多岁了，人生也经历过了不少的事情，且不说成功，就是挫折与失败也早已成为过眼烟云，无所谓，无所求。可今天是怎么了？此时此刻，此情此景中，突然间一首凄凉的曲调和着风雪在耳畔迴荡起来。我想起来了，这曲调是我少年时曾偶然听到过的那曲《苏武牧羊》，这让我魂不守舍地停下了，“怎么如此的没出息？”我责问自己。

我无法抑制自己的思绪和情感，一幅一个老翁“独钓寒江雪”的画面闪现在脑海中，正是这画面的莫名闪现让我感悟到：人总会老的，我真的老了吗！

当我极力把思绪拉回到现实中来时，猛然间又感到自己还不能说老，更不愿说老，因为年老的父母都还健在，我何能轻言一个老字？

问题在于，老与不老，何为标准？肉体的、精神的、生理的、心理的，我一时无法回答自己。但眼前街头上匆忙回家的人流在告诉我什么？正是这人流勾起我心中不由地涌出一股酸楚，面对一个背着沉重包裹的小伙子，匆匆而来，又匆匆而去；一对中年夫妇提着装满年货的菜篮子谈笑而来，也谈笑而去；一位老者拉着一个盛物的拉杆兜缓缓而来，又缓缓而去。我知道，马上就要过年了，他们都是回家的人。

家，回家，回家过年，这都是些多么亲切的字眼啊！我也奢望，奢望享受回家的感觉，可家在哪里？老伴如今独自一人躺在一个陌生城市医院里的病床上，正在期盼着我来到她的身边。忘不了，病重的她虽然已无阅读能力，但还是我的第一个读者。每当我写好一篇文稿总会先读给她听，满意时她的脸上会露出笑容，不满意时嘴里会发出含糊不清的“唔、唔……”声；忘不了，病重后我和她有一个约定，只要我出差，临别时会弹她一个脑瓜崩，告诉她我又要远行。快40年了，我无数次的出差她习以为常，从未阻拦过一次，而此时弹她脑瓜崩时她依然会会心地一笑，是在告诉我：走吧，别耽误你的正事，早去早回。

老伴年轻的身影和病重的身躯不断地在脑海里交替闪现，我别无选择，只需快一点回到她的身边才是最好的慰藉。陌生城市的街头，当我把目光最后的一瞥深情留给那些行走在回家路上的人们时，我终于明白了：家在哪里？家在爱人之所居，家在情牵之所地！离病床上的老伴越来越近了，又一次想到回家，我不由得停下来转身朝着儿时的那个曾经温暖过我的家，从心底呼喊出这样的话语：原谅我吧，妈妈……

世间的事情就是如此，矛盾之矛盾，否定之否定，真理与谬误一步之遥中人不能等待，总是要继续前行，而我也要依旧挪动自己前行的脚步。拖着沉重的步履一路走去，我的心仍然无法摆脱忧愁和困扰：老伴病倒了，说老伴并不过分，她是我大学时的同班同学，37年前是我选择了她，她无悔地与我结发相濡以沫至今。她是一位职业军人的女儿，共和国黎明的前夜，出生在炮火纷飞的父母急行军的路上。长大后作为红卫兵她去了西藏，上山下乡去了陕北黄陵。中年后成了中科院青岛某单位的党委副书记。时至今日，我们彼此从未说过一个爱字，因为爱字与我们这一代人无缘。但我们知道爱的归宿是情，是情牵起一代人从饥饿的岁月走进火红的年代，又从火红的年代走向了理想中的今天。天下一个情字何曾了得，情字的右手牵着爱，左手拉着义，如果无情无义即便是爱得死去活来，也会恩断义绝。与我情真的老伴病倒了，我好似成了海滨湿地里一只孤独的丹顶鹤，丹顶鹤在别人眼里是一种吉祥鸟，但却鲜为人知这一传奇的吉祥大鸟从一而终的天性。这对于我，尽管还是高傲地站立在一大片湿地茫茫苍绿的碱蓬草中，但每当面对她经受完全失去了自理能力的痛苦折磨，经受语言严重退化无法表达时无奈的眼神，我的心在一次次地滴血。这时我少了自信，少了再次起飞的勇气。但我不会像鹤那样最后只能悲哀地离去，而会继续追问：未来的天空在哪里？未来的生活又是什么？

答案其实就在这疑惑之中，男人天生就要负重，我曾年轻过，年轻时女儿出生有的只是喜悦，并没有认真地去想过日后的责任，因为还没有机会和时间去体会男人的负重。负重是男人的天性，而女人是男人负重的托手，这托手将会因人而起到至关重要的作用。上天是公平的，年轻时负重少了，如今带上老伴异地求医正是一种人生的平衡，不也是负重的又一种体验吗？不就是为了寻梦新的天空吗？不就是为了延续未来的生活吗？

“人间能有几多愁，恰似一江春水向东流。”这时让我想起了我俩唯一的女儿，此时她在黄海岸边的另一座城市——青岛，她在做什么？她还好吗？女儿能知道她已衰老了的父亲没有了老伴的搀扶，独行在一个陌生城市风雪的街头吗？她能理解她的老爸此时的心境吗？女儿是我们唯一的希望，她出生在一代伟人仙逝后的第一个多雪的冬天，她是我和她娘生命的唯一延续，寄托了我们对她经历寒冬走向春天的希望，所以名为一冬。女儿出生时年轻的父亲身心溢满的是喜悦，也许是年轻时缺少负重感，多有父爱的喜悦和着憧憬伴随女儿长大。那时对女儿小时候不倦的“咿……呀”学语毫无厌烦，而是欢喜在心头。今日父亲成了老爸，而女儿已为人母，或许是女儿已经体会到了作为女人的那种负重托手的负担，导致她开始嫌老爸唠叨了。还有那个让姥爷时时疼爱的小外孙女，她是女儿生命的延续，寄托了两代人对她抱有破晓羿立世间的冀望。可她什么时候才能懂得世事沧桑，明白老者之心呢？

生灵世界，凤凰涅槃。人生亦是如此，成功和着喜悦，忧愁伴着惆怅，生的欢乐，死的悲伤，自然定律永远主宰着大千世界的芸芸众生。

医院终于到了，停步间歇于门前的街头，举目老人护理院的牌子，凝视“老人”两个大字，陡然间我有了幡然醒悟，随之倍感亲切，倍感厚重。

古人有“知天命，行人事”之言。而对于此时的我，却深深地感悟到“听天命，尽人事”，这包括事业和家庭的，才是人生之谛。

大雪渐渐地停了下来，太阳终于升在了天空中。这太阳照在雪地上，朝阳处的积雪开始现出了融化的迹象。毕竟是立春了，风雪过后真正的春天不会远了。

真正的春天来到时，碱蓬草又会给荒芜的盐碱地披上一层绿色。绿色过后，人们期待的是好似燃烧在海岸上的那一片片的火红火红。

红海滩，鲜血的颜色，英雄的色彩。

作者

2013年除夕夜

于天津财富豪为酒店